José Joaquín Fernández de Lizardi

LA QUIJOTITA
Y SU PRIMA

*Historia muy cierta
con apariencia de novela*

edición de
Graciela Michelotti

- STOCKCERO -

Foreword, bibliography & notes © Graciela Michelotti
of this edition © Stockcero 2008
1st. Stockcero edition: 2008

ISBN: 978-1-934768-16-7

Library of Congress Control Number: 2008936385

Set in Linotype Granjon font family typeface
Printed in the United States of America on acid-free paper.

Published by Stockcero, Inc.
3785 N.W. 82nd Avenue
Doral, FL 33166
USA
stockcero@stockcero.com

www.stockcero.com

José Joaquín Fernández de Lizardi

LA QUIJOTITA
Y SU PRIMA

Historia muy cierta
con apariencia de novela

Índice

Acerca de esta edición

La presente edición ha sido confeccionada sobre la base de varias ediciones previas. En particular se han tenido en cuenta la edición de 1942, aparecida con el título de *La educación de las mujeres o la Quijotita y su prima*, publicada en la ciudad de México por la *Cámara mexicana del libro* y la segunda edición de la publicada en la misma ciudad, por la editorial Porrúa en 1973, con prólogo y notas de María del Carmen Ruiz Castañeda. Ambas han sido cotejadas con la cuarta edición, de 1842, México, *Librería de Recio y Altamirano*, Portal de Mercaderes número 7. Esta edición se toma varias libertades con el texto, entre ellas el cambio de título, ya que es la primera que agrega la frase: *La educación de las mugeres* frente al título original de: *La Quijotita y su prima. Historia muy cierta con apariencia de novela* escrita por el Pensador mexicano. Además se ha tenido en cuenta en forma parcial el texto de la segunda edición de 1831, publicada por la *Imprenta Altamirano*, a cargo de Daniel Barquera, calle de las Escalerillas, número 11, que es en realidad la primera completa que se conoce.

INTRODUCCIÓN

LIZARDI Y SU ÉPOCA

José Joaquín Fernández de Lizardi (1776-1827) es autor de gran variedad de textos entre los que se incluyen poemas, dramas, fábulas, folletos, panfletos políticos, centenares de artículos periodísticos y cuatro novelas. En 1816 publica la primera, *El periquillo sarniento*, considerada el primer ejemplo del género novelístico en la América española. En 1818 y 1819 aparecen publicados por entregas los dos primeros tomos de *La Quijotita y su prima. Historia muy cierta con apariencia de novela*. Esta obra fue editada en forma completa, cuatro tomos, en 1831-1832 después de la muerte de su autor. De 1818 es también *Noches tristes y día alegre*.[1] La cuarta novela de Fernández de Lizardi, *Don Catrín de la Fachenda,* escrita en 1819 fue publicada también de manera póstuma. Todas se escribieron en medio del tenso período (1810-1821) que precede a la independencia de México.

Es como resultado de esas tensiones, y las consecuentes limitaciones de la época a la libertad de prensa, que Lizardi se concentra en el género de ficción a partir de *El periquillo*. En 1812, con motivo de la publicación de un artículo en el periódico de su creación, *El pensador mexicano,* se había visto obligado a pasar una temporada en la cárcel. Solo después de 1820, cuando se levanta la censura, vuelve a su labor de periodista. El hecho de que a Lizardi se lo conociera con el nombre de «El pensador mexicano», y que ese sea el nombre del autor en ediciones de *La Quijotita* hasta 1942, prueba que la relación con la arriesgada escritura de opinión estuvo siempre presente en la producción literaria de este escritor.

De familia criolla y de pocos recursos —su padre era médico y su madre hija de libreros— Fernández de Lizardi lleva en sus venas el respeto por las ciencias y las letras, pasión que corresponde al pensamiento ilustrado de su época, del que es vocero ejemplar.

Por Ilustración se entiende el movimiento de origen europeo que abarca, a grandes rasgos, desde los fines del siglo XVII hasta ya entrado el XIX. Es

---

1   La crítica disputa la cronología de estas apariciones: Jefferson Rea Spell considera que *La Quijotita* fue escrita en tercer término y Nancy Vogeley prefiere pensar que su creación corresponde al período inmediatamente posterior a la aparición de *El periquillo*.

el momento del despertar de la burguesía, cuyo asentamiento favorecen sus ideas, y Lizardi se propone, en toda su obra, sentar las bases de una educación orientada a instruir a los criollos independentistas que constituirán ese nuevo grupo social.

A principios del siglo XIX en el continente americano, coincidiendo con las ideas de la independencia, la organización del sistema educativo, que desde la colonia temprana había estado primordialmente en manos de la iglesia, sufre un giro fundamental. Este cambio ya se venía anticipando en la península, especialmente a partir de los contactos con el pensamiento francés ocurridos durante los reinados de los Borbones. Con Carlos III (1716-1788) se concretan muchas de las reformas que habían sido esbozadas en reinados anteriores. El conde de Campomanes (1723-1802), consejero de Carlos III, fue uno de los primeros en recomendar el educar a las mujeres en la práctica de un oficio.

Entre los importantes escritores dieciochescos que influyen en Lizardi es de destacar la presencia de Benito Jerónimo Feijoó, autor de *El teatro crítico universal* (1726-1786). El *Emile* (1762) de J. J. Rousseau, obra condenada por la Inquisición, llega a España y a México en el estudio presentado por Jean Baptiste Blanchard. Su *L'École des moeurs, ou reflexions morales et historiques sur les maximes de la sagesse*, de 1772, fue varias veces reeditada, traducida por Ignacio García Malo y publicada por primera vez en español en 1786. Jefferson Rea Spell (1924) afirma que Lizardi fue el primero en hacer referencia de manera abierta a Rousseau en México.

De importancia en lo referido directamente a las mujeres son también *El tratado de la educación de las niñas* (1687) obra del francés Fenelón, y *Eusebio* (1786-1788) del español Pedro Montegnon[2]. Como señala Jean Franco (1999, 463), estos y otros escritores que influyen directamente en Lizardi ostentan una ideología conservadora en lo que atañe a la educación de las mujeres, que se apoya en la debilidad física de estas y en el rol primordial que cumplen en la familia como educadoras: *La Quijotita* define así su filosofía sobre las diferencias de los sexos: «De todo lo expuesto debes deducir, en primer lugar, que la mujer es inferior al hombre en cuanto al cuerpo, pero igual en todo a él en el espíritu» (Lizardi 54).

En el ámbito mexicano Fernández de Lizardi se inspira en el «Diálogo entre Cecilia y Feliciano sobre la educación de las niñas», conversación entre un matrimonio sobre su hija Matilde, que contrasta la educación de esta con la que recibía Epimania, hija de los vecinos, aparecida en el *Semanario económico de México* el 26 de noviembre[3] y 6 de diciembre de 1810. Las cuestiones de carácter ecléctico tratadas por el periódico *Diario de México* (1805-1817), publicación en la que diferentes autores presentan por primera vez en México las ideas ilustradas a un público generalizado, también brindan a Lizardi una vasta fuente para los temas desarrollados en sus novelas.

---

2   En las notas al pie del texto de la novela se encontrará información detallada sobre otras figuras de influencia.

3   Esa es la fecha mencionada por María Rosa Palazón Mayoral. Ruiz Castañeda en su introducción dice 29 de noviembre.

La Quijotita y su prima

La obra contrasta la educación de dos muchachas, Pudenciana y Pomposa, la Quijotita del título. Son hijas de dos hermanas, doña Matilde y doña Eufrosina, que se han casado aproximadamente en la misma época, viven en casas vecinas durante la gran parte de la novela y tienen niñas de la misma edad. Hasta aquí las coincidencias. En lo que respecta a la personalidad de las madres y la educación que ellas brindan las diferencias son marcadas. Doña Matilde, casada con don Rodrigo, que ostenta el cargo de Coronel, es la madre ejemplar, que atiende los consejos de su esposo y se dedica al cuidado de su hija con esmero. En las conversaciones con don Rodrigo, Matilde es la interlocutora necesaria para que este exponga los preceptos y doctrina educativa que Lizardi quiere promover. Doña Eufrosina, por otra parte, es la típica mujer de la nueva clase urbana que Lizardi critica. Ella, preocupada por asistir a fiestas, recibir invitados y creer en supersticiones, cede el cuidado físico y espiritual de su hija a criadas y vecinas. Su superficialidad refleja la de su esposo, don Dionisio, un hombre de carácter débil que se deja llevar por las vanidades de su mujer. Pudenciana, producto de una educación ilustrada, se casa bien, con un hombre de trabajo, don Modesto, y vive en paz con su esposo e hijos, acompañando a sus padres en la vejez. El matrimonio de Eufrosina y Dionisio fracasa por los problemas económicos a que es arrastrado por gastos descontrolados y Eufrosina acaba sus días en la cárcel. Pomposa, que no logra establecer una relación de afecto con ninguna de las personas que la rodean, muere joven y en la mayor miseria luego de haber tenido un aborto y haberse visto obligada a ejercer la prostitución. Así, la novela premia con una felicidad dulce y tranquila a los personajes orientados en una vida de orden y raciocinio y condena a su contrapartida a un descenso moral que va unido con el económico.

En Matilde Lizardi elogia a las madres que amamantan a sus niñas, que están en casa para educarlas personalmente y que se aseguran que lleguen vírgenes al matrimonio. Con la figura del Coronel se exalta la imagen paternalista del hombre ilustrado que enseña a su hija a leer de manera analítica, la hace practicar los rudimentos de las matemáticas y la inicia en el oficio de componer relojes. Esta tarea resultará esencial en el caso de sobrevenir la ausencia del hombre, que por tradición debe ocuparse del bienestar económico de la mujer y la familia.

Las malas influencias de una vida dedicada a las reuniones sociales donde abundan el chisme y la mojigatería, unidas a las lecturas religiosas y románticas tomadas al pie de la letra y sumadas a una cultura que fomenta el consumo condenan a Pomposita. De esta manera el concepto de la «educación de las mujeres» no se reduce a la educación de las hijas sino también a la instrucción de los personajes femeninos en el poderoso papel de madres, destinadas a poner en juego la ideología de la Ilustración.

Aunque contemporáneas y vecinas, Eufrosina y Matilde pertenecen a dos Méxicos diferentes; el del pasado, que concibe a las mujeres como objetos decorativos, vacíos de capacidad razonadora y meros agentes reproductores y el del futuro que las hace buenas discípulas del hombre ilustrado. En ese sentido no son personajes completos sino representantes de ideas. No hace falta más que revisar los nombres de los personajes para corroborar su naturaleza de símbolos de sus características más destacadas: Don Rodrigo y Matilde ostentan nombres de abolengo castizo, Pudenciana tiene nombre de santa y don Modesto es un hombre de orígenes humildes que logra el éxito económico llevando una vida frugal y mesurada. Eufrosina es frívola, don Dionisio se deja llevar por el deseo de obtener satisfacciones inmediatas y su hija está llena de pompa y vacía de sustancia.

Algunos críticos han señalado una aparente contradicción en el texto: la mujer deber ser educada para poder así mantener más efectivamente las propiedades del hombre representadas por los hijos y el capital económico. Pero como señala Nancy Vogeley, en su espíritu didáctico la novela se centra en otras dos cuestiones de especial interés para el habitante de la colonia: ofrecer cambios en lo referido a la autoridad y la naturaleza de las mujeres. Lizardi sugiere que estos temas apuntan más allá del ámbito de la familia, a la que considera núcleo vital de la nueva sociedad, para extenderse a otras estructuras sociales e invita a reflexionar sobre la posibilidad de cuestionar la autoridad, representada específicamente por la jerarquía eclesiástica –que se opone a la educación de las mujeres– y al respeto ciego impuesto por los representantes de generaciones pasadas (Vogeley 193).

Como bien señala Jean Franco, para los contemporáneos de Lizardi la literatura era la responsabilidad de un grupo de personas educadas, la mayoría autodidactas, que la juzgaban en su sentido más amplio la base del buen gobierno. En vista de la heterogeneidad de las clases populares, considerada una amenaza al orden social, la elite intelectual propuso una sociedad más homogénea, más disciplinada y más uniforme, una sociedad «civilizada». (Franco, 1999 481-482).

El hecho de que en 1784 en España y luego en México en 1799[4], por primera vez en la colonia, se permitiera que las mujeres trabajaran en un oficio (Arrom 27) pone en evidencia que Lizardi está haciendo eco en su novela de cambios concretos, no solo ideológicos, que se estaban implementando en la época. Aunque para la novela el lugar de la mujer es el hogar, espacio del que no deben salir ni siquiera los niños de temprana edad para ser educados en escuela de párvulos, solo el conocimiento de un oficio podría haber evitado que Pomposa terminara sus días ejerciendo el de prostituta, el único redituable para una mujer que no encuadra en el contexto tradicional

---

4   El presente de la narración en *La Quijotita* coincide exactamente con esta época (Ver Lizardi 262).

de dedicar su vida al matrimonio o el convento. De esa manera se entiende por qué Lizardi se muestra despectivo frente al oficio de costurera o bordadora, que siendo la labor tradicionalmente asignada al género femenino, era una actividad muy mal remunerada y, en repetidas ocasiones, una antesala al trabajo de la prostitución. Tanto el oficio de compostura de relojes, que aprende Pudenciana de su padre cuando niña, como el consejo que da este sobre la necesidad que tienen las mujeres de conocer de asuntos de jurisprudencia para protegerse de los malos escribanos, aparecen en el contexto de la potencial pobreza: «... toda mujer, desde su niñez debe instruirse en estos pormenores, solamente porque es mujer, aunque sea rica, porque no sabe si llegará a ser pobre... » (Lizardi 140). Los datos sobre el número elevado de viudas y mujeres solteras en la colonia (Arrom 115) parecen garantizar esa preocupación. Claramente, el poder cumplir la tarea de mantener la posición económica que ha sido adquirida por el marido o el padre es otra de las ventajas que otorga la educación.

La sátira didáctica de Lizardi explica a los lectores (primordialmente un público femenino, como se explicita en la introducción) los buenos métodos de la crianza de las niñas y las consecuencias nefastas de la mala educación en estas. Aunque no se trate de un texto costumbrista, presenta al mismo tiempo un interesante recorte de la sociedad mexicana en vísperas de su independencia. Acompañamos a los personajes de Pudenciana y Pomposita en su camino desde la infancia a la madurez. Durante la adolescencia deben elegir qué rumbo tomar y qué niveles de independencia deben alcanzar con respecto a los modelos prefijados. De ese modo repiten las mismas preguntas que toda la sociedad colonial debe cuestionarse en un momento primordial de transición (Vogeley 161). En *La Quijotita* no hay posibilidad de redención (Vogeley 188) aun cuando esas elecciones sean incorrectas, como aparece en los relatos picarescos. Por una parte, Eufrosina no escucha nunca los consejos del Coronel, que aparece ante ella como una figura anticuada y paternalista y este mal uso de su libertad de elección la condena al fracaso. No contando con la presencia de un marido de fuerte personalidad, su familia se derrumba con ella. Por su parte, Pomposa no obtiene ningún beneficio personal de sus aventuras.

Sin embargo es necesario destacar que el personaje de Eufrosina despliega un cierto ingenio, con un discurso ágil e inteligente que no siempre produce, sobre todo en el lector moderno, una reacción negativa. En ese sentido se presenta como una contrapartida entretenida a las palabras de apariencia a menudo obsecuente de Matilde y el narrador. Lamentablemente, Lizardi sólo puede ofrecer una severa condena a este tipo de mujer.

Muchas de las actitudes criticadas por Lizardi en Eufrosina y su hija son características de las clases acomodadas urbanas y de las mujeres que perteneciendo a estas no saben cómo articular correctamente los cambios que ellas vislumbran en las relaciones de los géneros. Aunque ubicada en un período en que se están gestando las ideas y las acciones independentistas de las que sin duda participaron las mujeres, el limitado espacio que ocupan los personajes femeninos en *La Quijotita* es exclusivamente el de la casa de ciudad. La familia de Pudenciana se ausenta del hogar una única vez, por solo un día, para asistir a las bodas campestres del hijo de don Pascual. El campo, visto como un lugar bucólico, poblado con personajes simples que deben trabajar la tierra para sobrevivir representa, por su relación con el pasado, un espacio ajeno a los intereses educativos del texto. Aunque es de notar que el coronel apoya, para los campesinos e indios «una educación proporcionada a su capacidad» (Lizardi 162), el campo es visto como un lugar bucólico, poblado con personajes simples que deben trabajar la tierra para sobrevivir. Por su relación con el pasado representa un espacio ajeno a los intereses educativos del texto.

Por consiguiente, cuando Pomposita se aleja de la casa para emprender su aventura de ermitaña y luego en sus salidas para ejercer la prostitución, solo la aguardan la burla y la tragedia. Las «salidas» de Pomposita remiten claramente a las de su antecedente literario, *Don Quijote de la Mancha* de Miguel de Cervantes Saavedra.

Quijotita y Don Quijote

> El fantasma que perturbaba el juicio de don Quijote era creerse el más esforzado caballero, nacido para resucitar su orden andantesca; el que ocupa el cerebro de doña Pomposa es juzgar que es la más hermosa y la más cabal dama del mundo, nacida para vengar su sexo de los desprecios que sufre de los hombres, haciendo a estos confesar en campal batalla en el estrado, que la belleza es todo cuanto mérito necesita una mujer para atraerse todas las adoraciones del universo (Lizardi 224).

Don Quijote fue, desde el momento de la publicación de su primera parte (1605), muy popular en las colonias de América y desde temprano abundaron referencias al texto en imitaciones y parodias. Lynda Hutcheon define la parodia como una repetición con una diferencia. Según Hutcheon la parodia le permite al artista hablar a un discurso desde dentro. De esa manera el acto de parodiar es un homenaje respetuoso al mismo tiempo que un gesto irreverente y este juego está presente de manera clara en la novela de Lizardi que nos ocupa.

La clara división establecida por Lizardi entre Pomposa y Pudenciana corresponde a la definición que Scott Paul Gordon ofrece sobre el término «quijotismo», aplicado a narraciones hipertextuales que como esta derivan de la famosa obra de Cervantes. Según este crítico el del quijotismo es un discurso que describe o establece una marcada diferencia entre un «nosotros» y un «ellos». La palabra «Quijote» es, en este contexto, un término negativo que sirve para distanciarse de la percepción del otro y para caracterizar esa percepción como errada, excesiva, aberrante. «Quijote» es una etiqueta que un grupo usa para describir a otro, una estrategia para descartar experiencias diferentes. Si se considera que la Ilustración propone que si fuera posible eliminar las barreras que impiden apreciar la realidad de manera «correcta», todo el mundo podría ver las cosas como realmente son (Gordon 3), entendemos de qué manera la referencia a Don Quijote cumple para Lizardi un papel fundamental en su proyecto educativo. En ese sentido *La Quijotita y su prima* repite el modelo de otra narrativas quijotescas ortodoxas, que aun cuando tengan figuras quijotescas con ideales atractivos, consistentemente critican la práctica de quijotismo y lo curan (13).

En el siglo XVIII era común la percepción de que el lector que no podía distinguir la realidad de la ficción era una mujer, de ahí que un Quijote femenino se presentara como una figura relativamente fácil de imaginar. En la novela atribuida a Tabitha Tenney, *Female Quixoticism, Exhibited in the Romantic Opinions and Extravagant Adventures of Dorcasina Sheldon* (1801) se sugiere, como en la obra de Lizardi, que las lecturas descontroladas que causan confusión en las jóvenes, generalmente fomentadas por madres que no ejercen bien su papel, arruinan a las muchachas y las deja incapaces de participar en la economía del matrimonio (39).

La coincidencias entre los dos personajes de Cervantes y Lizardi abundan: como Don Quijote, Quijotita vive «loca» y muere «cuerda», consciente del daño ocasionado por sus equivocaciones y desvíos. El nombre del estudiante Sansón Carrasco, quien da a Pomposa su apodo, porque la considera, como otro Quijote, lúcida exceptuando a lo que se relaciona con la belleza y el amor, corresponde con el del bachiller cervantino.

A diferencia de la intención de enmendar entuertos del famoso caballero, la utopía que busca Pomposa, engañada por sus lecturas y el estilo de vida que promueve su madre, es la de encontrar un hombre rico, con títulos de nobleza, hermoso, amante de la vida de la corte y al mismo tiempo respetuoso de la libertad de la mujer. Este hombre ideal debe presentarse con la garantía de una fortuna inagotable, que a diferencia de Don Dionisio que lo ha perdido todo en dos ocasiones, sea fuente de constante placer.

Guiada por el ejercicio de leer mal, repitiendo los conceptos de memoria como un perico (del mismo modo que el personaje de *El periquillo sarniento*), Pomposa se deja llevar por las ficciones de la literatura romántica y religiosa y como su predecesor cervantino intenta hacer realidad un modelo caduco que solo funciona en su imaginación.

Se observan más similitudes cuando Eufrosina se enoja con su hija por el resultado de su «primera salida» y destruye los libros causantes de su locura (Capítulo XXXI), en claro eco del accionar del cura y el barbero de Cervantes. Algunos textos inmolados por Eufrosina son de carácter religioso a los que se suman alrededor de quinientas novelas, entre las que se encuentra *Don Quijote*. Antes de su aventura de fanatismo religioso Pomposa se prepara vistiéndose de ermitaña como Don Quijote lo había hecho al adquirir las galas de caballero.

Al igual que Quijote, Pomposa comete errores al asignar identidades erróneas a ciertos personajes. En sentido amplio, Pomposa es una trágica víctima de su falta de claridad de raciocinio cuando cree en las mentiras de los hombres que le hacen promesas de amor sin intención de cumplirlas. Como ejemplo más concreto es interesante citar el episodio en el que Quijotita se dirige a los indígenas que la encuentran perdida como si fueran ángeles que vienen a socorrerla. Además del efecto cómico que esto produce, la novela enfatiza la importancia de mantener espacios sociales, culturales y étnicos convenientemente separados. Pomposa no solo interpreta mal las apariencias sino también el lenguaje:

> [El indio]… así para satisfacerla le decía: —Amo lagrón, magre, amo ladrón–, que era decirle en un mal castellano y mexicano: —No soy ladrón, madre, no soy ladrón–. Pero como Pomposa no sabía que amo en idioma mexicano quiere decir no, creyó que el carbonero decía que amaba a los ladrones, y arrebatada de su ardiente caridad, después de haber vuelto en sí de su primer disparatado juicio y conociendo que eran carboneros los que le parecieron ángeles, les decía: —¡No, hijos, no améis a los ladrones, porque os pervertiréis y seréis unos de ellos, cum perverso perverteris (Lizardi 329).

Además de leer mal, Quijotita traduce mal, demostrando con los indígenas la misma ignorancia de la que había hecho alarde al usar frases en latín. En este caso el problema atañe a importantes cuestiones de organización de la nueva nación, en especial si se tiene en cuenta la pluralidad lingüística de México. La ironía reside en que en esta ocasión Pomposa se muestra más ajena a la realidad, más «otra» que aquellos que son oficialmente marginados.

En lo que respecta al lenguaje se observa también que Don Pascual, el campesino honesto que trabaja las tierras de don Rodrigo, recuerda a Sancho Panza, especialmente por el exagerado uso de refranes que aparece en su discurso y por su lenguaje colorido.

El uso del neologismo «diabligato» (Lizardi 310) para referirse al gato al que Pomposa confunde con una aparición diabólica recuerda también el famoso «baciyelmo» inventado por el escudero de don Quijote.

Los relatos intercalados al estilo de Cervantes agregan un respiro al largo diálogo didáctico que es central a la novela: el casamiento del hijo de Pascual, el cuento del desafortunado final de Gertrudis, la historia de Welster y Carlota, y la de Irene con Jacobo, son ejemplos de instancias narrativas que ocupan una parte importante del texto –lo que acontece a Irene está desarrollado en dos capítulos y la sección dedicada a Carlota y Welster ocupa tres– que agregan riqueza a la novela. Ambas representan los mejores momentos narrativos de la obra. Según Luis F. González Cruz estas novelas intercaladas, que tratan el tema del amor y de la manera en que los padres tratan a sus hijas, conservan una estrecha relación con el asunto de *La Quijotita*. Como señala el crítico, el hecho de que algunos de los personajes de una historia se entretejan con los de otra añade complejidad.

Como la obra de Cervantes *La Quijotita* presenta un marco narrativo en la forma de la carta de una tal «Curiosa» quien ha escrito al autor en búsqueda de una novela a la manera de *El periquillo* orientada a temas específicamente femeninos. El subtítulo original: *Historia muy cierta con apariencia de novela* también apunta al encuentro de la realidad y la ficción que en este caso están subordinadas exclusivamente al proyecto didáctico.

Además de la madres indulgentes y padres débiles o crueles la crítica se extiende a todo el sistema social: así aparecen beatas tontas, escribanos deshonestos, maestros inatentos y faltos de ética, estudiantes de enseñanza superior desocupados de sus estudios, hombres de dinero que abusan sexualmente de menores y sacerdotes que tienen actitudes egoístas hacia sus feligreses. Junto con la figura del Coronel se rescatan la del médico (que en forma de homenaje presenta varias características biográficas correspondientes a las del padre de Lizardi), la de la familia de Don Pascual que conoce su lugar en la escala social y lo respeta y el mismo narrador. Este, como testigo prácticamente mudo cuenta los acontecimientos de la novela desde la posición privilegiada de pupilo del Coronel. El narrador, que tiene el mismo nombre de pila que Lizardi[5] es de origen pobre, está en la ciudad enviado por su padre y ve en el personaje del coronel una figura paterna que lo reemplaza antes y después de su muerte. Pareciera que la estima de Joaquín hacia don Rodrigo llegara a superar a la que siente por su padre, entre otras cosas porque su tutor tiene acceso a bienes materiales de los que Joaquín carece. Sin embargo, debe señalarse que desde el punto de vista de su tarea narrativa el lugar que ocupa es destacado y en ese papel tiene gran poder. En el Capítulo I nos dice que gracias a la puerta que se construyó entre las dos casas él puede enterarse con detalle de lo que sucedía en cada una. Como esa puerta, él está en medio, para observar en primera fila la caída de la familia de Eufrosina y el triunfo de la de Matilde con una actitud parecida a la Fernández de Lizardi, quien construye su novela a manera de experimento social.

El privilegio del narrador no se limita a su posición física sino al dominio que tiene sobre lo que se cuenta. Su ausencia, como en el caso de la salida de

---

5   El nombre del narrador aparece sólo en dos ocasiones en los capítulos XII y XXXVIII.

Pomposa, único momento en que ella está sola, sin miembros de su familia o Joaquín como testigos, resultan en un inminente peligro para la muchacha.

A pesar de su apariencia de transcriptor fiel de los acontecimientos y el contenido didáctico de los monólogos de don Rodrigo, él mismo confiesa que cuando se trata de un público al que no respeta no tiene empacho en mentir. Cuando relata la conversación con Eufrosina sobre su viaje apunta: «preguntas... a las que yo contesté unas veces con verdad y otras sin ella» y más adelante agrega: «procuré cuanto pude economizar las mentiras, como que sabía que el coronel no era nada vulgar y podía sorprenderme cuando yo estuviera mintiendo más alegre.» (Lizardi 137). Según parece, el narrador, como el mismo Lizardi, tiene muy en cuenta quién es su público.

Además de contar lo que ve en contadas ocasiones participa en la trama como extensión de don Rodrigo. Más adelante declara que cumple con el pedido del Coronel de ayudar a Eufrosina y Pomposa: «... y por su orden les dejaba con disimulo en las almohadillas o canastas de costuras algunos socorros que me daba para ese objeto y con encargo especial de que nunca dijese nada a nadie» (357).

Joaquín, silencioso ayudante y omnipresente narrador testigo, como el mismo Fernández de Lizardi trata de disimular su poderoso dominio del relato, privando a sus lectoras contemporáneas de la bien merecida libertad de interpretación. Con su texto otorga a los lectores modernos un ejemplo claro de la presencia de típicas estructuras dicotómicas que organizan el pensamiento civilizador ilustrado que empiezan a aparecer en la época y se extenderán por América Latina hasta bien entrado el siglo XIX.

BIBLIOGRAFÍA

Arrom, Silvia Marina. *The Women of Mexico City (1790-1857)* Standford University Press. California. 1985

Franco, Jean. «La heterogeneidad peligrosa: Escritura y control social en vísperas de la independencia mexicana». Hispamérica 12.34-35 (1983): 3-34

_____ «Women, Fashion and the Moralists in Early Ninetheen-century México». Homenaje a Ana María Barrenechea. Ed. Lía Schwartz Lerner & Isaac Lerner. Castalia. Madrid. 1984

_____ «Women, Fashion and the Moralists in Early Ninetheen-century México». En *Critical Passions*. Duke University Press. 1999. 461-475

_____ «Waiting for a Bourgeoisie. The Formation of Mexican Intelligentsia in the Age of Independence». En *Critical Passions*. Duke University Press. 1999. 476-492

Hutcheon, Linda. *A Theory of Parody: the Teachings of Twentieth-Century Art Forms*. New York. 1985

Leal Luis. «The American in Mexican Literature». MELUS, VOL. 5, No.3, i.e. *Pressures of History* (Autumm, 1978) 16-25

González Cruz Luis F. «El Quijote y Fernández de Lizardi: revisión de una influencia». *Cervantes: Su obra y su mundo*. Ed. Manuel Criado de Val. Madrid: EDI-6, 1981: 927-32

González Obregón, Luis. *Novelistas mexicanos: José Joaquín Fernández de Lizardi*. México. Botas. 1938.

Lasarte, Pedro. *«Don Catrín, Don Quijote* y la picaresca». Revista de estudios Hispánicos 23.3 (1989) 101-12

Parkinson de Saz, Sara M. «Cervantes en Hispanoamérica: Fernández de Lizardi y Juan Montalvo». En: *Cervantes. Su obra y su mundo*. Actas del I Congreso Internacional sobre Cervantes. Dirección Criado de Val. Madrid.1981 pp. 1059-1086.

Scout, Paul Gordon. *The Practice of Quixotism. Postmodern Theory and Eighteenth-Century Women's Writing*. Palgrave Macmillan. New York. 2006

Spell, Jefferson Rea. «Mexican Society as Seen by Fernández de Lizardi». Hispania, Volume III May, 1925 Number 3.145-165

_____ «An Incident in the Life of Guridi y Alcocer and *La Quijotita*».The Hispanic American Historical Review, Vol. 25, No. 3. (Aug., 1945) 405-408

_____ «The Educacional Views of Fernández de Lizardi». Hispania. Vol. 9. November 1926 No. 5. 259-274

_____ *Lizardi and the Birth of the Novel in Spanish America*. University Press of Florida. 2001

La Quijotita y su prima

Y su prima

Historia muy cierta
con apariencia de novela

Advertencias preliminares

Si alguna persona comprare esta obrita, creyendo hallar en ella invención singular, erudición escogida, método exacto, estilo brillante y todas aquellas bellezas que encantan y sorprenden en muchas obras del día, se llevará un buen chasco, sin duda alguna; pues solo encontrará una invención común, una erudición no rara, un método en partes incorrecto y un estilo sencillo y familiar.

Tal es el todo de la presente obrita; y esta ingenua confesión, si no basta a defenderla de los colmillos del Zoilo,[1] ni de la férula del Aristarco,[2] bastará a lo menos para probar que su autor no aspira a pasar plaza de sabio, sorprendiendo a los incautos.

Habiendo visto la favorable acogida que halló *El periquillo*[3] en el público ilustrado de este reino, y habiendo también observado que se han desterrado de algunas casas estas o aquellas preocupaciones, mediante su lectura, me determiné a escribir esta obrita, considerando que acaso podría ser de provecho a no pocas personas; y como al escribir trato de conciliar mi interés particular con la utilidad común, de ahí es que muchas veces atropello a sabiendas con las reglas del arte, cuando me ocurre alguna idea que me parece conveniente ponerla de este o del otro modo.

No por esto se me esconde que se pueden dictar los mismos documentos cumpliendo con el rigor del arte, y tal vez con más gracia y mejor estilo; pero ¿qué tengo con saber que se puede hacer una cosa con perfección, si yo carezco de la ilustración y genio propio para hacerla?

Por tanto ofrezco al benigno público esta obra, así como he podido escribirla, deseando que sea útil y esperando que los sabios disimularán los defectos que no hubiere sabido corregir o evitar mi escasa penetración.

También debo advertir, que aunque está dedicada al bello sexo, no será enteramente inútil al otro, por las íntimas relaciones que tienen ambos entre sí.

---

1   *Zoilo*: (c .400 - c. 320 a.C.), filósofo sofista y crítico implacable.
2   *Aristaco*: (310-230 a.C.), astrónomo y matemático griego.
3   *El periquillo sarniento*: primera obra de Fernández de Lizardi, publicada en 1816.

*

Queda abierta la suscripción en esta Capital, en el Portal de Mercaderes cajón de D. Domingo Llano, y en la oficina donde se imprime esta obra, siendo su precio 2 pesetas, 2 reales para México, y 2 pesetas, 4 reales para fuera, por este primer tomo.

Cada semana saldrán cuatro pliegos, los que se llevarán a las casas de los SS. Suscriptores, previniendo a quien se lo deje de llevar, ocurra al lugar donde se suscribió dentro del tercero día, para reponerle los que le falten, siempre que la culpa esté en el repartidor; pues no justificando que fue así, no quedamos de modo alguno responsables de los descuidos de los criados de las casas, o de la omisión de los dueños.

NOTA: Las personas que quieran tener su obra al fin, limpia, completa y curiosa, deben cuidar bien sus pliegos, y en caso de prestarlos, ver cómo y a quién, pues no todos saben tratar bien un papel.

Por no observar esta advertencia se han quedado mucho con *El periquillo* sucio o incompleto.

Prólogo

Señor Pensador:

He leído con gusto la obrita de usted que tituló *El periquillo sarniento*, y con decirle que la he leído con gusto, la alabo bastante, porque soy poco amiga de leer, y tal ha de ser un libro para que no me canse y merezca que le vea el fin, favor que me ha debido *El periquillo* de usted.

Entre otros frutos que he sacado de la lectura de esa historieta, ha sido uno reflexionar en el empeño con que critica usted las costumbres de los hombres extraviados, la sal con que procura ridiculizar los vicios más groseros y el conato que pone en divertir e instruir a sus lectores.

Pero, señor Pensador, ¿todo ha de ser a costa de los hombres y para el provecho de ellos? ¿Nunca se ha de acordar usted de las mujeres para darles una enjabonadita? ¿Cree usted que somos irreprensibles, o le parece que nos haría un agravio con emplear su pluma en nuestra corrección? Advierta usted que en nuestro sexo hay muchos abusos y muchas preocupaciones perniciosas, comenzando desde nuestra primera educación. El amor propio nos ciega más que a ustedes, y los hombres, cuando dicen que nos aman, no hacen sino empeñarse en cegarnos más.

Síguese que pocos autores, o tal vez ninguno, ha escrito contra nuestros defectos en un estilo que nos pique, nos enseñe, corrija y divierta. Casi cuantos hasta hoy han escrito sobre esta materia se han dividido en dos bandos: unos han tratado de instruir a nuestros padres acerca del modo de educarnos, amontonándoles bellos rasgos metafísicos, bastante erudición y un sinnúmero de reglas acaso impracticables. Los otros no se han entretenido sino en satirizamos hasta lo más inocente, en llenarnos de oprobios y en procurar excitar la risa de sus lectores a nuestra costa.

Ya ve usted que si el fin de los primeros es laudable, ha sido igualmente infructuoso; porque las niñas, que algún día han de ser madres, por lo común no son aficionadas a esta clase de lecturas serias, que parece no hablan con ellas.

El fin de los segundos es demasiado soez e indigno, pues hablan mal de lo mismo que apetecen, solo por saciar su espíritu locuaz y maldiciente.

Sería, pues, una empresa recomendable dar a luz una obrita que, sin zaherir generalmente al sexo, ridiculizara los defectos más comunes que en él se advierten.

Tal clase de trabajo sería útil y digno de nuestro aprecio, pues lo leeríamos con gusto, creyendo no estar comprendidas en aquella pintura, y a nuestras solas o a sangre fría advertiríamos que en muchas materias la sátira y la reprensión recaían sobre nosotras, que éramos los legítimos prototipos de aquellos retratos imaginarios.

El plan de esta obrita presenta desde luego un espacioso campo, no solo para divertirnos y satirizar nuestros defectos, sino para instruir a los padres y madres acerca de nuestra educación, para descubrir los ardides y artificios de que se valen los hombres para seducirnos y arruinarnos, y para enseñarnos los antídotos más eficaces para precavernos.

Un librito semejante puesto en las manos de una niña de diez años, produciría mejores efectos que los de la diversión y pasatiempo; pues a la hora crítica se vendrían muchos lancecillos a la memoria de la tal niña, y contendrían como un freno sus primeros desordenados movimientos.

En fin, señor Pensador, yo estoy paseándome en unos prados muy deliciosos que no existen, estoy recomendando el mérito de una obra que deseo y no se ha escrito. Quisiera a la verdad que probara usted su pluma para este utilísimo trabajo. El genio de usted, serio y observativo, su poco o mucho mundo que tenga, su estilo adecuado para el caso, me hacen creer que si emprende este trabajo, no puede ser de ninguna manera infructuoso.

Conque anímese usted y coadyuve a los buenos deseos que tengo de abrir los ojos a las damas. Ello, ya advierto que es algo dificultoso; pero lo fácil ni contrae mérito ni demanda recomendación ni elogios. Lo arduo sí, se debe emprender aunque no se consiga, porque solo el pretenderlo es digno de la estimación universal.

Estos generosos sentimientos, fruto de la lectura de *El Periquillo*, han agitado mi fantasía y puesto la pluma en mi mano para suplicar a usted, aunque sin mérito, que escriba una cotorra o lo que quiera, según la idea que le presento; y de su atención y cortesía espero no quedará desairada su incógnita servidora que B. S. M.,[4]

La Curiosa.

---

[4] *B.S.M.:* acrónimo por «*Besa su mano*».

Respuesta

Señorita:

La idea de usted es liberal, sus deseos apreciables y su estilo insinuante.

A pesar de todo esto, conozco lo débil de mi talento y lo mal cortado de mi pluma para emplearlos en semejante obra.

Pero aun suponiéndome capaz de desempeñar el designio de usted, no quisiera conciliarme el aborrecimiento del bello sexo, que sería como necesaria consecuencia de las verdades que estampara.

Confieso a usted con la mayor sencillez, que sea por mi edad, por mi constitución enfermiza, por el conocimiento de mi ningún merito, por mi experiencia, por mi corta fortuna o por lo que usted quiera, no me atrevo a mendigar los favores de las mis señoras; y así, el temer hablar contra algunos defectos o preocupaciones de muchas, no es por excusar sus dengues[5] ni desvíos, sino porque presumo que algunas me contarán en el número de los segundos escritores que usted menciona.

Yo creo que algo conozco a las mujeres, y por una constante experiencia y observación, he echado mis pronósticos a muchas, y casi siempre los he visto cumplidos al pie de la letra, lo que me hace pensar que quizá escribiría con tino en la materia; pero cuando así fuera, no podía menos que granjearme una porción de enemigas, que a veces son más terribles que enemigos; y lo peor es que me las adquiriría a mi pesar, pues no escribiría mi obra, ni acusaría de ningún defecto a las damas, del que no recayera la culpa en la mayor parte de los hombres, lo que era un bello modo de lisonjearlas.

Pero si todo este artificio no bastaba, ¿qué haríamos sino sufrir su terrible anatema y exponernos a ser el blanco de sus maldiciones y tijeretadas inexcusables?

Mas después de todo, yo no he de desairar a V. Voy a escribir una obrita, y esta no será una novela, sino una historia verdadera que he presenciado, y cuyos personajes V. conoce.

Por ventura se acordará usted bien de la *Quijotita y su Prima*, damas harto conocidas en esta capital. Pues la historia de estas madamas voy a escribir por complacer a usted.

La una de ellas presenta todo el fruto de una educación vulgar y maleada, y la otra el de una crianza moral y purgada de las más comunes preocupaciones.

En el contraste de estas dos educaciones se hallará la moralidad de la sátira, y en el paradero de ambas señoritas el fruto de la lectura, que será o deberá ser el temor del mal, el escarmiento y el apetito de buen obrar.

Si usted no quedare complacida, el defecto estará en mi corto talento, y no en mi decidida voluntad con que deseo servirla y me ofrezco a su disposición como su afectísimo servidor que S.P.B.[6]

El Pensador Mexicano

---

5   *Dengue*: melindre que consiste en afectar delicadezas, males y, a veces, disgusto de lo que más se quiere o desea.

6   *S.P.B.*: acrónimo por «Su pie besa».

Capítulo I

En el que se da razón de quiénes fueron estas dos señoras, y de
la primera educación de ambas

En una de las casas de esta populosa ciudad vivía doña Eufrosina Contreras, mujer de don Dionisio Langaruto, y hermana de doña Matilde, esposa de don Rodrigo Linarte, coronel retirado de no sé qué regimiento.

Estos últimos señores vivían pared en medio de la casa de don Dionisio; pero tan inmediatas estaban las habitaciones, como distantes los genios de las hermanas y concuños; porque don Dionisio era semijoven, rico y totalmente dado al lujo y a lo que dicen gran mundo; y el coronel ya se acercaba a los cuarenta y cinco años de edad, su fortuna era algo mediana y su carácter serio y cortesano.

El primero solo pensaba en el juego, bailes, tertulias, modas y paseos; y el segundo, sin declinar en ridículo ni extravagante, se divertía sin disiparse y se entretenía, lo más del tiempo que tenía desocupado, en la lectura de buenos libros.

Como las mujeres, por lo común, siguen el ejemplo de los maridos, Eufrosina era una petimetra o curra[7] de las últimas modas; su casa una perfecta sociedad de caballeretes almidonados, y su vida un continuado círculo de diversiones y alegrías.

Doña Matilde, por el contrario; acostumbrada desde muy niña al reposo de su marido, se divertía grandemente con el cuidado de este y de su casa, y cuando quería desahogarse lo hacía con su clave, que tocaba diestramente.

No por esto se entienda que su esposo era un mono que la privaba de otra clase de diversiones honestas. Nada menos: ella tenía y correspondía sus visitas y se franqueaba[8] a cuantos convites le hacían, especialmente a aquellos cuya asistencia prescribía la amistad y política; pero siempre en compañía de su esposo y nunca tratando de sobresalir en lujo; sencillez que la hacía más estimable de las gentes sensatas.

Sin embargo de lo opuesto de los naturales de estas dos familias, se

---

7   *Curra*: maja; que afecta libertad y guapeza. Que gusta por su simpatía u otra cualidad.
8   *Franquear*: conceder algo con generosidad.

amaban con extremo, ya por los vínculos de la sangre, y ya por la prudencia del coronel y su esposa, que jamás se oponían a sus hermanos, ni chocaban contra su gusto, antes condescendían con ellos en cuanto no les era perjudicial, con cuyo arte cultivaban el cariño de día en día.

Tanto creció este, que no pudiendo sufrir las hermanas la separación de casas, aunque tan inmediatas, trataron de que se abriera una puerta en la pared que las dividía, haciendo de este modo de las dos casas una, y facilitando el vivir juntas y separadas a un mismo tiempo.

Abriose, pues, la puerta, se estrechó más la comunicación, como era regular, y esta puerta me facilitó observar más de cerca la conducta de ambas familias, porque yo pertenecía a la de don Rodrigo, con quien vivía, por ser mi tutor.

Casi a un tiempo estuvieron grávidas las dos hermanas, y casi a un tiempo dieron a luz los frutos de sus vientres con la mayor felicidad, aunque estos no la lograron igual en el discurso de su vida.

Doña Eufrosina, después que parió a su hija, a quien pusieron por nombre Pomposa, la entregó al brazo secular de las tías y nodrizas, y no la volvió a ver hasta que la sacó a misa. Su mayor cuidado y conato fue curarse y fortalecerse con buenas gallinas y ricos vinos, los días que la preocupación[9] señala de cama a las paridas. Con semejante esmero se levantó famosa y rozagante, al mismo tiempo que su hermana doña Matilde tenía algo quebrado el color, por razón de que criaba a sus pechos a su niña Pudenciana.

Entre las visitas de la casa, no faltaban algunas señoritas que celebraban la robustez de Eufrosina, apoyando el arbitrio de no criar a sus hijos.

—Haces muy bien, niña –le decían–, haces muy bien de no criar a tus hijos. Yo así lo hago, y ya ves qué buena salud gozo después de haber parido ocho muchachos.

—Con razón –decía otra–; yo pariera veinte y no criara uno; porque la crianza acaba a las mujeres, y por fin, no es moda, ni se quedan estas cosas para las personas de nuestra clase, sino para las pobretas y gente ordinaria.

—¡Ya se ve que sí! –decía otra–. ¿Qué dijera la marquesa Tijereta, la Tremenda y otras señoritas que visitan esta casa, si vieran a Eufrosina criando a su hija como una chichi alquilona?[10]

—¡Jesús! ni pensarlo –decía una chatilla[11] remilgada. —A mí nada me va ni me viene; pero se me encoge el corazón de ver a tu hermana Matilde cargando al nene todo el día, y a este chupándole la mitad de la vida; no en balde está la pobre tan descolorida y flaca, que parece gato de azotea. ¡Qué ordinario y qué mezquino debe ser el viejo de su marido!

—Yo harto me mortifico de estas cosas –respondía Eufrosina–, harto le decimos a don Rodrigo, y aun nos hemos ofrecido a pagarle la chichi; mas no

---

9   La preocupación consiste en que sean precisamente cuarenta días de cama, y no más ni menos, cuando este tiempo ya debiera ordenar según la constitución y robustez de la paciente, y no según una rutina que inventó el chiqueo y no la necesidad (Nota que aparece desde por lo menos la edición de 1842. En adelante: Ed. 1842).

10   *Chichi alquilona*: nodriza. *Chichi* designa a los pechos de mujer (ver nota 205 p. 148).

11   *Chatilla*: diminutivo de *chata*: nombre cariñoso y familiar que se da a las mujeres, sin atención al tamaño de su nariz.

hay forma de entrar por el aro; siempre nos sale con que es obligación precisa de las madres; que la que no lo hace así no merece este nombre, y otras tonterías semejantes.

—Sí, lo creo –decía la chata–, si vieras qué trabajo me costó imponer a mi marido a que pagara chichiguas para sus hijos, ¡oh!, eso fue mucho. ¡Sobre que el señor mío estaba acuñado a la antigua y presumía de muy filósofo y racional! ¡Qué sermones me echaba, qué comparaciones me ponía y qué cuentecillos me hacía leer!; pero no le valió. Mí constante respuesta era decirle que todas estas eran faramallas[12], vejestorios y arbitrios de mezquinos; que yo era una señora decente, y era muy mal visto en las de mi rango esa clase de trabajo y tarea, propia de la gente ruin y miserable, y que, por último, yo estaba resuelta a ahogar a los muchachos antes que permitir que ellos me exprimieran la última gota de mi sangre.

Cuando mi marido oía semejantes razones hacía del enojado y se marchaba a la calle. Me acuerdo que en mi primer parto, en una de estas, se fue y no vino hasta la noche sin traer chichigua, creyendo que yo me había de ablandar a los gritos del muchacho; pero ¡cuándo! El lloró hasta que se cansó, sin querer tomar la leche que le daban las criadas, mas no probó la mía. Hubo en casa por esto un san Quintín desesperado, cuando lo supo mi marido; pero yo conseguí salirme con la mía y que lo criara una negra retobada como el diablo, y creo que gálica,[13] por señas que el niño se murió a pocos días medio podrido, y desde entonces, ya mi marido tiene buen cuidado de buscar chichis robustas a sus hijos.

Algunas de estas conversaciones pasaban delante de doña Matilde, y esta sencillamente las refería a su marido, quien le decía:

—Hija, no hagas caso de las producciones de esas locas. El ídolo que adoran es su carita, y con tal que esta no desmerezca, poco cuidado se les da de atropellar las leyes de Dios y de la naturaleza. Mucho y bien han declamado los sabios contra este abuso; pero nunca lo bastante para exterminarlo de las sociedades...

A este tiempo tocaron la campanilla de la escalera, abrieron el portón, y entró precipitadamente en la sala haciendo un terrible ruido con las espuelas y seguido de una vieja, un payo[14] con su mangota embrocada, su paño de sol en los hombros, sus botas de campana y dos perritos en las manos, y sin quitarse el disforme sombrero dijo:

—Ave María, seor amo...

—¿Qué es esto, Pascual? –le preguntó el coronel– ¿qué te ha sucedido?, ¿qué tienes que te vienes ahogando?

—¡Qué he de tener, señor! –decía Pascual (que era mayordomo de un ranchito que tenía el coronel) –, ¡qué he de tener! Estas son unas picardías, unas perradas que no se pueden aguantar entre cristianos. No sé cómo no caen rayos a manojos y acaban con la ciudá.

---

12 *Faramalla*: charla artificiosa encaminada a engañar (coloquialismo).
13 *Gálica*: enferma de sífilis.
14 *Payo*: campesino.

—Pues, vaya –repetía el coronel–, ¿qué te ha sucedido?

—¡Qué me ha de suceder! En malhora me encargó el señor cura de mi tierra que tragiera una carta en la calle de... de... quién sabe cómo se llama la calle; pero ello es que el rétulo[15] de la carta era para la señora Lustrina...

—Liduvina se llama mi ama, que no Lustrina –decía la vieja muy enojada–, ¡habrase visto!, ¿que hasta eso más es usted ponenombres?, ¿o ya se metió a arzobispo para confirmarla?

—Todo está güeno –decía el payo–, ¿cómo dice que se llama su ama?

—La señora doña María Liduvina...

—Axcan,[16] ansina, eso es –reponía Pascual–, ansí se llamará, sino que como yo tengo mal güido[17] se me había olvidado; pero el cuento es, seor amo, que yo juí a la casa y llegué, ¿y qué hago?, subo, entro de sopetón hasta la recámara, y me jallo a la señora Luterina dándole de mamar a estos dos cachorros, sin tener tantita caridá de un probe muchachito de tres meses que estaba tirado a sus pies en una saleyita[18], dando el pobre angelito unos gritos que hasta se desmorecía,[19] y croque era de hambre, porque se chupaba las manitas y se revolcaba como culebra. Yo no me pude sofrenar, y ansí le dije a la señora:

—¿No juera mejor que le diera de mamar a ese probe niño, que al fin es cristiano como nosotros, y no a esos perros que tiene colgados de las chichis? ¡Si a mano viene será su hijo el muchacho! —Lumbre le quemaron en los lomos a la tal Lustrina o como se llame; porque poniéndose más colorada que un huachichil,[20] me dijo:

—¡Quítese de aquí el payo bruto, barbaján,[21] majadero, entremetido! Y ¿qué le va o qué le viene que yo dé de mamar o no a mi hijo?

Yo le dije:

—Sí, me va, porque la leche que le da a los perros, más mejor se la diera a ese niño, y yo no he de consentir tal picardía.

Y diciendo esto, le arrebaté los cachorros y me salí corriendo para acá en casa; pero en la calle me alcanzó esta maldita vieja, que a pura juerza quere que se los dé, y yo no se los quero dar, porque son más güenos para el rancho a conforme están de gordos y grandotes.

—Sí, señor, ansina es como el señor lo cuenta –decía la vieja–, pero ya verá su merced, que desde anoche se jue la chichi, y no se jalla otra ni por Dios ni por sus santos, y por eso lloraba el niño; porque como la leche de mi ama está retesa,[22] no se la puede dar porque se empachará el pobrecito.

---

15 *Rétulo*: por *rótulo*.
16 *Axcan*: (México) ahora está bien, así es.
17 *Güido*: (popular) oído.
18 *Saletiya*: diminutivo de *zalea*: cuero de oveja o carnero, curtido de modo que conserve la lana, empleado para preservar de la humedad y del frío.
19 *Desmorecer*: respirar de manera perturbada por el llanto o la risa excesivos.
20 *Huachichil*: frijol de color punzó que no se come. Úsase de esta frase vulgarmente para significar que alguna persona se pone muy colorada (Ed. 1842).
21 *Barbaján*: tosco, rústico, brutal.
22 *Retesar*: atiesar o endurecer algo.

—¡Mire qué caso! –decía Pascual– y ¿quén le ha mandado que la deje retesar?, ¿por qué no le dio de mamar dende los principios, que a fe que no se le retasara?

—¿Qué cuentas tengo yo con eso? –replicaba la vieja–, ¿acaso yo la mando o es mi hija? Pero, señor, a la probe de mi ama le viene tanta leche, que por más remedios y porquerías de la botica que le mandan los médicos, no se le puede retirar, y por eso cada rato es menester que los perros le vacíen los pechos; ¡ya se ve, que es tan enferma la probe señora!...

—¿Qué enferma ha de ser? –respondía Pascual–, si la viera, mi amo, qué colorada está y más gorda que un marrano capón, y con dos tetas tamañotas, que a fe que para vaca chichihua[23] valía un dineral; mañosa será ella, que no enferma. Muy rala será la mujer que no pueda criar a sus hijos por enferma. ¿No mira a mi ama, doña Matildita, cómo está criando a su niña y no se enferma?

—Pues en fin, yo no vengo a chismes ni averiguaciones –decía la vieja–, deme usted mis perros y acabadas cuentas, que Dios sabe los pasos que me cuesta andar la ceca y la meca en busca de los perros; y ansí haberlos, que ya me voy y se me hace malobra.

—Pues yo no doy los perros, es gana –decía Pascual–, dos tigres le diera yo para que le comieran los entresijos a su ama por verduga de su hijo; y ya se puede ir de aquí la señora alcahueta de los perros; porque si no, por vida mía que co-licencia del amo le he de cortar las orejas con este cuchillo. Diciendo esto, se sacó de la bota un puñal, y amenazó a la vieja con tan buen aire de enojo, que la pobre huyó más que de paso, rezongando sesenta retobos y desvergüenzas contra el payo; pero iba tan de prisa que por poco tira a su amo, que a este tiempo iba entrando por la sala, el cual se quedó sorprendido al ver a Pascual con los perros en una mano y con el cuchillo en la otra amenazando de muerte a su cocinera.

Apenas don Rodrigo advirtió por algunas palabras sueltas que aquel caballero era el esposo de doña Liduvina, cuando haciéndole tomar asiento, lo satisfizo con toda urbanidad del desacierto de su criado Pascual. A lo que el caballero dijo:

—Ya yo veo que este buen hombre ha hecho esto por amor de mi hijo, lo que debo agradecer. También le tengo dicho a Liduvina que se ponga en los pezones botellas con agua caliente, y no perros, que puedan darle una mordida y costar caro; pero ella no entra por el aro. Está decidida por los perros, porque dice que estos chupan breve y no con la broma[24] de las botellas.

—¿Pero no fuera mejor –decía el coronel– que la señorita criara a su niño, supuesto que tiene tanta y tan buena leche? Seguramente en este caso el niño estará más sano y robusto y se ahorrarán ustedes de médicos, boticas, nodrizas, perros y botellas.

—Es verdad –reponía el señor de los perritos–, pero ¿qué quiere vuestra señoría, si es menester condescender con las mujeres? Como yo estoy recién

---

23 *Vaca chichihua*: vaca lechera.
24 *Broma*: hecho o situación que causa incomodidad o inconveniente.

casado y la mía es joven y bonita, trata de cuidarse, y es preciso darle gusto. Si fuera fea, seguramente yo no me metería en tantos cumplimientos:[25] ella criara a sus hijos, o no los criara; pero es de mérito y es menester cuidarla. Ahora mismo me mandó por los perros, y me ha de hacer vuestra señoría favor de que los lleve, porque si no habrá en casa una del demonio.

El coronel no quiso contestar más con aquel necio, y mandó en tono de amo a Pascual, que diera los perros a aquel señor, pues cada uno sabía lo que había de hacer en su casa.

Pascual con alguna repugnancia volvió los perros, y el interesado los entregó a la vieja, que los recibió con mil manos, y llenándolos de besos les decía:

—¡Ay, hijos míos de mi alma, y en qué grandes peligros han estado!

Acabada la ridícula ceremonia de la vieja, los envolvió en su rebozo, y amo y criada se despidieron del coronel y de su esposa, pero no del payo, que los miraba con ojos encarnizados. Por fin se fueron, y de este modo acabó la graciosa aventura de los perritos de leche.

Luego que los de la casa estuvieron solos, el coronel hizo sentar a Pascual, y encaminando la conversación a su mujer le dijo:

—¿Ves confirmado lo que te acabo de decir, de que es difícil exterminar este abuso de las sociedades que llaman cultas? El es tan antiguo como funestas sus consecuencias. En la historia romana se cuenta que siendo dictador Cornelio Scipión, cometieron un grave delito, unos oficiales de guerra, por el que fueron condenados a muerte. Se empeñó lo principal de Roma para conseguirles el indulto, mas fue en vano; el juez estaba inexorable. Se empeñó su hermano de Cornelio, y nada pudo conseguir. Últimamente,[26] y por no dejar diligencia que hacer, interesaron para el mismo empeño a una hermana de leche del dictador, y apenas esta rogó por los delincuentes cuando fueron declarados por libres. Esto no pudo menos que agraviar a su hermano, quien manifestó su queja a Cornelio; pero este se disculpó diciéndole: — «Hermano, te aseguro que yo tengo por más madre a la que me crió y no me parió, que a la que me parió y al instante me abandonó a ajenos brazos, porque esta no es verdadera madre; y pues solo a la que me crió tengo por madre, justo es que a su hija la tenga por verdadera hermana y muy amada.»

Con tan oportuna respuesta quedó reprendida la conducta de la madre, vengado el hijo, premiada la nodriza, satisfecho el hermano, y callada la murmuración de los que no comprendieron este misterio.

De los dos Gracos[27], famosos romanos, se lee también que tuvieron un tercer hermano bastardo, muy valeroso y afortunado en la guerra, el cual, viniendo triunfante del Asia, entró en su casa, y hallándose en ella a su madre

---

25   Es una observación. Pocas desairadas por la naturaleza tienen chichiguas que críen a sus hijos, así como pocas bonitas con tal cual proporción dejan de tenerlas. ¿En qué estará esto? (Ed. 1842).

26   *Últimamente*: finalmente. Usado siempre con este significado en el resto del texto.

27   *Los Graco*: Los hermanos Tiberio Sempronio Graco y Cayo Sempronio Graco, políticos y militares del comienzo del período de la República en Roma (133 a.C. - 121 a.C.), famosos por sus acciones en el Senado y sus revueltas. Hijos del general y estadista Tiberio Sempronio Graco y de Cornelia, de la familia de los Escipiones.

y a su ama de leche, o chichigua, como acá decimos, regaló a la madre una cinta de plata, y a la chichi un joyel de oro y piedras finas. La madre se agravió por la desventaja; mas él la avergonzó diciéndola: —«No te admire, madre, el que haga esta distinción, pues tú solamente me cargaste en tu vientre nueve meses, y nacido me echaste de tus brazos, recogiéndome en los suyos mi nodriza, alimentándome y cuidándome tres años con el mayor cariño. Mira si puedo decir que le debo más que a ti.» —¡Justa represión que debe escuchar la madre que con mucha robustez abandona sus hijos a otros brazos, por el criminal motivo de no desmejorar su semblante!

Todavía no se ve en este reino, ni Dios lo permita, otra circunstancia más cruel en el mismo caso, que se ha visto en otras partes, y es enviar los hijos, luego que nacen a que los críe la nodriza en una aldea o pueblo lejos de la ciudad en que viven las madres, quienes no vuelven a verlos hasta que andan, hablan y comen por su mano. ¡Abuso excesivo, que ha sido causa de mil equivocaciones funestas, que después nos han divertido en comedias o tragedias!

Reinando Alejandro en Macedonia, y siendo rey de los epirotas[28] Artabano,[29] tuvo este un hijo, al que desterró a una aldea en poder de una chichigua. Algunos lo supieron, y sobornando a esta con dinero, le hicieron tener en su casa a un niño, hijo de un principal caballero, quien se llevó al hijo del rey a su casa y le nombró de hijo. En este error se mantuvieron los dos niños, hasta que murió el rey padre, y dejó por heredero al que creía que era su hijo, esto es, al que volvió la nodriza de la aldea. Iban ya a coronarlo, cuando la ama declaró que aquel no era hijo del rey, sino el que tenía en su casa el caballero fulano. De esto resultaron dos partidos y de ellos una guerra intestina tan cruel, que en ella se mataron los dos pretendientes a la corona, en una batalla que costó muchas vidas a los infelices ciudadanos.

Por este motivo estableció el Senado una ley por la que mandaba «que todas las mujeres criasen a sus propios hijos, y que las princesas y señoras enfermizas criasen a lo menos al primogénito». «Yo aseguro, dice un autor español,[30] que no dejará de haber algunos mayorazgos sin hijos ni herederos, y que los legítimos andarán, tal vez, vendiendo arena y ladrillo o siendo peones de albañil. Lo cierto es que solo el que cría la madre a sus pechos puede asegurar que es su hijo, o el que se cría en casa y siempre a la vista.»

Aquí no hay tanto exceso; pero yo he conocido más de dos señoras que luego que paren entregan al niño a la que se encarga de cuidarlo y criarlo, y no lo vuelven a ver hasta que anda. Tú conoces a tu hermana; no es necesario ir muy lejos.

La enfermedad verdadera o una causa legítima, como la conservación de la pública honestidad, excusan a las mujeres de criar ellas mismas a sus hijos. Una madre que no puede lucir el fruto de su vientre sin detrimento de su honor, o una contagiada del mal venéreo u otro igual, no debe criar a sus hijos y está excusada de esta obligación. Pero en este caso se debe pulsar con mucho

---

28   *Epirota*: natural de Epiro, país de la Grecia antigua.
29   *Artabano*: rey persa.
30   Don Esteban Colomer (Ed. 1842).

tiento la elección de las nodrizas, y no dar al niño la primera que se halla a mano. «Cuando las madres no pudieren criar a sus hijos por alguna razón de primera necesidad, dice un sabio escritor de nuestro México,[31] juzgo que deben buscarse unas nodrizas virtuosas y con proporción a la naturaleza del niño. Por lo que respecta a la pureza de costumbres, encarga san Jerónimo que no sea vinosa, ni lasciva ni patrañera. Plutarco y Ludovico Septalio quieren que las nodrizas sean de una complexión muy semejante a la de la madre; pero en especial que sean sanas y de buenas costumbres, apacibles, castas, sobrias y afables. La ley 3°, tít. 7 de nuestro código español dice: *que deben darse a los niños amas sanas, robustas e de buen linage ca bien como el niño se gobierna e se cría en el cuerpo de la madre fasta que nace, otro si se gobierna y se cría del ama desde que le da la teta, fasta que gela tuelle, e porque el tiempo de la crianza es mas luengo que el de la madre, por ende no puede ser que no reciba mucho del contenente e de las costumbres de la ama.* No está la naturaleza un punto ociosa; pero la tiranía de muchas madres frustran sus fines con notable daño de la humanidad.

«Las nodrizas deben ser de veinte a treinta y dos años; la leche no ha de pasar de cuatro a cinco meses; que no hayan tenido partos difíciles; que tengan, si puede ser, el pelo negro o castaño; porque las rubias o azafranadas suelen tener la leche agria, dice Ballejerd,[32] quien quiere que no tenga mal olor en la boca, y la dentadura blanca, y fuerte, pues esta es señal de buena linfa, y por consiguiente de leche muy buena.

«La leche, para ser buena, debe ser blanca, sin olor y de poco sabor, no muy aguada ni muy espesa, sino de un medio racional, pues será mala la amarga o salada, de color desigual, y muy espesa o muy delgada...

«Finalmente, del régimen de vida de las que crían depende generalmente la buena o mala constitución de los niños; pues se ha observado que aun los de complexiones más débiles y enfermizas se han restaurado con encomendarlos a una nodriza robusta y cuidadosa de sus obligaciones, lo que no se paga con ningún oro. Semejantes nodrizas deberían ser premiadas con un lugar distinguido en las familias, y aquellos niños que se han alimentado a sus pechos debían apreciarlas como a segundas madres, y protegerlas cuando crecen y se ven en unos puestos capaces de proporcionarles comodidades y descanso.»

Por el juicioso discurso de este escritor advertirás que hay ocasiones en que es indispensable el saberlas elegir adornadas de las cualidades dichas, o siquiera con las menos tachas que se pudiere.

Esta indulgencia se extiende a las madres que por una causa legítima no

---

31   El licenciado Barquera, en los Diarios de esta capital de diciembre de 1806 (Ed. 1842). José María Barquera es uno de los editores de *El Diario de México*, el primer diario de México. Escribió una serie de artículos relacionados con la educación. Es el primero en ocuparse específicamente de la educación de las mujeres en México. Lo citado aquí por Lizardi aparece en el ejemplar 173 de *El Diario*. Sus ideas respecto de este tema están basadas en sus lecturas de Aristóteles, Cicerón y Séneca entre los clásicos. Entre los modernos se destacan Muratori y especialmente Blanchard (Spell, 1926).

32   *Ballejerd*: Jacques Ballexserd: autor francés de *Crianza física de los niños desde su nacimiento hasta la pubertad* (1762), traducido en Madrid en 1765.

pueden criar a sus hijos; no a aquellas que por no acabarse, y por no ponerse descoloridas, sacan pretextos de debajo de la tierra, aparentando enfermedades que no tienen, lo mismo que para no ayunar las que pueden; y lo peor es que se hallan médicos liberalísimos para lisonjear con su opinión el deseo de las pretendientes. ¡Pobres médicos! No obstante, si tú quieres...

—¡Ay! no, ni pensarlo –decía la amante Matilde. ¿Yo había de abandonar a mi hija a otros brazos por no ponerme descolorida? Así entendiera morirme. Ella es mi hija, y el rato que la tengo colgada de mis pechos, la quiero más que nunca. Es imposible que mi hermana quiera a Pomposa como yo a esta peloncilla de mi vida.

Diciendo esto la apretaba y la llenaba de besos con la mayor ternura, y el coronel, rebosando la satisfacción que sentía en estas escenas, abrazaba a su esposa y la decía:

—Tú, sí, eres verdadera madre; tú, sí, cumples con los deberes de la naturaleza. Ella, yo y tu hija tenemos en ti el imán de nuestras delicias. La naturaleza humana reconoce en ti un individuo suyo propio, yo una digna esposa, y tu hija una amante y verdadera madre, bastante a desempeñar este sagrado título.

Así pasaron como dos años en la primera crianza de estas niñas, al cabo de los cuales observé lo que leeréis en el capítulo siguiente.

Capítulo II

En el que continúa la materia del antecedente

Pasado el tiempo de la primera crianza, y despedida la nodriza, fue Pomposa entregada al cuidado o descuido de las pilmamas.[33] Como el fin era quitársela de encima a toda prisa, acomodó Eufrosina a la primera que se le presentó, y era una pobre indita como de ocho años, es decir, todavía necesitaba que la cuidasen.

A esta gran persona entregó Eufrosina su hija con la mayor confianza, y ya se deja entender qué segura estaría esta en los débiles brazos de una muchacha aturdida y de tan corta edad. Raro era el día en que no llevaba dos o tres golpes. Cada rato lloraba, y era la pilmama reñida con demasiada aspereza por Eufrosina, siendo así que toda la culpa era de esta, por fiar su hija al cuidado de una criatura que no sabía ni podía tenerla según era conveniente.

Una ocasión, estando Eufrosina en el estrado entretenida con sus visitas y la pilmama divertida con la niña en el balcón mirando un víctor,[34] o no sé qué friolera que pasaba por la calle, se empinó tanto en la verja para ver bien lo que quería, que colgándose demasiado la criatura, no pudo impedir que por su propio peso se le deslizara de los brazos y fuera a dar al suelo, en donde hubiera dejado los sesos con la vida, si por una casualidad no hubiera caído sobre un montón de lana que habían sacado a asolear unas pobres que vivían en la accesoria[35] que caía bajo del balcón.

Este afortunado accidente escapó a la niña de la muerte y de que recibiera el más mínimo daño.

No corrió igual suerte la infeliz María, que así se llamaba la pilmama, pues alborotada Eufrosina con el fracaso, y aun después de tener a su hija buena y sana en sus brazos, llena de la ira más necia e implacable, arrebató a la pobre muchacha, la arrastró por la sala, la pateó, la desgreñó, y le dio tal tarea de golpes, que si no se la quitan las visitas la mata sin remedio.

Finalmente, la triste muchacha se levantó del suelo toda aporreada, hecha

---

33 *Pilmama*: del nahuatl *pilli*, hijo, niño, y *mama*, que carga: niñera.
34 *Víctor:* letrero escrito directamente sobre una pared, o sobre un cartel o tablilla, en aplauso de una persona por alguna hazaña, acción o promoción gloriosa.
35 *Accesoria*: edificio contiguo a otro principal y dependiente de este.

pedazos y bañada en sangre, y tomó salir llorando de aquella funesta casa a curarse a la suya, dejando en poder de su ama su salario para siempre.

Eufrosina no se hizo cargo de que su imprevisión y su imprudencia fueron las que arrojaron a su hija del balcón, sino que lo atribuyó al descuido de la maldita muchacha pilmama, como solía decir, y conforme a este falso juicio, trató de que viniera otra, porque su hija le pesaba demasiado en los brazos. Para esto la encargó por todas partes, teniendo a lo menos el cuidado de solicitarla grande, para que no se volviera a repetir la amarga escena del balcón.

Es menester decir en este lugar, en obsequio de la piedad e ilustración de Eufrosina y sus visitas, que no se olvidó de dedicar a cierto templo un gran retablo representativo del milagro tan patente. Dije a cierto templo y no a cierta imagen, porque en el retablo estaban pintados diversos santos, según fueron los invocados por las visitas; porque después del lance se trabó entre ellas una disputa tan ridícula como acalorada acerca de quién había hecho el milagro; de suerte que cada una lo pedía para su santo, hasta que a pluralidad de votos se resolvió que todos se pintaran en el lienzo, y quedó el milagro en opiniones. ¡Contención pueril y propia de gentes que tienen poco conocimiento de su religión! En otro lugar explicaremos qué son milagros, cuáles favores, quién los hace y por qué.[36]

En efecto, a los dos días acomodó Eufrosina a una pardita bonitilla, como de diez y seis años, muchacha muy viva y alegre, que cuando estaba delante de ella, que era muy rara vez, hacía a la niña mil mimos y zalamerías con que dejaba a su madre lela, y le dispensaba esta tanta confianza, que le permitía salir a la calle cuando se le antojaba, con achaque de divertir a la niña.

Cada rato estaba esta empachada, sin saberse por qué. ¡Ya se ve!, la pilmama nunca decía que le daba peritas verdes, tejocotes,[37] chicharrón, ni otras porquerías semejantes; pero así lo hacía, como lo hacen las muchachas para que la niña no llore, para que no se le salte la hiel o se le reviente un ojo. La pobre criatura comía aquellas golosinas perniciosas con la misma indiscreción con que se las daba la pilmama, y de repente perdía la gana de comer, padecía ansias, licuaciones, calenturas, meterorismos[38] o aventamientos y todos los síntomas del infarto.

Luego que se avisaba a la madre del estado enfermo de la niña, se congregaban las amigas viejas y mozas, y se comenzaba la ordinaria canción de —¡Virgen! ¿Qué tendrá la niña? ¿qué será esto? ¿qué habrá comido? ¿qué le has dado, Francisca?, etc.

Pasadas estas importunas exclamaciones, se resolvía por la junta de médicas que aquello era empacho, y se recetaba de palabra la col de China, el pollo prieto molido, el azogue, la manteca y otras drogas tan inútiles como sucias. El mal en mil ocasiones no cedía y era preciso recurrir al médico, quien

---

36   Ver Capítulo XXVII.
37   *Tejocote*: planta rosácea que da un fruto parecido a la ciruela, de color amarillo. Fruto de esta planta.
38   *Meteorismo*: abultamiento del vientre por gases acumulados en el tubo digestivo.

echaba mano del jarabe de durazno, oximiel escilítica[39], hipecacuana,[40] ruibarbo,[41] tártaro emético y cuantos laxantes, vomitivos y purgantes consideraba
útiles en el caso, a los que cedía el mal; pero apenas convalecía la niña, cuando
recaía; así porque la pilmama no se abstenía de darle porquerías, como porque
su estómago quedaba siempre más débil de resultas de la anterior enfermedad.

Así pasó esta pobre criatura su primera infancia, llena de achaques y dolencias, hoy con una pilmama y mañana con otra; y si tan mal le fue en su
crianza física al lado de estas, ¿qué sería en su educación moral? Sin duda,
debía ser conforme eran sus primeras ayas o cuidadoras con quienes estaba
continuamente.

Unas eran soberbias, otras desvergonzadas, esta vengativa, aquella embustera y todas como se puede considerar. Con esto, de unas aprendió a llorar
por cuanto quería y a enfadarse si no se lo daban pronto; de otras a levantar
la mano para cualquiera; de otras, a pedigüeña; de otras, a remedar[42] a todo
el mundo y sacar la lengüita con mofa; de otras, a temer al coco, al viejo, a la
bruja y a los aposentos sin luz, y de todas a ser, en cuanto su edad lo permitía,
la muchacha más necia, atrevida y malcriada. Bien que todas estas pasaban
por gracias entre sus padres, parientes y domésticos. Ya en el discurso de esta
historia iremos viendo el fruto de este criminal abandono.

Muy diversa fue la conducta del coronel con su hija, pues le buscó para
pilmama, no la primera que encontró, sino una niña decente, aunque pobre,
humilde, bien criada y recogida, a la que ni él ni Matilde trataban como
criada, sino como hija, ni se separaba de su vista para nada. Con esto sucedieron dos cosas muy interesantes. La primera, que la noble pilmama los
amaba a ellos como a padres y a la niña como a hermana, y la segunda, que
no tenía lugar de darle golosinas dañosas, ni de enseñarle vicios que ella
misma ignoraba. Con estas precauciones se crió la niña buena y sana en el
cuerpo, y libre de resabios antimorales en el espíritu, lo que fue principio de
su felicidad, como veremos. ¡Tanto valen estos primeros cuidados en la infancia!

Frecuentemente decía el coronel a Matilde: —No puede reprobarse el uso
de las pilmamas, porque aunque el cuidado de los hijos es privativo de las
madres, no siempre estas tienen todo el lugar necesario para el caso y muchas
veces les falta la aptitud que se requiere. Lo primero acontece a las pobres y
lo segundo a las enfermas. Así es que se ven como obligadas a solicitar quien
las ayude; pero cuando esto sea, deben, en cuanto esté de su parte, procurar
que sus hijos se entreguen, no solo a una mujer juiciosa y capaz de encargarse

---

39 *Oximiel escilítica*: jarabe de vinagre y miel.

40 *Hipecacuana*: arbusto de la familia de las Asclepiadáceas, de hojas lanceoladas y lisas y
    flores de color de azafrán. Su raíz se usa como emético.

41 *Ruibarbo*: planta herbácea, vivaz, de la familia de las Poligonáceas. Vive en Asia central
    y la raíz se usa mucho en medicina como purgante.

42 *Remedar*: hacer las mismas acciones, visajes y ademanes que hace otra, generalmente con
    intención de burla.

de un cuidado como este, sino que, si es posible, se deben buscar para pilmamas mujeres de virtud y de talento.

Acaso te parecerá esto una nimiedad, mucho pedir y tal vez un imposible; mas no hay tal. Cualquier diligencia que se haga para esto, cualquier trabajo que se tome y dinero que se gaste no está por demás, considerando lo grande del objeto y las ventajas que se logran.

Se cree, y se cree mal, que las pilmamas solo deben servir para cargar y divertir al niño y no para enseñarle alguna cosa buena. Semejante equivocación hace que se valgan las madres de la primera que se presenta, aunque sea una muchacha pequeña, una enferma, loca, viciosa o necia, y este equivocado proceder hace que los niños se críen golpeados y enfermos, o que se contagien con alguna enfermedad peligrosa: esto lo demuestra la experiencia cada día. ¿Cuántas veces vemos a niños de padres robustos, llenos de sarna, granos, escrófulas,[43] jiotes,[44] etc.? ¿De dónde pueden adquirir estos males, sino mil veces de las pilmamas enfermas con quienes andan continuamente, duermen, comen y trasudan?

Ya ves aquí un principio de un mal físico, dimanado de la mala elección de las madres cuando tratan de acomodar en sus casas pilmamas para sus hijos. Pues de esta mala elección resulta también otro principio de mal moral. ¿Qué son por lo común las pilmamas? Cuando no sean viciosas, son demasiado ignorantes. Y ¿qué aprenderán los niños con la continuada compañía de una mujer llena de vicios, o de errores, o de todo junto? Seguramente todo, pues en los primeros años tenemos la aprensión muy viva y retenemos tenazmente y con gusto lo primero que oímos o vemos.

Aquella demasiada libertad que se concede a las pilmamas para que saquen los niños a la calle con el pretexto de que los diviertan y por no oírlos chillar, también es origen de mil daños, pues por un amor mal entendido les dan cuantas frutas y alimentos comen, sin distinguir lo verde de lo maduro, lo suave de lo de difícil digestión, ni lo sano de lo nocivo, y de aquí resultan también los granos, la sarna y los infartos repetidos.

Todavía sufren mayores perjuicios los niños abandonados a esta clase de libertad. Mordidas cariñosas, pellizcos de enfado, estrujones de venganza y golpes de accidente son los gajes que reciben casi siempre de sus buenas pilmamas. ¡Cuántos niños han sido tristes víctimas del descuido de las madres en esta parte y de la indolencia y perfidia de sus pilmamas! Un famoso médico de Edimburgo fue llamado a una de las principales casas de la ciudad para que curara a un niño de dos años, acometido de un terrible mal que no se conocía. Llegó el médico y halló al niño todo torciéndose, en un continuo grito, muy renegrido y casi con la convulsión de una mortal alferecía.[45] El médico le aplicó lo más específico del arte; pero todo su empeño y habilidad, toda la

---

43 *Escrófula*: tumefacción fría de los ganglios linfáticos, principalmente cervicales, por lo común acompañada de un estado de debilidad general que predispone a las enfermedades infecciosas y sobre todo a la tuberculosis.

44 *Jiote*: (México) enfermedad del cutis, que lo pone áspero y encarnado, causando picazón.

45 *Alferecía*: enfermedad, caracterizada por convulsiones y pérdida del conocimiento, más frecuente en la infancia, e identificada a veces con la epilepsia.

eficacia de los remedios y el cuidado de la madre fueron inútiles. El niño murió entre terribles ansias. Admirado el facultativo de la tenacidad del mal y deseoso de indagar la causa de su resistencia, hizo desnudar al niño, y le encontró en el espinazo clavado un fistol[46] hasta la cabeza. ¡Cuál sería entonces su asombro y cuánto el sentimiento de la madre al saber que la pilmama, por una cruelísima venganza, había cometido semejante atroz infanticidio! Tú eres madre, yo lo dejo a tu consideración.

Si un caso tan funesto fuera el único en su especie, se podría tener a dicha; pero son más frecuentes de lo que se piensa, aunque no sea con tan criminales circunstancias. En esta ciudad han volado de los brazos de las pilmamas a la calle algunas criaturas, de las cuales unas han muerto y otras han quedado lastimadas y contrahechas. Por meterse a ver un pleito una de esas pilmamas paseadoras, tocó al niño que llevaba una pedrada en la cabeza, de la que quedó en el sitio; otra, mientras reñía con una mujer sobre celos, puso al niño en el suelo y pasó sobre él a este tiempo un caballo y lo mató.

De estos ejemplos ha habido varios, y las madres no escarmientan. Deberían no apartar jamás sus hijos de su vista, y así los tendrían más seguros, más sanos y más bien criados.

Volviendo a Eufrosina, digo, que apenas cumplió los tres años su niña, cuando a pretexto de que ya era grandecita y perdía tiempo, la puso en la amiga,[47] y aun procuró persuadir a su hermana Matilde hiciera lo mismo con Pudenciana.

Pero Matilde, acostumbrada a no hacer cosa alguna sin el parecer de su marido, comunicó con este los consejos que le había dado Eufrosina, a lo que el coronel le contestó de este modo:

—Hija, no creas que tu hermana trata del bien de su niña, cuando la separa de su lado en una edad tan insuficiente para aprender, ni la mueve a esto el deseo de que sepa la doctrina cristiana, ni quitarla del sol, ni otra causa de las que alega. El deseo de su más completa libertad para prenderse[48] y pasear es el motivo legítimo que tiene para separar de sí a su criatura, y a ti te aconseja de igual modo, o para que estés expedita para acompañarla a sus bureos,[49] o para que tu diversa conducta no le sea una tácita represión.

Mas yo me hallo muy distante de conformarme con su modo de pensar en la materia. No, no enviaré a mi hija a la amiga tan fuera de tiempo. Estoy confiado en que eres buena madre y la quieres mucho, y por lo mismo no te será gravoso el cuidarla en tu casa, ni el sujetarte por ella o privarte de algunas diversiones.

—Ya se ve que no –decía Matilde–, yo lo haré de muy buena gana; pero me hace fuerza oír decir que tres años no es edad suficiente para enviar las

---

46   *Fistol*: (México) alfiler que se prende como adorno en la corbata.
47   *Las amigas*: denominación que recibía el sistema escolar en la cual una mujer le enseñaba a un grupo pequeño de niñas los rudimentos de lectura y escritura, la aritmética, la religión, la costura y el bordado.
48   *Prenderse*: Adornarse, ataviarse.
49   *Bureo*: entretenimiento, diversión.

niñas a la amiga; porque las he visto enviar más chiquillas, hasta de dos años; ¡ya se ve!, ¡qué digo de dos años, si las he visto destetar en la amiga!

—Yo no pongo duda en eso –decía don Rodrigo–, pero mientras menos edad tengan, menos tiempo es de enviar las criaturas a esas escuelas o casas de enseñanza. Solo en el caso muy apurado de que la madre sea muy pobre, sola, que tenga que buscar el pan y no pueda cargar con su hijo, ni tenga a quien confiarlo mientras vuelve, solo en este caso, digo, aprobaría yo que lo dejara en la amiga, porque esto era menos malo que dejarlo abandonado a su discreción; pero una mujer de proporciones como tu hermana no tiene disculpa para hacer tales sacrificios solo por contentar su libertad.

Y no te escandalices de oírme decir que es sacrificio enviar a los niños a la amiga tan temprano, porque lo es en realidad. No lo diga yo; los médicos sabios y los documentistas sensatos son de este parecer; porque la imprudencia en que por costumbre, por necesidad o por ignorancia incurren las más o todas las maestras y maestros de tener sentados a los niños cuatro horas por la mañana y tres por la tarde, es a costa del sacrificio que sin malicia hacen de su salud.

No te admires, vuelvo a decirte. La constitución física de los niños en su tierna edad pide para su robusta formación respirar el aire más libre, hacer el mayor ejercicio y tener el espíritu tranquilo;[50] porque entonces es cuando sus fluidos[51] necesitan circular con más rapidez para vigorizar las fibras, y que estas se desarrollen sin el menor embarazo; para esto es necesaria la buena digestión y transpiración, a la que coadyuva más que nada el ejercicio corporal y la quietud del ánimo; lo que no se logrará perfectamente atemorizando al niño, ni obligándolo a estar sentado mucho tiempo; pues semejante posición le es tan violenta como natural el estado de la acción y movimiento. En virtud de lo que te digo, mira tú si será un sacrificio el enviar a los niños tan temprano a esas amigas o casas de enseñanza.

—Estoy por convencerme –decía Matilde–, estoy por convencerme de estas razones, aunque no las entiendo bien. Solo quiero que me expliques ¿cómo es eso de que las criaturas están sentadas a fuerza y contra la naturaleza?, que eso pienso que quiere decir lo que me has dicho de que tal situación les es violenta.

—Mira –decía el coronel con gran cachaza–, ¿si a ti te obligaran a cuartazos o a regaños a andar brincando y saltando todo el día, lo hicieras de buena gana?

—Ni de buena ni de mala –decía Matilde riendo a carcajadas–. ¡Qué chula anduviera yo tan larga, y saltando y brincando sobre los canapés y sillas de casa lo mismo que una ardilla!

—Pero si te hacían saltar a fuerza ¿qué habías de hacer?

---

50 José María Sánchez de la Barquera había propuesto ya una reforma similar, basado en Blanchard y William Buchan en *El Diario*, Números 1018-1019 (Spell, 1926). El libro de Buchan, *Domestic Medicine*, se tradujo al español en 1785.

51 *Fluidos*: se aplicaba antiguamente a sustancias de naturaleza desconocida con que se explicaban fenómenos no bien conocidos físicamente.

—No, no saltaría –decía Matilde– aunque me mataran.

—Vaya, eso es decir, hija –contestaba el coronel–, eso es decir; pero el rigor obliga a mucho más. Aun concediéndote esa fortaleza, que no tendrías, los niños no son capaces de ella, porque ni su corazón ni su capricho pueden balancear contra el temor que les inspira la sola amenaza del castigo. Mas prescindiendo de esta fortísima razón, tú de liso y llano confiesas que te sería muy violento el saltar y brincar todo el día, y que ni aun oprimida por la fuerza lo harías, ¿no es esto?

—Así es –decía Matilde–, me sería, no solo violento, pero pesadísimo tal ejercicio, porque ya mi edad no es para brincar y saltar como perrito de faldas.

—Pues has caído –contestaba su esposo–, tan violenta es la quietud para un niño, como el travesear y corretear todo el día para un adulto. Cada edad tiene sus peculiares propensiones y apetitos. Es menester conocer esta verdad para ser más indulgentes con los hombres y mucho más con los niños.

—Yo convengo con tu parecer –decía Matilde–, pero pienso que, a pesar de las razones que alegas, estamos los padres de familia obligados a enviar a nuestros hijos cuanto antes a las amigas, o migas, o como las llaman, para que se instruyan temprano en la ley de Dios y para que aprendan a leer, escribir, coser, bordar y lo demás que deben saber según su clase; y esto creo que debemos hacerlo, aunque sea a costa de ese sacrificio que dices, y más que teman el enojo o castigo de los maestros; porque no me negarás que el refrán antiguo dice que la letra con sangre entra, y labor con dolor, y ya tú sabes que los refranes antiguos son evangelios chiquitos.

—No todos –decía el coronel–, es verdad que hay muchos proloquios[52] comunes que incluyen unas sentencias morales o políticas, y que son, no solo ciertísimos, sino recomendables y santos; pero a la vuelta de estos hay no pocos que son unos desatinos garrafales y unos despropósitos que, sin más apoyo que la antigüedad de su origen, han hallado abrigo en muchas cabezas a la sombra de la ignorancia y la preocupación. Uno de estos es el que acabas de citar a favor de tu opinión. ¿Quién te ha persuadido, hija, de que la letra con sangre entra? Esta es una máxima tan falsa como cruel y tan impolítica como necia. Nada entra con sangre a los racionales; el rigor solo sirve de embrutecerlos, de agitarlos y envilecerlos. La experiencia diaria enseña que el muchacho muy regañado y muy golpeado, lejos de aprovechar lo que se quiere, por lo ordinario sale flojo y sinvergüenza y abandonado;[53] al principio teme mucho y se atolondra, después teme menos y se descuida de propósito, y últimamente no teme nada, odia a sus verdugos, y se hace el ánimo de no complacerlos en cosa alguna, solo porque ellos se lo mandan, y esto lo lleva a efecto a costa de su pellejo, mientras está en estado de sufrir, que en llegando a criar alas, levanta el vuelo, se sustrae del dominio de los que así lo han tratado, se entrega a rienda suelta a sus pasiones y se pierde sin remedio. A estos muchachos se conocen bien con el nombre de curtidos. ¿No es verdad? ¿No co-

---

52   *Proloquio*: proposición, sentencia.
53   Ejemplos similares que señalan oposición a los castigos corporales aparecen también en *El Diario de México*, números 45,46,86,87,110. (Spell, 1926).

noces algunos de los que se dice: ya este no le hace caso a los azotes, ya está curtido? Pues ya ves el fruto que se debe esperar de un tratamiento riguroso con los niños y cuán lejos está el imprudente castigo de facilitar su enseñanza. ¡Gracias a Dios que en el día ya se va conociendo esta verdad y se va desterrando de las clases y casas de enseñanza el rigor, el azote y la vileza, que por tanto tiempo se creyeron los medios más prontos, eficaces y seguros para enseñar a los niños.

—En verdad que estoy por convencerme –decía Matilde–, pero mis tías, mi hermana y las amigas de mis tías me dicen muy al contrario, esto es, que conviene educar a los niños muy temprano y tratarlos con la mayor severidad, si no se crían los muchachos malcriados.

—Nada más has hecho –respondió el coronel–, nada más has hecho que confirmar que estás preocupada en la doctrina que te han inspirado tu hermana, tus tías, y otras personas y viejas tan ridículas e idiotas como ellas.

Sé que hablo contigo, que me amas, te merezco buen concepto, y al fin te has de adherir a mi opinión, por eso me explico con tanta sencillez; pero no quiero que por amor o por respeto coincidas con mis ideas, sino persuadida por la razón, la experiencia y la autoridad.

Por la razón debes convencerte de que los niños racionales no se deben enseñar como si no lo fueran, igualándolos al elefante, al perico, al oso, al mono, al caballo, al perro y a otros brutos, a quienes también se enseñan muchas cosas, o por medio de la industria tenaz o por el del castigo sin regla; pues vemos que los niños aprenden mil cosas muy breve, aun cuando no se emplean para ello estos dos medios destinados privativamente para los brutos.

Esto que la razón dicta, también lo confirma la experiencia. Tú misma sabes cuántas monaditas enseñaste a tu hija siendo tiernecita, y aun cuando ni sabía hablar ni entendía mejor que ahora lo que le enseñabas; y sin embargo, admirabas la prontitud con que aprendía a hacer mil monerías, y las aprendía a hacer breve y sin que empleases para ello ninguna severidad; luego el rigor y el castigo no es el único ni el mejor medio para enseñar a los niños, pues vemos que estos aprenden sin él.

—Bien está –decía Matilde–, pero si mis tías dicen que no se puede menos y que ya tardamos en enviar a la amiga a Pudenciana, porque mientras más grande sea más trabajo costará que aprenda, ¿qué quieres que yo diga, cuando sabes que mis tías son unas señoras muy cristianas, prudentes y sabias, y sobre todo ya tan ancianas, que es fuerza que sepan más que yo, porque la experiencia y el mundo que tienen las ha enseñado?

—¡Válgate Dios por experiencia! –decía el coronel–, ¡válgate Dios por experiencia, por mundo y por viejas que te tienen preocupada! Yo conozco que eres dócil; pero por desgracia sorprendieron esas señoras y otras personas vulgares tu docilidad a su favor desde tus tiernos años, y te llenaron la cabeza de mil preocupaciones e impertinencias, de que no es muy fácil te desprendas.

No me admiro de que así te haya acontecido, ni eres tú sola la que cae en estos lazos. A muchas personas conozco contagiadas de esa misma peste; pero ¿qué personas? De aquellas que se llaman gente decente, y que huyendo de ser y parecer vulgares por su nacimiento, educación y destinos, lo son, a su pesar, por sus opiniones e ignorancia.

Ello es un mal más común de lo que se cree, y cuando las preocupaciones se maman con la primera leche cuesta mucho trabajo abandonarlas; a veces se resisten a toda persuasión, y entonces la enfermedad es incurable.

Yo no desespero de curarte de esta, pues te he curado de otras necedades que te habían inspirado las mismas maestras. Mira, hija: la primera preocupación o engaño en que vives es pensar que tus tías y cuantos viejos y viejas te dicen alguna cosa son sabios y que en fuerza de sus años no pueden engañarte ni engañarse. Este es un error tan común como craso.

Es verdad que los viejos son dignos de la veneración de los mozos, y así se lo debes inspirar a tu hija, porque tal respeto es un homenaje debido a la vejez. También es cierto que debemos escuchar a los ancianos con atención, pues por lo ordinario hablan con juicio y madurez, y aun cuando carezcan de principios científicos, realzan y autorizan su conversación con hechos indubitables de que tienen suficiente experiencia.

Todo esto es cierto; pero no lo es menos que estas no son reglas generales, antes bien, tienen mil excepciones. Todos los días y en todas partes vemos viejas y viejos necios, supersticiosos y embusteros...

—No –decía Matilde–, mis tías no son embusteras ni supersticiosas. Yo las tengo por muy buenas cristianas. ¡Ojalá fuera yo como ellas!

—No te enojes, hija –respondía el coronel–, yo no hablo precisamente de tus tías. Las conozco y las amo. Sé que son muy buenas señoras, y que si te han metido en la cabeza algunas vulgaridades, no ha sido por malicia, sino por falta de instrucción; pero de cualquier modo te han perjudicado.

Ya ves que para romperte la cabeza lo mismo será que te den una pedrada por dar a otro o que te la disparen con puntería, y el médico que desee curarte se hará cargo de la incisión sin necesitar saber cómo te dieron la pedrada. ¿No es esto?

—Es así –decía Matilde–, ya te entendí; pero ¿a qué viene eso?

—A hacerte ver –respondía don Rodrigo– que no debemos creer a puño cerrado todo cuanto nos digan todos los viejos solo porque son viejos; pues así como la verdad no pierde nada en boca de los niños, así el error y la mentira no dejan de serlo en boca de los viejos; y tales hay que, sin embargo de sus canas, son harto necios, supersticiosos y embusteros, según te acabo de decir y como tú misma lo habrás experimentado por tus ojos. Acuérdate cuántas veces has criticado conmigo las conversaciones de don Tadeo y doña Sinforosa.

—Bien me acuerdo –decía Matilde–, pero esos señores son insufribles. A cada paso sacan lo de su tiempo, y nada de lo del nuestro les contenta. Son como aquellos que no saben alabar más que su tierra y apodan cuanto ven en otra. ¿Quién ha de tener paciencia para oír hablar siempre de pretinas, bigotes, guardapiés, cofias, cotillas y dengues, apocando de paso los túnicos,[54] tápalos,[55] mantillas y cuantos trajes se usan en nuestros días? ¿Ni quién ha de creer que antes eran los hombres más justos y las mujeres más recatadas que hoy, como nos quiere persuadir don Tadeo? Tú me has dicho, y yo lo creo porque me lo has hecho ver, que el mundo siempre ha sido mundo y que desde su principio rompieron los hombres en maldades, han seguido y no cesarán de ellas hasta que arda todo como Troya.

También me has dicho que siempre ha habido hombres timoratos y mujeres arregladas; que al variar de vestir, comer, etc., se le ha llamado *moda*, y que esta variación ha sido muy continuada en las más partes de la tierra, especialmente en la Europa... En fin, me has dicho tanto, que ya no me acuerdo; pero he quedado asegurada de que don Tadeo es un tonto y la buena vieja de su mujer otra simple.

—No me disgusta ese concepto que te has formado de ellos –decía el coronel– porque el hombre o mujer que por capricho, pasión, o ignorancia pretende que le crean un absurdo sobre su palabra, merece que le tengan por un tonto. Pero dime: ¿qué juicio has formado del maestro barbero de casa? Este a lo menos no te deberá tan mal concepto.

—¿Cómo no? –decía Matilde riendo de muy buena gana–. Ese pobre abuelo me debe peor concepto, porque, no solo lo tengo por tonto, sino por mentiroso. ¡Jesús, qué hombre!, no tiene palabra de verdad, y luego cuenta unos cuentos y unas mentiras impasables.

—Pero eso lo cuenta por divertirnos.

—¡Qué por divertirnos! ¿no ves qué formal se pone y cómo se enoja cuando le digo que es mentira lo que me cuenta y que no lo creo? Pues una vez que se incomoda porque no lo creo, es prueba de que quiere que trague sus mentiras por verdades. Yo ya ni le contesto; me enfada mucho un viejo majadero.

—¡Ah! ¿conque tú conoces algunos viejos tontos y majaderos cuyas conversaciones te disgustan y cuyas patrañas te enfadan? –decía don Rodrigo prosiguiendo–. Después de todo, hija, tú tienes razón. ¿Qué dijeras si supieras que el mismo Dios por el Eclesiástico nos dice que tres cosas abomina y detesta de todo corazón, a saber: el pobre soberbio, el rico embustero y el viejo fatuo e insensato?

Conque ya estamos en que hay viejos tontos, majaderos y viciosos. Ahora ¿en qué piensas consiste que haya tal clase de viejos, que no son muy pocos?

—No sé –decía Matilde.

—Pues sábete que no consiste en otra cosa, sino en que de mozos no cul-

---

54 *Túnico*: (México, Colombia y Honduras) túnica que usan las mujeres. Ya en 1806 el *Diario de México* había publicado esta prenda de estilo imperial a la que consideraba impúdica y representante de una nueva cultura de consumo a la que estaban expuestas las mujeres (Jean Franco, 1984).

55 *Tápalo*: (México) chal o mantón.

tivaron ni la ciencia ni la virtud. Cuando jóvenes despreciaron los libros, mofaron a los sabios, huyeron de los arreglados y timoratos; y así, por necesaria consecuencia, cuando viejos, unos son unas máquinas semovientes,[56] y otros (estos son los peores) sobre necios, son unos viejos escandalosos y detestables, que tienen que sufrir infinitos desprecios y burletas[57]. ¡Justo castigo de su pereza y abandono!, porque lo que se siembra en la mocedad eso se cosecha en la vejez, y esta suerte corren las mujeres lo mismo que los hombres.

—Todo está muy bueno –decía Matilde–, estoy convencida de esas verdades; pero ¿a qué ha venido toda esta charla? Comenzamos por los niños y hemos acabado por los viejos.

—Esto es lo que sucede diariamente en las conversaciones familiares –decía don Rodrigo–; se comienzan por una cosa acaban por otra muy distinta; pero yo ahora no he perdido de vista el asunto principal de la nuestra. Cuanto hemos hablando se ordena a enseñarte que así como hay viejos sabios, hay viejos ignorantes pues nadie adquiere talento, virtud ni erudición solo por haber nacido antes que otros.

—¿Eso quién te lo niega –decía Matilde–. Ya sabemos que el que de mozo no se instruyó, de viejo será un necio como un cualquiera, sin que sus años le sirvan de otra cosa que de acusarlo de su inaplicación o pereza.

—Pues me alegro de que te halles penetrada de estas verdades –decía don Rodrigo– y según ellas, desde luego no creerás cuanto te han contado ni te cuenten tus tías, solo porque son viejas; porque no debemos cautivar nuestro entendimiento a la sola autoridad, si no hallamos apoyo en la razón o en la experiencia. Solo en materias de fe no cabe esta regla, pues debemos sujetar el juicio a la revelación de que tenemos noticia por una tradición antigua e inalterable; circunstancia que, aun según el criterio humano, apoya con mucha solidez la verdad de nuestra religión. Quizá otra vez te hablaré de estos más despacio. Por ahora, repito que solo en materias de fe hemos de creer con sujeción a la autoridad; pero en materias humanas somos libres para examinar si puede una cosa ser verdad o no, sin miramiento alguno a la persona que lo dijo; y cuando la razón o la experiencia nos persuadan que es falso lo que nos han dicho, no solo podemos, sino que debemos despreciarlo, sea cual fuere el autor de la tal patraña.

Mas cuando la cosa que nos dicen se halla, además de confirmada por la razón y la experiencia, recomendada por la autoridad de los sabios, entonces seremos insensatos o locos si queremos resistirnos a su creencia. Por ejemplo: si yo quisiera persuadirte de que no se debe castigar a los niños con dureza, con venganza ni frecuencia, porque tal modo solo sirve de hacerlos estúpidos, sinvergüenzas e incorregibles, y esto quisiera yo que lo creyeras, solo porque soy coronel y tu marido, sin darte otra razón, sería una necedad mía, y tú no deberías creerme, si tenías otras ideas que te convencieran de lo contrario; pero si después de haberte señalado la causa de lo que te digo, por la razón y

---

56 *Semoviente*: que se mueve por sí mismo.
57 *Burletas*: burlas.

por la experiencia, añadiera las autoridades de un Cicerón, de un san Jerónimo, de un Blanchard[58], de un Fenelón[59] y de otros varios, que van conformes con que el tratar a los niños con una imprudente severidad, no solo es inútil, sino pernicioso; en este caso, digo, ya no tienes ningún fundamento para dudar de mi opinión, porque la ves corroborada por la razón, la experiencia y la autoridad. Entonces ya me debes creer, y abandonar como boberías las máximas de tus venerables tías, reírte de los refranes vulgares, estar entendida de que ni la letra, ni la labor ni nada entran con rigor, mejor que con la suavidad y el cariño, del que se debe usar más liberalmente con las niñas, en atención a su complexión más delicada, a su pudor y timidez. Y descansando en estos racionales sentimientos, procurarás desde luego educar a Pudenciana según mi modo, sin sujetarte a otro alguno contrario. ¿Qué te parece? A esto ha venido toda la conversación de los niños y los viejos. ¿Qué dices?

—¿Qué he de decir —contestaba Matilde— sino que estoy perfectamente convencida de cuanto dices? La verdad tiene un poder irresistible. Desde hoy escucharé a mis tías y a las que no sean mis tías con más cuidado; reflexionaré en lo que me cuenten; haré lugar a la razón con imparcialidad, y si ella se declarase en su contra, despreciaré sus cuentos, me reiré de ellos, y no los creeré aunque sus autores tengan más canas que cabellos. Pero hablando de aquellos muchachos duros y sinvergüenzas para quienes son inútiles los consejos, y acaso pernicioso el castigo, dime ¿qué se debe hacer con ellos?, ¿se han de dejar impunes sus delitos?, ¿se han de dejar perder porque no les aprovecha el castigo?

—No se puede aconsejar tal cosa —decía el coronel—. Yo bien sé que hay muchachos que desprecian los buenos ejemplos y consejos, se burlan de las amenazas y se obstinan con el castigo. ¡Infelices! Para estos ninguna educación es buena, por prudente y eficaz que sea. En tal caso, a mi parecer, lo mejor es separarse de ellos. Si son hombres, ponerlos al servicio del rey, pues en la tropa si no adquiriesen luces ni virtud, serán menos viciosos públicos, cuando no por voluntad, por el temor de las penas que prescriben las ordenanzas contra los que faltan a la subordinación debida a los que los mandan; y si son mujeres, recluirlas en un colegio o monasterio en la clase que se pueda, según las proporciones de los padres, esto es, como niñas o sirvientas, pues a lo menos, cuando el ejemplo bueno no las corrija, la ninguna libertad, la continua ocupación, acaso gastarán algún tanto su inclinación perversa.

Yo aquí propongo unos remedios que no apruebo como seguros, sino solamente paliativos para entretener el mal, y como suele decirse, por si pegan, pues un muchacho o muchacha de maldita inclinación, solo por una rara casualidad puede corregirse. Lo frecuente es que se extravían y se pierden de día en día. Si los padres han hecho lo que deben por su bien, deben desechar los escrúpulos, abandonarlos y pedir a Dios por ellos.

---

58   *Blanchard*: Jean Baptiste Blanchard (1731-1797). Educador jesuita. Ver Introducción.
59   *Fenelón*: François de Salignac de la Mothe-Fénelon (1651-1715). Moralista francés, autor de *Tratado de la educación de las niñas* (1687) La obra fue traducida al español por D. Remigio Asensio.

—Lástima me dan —decía Matilde— semejantes hijos, y más sus infelices padres, pero creo cuanto me dices. He conocido algunos que me aseguran del juicio con que hablas, y por lo mismo siempre que me convenzas como ahora, yo te creeré sin repugnancia.

—Esa docilidad de carácter que tienes —decía el coronel— es una señal segura de talento. Tú no sabrás lo que no te enseñaren; pero ten cuidado de no olvidar estas lecciones, para que las ejercites con fruto en la educación de nuestra hija.

Tales eran las conversaciones de estos dos consortes, y yo, aunque muchacho, me engolosinaba en oírlos, y ellos no se recataban de mí para hablar de semejantes asuntos; me amaban como hijo y yo amaba a su niña como si fuera mi hermana.

Capítulo III

En que se refieren otros pormenores de la educación de
las niñas Pomposa y Pudenciana

Cada instante tenía yo con qué divertirme y qué notar en la diferencia de dos educaciones dadas a un tiempo, en una misma casa y a dos niñas iguales en edad y parentesco. Escribir todo cuanto advertí sería un trabajo demasiado prolijo y fastidioso, a más de que es imposible acordarme de cuanto pasó entonces para contarlo ahora con la misma exactitud, y así nos habremos de contentar con referir lo que me pareció más notable, y por lo mismo aún conservo en la memoria.

Cada familia de estas dos gobernaba su casa y educaba a sus hijos a su modo. La niña Pomposita fue enviada a la amiga bien temprano, según se dijo, y la niña Pudenciana permaneció en su casa hasta los cinco años cumplidos, en cuyo tiempo la puso el coronel al cuidado de una señora que unía a sus finos principios un talento no vulgar, una virtud sólida y un carácter propio para aya o maestra de niñas.

Tenía pocas, porque sabía que el cuidado repartido entre muchos discípulos o educandos tocábales a nada, y vale más educar y enseñar bien a diez que mal a veinte. Con esta bella máxima estaba en continua observación sobre sus pocas discípulas y no les perdía movimiento, cuya eficacia era causa de que ellas la tuvieran mucho respeto y cometieran menos faltas.

Para enseñarlas jamás empleaba el rigor ni la dureza. Su carácter, entre serio y afable, era propísimo para inspirarles amor, confianza y respeto. Las niñas, tratadas con método tan suave, pocas veces dejaban de corresponder a los deseos de esta buena señora, quien no las hacía estar sentadas muchas horas sino en castigo de su pereza, y esto no siempre. Por ejemplo, decía a las niñas:

—En cuanto sepan la lección o acaben su labor se van a jugar hasta que sea hora de rezar. Con esto se apuraban las niñas para concluir su tarea, para disfrutar cuanto antes del asueto, y la que no se aplicaba tenía que estarse sentada con la maestra hasta que aprendía la lección.

Ya se deja entender por este castigo, que allí no se conocía el azote ni la palmeta para nada; mucho menos había la pésima costumbre de picar a las niñas con las agujas ni lastimarlas con el dedal cuando por falta de aplicación o de talento no hacían bien la labor. El estilo serio enojado que la maestra usaba con las desaplicadas en este caso era un castigo suficiente y las más veces eficaz para las niñas, pues no estaban acostumbradas sino a ser tratadas con dulzura.

Otra máxima recomendable observaba, que debería admitirse en las amigas por todas las maestras, y era no recibir niños en su escuela, porque decía que tenía mucha experiencia de las malas resultas que trae la mezcla de los dos sexos, aun en los tiernos años; que había advertido por esta causa hechos maliciosos en criaturas de cinco y seis años, que contados se harían increíbles para los que no conocen la depravación de nuestra naturaleza espoleada con el mal ejemplo, y por último, decía que las maestras que tienen esta mezcla deben ser demasiado vigilantes y prevenidas, porque tienen sobre sí una responsabilidad muy grave; lo mismo que los padres que, advertidos de estos inconvenientes, envían a sus hijos a semejantes casas, especialmente a las niñas, en cuya educación ningún pudor es nimio.

Tal era la conducta y modo de pensar de la maestra a cuyo cuidado fio el coronel la enseñanza de su hija Pudenciana.

Fácil es concebir el trabajo que le costaría hallarla, porque de estas maestras no hay abundancia. Pero ¿qué trabajo no se debe emprender para que se eduquen los hijos dignamente?

Se ha dicho que doña Matilde era una buena casada, y por lo mismo jamás se oponía a la voluntad declarada de su esposo. Sin embargo, no le pareció muy bien que se pusiera tan tarde su hija a la amiga y no dejaba de darle sus piquetitos.[60]

Me acuerdo que un día le dijo:

—¡Si vieras qué gracias de Pomposita!, ya sabe leer muy bien y la doctrina que es un portento. ¡Ya se ve!, como fue a la amiga a buen tiempo... Si mi hija hubiera ido entonces, ya sabría tanto o más; pero tú eres su padre y sabes lo que haces.

El coronel la entendió, y sonriéndose le dijo:

—¡Qué cándida eres, hija!, ¡qué engañada estás! ¿Conque piensas que porque tu sobrina está dos o tres años hace en la amiga antes que tu hija sabe mucho y lo sabe bien? ¿Crees que nuestra Pudenciana ha perdido el tiempo y no sabe nada? Pues te engañas. ¿Qué dijeras si yo te probara que tu sobrina no ha aprovechado cosa y que en puntos de doctrina tu hija sabe más que ella, aunque la otra sabe de memoria el catecismo del padre Ripalda[61], de principio a fin y tu hija no?

—Yo me sorprendería –decía Matilde–, porque no concibo cómo una niña que ha estado en la amiga tres años hace sepa menos que otra que lleva ocho días de escuela.

---

60   *Piquetitos*: golpes o heridas de poca importancia hechos con un instrumento agudo o punzante. En este caso se usa de manera figurativa.

61   *Catecismo del padre Ripalda*: Catecismo muy popular, traducido a numerosas lenguas, compuesto por el Padre Jerónimo Ripalda (1536-1618). Su autor fue confesor de Santa Teresa de Jesús.

—Pues no es un arcano –respondió el coronel–, lo que no se aprende bien nunca se sabe bien, y más vale ignorar una cosa del todo que saberla mal; porque el que aprende mal, tiene dos trabajos cuando quiere aprender bien; uno es saber bien lo que le enseñan y otro olvidar lo que aprendió mal; esto cuesta mucho trabajo, pues lo que se imprime primero, especialmente en la niñez, con dificultad se olvida.

Conforme a estos principios inconcusos,[62] ya verás que poco o nada sabe tu sobrina y que ningunas ventajas lleva a tu hija, pues esta dentro de un año o menos sabrá leer bien y aquella jamás, si no olvida antes leer mal, lo que es tan difícil como pesado, porque se dobla el trabajo.

Por lo que toca a la doctrina cristiana, ya desde ahora sabe más Pudenciana que Pomposita. Es verdad que aquella sabe el catecismo de memoria; pero no lo entiende, y nuestra hija tiene ideas más perfectas y mejor concebidas de su religión, aunque nada sabe como el loro. ¿No le has preguntado quién es Dios? y ¿cuáles son sus atributos?, ¿dónde está?, ¿qué le debe?, ¿quién es ella y en qué se diferencia del pájaro, del perro y de otro cualquiera bruto?

—En verdad –dijo Matilde– que no he tenido esa curiosidad, sin embargo de que te he visto algunas veces divertido en enseñarle; pero como estoy satisfecha de que ni sabe leer ni va a la amiga a oír rezar, pensé que no podía aprender muy fácilmente nada de esto.

—Pues te has engañado medio a medio –dijo el coronel–. Pudenciana me ha entendido, porque yo me he sabido dar a entender con ella, usando voces, frases y comparaciones propias y perceptibles a su edad... Mas ella viene; quiero que te desengañes. Ven acá, mi alma, oye: dice tu mamá que piensa que no sabes la doctrina, o que se te ha olvidado, y para que lo crea, dile: ¿quién es Dios?

—La Santísima Trinidad –dijo la niña–, y la Santísima Trinidad se llama Padre, Hijo y Espíritu Santo, que aunque son tres personas, no son más que un Dios, y este Dios es un Señor muy santo, muy bueno, muy lindo y...

—Sí, sí –dijo su padre interrumpiéndola–, pero tu mamá quiere que le expliques cómo es eso de que la Santísima Trinidad es un solo Dios, aunque tiene tres personas.

—¿Pues no me has dicho, papá, que así como tu casaca tiene dos mangas y el cuerpo, y no son tres casacas sino una no más, porque las tres cosas distintas todas son un mismo paño y tienen un mismo uso y un mismo tiempo, a este modo puedo medio entender que aunque en la Santísima Trinidad hay tres personas distintas, no son más que un solo Dios, porque todas son de un mismo tiempo, de una misma voluntad y de una misma esencia, así como las piezas de tu casaca son distintas, pero iguales en el paño? ¿No me has dicho esto, papá?

—Sí, hija, eso te he dicho, y me has entendido bien. Mas ahora dime: ¿Qué cosa es Dios, que por otro nombre se llama Santísima Trinidad?

---

62   *Inconcuso*: firme, sin duda ni contradicción.

—¿Ya no dije, papá —respondía la niña—, que es Dios un señor muy bueno, muy poderoso, muy sabio y muy lindo?

—¿Y de qué tamaño es Dios?

—¡Oh!, tú me has dicho que no tiene medida, que en todas partes está, que todo lo llena, y que es así como la luz que lo llena todo, y que el cielo y el mundo y yo y todo estamos como dentro de Dios, así como estamos dentro de la luz.

—Pues dime —seguía su padre—, ¿aquí cuántos estamos?

—Cuatro, decía la niña; Dios, mamá, tú y yo.[63]

Hízole un cariño su papá, la despidió a jugar, y dijo a Matilde:

—Yo no he querido mortificarla con hacerle responder cuanto sabe, porque no le sean fastidiosas estas materias; pero por lo que has oído conocerás si es imposible ir instruyendo a una niña de cinco años en su religión, haciéndosela conocer por principios. De este modo, cuando llegue el caso de ponerles el catecismo en la mano, lo leerán con gusto, porque entenderán lo que leen.

No así aquellas pobres criaturas que, no teniendo mejor maestro que el catecismo, lo devoran de memoria sin entender una palabra de cuanto les hacen aprender. Todo el empeño de las personas que las instruyen, si esto merece llamarse instrucción, consiste en que digan seis o siete declaraciones sin turbarse, y se dan con esto por muy satisfechas. De camino hacen otro daño, y es celebrar la gran memoria y comprensión de las criaturas que las rezan, con lo que estas creen que saben mucho y que entienden la doctrina como el que más; se llenan de vanidad, y esta vanidad crece con ellas, y como hija de la soberbia e ignorancia, no las deja ni dudar que no entienden lo que dicen. El menor daño que se sigue de esto, es que, cuando grandes, si son madres, se contentan con que sus hijos sepan lo mismo que ellas supieron, esto es, quince o veinte hojitas del catecismo conciliar de memoria, pero ninguna inteligencia.

Cansado estoy de oír a algunas criaturas responder de memoria ligerísimamente a algunas preguntas del catecismo, como lo podría hacer el perico. Por ejemplo, si se les pregunta: —¿Quién está en el Santísimo Sacramento del altar?, responderán con mucha satisfacción: —*Jesucristo Nuestro Señor en cuerpo y alma gloriosa, así como está en el cielo, tanto está en la hostia como en el cáliz y en cualquiera partícula*. Muy bien respuesto; pero, ¿está igualmente bien entendida la respuesta? Nada menos. Pregúntales: —¿Quién es ese Jesucristo?, ¿qué cosa es cuerpo?, ¿cuál es alma?, ¿qué entienden por gloria, por partícula, etc.?, y las verás enmudecer.

Esto es una lástima. Son muy funestas las consecuencias que se siguen de esta clase de enseñanza. Dentro de México y en todas partes se ven cada día personas ignorantísimas de su religión, que abrigan las ideas más erróneas acerca de ella.

---

63   Cuando Diderot no deliraba en asuntos de religión, decía: —«Si yo educara a un niño, le daría infinitas señales indicativas de la presencia de la Divinidad; si hubiera una tertulia en mi casa, lo acostumbraría que dijese siempre: Estamos cuatro: Dios, mi amigo, mi director y yo»—. De estas máximas se valió el coronel, y se pueden valer otros padres de familia para el mismo fin (Ed. 1842).

¿Y diremos que esta ignorancia solo se advierte en la ínfima plebe, gentes ordinarias y sin ningunos principios de educación? No, hija; yo te hablo con experiencia, y te aseguro que no son pocos los decentes infatuados y llenos de errores en materia de religión.

Si esto no fuera, no hubiera tanta corrupción de costumbres como hay; porque el que ignora quién es Dios, cuál su bondad y poder, qué cosa es el espíritu, cuál y qué justa es la fuerza de la ley y todo lo demás que tiene la religión de conducente a la moderación de las pasiones, al deseo del bien y aborrecimiento del mal, no es mucho que obre casi siempre con un error culpable, cuando no sea con una obstinada malicia. En fin, el que sabe su religión fundamentalmente tiene mucho freno para sujetar sus desordenados movimientos, bastante motivo para reconocer al Creador y poderosos auxilios para volver al camino de la verdad, aun cuando se haya extraviado de él.

Pero el tonto, el ignorante, el que no sabe de su religión sino lo que dice el catecismo, sin entenderlo, tiene cuanto el diablo ha menester para extraviarlo y que se quede así hasta la muerte. Acaso no hubiera habido tanto hereje si no hubiera habido tanto ignorante de su religión católica; pero como han carecido de sus principios y han desconocido sus apoyos, fundamentos y solidez, han sido demasiado fáciles en abrazar aquellos errores con que una nueva secta lisonjeaba sus pasiones con una libertad criminal. Mahoma era un ignorante audaz; pero conociendo el natural apetito de los hombres al libertinaje y su torpe ignorancia en asuntos de religión, se valió de esta misma ignorancia y corrompido deseo, permitiendo a sus sectarios la poligamia o el uso ilimitado de mujeres.

Con más finura y sutileza hicieron lo mismo Lutero, Calvino, Voltaire, Rousseau, Diderot y otros que escribieron llenos de contradicciones, y quizá, o sin quizá, contra lo mismo que sentían en el fondo de sus corazones, para sostener sus opiniones y hacerse singulares[64]; pero siempre sin perder de vista el lisonjear el desarreglado apetito de los hombres hacia la libertad, o llámese mejor libertinaje.

Una chusma de ignorantes fue la primera que los siguió y fertilizó su cizaña; pero ¡quién seguirá los pasos de un ciego, sino el que carezca de ojos!

Por todo lo dicho conocerás cuánta diligencia y cuidado se debe poner en instruir a los niños en su religión, por principios, y qué poca confianza se debe tener de que la entiendan aquellos que solo saben de memoria sus principales misterios.

Quizá no será esta la última vez que te hable sobre puntos tan interesantes, y en otra te haré ver... ¿qué digo?, te demostraré hasta la evidencia, que el desacato, el fanatismo y la superstición que se nota entre los cristianos, y por cuyos vicios nos ridiculizan los herejes, no tienen otro origen que la ignorancia de nuestra religión; ignorancia que no sería tanta o ninguna si los padres y madres, por sí o por personas sabias, procuraran instruir a sus hijos radical-

---

64   Léanse las *Helvianas* o cartas filosóficas, traducidas del francés por don Claudio Vial, donde se verán las enormes contradicciones en que incurrieron muchos de estos filósofos en materia de religión (Ed. 1842).

mente en materia tan importante, como lo hago yo con Pudenciana, sin contentarme con que aprenda el catecismo de memoria sin entenderlo, como tu sobrina, a quien me parece que envidias.

—En verdad que yo la envidiaba —decía Matilde— porque estaba entendida de que sabía leer y la doctrina. ¡Ya se ve!, yo ignoraba todo lo que me acabas de decir; pero en efecto, dices bien. De nada sirve saber las cosas mal; esto es lo mismo que no saber nada, o algo peor, según me explicas.

Me acuerdo que ya hace como un año o más, presencié un lancecillo que le pasó a Eufrosina con su hija, que si a mí me hubiera sucedido me habría corrido demasiado.

Pues mira tú, que estaban de visita en su casa dos clérigos, un padre franciscano y otros señores, y mi hermana estuvo alabando mucho a su hija de que sabía toda la doctrina. El padre franciscano, que desde luego pensaba como tú, después de haberle oído rezar todos los artículos sin turbarse, le preguntó:

—¿Quién es Dios?

A lo que Pomposita respondió muy aprisa, y el religioso con mucha flema la volvió a preguntar:

—¿Conque el Padre es Dios?

—Sí, es.

—¿El Hijo es Dios?

—Sí, es.

—¿El Espíritu Santo es Dios?

—Sí, es.

—¿Son tres dioses?

—No, sino uno en esencia y trino en persona.

—Muy bien —decía el religioso–, ¿el señor es padre? ¿Y el señor?, señalando a los clérigos. —Sí, son, respondía la niña.

—¿Y yo soy padre?

—También.

—¿Y cuántos padres hay?

—Tres.

—Pues, ¿cómo está eso de que el Padre es Dios, el Hijo es Dios, y el Espíritu Santo es Dios, y no son tres dioses? Vaya a ver cómo lo entiendes.

Pomposita, atacada con la comparación, enmudeció, y de cuando en cuando miraba a su madre, como diciéndole que respondiera; pero Eufrosina callaba y se ponía colorada. El padre franciscano, para rematar el cuento, preguntó a Pomposa:

—¿Luego, obligados estamos a saber y entender todo esto?

—Sí, estamos —respondió la niña–, porque no lo podemos cumplir sin entenderlo.

Considera tú el café[65] que tomaría Eufrosina con semejante represión.

—Es preciso confesar —dijo el coronel— que el buen religioso se olvidó en

---

65   Frase común en México, con que hablando familiarmente se da entender que alguna
     persona se avergüenza o incomoda. Suele decirse café con moscas, y así se entiende mejor
     (Ed. 1842).

aquel lance de las reglas de la prudencia y urbanidad. Cuando se examina a alguna criatura, es menester considerar su edad, su estudio y sus potencias, y no hacerles jamás unas preguntas y argumentos que sean superiores a sus luces.

La retorsión que le hizo a nuestra sobrina era demasiado fuerte para ella, y no fue mucho que no la respondiera. Hay algunos genios tan pedantes, que así arguyen a las mujeres, a los niños y a los legos como pudieran a un sustentante al pie de la cátedra. Sus preguntas más se dirigen a confundirlos que a instruirlos o hacerlos lucir. ¡Entendimientos flacos y cobardes, que se lisonjean con tan pequeños triunfos!

Si la niña le hubiera dicho: —Hay tanta desproporción y diferencia de la comparación que usted me pone con el objeto que yo explico o con la Trinidad que creo, cuanta hay del ser al no ser y del finito al infinito. Yo creo que en Dios hay tres personas y una esencia, y lo creo firmemente porque la fe me lo enseña, aunque no lo comprendo ni trato de comprenderlo, pues sé que Dios es incomprensible a toda pura criatura inteligente; y siendo un ser infinito, solo un entendimiento infinito puede comprenderlo; no habiendo otro entendimiento infinito más que el suyo, se sigue que solo Dios se comprende perfectamente, solo Dios, sabe quién es Dios, hasta donde se puede saber.

Ninguna pura criatura, por santa, por sabia y por favorecida que sea del Creador, alcanzará jamás a definir la esencia divina, ni a comprender el misterio inefable de la Trinidad. ¿Cómo quiere usted que yo lo explique dignamente? Usted mismo con su borla y teología, ¿qué digo yo usted mismo?, Santo Tomás, San Agustín, San Gregorio, el eximio Suárez y cuantos teólogos profundísimos ha respetado el mundo no explicaron jamás este misterio con tal claridad que convenciera el entendimiento sin el auxilio de la fe. San Francisco de Sales decía, hablando con Dios: Señor, vos seríais muy pequeño si pudierais ser comprendido por un entendimiento tan pequeño como el nuestro.

Pero de que este misterio sea incomprensible no puede seguirse que no existe. Semejante ilación sería el más extravagante disparate. De que no conozcamos o no entendamos una cosa no se deduce de que la cosa no sea tal como en sí es. ¿Cuántas cosas tienen los hombres en las manos y no saben lo que son? La electricidad, la atracción del Norte al imán, la del imán al acero, la del azabache a la paja, etc., etc., las ven los hombres, hablan, disputan de ellas, advierten sus efectos, se valen de estos, y sin embargo de ser objetos materiales, no los comprenden. Todos sus adelantos en esta parte se han quedado hoy en argumentos, sistemas, opiniones y teorías.

¿Pero qué más? No podemos dudar que tenemos dentro de nosotros un espíritu, o llámese alma, o lo que se quiera, superior a nuestra materia; una facultad intelectiva que no goza la planta, la piedra ni el bruto; que se mueve y vive a nuestro igual, y sin embargo, ¿quién sabe lo que es esta alma?, ¿quién explica el mecanismo de sus funciones?, ¿quién sabe cómo piensa?, ¿quién entiende bien los fenómenos del sueño?, ¿quién define la causa del trastorno de un loco?... Mas ¡para qué es cansarse! ¿Quién es el hombre que se conoce perfectamente? Nadie. Pues si el hombre no sabe quién es el hombre, ¿cómo tendrá osadía para definir a Dios, rastrear sus misterios ni analizar sus perfecciones?

Si mi sobrina hubiera respuesto de esta manera al padre hubiera quedado bien; pero sería una simpleza esperar semejante respuesta de una niña de cinco o seis años.

Lo malo que hubo en esto fue la indiscreta confianza de la madre, que aseguró sabía bien la doctrina, cuando no sabe sino el catecismo de memoria.

Es verdad que no todos debemos entender los misterios de la fe como los teólogos; pero todos debemos entenderlos lo mejor que podamos y no contentarnos con retener palabras de memoria. En fin, no todos estamos obligados a ser teólogos; pero todos lo estamos a ser buenos cristianos, lo que no puede ser sino entendiendo la religión de Jesucristo y sus principales misterios, conforme a nuestra capacidad y con arreglo a lo establecido por la Santa Iglesia.

Cada conversación de estas era una lección oportuna que el coronel daba a su esposa, y como la daba con tan buen modo, jamás dejaba de coger el fruto que quería. ¡Qué diferente es el estilo de aquellos que quieren corregir o quizá enseñar a sus mujeres con dureza e ignorancia! Tal modo es más propio para embrutecer que para instruir. Con un estilo tan soez, las mujeres se obstinan, no se corrigen, aborrecen a los hombres, y como se resfría, cuando no se apaga su amor, ni se aficionan a sus máximas, ni oyen lo que se les dice, ni hacen lo que se quiere que hagan. ¡Cuánto vale la prudencia en los maridos! Pasemos a otra cosa.

Doña Eufrosina, o llámese la Langaruto, para ir con la moda de nombrar a las mujeres por el apellido de sus maridos, no se embarazó con su hija Pomposa para pasear a su gusto, pues la puso a la amiga antes de tiempo, según se ha dicho, con lo que logró que se debilitara un poco más su salud y que aprendiera algunas malas mañas de las otras muchachas; aunque no necesitaba de estas maestras, pues las tenía de sobra con su mamá y las criadas de su casa, que la mal enseñaban con primor.

Continuamente estaban componiendo a la niña, y este nombre *moda* era pronunciado por ella a los cinco años con demasiado gusto e inteligencia. Todo lo que no era de moda lo despreciaba y todo lo que sabía que se usaba era para ella su ídolo favorito.

Era cosa admirable oírla reñir con el zapatero o el sastre cuando no le traían una cosa a su gusto. —Maestro –solía decir al zapatero–, ¡qué zapatos tan feos!, no me cuadran, son de vieja; yo los quiero de moda, no como estas figuras.

Por desgracia, jamás faltaban aduladores de la madre, criadas de la casa, viejas parientas o paniaguadas[66] que alababan el necio proceder de la niña. Unos decían: —¡Bienhaya la señorita que no es tonta! Otros: —¡Qué viva es!, todita a su mamá—. Otros: —Dios la guarde—. Y todos a porfía apoyaban y celebraban su necedad, soberbia y mala crianza.

La madre, que o no entendía o afectaba no entender el idioma de la adulación, se ponía más esponjada que huajolote[67] al escuchar las indignas alabanzas tributadas al orgullo y tontera de su hija, y esta se hinchaba como sapo advirtiendo sus elogios.

La educación que Eufrosina le daba en orden a los criados no era menos ridícula y reprensible; porque después que permitía a la niña estar en la cocina y tratar a las criadas con la mayor familiaridad, las reñía altamente al menor descuido de atención que observaba usaban con su hija, como por ejemplo, llevar la mancerina[68] sin servilleta, el vaso del agua no muy limpio y cosas a este modo. Entonces había en casa riña segura. —¿Cómo es esto –decía la señora–, atrevida, grosera, que traes a la niña el chocolate sin servilleta? ¿No ves que es tu ama? ¿Has pensado que es otra como tú? Cuidado con tratar a la niña con tan poco respeto, porque te mudarás noramala de mi casa.

La tal niña, que advertía esto muy bien, concebía el grado de superioridad en que se hallaba respecto de las criadas, y dando rienda a toda la soberbia que le inspiraba su mamá, ya después no las trataba como sirvientas sino como esclavas,[69] es decir, punto menos que bestias. ¡Infeliz de la criada que tenía el más mínimo descuido con ella a la edad de siete años, porque después de tirarle con el trasto, la llenaba de improperios, y esto aunque fuera la criada o criado un viejo o una vieja! Ella no miraba edades sino situaciones, y como la suya era superior, dominaba las de sus domésticos a su antojo, y mucho más contando, como siempre contaba, con la aprobación de su necia madre.

Ya se deja entender que a todos los criados tuteaba, aunque tuviesen la cabeza más blanca que la pita de maguey; pero en medio de esta ridícula soberanía, pecaba la madre por el extremo opuesto, permitiéndole la mayor familiaridad con ellos.

A la hora de siesta se acostaba a dormir, y entretanto la niña se iba a la cocina, y entonces, lejos de la mamá, no solo era una con las criadas, sino que les sufría mil llanezas que usaban con ella, a ferias[70] de melcocha,[71] orejones,[72] calabaza cocida y otras golosinas que por ordinarias no se ponían en la mesa y a la niña cogían en deseo y provocaban su apetito por la privación en que sus padres la tenían de ellas.

---

66   *Paniaguado*: servidor de una casa, que recibe del dueño de ella habitación, alimento y salario.

67   Pavo americano (Ed. 1842).

68   *Mancerina*: plato con una abrazadera circular en el centro, donde se coloca y sujeta la jícara en que se sirve el chocolate.

69   Muy mal hacen los que tratan a sus esclavos tiranamente. Es menester no olvidar que los esclavos y criados a salario son hijos de Dios y semejantes nuestros (Ed. 1842).

70   *A feria*: por añadidura.

71   *Melcochea*: miel que, estando muy concentrada y caliente, se echa en agua fría, y sobándola después, queda muy correosa.

72   Ruedas de manzana pasadas al sol (Ed.1842). Frutas secas.

Cuando estaban ama y mozas comiendo en buena paz y compañía, solían decirle estas:

—Niña, ¿por qué es usted tan perra y tan soberbia? ¿Por qué nos trata tan mal delante de la señora?

Y entonces la niña, obligada por la melcocha, o lo que es más seguro, por la verdad, les decía:

—Pues de fuerza he de enojarme y os he de tratar así; ¿acaso mi mamá os trata de mejor modo? Ella me dice que os acuse, que os riña y que no me deje, pues yo soy ama en esta casa y vosotras sois mis criadas y estáis atenidas a comer de nuestras sobras, y por lo mismo nos habéis de tratar con el mayor respeto, y cuando no lo hiciereis os echarán noramala de casa.

Ya se ve que la niña hablaba la verdad; su madre así lo decía, y estas seguramente son unas máximas bellísimas y oportunas para educar a las niñas soberbias, malcriadas y odiosas para aquellos que tienen la desgracia de servirles.

Algunas noches que por fuerza la señora estaba en casa y solía el señor no estar en ella, era la niña enviada a la cocina por orden de su mamá, mientras trataba algunos asuntos importantes con personas que no podían tratarlos francamente a su presencia.

En estas ocasiones, viejas y muchachas sirvientas, para entretener el sueño, se ponían a contar cuentos o consejas a la niña. ¿Y qué cuentos eran estos? ¡Friolera! Cosas importantísimas y dignas de que las supiera una niña decente y que no se quería contar en el número del vulgo. En estas conversaciones andaban a millares los encantamientos, espantos de muertos, apariciones de diablos, milagros apócrifos, males de ojo, dinero enterrado, hechicerías, brujas, amuletos, talismanes[73] y trescientas mil soflamas[74] y embustes, cuyas resultas son harto perniciosas en la edad madura; pues lo que en la niñez se aprende como verdad infalible, con dificultad se descree en la vejez; y de aquí viene hallar tantos viejos tontos y majaderos, que en su vida han visto un diablo, un muerto, una bruja, un hechicero, ni han experimentado un milagro verdadero, ni se han hallado un real enterrado, y sin embargo, defienden a puño cerrado estas cosas y aun las confirman con sus canas, años y autoridad a costa de mentiras, dándose ellos mismos por testigos y aturdiendo con esto a los simples que los escuchan.

No solo en esto paraba la mala educación moral de Pomposita. Mientras más crecía en edad se perfeccionaban las facciones de su cara. Estas, juntas con la compostura de su cuerpo y la volubilidad de su lengua, porque, en efecto, era habladorcilla, la hacían célebre entre las gentes tontas y superficiales, quienes continuamente la aplaudían de bonita, viva, discreta, salerosa y curra[75]. ¡Elogios malditos y dañosísimos en los tiernos años de las niñas! No

---

73 *Talismanes*: figuras hechas de algún metal o grabadas en una piedra con correspondencia a los signos celestes, a los que supersticiosamente atribuyen alguna virtud. La manita de azabache, el colmillo de caimán contra el aire, el ojo del venado contra el mal ojo, el chupamirto para hacerse amables las mujeres y otras supercherías semejantes que aún respeta el vulgo, tienen lugar entre los talismanes (Ed. 1842).

74 *Soflanas*: expresiones artificiosas con que alguien intenta engañar o chasquear.

75 *Curra*: ver nota 7, capítulo 1.

saben estos tontos y bárbaros aduladores cuánto las perjudican, haciéndolas tenaces partidarias de la moda, orgullo y presunción.

No es de extrañar que con semejante conducta se criara Pomposita demasiado necia y altanera. La infeliz no hacía más que correr por donde su madre andaba, y corría más mientras más se adelantaba su edad.

A los siete años, dije, cuando ya la luz de la razón rayaba en su entendimiento con más perfección, su soberbia era harto conocida. Su amor propio se hallaba entronizado en su corazón; desde esta edad consultaba al espejo sus perfecciones, manifestaba demasiado contento al oírse celebrar y se incomodaba si por accidente alababan a otra en su presencia.

Acostumbrada a cuanto se llamaba moda en su tiempo y persuadida con el ejemplo de su madre, trataba a todo el mundo con la mayor familiaridad o llaneza. A ninguno de los concurrentes de su casa daba más tratamiento que el apellido; de manera que un ciego que no hubiera tenido otra señal que la voz de la niña para conocer a los asistentes, jamás los hubiera distinguido por sus empleos y caracteres. Diga usted, Herrera, mire usted, Ríos, escuche usted, Valdés... Este era el modo con que la niña nombraba a todos los concurrentes a su casa, y entre ellos había togados, canónigos, coroneles, etc.

Acuérdome que una vez la oí llamar a un caballero con estas voces: marquesito, marquesito. Confieso que pensé que llamaba a algún perrito de faldas, y no era sino al marqués de S***, hombre respetable por su edad y representación.

Todo esto se le pasaba a la niña por una gracia; pero en verdad que unos decían que era franca, marcial[76], del día, y qué sé yo, y otros la tenían por una muchacha malcriada. En efecto, yo no soy calumniador; la pobre niña no tenía la culpa; veía que su mamá y otras señoritas trataban con esta familiaridad o llaneza a todos los hombres indistintamente, ¿qué había ella de hacer sino seguir su ejemplo?

Sin embargo, la niña Pudenciana hacía un terrible contrapeso a esta familia, porque su papá, el coronel, la tenía enseñada a que distinguiera de sujetos y diera a cada uno el tratamiento que le convenía; y así, a los corrillos y mocitos almidonados los llamaba por el apellido, lo mismo que su prima; pero a los eclesiásticos y personas de distinción los nombraba con respeto, de usía o usted, según su clase.

Este modo le conciliaba el aprecio general, pues los jóvenes tertulios se veían tratar a su modo y los hombres circunspectos con la atención que deseaban, y más en una criatura tan pequeña. Todos la abrazaban, la celebraban, y la tenían por una niña bien criada, porque sabía dar a cada uno su lugar sin salir de la esfera de cortesana del día.

Estos generales aplausos eran causa de celos a los padres de Pomposita, lo que don Dionisio disimulaba con prudencia.

No tenía tanta Eufrosina, la madre de Pompsa, y así de cuando en

---

76 *Marcial*: que se mueve con firmeza y erguido.

cuando explicaba su celillo en buen idioma, echando en cara al coronel la diversa educación que daba a su hija. Una vez, estando yo delante y acabando de celebrar la urbanidad de Pudenciana un caballero, luego que este se despidió, entre colérica y sonrojada Eufrosina dijo al coronel:

—Y bien, hermano, habrá usted quedado muy ancho con los elogios que ha hecho a Pudenciana ese botarate hablador que acaba de salir, ¿no es eso? Pues no, no se engría usted, porque, yo siento decirlo, al fin estimo a usted, como que es mi hermano y la muchacha es mi sobrina; pero a la verdad, le está usted dando una crianza muy paya.[77] Eso de levantarse del asiento una mujer para recibir o despedir a los hombres, tratarlos de señorías o de usía, hablarles por sus nombres y no por sus apellidos, y otras cosas de estas, son vejestorias, antiguallas y payadas. No, señor; las mujeres siempre hemos de manifestar que somos señoras, y que nos merecemos muy bien las atenciones de los hombres, a quienes harto favor hacemos con admitirlos a que nos sirvan y obsequien. Si manifestándonos las mujeres civilizadas con esta superioridad que nos concede la culta moda, todavía tenemos que sufrir algunas llanezas, atrevimientos y desprecios de los hombres, ¿qué fuera si nos humilláramos como las payas? ¡Jesús!, nos quisieran tratar a la baqueta,[78] se darían por muy bien servidos de nuestras importunas humillaciones, escasearían sus obsequios y comedimientos y creerían tener en cada señorita una criada más a quien mandar. Yo digo a usted esto por su bien y por el de mi pobre sobrina; por lo demás, usted es su padre y hará lo que le diere gana. En todo caso usted no se envanezca, ni ella tampoco, con las alabanzas que le dan algunos, pues ya usted ve que de estos alabadores unos son viejos, reviejos enemigos de toda moda; otros son o se quieren hacer medio santuchos; otros manifiestan ser unos payos de ciudad sin principios, y otros, por último, son unos aduladores declarados, que tanto alaban a mi hija como a la de usted, sin saber por qué alaban a ninguna de las dos, sino por pagar con sus lisonjas el chocolate, el café o el almuerzo que vienen a tomar a nuestra casa. Ya usted ve qué buena gente alaba a Pudenciana de bien criada: payos, tontos, viejos hipócritas y lisonjeros. Así saldrá ello; pero vuelvo a decir que usted hará lo que le dé la gana, pues al fin es su padre, y no me debo meter en la renta del excusado[79].

Oyó el coronel con bastante socarronería este largo y desatinado sermón que yo deseaba concluyera, esperando que él pusiera como un trapo a mi señora doña Eufrosina; pero no lo conseguí, porque con la mayor prudencia y sonriéndose, sólo dijo:

—Usted, hermana, dice bien; pero por ahora es menester que Pudenciana haga lo que le mando, aunque no sea moda; porque es muchacha y es preciso que se enseñe a tener respeto a sus mayores sin acordarse de que es mujer... Y dígame usted, ¿le han avisado que la vinieron a convidar de parte de la señorita Tello para su baile de esta noche?

—¿Pues qué, tiene baile la Tello?

---

77   *Payo*: propio de campesinos. Ignorante y rudo.
78   *A la baqueta*: tratar con desprecio o severidad (coloquial).
79   *Renta del excusado*: diezmo que pagaba la casa más rica de cada parroquia.

—Sí, tiene: se ha casado Carmelita.

—Pues es preciso admitir este convite. Vaya, vamos a comer temprano para vestirnos.

—Si, hermana, coman ustedes que nosotros vamos a hacer lo mismo.

Así cortó el coronel la disputa y la contestación con su cuñada; pero como Matilde había oído hablar tantos despropósitos, quedó como indecisa sobre cuál de las dos crianzas sería la mejor, si la que daban a Pomposa, o la que el coronel daba a su hija.

El coronel advirtió la sorpresa de su mujer, y para prevenirla contra sus resultados, le dijo:

—Tu hermana habló como una mujer necia. Yo no quise trabar con ella una disputa, porque sería infructuosa a los dos; yo no tenía que aprender nada de ella, ni tampoco habría querido ella convencerse de mis razones; mas a ti, que siempre me escuchas con docilidad y gusto, te debo instruir de buena gana, porque tú transmitas a nuestra amada hija mis lecciones, cuando sea capaz de comprenderlas, si la muerte me impidiere hacerlo por mí mismo.

En esta inteligencia has de saber que es un error pensar que las mujeres tengan, por ningún título, alguna superioridad sobre los hombres como cree tu hermana.

Por la ley natural, por la divina y por la civil, la, mujer, hablando en lo común,[80] siempre es inferior al hombre. Te explicaré esto. La naturaleza, siempre sabia y obediente a las órdenes del Creador, constituyó a las mujeres más débiles que los hombres, acaso porque esta misma debilidad física de que hablo les sirviera como de parco o excepción para conservarse en aptitud para ser madres y sostener la duración del mundo... Creo que no me entiendes; te lo diré más claro. La naturaleza, o hablemos como cristianos, su sapientísimo Autor, no concedió a las mujeres la misma fortaleza que a los hombres, para que estas, separadas de los trabajos peculiares a aquellos, se destinasen únicamente a ser la delicia del mundo, y de consiguiente fuesen las primeras y principales actrices en la propagación del linaje humano.

Cuando te digo que las primeras y principales, no quiero negar a los hombres lo importante de su cooperación; no te hablo como físico ni como médico. He leído algo sobre el arcano de la generación; sé que los hijos llevan el apellido de los padres y no el de las madres; sé que es justo y sé por qué; pero no me toca explicarlo, ni a ti te importa mucho el saberlo. Te hablo únicamente como filósofo; y así te digo, que las mujeres son los principales agentes de la conservación del género humano; porque la mujer, no solamente concibe el feto, sino que lo nutre en su vientre, lo alimenta con sus pechos, lo acaricia, se entrega a todo cuidado en su infancia y no lo separa de su seno hasta que no está en estado de manejarse por sí con libertad.

Ahora sí pienso que has comprendido cuán gravoso es el cargo de una madre, cuán recomendable el mérito de la que sabe desempeñar este título,

---

80 Los ejemplares que se pueden citar de algunas mujeres que, sentadas en los tronos, han logrado, no solo la absoluta independencia de los hombres, sino la dominación sobre ellos, son excepciones de esta regla (Ed. 1842).

y con cuánta razón la naturaleza las debilitó por una parte para hacerlas útiles por otra. —No tenga –dijo el Autor de la naturaleza en el acto de la formación de la mujer–, no tenga esta la robustez del hombre, que rinde a una fiera; no tenga la intrepidez del hombre, que se arroja entre las balas y degüella enemigos de ciento en ciento; carezca del tesón del estudioso, que entre libros y vigilias se consume por indagar el curso de los astros, por coordinar los gabinetes o averiguar el origen y modificación de las pasiones humanas. Quédense para estos en hora buena las fatigas del campo, los peligros de la milicia, los afanes del comercio; resérveseles el penetrar los arcanos de la moral y la política; escudriñen cuanto puedan las verdades de la física, química y matemáticas; arriésguense a los mares y háganse árbitros despóticos de las ciencias y de las artes, de la religión y del gobierno, de la paz y de la guerra; pero en cambio quédese para las mujeres ser el gozo, el descanso, el mayor placer honesto de los hombres, el depósito de su confianza, el iris de sus disturbios, el imán de sus afectos, la tranquilidad de su espíritu, el premio de sus afanes, el fin de sus esperanzas y el último consuelo en sus adversidades y desgracias; quédese para ellas, finalmente, el ser la delicia de los hombres, el encanto de los sabios, el gozo de los guerreros, el trono de los reyes, el asilo de los justos y el altar primero de los santos, pues todo esto será la madre a cuyos pechos y en cuyos brazos se criarán los sabios, los reyes, los justos y los santos.

Ves aquí, hija mía, cuánta es la dignidad de las mujeres consideradas como esposas y madres de familias, y qué bien remuneradas se hallan de aquella debilidad en que son constituidas respecto de los hombres; pero, después de todo, esta misma debilidad las hace inferiores a ellos por ley de la naturaleza.

Teniendo en consideración esa misma debilidad, las leyes civiles las han separado del sacerdocio, gobierno, política y arte de la guerra, que les ha confiado a los hombres, de cuya privación resulta un justo premio debido al bello sexo, y tan justo, que los hombres en haberlas excluido de estos cargos no han hecho más que premiarles sus peculiares ejercicios, recompensarles sus fastidiosas fatigas y buscar sus propias conveniencias; porque conveniencia de los hombres es el cuidar y conservar a las mujeres. El hombre que las vitupere por razón de la diferencia del sexo, debe ser declarado por necio y por ingrato; pero al fin de todo, hemos de confesar que justísimamente las mujeres son inferiores a los hombres por las leyes civiles. ¡Qué bien se acomodaría una mujer con un niño en los brazos asido de un pecho y sobre el otro apoyando un fusil! Lo mismo digo de una pluma, un formón, un arado u otros instrumentos peculiares de los hombres: era menester que abandonara el instrumento o el niño.

Que las mujeres sean inferiores a los hombres por ley divina, no tiene duda. Expresamente condenó el Señor a Eva, y en ella a todas las mujeres, a estar sujetas a los hombres en castigo de la culpa original. Esto todos lo saben, y así insistir en ello parece que toca en bobería...

—¿Cómo es eso de que todos lo saben? –interrumpió Matilde– pues a mí me parece que no lo saben todas, y si lo saben, quisieran no saberlo. ¿Pues no ves el empeño con que mi hermana quiere hacernos creer que las mujeres somos superiores a los hombres? Esto me persuade que o mi hermana ignora lo que dices, o a lo menos que no lo cree mucho.

—Tienes razón –dijo el coronel–, tu persuasión es justa, y según ella debes tener a tu hermana por una necia soberbia, y no solo a tu hermana, sino a infinitas mujeres que piensan como ella; mas en obsequio de la verdad y de tu sexo, debes disminuir a lo menos el cargo que les resulta de este bastardo modo de pensar, pues no tienen las mujeres toda la culpa de ser tan necias (hablo de las que lo son) y orgullosas como manifiestan.

—¿Cómo no? –decía Matilde– ¿pues quién la tiene?

—Los hombres –dijo el coronel–, los hombres que les dan la primera educación moral en su niñez y los que se la robustecen o pervierten en su juventud. Estos son los culpables del orgullo y desordenado modo de pensar que se advierte en las mujeres, especialmente en las jóvenes hermosas; así como son recomendables cuando piensan con juicio y solidez las mujeres que ha puesto a su cuidado la naturaleza o el matrimonio.

—De cualquier modo que ello sea –decía Matilde–, lo que yo saco por consecuencia de tus conversaciones es que tú unas veces te manifiestas enemigo de las mujeres, y otras te declaras su defensor, echando a los hombres la culpa de sus vicios. Yo no te entiendo.

—Eso es porque no quieres entenderme –reponía el coronel–, yo jamás he sido enemigo de las mujeres. Cuando critico sus defectos, no es con el perverso objeto de satirizarlas, sino con el loable fin de que los corrijan, a lo menos tú que me entiendes; y esto tan lejos está de probar que las aborrezco, cuanto manifiesta mi decidido amor hacia ellas, y este amor tampoco traspasa los límites de lo justo y honesto. Esto es, no defiendo a las mujeres por ser mujeres, ni las lisonjeo con exonerarlas de toda la culpa que les echan los hombres, sino que en todo cumplo con lo que me dicta la razón.

¿Acaso crees tú que las mujeres fueran como son si los hombres fueran como debían ser? De ninguna manera. Pero ¿cómo quieres que una niña sea humilde, honesta y moderada, si su madre, por culpa de su marido, es altanera con los criados, altiva con las visitas, descuidada en la casa, profana en la calle y necia en todas partes? ¿Cómo quieres que la dicha niña, mal criada con estos ejemplos, se sujete y se modere cuando se case, si le toca por marido un hombre disipado e indolente? Es regular que al lado de este se ponga de peor condición.

Yo no quisiera proponerte ejemplares que te dolieran; pero para mejor persuadirte, es menester no salir de casa. ¿Qué clase de mujer casada hará Pomposita con la educación que le da su madre por culpa de don Dionisio? Sin duda que será esta mujer una orgullosa, necia y abandonada en la educación de sus hijos, así como lo fue su madre, y mucho más si por desgracia se une con un hombre desidioso, condescendiente y abandonado.

Esto parece que no tiene duda, porque todos saben cuánto influye el ejemplo sobre nuestras acciones. Verdad es que algunas veces una razón bien ordenada se ha burlado de los malos ejemplos; pero esto es muy raro bajo una mala educación y se puede tener por un milagro. Lo común es hacer como se ve, y no obrar como se debe.

De todo lo dicho puedes concluir que yo, cuando reprendo los más groseros vicios o preocupaciones de las mujeres, no es con el depravado fin de satirizarlas o de ponerlas en mal, como suelen decir, sino con el de manifestarlas tales como son a los ojos de los sensatos, para que así otras se corrijan o moderen.

Tampoco cuando las elogio o disculpo es por lisonjearlas, pues no hay para qué. Es preciso ser justo con todos y en todas ocasiones.

Por último, debes advertir que es verdad lo que te digo, que los hombres son los que casi siempre tienen la mayor parte de los defectos de las mujeres. En otra ocasión te demostraré este axioma con más solidez, porque ahora es tarde y vamos a comer.

Capítulo IV

En el que se trata una materia entretenida

No es muy común lograr por esposas mujeres dóciles ni maridos prudentes y sensatos, ya sea porque no se merecen unos a otros o ya porque no se saben escoger. El Espíritu Santo dice que *la mujer buena se dará al hombre por sus buenas obras*. Sin duda las tenía en su abono el coronel, pues mereció lograr una mujer tan dócil como Matilde la que lo escuchaba con tanto gusto, que siempre aprendía y aprovechaba las lecciones morales que aquel le daba, adoptando las máximas que trataba de inspirarle. Para ella era un oráculo su marido; y ya se ve que él no desmerecía tal concepto, pues no se contentaba con decirle lo que era bueno o malo, sino que procuraba convencer su entendimiento con la razón y la experiencia, y para asegurarse de que ella no accedía a su parecer por ceremonia sino por convencimiento, le enseñó desde el principio a que le propusiera las objeciones que encontrara en cualquier asunto para desvanecerlas. Matilde lo hacía así, y de este modo tenían unas conferencias divertidas.

No quedó muy satisfecha de la inferioridad de las mujeres respecto de los hombres, según vimos en el capítulo anterior, y así no tardó en tocar el mismo punto a su marido.

Una ocasión le dijo:

—Aunque el otro día me hablaste tantas cosas para probarme que las mujeres somos inferiores a los hombres, yo a la verdad no lo entiendo bien, porque veo practicar por estos lo contrario de lo que debía ser, en caso de que fuéramos tan inferiores como dices.

Todos los hombres y en todas ocasiones nos han respetado y respetan de tal manera, que nos convencen ciertamente de que son inferiores a nosotras. En este particular soy hasta ahora de la opinión de mi hermana. Ciertamente no haré alarde de esta superioridad que me concede mi sexo, o sea la *culta moda*, como ella dice; mas no por eso dejaré de conocer que somos algo más de lo que tú quieres persuadirme que somos.

Tú me dices muchas cosas que me convencen un poco de lo que me quieres persuadir; pero veo que los hombres practican con nosotras unas acciones, no solo comedidas y atentas, sino humildes y serviles, las que no harían si no estuvieran penetrados de nuestra natural superioridad. En la calle, en los paseos, en los estrados, en los templos y en todas partes nos significan sus rendimientos, de modo que parecen nuestros criados o vasallos. Yo, a la verdad, quisiera que los que comen mi pan y cobran mi salario se portaran como los hombres con las mujeres. ¡Oh!, en tal caso ¡qué bien servida estuviera de mis criados!

Estos rendimientos no los puedes negar. Si un hombre va por la calle con una dama, le da el mejor lugar y le presenta su brazo; si lo visita, la baja de la escalera; si sube al coche, es la primera, le da la mano y el asiento superior; si está en la mesa, le sirve los platos y la copa; si entra en un baile, se levanta, le cede su lugar, y él se queda en pie; si juega, ella alza y es preferida antes que el hombre; si entra en el templo, le da el agua bendita; si alguno la ultraja la defiende; si le cae algo de la mano, se apresura a levantárselo; si ella se enfurece y lo maltrata, lo disimula; si levanta contra él la mano enardecida alguna vez, no sabe el hombre vengarse sino con humilde sufrimiento... En fin, en todas partes manifiesta el hombre ser inferior a la mujer. ¿No es esta una verdad? ¿Conque cómo he de creer que no tenemos tal superioridad solo porque tú lo dices, y porque no somos generales en la guerra, ni ministros o magistrados en la paz? Vaya, hazme ver cómo está eso para que me desengañes, si es un error la opinión de mi hermana, que yo admito.

—Lo es, en efecto —le dijo el coronel— y es un error origen de otros muchos, que conspiran a hacer infelices a las mujeres que lo adoptan. Verdaderamente ellas son dignas del aprecio y estimación del hombre culto, y este aprecio hace que les tribute su respeto y que les ceda en muchas ocasiones la preferencia que a él le toca; mas estos respetos y atenciones debe recibirlos la mujer juiciosa, o como un premio debido a su virtud, o como un efecto de la generosidad de los hombres, y nunca los exigirá como unos derechos debidos a su soberanía por ser mujer.

En virtud de esto, no debes creer que todos los hombres y en todos tiempos les han tributado sus respetos, como dijiste. Si algunas veces han hecho las mujeres en el mundo el papel de señoras, otras han desempeñado el de esclavas de los hombres, a proporción del capricho de estos y de las costumbres de los países que han habitado. Mr. Tomas,[81] en la pintura que hace de las mujeres, corrobora esta verdad con unos términos tan claros y precisos, que yo no me atrevo a sustituirlos con otros, ni menos quiero, compendiando ni disfrazando sus razones, usurpar la gloria que se merece este célebre francés; y así te referiré algunos párrafos de su obra al pie de la letra.

«Si examinamos —dice— los países y los siglos, veremos casi en todas partes adoradas las mujeres y oprimidas en todos tiempos. Nunca dejó el hombre

---

81   *Mr. Tomas*: Monsieur Antoine Léonard Thomas (1732-1785) autor de *Ensayo sobre el carácter, las costumbres y el espíritu de las mujeres en los diferentes siglos* (1772).

perder la menor ocasión de abusar de su fuerza; antes bien, se prevalió siempre de la debilidad de su sexo, prestándole al mismo paso homenaje a su belleza y haciéndose a un tiempo su esclavo y su tirano. Parece que la misma naturaleza, al formar unos entes tan dóciles y blandos de corazón, se ocupó más en sus gracias que en sus dichas; pues rodeadas por todas partes las mujeres de angustias y temores, entran por mitad a sufrir nuestras miserias y se ven sujetas a otras muchas que les son particulares. A nadie pueden dar la vida sin exponerse a perder la suya propia, y cada achaque periódico que experimentan altera su salud y amenaza sus días; su belleza se ve acosada de mil crueles enfermedades, y cuando se ven libres de este accidente, al paso que el tiempo se la marchita, las va también consumiendo cada día; entonces no les queda más protección y auxilio que el triste derecho de la compasión, y el recurso a los recuerdos de una memoria agradecida.

«Hasta la misma sociedad les aumenta los males de la naturaleza. Más de la mitad del globo está llena de hombres rústicos y salvajes, entre quienes las mujeres son infelices en extremo. El hombre rústico que apenas conoce sino lo físico del amor, feroz e indolente al mismo tiempo, activo por necesidad, pero inclinado al ocio por una pasión casi insuperable; ignorando asimismo todas aquellas ideas morales que suavizan el imperio de la fuerza, considerada como única ley de la naturaleza por la ferocidad de sus costumbres, manda despóticamente a unas criaturas que, haciéndolas iguales suyas la razón, las sujeta, no obstante, por su debilidad y flaqueza. Las mujeres son entre los indios[82] lo que eran los ilotas entre los de Esparta, esto es, un pueblo vencido y obligado a trabajar para los vencedores. De aquí nacía que en las orillas del Orinoco, movidas las madres de compasión, solían matar a sus hijas luego que nacían, creyendo que esta compasión bárbara era una especie de obligación.

«Entre los orientales vemos otra especie de despotismo y de imperio, es a saber, la clausura y esclavitud casera de las mujeres, autorizada por la costumbre y sagrada por las leyes. En Turquía, Persia, Mogol, Japón, en el vasto imperio de la China, vive una mitad del género humano oprimida por la otra, naciendo el exceso de semejante opresión del mismo amor excesivo. Toda el Asia está llena de prisiones, donde la beldad esclava espera siempre los caprichos de un dueño o tirano y donde una multitud de mujeres juntas no tienen más sentidos ni voluntad que la de un hombre solo; sus triunfos no son sino instantáneos; pero sus competencias, odios y furores son el ejercicio de cada día. Allí se ven precisadas a pagar su misma esclavitud con el más tierno amor; o bien, lo que aun es mayor tormento, con la imagen de un amor que no tienen; allí el despotismo de mayor vituperio las somete a unos monstruos que, no perteneciendo a ningún sexo, deshonran los dos a un tiempo;[83] allí finalmente, no sirve su educación sino a envilecerlas; sus virtudes son for-

---

82 Habla el autor de los indios bárbaros y salvajes; bien que nadie lo desmentiría si dijera que entre las naciones cultas europeas hay hombres que imitan a los indios, y a veces por caminos más vergonzosos, pero de esto se hablará en su lugar (Ed. 1842).

83 Habla de los eunucos o esclavos castrados que las guardan (Ed. 1842).

zadas, sus satisfacciones tristes e involuntarias, y después de algunos años se hallan con una vejez larga y horrorosa.

«En aquellos países templados, donde los ardores más remisos dejan a los deseos mayor confianza en las virtudes, no han sido privadas las mujeres de su libertad; pero la severa legislación las ha colocado en casi todas las cosas bajo la dependencia. Al principio fueron condenadas al retiro, y separadas tanto de las diversiones como de los negocios; después quisieron los hombres insultar su razón mediante una larga tutela. En unos climas se ven ultrajadas por la poligamia, la cual les concede por compañeras perpetuas sus mismas competidoras y concurrentes; en otros están sujetas a los indisolubles lazos que comúnmente unen para siempre la dulzura con el desabrimiento y la ternura con el odio. En aquellos países donde son más dichosas, deben no obstante reprimir sus deseos, y se ven oprimidas; en lo que mira a disponer de sus bienes, vense privadas de su misma voluntad por las leyes, y esclavas de la opinión que las domina con imperio, se les imputa a delito aun la apariencia misma; hállanse rodeadas por todas partes de unos jueces que son a un tiempo sus seductores y tiranos, y preparándoles o disponiéndoles sus defectos, se los castigan con la deshonra y se usurpan el derecho de mortificarlas con las sospechas. Tal es, poco más o menos, la suerte de las mujeres en todo el orbe. Los hombres son con ellas indiferentes o tiranos, según los climas y edades; unas veces la opresión es fría y tranquila, como es la del orgullo; otras es violenta y terrible, cual es la de los celos; de suerte que cuando no son amadas no son nada y cuando son adoradas están expuestas a mil tormentos, y así tienen que temer igualmente tanto el amor como la indiferencia. Por fin, parece que la naturaleza las ha colocado en las tres partes de la tierra, entre el menosprecio y la infelicidad...

«Sin embargo, es preciso confesar que no todos los hombres fueron igualmente injustos, pues en algunos países se tributaron públicos respetos a las mujeres; las artes les han levantado monumentos y la elocuencia ha celebrado sus virtudes».

Hasta aquí Mr. Tomas a nuestro intento, y ya ves, según esta pintura, que las mujeres, lejos de haber disfrutado generalmente los gajes de aquella soberanía a que se consideran acreedoras casi siempre, ya más, ya menos, han sido el juguete de los hombres, a proporción de sus caprichos, costumbres, climas, religión y gobierno.

—Todo está bueno —contestaba Matilde–, pero no dudando de la verdad de ese autor, quisiera saber en qué somos las mujeres inferiores a los hombres; porque ciertamente, si lo somos tanto, no puede haber mayor infelicidad que ser mujer, y una infelicidad tanto más dura, cuanto que caemos en ella sin culpa nuestra, pues no está en nuestra mano elegir sexo.

—La inferioridad de la mujer respecto al hombre –respondió el coronel– no consiste en otra cosa que en la debilidad de su constitución física, es decir, en cuanto al cuerpo; pero en cuanto al espíritu, en nada son inferiores a los hombres, pues no siendo el alma hombre ni mujer, se sigue que en la porción espiritual sois en todo iguales a nosotros.

Es verdad que en las mujeres se notan algunos vicios, como también virtudes, que parecen que les son peculiares, o a lo menos se dejan conocer en ellas con más frecuencia que en los hombres. Por ejemplo, parece que las mujeres son naturalmente más compasivas, más tiernas y sujetas a su religión que los hombres. La santa Iglesia las honra y distingue llamándolas el sexo devoto. Así también parecen más inclinadas al engaño, a la simulación, a la ira y a la venganza, con lo que se pudiera probar, en caso de ser esto una verdad demostrada, que el alma de las mujeres tenía alguna diferencia de la nuestra; mas no es así, como te lo haré ver.

No se puede negar la dependencia recíproca que tiene el cuerpo del espíritu, y este de aquel; quiero decir, somos compuestos de dos substancias enteramente distintas, cuales son la material y la espiritual; como las dos están íntimamente unidas, cualquiera de las dos influye en su compañera de un modo tan continuo como maravilloso. Apenas se enferma el cuerpo, cuando se resiente el alma y se entristece, y ves aquí que la tristeza del alma no la origina otra cosa que la enfermedad o daño que padece la porción material del cuerpo. Por el contrario, recibe el hombre una fuerte cólera, una pesadumbre muy vehemente, las cuales son pasiones a que está sujeto el espíritu, y al instante, sin que ninguna cosa material toque al cuerpo, este enferma, padece y en ocasiones es tan terrible la alteración de la máquina, que se desorganiza todo el mecanismo de la vida y muere el paciente en el momento.

En esta inteligencia, dicen muchos sabios que la causa de que en las mujeres se adviertan estos vicios o aquellas virtudes con más frecuencia que en los hombres, no es otra que la diversa organización de sus cuerpos, y así deducen, por ejemplo, que si la mujer es más tímida que el hombre, es porque su constitución física es más débil.

Yo convendré con esta opinión de buena gana; pero limitándola a ciertas y determinadas circunstancias y jamás concediendo la extensión y generalidad que algunos han pretendido. Yo permitiré sin repugnancia que la alteración del cuerpo de la mujer influye algunas veces poderosamente en su espíritu, ya se considere esta alteración natural, o ya casual por una enfermedad que la predisponga, y si se quiere, que la precipite a cometer algunos excesos, que o no cometería un hombre o quizá los cometería con menos facilidad; mas no concederé que el alma de la mujer, siempre que quiera hacer buen uso de la razón, no tenga bastantes fuerzas para vencerse sobre la particular influencia de su cuerpo. Si esto no fuera una verdad inconcusa, las mujeres serían en lo general menos responsables que los hombres ante Dios del desarreglo de su conducta moral, teniendo por absoluta disculpa el ser mujeres; lo que no es así, pues a todos obliga la ley y todos tenemos a proporción los auxilios necesarios para observarla.

Bien conozco que esta es una materia que por seria acaso te será fastidiosa; pero si la escuchas y la masticas con atención te facilitará muchos principios para que no incurras en mil groseros errores en que incurren muchas mujeres, solo por no querer instruirse en ellos.

—De ninguna manera me disgusto de tus conversaciones –decía Matilde– y sería una necia y malagradecida si a modo de lechuza me incomodara con la luz, solo porque mis ojos no estaban acostumbrados a verla. Lo contrario; yo me engolosino en escucharte, y siento no comprender cuánto me dices; pero por eso te pregunto y en prueba de ello quiero que con algún ejemplo me confirmes en las dos cosas que me has dicho. La primera, que una enfermedad o la natural constitución o conformación del cuerpo de las mujeres influye algunas veces en ellas, de modo que cometen algunos y determinados excesos con más frecuencia que los hombres, y la segunda, que a pesar de la natural o accidental influencia del cuerpo de la mujer sobre su espíritu, puede esta, haciendo buen uso de su razón, vencerse y no hacer aquello a que la instiga la organización natural o la particular enfermedad de su cuerpo; yo no comprendo cómo pueda ser eso, y quisiera oír una prueba de esta verdad.

—No sabes cuánto gusto me das –respondía el coronel– cuando me hablas con esa claridad; pues el que después de oír propone dudas y hace preguntas, da a entender que escuchó con cuidado y se penetró de la conversación.

Así, pues, tú has entendido bien cuanto te he dicho; pero te hace fuerza cómo el alma de la mujer por sí misma, con solo el auxilio de la razón, pueda vencer aquellas instigaciones violentas, a cuya ejecución se siente como obligada por la inmediata influencia de su cuerpo. Para acceder a esta opinión me pides un ejemplo; solicitud muy justa, pues los ejemplos valen más para convencer el entendimiento que las teorías más elocuentes.

Por eso te voy a demostrar con un caso que nos refiere la historia, entre otros muchos, cuán poderosamente influyen las particulares afecciones del cuerpo de la mujer sobre su espíritu, y cuánta virtud tenga este, ayudado de la razón para dominar el poderío de aquella influencia.

Todos los médicos saben que las mujeres en el tiempo de la pubertad están sujetas a padecer una enfermedad terrible que se conoce con el nombre de furor uterino, el cual es un delirio o frenesí que las hace cometer, por obra o por palabra, mil excesos vergonzosos y repugnantes a toda persona honesta y recatada. La medicina tiene un remedio fácil para curar esta enfermedad; mas nuestra religión católica justamente lo prohibe como ilícito, permitiendo siempre que lo substituya el legítimo matrimonio.

Plutarco, en su obra de las *Mujeres ilustres*, alabando el natural pudor de la mujer, refiere que en la ciudad de Mileto las doncellas, acometidas de esta enfermedad o locura que te he dicho, se mataban a sí mismas; y eran tan repetidos estos suicidios, que el Senado, no pudiendo contenerlos, mandó por ley expresa, que la que de esta suerte se matase fuera paseada desnuda y expuesta en la plaza más pública. ¡Eficaz remedio! Esto solo bastó para contenerlas, y las que despreciaban su propia vida, no atreviéndose a despreciar su pudor, se abstuvieron de sacrificarse a la desesperación. Sin duda la vergüenza las volvió en sí y las hizo entrar por el camino de la recta razón.

Ya ves con este ejemplo probado el poder del cuerpo enfermo de la mujer sobre su espíritu, y el poder de este obrando con razón sobre la influencia de su cuerpo.

El hecho merece todo crédito por respeto al autor que lo refiere; pero si nos fuera permitido citar otros ejemplos semejantes, ¿cuántas milesianas halláramos entre nosotros que, acosadas de la misma dolencia, saben refrenar su pasión, moderar su apetito y sujetar su inclinación, hasta el extremo de perder la vida antes que faltar a las leyes del decoro? Acaso ya me has entendido, y está tu entendimiento satisfecho.

—Sí, está –dijo Matilde–, pero del mismo modo quiero estarlo en muchas otras cosas, y así habrás de sufrir que te pregunte.

—Pregunta cuanto quieras –decía su esposo–, que yo tengo sobrada paciencia para escucharte y mucho gusto en responder a tus preguntas.

—Pues oye –proseguía Matilde–. Ya entiendo que las mujeres nacimos sujetas a los hombres con una dependencia forzosa, que aunque dictada por la naturaleza y autorizada por las leyes, no nos es indecorosa como dices; pero ahora pregunto: ¿por qué los hombres por la mayor parte nos han tratado con tanta altanería y nos han sujetado a sus caprichos, valiéndose sólo de nuestra natural debilidad, a pesar de conocer que somos iguales a ellos en el alma?

—Porque los hombres –respondía el coronel– que así lo han hecho, los más han sido unos bárbaros, que o no han escuchado o han despreciado los clamores de la naturaleza, y desentendiéndose de estos innatos sentimientos, se han sabido aprovechar de la imbecilidad de las mujeres para oprimirlas; y entiende que bajo el nombre de bárbaros no señalo solamente a aquellos gentiles paganos, que sin idea de verdadera religión, justicia ni sociedad, han procedido de este modo bárbaro ultrajando aquellos dignos aunque febles objetos que por otro lado apetecían; no, hija; todo hombre que se vale de la flaqueza de la mujer para ofenderla y maltratarla, es un bárbaro y un pícaro, por más que se llame cristiano y civilizado entre nosotros. ¡Cuántos de estos conoces!

Yo ni calumnio, ni desacredito al vecino Ramiro; su esposa es tu amiga, y mil veces se ha quejado contigo del tirano proceder de su marido. Aunque ella no te hubiera revelado sus desdichas, a mí y a ti nos son bastante públicas. Sabemos que el marido está entretenido;[84] que cuanto adquiere es para su dama; que a sus hijos y mujer legítima los tiene desnudos y muertos de hambre; que jamás les hace el más mínimo cariño y agasajo, y que, después de este indigno proceder, por la más mínima friolera la riñe, la golpea y la obliga a quejarse con nosotros a cada instante. ¡Cuántas veces ha venido la in-

---

84   *Está entretenido*: está liado con otra mujer.

feliz mujer a pedirte un trapo con que cubrirse y un bocadito con que alimentar a sus criaturas! Su marido es un español, un cristiano, un bien nacido, y, como dicen, un hombre decente; ¿y diremos que este cumple con las obligaciones de un noble, de un católico y de un hombre de bien, criado en la culta sociedad? De ningún modo. Este es un pícaro, un vil, un infame, un irreligioso y bárbaro, pues abusa de la bondad y debilidad de su esposa para hacerla infeliz hasta lo sumo. ¿No le basta al hombre abandonado ser infiel a su mujer y descuidarse con sus hijos? ¿No le basta ser mal marido y ser mal padre? ¿Aún es preciso que se constituya un verdugo y un tirano cruel y déspota sobre unos entes miserables que no pueden hacerle resistencia?

Pues, hija, de estos maridos y padres inicuos se ven a miles cada día entre nosotros. Los jueces, las cárceles, los presidios, las calles y las casas son testigos de esta verdad. ¡Antes deje yo de existir que me cuente en semejante número! Conoce, pues, hija mía, que los hombres en todas partes y en todos tiempos han oprimido a las mujeres, porque son ellas débiles, no porque ellos hayan obrado ni obren con justicia; pero esperen y teman que aquel Ser soberano, que es justo y recto por esencia, algún día tomará en ellos una cruda venganza de los injustos agravios que han inferido a unas criaturas suyas que tal vez no han tenido otro delito para sufrirlos que ser de una constitución más débil; porque Dios, que lo puede todo, es el que se reserva la venganza del que no puede nada.

De todo lo expuesto debes deducir, en primer lugar, que la mujer es inferior al hombre en cuanto al cuerpo, pero igual en todo a él en el espíritu. Una señorita no podrá levantar del suelo un tercio de seis u ocho arrobas de peso, que un arriero alza con la mayor ligereza sobre el lomo de una mula; pero será capaz de penetrarse de una pasión amorosa y honesta, de derramar lágrimas de ternura sobre un infeliz y de ejecutar los actos más piadosos de virtud, quizá con más verdad y más sensibilidad que el mismo arriero, cuyo espíritu, aunque igual en la substancia, tal vez no está adornado de los mismos sentimientos o no los posee en igual grado.

En segundo lugar debes advertir, que solo los salvajes en los montes y los necios y pícaros en las ciudades desprecian, escarnecen y maltratan a las mujeres, solo porque lo son y porque no tienen suficiente vigor para resistirles; pero el hombre civilizado y que conoce las leyes de la humanidad y del honor, jamás abusa de su debilidad para ultrajarlas; antes bien, las aprecia, las honra y las defiende de los insultos que les infieren los malvados. Las leyes civiles decididamente las protegen.

Finalmente, debes entender, y no es vano repetirlo, que si los hombres las han separado de la guerra y del manejo de los negocios públicos, no es esto un efecto de desprecio, sino de respeto a su débil constitución, y por reservarlas para aquellos objetos a cuya conservación la naturaleza privativamente las destina.

—Yo quedo convencida –dijo Matilde– de que somos inferiores a los

hombres por la debilidad de nuestro cuerpo; pero iguales a ellos por la naturaleza de nuestras almas, y a veces superiores a muchos por los dotes del espíritu.

Quedo también entendida de que esta debilidad no es un motivo para que
nos insulten y desprecien, sino más bien una recomendación para que el
hombre culto nos compadezca y estime en todos casos.

Todo esto está entendido, pero dime, ¿esta debilidad de que se valen el
salvaje grosero y el ciudadano pícaro para oprimirnos, como dices, es de tal
jerarquía que por sola ella muchos hombres de nuestros países, no solo nos
estimen y respeten, sino que se nos humillen y casi nos adoren en lo público?
¿Tan buenos son los hombres de mi tierra? ¿Tan compasivos, atentos y rendidos? ¿Tanto es el privilegio que concede a la mujer la debilidad de su sexo,
que por otra parte la hace inferior al hombre? ¡Oh!, si los hombres obran
con sinceridad como nosotras, ¡feliz es nuestra inferioridad y dichosa la débil
constitución de nuestro cuerpo!

Iba el coronel a responder la graciosa ironía de su mujer, cuando lo embarazó un accidente que sabrá el lector en el capítulo que sigue.

Capítulo V

En el que se trata un asunto de gravísima importancia

Acabamos de decir que iba a contestar el coronel a la irónica pregunta de su esposa, cuando entró en nuestra sala una criada de doña Eufrosina dando unos gritos desaforados.

—Corra su mercé –decía– corra su mercé, que quién sabe qué le ha dado a la señorita.

Sorprendímonos todos con esta inesperada noticia, fuimos apresuradamente a la vivienda de doña Eufrosina, y hallamos a Pomposita llorando y bañada en sangre y a su madre privada[85] en los brazos de una recamarera, toda temblando.

Apenas comenzaba doña Matilde a preguntar la causa del accidente de su hermana cuando entraron de visita seis señoritas jóvenes y una venerable beata[86] de Santa Rosa, ya vieja, llamada doña María, quien nada menos era tía primera de la enferma y de doña Matilde.

Con la ocurrencia de la enfermedad de la señora doña Eufrosina las salutaciones fueron sobre la marcha, pues a toda prisa se rodearon de la paciente, menos la beata, que se dedicó a cuidar de la niña Pomposita.

Mientras que el médico venía, comenzaron a determinar remedios cada una a cual más. Una mandaba ligarle las piernas; otra apretarle el estómago fuertemente; esta darle a oler el humo de la lana prieta; aquella echarle agua fría en la cara y pecho; quien recetaba una rebanadita de pan empapada en aguardiente para el estómago; cual unos fomentos de vino en los pulsos; en una palabra, allí todas eran médicas y nadie se tenía en menos para ponderar sus medicinas; y sin duda hubieran embadurnado de aceites a la enferma, la habrían amarrado como un cohete y le habrían hecho absorber más humo que el que cabe en un globo aerostático si no estuviese presente el coronel, quien se opuso de firme a que se le hiciera nada de eso, diciendo que muchas medicinas de aquellas eran inútiles y las demás perjudiciales, como son las fumigaciones y ligaduras. Trabajo le costó impedir que mortificaran a la enferma; pero por fin lo consiguió.

---

85 *Privada*: inconsciente, desmayada.
86 Así llamaban a las hermanas de cofradías o comunidades de legas que vestían hábitos religiosos y no guardaban clausura. Las había de Santa Rosa, del Carmen, etc. (Ed. 1842).

No porque las circunstancias veían sus remedios desaprobados dejaban todas de expresar los sentimientos de su cariño hacia la enferma del mejor modo que podían. Una le apretaba el estómago, otra le tenía las manos, esta le levantaba la cabeza, aquella prevenía el vaso de agua, y todas gritaban, lloraban y regañaban a las criadas por la tardanza del médico. Aquella sala era una zambra[87] de gritos y monadas, que yo para mi sayo[88] califiqué de adulaciones.

En esto estaban cuando entró el médico, que por fortuna era un hombre instruido y prudente. La prisa con que lo llamaron y el alboroto que encontró en la casa previnieron su ánimo a creer que el mal era grave y ejecutivo. Preocupado de esta idea y deseoso de cumplir con su obligación, gastó pocas palabras en saludar y se dirigió a la paciente. La tomó el pulso, hizo dos o tres preguntas, le vio la cara con atención y se levantó muy sereno asegurando que aquello no era cosa de cuidado, y que dentro de un rato estaría perfectamente buena.

Al ver la frialdad del facultativo, una de las señoritas, que estaba prevenida con papel y tintero, no pudo menos que decirle:

—Señor, ¿qué, no receta usted?

—No hay necesidad —respondió el médico, y la dicha madama, creyéndose desairada le dijo:

—¿Cómo no?, ¿pues no ve usted cómo está esta niña y que si sigue así con este temblor se nos puede quedar entre las manos, y lo peor es que se nos va sin sacramentos? ¿No será bueno que recete usted a los menos un poco de álcali[89] volátil y tantita agua de la reina[90] para el corazón? Yo no entiendo de eso, pero fui sobrina de un famoso médico que era doctor borlado,[91] y todos los días iba a mi casa y hablaba divinidades del álcali y del agua de la reina para estos casos, y yo algunos remedios le aprendí, y los he mandado mil veces, porque al que anda en la miel algo se le pega; y ya usted sabe que de médico, poeta y loco todos tenemos un poco.

—Señoritas —contestó el facultativo con mucha flema—, no hay droga en la botica que no tenga sus alabadores y aficionados: y así no es mucho que los tenga el álcali, cuando no los desmerecen el agua de pozo, la saliva, el carbón, los orines, etc.

Por lo que toca a que todos tenemos un poco de médico, poeta y loco, con la venia de usted digo: que de loco todos tenemos un mucho, y más cuando nos metemos a dar nuestro voto en materias que no entendemos; pero de medicina y de poesía creo que muchos tenemos más de entretenimiento que de inteligencia. Por mí le aseguro a usted que de poeta no tengo ni mucho ni poco. Una vez me quise meter a componer una quintilla; no la pude acabar,

---

87   *Zambra*: ruido de muchas voces juntas.

88   *Para mi sayo*: recapacitar, decir algo como hablando consigo a solas.

89   *Álcali*: hidróxido metálico muy soluble en el agua, que se comporta como una base fuerte.

90   *Agua de la reina:* loción energética, rejuvenecedora y depurativa. Elaborada a partir de una fórmula centenaria que combina alcohol, romero y aceites de limón, naranja y lavanda.

91   *Doctor borlado*: doctor graduado.

y me quedé en cuatro pies como los brutos. Lo mismo creo que sucede a muchos cuando se meten a médicos. Cada cual debe hablar de lo que entiende y eso bien y poco; porque si un sastre quiere hablar de arquitectura proferirá treinta mil blasfemias en esta facultad. Lo mismo se debe entender de todo y de todos.

La señorita se quedó muy fresca, no entendiendo la fuerza de la reprensión, y movida de una agitante curiosidad le rogó le dijese la quintilla; a cuya pregunta el médico contestó que la iba a hacer para reprender a una niña que pensaba acertar en materias que no entendía, y decía de este modo:

> Si sin noticia ni guía
> quieres ir por un camino
> que no sabes, Celia mía,
> te perderás de continuo,
> y.........................

—*Será una bobería* –dijo la señorita– ponerse uno a andar por un camino que no sabe, sin tener quien lo lleve o lo dirija.

—¡Vea usted qué ocurrencia! –dijo el médico en tono de admiración–, usted ha concluido mi verso fácilmente en un instante, y yo no pude concluirlo en cuatro noches, después de haberme quemado las cejas a la llama de cuatro velones de a medio, que tantos consumí para acabar mi desgraciada quintilla. Ciertamente usted tiene más de poetisa que de médica.

Bien distraídos estaban todos con la conversación, unos hablando y los demás oyendo, cuando la enferma exhaló un suspiro, abrió los ojos y manifestó su total alivio, sorprendiéndose al verse rodeada de tanta gente, entre la que extrañó al médico, porque no era el de casa, aunque era mejor. Este, concluida su visita, que no pasó de visita, previno solamente que removiesen del ánimo de la señorita todo motivo de disgusto para que estuviera tranquila, pues este era el único y legítimo remedio en tales excesos, y dicho esto, se despidió.

No llegaría a la escalera, cuando entró en la Sala don Dionisio Langaruto, acompañado de dos oficiales y un colegial, que venían de jugar cuatro o cinco treguas al billar, las que había ganado el partido contrario.

Ninguna novedad hizo a don Dionisio el encuentro del médico ni el alboroto que halló en la casa. Incómodo totalmente con la poca destreza de sus compañeros, y teniendo por un punto de honor ultrajado que hubiesen perdido las treguas del desafío, reñía ásperamente a sus amigos, los que con una humillación servil se disculpaban mutuamente, sonriéndose de paso de la necedad y enojo de Langaruto, de lo que este se incomodaba más y decía:

—Yo no siento haber perdido las seis onzas, a mí no me duele perder el dinero; con cien pesos yo no soy ni más rico ni más pobre. Ustedes bien saben que estoy hecho a tirar la plata, pero en regla. Lo que me incomoda es que nos hayan dado capote, que no viéramos una, y que aun la última tregua, llevándola tan aventajada, hubiera quedado por ellos. ¡Vamos, que ustedes son buenos chanflas![92]

—Este zonzo tuvo la culpa —respondió el colegial, señalando a un alférez—, yo le decía que no tirara fuerte, sino que vendiera el mingo;[93] pero quiso lucir el buen taco, tiró palos en seco, me vendió a mí y fue causa de que se llevara el diablo el partido.

—No hay cuidado —decía el militar—, la confianza con que yo juego con ellos me hizo no recelar, y el maldito casquillo del taco, la bola pifiada y la mesa tuerta fueron la causa de que errara la bola, que si no, era bolada de acabar la tregua con los palos que tiré.

—Eso sí —decía Langaruto—, después de los ladrones, trabucazos. Ahora que nos ganaron y estarán brindando a nuestra costa y riéndose de nuestra inhabilidad, estás tú echando bravatas. ¡Ya se ve!, la bola, el taco y la mesa tuvieron la culpa, ¿no es verdad? Mucho fue que no te estorbara la taquera y el cajoncito del salvado. ¡Anda chanflón!

Muy incómoda estaba Eufrosina oyendo la acalorada disputa que su esposo tenía con sus amigos, sin hacer el menor aprecio de su mal; y así hecha una furia se levantó del asiento y le reconvino, diciéndole:

—¿Qué, ha pensado usted que no tiene mujer o cree que estoy pintada o soy alguna sirvienta de su casa? ¿No es una picardía, no es una desvergüenza intolerable ver que me esté muriendo por esa maldita muchacha, y ni siquiera le merezca al señorito la más mínima señal de atención? ¡Ya se ve!, yo nací para infeliz, y...

Aquí comenzó a llorar amargamente. Las parientas y amigas la consolaban con mil caricias, y el bueno del caballero Langaruto, atónito con el resoplido que acababa de escuchar, trató de satisfacer a madama del mejor modo, y cuando supo que la causa de la mohína[94] había sido haber encontrado a Pomposita chupando un cigarro, quisiera descargar su furia sobre la pobre criatura, para hacer ver que sentía el mal de Eufrosina, y que lo sabía vengar bien; más el coronel contuvo su fuerza deteniéndolo y prorrumpiendo con la mayor energía en estas expresiones:

—¿Qué es esto? ¿Están ustedes infatuados o adolecen de una violenta fiebre? Por un cigarro... ¡Voto a mis pecados! ¿Por un cigarro han sido tantas alharacas? Vamos, que esto no se puede creer entre personas de juicio y experiencia.

—No por un cigarro —dijo a ese instante doña Eufrosina—, sino por el atrevimiento de la persona que chupa ese cigarro. ¿Quién le ha dicho a esta mocosa malcriada que se ha de poner a chupar a escondidas mías? No faltaba más sino que la niña de siete a ocho años, que aún no sale del cascarón, ya quiera andar con el cigarrito en la boca todo el día. Noramala para ella; así la

---

92   *Chanfla*: persona despreciable.
93   *Mingo*: bola que, al empezarse cada mano del juego de billar, o cuando entra en una tronera, se coloca en el punto determinado de la cabecera de la mesa.
94   *Mohína*: enojo, disgusto, tristeza.

vuelva yo a ver otra vez, que le aseguro que ha de ir a pepenar[95] los dientes a la calle.

—Tienes mucha razón, mi alma —decía la tía vieja—, tienes mucha razón: yo quiero a Pomposita como si la hubiera parido; ¡ya se ve!, tiene mi misma sangre al fin, y más vale gota que libra; pero la verdad, yo no voy fuera de la razón; es mucha picardía que las niñas chupen. ¡Ya se ve!, tales están las cosas en estos tiempos, que ya los mocosos les piden la lumbre a los viejos. Todo está malo, todo está perdido; a fe que en mi tiempo, ¿cuándo, cuándo una niña había de tener la avilantez[96] de chupar delante de los grandes? ¿Qué digo?, ni aun a escondidas. Muy buen cuidado tenían las madres de registrarles los dedos a sus hijas para ver si chupaban, y pobre de la que los tenía amarillos, ya se podía componer; porque después de que la castigaban muy bien, le quemaban la boca con un huevo caliente; pero ahora ya chupan todas las niñas y nos echan el humo en la cara. Haces muy bien, Eufrosina, haces muy bien de castigar a tu hija; no, no la dejes pasar estas perradas.

—No hace muy bien de castigarle este defecto leve, si lo es, y mucho menos con tanta crueldad como ahora —dijo el coronel— yo no me quisiera meter en esto, porque cada uno manda en su casa; pero me ha escandalizado ver castigar tan cruelmente a mi sobrina por una culpa, que si lo es, mi hermana y mi hermano se la han enseñado.

—¿Cómo nosotros? —decía Eufrosina—.

—Así como lo oye usted, hermana —respondió el coronel—. Si esa niña jamás hubiera visto chupar a usted, ni a su papá, ni a mí, ni a ninguna persona grande, seguro está que no lo hiciera; pero de que todos lo hacen, que no se hallan sin el cigarro, que es una especie de atención y obsequio el darse cigarro; que apenas entra una visita luego se pide el braserito de la lumbre, y por último, ya que todos chupan, y que aun alaban el chupar, diciendo que el cigarro es un buen amigo, que en los gustos alegra y en las tristezas consuela. ¿Qué concepto ha de formar de este vicio cualquiera niña que ve y oye todo esto? El más favorable, el más lisonjero, sin duda alguna, y a consecuencia ha de desear experimentar por sí misma las dulzuras que oye decir se hallan en él, y luego que tenga ocasión ha de poner en práctica su deseo, como lo ha hecho Pomposita.

Yo no diré que es bueno que los niños aprendan a chupar desde muy temprano, ni menos que se les permita hacerlo delante de sus mayores, pues conozco la fuerza de la preocupación; pero no me detendré en decir que cuando lo hagan poco se pierde, y que este no es un pecado casero que merezca una dura penitencia. Por mí, aseguro a ustedes, que si mañana advierto que mi hija se inclina al cigarro, lo veré con la mayor indiferencia, y no solo no la castigaré, sino que tendré cuidado de que no le falten, para que cuando grande no solicite tal vez quien se los dé, ni busque la soledad ni la compañía de las criadas, siempre perniciosa, por no poder chupar delante de sus padres.

---

95 *Pepenar*: (América Central y México) recoger del suelo, rebuscar.
96 *Avilantez*: audacia, insolencia.

—¡Bravo!, ¡bravo! —dijo riéndose don Dionisio— usted, hermano, ha hecho grandemente la defensa de mi hija. Déjala, Eufrosina, ¿qué importa que no chupe ahora, si mañana, como dice tu tía, te echará el humo en los ojos? Yo voy con la opinión de mi hermano.

—Yo no —dijo Eufrosina encendidas en cólera las mejillas—, caro le ha de costar a la mocosa tamaña picardía. Le arrancara la lengua, le sacara los dientes y le quemara la boca si tuviera el grandísimo atrevimiento de chupar un cigarro en mi presencia.

—Vaya, hermana, no se acalore usted —decía el coronel—, advierta usted que el chupar es en sí indiferente y nosotros lo defendemos como bueno, algunas veces como útil a la salud, y nunca lo tenemos como un delito. ¿Por qué, pues, lo que para nosotros es bueno, útil y honesto, en las criaturas lo hemos de condenar como un crimen? Si Pomposita se hubiera inclinado a tomar polvos, usted no se enojara, y aun le abonaría por gracia que sacara la cajilla del tabaco en su presencia. ¿Pues por qué ha de ser lícito al muchacho tomar tabaco por las narices y no le ha de ser permitido el usarlo por la boca? Y esté usted segura de que si hubiera visto más polvistas que chupadoras, se habría dedicado a tomar polvos antes que a chupar; pero ha visto lo contrario, y así ha seguido lo que ha visto más practicado.

—Sea lo que fuere —decía Eufrosina—, así me criaron mis padres y así he de criar yo a mi hija, y caiga quien cayere.

—Pero, hermana, ¿siempre y en todo hemos de ir con lo que nos enseñaron los antiguos? ¿Nunca nos hemos de apartar de sus caprichos, aunque se nos pruebe que lo son? A la verdad, ese es mucho servilismo, y la autoridad de nuestros mayores debe ser respetada, mientras la razón y la experiencia no nos manifiesten su extravío.

Yo quisiera que Pomposita hiciera a usted este argumento a ver qué le respondía: —«Mamá, usted me debe enseñar siempre lo bueno y me debe dar buen ejemplo.

Ahora bien; o el chupar es bueno o malo. Si es bueno, ¿por qué me lo priva? y si es malo, ¿por qué lo hace en mi presencia?» —Vaya, hermana, ¿qué respondería usted a este apretoncillo?

—Le plantara un buen par de bofetadas y le quitaría las ganas de ponerse a dimes y diretes con su madre.

—Esa es una respuesta muy eficaz para imponerle silencio —decía don Rodrigo—. Pero no para convencerla. Hay muchos superiores que tienen a mano este fácil expediente para hacerse obedecer de sus inferiores, aun en lo injusto; pero este se llama despotismo, el que jamás es lícito ni a los padres, ni a los maridos, ni a los amos, ni a ninguna clase de superiores, pues con tan indigno modo se hacen temibles, pero jamás amables. Sus órdenes injustas se obedecen con la misma gana que la mula estira el coche, y en cuanto pueden, los inferiores las eluden con desprecio.

Los reyes y los gobiernos ilustrados como el nuestro nos hacen ver que el superior jamás se degrada cuando satisface al súbdito con razón. ¿Quién mejor que los reyes y sus vicerregentes pudieran mandar cualquiera cosa, sin tener que decir más que hágase esto porque yo lo mando? Pues ya usted habrá leído muchas reales órdenes en las Gacetas, y habrá advertido que dice el rey: «Habiéndome representado el mi Consejo esto o aquello, y atendiendo a la utilidad de mis vasallos, etc., etc., he venido en mandar esto o lo otro». Así también ha leído los bandos publicados en esta capital, y ha visto que en unos se da razón de que lo que se manda es por orden del soberano, y en otros, que se determina una providencia para conservar la tranquilidad y buen orden, para subvenir a las urgencias del Estado o para los fines que se expresan; pero nunca habrá usted visto una real orden o una superior determinación, que, como se dice, a raja tabla y sin ningún preludio, diga mando esto, mando lo otro, sin dar razón al público de por qué se manda.

Esto prueba lo que ya dije, que estas racionales satisfacciones jamás degradan al superior, y que el no darlas, cuando conviene, es un grosero despotismo. Porque si o porque no, son razones de caboescuadra.[97] Decir *haz esto porque quiero*, aunque el otro conozca la injusticia de lo mandado, es una tiranía insufrible, pero muy antigua en el mundo. Juvenal nos refiere de aquella mujer que pedía a su marido que crucificara a un criado inocente, sin más razón que su voluntad. Esto no es tolerable, y menos entre cristianos.

Oiga usted una decimita que en cierta vez escribí al mismo asunto:

Un señor una ocasión
a un criado suyo reñía,
y si este le respondía,
le decía el amo: chitón.
Chitón, o de un mojicón
te dejaré sin sentido.
Callaba el criado aturdido
sobrándole qué decir;
porque este modo de argüir
¿a quién no deja concluido?

A todos seguramente; y así ya usted verá que las bofetadas lastiman, pero no convencen, y que no le es a usted lícito usar semejantes soluciones con su niña.

—Pues por último, hermano, dejemos esto –contestó Eufrosina–, cada cual tiene su modo de matar pulgas. Yo así quiero criar a mi hija: usted críe a la suya como quiera, que seguro está que yo me meta con usted, así como no me metí el otro día que la regañó tanto, solo porque le dio un palo al gato; y en verdad que eso era una niñería que no merecía la pena.

—Usted dice muy bien, hermana; me ha convencido usted, soy un en-

---

97   *Caboescuadra*: o *cabo escuadra* o *cabo de escuadra*: el primer grado de la milicia.

tremetido; ya no volveré a hablar en la materia. ¡Sobre que cada cual tiene su modo de matar pulgas!

Pero vea usted. Cuando reprendí a Pudenciana, porque le dio un palo al gato, no la lastimé, sino que la hice ver que hacía mal, pues el gato no le hacía daño. Le enseñé que debemos tratar a los animales con lástima, porque son criaturas de Dios, y le advertí que quien no tiene piedad con los brutos, quien se complace en maltratarlos, solo por ser brutos, está muy cerca de ser un opresor de los hombres, siempre que pueda valerse de su debilidad. Por esto la reprendí, y esto le enseñé. Usted dirá si tuve razón y si me manejé con tal cual prudencia.

Doña Matilde, que había guardado silencio en toda esta escena, advirtiendo que su esposo estaba algo incómodo con las respuestas altaneras y de pie de banco[98] de su hermana, trató de cortar del todo la fastidiosa conversación, y para ello, con la mayor prudencia, dijo a Eufrosina:

—Mi alma, siento tu mal rato, y me alegro que te hayas aliviado. Evita cuando puedas encolerizarte, porque ya ves el daño que esto hace a tu salud. Yo me retiro, porque voy a ver qué hace mi peloncilla por allá dentro.

Con esto se despidió y el coronel no tardó en seguirla.

Así terminó la famosa disputa del cigarro; ¿pero cuándo no corren igual suerte las disputas más célebres y contenciosas? El amor propio, cuando se desarregla, que se desarregla muy seguido, es un tirano que cautiva nuestros entendimientos y los sujeta al antojo, al engaño y a la preocupación. Ordinariamente disputamos más por vanidad y por hacer valer nuestra opinión que por indagar la verdad, y esta es la causa de que las mayores necedades se defiendan con ardor, de que se desprecien las razones más sólidas y de que no haya modo de confesar que hemos errado. De aquí se sigue que cada uno se quede con la opinión que defiende y la verdad se oculta en las tinieblas del error.

Cuando don Rodrigo estuvo solo con su esposa, le dijo:

—¿Has visto mujer más loca ni más aturdida que tu hermana? Ella me ha dado un rato bien pesado. Cuando vi a Pomposita bañada en sangre y a tu hermana privada, me afligí, porque creí que la criatura, acaso traveseando[99] se había dado algún golpe, y el pesar de este accidente había hecho desfallecer a la madre; más luego que supe la verdadera causa, me compadecí de la pobre criatura y me incomodé vivamente con Eufrosina. Yo no he visto mujer más necia.

—Yo advertí bien tu incomodidad –dijo Matilde– porque sólo muy enojado podías haberte puesto a disputar con ella tan de veras, olvidándote de aquel principio que me has aconsejado tantas veces, de que es una locura ponerse a disputar con un necio, pues el discreto pierde el tiempo, las razones y la paciencia, y el necio siempre se queda necio. Bien que también me has dicho que el hombre más cuerdo deja de serlo luego que es sorprendido de

---

98   *Pie de banco*: (coloquialismo) dicho necio o impertinente.
99   *Travesear*: andar inquieto o revoltoso de una parte a otra.

una pasión; en este caso se desatienden los mejores principios y se olvidan las lecciones más bien aprendidas. Esto te sucedió puntualmente.

—Yo me alegro que me hagas esta advertencia —dijo el coronel— pues prueba que no se te olvida lo que me oyes y que sabes hacer felices aplicaciones de los principios que te enseño; pero dejando esto aparte, dime, ¿qué juicio has formado de la imbecilidad de tu cuñado quien, sin el menor informe, iba a concluir la obra de su mujer, cuando quería volver a maltratar a la pobre criatura?

—Yo pienso que hizo muy mal —contestó Matilde— aunque no puedo explicar en qué está lo peor de la acción; porque a primera vista parece que su cólera fue efecto de la buena educación que da a su hija y del mucho cariño que tiene a su mujer; pero cuando advertí la facilidad con que se serenó y te concedió la razón, no creo que hizo bien en lo primero; porque cuando veo un hombre que es tan fácil al enojo como a la serenidad, y tan pronto está de parte de una opinión como de la contraria, temo que no tenga carácter, temo que esté muy propenso a obrar sin razón y que sus primeros arrebatos los dicte un capricho y no la justicia. Esto es lo que me parece. Tú explícame mejor lo que no entiendo.

—No te has engañado en tu concepto —dijo don Rodrigo— así es como lo piensas. Tu cuñado manifestó en su acción falta de carácter y sobra de amor propio. El se avergonzó porque vio reprendida su distracción delante de todos por la agria represión de su mujer, y no teniendo ni firmeza para sostenerse, ni habilidad para disculparse, trató de satisfacer a su esposa y a las visitas, maltratando a la parte más débil. A no haberlo yo embarazado,[100] golpea a su hija y queda persuadido de que había obrado en justicia.

Los hombres violentos o atropellados sin carácter, son malos maridos, malos padres, malos amos y generalmente malos superiores. Muchas veces castigan la inocencia y no pocas premian el delito, o porque no conocen ni uno ni otro o porque les parece que así deben hacerlo.

Peor concepto formarías del carácter de tu cuñado si alcanzaras a conocer las perniciosas consecuencias que acarrea a su familia. Oye sin asustarte: el orgullo de su mujer, su disipación, la mala crianza de Pomposa, el poco respeto de los criados, la dilapidación de sus bienes, que cada día van de mal en peor, y todos los atrasos interiores y exteriores de la casa no reconocen otro origen que el mal carácter, o por mejor decir, la falta de este en tu cuñado.

Esto no es murmuración; te hablo a solas de unas faltas que te son demasiado notorias; y esto, no por denigrar a esta familia, sino para que veas confirmadas por la experiencia muchas verdades que te he dicho. Una de ellas es que los hombres tienen las más veces la culpa de los defectos de las mujeres.

Yo estimo mucho a don Dionisio y conozco sus buenas cualidades; pero me compadezco de que tenga un carácter tan débil y que esto sea causa del desorden de su casa; te hago ver este desorden y te señalo sus causas, para que si yo muriere antes de poner en estado a nuestra hija, quedes tú con su-

---

100 *Embarazar*: impedir, estorbar, retardar algo.

ficientes reglas para deliberar sobre la elección del compañero que le convenga; y de este modo, obrando con prudencia y según las máximas que te inspiro, coadyuvarás como buena madre a hacerla feliz en el estado del matrimonio, si este fuere de su vocación.

—¿Pues qué, el genio obsequioso de mi cuñado —decía Matilde—, el que siempre dé gusto a su mujer, el que la complazca, el que la estime y la sirva es todo su pecado? ¿Eso es lo que lo constituye de mal carácter, y por eso son todos los extravíos de su casa? Yo te creo, pero me admiro de saberlo. ¿Qué me dirías si don Dionisio fuera un hombre grosero y altivo y que tratara a su mujer como a una criada? Yo conozco a algunos de estos.

—Y yo también —contestaba don Rodrigo—, pero condenaría en tal caso su cruel conducta, lo mismo que ahora repruebo la que le observo. En el arco, tan inútil queda la cuerda muy tirante como la muy floja. En todo debe dirigirnos la prudencia. Tan mal obra el marido que se convierte en tirano de su esposa, como el que se constituye su esclavo: ambos son extremos que debe evitar el hombre prudente, como opuestos a su dignidad y como obstáculos a la felicidad doméstica y a la paz del corazón.

Mientras que los maridos no sepan ser hombres las esposas no sabrán ser mujeres. Yo puedo equivocarme; pero según la experiencia que tengo, las mujeres no serían tan fatuas, vanidosas ni locas si siempre les tocasen por maridos hombres prudentes y sensatos, que supiesen hacerlas entrar por el camino justo y razonable; pero si los hombres, después de exceptuar los que se deben, unas veces las exasperan con sus modales duros y groseros y otras dan pábulo a su orgullo con sus mimos imprudentes y con sus condescendencias desarregladas, ¿cómo sabrán estas infelices usar a tiempo del amor sincero, ni de la amable dependencia, tan necesarias ambas cosas para la felicidad del matrimonio?

Verdad es que las mujeres que obran mal no merecen disculpa, porque ellas debían obrar bien, aun cuando sus maridos no fuesen siempre de acuerdo con la razón; pero si aun en este caso son criminales, ¿cuánto más lo serán los hombres que las permiten, las enseñan y se puede decir que las precisan a obrar mal?

Semejantes matrimonios tarde o temprano se desgracian. Para que Pudenciana, si se casara, no corra igual suerte que muchas, haré yo cuanto pueda y hasta donde alcance mi talento para darte las mejores reglas, que tú le inspirarás si yo faltare, a fin de que sea una mujer amable, que haga las dulzuras de su esposo y la felicidad de su familia.

Capítulo VI

En el que luce mucho la instrucción y edificante conducta de la madre de Pomposita

Muy resentida quedó Pomposita con el cruel tratamiento de su madre, tanto más cuanto que estaba acostumbrada desde muy tierna a verse colmada de mimos, contemplaciones y melindres, tanto de sus padres como de sus parientes, criados y visitas de la casa. El espíritu de ira que se apoderó de su corazón fue tan vehemente, que se negó a comer aquel día y se resistió a tomar chocolate por la tarde, a pesar de las caricias paternales, de los ruegos de todos los concurrentes y de las súplicas y humillaciones de su madre.

Esta era muy altiva para sufrir el orgullo de su hija mucho tiempo, y así, enfadada de él, la dejó, diciéndole de paso mil boberas, y se entró a la habitación de Matilde, quien, viéndola tan colérica, le preguntó la causa, y ella dijo:

—¿Cuál otra ha de ser, sino esa maldita muchacha tan malcriada como soberbia? ¿Ya viste lo que pasó esta mañana? Pues no ha querido comer, ni ha probado bocado a la hora de esta, y ya nos hemos cansado de rogarle. Poco ha faltado para hincarme delante de ella ahora, rogándole tomase el chocolate; pero todo ha sido en balde; mientras más le rogaba más dengues me hacía el demonio de la muchacha, hasta que me enfadé y la dejé, diciéndole: aunque nunca comas en toda la vida; ¡ojalá te acabara de llevar el diablo! Y créeme que por no deshacerla a patadas la he dejado y me he venido acá.

¡Ya se ve!, ella no tiene la culpa; halló tan buen defensor en mi hermano, y por eso está tan cargada de razón. Lo que quieren los muchachos es eso; hallar quién apoye sus picardías, y entonces no hay diablo que se las averigüe con ellos; pero que se atenga Pomposita a su tío y que siga chupando, que yo le juro que no me llamara Eufrosina, si no le hiciere escupir a bofetadas cuantos dientes tiene en la boca.

El coronel, que había escuchado sus honras en tan pocas palabras, no pudo menos que incomodarse justamente y decirle:

—Oiga usted, hermana; no hay que engañarnos; siempre buscamos a quién echar la culpa de nuestras malas acciones, cuando no tenemos la sinceridad suficiente para confesarlas por nuestras. La obstinación con que la niña se niega a tomar el alimento proviene de su resentimiento o enojo, a que dio ocasión el imprudente castigo de usted, y perdone que se lo diga claro, pero usted ha tenido la culpa y no yo, que sólo hice unas justas y sencillas reflexiones en su presencia.

En toda educación bien dirigida se deben economizar los castigos cuanto se pueda, y cuando sean inexcusables deben ser correspondientes a los defectos de los niños, y según esta regla, yo no encuentro proporción entre el defectillo que ha cometido mi sobrina y el grave castigo que usted le impuso; pues en un niño no es tan gran delito chupar un cigarro para sufrir una bofetada tan cruel. Jamás las preocupaciones dejarán de acarrear funestos resultados. El caballero Ragliff,[101] que fue el que introdujo el tabaco en Inglaterra, en tiempo de Jacobo I,[102] se atrajo con esto el odio general en tales términos, que levantándole muchos crímenes falsos, añadieron, entre ellos, que había llevado una hierba con cuyas delicias se entretenían todos y se distraían del trabajo. El Parlamento, preocupado a favor de los deponentes, lo sentenció a la última pena, que sufrió en un cadalso este hombre de bien y benéfico a su patria, puntualmente por haberles enseñado a sus paisanos el uso de una hierba de que después han sacado tantos provechos. ¡Tal es la fuerza de la preocupación!

Lo que más noto yo en muchas madres es que se irritan, se enfurecen contra sus hijos, y los suelen castigar cruelmente por una friolera, al tiempo mismo que les dejan pasar culpas bastante graves, que les acarrean después mil consecuencias funestas.

—Yo no sé qué le dejo pasar a mi hija —decía Eufrosina— porque la que críe bien a sus hijos ha de ser como yo, aunque me tome la mano. Ya ve usted que en esa edad sabe leer y escribir; sabe todo el catecismo; está aprendiendo a bordar y a hacer trencitas de chaquira;[103] a coser no, porque, gracias a Dios, tiene su padre y no ha de ser costurera; estas cositas se le enseñan porque no esté ociosa y algún día sepa lo que está bueno y lo que está malo. A más de esto, ya usted ha visto que baila un campestre, unas boleras, una contradanza, un vals, y todo con primor. El diantre de la muchacha es habilísima, y como tiene buena voz, ya está aprendiendo a tocar y a cantar por arte; ello poco a poco; pero el maestro dice que la niña da muchas esperanzas, porque es muy viva.

Por lo que mira al estilo, a la decencia, al aire de taco[104], al tono y todas aquellas cosas que debe saber una señorita de su clase, que algún día ha de

---

101 *El caballero Ragliff*: se trata de Sir Walter Raleigh (1552-1618). Se dice que fue quien introdujo el tabaco en Inglaterra durante el reinado de Elizabeth I, cuando intentó fundar una colonia en Roanoke, North Carolina, EE. UU., entre 1584 y 1589. En realidad el tabaco ya había sido introducido en Inglaterra por colonizadores españoles.

102 *Jabobo I*: el nombre correcto es James I, que reinó en Inglaterra entre 1603 y 1625. Escribió un artículo en contra del uso del tabaco y ordenó la ejecución de Raleigh por cuestiones políticas.

103 *Chaquira*: cuenta, abalorio, etc.

104 *Aire de taco*: desenfado, desenvoltura, desembarazo (coloquial).

hacer su papel, ya usted ha visto también que me he despulsado por enseñárselas. Ella será una perra malagradecida si olvidare lo que yo he hecho por ella. Si sabe bailar, yo la he enseñado; si sabe comer con limpieza, tratar a todo el mundo según su clase, vestirse con arreglo a las últimas modas, llevar el cuerpo con aire, manejar con garbo el abanico y todas estas cosas tan necesarias en una señorita, ¿a quién lo debe sino a mí? Y después de esto, ¿habrá quién diga que yo he criado mal a mi hija?

—Reprender a una persona sus defectos sin tener autoridad para ello —decía el coronel— es una impolítica en que yo no deseo incurrir; pero también el condescender con cualquiera persona apoyándole sus faltas, solo por lisonjearla, es una bajeza que no se conforma con mi genio. En esta inteligencia, yo no me determino a responder por ahora a la pregunta que usted acaba de hacer; pero le aconsejo que por modo de diversión lea a ratos perdidos el tratado de educación de Mr.[105] el Abate Blanchard, que está en el tomo cuarto de la *Escuela de las costumbres*[106]. Este autor tiene bastante aceptación entre los sensatos, y el trozo que digo de educación, a mas de ser cortito, tiene mucha naturalidad y sencillez de estilo, por lo que no es fastidiosa su lectura. Conque léalo usted con atención, y después, si gustare, podrá repetirme su pregunta.

—Estaba yo bien fresca —decía Eufrosina— si me comprometiera a leer ese Blancar, o Blandar, o lo que sea. ¡Vaya!, que no faltaba más sino meterme a beata fuera de tiempo. ¿Qué, piensa usted que yo soy como la zonza de mi hermana que parece una criada de la casa o una vieja camandulera?[107] Todo el día está la muy bobona o en la cocina, o con la almohadilla, o con el libro en la mano, que no parece sino novicia recoleta. ¡Ya se ve!, ella se hizo al modo de usted y le parecerá que tiene una vida de ángeles; pero yo, ¿cuándo, cuándo me había de sujetar a esa vida?, no digo teniendo proporciones; pero aunque fuera más pobre que Amán, me sabría dar mis ratos para desahogarme y cumplir con las atenciones de mis amigas, y no mi hermana que parece una india de pueblo. Ella ni sabe bailar, ni cantar bien, ni nada; ¡ya se ve! ¿cómo ha de saber, si se niega a las tertulias, a los bailes y concurrencias de la gente lucida, donde se aprenden estas cosas tan necesarias a toda gente fina? Para ama de llaves, maestra de niñas, pretendienta de brígida[108] o capuchina[109] no tiene precio Matilde. ¿No es verdad, hermana?

—Será lo que tú quieras —dijo Matilde—, pero lo cierto es que como yo ya me acostumbré a esta vida, no se me hace pesada, antes cuando tengo que concurrir a alguna parte donde hay bulla, lo hago por mero cumplimiento y porque no digan; pero te aseguro que estoy violenta, temiendo no suceda algo, mientras falto de mi casa, y deseando volverme a ella lo más pronto.

—Sí lo creo, hermana —contestaba Eufrosina— ¡sobre que todo es hacerse!

---

105 *Mr*: por *Monsieur*.

106 *Escuela de las costumbres*: se refiere a la obra de Blanchard (ver nota cap. II), traducida al español en 1786 por Ignacio García Malo. García Malo se basó en la edición de 1782 para su traducción.

107 *Camandulero*: hipócrita, astuto, embustero y bellaco.

108 *Brígida*: monja de la orden de Santa Brígida.

109 *Capuchina*: monja de la orden de San Francisco.

Ya tú te has hecho a estar encerrada y a ser una criada de tu marido y de tu hija, y de ahí no habrá quien te saque, aunque no te hagas muy santurrona; ¿quién sabe si tú no vas a los bailes porque no te gustan, o porque no te da licencia mi hermano? Vaya, que esto último me parece lo más cierto, y esto se llama hacer de la necesidad virtud. A lo menos tú eres más chica que yo, y muy bien me acuerdo que de doncella eras muy alegre: ¡vaya, si eras una sonaja! Todo el día andabas saltando y cantando en casa; ello lo hacías mal, pero a tu gusto; y también te agradaban mucho las fiestecitas, los bailes y cuantas diversiones se te proporcionaban; de modo que si hubieras podido, hubieras sido apego de las tertulias, o como dicen, perrito de todas bodas.

Esto es una verdad que tú no podrás negar; mira, pues, si yo tengo razón para extrañar tu recogimiento presente y para presumir que tu mudanza y tu gazmoñería no provienen de virtud, ni de que no te gusten las bullas, como dices, sino de miedo que tienes a mi hermano o de mucha barba que le quieres hacer.[110] Vamos, no te pongas colorada; confiésala aunque no la pagues.

—Yo me pongo colorada —dijo Matilde— porque te produces de esta manera delante de mi marido, quien tal vez pensará que estás hablando verdades, y de ahí inferirá que yo de muchacha era una loca, andariega y amiga de fiestas y de andar en la calle todo el día, y que si ahora me estoy en mi casa, no lo hago de buena gana, sino a fuerza y de miedo por respeto suyo. Por esto me avergüenzo y me da cólera y no por otra cosa.

—No, hija, no tienes por qué avergonzarte —dijo el coronel—, estoy muy satisfecho, así de tu conducta anterior como de la presente; sé que si de niña doncella salías a la calle y te presentabas en los bailes, era conducida por tu madre, por tu hermana y por otras personas a quienes te confiaban; pero no porque tú jamás hacías empeño para ir. Por lo que toca a tu conducta presente, estoy mucho más satisfecho, porque la observo más de cerca y vivo muy contento al lado de una señora que, siendo joven, sabe desempeñar tan bien los títulos de madre, de esposa y de ama de casa. En esta virtud nada te debe avergonzar, cuando estás segura del ventajoso concepto que me debes y en el que no te hago ningún favor, porque tú te lo tienes merecido.

—¿Qué, no hay una escobita? —dijo la necia de Eufrosina—, ¿no hay una escobita, señores, para recoger tan abundantes desperdicios? ¡Vaya, vaya que ustedes se entienden la lengua lindamente! Yo me alegro mucho que usted esté tan satisfecho de Matilde y de que ella esté tan contenta con usted. Dios los guarde así por muchos años. Yo, hermana, por lo que hace a mí te digo que muy buen provecho te haga tu santa vida; pero yo no te la envidio ni te la envidiaré jamás. ¡Ay! no, ni pensarlo. Dios me libre de que yo me viera casada y hecha una vieja rezandera o una moza de a veinte reales. Primero me den cien tabardillos[111] uno sobre otro y...

—¡Vamos, hermana, no hay que afligirse —decía don Rodrigo— si aún no

---

110 *Hacer la bar*ba: adular, obsequiar con fines interesados.
111 *Tabardillo*: malestar, enfermedad.

llega este caso! Lo que yo quisiera fuera que usted se dedicara a la lectura de algunos libros buenos, que debían serle muy útiles en su estado; verbigracia: *La Educación de las hijas*, por el señor Fenelón[112]; *La Familia regulada*, por el padre Arbiol;[113] *La Eufemia o La Mujer instruída*, por el alemán Campé;[114] *Cartas* de madama de Maintenon;[115] *La Mujer feliz*, y otros muchos que tratan del modo con que una mujer debe conducirse con Dios, consigo, con su esposo, con sus hijos, con sus criados y con su casa; pero ya que veo que usted no tiene paciencia para tanto, me contentaría con que leyese ese tratadito de Blanchard que le digo, pues, por modo de diversión.

—Estaba la diversión arrogante –decía Eufrosina– ¡vamos, hermano, que usted me hace reír con sus candideces! Si supiera usted que no me gusta leer nada ¿qué dijera? y no solo porque no me gusta, sino porque me falta lugar para mis cosas. No piense usted, ahí tengo muy buenos libros que me ha comprado Langaruto, muy bien empastados y muy bonitos, y dicen que son de bello gusto, y tengo algunos muy divertidos, según dicen. Pues ¿para qué he de mentir?, yo no los he leído pero todos lo dicen y lo creo. Vea usted, tengo las *Novelas* de Doña María de Zayas,[116] las *Obras jocosas* de Quevedo, las *Aventuras de Gil Blas*, la *Pamela*,[117] el *Eusebio*,[118] *Novela sin las vocales*,[119] la *Clara*,[120] la *Diana enamorada*,[121] la *Atala*,[122] *Alejo en su casita*, *Soledades de la vida y de-*

---

112 *Fenelón*: François Fénelon (1651-1715), escritor y teólogo francés. Es interesante notar que la heroína de la independencia mexicana; Leona Vicario tradujo en 1813, mientras estaba en prisión, su obra más importante, *Telémaco* (1627), lo que prueba que aun en la época de Lizardi había casos excepcionales de mujeres de clases altas con un elevado nivel de educación (Arrom 22).

113 *El padre Arbiol*: Fray Antonio Arbiol y Díaz (1651-1726). Franciscano originario de Aragón, autor de numerosas obras de carácter moral y religioso. El nombre completo de la obra es: *La familia regulada, con doctrina de la sagrada escritura*.

114 *Campé*: Joachim Heinrich Campé (1746-1818). El nombre completo de la obra es: *Eufemia o la mujer verdaderamente instruida*.

115 *Madama Maintenon*: Francoise d'Aubigne (1635-1719). Segunda esposa de Luis XIV. Educadora. Fundadora de la escuela para niñas Saint Cyr.

116 *María de Zayas y Sotomayor*: (1590-1661). El nombre completo de la obra es: *Novelas ejemplares y amorosas (1795)*.

117 *Pamela o la virtud premiada*: obra del inglés Samuel Richardson (1689-1761) publicada en 1740.

118 *Eusebio*: la obra más famosa del escritor español Pedro Montengón (1745-1824) Considerada el *Emilio* español, fue publicada en 1786-1788 y condenada por la Inquisición en 1799. Trata el tema de la educación de la mujer.

119 Hay varios ejemplos de novelas escritas sin vocales. El más conocido en español es el de Alonso de Alcalá y Herrera (1599 1682), que escribió una serie de cinco novelas con este tipo de lipograma.

120 *Clara*: Podría tratarse de la obra de fray Bartolomé Ponce, *Clara Diana a lo divino* (1580) Juan Montero señala que sus narraciones intercaladas plantean cuestiones que ya abordaban sus predecesores (el amor, el matrimonio, la mujer), con la mirada puesta básicamente en el público femenino aficionado a la lectura de obras de ficción (*Criticón*, 61, 1994).

121 *Diana enamorada*: se refiere a la novela pastoril de Gaspar Gil Polo, publicada en 1564 a continuación de la *Diana* de Jorge Montemayor.

122 *Atala*: novela de François René de Chateaubriand, publicada en 1801.

sengaños del mundo,[123] *Don Quijote de la Mancha*,[124] y otros que no me acuerdo; y a más de eso un celemín[125] de comedias y sainetes que más bien lee Pomposita que yo. Conque si no tengo lugar de leer esos libros, que son tan divertidos, ¿cómo me había de poner a leer esas mistiquerías que usted quiere?

—En verdad, hermana —contestó el coronel—, que tiene usted un gran surtido de libros y comedias. Entre los que usted me ha señalado, unos son buenos, otros razonables y otros perniciosos y de pésimo gusto; pero yo, sin tratar de deprimir el mérito de los que lo tienen, digo que para aprender a ser buena casada, es mejor cualquiera de los que yo le cité que todos cuantos usted tiene, y por eso me empeñaba en que leyera lo más conciso; pero desisto de mi empeño en vista de que usted me asegura que no le gusta leer y que no tiene lugar, bien que yo creo mejor lo primero que lo segundo, porque ciertamente me hace fuerza que una señorita como usted no tenga lugar para dedicarse a leer un libro poco a poco.

Si no pareciera demasiada curiosidad, yo quisiera saber la distribución que hace usted del tiempo, porque no puedo creer que sea este tan corto, ni sus quehaceres tantos que no le dejen lugar para una cosa tan útil y en que se podían emplear pocos minutos cada día.

—Usted, hermano, a la verdad, se está haciendo de la casa de la virgen[126] —decía Eufrosina. ¿Conque no sabe usted cuáles son mis quehaceres? ¡Pobrecito de usted! ¡Ya se ve!, como vive tan lejos de mi casa y nos vemos tan de tarde en tarde, ¿cómo ha de saber lo que yo hago? No obstante, oiga usted en qué se me va el día, para que vea si tengo o no qué hacer.

Me levanto a las ocho u ocho y media, por lo regular; de esta hora a las nueve me desayuno; de las nueve a las diez me visto y me aseo para salir; a las diez tomo el coche y me voy a la alameda a hacer ejercicio, o al Parián[127] a comprar algunas cosas, o a casa de alguna amiga. En estas y las otras dan las doce y me vengo a almorzar; después en tomar la lección de baile y recibir algunas visitas se va el tiempo hasta las dos o dos y media en que viene mi marido y nos ponemos a comer; después de esto, a las tres y media o las cuatro, me acuesto a dormir siesta hasta las seis; a las seis me levanto, tomo chocolate, me voy al paseo o me entretengo en vestirme hasta las ocho, hora en que me voy a algún baile o al coliseo; acabada la comedia o el baile, que es bien tarde, me retiro a casa, ceno y me acuesto. Rara vez se invierte este orden, que es el ordinario, y eso por algunas visitas que vienen a casa, o por alguna indisposición que padezca, o porque se arma acá la tertulia de repente, o por otro motivo semejante, y entonces estoy más ocupada con la atención que

---

123 *Soledades de la vida y desengaños del mundo*: obra muy popular en el siglo XVIII, del autor español Cristóbal Lozano, publicada en 1658.

124 *Don Quijote de la Mancha*: Miguel de Cervantes Saavedra: 1605-1615.

125 *Celemín*: medida agraria antigua, usada sobre todo para cereales y semillas.

126 *Hacerse de la casa de la Virgen*: hacerse el bobo.

127 *Parián*: mercado en general y en particular nombre de un mercado popular en la ciudad de México, situado al costado sur de la plaza Mayor. En Manila se daba ese nombre al lugar en que se hacía la venta pública de los efectos que venían de Europa. Los comerciantes de Filipinas fueron los que le dieron ese nombre.

exigen estas cosas. Vea usted si tengo o no tengo harto que hacer y si tendré lugar, no digo para leer, pero ni para rascarme la cabeza.

—Anda niña –dijo Matilde–, no me admira que te pases una vida tan floja y holgazana, sino que tengas cara para contarla y te quedes tan fresca.

—¿Y por qué no? –respondía Eufrosina–. ¿Pues qué?, ¿hago mal en esto? ¿No soy muy dueña de mi voluntad? ¿No tengo proporciones para pagar mis criadas que me sirvan?, y a más de esto, ¿no soy una señora decente y es preciso que me trate como quien soy? Ya bien veo yo que mi régimen de vida es enteramente opuesto al tuyo. Algo he observado; pero para que veas la diferencia que hay de trato, dime ¿en qué gastas el día por lo ordinario?

—No tendré embarazo –dijo Matilde–. Mira: no soy madrugadora; me levanto por lo regular a las siete de la mañana; visto a Pudenciana y nos vamos a misa; venimos y nos desayunamos; después envío a la niña a la amiga y le dispongo el almuerzo a Linarte; el resto de la mañana se va en ir a la cocina, en la costura, en asear la casa o mil cosas, porque a ninguna mujer le falta qué hacer en su casa cuando es mujer y quiere estar ocupada; a las doce envío por la niña, me pongo mi delantal para no ensuciarme y voy a la cocina a sazonar el plato de mi esposo...

—¡Virgen! ¿Hasta eso? –dijo Eufrosina–, ¿pues qué, no tienes cocinera? ¡Aunque fuera ya!

—Sí tengo, pero quiero que Linarte coma a su paladar, no al de la cocinera, y como nadie conoce su gusto ni su modo mejor que yo, de ahí es que yo misma le sazone la comida. Mas como iba diciendo: luego que acabo este gran trabajo, me lavo las manos y me vuelvo al estrado con mi costura hasta la una, hora en que por lo regular viene mi esposo de la calle; platica un rato o se divierte un poco con su niña mientras ponen la mesa y vamos a comer. Acabada la comida reposamos un rato hasta las tres o poco más; él suele irse y yo me pongo en el estrado rodeada de mi familia, o con el bastidor o con la almohadilla hasta las cuatro y media que van por mi hija; luego que esta viene rezamos el rosario y les leo algo del catecismo a mi hija, a Tulitas[128] y a las mozas, pues, porque ya sabes que es obligación precisa de los amos el enseñar la doctrina a sus criados. En esto dan las oraciones, se van a sus quehaceres, las niñas a jugar y yo a guardar mi ropa. A esta hora viene Linarte, tomamos chocolate, y unas veces nos ponemos a platicar, otras a tocar mi clave, o me voy a tu casa, y alguna vez al coliseo o a alguna visita, según estoy de humor, en cuyas diversiones me entretengo hasta las diez o poco más, hora en que cenamos y nos recogemos muy contentos.

Con este método de vida ni yo acabo mi salud, ni los pobres sirvientes se molestan; porque ya tú ves que es una grande imprudencia de aquellos amos que, después de hacer trabajar a sus criados todo el día, los tienen en vela hasta las quinientas de la noche en que llegan a sus casas del juego, de la tertulia o la visita. En fin, con este método de vida ya verás que me sobra lugar para leer cuanto quiero.

---

128 Esta Tulitas era la niña Gertrudis que sirvió de aya a Pudenciana en su infancia y de la que se habló al principio de esta historia (Ed. 1842). Ver capítulo II, página 19.

—Pues tienes una vida angelical, hermana –dijo Eufrosina–, dichosa tú...
si te salvas; pero la verdad, yo no te la codicio, porque ese trato no es para
una señora decente, sino para las rotitas[129] de casa de vecindad, y no para
todas, sino para aquellas pobres hipócritas que se hacen muy virtuosas, muy
recogidas y muy mujeres de su casa, no por voluntad sino por fuerza. No van
al coliseo, porque no tienen con qué pagar el palco o el asiento, ni se presentan
en los paseos públicos ni en los bailes, porque les sobra vanidad y les falta coche
y el lujo que desean para competir con nosotras; pero tú, que eres medio
mística, ya sabes que esto no es mujerío ni virtud, sino mucha soberbia y vanidad; y después de todo, niña, semejante vida, ocupación y encierro, no se
quedan para una señora de tu clase.

—¿Quién dice que no? –replicó el coronel–. ¿Pues qué, las señoras decentes gozan alguna prerrogativa o privilegio para no cumplir con las obligaciones de su estado? ¿La buena cuna o las riquezas pueden alguna vez servirnos de razón para sustraernos de la ley general, que nos prescribe, sin
distinción de clases, llenar nuestros deberes dignamente? Yo por cierto tengo
entendido lo contrario. La nobleza, la fina educación, los puestos elevados, las
riquezas y todas las ventajas que proporcionan la naturaleza y la fortuna, tan
lejos están de eximirnos del cumplimiento de las leyes, que antes bien nos so-
meten a su yugo con más imperio, porque el que más ha recibido más debe;
y así las señoritas que han recibido unos buenos principios y que se distinguen
por su clase del común del vulgo deben comportarse siempre mejor que los
vulgares, sin jamás alegar las preeminencias que gozan para faltar a sus obligaciones; pues, como dije, sus mismas distinciones las estrechan para obrar
con más arreglo y escrupulosidad que los demás.

—Pues bien –dijo Eufrosina–, sea de eso lo que fuere, lo cierto es que ni
usted ni yo hemos nacido para reformar el mundo; así lo hallamos y así lo
hemos de dejar, ¿Qué nos importa que las gentes anden de pies o de cabeza?
Al fin no hemos de dar cuenta a Dios de nadie ¿para qué nos hemos de meter
en camisa de once varas?

A más, de que no es tan bravo el león como lo pintan; pues quiero decir,
no debe ser mi vida tan descarriada como usted la supone, pues si eso fuera
no tuvieran tantas la misma vida que yo, y algo mejor; pero ya ve usted
cuántas señoritas hay que no emplean el tiempo sino en componerse, pasear
y divertirse, y hacen bien de gozar de la vida y de tratarse como quienes son,
sino ¿en qué se han de distinguir de las rotas y pingajosas[130] de casa de vecindad, como ya he dicho?

—¡Válgame Dios, hermana –dijo el coronel–, y cuántas equivocaciones
padece usted! Acaso porque hay, en efecto, muchas señoritas lujosas y paseadoras, que todo el tiempo de su vida, o al menos los días floridos de su juventud, los consagran a la moda, a la disipación y a la fruslería[131], abandonando sus más precisas obligaciones, ¿cree usted que se halla disculpada de

---

129 *Rotitas*: diminutivo de *rotas*: (México) petimetres.
130 *Pingajoso*: persona o cosa en muy mal estado, maltratada, deteriorada.
131 *Fruslería*: cosa de poco valor.

algún modo la que las imita? De ninguna manera, hermana: la multitud de viciosos jamás ha justificado el vicio. No porque hay muchos ebrios y ladrones tendremos por lícito el robo o la embriaguez. Nuestra naturaleza, corrompida por la culpa, siempre se inclina a satisfacer nuestras pasiones atropellando con la ley y la razón, y esta es la causa de que los perversos y abandonados tengan tantos imitadores; pero esto ya digo, se hace atropellando la ley y la razón, pues siempre que queremos escuchar el poderoso grito de la conciencia tenemos los auxilios necesarios para no delinquir, y uno de estos auxilios son los buenos ejemplos de otros, que no queremos seguir.

El apóstol San Pablo decía que sentía en sí dos leyes, la del espíritu y la de la carne; esta, enferma y corrompida, que lo inclina al mal; y aquel, sano y pronto, para inspirarle el bien. Todos sentimos las mismas leyes; pero obedecemos la materia, que lisonjea nuestros sentidos y apetitos; no queremos sufrir la contradicción que hace el espíritu a la carne; y así, con desprecio de aquel, halagamos a esta, aun conociendo que hacemos mal, porque a nadie se le oculta su delito, y acosado del temor que se sigue a la infracción de la ley, ¿qué hacemos? Buscamos pretextos y disculpas que, aunque engañosamente, nos consuelen y tranquilicen.

Una de estas disculpas, y quizá la más frecuente o la que tenemos más a mano, es la multitud de infractores que se nos presentan a la vista. Entonces nuestro amor propio, diestrísimo adulador, nos persuade o que no hacemos mal o que nuestro proceder no es el peor, cuando hay tantos que obran lo mismo que nosotros; pero esta disculpa es tan capciosa y frívola que no nos penetra en el interior, porque al instante se nos viene a la memoria otra multitud de individuos, cuyos buenos ejemplos y arreglada conducta destruye nuestra sofistería[132] y reprende nuestros excesos.

Por ejemplo, es constante que en México, así como en toda ciudad populosa, hay una porción de señoras que, ocupadas o consagradas del todo al lujo, a la bulla, a la disipación y a peores cosas, se desentienden del cuidado de sus obligaciones, abandonando su casa, sacrificando al marido, corrompiendo a sus hijos, escandalizando a los criados, y olvidándose enteramente de que son esposas, madres y amas de sus casas. Es cierto, repito, que por desgracia abundan estos ejemplares; pero también es evidente que no faltan otras muchas señoras modestas en sus trajes, fieles a sus esposos, atentas a la educación de sus hijos y familia, hacendosas en su casa, económicas de su hacienda y enteramente muy cristianas y escrupulosas observadoras de todas sus obligaciones.

¿Qué dice usted? ¿No es verdad que hay muchas señoras de estas en México?, ¿no conoce usted algunas de ellas? ¿Pues cómo no se acuerda de sus ejemplos para seguirlos y solo me cita en su abono el extraviado proceder de las demás? Conque, hermana, no hay disculpa. Es preciso confesar que obramos mal por nuestro gusto, sin atenernos a que otros obren del mismo modo, pues tenemos ejemplos en contrario que imitar.

---

132 *Sofistería*: razonamiento de un sofista o sabio.

Calló el coronel, y Eufrosina con una risita burlona le dijo:

—¿Sabe usted, hermano, lo que estaba pensando?

—¿Qué cosa?

—Que usted erró la vocación de medio a medio. Sí, señor; usted no debía haber sido militar ni casado, porque para capuchino o misionero no tiene precio. No hay remedio, usted debía «andar con un púlpito en las manos diciendo lindezas por esos mundos de Dios», como opinaba Sancho de su buen amo.

¡Vea usted qué taco o qué sermón tan largo me ha echado! La lástima es que yo estoy empedernida y todo se me resbala. Estos sermones son buenos para la zonza de Matilde; pero para mí es lo mismo que escribir en el agua y predicar en desierto.

Sí, hermano, yo nací muy señora, me he criado con regalo, heredé alguna cosita de mis padres, y por fin, he tenido la fortuna de haberme casado con un hombre de proporciones y muchacho del día. ¡Bendito sea Dios que me libró de un viejo regañón y mezquino! No lo digo por usted, pero ¡Jesús!, ya me hubiera yo ahorcado. En fin, hermano, ¿ustedes gustan de ir al coliseo, que ya es hora?

—Hermana, muchas gracias.

—Pues, adiós.

Diciendo esto se fue Eufrosina, y Matilde, llena de enojo contra ella, dijo a su marido:

—¿Ya lo ves? Yo me alegro, sí, yo me alegro de que te haya faltado al respeto la loca de mi hermana. En parte dice bien: si no hemos nacido para reformar el mundo, ni tenemos que dar a Dios cuenta por otro, ¿para qué es cansarnos en persuadir que obren bien o mal? Allá se las haya. La verdad es que me ha incomodado mucho Eufrosina por tonta y majadera; pero conozco que tú has tenido la culpa en ponerte a disputar con ella.

—Mira —dijo el coronel—, todos estamos obligados a coadyuvar al bien de nuestros semejantes a proporción de nuestras luces. Tú bien sabes que es obra de misericordia y muchas veces de justicia, dar buen consejo al que lo ha menester; y según esto, cuando vemos que un semejante nuestro padece un error grosero, por el cual se le siguen o se le pueden seguir graves perjuicios, y teniendo facilidad de darle un buen consejo, estamos en obligación de dárselo y de sacarlo de su error, siquiera por caridad; y esto aun cuando presumamos que por entonces no lo admitirá o se burlará de él, porque no sabemos si aquel consejo despreciado, acaso será una semilla que en otro tiempo fructifique.

En este caso está tu hermana. Ahora se burla de mis razones; pero tal vez mañana, o por un revés de la fortuna, o por la experiencia que se adquiere con la edad, podrá abrir los ojos y aprovecharse de lo que ahora desprecia.

Por esto he aventurado la conversación que oíste, de lo que no me pesa, ni menos me siento de su burleta, pues la pobre procede como una muchacha atolondrada y sin una cuerda reflexión. Si todos pensaran como ella, si todos dijeran: «Así hallamos el mundo, así lo hemos de dejar, y ninguno tendrá la gloria de reformarlo»; en este caso, ni los oradores hubieran esforzado su elocuencia, ni los escritores sus luces para corregir o contener los vicios. ¡Desgraciados de los hombres! Ociosos fueran los púlpitos y los libros; nada se hubiera adelantado en las ciencias, en las artes, en la moral, en la política, ni en cosa alguna; pero como los sabios no han sido de ese necio modo de pensar, se han afanado para no dejar sepultados los talentos que les confió la Providencia y para hacerlos útiles en beneficio de sus semejantes.

Yo te confieso ingenuamente que no me hallo con un acopio de talentos sublimes y brillantes; pero sin embargo, deseo emplear el que tengo en el mismo objeto, pues sé que al que se le dieron cinco se le pedirá cuenta de cinco, y al que le tocó uno solo se le tomará residencia de este uno; y por esta razón procuré desengañar a tu hermana de los errores en que vive, creyendo que así lo debo hacer y que quizá algún día le serán de provecho mis avisos. Si se burlare de ellos, si no los estimare en nada, ella cogerá el fruto de su error; pero yo habré hecho cuanto puedo por su bien.

—Ya estamos –dijo Matilde– en que cuando mi entendimiento no quede perfectamente convencido con lo que me dices o tenga alguna duda, te la he de proponer con franqueza. En esta inteligencia, no puedo menos que decirte que me hace mucha fuerza, no solo que disputes con mi hermana, sabiendo quién es, sino que ahora sostengas que hiciste bien, y que lo debes hacer, cuando otras veces me has dicho que es bobería disputar con ella, y con cualquiera otra persona obstinadamente necia, pues no se saca ni se puede sacar ningún partido ventajoso de tales disputas. Esto tú me lo has dicho, y no ha mucho que tácitamente me concediste que no habías hecho bien de empeñarte en la disputa del cigarro. Conque dime, ¿a qué me debo atener?

—Fácilmente saldrás de la duda –respondió el coronel– y advertirás que no me contradigo. Atiende: no es lo mismo disputar que aconsejar en cualquiera disputa; pero esto se entiende con prudencia. Disputar es ventilar o defender uno su opinión contra otra con razones, no con palabras sin substancia, pues en este caso ya no será disputa sino algarabía, y como los necios porfían casi siempre sin razón y sin saber lo que porfían, sino que quieren sostener su opinión porque sí y porque no, de ahí es que será una imprudencia el ponerse a disputar con un necio.

Fuera de esto, hay disputas tan frívolas e impertinentes que no es cordura mezclarse en ellas. La del cigarro fue una de estas. ¿Qué importa que tu hermana tenga por un exceso de mala crianza el que una niña chupe un cigarro? Nada seguramente, y así debí haber omitido la disputa como impertinente para mí y como frívola en sí misma.

Otras disputas hay sobre cosas tan evidentes, que el sostenerlas con ardor contra un necio es la mayor locura e insensatez, como si yo quisiera defender que mi levita es azul contra un ciego que defendiera que era verde.

De esta clase suelen ser y son muchas disputas que merecen despreciarse por los cuerdos, y de estas son de las que te tengo hablado; pero hay otras en que por necesidad, por caridad y por justicia, no solo debemos ingerirnos, sino sostener nuestra opinión con el mayor empeño. Así al inocente le es lícito defenderse con energía de la calumnia, al católico le es permitido defender su religión, al letrado su parte en justicia, al buen amigo el honor de otro amigo que vacila en una lengua mordaz o equivocada, y a cada uno sus derechos cuanto pueda. Ningún empeño, ninguna diligencia está de más en estas ocasiones; y ya bien entenderás que no te he hablado de este género de disputas.

El consejo es de diferente naturaleza, aunque muchas veces concurra al mismo fin que la disputa más bien sostenida; porque el consejo es el parecer que se da, o se debe dar siempre por el bien de otro, desnudo de todo vil interés, y regularmente seguro. Si yo aconsejo, verbigracia, a tu hermana que no castigue a su hija con crueldad y que no la consienta con melindre, es por su bien, no tengo en ello ningún particular interés, y mi consejo es de los más seguros. ¿Me has entendido?, ¿estás satisfecha de que no hay contradicción entre dar un buen consejo y huir una disputa impertinente?

—Lo estoy –dijo Matilde–, te he entendido perfectamente, y ¿cómo no te he de entender si explicas con tanta claridad lo que me enseñas? Pero ya que me he instruido, voy a que te traigan tu gala.[133]

—¿Qué cosa?

—Tu chocolate, pues es hora de que lo tomemos. Ya vuelvo.

Aquí concluyó esta sesión, y también el capítulo sexto.

---

133 *Gala*: (México) obsequio que se hace dando una moneda de corto valor a alguien por haber sobresalido en alguna habilidad o como propina.

Capítulo VII

En el que se refiere el modo con que el coronel enseñó a escribir y contar a su niña, y una conversación que tuvo con su esposa

¡Qué feliz es el estado del matrimonio cuando se saben conformar con él las voluntades! La docilidad con que Matilde escuchaba las lecciones de su esposo y la dulzura con que este le inspiraba sus máximas morales prueban que ambos disfrutaban de esta felicidad.

Ya se deja entender que si el coronel no se descuidaba de instruir a Matilde, los dos se esmeraban a porfía en cultivar en su hija los talentos naturales que tenía y los sanos principios que les inspiraban.

La niña, por fortuna, correspondía con docilidad a los conatos de sus padres, y así es que en poco tiempo supo leer con bastante regularidad, conocía el valor de las letras, sabía lo que eran sílabas y palabras y que estos formaban los períodos.

Como su padre y su maestra le habían hecho advertir cuánta utilidad y ventaja resulta de leer bien, y que esto no se consigue sino evitando el sonsonete y atropellamiento y acostumbrándose a leer con sentido, para lo que se ha inventado la puntuación o caracteres ortográficos, se aplicó a su conocimiento con tesón, y lo logró muy fácilmente.

Casi con igual facilidad aprendió a escribir, porque su padre le franqueaba papel, recado de escribir y buenas muestras, para que a la hora que quisiera se pusiera a pintar sus garabatos a su antojo.

Como esto no tenía para ella cara de lección, ni advertía ninguna forma de enseñanza, lo tomó por juguete, y en un instante perdió el miedo a la pluma, se fue acostumbrando a su uso, y sin que nadie la violentara, ella misma trataba ya de imitar las letras de las muestras.

Cuando su padre la observó tan bien dispuesta, le hizo ver las ventajas de la escritura, y cuán necesario y útil poseerla con la posible perfección. Pero esto lo hizo acercándose un día a la mesa a tiempo que ella estaba garabateando, y diciéndole:

—Mira cómo ya vas imitando, aunque mal, las letras de las muestras. No hay duda, tú no eres tonta, y eres capaz de hacer lo que quisieres con tus manos. ¿Qué, te gusta escribir?

—Sí, papá.

—Pues más te gustará cuando sepas qué gran cosa es la escritura.

El saber escribir, o la invención de este arte nobilísimo, es una cosa prodigiosa, necesaria a todo racional, utilísima sobre toda ponderación y de todas maneras admirable, pues se puede tener por una magia cierta y lícita entre los hombres. Sí, hija querida, la pluma bien dirigida sobre el papel hace tales cosas, que a no saber el modo, se tendrían por milagros o hechicerías. Ella resucita a los que han muerto miles de años hace, y nos los pone entre las manos para que nos instruyan y conversen con nosotros; ella nos facilita pasear seguramente por el mundo, y que sin movernos de un lugar, sin tener que erogar gastos ni sufrir incomodidades de caminatas, registremos todos los ángulos descubiertos de la tierra, veamos las situaciones de los reinos, sus mejores ciudades, sus templos, palacios, calles, edificios y paseos; que sepamos el número de habitantes que los ocupan, cuáles son sus costumbres, religión y gobierno, leyes, modas, enfermedades y remedios; ella, inventada no solo para esto, hace que subamos a los cielos, que volemos por sus esferas, que indaguemos el movimiento de los astros, el curso de los planetas, la velocidad de sus giros, los ríos, mares, montes y valles de la luna, las manchas y humaredas del sol, y hasta el peso de las estrellas; ella nos facilita la comunicación con nuestros deudos y amigos ausentes, sin que estorben para oírnos ni entendernos las leguas, los montes ni los mares que se atraviesan entre ellos y nosotros; ella fija en el papel como con un clavo la palabra, que sin su auxilio se escaparía para siempre; ella hace que sean materiales y perceptibles los conceptos espirituales e invisibles; ella nos hace acordar de lo pasado y prevenir lo futuro; ella afirma y asegura fuertemente las palabras y contratos de los hombres y los hace cumplir con sus deberes; ella, para no cansarte, es la que hace al hombre religioso, sabio, honesto y moderado, cuando se acuerda de sus obligaciones, y la que lo convierte en impío, necio y escandaloso cuando se olvida de ellas, porque la pluma es para todo, según se usa. Con la pluma se alaba a Dios o se ultraja; se honra la religión o se deshonra; se hacen valer las leyes o se tuercen; se instruye o se encamina hacia el error; se favorece a los hombres o se les perjudica; se abren los corazones para el amor o se disponen para el odio, y así de todo.

Mira ahora qué cosa tan grande es saber hacer uso de la pluma, cuando se quiere hacer según conviene, y dime si deberá ninguna criatura dotada de razón despreciar este beneficio y privarse de sus ventajas, solo por ser un tonto y perezoso que no quiera dedicarse a aprender a escribir.

—Así es, papá —decía Pudenciana—, muy tonto será el que no quiera saber tantas cosas y poder hacerlas, como usted dice. Pero yo estoy espantada, y queriendo saber cómo será eso de resucitar los muertos, pasear todo el mundo, subir al cielo y todo lo que usted me dice, que no entiendo.

Entonces el coronel le explicó el sentido de estas frases; la niña quedó aficionadísima a la pluma, y esta afición le hizo aprender a escribir en poco tiempo.

Cuando ya lo hacía con más arreglo y sabía usar correctamente de los signos ortográficos, su padre solía valerse de ella como del amanuense de su confianza para que le escribiere algunas cartas, lo que la niña desempeñaba con gusto, y su papá la celebraba de cuando en cuando con prudencia, estimulándola con estos elogios a que se aplicara más cada día.

Todos saben la fuerza con que labra el amor propio sobre nuestros corazones: apenas despertamos de la primera infancia, esta pasión, dejándose correr a rienda suelta, constituye el egoísmo y es el fomes[134] de todo género de vicios, así como bien dirigida es el estímulo de las virtudes. El coronel conocía bien la verdad de este axioma y así alababa lo bueno que veía en su hija, pero de modo que ella se satisfacía con los elogios sin envanecerse, y se tenía como obligada a merecerlos mejores en adelante.

Al mismo tiempo le enseñó su padre a conocer los números y el valor de las unidades, decenas, centenas y millares sin descuidarse de que aprendiera de memoria la tabla aritmética común, y cuando ya entendió esto perfectamente, le hizo ver cuán útil es a las niñas aprender a lo menos las cinco primeras reglas de cuentas, y que es un absurdo, dictado por la más crasa ignorancia, decir que las mujeres no deben saber cuentas, porque no las necesitan para nada; pues toda niña que algún día ha de ser señora de su casa, debe saber economizar el gasto, ajustar un criado, tasar las varas de género para sus vestidos y los de sus hijos y hacer otras cosas que les costaría sumo trabajo sin el recurso de la aritmética.

No ignoraba el coronel que esta ciencia es harto difícil de comprender en sus principios, especialmente a las mujeres; y así procuró primero hacer ver a su hija su utilidad para excitarle el apetito de aprender.

Un día le dijo:

—Mira, los que no saben hacer cuentas, siempre cuentan cuando la necesidad los obliga; pero a más de que siempre yerran las cuentas que hacen, les cuesta un inmenso trabajo. Al contrario, la persona que sabe valerse de los números hace las cuentas muy fácilmente, y las más veces las hace bien. Un ejemplo te hará ver la diferencia.

Mira, estas son tres cajitas de fichas de concha: una tiene setenta y tres fichas, otra veintiuna y la última treinta y cinco: dime ahora ¿cuántas fichas tienen las tres cajitas? Seguramente no puedes, porque necesitas contarlas una por una, y después de este trabajo te expones a equivocarte veinte veces.

Pues vaya, pon aquí las fichas de la primera caja que son setenta y tres de este modo 73

Pon las de la segunda, que son 21

Pon las de la tercera, que son 35

---

134 *Fomes*: causa que excita y promueve algo.

Una raya así ...._____

Puestas en orden, se suman así: tres y uno son cuatro, y cinco, nueve.

Pon un número nueve debajo de la raya y al pie de las unidades. Veamos después lo que importan las decenas: siete y dos son nueve, y tres, doce.

Un dos bajo las decenas y uno que se lleva a la izquierda, o en el lugar de las centenas o centenares, y resultan ciento veintinueve fichas en las tres cajas 129

Aun hay otro modo de sumar más pronto, que se llama multiplicar, y es utilísimo. ¿A que no me dices cuántas lentejuelas tienen los arquitos de tu túnico?

—¿Cuándo lo he de saber, papá? ¡si tiene un montón!

—Pues ahora verás qué fácilmente lo dices, supuesto que sabes muy bien la tabla. Cuenta los arcos que tiene.

—Eso ya lo sé, tiene cuarenta y dos.

—Muy bien; ahora cuenta cuántas lentejuelas tiene un arquito.

—Ya están contadas, son nueve.

—Pues suponiendo que todos los arcos son iguales, y que las lentejuelas están puestas en proporción, de suerte que no haya más en un arco que en otro, pon de número los arcos, que son 42

Pon debajo las lentejuelas de un arco 9

En seguida una raya así ...._____

Ahora se multiplica así: dos por nueve son diez y ocho: un ocho bajo las unidades. Cuatro por nueve treinta y seis, y uno que llevaba, treinta y siete. Pon un siete en el lugar de las decenas y un tres a la izquierda en el lugar de las centenas 378

Y ves en un instante que tu túnico tiene trescientas setenta y ocho lentejuelas, lo que se te hacía tan difícil saber, y lo que hubieras sabido con mil trabajos sin el auxilio de las cuentas.

Le es tan útil y necesario a una mujer el saber contar como a un hombre. Muchas mujeres perecen en la miseria solo por ignorarlo, y la experiencia nos las está señalando con el dedo lo mismo que la causa. ¿Qué se puede esperar de la mujer que de la noche a la mañana se halla con un principal que le dejaron o sus padres o su marido, y ella no lo sabe girar ni conservar, porque no sabe hacer cuentas? Es clara la respuesta: busca quien se las haga, casándose o acomodando un dependiente, y si este o el marido salen calaveras, lo que no es raro, en dos por tres dan las cuentas del gran capitán, y se queda la mujer contando que tuvo coche en tiempo del difunto. Con que así, hijita, procura instruirte ahora que eres niña, para que te hagas útil a ti y a otros cuando tengas mayor edad. Ahora, es el tiempo de aprender y es menester aprovecharlo, porque el que de muchacho es flojo y tonto, llegando a viejo asciende a majadero.

Ya se deja entender que esta prolijidad no es ociosa en ningún padre de familia, cuando trata de que aprovechen sus hijos. El coronel, cuando enseñaba a Pudenciana, procuraba hacerle ver la utilidad que le resultaba de aprender, y al mismo tiempo le quitaba el tono de lección, tan fastidioso a todo niño, con lo que lograba que aprendiera sin violencia, como aprendió en efecto en poco tiempo a leer, escribir y contar con alguna perfección, y sin que a él le costara mucho trabajo enseñarle.

Siendo el coronel tan eficaz para instruir a su hija en aquellos principios que son útiles para su felicidad temporal, es creíble que no lo sería menos para enseñarle aquellos que son absolutamente necesarios para conseguir la eterna.

Ya se dijo que desde bien pequeña procuró hacerle formar la más digna idea de su Creador, conformándose con su capacidad, de cuyo empeño no desistió hasta que la consideró bien instruida.

El se valía de cuantos objetos presenta la Naturaleza, aun los más triviales, para elevar su consideración al Hacedor Supremo. Ya le hacía contemplar la hermosura del campo en un alegre día de primavera, ya la brillantez del cielo salpicado de luces en una serena noche, ya el espantoso aparato de una terrible tempestad, ya la atracción maravillosa del imán, ya la fragancia de la rosa... En una palabra, el campo, el cielo, la serenidad, la turbulencia, el hombre, el bruto, la planta, la piedra, las flores, las aves, los peces, y hasta los imperceptibles insectos daban materia para instruirla en el conocimiento de Dios, haciéndole ver cómo resplandece en sus criaturas su omnipotencia, su sabiduría, su justicia, su misericordia y todos sus adorables atributos.

Después de hacerle ver nuestra miseria, y que nada somos delante del Señor del universo, le hacía reconocer que, sin embargo de esta pequeñez, somos sus criaturas predilectas, por quienes creó todos los seres que nos admiran y sirven en la naturaleza; por quienes se hizo hombre y sufrió los ultrajes de los hombres; por quienes murió para abrirnos las puertas del Paraíso, y por quienes hizo el milagro mayor de los milagros, instituyendo el augusto sacramento de la Eucaristía; en el que se quedó con nosotros hasta el último día de los siglos.

Tales eran las sencillas pero utilísimas lecciones que daba a su hija este buen padre, que procuraba tenerla entre el respeto, el amor y el agradecimiento a su Creador. ¡Felices los padres que tienen las luces y disposición necesarias para instruir a sus hijos, y más felices los hijos que saben corresponder a las sanas intenciones de semejantes padres!

A la edad de poco más de siete años, ya sabía Pudenciana de memoria el catecismo y entendía muy regularmente los principales misterios de nuestra sagrada religión, todo a fuerza del continuo tesón con que su padre le enseñaba; pues no pasó mucho tiempo en la amiga, a pesar de la no común disposición de la maestra; pero apenas aprendió los primeros rudimentos de leer y el catecismo, cuando la sacó de ella y se tomó él mismo el cargo de enseñarle, como se ha visto.

Estaba mal el coronel con esas escuelas públicas donde se juntan niños y niñas de diferentes edades y educaciones. Sabía con Quintiliano, que la emulación que procede del ejemplo de los condiscípulos estimula para aprender más breve; pero no ignoraba que no siempre lo más pronto es lo más seguro. Comprendía muy bien la fuerza con que nuestra naturaleza, corrompida por el fomes del pecado, nos inclina al mal; que esta pervertida inclinación se deja percibir en muchos niños bien temprano; que es muy difícil falten algunos de estos donde hay tantos, y casi imposible que una sola maestra sea un Argos[135] para observar con cien ojos las acciones de todos y cada uno de los muchachos que se confían a su cuidado; y de todo esto concluía, que es muy fácil que se corrompa en una casa de estas una criatura, especialmente niña, con el mal ejemplo de los malos.

Un día, hablando de esto con su esposa, le dijo:

—No te admire que haya dejado a Pudenciana en la amiga tan poco tiempo. En verdad que me ha parecido demasiado, y solo por contemporizar en algo con tu gusto lo permití. Te aseguro que con solo franquearle la compañía de muchos niños de diversas edades, naturales y principios por largo tiempo, tendría lo bastante para perder el candor y la inocencia que le procuramos conservar; porque es muy difícil, por no decir imposible, que una criatura sin experiencia, y que aún no sabe hacer buen uso de su razón, se contenga dentro de los límites de lo justo con tal heroicidad, que mirando buenos y malos ejemplos alrededor de sí, adopte los primeros, separándose de los segundos.

Toda casa de comunidad trae sus ventajas y sus desventajas morales a los que las habitan o las cursan. Ello es una verdad innegable que el que se acompaña con un justo será justo y el que se junta con un perverso se pervierte. Es también verdad evidente que en dichas casas hay de todo, buenos y malos: pues aquí del temor y la dificultad. ¿Con quién será más fácil que se adune[136] el niño o niña inexperto, con los buenos o con los malos? El que se acuerde de la corrupción de nuestra naturaleza y advierta que los buenos reprenden y mortifican nuestras pasiones y deseos desordenados, y los malos las adulan, las fomentan y aun las pretenden justificar con sus ejemplos y palabras, ese que responda a mi pregunta.

Si yo declamara contra la utilidad, y se puede decir necesidad, a lo menos parcial, de estas públicas fundaciones; si levantara el grito contra la sana intención de sus piadosos fundadores o inventores; si con una crítica mordaz murmurara sus más arreglados institutos, seguramente se me podía tener por un hereje político; pero si ni declamo contra su utilidad, ni hablo contra sus patronos, ni murmuro sus constituciones, sino que solamente aseguro que es muy fácil que se corrompa en ellas la inocencia con la ocasión tan próxima de la compañía de los malos, creo que nada digo que no sea una verdad indisputable. Puedo asegurarte con dolor que más de cuatro maldades ignorara

---

135 *Argos*: el fiel perro de Ulises, en la Odisea, que fue el primero en reconocerlo cuando el héroe volvió de la guerra de Troya.

136 *Adunar*: unir, juntar, congregar.

yo hasta el día, si no hubiera estado en escuelas ni colegios. ¡Felices aquellos niños que conservan su pureza intacta en medio de los malos ejemplos de los compañeros! Semejantes almas son prodigiosas en este siglo miserable. El rocío que se cuajó solamente en la piel de Gedeón, la zarza que vio Moisés arder sin consumirse, los niños que salieron ilesos de las voraces llamas del horno de Babilonia, y la seguridad con que los israelitas pasaron por en medio del mar, son extremos de comparación; pero son unos acaecimientos milagrosos que no se deben esperar todos los días.

Lo que vemos a cada instante es que una chispa forma una hoguera, un miasma corrompido derrama una peste mortífera y una gota de vinagre corta un gran vaso de leche; y de aquí debemos inferir que un solo muchacho o joven perverso es bastante a malear o corromper con su ejemplo a muchos niños inocentes y candorosos.

En una palabra, y para que tu entendimiento se tranquilice, digo: que el padre o madre que no sabe o no puede instruir a sus hijos por sí en su casa, hará bien, y aun debe confiarlos al cuidado de los maestros públicos; pero el que no necesite de ellos y tenga proporción, hará mejor en tomarse ese trabajo, pues llegarán al mismo fin sin pasar tantos peligros.

—Matildita –continuaba el coronel–, si yo pudiera descubrirte las cosas que se ven frecuentemente en las casas de comunidad de que te hablo, se escandalizara tu pudor. No quiero, no, lastimar tu conyugal pureza. Bástame el saberlas y el procurar que mi hija no se exponga a estos inminentes riesgos, para creer que tú habrás accedido gustosa en que la quite de la amiga, por más que esta sea de las mejores.

A este punto llegaba en su conversación don Rodrigo, cuando entró el lacayo de don Dionisio diciendo que su amo lo esperaba a comer con su familia. Era día de frasca,[137] de los muchos que cada mes ocurrían en su casa.

El coronel, que entendía muy bien las leyes de la política, que es el arte de saber vivir, inmediatamente se levantó y fuimos todos a la mesa, donde pasó lo que se sabrá en el capítulo siguiente.

---

137 *Frasca*: bulla, regocijo, fiesta; también riña, alboroto. En general, toda reunión bulliciosa.

Capítulo VIII

En el que se refiere la disputa que trabó el coronel con el licenciado Narices, y la defensa que hizo de las mujeres

Cuando nuestro coronel entró con su familia, ya estaban en disposición de hacer lo mismo todos los de la casa de don Dionisio, quienes luego que lo vieron lo saludaron cortésmente, y nos sentamos todos a comer.

Entre las visitas que había, estaba un señor joven y de narices abultadas, a quien conoceremos con el nombre de Licenciado Narices, pues así le puso doña Eufrosina, que era diestrísima en esto de poner nombres.

Luego que ella tuvo lugar de hablar, dijo al coronel:

—¡Ay, hermano, gracias a Dios que ha venido usted para que vuelva por nosotras!, porque este maldito Nariguetas nos ha puesto como un suelo; y como no podemos responder a sus argumentos y latines con que nos aturde, está creyendo que nos ha convencido; pero yo, confiada en usted, le he dicho que nos ha de defender completamente.

—¿Pues qué ha sucedido, hermana, que tan empeñada está usted en que la defienda?

—¡Cómo qué! –decía Eufrosina– ¿le parece a usted poco que nos haya puesto de vuelta y media? Pues oiga usted; dice que las mujeres somos locas, vanas, orgullosas, soberbias, falsas, supersticiosas, mal agradecidas, inconstantes, vengativas, tontas, presumidas, ¡y qué sé yo qué más! ¡Vaya, si quita de las piedras para poner en nosotras!, y esto no solo lo dice, sino que asegura que lo probará con evidencia. Le contestamos que eso lo dirá por chanza, y él nos jura que lo dice con todo su corazón y sin que le quede nada dentro. Ya verá usted que esto no puede sufrirse; y así le suplico yo y todas estas niñas, que por lo que tiene de caballero, nos defienda y haga que se confunda este maldito deslenguado.

—Sí, sí señor, por vida de usted –decían casi a un tiempo todas las señoritas que allí estaban–; es menester que usted nos defienda, y así se lo suplicamos todas.

—Ya ve usted, hermano, que no se debe usted excusar de darme ese gusto –continuaba Eufrosina– ya que no por mí, siquiera por todas estas señoritas que se lo ruegan. Responda usted que sí, responda y confunda a este buen señor, que nos ha colmado de favores. ¿No lo ve usted qué socarrón es y sinvergüenza?, todo se le va en engullir la sopa, y ya no puede con la risa el condenado.

—¿Pues no me he de reír, mi señora doña Escotofina, o doña Eufrosina, o como se llame? —dijo riendo a carcajada suelta el Licenciado— ¿no me he de reír, repito, de que quieran ustedes empeñar al señor coronel en que las defienda, cuando, si no están confesas, están convictas de los cargos de que se hallan acusadas, no solo por mi boca, sino *a toto orbe terrarum*, por todo el mundo? Cuando el señor coronel, por no faltar a las leyes caballerescas, admita el ímprobo trabajo de defender a ustedes, lo hará por divertirse; pero sabiendo muy bien que sus clientes llevarían el pleito perdido, aun en el mismo tribunal de Pilato.

Así solemos los abogados defender algunos reos, cuyos delitos son tan claros que no los defendiera el mismo Cicerón; y sin embargo, revolvemos, interpretamos leyes, acomodamos textos, buscamos excepciones y peroramos en estrados, únicamente por consuelo de las partes, no porque en derecho tengan defensa alguna; así como el médico que le manda al moribundo agua de la palata[138] por consuelo de sus dolientes, pero él sabe de cierto que no tiene remedio.

Tal vez el señor coronel se encargará de defender a ustedes de ese modo; mas también saldrá diciendo después de la sentencia: yo defendí a las mujeres. Lo mismo nos sucede a nosotros; hablamos más que diez cotorras por un reo de estos de remate; los jueces nos oyen con bastante paciencia; pero no nos hacen caso. Atienden a la justicia, y según ella, condenan a muerte a nuestro cliente, y el día que lo llevan a la horca se dice por la calle: el licenciado Fulano, defendió a este hombre.

¿Qué les parece a ustedes? Lo mismo decía aquel médico que iba de duelo tras el cadáver que él había despachado: yo curé a este. ¿No son graciosas semejantes curaciones y defensas? Pues así ha de ser la del señor coronel respecto de ustedes. Vaya, no hay que engañarse; ustedes están convictas, y no hay ley que las defienda. Han caído de remate, y cualquier buen médico las ha de desahuciar al punto que conozca su enfermedad mortal.

—Ya usted lo oye, hermano —decía Eufrosina—. ¿Ya ve usted quién es el señor y cuánto da por medio? Pues considere usted qué hará con nosotras. Vaya, defiéndanos usted.

—Pues, hermana, señoritas —dijo el coronel—, yo apreciaría tener luces y capacidad para desempeñar con aire la comisión que ustedes me confían, pues, en efecto, me honra demasiado su elección prefiriéndome a los señores que nos acompañan; bien que esto es solo efecto de la confianza con que usted debe tratarme y de la sencillez con que estas niñas siguen la opinión de usted; pero debo confesar que no tengo mérito para tanto, ni menos fuerzas para cargarme de semejante peso.

No obstante, si ustedes ponen su pleito en mis manos, yo haré cuanto

---

138 *Palata*: palabra que designa un grupo variado de especies.

pueda en su obsequio. En esta virtud, repita usted lo que dijo el señor Licenciado contra ustedes, para hacerme cargo.

—¿Pues ya no le dije a usted —contestó Eufrosina— que dice que somos tontas, locas, supersticiosas, altivas, vanas, ingratas, orgullosas, y treinta mil perradas a este modo?

—Muy bien —dijo el coronel—, siendo eso así, debo decir, en obsequio de ustedes y de la verdad, que es lo que más importa, que las señoras mujeres, exceptuando las que lo merecen, son todo cuanto ha dicho el señor Licenciado y un poquito más que yo me sé.

—¡Viva, viva! —dijo a este tiempo el Licenciado dando de palmadas en la mesa— ¡viva el defensor de las mujeres! Es menester brindar por su salud.

En efecto, se echó un buen vaso de vino a pechos, y prosiguió comiendo con la mayor satisfacción, lo que aumentó la risa general de don Dionisio y sus camaradas.

Fácil es concebir cuánta sería la indignación de las señoritas, principalmente de Eufrosina, al verse tan mal defendidas. Es verdad que con una risa fingida procuraban disimular su chasco; pero lo colorado de las orejas manifestaba de a legua su coraje.

Qué tal sería este, pues le tocó una buena parte a la candorosa Matilde, quien, al ver a su hermana y a las demás señoritas tan avergonzadas por su marido, no pudo contenerse, y le dijo:

—¡Jesús, hombre, qué pesado eres! ¡Aunque fuera ya...!

El coronel no le hizo aprecio, siguió tomando la sopa, y doña Eufrosina, reventando de enojo, dijo a las señoritas:

—Amigas, ¿qué dirán ustedes? ¿No les sobra razón para echarme a pasear por la especial elección que he tenido? ¿Qué tal? ¿No es cierto que mi hermano tiene gracia particular para hacerme quedar bien y sacarme lucida de un empeño? Vaya, digan la verdad. Sí, no hay remedio, la peor cuña es la del propio palo. Otro día, hermanito, por amor de Dios, por Nuestra Señora de Guadalupe y por vida de Pudencianita, que no se vuelva a tomar el trabajo de defender ni a mí ni a mis amigas, mas que nos digan herejes, diablos y demonios, y mas que nos harten a injurias, pues, según lo que yo acabo de ver, menos daño nos hará nuestro mayor enemigo con sus agravios, que usted con sus defensas.

Lo ridículo de esta súplica y el tono tan colérico con que la hizo Eufrosina provocó de nuevo la risa de los concurrentes, y esta risa acabó de rematar a Eufrosina, quien estuvo por levantarse de la silla, y lo hubiera hecho si el coronel, conociendo la terrible bola[139] que tenía, no la hubiera sosegado diciéndole con mucha cachaza:

—Ni el señor Licenciado tiene por qué llenarse de satisfacción, ni usted ni las señoritas que están presentes tienen motivo por qué quejarse de mí, en virtud de que no he comenzado la defensa.

---

139 *Bola*: en este caso, cólera.

—¿Cómo no? —dijo el Licenciado— pues a mí me parece que no puede haber sido más concisa, elegante y verdadera.

—Pues no, señor, se ha equivocado usted y voy a comenzar.

Con esto se serenó Eufrosina y todas sus amigas, y el coronel prosiguió diciendo al Licenciado:

—Supongo que usted está de acuerdo en que las mujeres son inferiores a los hombres solamente en cuanto a su constitución física, que las hace más débiles que nosotros; pero en cuanto a sus espíritus, no tendrá usted embarazo para confesar que son iguales.

En esta inteligencia... pero asentaremos tres principios para que nos entendamos con más orden.

Primero. Las pasiones son las semillas de los vicios o de las virtudes, según el uso que se hace de ellas, y estas reconocen su origen en el alma.

Segundo. El alma de la mujer es una substancia espiritual, inmortal e inteligente, igual en todo a la del hombre.

Tercero. La disposición natural o accidental del cuerpo influye particularmente sobre el espíritu, y esta disposición puede hacernos propender a esta o aquella pasión determinada, pero no obligarnos a hacer mal uso de ella y convertirla en vicio; pues contra las malas inclinaciones tenemos el socorro de la razón y el favor de la gracia auxiliante que a nadie falta.

Sentados estos principios, digo: Que si las mujeres incurren en ciertos defectos con más frecuencia que los hombres, no incurren por ser mujeres, sino porque no están acostumbradas a vencerse, por no saber hacer buen uso de su razón, y de no saber esto, muchas veces, o las más, no tienen ellas la culpa.

—¿Pues quién la tiene? —dijo el Licenciado.

—Los hombres —respondió prontamente el coronel—, sí, señor; no se escandalice usted, los hombres, que educan mal a las mujeres o que las seducen y pervierten, tienen la mayor parte de la culpa de los defectos en que ellas incurren.

Para probar esto con evidencia, es menester sentar este principio: que el hombre recibe sólo una educación, que es la de sus padres, y la mujer casi siempre dos, la de sus padres y la de su marido, y esta, ayudada del amor, influye sobre su corazón más poderosamente que aquella.

El hombre, si quiere, puede siempre conducirse conforme a las máximas que le inspiraron sus padres; la mujer mil veces se ve obligada a olvidarse de estas máximas... He dicho poco: muchas veces se ve obligada a abandonar con dolor a los mismos instrumentos de su existencia, por contemporizar con los caprichos del marido.

Cuando las mujeres han logrado la fortuna de tener unos padres virtuosos que les han inspirado sentimientos de honor y religión, y después unos maridos juiciosos y prudentes que las saben conservar en ellos, ordinariamente son felices y jamás son notadas de los defectos de que se acusa al común de su sexo. ¡Pero qué pocas veces se ven estas combinaciones!

Frecuentemente se verifica el refrán que dice: que estados mudan costumbres. Apenas varía de estado una mujer, cuando varían su educación y sus modales. La joven que tuvo unos padres virtuosos y arreglados, es un milagro que no se corrompa casándose con un hombre vicioso y libertino; la que tuvo padres indolentes, o tal vez extraviados, lejos de reformarse al lado de un marido prudente, las más veces se empeora y va a servirle de martirio; y la que tuvo padres perversos y se casa con otro perverso, se convierte en una furia del infierno.

De manera que entre los padres y los maridos se nos pervierten las mujeres. No es esta ficción de una acalorada fantasía; es una verdad que se hace perceptible a la más ligera observación. Una niña, criada en la pobre o moderada fortuna de sus padres, se casa con un hombre de algunas proporciones, y a los ocho días no se conoce. Los zapatos de cordobán le lastiman; se cansa de andar a pie; se avergüenza de ver la comida en la cazuela; necesita de más criadas que le sirvan; no se presenta en los paseos ni en las visitas, si no puede competir con las demás en lujo, y, finalmente, de la noche a la mañana se vuelve una marquesa la que se crió en un estado humilde.

Otra joven que se crió en el mayor recogimiento, que no salía de su casa sino a la iglesia, que frecuentaba los sacramentos, que se escandalizaba de los zapatos de color, que rezaba todos los días una porción de novenas y que era una muchacha enteramente virtuosa, se casa con un señorito alegre, y dentro de cuatro días se olvida de todas las buenas máximas y entran en su lugar las que le enseña su marido, y ya la tenemos modista, paseadora, altanera, indevota, descuidada, corriente, marcial, y...¡qué sé yo!

Si buscamos de estos y semejantes ejemplares en casadas, no nos será difícil hallar bastantes; pero examínese quién ha sido el origen, quién ha tenido la culpa de que se perviertan tales mujeres y de que se pierda en ellas la semilla de la virtud que sus padres cultivaron, y hallaremos la imprudencia o la nimia condescendencia o el mal ejemplo de sus maridos.

No es menester las más veces que las mujeres pasen de un estado a otro para pervertirse. Dentro de sus casas y al lado de sus padres tienen sobradas ocasiones, cuando estos carecen de la firmeza y juicio necesario para educarlas, especialmente si ellas tienen una carita razonable, un poquito de despejo y algunas habilidades apreciables en su sexo, como son las de tocar, bailar, cantar, representar, etc.

Entonces sin cesar se ven rodeadas de un enjambre de tunantes, de los cuales cada uno aspira a la conquista, no de su corazón, sino de su persona, y para lograrla, no perdonan ningún medio, por opuesto que sea a las leyes del honor y a la moral cristiana.

Adulaciones, rendimientos, ofertas, juramentos, palabras, dádivas, requiebros, finezas, súplicas, humillaciones, suspiros, lágrimas, intrigas, y hasta los despechos y bravatas son los obuses y culebrinas con que los soldados de Venus atacan decididamente, aun las más inexpugnables fortalezas.

Todos convenimos que la mujer es débil, tímida y sensible, y por lo mismo está muy expuesta a ser sorprendida por la artificiosa seducción; pero no nos acordamos de esto cuando exageramos sus defectos, ni queremos confesar de buena fe que nosotros somos sus seductores y sus originales en la maldad. Este, a la verdad, es un procedimiento injusto.

En faltando a la mujer una buena educación moral desde el principio, un juicio bien formado y algún conocimiento del mundo, aunque sea de oídas, es imposible que deje de corromperse con semejantes maestros, de adherirse a sus máximas, de seguir sus ejemplos y de rendirse a sus artificiosos ardides.

Si fueran pocas las mujeres que pueden con justicia atribuir a los hombres los extravíos de sus conciencias, y quizá de sus personas, yo me guardaría de confundir las excepciones con las reglas; pero por desgracia no hay reino, provincia, ciudad, aldea, calle y aun casa donde no haya algunas o muchas de estas adoloridas desgraciadas que testifiquen mi verdad.

Dícese que las mujeres son vanas, necias y soberbias. ¿No lo han de ser, si sus padres desde chiquitas les fomentan el orgullo y vanidad y les embotan su talento dedicándolas a fruslerías? Dícese que son altivas, presumidas y altaneras; pero ¿qué han de ser, cuando desde que comienzan a descollar en los estrados, ven que los hombres les doblan las rodillas, rinden homenaje a su belleza, a cada paso les hacen su apoteosis llámanlas divinas y no dejan de la mano el maldito incensario de la lisonja? Dícese que son falsas, inconstantes y mentirosas; pero ¿cómo no lo serán, cuando no tratan sino con hombres falsos, variables y embusteros? Dícese que son ingratas; ¿y cómo no lo serán con el que abusa de sus ternezas y olvida sus más costosos sacrificios? Dícese que son interesables; pero ¿cómo no lo serán, cuando el interés es la primera red que se les tiende y el primer cebo con que se provoca su apetito? Dícese que son locas; pero ¿cómo no lo serán, cuando jamás han tratado con cuerdos? Dícese... pero se dice tanto y tan sin orden, que yo me espanto, no de que las mujeres sean lo que son, sino de que no sean peores.

Ya ve usted, señor Licenciado, que yo confieso que en el común de las mujeres se hallan, y en un grado sobresaliente, los defectos de que las acusan los hombres, y al mismo tiempo estoy muy lejos de pretender justificarlas; pero no puedo llevar a bien que se crea o que se diga que las mujeres son peores que los hombres y extremadamente viciosas, solo porque son mujeres, desentendiéndose los que así las insultan de los principios que dejo establecidos.

Todos saben que los hombres son superiores a las mujeres, y que estas nacen con una dependencia necesaria respecto de nosotros. Esta es una verdad; pero en esta misma verdad se halla envuelta otra de que resulta a ellas una disculpa y a nosotros un cargo, y es que si las mujeres son malas, no puede ser por otra causa sino porque los hombres, que son sus superiores, o les enseñan la maldad, o se la consiente; y siendo así, ¿no es una injusticia y una ridiculez el declamar tanto contra ellas, después que los hombres, por la mayor parte, como he dicho, o son sus seductores o sus maestros? ¿No es esto lo propio que introducir leña en un horno y luego incomodarse porque arde?

En una palabra, señores, los hombres por la mayor parte somos muy linces para notar los defectos de las mujeres; pero muy topos para conocer, confesar y corregir los nuestros. Convengamos de buena fe en que todos, así hombres como mujeres, tenemos vicios y virtudes, y que así unos como otros hacemos mal uso de las pasiones cuando nos desentendemos de la razón. Lo que importa es que cada uno se dedique a reformar el mundo, comenzando por sí y por los suyos, y entonces, habiendo muchos padres y maridos arreglados, veremos cómo resultan infinitas hijas y esposas ejemplares.

Los caballeros que asistían a la mesa, fuérase porque se penetraron de las razones que habían oído, o por adular a las señoras, que sería lo más cierto, luego que el coronel hizo punto en su discurso, comenzaron a repicar con los cubiertos en los vasos y platos, y a gritar muy alegres:

—¡Vivan, vivan las mujeres y su juicioso defensor!

En seguida brindaron por última vez a la salud del bello sexo, y luego que calmó un poco la bulla, dijo el licenciado Narices:

—Señor coronel, justamente merece usted estos aplausos, pues ha tomado con demasiado calor la defensa de las damas, y la ha desempeñado con aire. ¡Vamos!, si todas las interesadas hubieran escuchado a usted le tributarían mil elogios, y aun deberían erigir un monumento de gratitud a su memoria.

—No lisonjearían mi vanidad –respondió el coronel– pues yo no he defendido a las mujeres, sino la razón, de cuya parte me pongo cuando se ofrece. A más de que no sé si me habré equivocado en algo de lo que he dicho. Si así fuere, yo me subscribiré gustoso a otra opinión mejor; pero mientras no se me haga ver, estaré por la que llevo expuesta. ¿Qué le parece a usted, señor Cura?

Asistía a la mesa un respetable eclesiástico como de sesenta años, hombre de muchas luces, muy timorato y de un genio cortés, afable y jovial.

A este fue a quien el coronel dirigió la palabra, y el dicho eclesiástico le contestó en estos términos:

—Ciertamente, señor coronel, que las opiniones de usted me parecen tan antiguas como seguras. Son de aquellas que por sabidas se callan; pero se callan tanto, que infinitos las ignoran o afectan ignorarlas, especialmente por lo que toca a hablar mal de las mujeres sin ton ni son, y mil veces después que los hombres han sido las causas originales de sus vicios.

Ordinariamente a cualquier hombre le gusta una mujer bien ataviada, o como dicen, bien puesta, cuando la pretende, pero así que la posee como suya, no la quisiera tan modista por lo que le importa. Entonces es el hablar contra el lujo y vanidad de las mujeres.

¿Mas para qué hemos de corroborar con ejemplares una verdad tan común y visible? Cuando los hombres se desvelan por agradar a una mujer, sus defectos les parecen gracias; pero así que la consiguen, se cansan de ella y aun califican de vicios sus virtudes. Entonces, quiero decir cuando no dirigió la pretensión un fin honesto, sino un capricho o un apetito puramente animal entonces se disminuye a los ojos de tales hombres la hermosura de la mujer y se le notan defectos en que antes no se había reparado. Pero ¿qué mucho, si en tal caso, como dije, las mismas virtudes parecen vicios? Cuando llega esta época fatal, su recogimiento se apellida hipocondría; su economía, mezquindad; su prudencia, zoncería; su cariño, falsedad; su fidelidad, falta de mérito; su alegría, locura; sus atenciones, liviandades; su devoción, hipocresía; sus generosidades, desperdicios; y, en una palabra, en tan deplorable situación, cuanto hacen por agradar, enfada. ¡Pobres mujeres!, nada les es más común que verse sujetas a tolerar los caprichos e imprudencias de un hombre sin talento y sin amor.

Cuando oigo declamar a la mayor parte de los hombres contra la facilidad de amar de las mujeres y los veo tan constantes en seducirlas, me acuerdo de unos versos que sobre esto escribió con tanto acierto nuestra paisana sor Juana Inés de la Cruz,[140] monja del convento de San Jerónimo de esta capital, en los que hace ver que los hombres, casi siempre, tienen la culpa de la liviandad de que acusan a las mujeres, según ha dicho el señor coronel; porque efectivamente, los hombres quisieran a las mujeres de mantequilla para sí y de pedernal para los demás, y aun algo peor. Luego que han logrado seducirlas con los artificios más vivos y con los más astutos fingimientos, se fastidian de ellas (como se fastidia cualquier miserable mortal de todo aquello que consigue temporal y perecedero), y entonces llaman liviandades y coqueterías lo que antes sacrificios y favores.

Tal es la suerte de las pobres mujeres entre los hombres necios y malvados. Toda mujer, y especialmente toda hija de familia, aun antes de llegar a la pubertad, debería estar impuesta de estas verdades, para no fiarse de los hombres y precaverse en cualquier estado de sus torcidas calificaciones y desprecios.

Toda niña debería crecer en la firme creencia de estos cuatro principios:

1° Que en esta triste vida todo cansa, todo fastidia, si no es la posesión de Dios por la gracia.

2° Que los hombres cuando más finos y rendidos dicen que adoran, que aman e idolatran a las mujeres, entonces es cuando ellos se aman más a sí mismos, y a lo que aspiran es a sus intereses particulares, de manera que no aprecian sino a las mujeres, en quienes ven o se presumen que hay alguna cosa que lisonjea su gusto.

3° Que según estos principios, es muy fácil que la mujer desagrade al hombre luego que este la considere como suya, lo que se verifica más pronto y casi siempre cuando la solicitud se ha entablado con medios inhonestos o con miras ilícitas. El antiguo poeta español Quevedo, dice: *Si quieres aborrecer a tu amiga, cásate con ella*; y dice bien, porque en clase de dama tiene la mujer la libertad de ser o no ser de aquel hombre, y este muchas veces se modera en maltratarla, temiendo perderla en virtud de aquella misma libertad; pero casándose, no tiene temor que lo refrene, y entonces la mujer sufre todo el yugo del despotismo.

---

140   *Sor Juana Inés de la Cruz* (1651-1695).

4° y último. Es prudencia, conforme a lo dicho, que las mujeres desconfíen de sus más constantes adoradores; que antes de decidirse, examinen bien el corazón de aquel a quien tienen inclinación, y cuando se miren suyas traten de complacerlo cuanto puedan, para que la posesión no vuelva en desagrado las anteriores finezas y se conviertan los esclavos en tiranos.

Calló el cura y el Licenciado, guiñándole el ojo, le dijo:

—No va mal, señor cura: uno deja la apología de las mujeres y el otro la toma. No hay qué hacer: con cinco pares de abogados como ustedes que ellas tuvieran ¡infelices de los hombres!, ya no podríamos averiguárnoslas con sus mercedes. Si sin eso son tan endiantradas,[141] ¿qué fuera si a cada paso encontraran quien les alzara por dos cartitas? ¡Oh!, entonces quisieran ensillarnos.

—Cállese usted, señor Narices, o señor tronera[142] —dijo Eufrosina—. Mi hermano y el señor cura han dicho el Evangelio: son ustedes muy falsos, muy maliciosos, muy mal agradecidos, muy habladores y muy todo. Primero enredan a una pobre mujer, y luego la dejan en la pelaza[143] y hablan de ella.

¡Quién los ve cuando están enamorando a una pobre muchacha!, ¡qué finos!, ¡qué atentos, qué rendidos!, ¡qué de promesas hacen!, ¡qué de lágrimas derraman!, ¡con qué juramentos no aseguran que serán firmes hasta la muerte! Todo cuanto hacen y dicen parece la mera verdad. Son más dulces y derretidos que caramelos en boca de muchacho. ¡Vaya!, ¡si mienten con tanta viveza, que aun ellos mismos lo creen! Pero, ¡infelices de las tontas que tienen la desgracia de rendirse!, porque apenas lo hacen, cuando saben ustedes dar la vuelta y dejarlas, y a algunas ¡quién sabe cómo! y esto es a buen componer, si no es que después de abandonarlas hablan de ellas las tres mil leyes, cuentan cuanto ha pasado a sus amigos, dicen que fulana es una loca, una fea, una zonza y una coquetilla común, riéndose todos alegremente a costa de la desgraciada mujer, y mordiendo su honor públicamente en los paseos, tertulias y billares. ¡Bien haya la que no se fía de ustedes, como dice el señor cura!, pues entre los hombres, apenas habrá bueno uno entre ciento, y creo que me extiendo mucho.

—Con iguales expresiones acaba sus versos la monjita que cité —dijo el cura—.

Y Eufrosina le suplicó los repitiera, a lo que contestó:

—Con mucho gusto lo haré, señorita; pero pues ya hemos concluido, y están alzando los manteles, daremos gracias a Dios de que nos ha dado de comer sin merecerlo.

—Señor cura —dijo don Dionisio— usted está en su casa y hará lo que quisiere; pero ya días ha que prescribió esta costumbre. Tal vejestoria solo se queda para la gente ordinaria, o cuando mucho para los frailes y muchachos colegiales que comen en refectorio; pero en las casas decentes no se estila semejante ceremonia.

—Pues yo conozco algunas casas decentes —dijo el cura— donde todavía está de moda, dar gracias a Dios cuando se acaba de comer; y ciertamente

---

141 *Endiantrado*: eufemismo por *endemoniado*, *endiablado*.
142 *Tronera*: (Coloquialismo) persona de vida disipada y libertina.
143 *Pelaza*: pendencia, riña, disputa.

me hace fuerza por qué no resucitará esta costumbre cristiana, cuando todos los días resucitan otras, acaso gentiles, que ya estaban hechas polvo en el olvido, y me hace más fuerza cuando considero lo liberales y francos que somos para dar gracias. Por el mínimo favor damos muchas gracias; pero ¿qué más, si hasta por las mentiras declaradas, que llaman cumplimientos, las damos a montones?

Nos ofrece alguno su casa o su empleo, aunque sea de boca, le damos muchas gracias; dicen que nos desean un bienestar o el alivio de nuestras enfermedades, y pagamos el que nos lo digan con muchas gracias; nos dan expresiones para algún deudo, y volvemos nosotros muchas gracias; nos convidan a alguna parte adonde no queremos o no podemos asistir, y nos excusamos con muchas gracias; nos ofertan alguna cosa que perjudica nuestra bolsa, y lo rehusamos con muchas gracias al oferente. En fin, ya dije, somos liberalísimos para dar gracias por cuanto hay, y no como quiera, sino muchas, a miles, infinitas.

Solo para con el Autor de la naturaleza somos en esta materia demasiado económicos, ¡qué digo!, somos escasos, mezquinos, miserables. Para todo el mundo tenemos mil gracias en la boca; pero no quedan ningunas que tributar al Hacedor Supremo, que crea los manjares que comemos, que nos facilita el tenerlos y nos conserva la salud y apetito para gustarlos. ¿Si tendrá Dios alguna obligación de darnos algo?, ¿o si nosotros tendremos tan merecidos todos los beneficios que recibimos de su liberal mano?, porque solo así pareceremos menos culpables ante sus ojos, aunque no le manifestemos nuestra gratitud ni con palabras.

Yo bien sé que en algunas casas se tiene por incivilidad o payada esto de dar gracias a Dios después de comer, y algunos se abstienen de hacerlo, aun estando acostumbrados en sus casas, especialmente cuando se hallan en mesas de función, que llaman de cumplimiento, porque los demás no lo hacen y les da vergüenza de parecer cristianos en lo público; pero por lo que toca a mí, digo, que más quiero pasar entre los muchos por incivil, rústico o payo, que no entre los sensatos por hugonote o irreligioso cuando menos, y así procuro dar buen ejemplo por mi parte. De algo me ha de servir tener sesenta años de edad y treinta y cuatro de ministro del Dios de los cristianos.

Diciendo esto el cura, y sin esperar respuesta, porque no la tenía lo que acababa de decir, comenzó a rezar la oración del Señor, dio gracias, y todos lo acompañaron dócilmente, diciendo yo entre mí:

—Si en todas las mesas donde asisten sacerdotes hubiera alguno tan celoso como este cura, que se encarga de dar gracias a Dios y a los seculares buen ejemplo, pronto veríamos restablecida esta loable costumbre de nuestros padres.

Luego que pasó esta acción religiosa, repitió Eufrosina al cura el encargo que le hizo de que dijera los versos, y el buen eclesiástico cumplió su palabra como se verá en el capítulo que sigue.

Capítulo IX

Refiere el cura los versos, y se trata sobre la profanidad de las mujeres y el modo con que puede ser lícito en ellas el adorno

—Ciertamente, señores —dijo el cura—, que habrá fastidiado a ustedes el sermón; pero como estoy hecho a predicar, se me olvidó que estaba en una mesa; bien que no me arrepiento de lo dicho, porque como estoy seguro de la religiosidad de ustedes, conozco que la omisión de dar gracias no es efecto de impiedad, sino por seguir la moda hasta en esto; aunque también estoy seguro de que desde hoy será otra cosa; y así, variando de asunto, oiga usted, señorita, cómo se expresó la madre Juana Inés en defensa de su sexo, y con qué gracia reprende a los hombres que hablan mal de las mujeres, después que las seducen.

Dice así:

> Hombres necios, que acusáis
> a la mujer sin razón,
> sin ver que sois la ocasión
> de lo mismo que culpáis.
> Si con ansia sin igual
> solicitáis su desdén,
> ¿por qué queréis que obren bien
> si las incitáis al mal?
> Combatís su resistencia,
> y luego con gravedad
> decís que fue liviandad
> lo que hizo la diligencia.
> Parecer quiere el denuedo
> de vuestro parecer loco,
> al niño que pone el coco
> y luego le tiene miedo.
> Queréis con presunción necia
> hallar a la que buscáis,
> para pretendida, Thais [144],

---

144   Una pública ramera (Eds. 1831 y 1842).

y en la posesión, Lucrecia [145].
¿Qué humor puede ser más raro
que el que, falto de consejo,
él mismo empaña el espejo
y siente que no esté claro?
Con el favor y el desdén
tenéis condición igual;
quejándoos si os tratan mal,
burlándoos si os quieren bien.
Opinión ninguna gana,
pues la que más se recata,
si no os admite, es ingrata,
y si os admite, es liviana.
Siempre tan necios andáis,
que con desigual nivel,
a una culpáis por cruel,
a otra por fácil culpáis.
¿Pues, cómo ha de estar templada
la que vuestro amor pretende,
si la que es ingrata ofende,
y la que es fácil enfada?
Mas entre el enfado y pena,
que vuestro gusto refiere,
¡bien haya la que no os quiere,
y quejaos enhorabuena!
Dan vuestras amantes penas
a sus libertades alas,
y después de hacerlas malas,
las queréis hallar muy buenas.
¿Cuál mayor culpa ha tenido
en una pasión errada,
la que cae de rogada,
o el que ruega de caído?
¿O cuál es más de culpar,
aunque cualquiera mal haga,
la que peca por la paga,
o el que paga por pecar?
¿Pues para qué os espantáis
de la culpa que tenéis?
Queredlas cual las hacéis,
O hacedlas cual las buscáis.
Dejad de solicitar,
y después con más razón

145   Una romana tan honrada, que se mató por no sufrir su honor ultrajado por la fuerza
(Eds.1831 y 1842).

acusaréis la afición
de la que fuere a rogar.
Bien con muchas armas fundo
que lidia vuestra arrogancia,
pues en promesa e instancia
juntáis diablo, carne y mundo.

Todos aplaudieron los versos, especialmente las señoras pero el Licenciado, en un tono burlón, dijo:

—No hay duda de que están buenos los versos que ha dicho el señor cura; pero, con su licencia, son mejores unos que yo sé, y dicen así:

Cierto artífice pintó
una lucha en que valiente
un hombre tan solamente
a un horrible león venció.
Otro león que el cuadro vio
sin preguntar por su autor,
en tono despreciador
dijo: —Bien se echa de ver
que es pintar como querer,
y no fue león el pintor.

—¿Qué tal?, ¿no está la fabulita que ni mandada a hacer?, ¡ya se ve!, como del numen del dulce Samaniego.

—Bien –dijo don Dionisio–, pero ¿a qué viene aquí la fabulita?

—Claro está a lo que viene –contestó el Licenciado– se echa de ver que no fue hombre sino mujer la autora de las estrofas que ha referido el señor cura y así escribió a su favor, y acaso sin la mayor noticia en la materia, como que era una religiosa enclaustrada en un monasterio, y no una mujer del mundo. En atención a esto, no fue mucho que manejara la pluma tan a favor de su sexo, porque no fue león el pintor, y así ella pintó a los hombres y disculpó a las mujeres como quiso. Si hubiera sido hombre el autor de los versos, hubieran estos salido a favor de los hombres y se vieran pintadas las mujeres en ellos con unos colores nada ventajosos.

Efectivamente, en este caso poco trabajo costaría al poeta probar que las mujeres siempre tienen la culpa de que las seduzcan los hombres. Ellas dan la materia, y los hombres disponen la forma. ¿Qué importa que no rueguen descaradamente que las seduzcan o enamoren, si lo dan a entender con sobrada claridad?

Ustedes, señores, habrán advertido el modo con que las pateras llaman a los marchantes[146].

—Aquí hay pato grande –dicen–, venga usted, mi alma; aquí hay pato grande, con tortillas con chile, venga usted.

---

146 *Marchantes*: clientes.

Las almuerceras obran de distinto modo en la apariencia; pero tienen igual o más eficaz virtud en la realidad; pues, aunque no llamen con la boca a los que pasan, provocan su apetito con más arte, poniendo en sus puertas las cazuelas de sus almuerzos o meriendas, muy olorosas y compuestas con ramilletes de rábanos y lechugas.

Así son las mujeres que quieren o captar la benevolencia de los hombres o arrancarles el dinero. Todas llaman; la diferencia está en el modo. Las coquetillas infelices se paran en las puertas de sus accesorias, o pasean de noche por los portales y lugares acostumbrados, acompañadas de un muchacho o criada trapientos, con los que van diciendo: «Esta casa se alquila». ¿Quién no advierte el espíritu de estas pobres? Pues estas son las pateras.

Las no infelices, no se valen de estos arbitrios vergonzosos; pero sí de otros que no les van en zaga en la substancia. Tal es la profanidad en el vestir, la libertad en el hablar y aquella estudiada afectación de todas sus operaciones. ¿A qué fin, sino para provocar a los hombres, son esas medias de color de carne, esas transparencias de los puntos con que se descubren las espaldas, esos descotes que hacen saltar los pechos desnudos, esos contoneos al andar, esos melindres y monadas al reír, al saludar y al hablar, en una palabra, ese conato tan escrupuloso para parecer bien y hacérsenos amables? ¿No es verdad que estas tales se parecen a nuestras almuerceras, que aunque no llaman a los hombres con la boca, los provocan con su diligencia y compostura? En efecto, las mujeres pobres gritan su deseo y las no pobres lo dan a entender; pero todas *lo venden su pato*, como dicen las indias.

Desengañémonos, señores: siempre los hombres han buscado la disculpa de sus extravíos en las mujeres, y estas en aquellos; pero lo cierto es que tan malos son unos como otras; mas por lo que toca al punto de seducción, ellas son peores que ellos, porque si los hombres las seducen, es porque las mujeres se dejan seducir, y no solo les facilitan el camino, sino que los incitan a ello y casi se lo ruegan, como lo he probado; y últimamente, si no hubiera tantas mujeres descocadas no habría tantos hombres atrevidos.

Dejó de hablar el Licenciado, y Eufrosina, disimulando mal la incomodidad que tenía, dijo:

—¿Qué le parece a usted, señor cura, y qué buen concepto debemos las mujeres al maldito Nariguetas? Para él no hay una buena, ni sabe hacer distinción de estados, clases ni condiciones. A todas mide con una misma vara.

La casada honrada, la doncella virtuosa, la viuda honesta, la señora decente, son lo mismo que las abandonadas de la calle. ¡Vamos, que esto es una picardía intolerable, y solo usted, señor licenciado Narices, se puede producir de esta manera! Si yo no creyera que hablaba de chanza y solo por hacernos enojar, diría que era usted temerario y un malcriado, pues aunque fuera verdad cuanto dice, debería no decirlo delante de unas señoras que lo entienden. Esto es falta de política y buena crianza. Ni mi lacayo se produciría de ese modo.

—No, no hay que atufarse,[147] caballera —decía con mucha sorna el abogado—, yo no barro con todas las mujeres. Sé que las hay muy virtuosas, honestas y ejemplares; pero se pueden perder entre las que no lo son, en fuerza de su escaso número, si se pone en comparación hablo solamente de las descaradas, profanas y provocativas. Si aquí no hay ninguna que lo sea como yo lo creo, no hay para qué enojarse, pues yo no cito ejemplares señalados. En una palabra, entren todas, y luego salgan las que yo no he metido; pero estoy seguro de que nada he dicho que no lo demuestre la experiencia. ¿Qué dice usted, señor cura?

—¿Qué he de decir? —respondió el cura— sino que, haciendo la distinción debida y la protesta que usted acaba de hacer de que no habla en general, sino solo de las mujeres que con sus trajes o acciones poco honestas incitan a los hombres, dice muy bien; pero advierta usted que tampoco a esas mujeres defiende la madre Juana Inés en los versos que escribió y yo he dicho; sino a las timoratas y recatadas, que son seducidas dentro los muros de su misma honestidad. Bien se colige de sus mismas palabras que este fue su espíritu, y no el de defender la liviandad de muchas de su sexo. Oiga usted sus palabras otra vez:

> Combatís su resistencia,
> y luego, con gravedad,
> decís que fue liviandad
> lo que hizo la diligencia.

Bien claro está que nuestra monja habló en pro de aquellas que hacen *resistencia* a la seducción y no de las que convidan a ella. A estas ¿quién las ha de defender, cuando se hacen objeto de abominación para Dios y para los hombres? Hablo especialmente de las mismas que usted ha hablado, esto es, de las muy profanas y escandalosas.

El Espíritu Santo aconseja que se huya de las mujeres compuestas con demasiado lujo, y que no se entretengan con ellas, porque han sido muchas veces el escollo de la inocencia.[148]

La verdadera virtud o el mérito verdadero, dice un luterano convertido, saca su lustre de sí mismo y no busca un realce en el oro y en la plata, que solo es estimado entre las mujeres, los tontos y el vulgo, el cual ordinariamente juzga del individuo por la profanidad o adorno de su traje.

—Pero, señor cura —decía Eufrosina— ¿qué, todas hemos de vestirnos con hábitos de capuchinas o enaguas de jerguetilla?[149]

—De ninguna manera —respondió el párroco—, en esta sociedad hay variedad de clases, y en cada clase debe guardarse el orden que le toca, pues saliendo de él se hace cualquiera singular. Tan extraño y ridículo sería en un capitán de milicia traer una capilla de fraile, como en un fraile lampazos de capitán. Esto quiere decir que cada uno debe vestirse según su estado y con-

---

147 *Atufarse*: enfadarse, enojarse.
148 Eccl., cap. IX (Eds. 1831 y 1842).
149 *Jerguetilla*: tela de algodón o lana virgen, que no ha sido procesada.

dición, y por eso dice aquel refrán vulgar: Vístete como te llamas. No se ha de vestir la secular como la monja, ni la casada corno la viuda, ni la joven como la vieja; ni la señora como la plebeya, ni la ama como su criada, ni nadie con traje que no le pertenece. Entonces sería un desorden y una asombrosa confusión.

En esta inteligencia, yo no estoy mal con la decencia respectiva a cada clase de personas, ni con la misma moda. Declamar contra ella en lo general más es un capricho de la ignorancia que un celo por la virtud. Moda no es otra cosa que el uso de esto u aquello nuevamente introducido entre los hombres. Hay modas útiles, las hay indiferentes y las hay malas. Estas son y deben ser reprobadas por todo hombre sensato; las primeras deben seguirse y las indiferentes pueden o no adoptarse, según el gusto de cada uno. Por ejemplo, ¿quién negará que el túnico, en las mujeres, y el pantalón, en los hombres, a más del adorno, proporcionan comodidad y economía? Luego esta moda es útil, y debe admitirse entre las personas de buen gusto sin el menor escrúpulo.

Ahora, que el túnico ataque por detrás o por delante, que el pantalón sea de casimir o de punto, es una cosa indiferente, porque puede ser o no ser, según el gusto de cada uno, y de que sea así o asado no se sigue ningún reato moral.

Pero si el pantalón es de algún género transparente; si está tan ajustado al cuerpo que de a legua se conoce que es hombre el que lo trae; si el túnico es tan delgado y estrecho que al dar el paso se deja ver la pierna; si el corpiño es tan pequeño y muy escotado que descubra los brazos, pechos y espalda, entonces ya esta es moda obscena, escandalosa y abominable, y por tanto digna de reprobarse por toda persona de virtud. Lo mismo puede decirse de todas las modas. No el uso, el abuso que se hace de ellas es lo que las convierte en pecaminosas e ilícitas. Dije que de las más, y no de todas, porque hay algunas que son malas en sí y no tienen por dónde cohonestarse.

Los corsés, que han substituido a las antiguas cotillas,[150] son un ejemplo de esta verdad. El uso de ellos es una moda harto perjudicial y no tienen con qué disculpar su maldad. Yo no soy tan temerario que me atreva a decir que se use para elevar los pechos y hacerlos saltar como naturalmente fuera del escote del túnico. Dios me libre de ser tan malicioso. Allá se las hayan las señoras, pues cada una sabrá el santo fin con que se sujeta a esta mortificación; pero en lo físico, es innegable que es tormento demasiado pernicioso a la salud desde que se pone hasta que se quita. He observado que algunas señoras, espetadas en estos malditos cinchos, no tienen ni libertad para moverse... poco he dicho, no son arbitras ni de comer a gusto, porque temen, y con razón, que el volumen del alimento las oprima más o les reviente el corsé; y así, el día que se lo ponen, ayunan a su pesar y sin ningún mérito, y ya se ve que esta moda no puede calificarse de buena ni útil de ninguna manera.

El célebre Buffón[151] condena las cotillas, los corsés y todos aquellos ves-

---

150   *Cotilla*: ajustador que usaban las mujeres, formado de lienzo o seda y de ballenas.
151   *Buffón*: Georges-Louis Leclerc Buffon (1707-1788). Autor de la enciclopédica *Historia natural*, cuyo título cita Lizardi en *El periquillo sarniento*.

tidos dolorosos que con el vano pretexto de formar el talle estorban la respiración, impiden que la sangre circule con libertad y causan más incomodidades y deformidades que las que precaven.

Aun sería menos perjudicial esta moda si generalmente se usara con más prudencia; pero me dicen, y no lo dudo mucho, que hay señoras a quienes el cochero o lacayo atacan el corsé: ya se deja entender que esta diligencia se hace para que esté muy apretado, y siendo esto así, no es extraño que muchas se hayan enfermado por este uso, capaz de matar con su continuación a cualquiera señora delicada.

Bastante conocen esta verdad y temen sofocarse si se quitan de repente los tales corsés, y por esto tienen cuidado de que se los aflojen poco a poco. Muy bien hecho; pero ¿no fuera mejor ahorrarse de esas incomodidades y esos riesgos? Sígase enhorabuena la moda cuando sea útil e inocente; mas no nos constituyamos unos partidarios tenaces de todo uso nuevo, solamente porque es nuevo, por más que estemos convencidos de que puede acarrearnos muchos perjuicios físicos o morales. Esto no es ser modista, sino esclavos serviles de las modas.

—Pues según eso, señor cura —decía Eufrosina—, bien puedo yo seguir las modas sin carga de conciencia.

—Las últimas y honestas, sí, señora; las que no lo sean, no.

—Y ¿con qué regla mediré yo esa utilidad e inocencia?

—¡Oh!, señora —respondió el cura—, ahí está toda la dificultad de la materia. Cuando no queremos sujetar nuestro amor propio a la razón, sino seguir sus naturales impresiones, entonces confundimos fácilmente lo útil y honesto con lo agradable. Todo lo que halaga nuestros sentidos y lisonjea nuestras pasiones nos agrada, y tenemos por útil e inocente, a lo menos en aquellas cosas que no son enormemente criminales o expresamente prohibidas por la ley; y esta es la causa de que frecuentemente se tengan por virtudes los vicios. Por esto el espadachín provocativo se tiene por valiente, el avaro por económico, el pródigo por liberal, y la mujer profana por inocente partidaria del lujo.

La prudencia, señora, la prudencia es la mejor regla que nos debe servir para conocer cuándo una cosa es útil y honesta y cuándo sea solamente deleitable, y este conocimiento no es difícil de adquirirse haciendo a un ladito el amor propio.

Hecha esta diligencia; ¿se le ocultará a ninguna mujer que todo exceso degenera en vicio? ¿Ignorará que toda profanidad es un exceso de la moda, o lo que se llama lujo sobresaliente? ¿Y no sabrá que este exceso no puede menos que traer funestas consecuencias, ya por el escándalo que ocasiona a los que lo notan, y ya porque en estos gastos superfluos se arruina a los padres o maridos? Es imposible, porque a nadie se ocultan estas verdades.

Pues ya tiene usted, señora, en pocas palabras, la regla con que conocer hasta qué punto puede seguir la moda. Vístase usted conforme a su estado, pero sin disipar lo necesario ni arruinar a su familia; adórnese enhorabuena según su clase, pero sin ser profana ni escandalosa; atavíese como una señora decente, pero nunca como las transparentes coquetillas, y entonces puede creer que entra en las modas con seguridad de conciencia.

Oiga usted, por último, lo que el sabio Blanchard dice sobre esto, para que viva más tranquila y para que vea que nuestra religión no es un espantajo aterrorizador, ni un tirano que nos impida el uso de los bienes que el Creador nos dispensó con tanta liberalidad, sino una buena madre que nos enseña, nos corrige y sujeta para que no abusemos de aquellos mismos bienes con ofensa de Dios, con perjuicio del prójimo y daño nuestro.

«¡Cuántos pesares, dice Blanchard, se prepara uno cuando no quiere aprender el secreto de medir su gasto con su persona! La causa más ordinaria de la ruina de muchas personas es que arreglan su gasto según su estado y no según sus medios; según su ambición y no según sus riquezas. El lujo, hijo del deleite y de la vanidad, conduce a la pobreza por unos caminos brillantes y agradables; pero son solamente los locos los que lo siguen.

»Una especie de lujo moderado entra en las miras de la naturaleza, que ha derramado, así en la tierra como en los cielos, una magnificencia igual a su grandeza, pues no ha prodigado tantos beneficios a los hombres para prohibirles su uso. Pero lo que la razón nos prohíbe es un lujo excesivo o dañoso, es todo goce superfluo que no está prescrito ni por lo que es justo conceder a su calidad, ni por lo que exige el uso legítimo de la nación en donde se vive, y cuya modificación no puede dejar de merecer la aprobación de las gentes sensatas...

» ¿De qué sirve a las mujeres el exceso ridículo de adornos, la loca pasión de modas y novedades, que cuestan tan caras y pasan tan pronto?

»Yo sé que la sabiduría permite seguir las modas que no son sino indiferentes y que no ofenden las costumbres ni desarreglan la hacienda. Aunque las modas no sean lo más frecuentemente sino hijas de la inconstancia y del capricho, las personas más sabias se ven algunas veces obligadas a conformarse y someterse a ellas por no parecer ridículas.

> »La moda es un tirano peligroso,
>   del cual nada nos libra, y es forzoso
>   a su gusto y capricho acomodarse.
>   Pero siendo preciso sujetarse
>   a las leyes que impone locamente,
>   el sabio como piensa rectamente
>   nunca el primero es para seguirlas,
>   ni el último en dejarlas u omitirlas.

«Si es permitido a ciertas condiciones el llevar vestidos ricos y magníficos, es más glorioso y estimable el quedarse un poco inferior a su estado. La modestia y el pudor serán siempre para las mujeres el más bello ornamento y el más noble adorno.»

De lo dicho inferirá usted, señora, la diferencia que hay entre una moda racional y la profanidad escandalosa; entre la decencia correspondiente a cada persona y el excesivo lujo, y según este conocimiento tomará el camino más seguro.

Dejó de hablar el eclesiástico, y tomando la palabra el coronel, añadió:

—Cierto que el señor cura se ha explicado con bastante solidez y su doctrina no deja qué desear en la materia; pero yo quisiera que las señoras mujeres, que son tan aficionadas a la excesiva compostura, advirtieran que, prescindiendo, si es que se puede prescindir, de los fundamentos morales que condenan el demasiado lujo, hay aun otra razón muy suficiente para contenerlas en los límites de lo honesto, y obligarlas a no singularizarse ni en el traje, ni en el andar, bailar, conversar, etc.

Saben muy bien que es un axioma incontestable el que dijo el señor Licenciado, de que si no hubiera tanta mujer liviana no habría tanto hombre atrevido; pero también saben que no es menos cierto que no siempre basta a las mujeres su honestidad y recato para dejar de ser seducidas.

Hay hombres tan atrevidos y procaces, que cuando tratan de llevar al cabo su pasión o su capricho, atropellan fácilmente con la autoridad de los padres, con los respetos del marido, y aun se atreven mil veces a atacar la inocencia en los mismos santuarios de la virtud. ¡Cuántas niñas han salido de las clausuras a prostituirse, por no haber podido impedir las paredes de los conventos y colegios la seducción del insolente malicioso!

Para esta clase de hombres no basta a las mujeres ser honestas; es necesario que manifiesten su recato en su traje y en sus acciones en todas partes, si no quieren poner su honor en equilibrio.

Con solo que uno de estos vea a una joven demasiadamente compuesta, afectando el paso, haciendo muecas y trayendo el abanico en continuo movimiento, tiene cuanto su temeridad necesita para confundirla con la mujer liviana, aunque sea la doncella más juiciosa o la casada más honesta.

Lo peor es que muchas veces no para en esto todo el mal, quiero decir, no se contentan con tenerlas por coquetas, sino que lo aseguran así a sus amigos, jactándose falsamente de haber conseguido de ellas muchos triunfos.

¿Qué se sigue de aquí? Que aquella pobre niña pierde el crédito entre las demás, porque de boca en boca pasa por una fácil, y por esta mala fama, si es doncella, tal vez pierde un ventajoso casamiento, y si es casada, acaso se turba la paz del matrimonio por una inesperada casualidad. Bien conocen las mujeres que esto no es una ponderación, sino una verdad innegable; saben que abunda esta clase de hombres habladores, a quienes distinguen con el vulgar adjetivo de alabanciosos.

Ellos hacen mal ¿quién lo duda? Pero si las señoritas se vistieran con menos profanidad, ellos no se atrevieran tan fácilmente a difamarlas, pues es cierto que la mujer honesta casi siempre enfrena la lengua y el arrojo del hombre libertino.

Conque cuando el temor de Dios y el amor del prójimo no estimularan a cualquiera mujer a presentarse con modestia en el público, su amor propio la debía persuadir a ello, considerando que los hombres de que hablamos por el traje infieren la conducta de la mujer, y sin más datos despedazan su honor alegremente.

«Nada se debe temer tanto en las mujeres como la vanidad, dice un autor muy respetable[152]. Los caminos que conducen a los hombres a la gloria[153] y autoridad les están cerrados, y así aspiran a distinguirse por las gracias del cuerpo y ciertas exterioridades del espíritu. De aquí nace aquella conversación dulce y atractiva; aquel grande aprecio de hermosura y gracias exteriores, y la demasiada afición a los vestidos y demás adornos del cuerpo. Una peineta, un lazo, un túnico[154], la elección de un color, un rizo un poco más alto o más bajo, son para ellas negocios importantes.

«Este exceso va tomando cada día más fuerza; el amor mudable de las mujeres, la afición a los vestidos, la pasión a las modas, juntas con el amor a la novedad, tienen para con ellas tanto poder, que llegan a trastornar las clases y a corromper las costumbres. Desde que se vive sin regla, en trajes y muebles, se vive también casi sin distinción de personas...

«Este fausto arruina las familias, y a la ruina de las familias se sigue la corrupción de las costumbres... Esta es la causa de extinguirse incesantemente el honor, la fe, la probidad y el amor natural, hasta entre los parientes más cercanos.

«Todos estos males provienen de la autoridad que las mujeres se han tomado, o que algunos hombres lisonjeros les han dado de decidir sobre las modas.

«Procúrese, pues, dar a entender a las mujeres desde niñas, cuánta más apreciable es la distinción que se logra por el camino de una buena conducta, que la que se consigue por un buen peinado, un buen vestido, o cualquiera otro adorno del cuerpo...

«Yo bien sé que, según las costumbres de nuestro siglo, sería una ridiculez el persuadir a las mujeres jóvenes que vistiesen el traje de la antigüedad; pero podrán, sin alguna singularidad, tomar el gusto de la simplicidad de vestido siempre noble, agradable y conforme a las costumbres cristianas. De este modo, conformándose en el exterior con los usos de nuestros tiempos, sabrían a lo menos juzgar con justicia de su ridiculez; ellas se sujetarían a la moda;

---

152   El señor Fenelón en su *Educación de las hijas* (Eds. 1831 y 1842).

153   A la gloria mundana, que consiste en el poder, autoridad o fama. Esta advertencia es inútil para los sensatos; pero como los libros andan en manos de todos, no queremos que algún ignorante crea que a las mujeres les están cerrados los caminos que conducen a la gloria o bienaventuranza eterna (Eds. 1831 y 1842).

154   He substituido esta voz a la de bata que dice el autor, porque sin alterar el sentido realza la persuasión, por ser túnico traje del día (Ed. 1831).

pero la mirarían como una esclavitud y solo la seguirían en lo que no pudieran evitar.

«Sobre todo, es necesario tener un grande horror a la desnudez de pechos y a todas las demás indecencias del cuerpo. Aun cuando se cometan estas faltas sin alguna intención o pasión desordenada, no deja de ser una vanidad culpable y perjudicial, causada de un excesivo deseo de agradar. Esta vanidad, culpable ante Dios y los hombres, es prueba de una conducta escandalosa y contagiosa al prójimo. Este ciego deseo de agradar de ningún modo conviene a mi alma cristiana, que debe mirar como una especie de idolatría todo lo que le aleja del amor a su Creador y del desprecio de las criaturas. ¿Qué se pretende cuando se quiere agradar por estos caminos? ¿No es el excitar las pasiones de los hombres? ¿No pasan demasiado adelante, por poco que se les alumbre? ¿Acaso está en poder de las mujeres el refrenarlos, cuando pasan más allá de lo justo? ¿A quién, pues, se deben imputar los excesos? Prepara la mujer con su indecencia un veneno sutil y lo vierte sobre los que la miran; ¿cómo se podrá juzgar inocente?»

Hasta aquí este sabio moralista, pero concluyamos esta conversación, que acaso ya fastidiará por lo larga, aunque ha sido demasiado interesante. ¡Ojalá en todas partes se reflexionara con atención sobre estas verdades!, tal vez algunas familias se librarían del deshonor y la miseria.

Finalizó su discurso el coronel, y después de haber hablado cada uno de los concurrentes un poco sobre lo que quiso, se desbarató la asamblea.

Capítulo X

En el que se cuenta la caritativa conferencia que
tuvieron estas señoras acerca de sus maridos, y la célebre
aventura que por una de ellas sufrió un viejo enamorado

Así como no basta que la semilla sea buena para que fructifique si no se siembra en buena tierra, así tampoco aprovechan las mejores máximas morales, si no se reciben en un corazón bien dispuesto. Fácil es concebir que Matilde, no solo gustó de la conversación anterior, sino que se aprovechó de toda ella, como que era naturalmente modesta y enemiga de singularizarse.

No así Eufrosina y sus amigas, que habían estado en un brete durante la plática de aquellos dos buenos señores, el coronel y el cura.

Inmediatamente que se desbarató la concurrencia y se quedaron solas, comenzaron a murmurar a rienda suelta de los piadosos consejeros, sin contenerlas mi presencia; ¡ya se ve! que Eufrosina me tenía por un bobón de más de marca, y a más de esto le debía yo el buen concepto de que no era chismoso ni enredador, y en esto a la verdad, no se engañaba.

Con esta confianza decía Eufrosina a sus amigas:

—¿Qué les parece, niñas? ¿Cuándo pensaban venir a mi casa a enojarse ni a convertirse? El pánfilo del Nariguetas nos ha puesto de vuelta y media con sus burlas, y para rematar el cuento, el cura y mi cuñado nos han echado tres sermones de lo mejor. ¡Vaya, que han quedado ustedes frescas y convidadas para no volver a semejantes visitas! Yo, la verdad, estoy demasiada corrida; pero discúlpenme, amigas, que ya ven que no he tenido parte en esto.

—No te apures niña —decía la chatilla de quien se habló en el capítulo octavo de esta obrita[155]— no te apures; ¿qué culpa tienes tú de que el maldito Nariguetas sea un bufón malcriado, ni de que el cura y tu cuñado sean unos imprudentes, impolíticos, que quieran convertir los estrados en iglesias o santas escuelas? Déjalos que hablen más que un loco, que con no hacerles caso se compone.

—Ya se ve que sí —decía Eufrosina— ¿pues qué caso había yo de hacer de sus sermones? Mi hermano los echa bien seguido, y con tanto fervor como el

---

155   El personaje aparece en capítulo I.

que han oído; pero yo me río de él y de sus sermones, y le digo que ha errado vocación de medio a medio, pues para misionero no tiene precio; pero aunque me burlo de su sencillez en persuadirme que alguna vez he de acordarme de sus ideas, no dejo de enfadarme de cuando en cuando con su tenacidad.

Yo no puedo negar que lo quiero, pues a más de que es un buen hombre, al fin es mi cuñado, y basta que quiera tanto a Matilde; ¡ya se ve! que ella le ha cogido el lado del morir, porque mi hermana es el amén de cuanto dice su marido. Yo no he visto mujer más zonza ni más condescendiente. Si don Rodrigo dice: sal, sale; si dice: no salgas, no sale; si quiere que se vista así, se viste; si quiere que de otro modo, también; en fin, ella lo obedece con más puntualidad que una novicia a su prelada; y lo más célebre es que se conoce que lo hace contenta y no por fuerza. Ya ustedes la conocieron de doncella, y se acuerdan de que era muy alegre y tan curra como la que más; y ahora ya la ven hecha una vieja sesentona que apenas sale de casa, y eso vestida como quiera. Toda su diversión es su almohadilla y su clave, y todo su encanto, su hija y su viejo. Yo no sé cómo Matilde dio tan repentina vuelta.

—No te admires, niña —decía Adelaida—, ¡si los viejos son el mismo diantre!, cera y pabilo vuelven a una pobre mujer, como la conozcan buena desde el principio. En este caso, los muy pícaros se vuelven unos santos delante de sus mujeres, y a fuerza de sermones y de meterlas en escrúpulos, haciéndolas de todo cargo de conciencia, se salen con cuanto quieren; y así las tienen indecentes, encerradas y hechas unas criadas de honor. No tienen ellos la culpa, sino las bobas que los creen y los obedecen como las niñas a las maestras. ¿No advertiste que cuando predicaba tu cuñado, ni pestañeaba Matilde? Pues para que veas qué bien enseñadita la tiene.

—Sí —decía Eufrosina—, si es mi hermana una pobre tontita; cuanto dice su marido lo cree como si lo dijera un santo Padre; no en balde él la quiere tanto y está tan contento con ella; como que no tiene mujer, sino una hija que lo obedece al pensamiento. Yo en parte me alegro, porque no la he visto reñir ni una vez. Deseos tengo de verlos enfadados, siquiera un día, y ya ven ustedes que esto es un milagro, porque casi todas las mujeres andamos a mátame y te mataré con nuestros maridos por cualquiera pamplina.

—Sí lo es en efecto —decía Rosaura—, yo tengo un marido que no lo merezco, porque me quiere en extremo; pero por no dejar de mortificarme, tiene un grandísimo defecto y es ser más celoso que Judas. ¡Ay, niñas!, yo no tengo vida con él; de su sombra se espanta. Siempre he de salir pegada con él, hecha llavero; solo acá me deja venir medio sola. Puedes creer, Eufrosinita, que tienes la túnica de Cristo, como dicen y eso ya ves que no se despega de mi Crisantita, que es más chismosa el diantre de la muchacha que Barrabás; cuanto pasa y no pasa le cuenta a su papá; con esto él le tiene mandado que no se separe de mí para nada, y no soy dueña de resollar, porque ya sabes que los muchachos son angelitos de Dios y testigos del diablo.

—¡Ay, niña!, pues tienes una pensión terrible –decía Eufrosina– pero yo pienso que algo ponderas. No creo que don Fernando sea tan celoso como dices.

—¿No lo crees? –contestaba Rosaura–, pues aún no he dicho nada. Si entra un perro en casa, dice que el animal tiene dueño y que alguna vez habrá ido acompañado con él a visitarme; si me asomo al balcón y veo por una parte y por otra, dice que si por allí ha de venir el señor; si estoy triste, piensa que es por otro; si estoy alegre, lo mismo; en fin, yo no puedo hacer nada que no le encele; de todo teme, todo le asusta y de todo desconfía, y con esto me da una vida de perros.

—Sí lo creo –decía Adelaida–, pero ¿en dónde dejaremos las mujeres de ser infelices? Mi marido peca por el extremo opuesto; él me permite cuanta libertad quiero, y no se mete conmigo para nada; pero no es porque me estima, sino porque ya se ha enfadado de mí y no me hace caso; y eso ¿por qué? Porque de pocos días a esta parte está embelesado con la maldita tuerta de todos mis pecados; pero me la ha de pagar. Sí, jurada se la tengo; no me la ha de ir a penar, por vida de Adelaida.

—¿Pero qué tuerta es esa que yo no la conozco? –decía Eufrosina.

—¡A Dios, no la conozco!, como a tus manos la conoces. ¿No te acuerdas de aquella que vive por Santo Domingo?

—¿Cuál, la Hipólita?

—La misma.

—Pues, niña, esa no es tuerta. Es un poco turnita; pero le agracia porque tiene los ojos dormidos y es una muchacha muy bonita.

—Para mí es más fea que el mismo diablo –decía Adelaida–, será porque no la puedo ver. —¿Pero qué motivo tienes para pensar que tu marido la trata? –decía Eufrosina– porque don Félix es muy hombre de bien, y la Hipólita es una muchacha de mucho juicio; yo sé que frecuenta los sacramentos, y días pasados estaba pretendiendo en las Brígidas.

—¿Ya ves todo eso?, pues yo sé mi cuento –decía Adelaida–, esa es de las que las cogen a tientas y las matan callando. Con toda su hipocresía no le parece mal Félix.

—¿Pero qué le has visto?

—Nada; pero ¿qué más he de ver sino que el otro día en el paseo se rompió su coche, y Félix la hizo entrar en el nuestro con su madre, y desde entonces dio en visitarme?, ya se ve que no por mí, sino por el caballero. A mí no me acomodó nada semejante visita, y así traté de desterrarla de casa y lo conseguí muy breve, poniéndole mal modo y no visitándola. ¡Santo remedio! Con esto se ha desterrado; pero ¿qué importa si él va a su casa según me han dicho?

—¿Conque tú no lo sabes –decía Eufrosina– ni los has visto juntos?

—No niña, Dios me libre de ver tal cosa, a pesar de que he hecho ya mis buenas diligencias para cogerlos y nada he podido conseguir.

—Pues niña –decía Rosaura–, yo pienso que tú pasas mala vida por celosa, y yo porque me celan sin motivo. Yo sufro a mi marido, y tengo que sentir con su genio celoso y endiantrado pero tú a ti misma no te aguantas tus celos, y no tienes razón para quitarte la vida, porque esa niña que dices la conoces bien y sabes que es medio parienta de tu esposo, y así el haberle ofrecido tu coche estuvo muy en el orden. No podía haberse excusado, el lance no era para menos; la política y el parentesco lo estrecharon, y así, a la verdad, tú no tienes razón de haberte formado tan mal concepto de esa pobre niña; y sobre todo, déjate de ser celosa, porque te quitarás la vida en cuatro días.

—Muy bien aconsejado –decía Canilla–, sin eso, quién sabe cómo una la pasa con su marido, porque los hombres son el diablo. El que no peca por un lado peca por otro y nunca tiene una un gusto completo. A mí no me vale no meterme con mi marido para nada; yo lo dejo caiga o levante, y jamás le digo una palabra. Es verdad que yo, con bien lo diga, nada le he visto, y él hasta ahora me trata muy bien; pero en esto de modas me tiene a pan y naranja; en pocas me deja entrar y eso tal han de ser ellas. Siempre me predica la santa economía, y apenas le hablo sobre esta o la otra cosita que se usa y yo quiero, cuando me sale con que está pobre, que no le alcanza el sueldo, que tenemos hijos, que aquellos gastos son superfluos, que mañana nos hará falta, y todas aquellas disculpas que saben ellos dar cuando no quieren aflojar la plata.

—¡Bien hayas tú, que has dado en el punto de la dificultad! –decía la chata–, la mezquindad y la miseria de muchos maridos es la que los hace tan considerados y virtuosos y los convierte en predicadores y misioneros contra las modas, como al cuñado de Eufrosina a quien acabamos de oír predicar con tanto fervor.

—A mí no me hace fuerza que predique contra el lujo mi cuñado –decía Eufrosina–, él es algo mezquinillo y no tiene mayores proporciones. Lo que sí me incomoda demasiado es que todo viejo, gaste o no gaste, convenga o no convenga, ha de declamar contra todos los usos nuevos, sin advertir que lo que se usa no se excusa.

—¡Ay, niña! ¿No sabes en qué está eso? –decía la chata–. Pues no está en otra cosa sino en que, como ya pasó su tiempo, todo lo del nuestro les enfada. Menosprecian el mundo, no porque no les gusta, sino porque ya el mundo los abandonó a ellos.

No verás viejo que no haga el santurrón, que no predique desengaños y reniegue de las modas y las modistas; pero, ya digo, esto es porque no pueden más. Saben que no hay muchacha que los apetezca, y más si son pelados, y así se desquitan hablando mal de lo mismo que quisieran. ¡Arredro[156] vayan los vejancones hipócritas, que ya bien los conozco! Se parecen a la zorra, que no pudiendo alcanzar las uvas de un parral por diligencias que hizo, fingió una santa conformidad, y se marchó diciendo: ¡Al cabo están verdes!

—¡Qué mala eres, chata de mis pecados, qué mala eres! –decía Eufrosina– mira qué juicio tan temerario has formado de los pobres viejos. Pero

---

156 *Arredro*: atrás, detrás o hacia atrás.

después de todo, es necesario confesar que dices bien, porque yo he conocido unos viejecitos verdes y arriscados[157] como los mozos, que delante de la gente los he oído predicar contra las modas y abominar de las muchachas compuestas y a solas los he visto más enamorados que Cupido. Yo pudiera nombrar uno que otro que a mí misma me han echado mis polvillos de cuando en cuando con bastante empeño, y si los oyeras platicar de la virtud y contra las modas y las mujeres, dirías que era la mera verdad, porque hacen unos consejeros que hasta ellos mismos lo creen.

—Sí, sí lo creo –decía la chatilla–, a mí me ha pasado lo mismo, y no de ahora, sino desde doncella. Tú conociste a mi madre, Dios la haya perdonado, y ya te acuerdas que era una señora verdaderamente virtuosa... ¡Ojalá fuera yo como ella! Pues, niña, iba a mi casa un maldito viejo de mis pecados, a quien mi madre quería mucho y lo tenía por un santo, porque todas sus pláticas eran del infierno, de la eternidad, de la gracia y de la virtud. Desde que entraba a visita hasta que salía todo se le iba en contarnos la vida de san Alejo. Tenía la cabeza llena de oraciones, jaculatorias, ejemplos y milagros, y todo lo vaciaba a presencia de mi madre; y la buena señora estaba encantada con su don Ciriaco, que así se llamaba el caballero.

¿Hablar delante de él de modas?, ni por pienso. Todas decía que eran invenciones del diablo. No se podía decir en casa, cuando estaba él allí, que nos habían ido a convidar para un baile, aunque fuera a la casa más honrada, porque al instante le ponía a mi madre tanta cabeza, diciéndole que esas eran unas ocasiones muy próximas para que las niñas doncellas perdiesen el recato y el pudor; que en los mejores bailes no faltaban jóvenes libertinos que inquietasen a las niñas; que rara bailadora se lograba; que la demasiada frecuencia a tales diversiones era causa de la deshonra de las casas y de que se hablase mal de las niñas; que allí aprendían en una noche lo que habían ignorado en su casa toda la vida; que las madres de familia que llevaban a sus hijas a los bailes, sabiendo lo que son y lo que sucede en ellos, no podían estar excusadas de pecado mortal, ni siquiera, porque las exponían al peligro, y que el que ama el peligro en él perece; y así, que si no quería arder para siempre en los infiernos, que tomara su consejo y no me llevara.

Mi madre, que había menester poco, porque era una santa, si me llevaba alguna vez a un baile, era solo a ver bailar y sin despegarse de mí para nada, y eso porque no la tuvieran por desatenta; pero si antes oía al viejo condenado, resolvía no llevarme, y se disculpaba lo mejor que podía. Con esto me quedaba echando sapos y culebras contra el entremetido consejero, y muchas veces estuve por decirle a mi madre lo que pasaba; y si no lo hice, fue porque temí que no me creyera y me echara un buen regaño.

—¿Pues qué te sucedió, niña? –decía Camila– porque ciertamente que mirándolo despacio, el señor don Ciriaco decía el Credo, y no podía menos sino ser un hombre muy cristiano y muy arreglado.

---

157 *Arriscados*: atrevidos, resueltos.

—No era sino un pícaro muy hipócrita –decía la chata–, como mi madre estaba alucinada, y no solo lo tenía por hombre de bien, sino por un hombre ejemplar, le permitía la entrada franca en mi casa, y muchas veces me dejaba sola con él en el estrado, cuando tenía que hacer en otra pieza, y entonces se descosía el perro viejo a su salvo.

Primero me empezó a enamorar con las majaderías del tiempo antiguo, dándome muchas perlas, diamantes y rubíes...

—¡Hola! –dijo Eufrosina–, esas no son majaderías sino un bello modo de enamorar. Si yo hubiera tenido un pretendiente tan rico, sin duda no me caso con Langaruto; porque, mi alma, dádivas quebrantan peñas. Tú fuiste una tonta en no haberlo admitido más que fuera más viejo que la sarna.

—No, no fui tonta en eso, sino muy hábil, respondió la chata tendiéndose de risa; pues qué, ¿piensas que las perlas y los diamantes que me daba eran engastados en oro o plata en algunas alhajitas? No, hermana, me las daba envueltas en papel... Entiéndelo de una vez; me las daba en verso, y no solo eso, sino soles y estrellas a millares. Ya verás y qué rica estaría yo con seme-jantes preseas;[158] pero en fin, este fue su primer ensayo.

Yo lo desprecié, como era justo, y viendo él que no me alucinaba con ton-terías, apeló a los cariños y ternezas. Si tú lo vieras suspirar y llorar en mi presencia, hincarse delante de mí y querer besarme los pies como si fuera santa, levantarse de repente desesperado, jurar, votar, renegar y darse de bo-fetadas, hubieras echado las tripas de risa, porque no hay rato más divertido que ver a un viejo verde enamorado y despreciado delante de la muchacha que lo burla. ¡Vaya, si estos viejos supieran el ridiculísimo papel que hacen en semejantes lances y la mofa que hacemos de ellos, sin duda que no se me-terían a enamorar!

Yo le decía a este abuelo mil claridades; pero él las escuchaba como si fueran requiebros. —¡Es gana! –le dije muchas veces–, usted se cansa y pierde el tiempo. No quiero a usted, no lo quiero. Yo soy muchacha, y si me caso o quiero a alguno, será algún muchacho como yo, no a un tata señor que me espante con su tos. Ya usted es muy viejo y muy baboso, ya tiene un pie aquí y otro en la se-pultura; piense usted en rezar y en encomendarse a Dios, pues está usted más para la otra vida, que para esta. ¡Váyase usted noramala!, ya se lo he dicho.

Todas estas boberías y más, le decía yo cada rato; pero no me valía; yo no he visto viejo más sinvergüenza. El, viendo que no podía conquistar mi co-razón con sus versos y faramallas, se valió de otro arbitrio para seducirme; pero ¡qué arbitrio, niña! el más soez, desvergonzado e inicuo que se pudiera ima-ginar. Ya soy mujer casada y todavía me avergüenzo de acordarme. ¡Qué bien dicen que los viejos libertinos y relajados son más indignos que los mozos!

—¿Pues cuál fue ese arbitrio, niña, –preguntó Eufrosina– que yo creo que sería terrible, pues te pones colorada al acordarte?

—Con razón –contestó la chata–, ¡si era de los más atrevidos! Pues vean

---

158 *Presea*: alhaja, joya, tela, etc., preciosas.

ustedes, que no pudiendo conseguir nada de mí, como he dicho, trató de provocarme contándome los cuentos más obscenos que se pueden imaginar, leyéndome unos versos dictados por el mismo Asmodeo[159] y propasándose a hacer en mi presencia algunas acciones tan feas, que yo no quiero ni acordarme.

—¡Ay, niña! –dijo Rosaura–, esa era una grandísima picardía. Yo creo que eso lo hacía cuando estabas sola con él; pero ¿por qué no lo dejabas con la palabra en la boca y te ibas adonde estaba tu madre?

—Porque mi madre me hubiera regañado, diciéndome que no fuera malcriada, ni dejara sola la visita.

—¿Pero por qué no le decías lo que pasaba?

—Porque no lo hubiera creído.

—¿Y por qué no le decías que te espiara y escuchara al viejo cuando te quedabas sola con él?

—Porque el viejo era muy malicioso, y solo me hablaba de esto cuando estaba bien seguro de que mi madre estaba en parte desde donde no lo podía escuchar.

—Pero yo en ese caso, hubiera procurado tener alguna compañía a mi lado.

—Cuando podía lo hacía así; pero no siempre había esa proporción, porque mi familia era muy corta. No se cansen, niñas; el viejo era muy malicioso y mi madre muy cándida. Ahora conozco que es verdad que no conviene que las madres sean tan buenas, esto es, tan sencillas y confiadas, porque cualquiera las engaña. Bien que, por otra parte, yo no culpo a la pobrecita de mi madre; porque ¿quién no se hubiera engañado con la hipocresía de ese santurrón maldito? La inocente señora, que en paz descanse y mis palabras no le ofendan, solía decirme algunas veces:

—Hija, ¡qué bueno es el señor don Ciriaco!, toma sus consejos, mira que de estos hombres ya no hay muchos. Cuando yo lo veo sentado, platicando contigo, me parece que estoy oyendo a tu difunto padre, y suelo decir entre mí: ahora en mi casa está la virtud en el estrado.

Así se explicaba mi madre.

Consideren ustedes ¡cómo no estaría aturdida, ni cómo yo era capaz de haberla persuadido a que aquel viejo era mi constante y lascivo seductor, cuando muchas veces estaba él diciéndome cosas que, por no oírlas, hasta me tapaba las orejas! Entraba mi madre a este tiempo, y el perro viejo al instante bajaba los ojos, mudaba de tono y enredaba la conversación con ella de este modo: —¿No es verdad, señora, que le digo bien a esta niña, que no hay cosa como el pudor y la honestidad en las doncellas, porque así se hacen amables de todo el mundo, y particularmente de Dios, que es a quien debemos agradar sobre todas las cosas? Pues, porque en todas partes está y ve hasta nuestros más escondidos pensamientos.

---

159 *Asmodeo*: un demonio, conocido comúnmente por aparecer en el Libro de Tobit del Antiguo Testamento. Usualmente asociado al pecado de la lujuria.

Otras veces decía: —Le digo a esta niña que sea muy recatada con los hombres y muy devota de San Luis Gonzaga, para que el santo le alcance la castidad, que es una virtud angelical. Yo le traeré una semanita del santo para que la rece y se le encomiende muy de veras. ¡Ojalá yo viera a mi Vicentita (a mí) de monja! Pero Dios hará lo que le convenga.

Así engañaba este malvado a mi madre; y en fuerza de este engaño, ¿qué efecto había de haber hecho en su corazón ningún aviso mío? El que hizo al fin, y fue el caso, que un día de los que él sabía aprovechar, sacó un papel y me empezó a leer unos versos endemoniados de puercos. No me pude contener, y le dije: —¡Viejo maldito, hipocritón, deshonesto!, o se calla usted la boca, o le voy a avisar a mi mamá de todo lo que me pasa con usted.

Esta amenaza, que debía haberlo enfrenado, lo desesperó, o quién sabe qué le sucedió, pues levantándose de su asiento, se acercó a mí, y cogiéndome la cara, me iba a dar un beso; pero no fue él tan pronto en intentar su llaneza, como yo en plantarle una buena bofetada.

—¡Qué bien hiciste! –dijo Eufrosina–. Cuando una mujer no da margen a que le pierdan el respeto y tiene guardadas las espaldas contra una villanía, en la mano tiene el freno para contener a semejantes brutos desbocados! ¿Y en qué paró este lance?

—¡En qué había de parar, en tragedia! El viejo condenado se volvió un veneno con mi cariño, y enfurecido comenzó a levantar la voz y a maltratarme, llamándome mocosa, atrevida, insolente, y ¡qué sé yo!, al tiempo que mi mamá entró a la sala y le halló temblando y con el papel en la mano.

—¿Qué es eso, don Ciriaco? –le dijo–, ¿qué ha sucedido?

—¡Qué ha de suceder, señora –dijo el viejo–, qué ha de suceder sino lo que le tengo a usted dicho muchas veces! ¿No se lo he dicho a usted, no se lo he dicho que a las muchachas de estos tiempos es menester tenerlas en un puño, porque son la deshonra de las madres? Pues eso es lo que ha sucedido. Mire usted qué papel tan escandaloso le he hallado a su niña en la almohadilla. Si teniendo usted tanto cuidado con ella admite esos papeles, que no los admitiera la ramera más pública de México, ¿qué fuera si usted se descuidara con ella? Siento el decirlo; pero ya me parece que a la hora de esta, su niña de usted perdió todo lo que tenía que perder. En fin, lea usted el papel y haga lo que quiera, que es su madre y quien ha de dar cuenta a Dios de ella. –Diciendo esto, dio el papel a mi madre y se marchó para la calle.

Mi mamá tomó el papel, y mientras se puso los anteojos para leerlo, pensaba yo en huir o disculparme; pero a nada me resolví y me quedé como una estatua, temblando más de cólera que de susto.

Apenas leyó el primer verso, cuando, escandalizada y llena de enojo, rompió el papel, me afianzó de los cabellos, me tiró al suelo y me dió tal tarea de golpes y patadas, que si las criadas no me defienden me mata allí mismo sin remedio.

Ya yo libre de sus manos, me disculpé como era natural, y le conté cuanto me había pasado con el viejo. Esto, lejos de serenarla, la irritó de tal modo, que si hubiera estado sola me vuelve a dar otra tanda de bofetadas.

—¿Eso más? —me decía— ¿eso más, grandísima puerca?, ¿también eres habladora y deslenguada?, ¿no te basta ser una cuzca[160] disoluta, sino que quieres echar la culpa de tus liviandades y picardías a un hombre tan virtuoso y tan honrado?, ¿qué dieras, grandísima perra, por parecerte a la suela de un zapato viejo del señor don Ciriaco? Pero anda, hija vil y deshonesta, que no me has de volver a poner a otra vergüenza. Has de acabar tus días en San Lucas[161] o en la Casa de Pobres.

Consideren ustedes cómo me quedaría yo en este lance, viéndome golpeada y aborrecida de mi madre, y al mismo tiempo con mi honor en opiniones entre las criadas, pues mi madre, en lo más vivo de su cólera, se produjo indiscretamente con peores expresiones que las que he dicho.

Yo temía que cumpliera su palabra, porque era muy resuelta, y que de la noche a la mañana me pusiera en unas Recogidas; pero yo no sentía tanto tan injusto castigo cuanto que se quedara riendo el maldito viejo.

—¿Y se quedó? —preguntó Camila.

— ¡Cuándo se había de quedar! —dijo la chata—. Yo me vengué de un modo muy bonito, y fue este. Andaba en solicitud mía el que ahora es mi marido, a quien yo, la verdad, no quería mucho; pero ¡lo que es el deseo de una venganza! No tenía otro hombre de quien valerme para conseguirla, y así me decidí a casarme con él, con tal de que me vengara pronto.

Apenas mi madre se descuidó tantito conmigo, cuando le mandé razón de cuanto había pasado, asegurándole ser suya si tomaba una satisfacción por mí y se daba traza de que mi honor quedase en su lugar; pero que todo había de ser muy breve.

No se lo dijo la criada a ningún sordo, porque en la misma noche quedó hecha toda la diligencia a mi satisfacción. Mi novio solicitó un amigo de su confianza, y entre los dos sorprendieron al viejo en la calle de los Mesones, lo metieron en un coche, que para el efecto previnieron, y se lo llevaron a Egido. En aquel campo desierto lo sacaron, lo amarraron a una de las ruedas del mismo coche, le quitaron los calzones, y con la cuarta del cochero le dieron una vuelta tan desaforada, que por poco lo matan. A lo menos más de veinte días estuvo en cama.

No paró en eso. Luego que se acabó el cruel miserere, lo subieron al coche, encendieron un cerillo, sacó mi novio un pedazo de papel y un tintero, y poniéndole una pistola a los pechos, le juró matarlo allí mismo si no ponía una carta a mi madre restituyéndome mi crédito, contando el pasaje como fue y pidiendo perdón de la calumnia que me había levantado.

El triste viejo, que se vio entre aquellos sayones, que tales le parecieron, sin el menor recurso y bien azotado, creyó de buena fe que cumplirían su pa-

---

160   *Cuzca*: perra pequeña. Prostituta provocadora.
161   *San Lucas*: casa de corrección de mujeres (Ed. 1831).

labra si no obedecía en el instante, y así, quiso que no quiso, puso el papel como se lo dictaron, y lo firmó como era regular.

Hecha esta diligencia, le intimaron que cuidado como volvía ni a pasar por mi calle, porque lo habían de hacer tasajos. El infeliz viejo juró y rejuró que ni se volvería a acordar de mí. Con esto, lo llevaron hasta cerca de su casa, adonde el pobre llegaría casi arrastrándose. Ya yo no volví a saber de él.

—Pues, niña, qué, ¿no volvió a tu casa cuando sanó? —dijo Eufrosina—, porque era regular que él se quisiera vengar de tu venganza.

—Pues ya no le quedaron esas ganas —decía la chata—. Lo cierto es que al otro día, cuando mi madre me dijo que me vistiera para llevarme ante el corregidor, ya tenía yo la carta en mi mano, y con esta satisfacción le dije:

—Mamá, voy a vestirme, pero no para ir a ver a ese señor, sino para que nos vayamos a misa como siempre.

—Irá usted adonde yo la llevare —me dijo mi madre muy enojada—. Pero yo le dije muy humilde:

—Sí, señora; mas antes será bueno que lea usted esa carta que le envía el señor don Ciriaco, a quien no sé cómo pagarle los favores que le debo.

Mi madre me echó una mirada muy seria; tomó el papel y se puso los anteojos. Hemos de estar en que su merced conocía muy bien la letra y firma del viejo, como que había sido su apoderado en cierto negocio; mas con todo eso la cogió tan de sorpresa este papel, que lo leyó más de cuatro veces, no queriendo creer a sus ojos. Sacó otras firmas de él, las confrontó, y asegurándose en que la última era de la misma mano, no pudo menos que llenarse de gusto y de ternura al ver que yo no era como había dicho don Ciriaco, y echándome sus brazos, comenzó a pedirme perdón, y las dos a llorar a un mismo tiempo.

Así que nos serenamos, me preguntó cómo había llegado aquel papel a mi poder, y entonces yo le referí sencillamente lo que había pasado, quién lo había hecho, por qué interés, y la palabra que yo tenía empeñada y que cumpliría con su licencia.

Mi madre me prometió que como el sujeto fuera igual a mí no habría embarazo; ya porque con aquella acción había manifestado que me amaba, y ya porque ella no quería verme expuesta a semejantes lances. —Pero mientras —me decía su merced—, tendré yo muy buen cuidado de no dejarte sola ni con un anacoreta del desierto, que al fin será hombre, y no hay que fiar de nadie en esta materia mientras vivamos en el mundo. ¿Quién había de pensar que don Ciriaco era un hipócrita? ¡Ah!, qué bien dicen, que entre santa y santo pared de cal y canto. —En fin, mi madre quedó satisfecha, yo contenta y mi novio más, porque ya me comenzó a visitar, confrontó con mi madre, se trató de nuestro casamiento, y se verificó muy pronto y muy a gusto.

—Bastante es el que nos has dado con la graciosa aventura de tu viejo —dijo Eufrosina— y me acuerdo que la contaste para hacernos ver que cuando declaman contra las modas, contra los bailes y contra las mujeres compuestas, no es por virtud, sino de coraje de que ellos ya no pueden gozar de estas cosas. ¡Ya se ve, que tú no dirás esto tan en general!

—No, ni lo permita Dios —decía la chata— ¡cómo había yo de ser tan temeraria! Uno es uno y otro es otro. Una cosa es la chanza y otra son las veras ¿Cómo hemos de dejar de conocer y confesar que hay muchos viejos muy honrados y verdaderamente virtuosos, así como hay jóvenes lo mismo, que hablan contra los vicios, o por obligación, como los padres de familia y los predicadores, o por caridad y en clase de consejo, como ahora el señor cura y tu cuñado? De todo hay, y yo este hablo de los viejos verdes, hipócritas y mezquinos, que quieren hacer de la necesidad virtud, pues con los buenos no me meto ni quiero oírlos, porque no me acomoda que me asusten. Yo conozco que dicen bien; pero soy muchacha y me gustan la moda, los bailes, el coliseo, los toros, la Orilla, la Alameda, y todo cuanto hay, y tengo dinero y no me he de enterrar en vida, sino que he de pasear y me he de divertir bien y a mi gusto, que para eso me casé y no me quise meter a capuchina.

—Bien hayas tú, niña —decía Eufrosina—, bien hayas tú, que eres de mi modo de pensar. Nos divertiremos ahora que somos muchachas y tenemos con qué, mañana seremos viejas y tal vez pobres, y no habrá ni quién nos dé la mano si nos caemos. Así se lo suelo decir a mi cuñado; pero no es menester más para que comience a predicar.

Luego me dice: —Sí, todo se puede hacer, pero con orden, sin escándalo, sin profanidad, sin desperdicio; porque ese dinero que se gasta tan superfluamente en modas y bureos[162], al fin hace falta a la familia. Llegará tiempo en que muchos hijos desearán para carnero lo que sus padres han tirado en toros... De que mi hermano se suelta por ese tono, no hay quien lo pueda sufrir, y yo lo que hago es dejarlo y no hacerle caso.

—Y eso es lo que debemos hacer —decía la chata— porque los hombres son fatales y amigos siempre de llevar la suya adelante, y así lo mejor es no hacerles caso. Mi marido es un Juan Lanas que no me mortifica demasiado; sin embargo, por no dejar de tener alguna falta, ha dado en que sus hijos han de ser muy bien criados, y sobre esto cada rato hay en casa campaña porque él quiere criarlos de un modo y yo de otro.

Yo dejo que los muchachos corran, griten, traveseen, que coman cuanto hay y a las horas que quieran; y él siempre anda riñendo porque ya uno se rompió la cabeza, porque el otro está empachado, porque aquel es soberbio, porque este es vengativo; y así por todo.

Yo luego le digo: —Déjalos, hombre, que hagan lo que quieran; están en su edad y es fuerza dar tiempo al tiempo; no pueden ellos comenzar por donde nosotros acabamos: son muchachos, etc.—, pero nada me vale; al señor no le entran puntas. Mira tú, que si alguna cosa me desespera, es oír llorar a un muchacho. ¡Caramba!, que por no verlos abrir el huacal[163] era yo capaz de darles mi camisa. Y por esto me sucedió el otro día una mano bien pesada.

---

162 *Bureos*: Ver nota cap II, página 21.
163 *Abrir el huacal*: (Guatemala, México) salirse de quicio, perder los estribos.

No sé cómo diantres vio Luisillo la repetición[164] de su padre, que se olvidó sobre la mesa. Inmediatamente comenzó a llorar por el tintín; a los principios se lo escondí; pero tanto lloró y tanto me molió, que por fin se lo di, creyendo que no le había de hacer nada; pero no fue así, porque en un descuido se le cayó de la manita y se le hizo pedazos.

Consideren ustedes qué habría en casa luego que vino el señor y supo la avería de su reloj, que estimaba sobre las niñas de sus ojos; y tenía razón, porque en efecto era bueno, de música y con mil curiosidades. Un veneno se volvió el hombre contra mí. —Esa es mucha indolencia —me decía— y mucho consentimiento. Así salen los muchachos licenciosos, soberbios y malcriados, enseñándose a salirse con cuanto quieren, sea justo o injusto. ¿Qué respeto te han de tener tus hijos cuando crezcan, si desde muchachos los enseñas a que tú has de hacer lo que ellos quieran y no lo que tú les mandas? Ahora dices que son chiquitos y no saben lo que hacen; pero lo cierto es que los muchachos saben más de lo que tú piensas. Conocen muy bien que con llorar han de conseguir lo que quieren; están acostumbrados a que por no oírlos les den gusto y por eso lloran y más lloran hasta que lo consiguen.

Semejante modo de consentir y malcriar a los muchachos, más que amor es tiranía, pues así se hacen soberbios, orgullosos, descontentos, ambiciosos y poco sufridos, con cuyas bellas cualidades no es mucho que sean infelices mientras viven.

La semilla de los hombres pícaros y de las mujeres sin honor no son sino los muchachos y muchachas malcriados. Consiente a Luis como hasta aquí, que él te dará el pago cuando crezca. Si ahora me rompió el reloj, de grande te romperá la cabeza. Aún no tiene malicia, y ya tiene caprichos. Ya te acuerdas del mal rato que te dio el otro día por los imposibles. Conque sigue, sigue malcriándolo que tú lo llorarás.

Tal fue el sermón que me echó mi buen marido, que los echa largos como el cuñado de Eufrosina, y me fue preciso aguantárselo hasta la bendición, porque estaba el hombre muy enojado por su reloj.

—Y se enojó con justicia a mi entender —dijo Camila—. ¿Qué fue eso de los imposibles?

—Cosas de los muchachos —contestó la chata—. Mira tú que el otro día empezó Luis a llorar porque quería jugar con mi hilo de perlas; y tanto me molió, que se lo di, y al dárselo le dije: —Toma, que un día eres tú capaz de querer imposibles. —¿Quién se volvió a acordar de semejante expresión? Pues cátate ahí, que cuando menos pensé comenzó a llorar otra vez con más fuerza y a pedir los tales imposibles. Le dábamos dulces, bizcochos, fruta y cuantas golosinas había en casa o pasaban por la calle; pero no había modo de callarlo, porque como todo lo conoce, no se la podían pegar.

—Este es dulce —decía— estas son rosquitas, estas son peras; yo quiero imposibles, yo quiero imposibles, denme imposibles—. Ya me desesperaba yo

---

164 *Repetición*: reloj. Dicho por su mecanismo.

no sabiendo cómo contentar o qué darle al maldito muchacho para que se callara, hasta que la costurera advirtió darle una cosa que no hubiera comido, y en el aire nos acordamos de esos frijoles gordos que se llaman ayocotes, los que él no había visto en su vida.

Al instante fue una criada a buscarlos a los bodegones, y no paró hasta que los encontró y los trajo. Los peló en el momento, y se los dimos secos y con sal. Como él no los conocía, y le ponderamos que había costado mucho trabajo hallarlos, creyó que así era, y pasaron los frijoles por imposibles. Todos los días se acuerda su padre de este chiste, y me da con esto en la cara.

—En verdad que estuvo bien gracioso, y tú te verías harto apurada –dijo Eufrosina.

Continuaron aquellas señoras hablando de sus maridos y de sus hijos largamente, hasta que tocaron en el punto de las modas, y comenzaron a disputar sobre cómo sería mejor un túnico de iglesia, si morado o negro, si con mangotes de punto o con guantes; y así sobre otras cosas de estas, que no me divertían ni una migaja.

Entonces me levanté con disimulo y me fui a mi vivienda, donde se comentó por el coronel la última conversación de la chata, pero con el juicio y solidez que acostumbraba.

Capítulo XI

Que se trata de la primera educación de los niños, y de otras cosas que no disgustarán al lector

Como me dilaté en la vivienda de Eufrosina, me extrañó el coronel y preguntó el motivo. Le contesté que había estado divertido oyendo platicar a la señora doña Eufrosina con sus visitas. Esto excitó su curiosidad, y quiso saber las materias que se trataron en la conversación, y yo lo satisfice contándole lo que no podía agraviar, como fue lo de los imposibles de Luisillo.

Reían grandemente los señores con este cuento, especialmente Matilde, que apenas lo quería creer, hasta que su marido le dijo:

—No te haga fuerza, hija mía, la tal impertinencia de ese niño, porque todos los consentidos son lo mismo. El abate Blanchard trae otro caso igual. Tenía una señora un niño de estos, enseñado a que le habían de dar cuanto quería. Los criados estaban impuestos a obedecer su gusto, porque el niño no había de llorar sin que se complaciese. Engreído con esta costumbre, un día comenzó a llorar y más llorar con tal tenacidad, que lo oyó su madre, y llena de cólera reconvino al criado que lo cuidaba, diciéndole que por qué no le daba al niño lo que quería. El criado respondió: —Señora, es imposible que yo le dé lo que quiere pues me pide que le baje la luna y la ponga en un vaso de agua. Bien puede, pues, estar llorando hasta el fin del mundo, que yo no le bajaré la luna—. La señora quedó convencida de la impertinencia de su hijo; pero el autor no dice si quedó corregida.[165]

Ninguna cosa contribuye tanto a corromper las costumbres de los niños y hacerlos orgullosos y malcriados, como la indiscreta condescendencia de las madres. Conducidas por un amor excesivo y por un imprudente cariño, contemporizan con ellos en cuanto quieren. Por tal que el niño no llore le dan todo lo que apetece, en el momento que insinúa su voluntad con las lágrimas. De aquí nace que se crían indóciles, orgullosos e impertinentes; pierden el respeto a sus padres y el amor a un mismo tiempo; y enseñados a hacerse obedecer con el llanto, no agradecen los mismos agasajos, creyendo que se les deben de justicia.

---

165   Una anécdota parecida se encuentra en el libro de Blanchard (1797). Ver Introducción.

Como estamos convencidos, dice Blanchard, de que los llantos de un niño bien o mal comprendidos y bien o mal dirigidos por la ternura de las madres, hacen casi todo el arte de la primera educación, añadiremos algunas reflexiones juiciosas que hace a este asunto Mr. Rousseau en su *Emilio*, en donde entre tan gran número de errores perniciosos se hallan verdades útiles. «Los primeros llantos de los niños –dice– son ruegos; si no se cuida de ellos, en breve llegan a ser órdenes; comienzan por hacerse asistir y acaban haciéndose obedecer...

«Los largos llantos de un niño que no está atado ni enfermo, y a quien, no le falta nada, no son sino llantos de hábito y obstinación; no son obra de la naturaleza, sino de la que los cría, que por no saber tolerar la importunidad la multiplica, sin advertir que haciendo callar hoy al niño lo excita a llorar mañana mucho más. El único medio de curar o precaver esta costumbre es no hacer aprecio de sus llantos, pues nadie quiere tomarse un trabajo inútil, ni aun los niños. Lloran porque conocen que llorando consiguen lo que quieren; pero si se tiene tanta constancia para negarles como ellos porfía para pedir, fácilmente ceden, se disgustan de sus llantos y no vuelven a llorar más. De este modo se ahorran las lágrimas y se les acostumbra a no derramarlas, sino cuando el dolor les fuerza a ello...

«No necesitan los niños para llorar todo un día, sino percibir que no se quiere que lloren. Lo peor es que la obstinación que contraen sigue por consecuencia en su mayor edad. La misma causa que los hace llorones a los tres años, los hace sediciosos a los doce, díscolos a los veinte, imperiosos a los treinta e insoportables toda su vida.»

Luego que un niño manifiesta las primeras señales de conocimiento, continúa el abate citado, es necesario precaver en él toda obstinación e indocilidad. La porfía es el defecto de la mayor parte de los niños; pero se puede decir que lo deben, casi siempre, a la primera educación, pues se condesciende a todas sus fantasías. Lo que se ha negado a sus ruegos se concede a su importunidad, a sus llantos y a sus violencias, y aun los dejan vengarse y dar golpes. «Yo he visto –dice el autor del *Emilio*– ayas y madres imprudentes animar la porfía de un niño, excitarlo a pegar, dejarse pegar ellas mismas y reír de sus febles golpes, sin pensar que eran otros tantos homicidios en la intención del niño furioso, y que aquel que quiere pegar siendo chico, querrá matar siendo grande.»

Estas son, querida Matilde, unas verdades tan evidentes, que no necesitaríamos que nos las recordaran los autores, si atendiéramos con reflexión a la experiencia. No son los niños más consentidos los menos llorones; al contrario, son los más impertinentes y enfadosos.

Yo convengo en que es muy tierno y natural el amor a nuestros hijos, que causa pena el verlos afligidos y llorando, y soy de parecer que se les debe dar gusto en cuanto sea inocente y razonable; pero no generalmente todo, solo porque no lloren y por excusarles un ligero sentimiento. Aquí está todo el daño de la imprudencia. Es lo mismo que querer curar un mal pequeño con uno grave.

No es menester mucha penetración para conocer los funestos resultados que trae a los hijos y a los padres la ciega condescendencia de estos, ni es tan fácil el poderla reprimir en los principios. Mientras los padres o las madres amen a sus hijos como deben, les será fácil el desentenderse de sus llantos cuando convenga, para hacerlos sumisos y obedientes.

Si un niño llorara por coger con su manita un alacrán, seguro está que la madre más indolente no se lo diera aunque llorara hasta no más. ¿Y por qué? Porque conocería que aquella sabandija era venenosa y que podía picarle y acarrearle la muerte, o un gravísimo daño a su salud. ¿Pues por qué no tiene igual cuidado en no permitirles que logren sus caprichos, como que son siempre nocivos y bastantes a envenenarles el espíritu y acarrearles unas enfermedades morales que no podrán curar en toda su vida?

Por desgracia, ordinariamente, los niños no se ven rodeados sino de un enjambre de mujeres ignorantes, que con muy buena intención conspiran a hacerlos malcriados e insufribles. Las madres, las nodrizas o chichiguas, las ayas o pilmamas, las maestras, las parientas, las amigas y hasta las criadas de las casas, ¿qué hacen sino pervertir el espíritu del niño desde los principios, fomentar sus caprichos, inspirarle errores, apoyar sus falsas ideas, defender sus extravagancias y adular sus inclinaciones a diestro y a siniestro?

La ira, la envidia, la venganza, la falsedad, el disimulo y otros defectos como estos, no se notarán tan temprano en las criaturas, si los que están encargados de su educación y asistencia fueran como debían ser, gentes de probidad e instrucción, que sofocaran las malas semillas del vicio en sus principios[166]; pero sucede lo contrario. Quiere el niño alguna golosina, sea la que fuere, a cualquiera hora, y aunque se conozca que le ha de hacer daño y que no tiene hambre, porque acaba de comer, se la dan porque no llore, y así lo enseñan a ser goloso; ve un juguete en poder de otro niño, lo pide y llora por él hasta que se lo dan, y así le fomentan la envidia; se tropieza con el perro, se cae y llora, y al momento cogen al perro y se lo presentan para que lo golpee, y así le inspiran la venganza; llora otras veces por lo que se le antoja, y para callarlo le dicen: «No, mi alma, no llores: los niños lindos como tú no lloran; eso se queda para esos muchachos feos como el hijo de la cocinera»; y este es un modo muy propio de inspirarles soberbia y vanidad, haciéndoles formar un alto concepto de sí mismos y enseñándoles a abatir y despreciar al infeliz. Si con esta y otras diligencias semejantes aún no se calla, le hacen un ruido extraño o le señalan un cuarto obscuro, diciéndole que por allí ha de salir el viejo, el coco o la bruja, que se lo ha de comer, y con tan terrible amenaza se logra que no llore; pero de paso se hace pusilánime y se dispone su fantasía para admitir en la mayor edad las más crasas supersticiones. Si quiebra un

---

166   Todos los hombres nacemos con pasiones y estas son las semillas del vicio por la prevaricación del primer padre; pero con el auxilio de la razón estas mismas pasiones pueden ser semillas de virtudes. El enseñar a los niños a sujetar sus pasiones a la razón, sería el gran arte de acostumbrarlos a sofocar la mala semilla del vicio en sus principios (Ed. 1831).

vaso o hace otra travesura y lo regañan, no falta quien lo defienda, diciendo que no fue el niño sino el gato, y así aprende a mentir y a disculparse a toda costa.

Pero ¿para qué he de insistir en probar con ejemplares una verdad que se nos entra por los ojos? Ello es cierto que hay personas que si estudiaran por principios el arte de malear[167] a los muchachos no lo habían de hacer con tanta gracia como lo hacen sin ningunos estudios, sino por una mera afición al niño.

Lo peor es que mil veces los hijos se educan mal contra las sanas intenciones de sus padres; ya porque no pueden encargarse de observarlos todo el día, o porque las madres son abandonadas y opuestas a su modo de pensar, y entonces tienen los padres que ceder conociendo el perjuicio, por no chocarse, y acaso perder la paz del matrimonio. ¡Felices los casados cuyas voluntades van acordes en un asunto de tanta gravedad; pero más felices los hijos a quienes cupo en suerte tener tales padres!

Así hablaba el coronel, cuando interrumpió su conversación una visita. Esta fue la madre de la niña Gertrudis o Tulitas, como le decían, aquella ahijada del coronel a quien confió el cuidado de Pudenciana siendo muy tierna. Tenía ya Tulitas como diez y seis o diez y siete años, y era no solo bonita, sino muy hacendosa, humilde y granjeadora[168]. Su madre... (parece que la estoy mirando) era una señora como de cincuenta años, blanca, entrecana, de ojos azules, de una nariz muy afilada, de un cuerpo muy bien proporcionado, y aunque con muchas arrugas y pocos dientes, se conocía que no sería despreciable en sus quince.

Su traje era un túnico azul de indiana con holancito blanco, un rebozo de Sultepec y un pañuelo con que se abrigaba la cabeza. Luego que entró y pasaron las acostumbradas salutaciones, se sentó, y dirigiendo la palabra al coronel, le dijo:

—¿Qué habrá usted dicho, compadrito, que cuánto ha que no parezco por acá? Pero ya ve usted los trabajos de una pobre mujer sola, que le aseguro a usted que no tengo lugar ni de rascarme la cabeza. Todo el día se me va en hacer la diligencia; y con todo ¡sabe Dios los trabajos que he pasado!, pero ya Su Majestad ha querido abrirme camino, y eso es lo que vengo a noticiarle a usted y a mi comadrita, que sé que se han de alegrar de mi bien.

—Es verdad que sí –dijo el coronel–, no sabe usted cuánto me agrada esa noticia. Según mis cortas facultades, siempre he procurado contribuir a sus alivios, lo que manifiesta que me ha debido bastante estimación. Pero cuéntenme usted despacio esa su buena fortuna, a ver si puede participar de ella nuestra Tulitas.

—¡Ay! y ¡cómo que sí, ha de participar la pobre muchacha! –decía la madre–. Pues vea usted, compadrito, que un señor que se llama don Gervasio, es muy caritativo (Dios se lo pague), ha dado en visitarme de pocos días a esta parte, y como me ha visto tan sola en mi cuartito y tan pobre, me ha tenido

---

167 *Malear*: pervertir a alguien con la mala compañía y costumbres.

168 *Granjear*: adquirir caudal, obtener ganancias traficando con ganados u otros objetos de comercio.

LA QUIJOTITA Y SU PRIMA

lástima, y me ha preguntado que si no tengo nada seguro, que de qué me mantengo, y otras cosas; y cuando le he dicho que no tengo sino tal cual costura y la caridad que usted me suele hacer, se ha compadecido mucho de mí; pero desde el otro día que le dije que tenía una niña acá, se compadeció mucho, y me dijo:

—¡Válgame Dios!, ¡qué lástimas, que miserias se ven en este México! ¡Estar una madre separada de su hija, y una pobre niña arrimada en casa ajena y fuera del abrigo de su madre! ¡Jesús, qué cosas! Pero usted, señora, me decía, ¿por qué tiene a esa niña lejos de su lado? ¿No sabe usted que el ojo del amo engorda al caballo y al lado de la madre se hacen felices las hijas? Vaya, que usted no debe de querer a esa pobre criatura.

—¡Sí la quiero, señor! –le decía yo–, de fuerza la he de querer si es mi hija y no nació de las hierbas; ¡sabe Dios lo que lloro cuando me acuerdo de ella, sin embargo de que está como en su casa! —Entonces me preguntó que dónde estaba y cómo se llamaba. Le dije que acá con su padrino, que ella se llamaba Tulitas, y le di sus señas. El señor se alegró mucho al oírme, y me dijo que ya la conocía, que era de mucho mérito, y era una lástima que careciera de su madre; que si la única causa de esta separación era la pobreza, que no tuviera yo cuidado, pues él era rico y solo, y no tenía en qué gastar su dinero sino en hacer obras de caridad; que sacara yo a mi niña para que me acompañara; que contara todos los días con dos pesos diarios; que buscara una casita de diez o doce pesos y una moza para que nos sirviera. Por lo que hace a la ropa, que él tendrá buen cuidado de que no nos falte nada. Y para que yo no pensara que estos eran ofrecimientos de boca, me dejó dos onzas de oro, encargándome que buscara la casa y que en cuanto la hallara le avisara para que se compraran los trastos que me faltaran.

Ya ve usted, compadre, que estas fortunas no se hallan todos los días, y quizá Dios ha tocado el corazón a este caballero para que nos remedie; y así vengo a darle a usted los agradecimientos por el tiempo que ha tenido a Tulitas en su casa, y a llevármela para que me acompañe, porque ya tengo yo tomada la casa y está en ella la moza, que el mismo señor me la buscó. Tiene mil gracias; ayer me llevó dos camas muy buenas y un baulito con dos piezas de bretaña[169], diez varas de indianilla fina, cuatro pares de medias, dos tápalos, uno de seda y otro de trafalgar, y otras muchas cositas que sólo me enseñó, y cerró y se llevó la llave; porque dice que hasta que Tulitas esté en casa me la dará, y le regalará a ella una cajita de alhajas que era de su mujer y no tiene a quién dársela; y así, compadre, yo vengo por Tulitas, porque esta ocasión no es de perder.

Oyó el coronel todo el razonamiento de la vieja, y luego que acabó le dijo:

—En verdad, comadre, que ese caballero es demasiado bueno. ¿Conque conoce a Tulitas, la ha visto en el balcón y dice que tiene mucho mérito, y después de esto quiere hacerle a usted bien y buena obra? ¡Válgame Dios por

---

169 *Bretaña*: lienzo fino fabricado en la región francesa del mismo nombre.

caridades! Si usted fuera sola, o si la hija que tiene fuera fea, yo le apostara mis orejas a que no encontraba un caritativo semejante; pero es cosa muy común favorecer a las bonitas con exceso, cuando las feas no hallan ni quién les dé los buenos días.

No sea usted cándida, comadre; esa no es caridad, es un anzuelo, una red que se tiende para que caiga el inocente pez. ¡Quién sabe si yo juzgaré con temeridad! No conozco al tal señor, acaso será un hombre muy virtuoso y su corazón estará limpio de malicia. Dígale usted que les haga la caridad que quiera a las dos; pero a usted en su casa y a la muchacha en un convento, y en haciéndolo así jure usted que es un hombre de bien y que hace perfectas caridades.

—Ya se lo he dicho así, compadre; mas a eso me dice que él no es tonto para tirar su dinero en esas cosas; que los conventos y colegios no sirven sino para criar flojas y holgazanas, pues no se entran en ellos las muchachas sino por necesidad y por moda, para que les digan niñas de convento; que allí lo que aprenden son muchas monerías y ridiculeces; que salen más hipócritas que cristianas, pues acompañándose con muchas viejas supersticiosas, sirvientas necias y niñas forzadas, o que están allí a fuerza y que tienen bastante malicia para enseñar sus malas mañas, las aprenden fácilmente sus amigas, y pierden en los conventos la sencillez que conservan en sus casas al lado de sus madres; y por último, dice el señor que es bobería meter en colegio o convento a una niña que no tenga vocación de ser monja, sino que piensa en casarse, pues en una clausura con dificultad se proporcionan novios; y que supuesto que mi hija no ha de ser monja, porque o no tiene vocación o no tiene dote, que mejor es que se quede en la calle conmigo, pues así se consigue que me asista y acompañe, y que tal vez mañana u otro día se case con ventaja, lo que no sucederá si la metemos en conventos, porque santo que no es visto no es adorado.

Todo esto me dice el señor, y ya ve usted, compadre, que dice muy bien; porque yo he visto mucho de lo que me ha dicho y tengo muchísima experiencia; como que de muchacha estuve en convento y allí supe muchas cosas, y aprendí mil tonteras y malas mañas; porque lo que era bueno y lícito lo tenía por pecado y escrupulizaba de ello, y así se enfadaba el confesor conmigo cuando le decía: «Acúsome, padre, que dije delante de los hombres en reja, que me dolían las piernas, que tenía un tumor en una nalga o una roncha en el ombligo», que son partes del cuerpo que yo llamaba con unos nombres que aun en los fandangos hacen reír. Mi confesor, como dije, se incomodaba de esto, y me regañaba muy seguido. Me acuerdo que un día, víspera por cierto de la Ascensión, me dijo: —Ya le he dicho... Porque mi confesor era muy santo y muy seriote. A nadie hablaba de *tú* ni platicaba, sino por mucha fuerza, fuera del confesonario, ni recibía ningún regalito de sus hijas, ni quería a unas más que a otras, ni admitía papelitos, ni escribía ningunos, ni servía de empeño, ni hablaba en el confesonario sino de asuntos de conciencia, ni aprobaba virtudes, ni creía revelaciones, éxtasis ni arrobamientos,[170] ni...

—Déjese usted de tantos *nis*, comadre —decía el coronel—, que yo no quiero saber la vida de su confesor, aunque por lo que me ha dicho conozco que era un buen ministro de Dios; pero eso no viene al caso. Diga usted qué fue lo que dijo la víspera de la Ascensión, y acabe su cuento antes que se me olvide lo que yo le he de contestar.

—Pues, compadre —decía la vieja—, lo que me dijo mi padrecito... ni así quería que le dijéramos sus hijas, sino mi confesor o mi director. Vea usted qué tal era de serio; pero en fin, me dijo: —Era menester un diccionario particular para confesar a las necias de conventos como tú, o una singular inteligencia para comprender sus fraudes y gazmoñerías. Ya le he dicho que se confiese en castellano y no en esa jerigonza que no entiendo, sino a costa de mil preguntas. También le he dicho que se confiese sin rodeos y sin buscar frases con que ocultar o disimular sus faltas, porque este modo de confesarse es efecto de una muy refinada soberbia y tontería, pues cree que Dios, cuyo lugar ocupo, se engañará con el artificio con que trata de disminuir su culpa y le perdonará más fácilmente, o a lo menos me quiere engañar para estar bien conceptuada conmigo, lo que es una simpleza, pues el concepto que yo debo formar y el que debe querer que forme es el que convenga a su salud espiritual y no a fomentar su vanidad ni su ignorancia.

¿Qué le importará engañar al confesor, ni que este la tenga por una santa, si el que registra los rincones del corazón sabe que no es virtuosa, como aparenta, sino una soberbia que viene a la sagrada piscina de la penitencia, no a purificarse de sus culpas con corazón contrito y humillado, sino a revolcarse en su mismo cieno y a salir del baño saludable más manchada de lo que entró?

Le he dicho que la verdadera virtud no está reñida con la sinceridad; que los escrúpulos son perjudicialísimos para adelantar en el camino de la perfección; que hay escrúpulos de almas timoratas y escrúpulos de hipócritas, como los suyos. Se viene a confesar de que le dio un palo al gato de su nana[171] y no se confiesa de que se lo dio por vengarse de ella, ni de que se quiso vengar porque la regañó por haberla desobedecido yéndose al patio a platicar con esa moza que le ha enseñado tantas cosas que nunca debía saber, y porque le ha evitado esa compañía que ha sido tan perjudicial a su conciencia.

¡Cuánto trabajo me ha costado sacaros todas estas cosas y haceros confesar las culpas mortales que os queríais ocultar o con malicia o con ignorancia culpable!, pues seguramente no queríais confesar otra cosa sino que le disteis un palo al gato, lo cual no puede ser culpa grave. ¡Ya verá usted qué tal sería mi confesor!

—Era muy bueno —dijo el coronel—, pero no sé si me admire más de la candidez de usted en confesar sus pecados, o de la memoria que conserva de

---

170   La vieja no supo explicarse. Quiso decir que el padre no creía las visiones del sueño, histérico, vanidad e hipocresía con que quieren engañar al confesor; pero sí creía en los efectos verdaderos y singulares de la gracia divina (Ed. 1831).

171   Ya se dijo quienes llaman nanas en los conventos (Ed.1831). Así llaman las niñas a las monjas a cuyo cargo están (Ed. 1842).

la reprensión de su director, pues la sabe como una relación; porque ese estilo se echa de ver que no es el de usted, sino el de su confesor.

Pero, después de todo, es necesario que usted advierta que ese señor no dice bien en todo lo que ha dicho. Es verdad que en los conventos o colegios de mujeres hay defectos que sería de desear se corrigiesen. Mas ¿en qué parte no los hay en esta vida mortal y miserable? Es también verdad que algunas se entran en los conventos, o por moda, o por antojo, o por necesidad, o por fuerza, y no son estas seguramente las que cumplen mejor con sus obligaciones; pero no es menos cierto que tales casas no se fundaron para ser hospicios de disipadas, frívolas, ni holgazanas, sino para ser los planteles de la virtud y los asilos de la inocencia, como efectivamente lo son. Los confesonarios son crisoles donde esta se prueba y los púlpitos teatros en que se publica y se panegiriza cada día. Y si no hubiera sido por los conventos, colegios y casas de enseñanza y clausura, establecidas para defender la virtud y honestidad de muchas, ¡cuántas a esta hora hubieran sido tristes víctimas sacrificadas a su indigencia y al libertinaje de una tropa de infames seductores?

La utilidad de semejantes piadosas fundaciones es innegable, por más que en ellas entren algunas personas díscolas y no falten defectos que sería muy del caso corregir.

Llamo defectos a muchas preocupaciones que no dejarán de parecer ridículas a los sensatos, por más que sus patronos las quieran vestir con el traje de la virtud.

Una de ellas es que las niñas que entren en este o en aquel convento o colegio no usen túnico ni tápalo, ni el pelo abierto y caído sobre la frente, como lo usan todas las jóvenes decentes en sus casas, por más honestas y virtuosas que sean; y aquí tenemos una preocupación, no solo extravagante, sino que puede ser perjudicial en algún caso.

Nada difícil es probar lo ridículo de esta prohibición, si se advierte que el túnico y el pelo colocado sobre el casco o sobre la frente es ya en el día un uso muy común, y tan honesto en sí, que las señoras timoratas lo llevan sin el menor escrúpulo, y con razón; porque el túnico y la basquiña,[172] el tápalo o el paño de rebozo no hará ni a una sola mujer virtuosa o prostituída, y aquí se verifica que el hábito no hace al monje.

Ahora se debía advertir, por las enemigas de los túnicos y trajes del siglo, que no todas las niñas que entran en los conventos llevan designios de quedarse en ellos, ya por falta de vocación o ya de dote. Muchas entran por aprender las labores, costuras y curiosidades que aprenden las mujeres hacendosas; muchas por necesidad, muchas por antojo y algunas por fuerza. Todas estas van con la intención de salirse luego que aprenden lo que quieren, o cuando mude su suerte, o cuando ya no quieran estar o no quieran que estén los que las mandan.

¿No es cosa bien extraña que se les prohíba a todas estas su propio traje?

---

172 *Basquiña*: saya que usaban las mujeres sobre la ropa para salir a la calle, y que actualmente se utiliza como complemento de algunos trajes regionales.

Y por último, si el túnico, si el tápalo, si el pelo así o asado son escandalosos en los conventos, si se han de ver como retrayentes de la virtud, ¿por qué en muchos se permite? ¿Diremos que en esto son las preladas más laxas, o menos preocupadas?

Los perjuicios que acarrea esta preocupación contra los túnicos no son ni raros ni remotos. Hay muchachas pobres que desean recogerse en un convento; acaso hallan este o el otro bienhechor que las ayuda para pagar su colegiatura, o piso, como llaman vulgarmente; y ¿qué sucede? Que no entran, y pierden esa coyuntura, y tal vez se extravían en la calle, porque no tuvieron o valor para dejar el traje con que las criaron o proporciones para variarlo; y he aquí un daño para esa pobre, el que puede acaecer con demasiada frecuencia.

Si yo quisiera que dentro de los conventos o colegios se admitieran todos los trajes que usan las señoras en la calle, sería un temerario; porque esta permisión general abriría la puerta al lujo y la profanidad, opuestos a la moderación y modestia que debe sobresalir en tales casas; pero lejos de tal necedad, solo deseara que se permitiera que se vistieran las niñas en las clausuras según se visten fuera de ellas las jóvenes honestas y timoratas, pues de este modo, sin ofensa de la virtud, se corregiría esta preocupación que mil veces he oído apellidar ignorancia y ridiculez.

No quisiera hablar de otros defectos que se notan en semejantes comunidades, que si no son tan públicos como el que acabamos de refutar, no son menos frecuentes y perjudiciales. Las predilecciones que las nanas[173] tienen con esta niña más que con aquella; las amistades íntimas de unas niñas con otras; las confianzas mutuas entre unas y la indiferencia con otras; la estimación y aun distinciones que gozan las ricas sobre las pobres;[174] la acepción de chismes; los cuentos que libremente se permiten, y aun se fomentan, de espantos, de visiones y aun de milagros apócrifos e imaginarios[175], y otras cosillas a este modo, originan celos, envidias, rencillas, murmuraciones, escrúpulos necios, pensamientos temerarios, supersticiones y un enjambre detestable de vicios, y tanto más detestables cuanto que se provocan y ejercitan entre muchas personas que tienen que vivir juntas y fiscalizarse muy de cerca. Si el santo rey David decía que era bueno y agradable el vivir los hermanos enlazados por la caridad como si fueran todos uno solo, yo digo, y cualquiera dirá, que es malísimo y más que terrible vivir desunidos y entre chismes y alborotos los hermanos que viven juntos, y si son las hermanas, es peor que peor. ¿Y de qué frase nos valdríamos para ponderar la malicia y gravedad de la culpa de

---

173 Ya se dijo quiénes se llaman nanas en los conventos (Ed. 1842).

174 Esto se ve y fuera mejor que no se viera. Se escribe para que se corrija este defecto donde lo haya (Ed.1842).

175 Son muy frecuentes semejantes relaciones apócrifas que haces más daño del que parece. Se refiere con sencillez que la madre Fulana difunta era una santa; que hacía tal y tal penitencia; que hizo tal y tal milagro, etc., y sin otra confirmación que una vulgar aunque piadosa tradición, se cree todo. Se enmiendan a la dicha monja y se veneran sus reliquias como si estuviese declarada por santa. No es este el espíritu de la Iglesia. Esta es una materia en que tan malo es no creer nada, como creer mucho (Ed. 1831).

aquellas que se aborrecen de muerte, que se procuran poner en mal con las superioras, que hacen cuantos daños pueden, que se malquistan mutuamente, y llegan hasta a negarse las comunes salutaciones, o lo que dicen, quitarse el habla? Apenas se pudiera creer, si no se viera, que entre cristianos prevaleciera tanto el espíritu del odio y la venganza, que llegara hasta a tenerse por agravio la vista y el eco de la voz del objeto que aborrecen. ¡Teman estos infelices, teman la ira de Dios en el último día de los siglos! El mismo dice en las sagradas letras: *Aquel que quiera vengarse, sentirá la venganza del Señor, y Dios no olvidará jamás sus pecados. El hombre se encona contra el hombre y conserva contra él su enojo, ¿y así se atreve a pedir a Dios misericordia? El no la tiene con sus semejantes, ¿y así pide se le perdonen sus pecados? Acuérdate, miserable mortal, de tus novísimos, y déjate de enemistades.*[176] Así habla Dios en provecho del prójimo, y el hombre vengativo habla muy al contrario con ofensa de Dios.

¿Pero acaso, porque en algunos conventos y casas de comunidad se noten extravagancias ridículas y viciosas, habremos de hablar con impiedad de semejantes fundaciones? ¿Echaremos a sus instintos la culpa que tienen los vicios? ¿Nos escandalizaremos de ver en ellos lo que no falta en parte alguna? ¿Querremos que las comunidades de las mujeres sean perfectas y limpias de todo individuo díscolo y quizá extraviado, cuando no hay una corporación exacta de esta plaga? ¿Olvidaremos que la congregación de Jesucristo se compuso de solo doce individuos escogidos por la Suma Sabiduría, y sin embargo, entre solo doce se halló un Pedro infiel y un Judas pérfido, traidor y criminal hasta el extremo? Pero ¡qué mucho! La primera asociación que hubo en el mundo fue de dos individuos, Adán y Eva, y ya vemos lo que sucedió. El primer hombre acaso no hubiera prevaricado si la mujer primera no lo hubiera seducido. ¿Y así querrán los falsos virtuosos que en los conventos no haya defecto alguno, o lo que es lo mismo, que los frailes, monjas y niñas enclaustradas sean impecables? Así sería de desear; pero esto no es dado sino a los habitantes del paraíso celestial, que están confirmados en gracia.

Mas por último, señora comadre; lo que no tiene duda es, que cuando ese don Gervasio, su nuevo protector, repugna tanto que entre Tulitas en convento, no lo anima seguramente el espíritu de San Pablo, ni el de algún otro Apóstol o Santo Padre, sino la concupiscencia de la carne. Bien claro me explico; pero si usted no lo entiende, sépase que no la quiere encerrada, porque no puede serle útil dentro de la clausura. Afecta compasión hacia la muchacha y disuade a usted de que la asegure en un colegio, no por virtud ni por amor que le tiene, sino porque en la calle tiene libertad para seducirla y esperanza de satisfacer sus apetitos, lo que no sería tan fácil en un convento. ¡Malditas sean esas caridades! Oiga usted una fabulita que hice años pasados al asunto; quizá porque está en verso la retendrá usted en la memoria, y servirá de provecho a la madre y a la hija. El apólogo trata de un lobo y un cordero, y dice así:

176　Eccl., cap. XXVIII (Ed. 1842).

—¡Ay infeliz de ti!, me compadeces
tan joven y metido entre esos palos,
que ni te dejan ver el mundo alegre,
ni gozar de las hierbas y los pastos.
Ven: sal por la rendija que te ofrece
la estaca que aquí falta. Yo no paso
a libertarte, amigo, porque tengo
un gran cuerpo, no quepo, estoy pesado;
pero tú, que eres chico, sal o brinca,
y ya verás qué vida nos pasamos.
Te llevaré a comer la dulce grama,
te pasearé por todos los sembrados;
el tomillo y el maíz, alfalfa y trigo
te prevendrán un delicioso plato.
Un lobo malicioso y lleno de hambre
así le hablaba a un corderillo incauto.
El tonto lo creyó; salió, y al punto
el compasivo lo hizo mil pedazos.
¡Oh, cuántas jovencillas infelices,
víctimas son de un seductor tirano,
por creer, como el cordero, incautamente
su fingida promesa y falso halago!

—¡Qué tal, comadre!, ¿le gusta a usted la fabulita?, pues aprovéchese de ella en beneficio de Tulitas. En casa no le falta nada de lo preciso. Si no come en banquetes, no tiene hambre; si no viste con lujo, no está desnuda y si no la tiene usted a su lado, vive segura de que está en una casa de honor. Conque vea usted lo que hace y no la exponga a ser víctima de un lobo seductor, no sea que después tengan usted y ella que llorar su ligereza y falta de consejo.

—¡Ay! no, compadre –decía la vieja. Usted piensa muy temerariamente del señor don Gervasio. ¡Sobre que es tan bueno el pobrecito, tan retador, tan caritativo!, y después de todo, ya es señor grande, y no se ha de meter en esas cosas.

—¡Vaya, comadre! –decía el coronel–, o usted es muy cándida o quiere parecerlo. Ese señor tan bueno, tan rezador, tan caritativo y tan viejo, es un hombre, y un hombre que quiere beneficiar a usted, porque sabe que tiene una hija bonita que le gusta, y no se resuelve a hacer toda la gracia que ha ofrecido, sino hasta que la muchacha esté fuera de mi casa. ¡Eh!, no sea usted ignorante: él quiere que le venda usted a su hija, satisfacer su apetito a costa de cuatro pesos y después abandonar a las dos.

Deseche usted sus favores, desprecie sus promesas, deje a su hija en mi casa; confórmese con su suerte, sirva a Dios en su estado y viva segura de que no le faltará qué comer, porque primero faltará el sol que deje de cumplirse su palabra divina. No se espante usted, señora, ni arrugue las cejas al oírme asegurar que no le faltará la subsistencia si teme a Dios, porque yo no lo digo, sino el mismo Señor, que no puede engañarse ni engañarnos, porque es infalible en sus promesas. Atienda usted sus palabras: *No padecen pobreza los que temen a Dios. Los ricos se vieron necesitados y con hambre; pero a los que buscan al Señor, no les faltará todo bien.*[177]

¿Quiere usted más seguridad que la palabra del Todopoderoso? No es usted la primera madre que expone a sus hijas a la más vergonzosa prostitución, queriendo escudarse con la pobreza que padecen; mas usted y cualquiera que lo haga cargan con una terrible responsabilidad ante el tribunal supremo, y no tendrán allí la más mínima disculpa que les valga; porque estas prostituciones no se efectúan por la pobreza, no, es mentira: a nadie le falta qué comer ni lo preciso, trabajando con honra en lo que pueda y obrando según el designio de su Creador. Este jamás falta a sus criaturas. Al pajarillo previno el alimento en lo elevado del árbol, al pez en lo profundo del mar y a la despreciable lombriz en el centro de la tierra. Vea usted, ¿y cómo le habían de faltar al hombre, criado a su imagen, y que es mejor que los pájaros y los peces?

El ningún temor de Dios y la poca o ninguna confianza que se tiene en su alta Providencia abren la puerta a las innumerables miserias de que se ven perseguidos los mortales. ¡Cuántas madres y niñas virtuosas conocemos que subsisten sin tocar el extremo de la indigencia y contando con menos arbitrios que usted y Tulitas! ¡Y cuántas que se han atenido a los criminales auspicios de los hombres, vivieron alegres cuatro días y casi subieron a la cumbre de la felicidad temporal, para ser precipitadas en su edad avanzada hasta el horrible abismo del deshonor y la miseria! Usted y yo conocemos muchas de una y otra clase, y nos sería fácil hacer un catálogo de sus nombres. Conque no sea usted boba, conozca el mundo, conozca a los hombres, no fíe de sus promesas, cuídese a sí misma y deje a su hija en mi poder, que esto les importa, y nada más.

Cuando yo esperaba que la buena vieja agradeciera los saludables consejos del coronel y el interés que tomaba por la felicidad de Tulitas, se levantó de la silla, y con un aire de enfado dijo:

—Usted dice muy bien, compadre; pero yo he venido resuelta a llevarme a mi hija; porque lo que no le doy no se lo debo quitar, ni he de echar esta fortuna a puerta ajena. A más de que, ¿quién la ha de querer más que yo, que soy su madre, y sabe Dios lo que me ha costado? Y con todo eso, muy bien sé que va segura, porque el señor don Gervasio Protasio es muy hombre de bien, y muy cristiano, y muy caritativo, y muy liberal, y muy honrado, y muy todo, y por fin, yo no debo juzgar vidas ajenas, ni Tules es chiquita; ya sabe bien dónde le aprieta el zapato, y si ella fuere tonta y se dejare engañar, allá se lo

---

177   Psalm, 33, v. 10 (Ed. 1842).

haya; su alma y su palma, y Cristo con todos. Y así, compadre, yo le agradezco a usted mucho y a mi comadrita los días que la han tenido en su casa, y con su licencia me la llevo. Anda, niña, recoge tus trapitos y vámonos.

El coronel se incomodó, como era regular, con la terquedad de la vieja, y así se retiró diciéndole que hiciere lo que quisiera. La niña repugnaba el irse, por el amor que tenía a los señores y porque era naturalmente juiciosa; pero instando su madre más y más, tuvo que obedecer contra su gusto.

Recogió su ropa, y abrazando a doña Matilde y a Pudenciana con la mayor ternura, sin poder articular una palabra, porque el llanto no se lo permitía, se salió de aquella casa que justamente veía como un asilo.

Todos sentimos la ausencia de Tulitas, porque era una muchacha muy amable; pero más que todos el coronel, que preveía sus futuras desgracias.

A pocos días recibí orden de mi padre para que borrase colegiatura y me retirara al pueblo en donde residía, porque estaba enfermo y le era necesaria mi asistencia. Se hizo así, y dispuso el coronel mi marcha, la que verifiqué con no menos sentimiento que Tulitas. Mil ocurrencias me impidieron volver a esta capital, como deseaba, dentro de breve tiempo. Apenas una u otra carta escribí a mi buen tutor, las que me contesto con su acostumbrada prudencia y atención; y por un largo viaje que tuve que hacer a las provincias internas, ya no volví a saber de su salud hasta, pasados cinco años, que vine a esta ciudad, y entonces supe lo que diremos en el tomo segundo.

CAPÍTULO XII

EN EL QUE EL CORONEL DISCURRE SOBRE LO ÚTIL QUE SERÍA QUE
LAS MUJERES APRENDIESEN ALGÚN ARTE U OFICIO MECÁNICO CON
QUE SUBSISTIESEN EN CASO DE NECESIDAD

Al fin de cinco años de ausencia me regresé, según he dicho, a esta capital, y luego que llegué a ella fui a buscar a mi buen amigo el coronel.

Se deja entender que al efecto me dirigí a la casa de don Dionisio Langaruto, quien con su esposa doña Eufrosina, me recibió con bastantes muestras de cariño; me hicieron mil preguntas y repreguntas acerca de las tierras por donde había estado, a las que yo contesté unas veces con verdad y otras sin ella, seguro de que todo cuanto dijera lo habían de creer, solo porque yo decía que lo había visto; bien que en esto no hice más que mentir con la autoridad de viajero.

Así que estos señores se cansaron de preguntarme, les pedí razón del caballero coronel y su familia, y me dijeron que ya no vivía con ellos; porque habiéndose enfermado doña Matilde fue preciso al coronel llevarla al paraje que llaman Tlaxpana[178] a que mudase temperamento, y que cuando se restableció su salud tomó casa frente de la Alameda, por ser más cómoda que la que ocupaba en su compañía.

Luego que supe esto les pedí las señas de la casa, me las dieron, y al instante me despedí de aquellos señores, porque ya se me hacían siglos los minutos que tardaba en ver a mi apreciable don Rodrigo.

Cuando entré, estaba doña Matilde tocando en su clave y él coronel leyendo un libro; pero no bien me vieron, cuando dejaron ambos los objetos de su diversión, y se levantaron apresuradamente para abrazarme.

Yo correspondí a sus cariñosas demostraciones con las palabras y señales que en semejantes casos dicta la urbanidad, el amor y la gratitud. Doña Matilde disparó sobre mí una descarga cerrada de preguntas acerca de las particularidades de mi viaje y de las tierras que había visto, a las que yo contesté con más prudencia que en casa de doña Eufrosina y procuré cuanto pude economizar las mentiras, como que sabía que el coronel no era nada vulgar y podía sorprenderme cuando yo estuviera mintiendo más alegre.

---

178 *Tlaxpana*: un barrio del a ciudad de México, rumbo a Tacuba.

Mucho sentimiento manifestaron estos señores cuando supieron que había fallecido mi padre.

—Ciertamente que me es muy desagradable la noticia —me dijo el coronel— porque tu padre fue mi amigo verdadero; lo traté mucho, analicé su carácter, y siempre lo advertí virtuoso sin superstición, sabio sin vanidad, benéfico oculto, buen padre, buen esposo, buen amo y hombre de bien a toda prueba. Los que lo conocieron como yo en esta capital y los que por tantos años lo trataron, así dentro como fuera del real colegio de Tepotzotlán, donde fue un médico apreciable,[179] serán perpetuos panegiristas de sus virtudes; ni dudo que los pobres de aquel pueblo llorarían su falta y acompañarían con lágrimas su entierro. El llanto de los infelices socorridos siempre riega los túmulos de sus benefactores. Procura, pues, no olvidar las máximas que te inspiró de religión y de moral cristiana, y de esta manera honrarás su memoria, pues por el fruto se conoce el árbol.

Acabó su discurso el coronel, que se me quedó bastante impreso en la memoria, y después de haber hablado de otras cosas, le pregunté por la niña Pudenciana.

—Está allá adentro —me dijo su mamá— y con visita, ¿quieres verla?

—Sí, deseo verla —le respondí—, pero si está con visita cumpliré mi deseo otra ocasión.

—Vamos ahora —dijo el coronel— pues la visita que tiene es de confianza, y ella misma se alegrará de verte.

Diciendo esto, nos levantamos de los asientos y fuimos a ver a Pudenciana. Entramos en su cuarto, y la hallamos muy divertida bordando un pañuelo. Luego que me vio, se levantó y me hizo aquel recibimiento que yo debía esperar de su cariño y bien dirigida educación.

Muy diferente fue el tratamiento que recibí de Pomposa, que estaba allí de visita, pues embelesada en componerse un rizo, se miraba al espejo con tal atención, que no la tuvo para saludarme, hasta que doña Matilde la llamó de su éxtasis, diciéndole:

—Mira, niña, quién está aquí. ¿Qué, no lo conoces? Háblale. —Entonces Pomposita volvió la cara, me reconoció un breve rato y con un aire de protección solo me dijo:

—Beso a usted la mano.

Yo no pude menos que sorprenderme al advertir un estilo tan vano y petulante que se propasaba a impolítico, porque sin hablarme otra cosa, dirigió la palabra a su tía, diciéndole:

—Estoy hecha un veneno contra la maldita costurera. Vea usted qué caracoles me hizo tan feos; parecen escaleras arruinadas. Unos más altos, otros más bajos; estos de aquí más grandes y los de este lado más chicos, y todos ellos sin proporción ni simetría, y lo peor es que así he venido por la calle. ¡Voto a mis pecados! ¡Que no me lo advirtiera mi mamá! ¿Qué habrán dicho de mí las gentes?

---

179 Las características biográficas de este personaje corresponden a las del padre de Fernández de Lizardi.

El coronel se sonrió y le dijo:

—Pues acaba tu obra y vamos a comer, que ya es hora.

Con esto, nos fuimos todos a la sala, y la dejamos atareada en su importantísimo negocio.

Pudencianita me contó cómo ya sabía leer, escribir, contar, coser, bordar, dibujar y estaba aprendiendo a tocar el clave con su madre.

—Otra cosa sabes que no le has dicho a Joaquín –dijo el coronel.

—Es verdad –dijo Pudenciana– se me había olvidado; ya sé componer relojes.

—¡Componer relojes! –repetí yo con mucha admiración–. Ese oficio o arte es propio de los hombres y por lo mismo en usted será una rara habilidad.

—Pasará por tal –dijo el coronel–, pero solo entre aquellas personas preocupadas que piensan que en la almohadilla se encierra todo lo que necesitan o lo que pueden saber las mujeres. Aunque yo no encuentro una razón sólida para que sean excluidas del conocimiento, de las artes y oficios en que se ejercitan los hombres. De aquellas artes digo que no requieren fuerzas físicas, sino solo una constante aplicación.

Mucho más extraño esta exclusión, cuando considero que las mujeres son infatigables en el trabajo que pueden soportar, por prolijo que este sea. ¿Quién tendrá la paciencia de ellas para sacar de un cambray[180] superfino, con mucha cuenta y cuidado, treinta mil hilos, para dar dobles puntadas y lazaditas y hacer unas filigranas primorosas? ¿Quién no se cansará solamente de verlas ensartar, guardando dibujo y proporción, millares de cuentecillas de chaquira para hacer una trenza, una cigarrera u otra cosa? Lo mismo digo de todos sus artefactos.

Pero si a proporción del premio hemos de juzgar del mérito de las obras, ningunas tienen las de las mujeres, porque ningunas hay más mal pagadas. ¿Y esto de qué proviene, sino de que la aguja, el dedal y las tijeras son los únicos instrumentos que manejan todas, esto es, todas las que son mujeres? Para una camisa hay doscientas costureras, y para una cosita de primor y curiosidad hay comunidades y congregaciones de curiosas.[181] Por esta razón, las que trabajan por necesidad abaten el precio de sus costuras hasta el extremo, para encontrar algo que hacer. Esto consiste en que todas las mujeres que quieren serlo no saben sino una misma cosa. Si todos los hombres fueran pintores, la miniatura más preciosa valdría dos reales.

De que sea tan mal pagado el trabajo de las mujeres resulta que, aun las más laboriosas, no pueden sostenerse con la aguja, y si alguna lo consigue, es a costa de su salud y siempre a las orillas de la miseria.

La viuda que queda pobre y con hijas grandes y bonitas, como no tenga más arbitrio que la almohadilla para sostenerlas, bien se pueden considerar en el camino del precipicio, a no ser que las detenga una virtud muy sólida, pues por una parte la constante seducción que las ofrece mejorar de suerte en un momento, y por otra la necesidad que urge y oprime sin cesar, son unos

---

180 *Cambray*: especie de lienzo blanco y sutil.
181 Tales son las Vizcaínas, Belén, la Enseñanza, y todos los conventos de religiosas y colegios de niñas (Ed. 1831).

alicientes que conducen a la prostitución con tal vehemencia, que para resistirlos es necesario el poder de la divina gracia. Para precaver estas fatales consecuencias, sería de desear que todos los padres de familia, especialmente los pobres, enseñasen a sus hijas algún arte o ejercicio que fuese compatible con la delicadeza de su sexo. No encuentro yo embarazo para que las mujeres pobres, según su inclinación, se dedicasen a ser sastres, músicas, plateras, relojeras,[182] pintoras y aun impresoras.[183] Cualquier oficio de estos seguramente les proporcionaría más ventajas en los tiempos críticos de la necesidad que las costuras más bien trabajadas.

Mas esto no quiere decir que no se apliquen las mujeres a la aguja, a la cocina y a todos los quehaceres domésticos en su primera edad. Esta fuera una herejía social. Cada miembro del Estado debe estar en aptitud de desempeñar aquellos cargos a que ordinariamente se destinan los de su clase, y siendo el primer cargo de la mujer cuidar de su marido, de sus hijos y su casa, es de su primera obligación aprender a cumplir con este cargo, el que no llenará nunca la mujer rica o pobre que ignore a lo menos cómo se sazona un puchero, cómo se hace una camisa, se asiste a un enfermo y se conserva el orden económico y el aseo en una casa.

Por tanto, toda mujer desde su niñez debe instruirse en estos pormenores, solamente porque es mujer, aunque sea rica, porque no sabe si llegará a ser pobre; pero las que no tengan facultades, después de saber lo más preciso, podrían con mejor fruto aprovechar el tiempo que gastan en aprender a bordar, deshilar, labrar, embarcenar,[184] ensartar chaquira y hacer florecitas de seda o de papel. Yo hablo aquí como en mi casa y como padre de mi hija; cada uno en la suya hará lo que le dicte su prudencia o su gusto.

A este tiempo entró Pomposita en el comedor hecha una Filis, con los rizos tan bien puestos como si se los hubiera medido a compás y con la más exacta geometría.

Nos sentamos a la mesa, y durante la comida se habló de varias cosas. Entre ellas me contó el coronel cómo doña Eufrosina había dado a luz dos niños, que existieron poco en el mundo, porque las chichiguas y pilmamas les dieron pronto sus pasaportes para el cielo. Doña Matilde no tuvo más que a Pudenciana, y acaso se esterilizó por alguna imprudencia con que la trataron en su parto, según el coronel temía.

No dejó de hablar una que otra cosa Pomposita; pero con un aire de orgullo y satisfacción, que yo no cesaba de admirar, y no tanto por su vanidad cuanto por su estilo ampolludo y pedantesco.

Finalmente, se concluyó la comida; las dos niñas se fueron a divertir con los pájaros y macetas, y nosotros nos fuimos a la sala a pasar la siesta.

---

182 Muchos artículos a favor o en contra de esta teoría habían aparecido en *El Diario*. En el ejemplar 262 se cuenta de una fábrica de relojes en España que empleaba mujeres (Spell, 1926).

183 Cuantas objeciones generales se pueden oponer a este dictamen son tan débiles que se destruyen con un soplo. Quítense del mundo las preocupaciones, y serán más felices los mortales (Ed. 1831).

184 *Embarcenar*: (México) ejecutar cierta especie de bordado, entresacando los hilos de la tela y haciendo luego en ella, con lana o seda, labores matizadas.

Entonces me dijo el coronel cómo se había separado de la casa de su cuñada por excusar un rompimiento, a causa de las frecuentes disputas que se ofrecían, por no ser las dos familias de igual modo de pensar.

—Yo quiero mucho a Pomposa y a sus padres –añadía el coronel–, pero no puedo conformarme con sus costumbres. Una de las cosas que me hacían contrapeso para la educación de mi hija era el genio de Pomposa y el mal ejemplo que la daba. Ya tú conoces mi carácter y el de Matilde, como que casi te criaste con nosotros, y ya verás qué bien me parecería que quisieran hacer a Pudenciana andariega, ociosa, bailadora, vana, presumida y altiva; pues todo esto y algo más sería al lado de su buena primita; porque las malas costumbres se contraen muy fácilmente, y más cuando hay ejemplos que las insinúen y partidarios que las justifiquen o que pretendan justificarlas.

Yo siempre procuraba irle a la mano a mi cuñada en muchas cosas; pero gastaba en vano mi saliva. Ella es de capricho, y quererla persuadir de una verdad que no le acomoda es lo mismo que querer ablandar una bigornia[185] con la mano.

Reflexionando seriamente en las fatales consecuencias que podía acarrearnos su tan inmediata compañía, la he separado, pretextando primero la enfermedad de Matilde y después la comodidad que me proporciona esta casa; y de este modo hemos salido en paz, aunque yo no he conseguido enteramente el fin que me propuse; pues como por una parte nos amamos y por otra los vínculos de la sangre estrechan nuestra amistad, lo que se ha logrado es alejar las casas y disminuir las ocasiones; pero no cortar estas del todo, que es lo que yo deseara. Todos los domingos viene Pomposita o envían por Pudenciana, y no hay paseo ni frasca a que no nos conviden con instancia; y lo peor es que muchas veces es preciso contemporizar, por no ofender las leyes de la amistad o de la política, por no parecer ridículo y misántropo.

Apoyé, como era justo, el discurso del coronel, y por saber qué juicio hacía del afectado estilo de su sobrina, le dije:

—Entre las nulidades que usted ha observado en la niña Pomposita, luce su instrucción lo mismo que una perla entre muchas piedras falsas. A lo menos así me parece, después que en la mesa la oí explicarse en algunas materias con términos técnicos o propios de lo que se trataba, lo que me hizo creer que está bastante instruida.

—Debía estarlo –contestó el coronel– porque tiene bastante capacidad; mas ha llenado su entendimiento de impertinencias y bagatelas, y con esto ha conseguido hacerse una erudita a la violeta[186] y bachillera perdurable. Los hombres de juicio la compadecen al tiempo que los tontos la celebran.

Toda la causa de la ignorancia y pedantería de Pomposa ha sido la indolencia y falta de precaución de su padre. Al principio no cuidó de que se instruyera, y después le permitió leer indistintamente los libros que él había comprado para adornar su gabinete. Con esto la muchacha ha picado de todos y

---

185 *Bigornia*: yunque con dos puntas opuestas.
186 *Erudita a la violeta*: persona que solo tiene una tintura superficial de ciencias y artes.

de cada uno sin el menor discernimiento y se ha llenado de multitud de ideas heterogéneas o diferentes entre sí, las que saca a la plaza cuando quiere; y como carece del verdadero conocimiento de las materias que trata, al mismo tiempo que de la legítima significación de los términos con que se expresa, las más veces habla unos desatinos tremendos; y en verdad que es una lástima que no haya aprovechado sus luces, pues cuando raciocina con juicio se conoce que no es tonta y ha leído algo.

—Y aun eso es una maravilla –dije yo– porque siempre he oído decir que la mujer más hábil no pasa de tonta... Usted dispense, señora doña Matildita, que yo no digo lo que siento, sino lo que he oído decir, y esto porque el señor coronel me diga si aciertan o no los que se profieren de ese modo.

—Seguramente no –dijo don Rodrigo–, y tú me has oído decir varias veces que las mujeres pueden saber tanto como los hombres más instruidos. Esto se prueba por la causa y por el efecto. Por la causa, porque siendo el alma el receptáculo de la sabiduría y no careciendo las mujeres de alma, se sigue que tienen la misma aptitud que los hombres.

Ahora, que esta disposición sea en unas mayor o menor que en otras, que las más no la cultiven, no prueba que no la tengan o que no la puedan ejercitar en cosas útiles. Ya adviertes que hablo del entendimiento. A los hombres sucede lo mismo: entre ellos unos tienen más talento que otros y unos mejor que otros lo emplean.

La educación bien o mal dirigida en ellos y la clase de vida a que nacen sujetos, hace que unos tengan entendimientos ilustrados y otros vulgares o incultos; pero así como fuera necedad decir que todo payo, que todo cargador o cochero es tonto por ser cochero, cargador o campesino, así lo es persuadirse a que toda mujer es tonta solamente porque es mujer, pues la que tenga una regular capacidad y aplicación, podrá aprender lo que le enseñaren y hacerse sabia, como se han hecho innumerables, cuyos ejemplares prueban esta verdad por el efecto.

Un gran catálogo se podría formar de las mujeres que se han distinguido en el mundo por sus sobresalientes luces. Desde el siglo XIII comenzó a brillar el sexo en la carrera de las ciencias. La primera mujer que se nota, dice Mr. Tomas en su *Pintura de las mujeres*, es la hija de un caballero boloñés que cultivó el estudio de la lengua latina y de las leyes. A los veintitrés años había ya pronunciado en la iglesia mayor de Bolonia una oración fúnebre en latín, sin que hubiese menester, para ser admirada, ni las gracias de su juventud, ni los demás hechizos de su sexo. A los veintiséis recibió el grado de doctora y leyó públicamente en su casa la *Instituta* de Justiniano. A los treinta logró por su grande reputación una cátedra en que enseñó el derecho a un prodigioso concurso de todas las naciones. Reunió en sí las gracias de mujer y las ideas de hombre, y cuando hablaba hacía olvidar el mérito de su belleza.

En el siglo XIV se renovó el mismo ejemplar en dicha ciudad y se repitió otro semejante en el XV. Por los años de 72 y 73 del siglo pasado desempeñó una mujer una cátedra de física en Bolonia. En el siglo XVI se distinguieron en Venecia dos célebres mujeres: la una, Modesta di Pozzo di Zorzi,[187] compuso muchas obras buenas en verso serio, jocoso, heroico o tierno, y algunas églogas que fueron representadas en los teatros. La otra, Casandra Fidele,[188] una de las mujeres más sabias de Italia, escribió con igual suceso en las tres lenguas de Homero, Virgilio y Dante, así en verso como en prosa. Fue muy sabia en la filosofía de su siglo y demás precedentes; cultivó la teología, defendió conclusiones, enseñó públicamente en Padua muchas veces, añadiendo la música a todos estos conocimientos y ensalzó mucho más sus talentos por sus buenas costumbres, las cuales le granjearon el aplauso de los Sumos Pontífices y el homenaje de los reyes.

En Milán hubo una ilustre doncella de la casa de Tribulcio, que pronunció en la lengua antigua de los romanos muchos elocuentes discursos en presencia de algunos soberanos. En Nápoles, la llamada Sarrochia,[189] que compuso un famoso poema y fue en su vida comparada con el Tasso.

En España lució una Isabel de Foya y Roseres, que habiendo predicado con aplauso en la catedral de Barcelona, fue a Roma en tiempo de Paulo III,[190] donde convirtió muchos judíos con su elocuencia, y comentó con aplauso a Juan Scoto en presencia de papas y cardenales. Hubo también en España una Isabela de Córdoba que supo el latín, el griego y el hebreo, y siendo ya célebre por su hermosura, reputación y riquezas, recibió el grado de doctora y después el de teóloga. Catalina de Rivera[191] en el mismo siglo compuso varias poesías.

Aloisia Sigea de Toledo,[192] más célebre que las tres antecedentes, además del latín y griego, supo el hebreo, el arábigo y el siriaco;[193] escribió una carta en estas cinco lenguas al papa Paulo III, y fue después llamada a la corte de Portugal. Allí compuso muchas obras, y murió joven.

Ustedes se cansarían de oír hablar de semejantes mujeres, si yo tratara de compilar sus nombres. Baste saber que en todos tiempos han sobresalido muchas en las ciencias y en todos los pueblos cultos, a proporción que ha reinado en ellos el buen gusto.

En lo antiguo maravillaron a Roma y a Grecia, y en lo moderno a Italia, España, Francia, Inglaterra y la Europa toda han sido teatros en que han lucido los talentos elevados de las mujeres. Aún hoy vive en España la señora doña María Rosa Gálvez,[194] famosa poetisa, como lo acreditan sus obras, y especialmente sus tragedias.

---

187 *Modesta di Pozzo di Zorzi*: veneciana (1555-1592).
188 *Casandra Fidele*: o Cassandra Fedele, veneciana (1465-1558).
189 *Sarrochia*: se trata de Margarita Sarrochi, autora del poema heroico *La Scanderbeide*, publicado en versión completa en 1623.
190 *Pablo III*: (1468-1549) Papa.
191 *Catalina de Rivera*: tal vez se refiera a la sevillana Catalina de Ribera, reconocida por su apoyo al desarrollo de la arquitectura en Sevilla en el siglo XVI.
192 *Aloisia Sigea*: también conocida como Luisa Sigea de Velasco (1522-1560).
193 *Siriaco*: dícese del habla utilizada por los antiguos persas.
194 *María Rosa Gálvez de Cabrera*: poeta y dramaturga española de la Ilustración y el Neoclasicismo (1768-1806).

Ni se ha quedado nuestra América envidiosa de tales glorias. Muchas señoras americanas han sido prueba de esta verdad, y si no fuera por no singularizar, yo nombraría algunas que México conoce.

Todo lo que manifiesta que las mujeres sabrán a proporción de sus talentos y del cultivo que les dieren, sin que sea su sexo un estorbo para aprender, ni menos un motivo que justifique su ignorancia.

Esto digo, porque se observa frecuentemente que muchos padres y madres, no solo no se afanan en cultivar los talentos de sus hijas, sino que se creen exentos de esta obligación y tienen por perdida toda la instrucción que pudieran recibir. ¿La niña lee mal, escribe peor, no conoce un número, ignora los fundamentos de su religión, comete al hablar mil barbarismos, está llena de supersticiones, y últimamente, es una criatura la más ignorante de la familia? No importa, es mujer, no ha de ser sacerdotisa, ni jurista, ni médica, etc., etc., y así nada se pierde con que no sepa ni hablar.[195]

Así se explican muchos padres con su método de educación, creyendo que porque sus hijas son mujeres quedan a cubierto de la nota de ignorantes, y ellos de la que les acarrea su indolencia; pero en realidad ellos siempre pasan por unos descuidados entre los sensatos, y hacen a sus hijas un agravio, pues abandonar a estas por mujeres, es lo mismo que decir: Mi hija es mujer, pues, aunque sea una bestia.

Lo peor es que al tiempo que se descuidan en enseñar a las mujeres lo útil, se pone el mayor esmero en llenarles la fantasía de necedades y en que aprendan lo que jamás debían saber.

Si son bonitas, desde muy tiernas se les hace conocer su mérito con las repetidas alabanzas que se les tributan; si son de genio vivo, se les persuade que tienen gran talento; si son locuaces o habladorcillas, se les significa que son sabias; y en una palabra, si bailan, si cantan, si tocan o tienen alguna mínima habilidad, se la encarecen con los más lisonjeros encomios. Las pobres mujeres creen que no tienen más que saber y que son en su clase Salomones.[196]

Con semejante método ¿qué hay que extrañar que el común de las mujeres sea necio, superficial, vano y soberbio? ¿Pueden ser más, cuando no se les enseña otra cosa? ¿Y culparemos al sexo de ignorante e inútil, o a los padres que lo educan entre las bagatelas e ignorancia?

Los ejemplos de estas mujeres ilustres que he citado prueban hasta la evidencia que el sexo es capaz de saber y de pensar lo mismo que los hombres enseñados; mas no por esto digo que se dediquen todas las mujeres a los estudios serios y abstractos, ni que todas aspiren a merecer regentear una cátedra, ni pronunciar una oración en una iglesia. Esto sería pretender que saliesen de su esfera. Las mujeres sabias y varoniles no son comunes; pero se

---

195   En *El Diario de México* (74, 247, 954-55, 971-74) , su editor, José maría Sánchez de la Barquera, y otros escritores condenan este tipo de educación (Spell, 1926). Barquera fue uno de los primeros teóricos de la educación en México.

196   *Salomones*: por el rey bíblico Salomón. Hombre de gran sabiduría.

citan para demostrar que el sexo no es embarazo para tener ni saber cultivar un buen talento, como se piensa vulgarmente.

Sin embargo, estas mujeres raras[197] son más para admiradas que para seguidas, y yo estoy muy lejos de persuadir que se hagan las mujeres estudiantes. A la verdad que no han nacido sino para ser esposas y madres de familia. En sabiendo cumplir con estas obligaciones, seguramente serán mujeres sabias en su clase y utilísimas a la sociedad. ¿Pero acaso es muy poco lo que tienen que aprender las que desean desempeñar estos cargos perfectamente?...

A este tiempo entró el ranchero Pascual, y su visita interrumpió el discurso del coronel, que continúa en el capítulo XIII.

---

197 Raras en comparación de todo el sexo; pero muchas en lo particular, y bastantes a hacer regla para nuestro intento (Ed.1831).

Capítulo XIII

En el que se da razón del motivo de la visita de Pascual; el coronel finaliza su discurso y se refieren otras cosas

Entró Pascual, como se ha dicho, arrastrado las espuelas, y quitándose su disforme sombrero, saludó a los señores en estos términos:

—Ave María, señores amos. ¿Cómo les va?, ¿cómo les ido? ¿cómo está su prenda?

—No hay novedad, Pascual —dijo el coronel—, ¿qué ocurrencia te trae a la ciudad?

—¿Qué he de traer, señor amo, sino un asunto de muy gravísima importancia? Y yo espero en que sus mercedes me sacarán del apuro, por vida de la niña Pudenciana. El cuento es que Culás, mi hijo el grande, ha dado en que se quere poner en gracia de Dios con Marantoña la hija de tío Benino, el marido que fue de la Carranza, aquella que tenía arrendado el molino prieto años pasados, cual molino vendió don Celidoño a don Andrés el cojo, por la malobra que le hizo a su hija Petrona el mayordomo Juan Blas, cuando hubo aquellas heridas por el amigo de...

—Bueno está, Pascual —decía el coronel—, sigue tu cuento, y déjate ahora de ensartar cosas que no vienen al caso. Estás diciendo que tu hijo se quiere casar con esa hija del tío Benigno; ya esto queda entendido. ¿Cuál es el empeño que traes?

—El empeño es que yo, como quera que no soy muy ansina, sino que sé muy bien que tengo mi alma, y me he de morir como todos se mueren, y sé la doctrina de cuerito a cuerito, y sé que el catecismo dice: Darles estado no contrario a su voluntá, no me quero disponer al gusto del muchacho. Y ansina lo dejo que haga lo que quijiere; y una vez que se quere casar, que se case muy denhora buena, yo no se lo impido, a bien que ya es grande; mi compadre el mestro escuelero, dice que no es tonto, sino muy ladino y muy destruido; porque a lo menos el diantre del muchacho sabe más que no yo, porque sabe ler y echa unos retos en las loas sin turbarse, porque es muy memorista, y lotro día hizo un diablo en una pastorela, que la gente se quedó con la boca abierta, y yo tuve miedo que no le hicieran daño...

—Como yo te lo voy teniendo a ti, pues según lo impertinente y cansado[198] que estás, creo que no acabas tu relación en ocho días.

—Perdone su mercé, señor amo, que yo no estoy cansado.[199] Quedara yo bien de cansarme de Tacubaya acá, que no está más que un paso. Pero el cuento es que Culás se quere poner en gracia de Dios, y yo quiero que su mercé y mi ama sean los padrinos, porque solo así será todo bueno.

—Si así te hubieras explicado desde el principio se habrían ahorrado tantos episodios importunos. Está muy bien, seremos tus padrinos con mucho gusto; pero dime ¿cuáles son las circunstancias de la novia?

—Ella no es fea, ni muy bonita –respondió Pascual–, es pasaderita; tendrá diez y ocho años, y muy trabajadora, y es para cuanto su mercé la busque. Si es para la cocina, hace unas tortillas que parecen un papel de blancas y delgadas, y si sus mercedes comieran de sus manos unos chiles rellenos, un mole de guajolote, una chanfaina[200] y otros guisados como estos, hasta se chuparan los dedos. Si es por lo que hace a cuidar a un hombre, es un reguilete,[201] porque sabe coser, lavar y tejer unos ataderos y ceñidores que es un primor. Y ¿qué le diré a su mercé de cuidar las cosas de la casa, y del campo y de los animales ¡Oh!, pareso es una lumbre el diantre de la muchacha; porque ella sabe dónde dan quince y el sope,[202] y volverse con el medio; porque sabe cuándo está culeca la gallina, cuándo se ha de echar, cuál es el cochino cebón, cuál es el de media ceba, qué vaca está jorra[203] y cuál no, y hasta para sembrar conoce el tiempo; y si su mercé la viera coger la garrocha y la yunta y sacar veinte surcos derechos, era mano de que la reventara. En fin, por lo que toca a trabajadora, es la muchacha de lo que hay poco; y yo le digo a Culás que no la topará más mejor aunque la busque con un cirio pascual. A fe que no son ansina las señoritas de la ciudá, que no saben hacer nada ni ayudar a sus maridos, sino que todo queren que se lo pongan en las manos; y bueno juera que se contentaran con no saber buscar la torta, lo más pior es que saben tirar cuanto busca y adquiere el probe hombre. Por una parte, para todo han de menester mozas; para guisar una olla y un principio[204] queren cocinera; para remendar sus trapos queren costurera; para lavar su ropa queren lavandera; para hacer la cama y barrer la casa queren recamarera; para hacer los mandados, mandadero; para dar el gasto, ama de llaves; para cerrar la puerta de su casa portero, y para cada cosa un criado; de manera que yo me espanto de ver cómo su mercé y mi ama doña Matildita viven con una o dos mozas cuando más, y no luego esas señoras, que yo no sé de qué les sirven a sus maridos, pues hasta para criar a sus hijos necesitan arquilar chichis[205], como si

---

198 *Cansado*: que produce cansancio.

199 *Cansado*: con cansancio.

200 *Chanfaina*: un tipo de guiso.

201 *Reguilete*: flechilla, banderilla, volante, rehilete.

202 *Dar quince y el sope*: expresión irónica tomada del juego en que se dan tantos como partido al que juega menos. También se dice *quince y raya* o *quince y falta*.

203 *Jorra*: por *horra*: dicho de una yegua, de una burra, de una oveja, etc.: que no quedan preñadas.

204 *Principio*: alimento que se sirve entre la olla o el cocido y los postres.

205 *Chichis*: pechos de mujer.

ellas no tuvieran las suyas. Ya se acuerda su mercé del cuento de los perritos. ¡Ya se ve, que si no saben hacer nada, saben deshacer los caudales con esos puntos, telarañas, modas, coliseos, tertulias, toros, bailes, paseos y todas esas cosas en que gastan el dinero de sus maridos y el ajeno! ¡Ah!, fucha[206] en semejantes mujeres. ¡Qué gusto que mi hijo Culás se va a casar con una probe ranchera y no con una señorita de ciudá! ¡Ya se ve, que cuándo le hubiera yo consentido, aunque me hubieran pesado a puro oro al muchacho y me lo hubieran ido a pedir padres descalzos! ¡Gracias a Dios que mi Culás no fue de la ciudá!

—Y gracias mil a la Eterna Majestad —dijo el coronel— porque has acabado tu narración imprudente, aunque sencilla. Para alabar las virtudes de tu nuera no es preciso murmurar las costumbres de las ciudadanas. Es cierto que hay algunas de estas lo mismo que las has pintado; pero no lo son cuantas te parecen. En todo cabe la reflexión juiciosa y no debemos aventurarnos a confundir los culpados con los que tienen solo las apariencias, lo que sucede a cuantos, como tú, no saben hacer las justas distinciones.

Es una verdad incontestable que hay algunas mujeres de mediana y aun de escasa fortuna que, olvidándose de su condición, aspiran a competir en lujo con las señoras de la más elevada jerarquía, y para realizar sus desordenados deseos no excusan a sus pobres maridos mil disgustos y continuos empeños, con los que arruinan sus casas, pierden el crédito, se hacen el objeto de la murmuración de los conocidos y dejan, por último, a sus infelices hijos por patrimonio la holgazanería y la miseria. Este es el fruto ordinario de la inmoderación y desperdicio.

Pero cuando confesamos que estas mujeres obran con desarreglo y sin cordura, no hemos de asegurar lo mismo de aquellas señoras que, por razón de su estado, sostienen una decencia sobresaliente al común de las demás, y mucho menos si tienen suficientes proporciones para sostenerla. Cada individuo de la sociedad debe portarse como los demás de su clase, cuando puede hacerlo buenamente. Este es el orden, el que se invierte o por un exceso de disipación o por un abandono o mezquindad miserable.

Un mismo mueble puede ser necesario, indiferente y gravoso, según fuere la persona que lo tenga. El coche, por ejemplo, será necesario a una señora de título, mujer de un togado, etc.; será indiferente para una señora particular y será gravoso para una que no tenga lo preciso para mantenerlo. Si todos nos contuviéramos en nuestra esfera, tendríamos menos necesidades y aflicciones.

¡Ya se ve que no porque digo que las señoras principales hacen bien en manejarse según su clase, se ha de entender que harán mal cuando por modestia u otro motivo de virtud cercenen algo de su lujo correspondiente. Algunas ha habido en esta fatal época que con la mayor prudencia han sabido disminuir el gasto de sus casas y despedir cuantos criados han considerado superfluos, substituyendo ellas y sus hijas sus lugares.

---

206 *Fucha*: (México) interjección que indica detestación.

Otras hay que manifiestan, en cuanto pueden, la indiferencia con que ven el relumbrón del mundo y se manejan con una sencillez admirable.

¿Pero qué diremos de aquellas señoras ricas que han tenido el heroísmo necesario para cercenar el lujo en obsequio de los pobres? Raras han sido estas a la verdad; pero no falta una que otra en nuestro siglo corrompido. Ninguna alabanza es igual a su mérito, en mi concepto; pero viven seguras de que su caridad queda bien escrita en el libro de las eternas recompensas.

Como Pascual se quedaba en ayunas de las tres partes de lo que el coronel nos decía, no pudo sufrir más; y así a este tiempo, que le pareció oportuno le dijo:

—Pos señor amo, ya me voy; a bien que ya voy contando con el favor de sus mercedes para el apadrinamiento de Culás; y agora solo quiero que su mercé me preste veinticinco pesos que me pueden faltar para el completo de los derechos del señor cura, y otras cosas.

El coronel le dio el dinero y le previno que volviese a avisar la víspera de la boda. Con esto se fue Pascual muy contento, dejándonos harto que reír con sus simplezas.

Apenas había salido el ranchero, cuando entraron las niñas Pomposita y Pudenciana, y se sentaron con nosotros.

A mí no se me había olvidado que el coronel cortó el discurso a la entrada de Pascual, y como deseaba oírlo hablar, le supliqué acabase de decir qué cosas debían saber las niñas que se criaban para ser algún día madres de familia.

Don Rodrigo condescendió con mi gusto, y nos dijo:

—No es poco lo que tiene que aprender una niña que probablemente se haya de sujetar al matrimonio, porque tiene que instruirse en muchas cosas que deberá después enseñar.

«Es indispensable –dice un autor respetable–[207] que una niña de estas aprenda a leer y escribir correctamente. Es una vergüenza, pero cosa muy común, el ver que mujeres dotadas de entendimiento y de civilidad, no saben pronunciar lo que leen ellas, o se paran donde no deben, o leen cantando, cuando debieran pronunciar simple y naturalmente, con firmeza y arreglo a la puntuación. En orden a escribir cometen frecuentemente muchos errores notables, o en el modo de formar los caracteres, o en el modo de juntarlos. Enséñeseles, pues, a las niñas, cuando menos, a hacer las líneas derechas, y a formar los caracteres limpios y legibles.

«También es necesario que las niñas sepan la gramática de su lengua. No es esto decir que la aprendan por reglas, como los gramáticos aprenden la lengua latina, sino que se les acostumbre, sin aire de lección, a no tomar un tiempo por otro, a servirse de términos propios y puros y a explicar sus pensamientos con orden, con limpieza y de un modo correcto y preciso. Por este medio se les pondrá en estado de que puedan enseñar algún día a sus hijos a

---

207 El Ilmo. señor don Francisco de Salignac de la Mothe Fenelón, arzobispo de Cambray, en su librito titulado: *Educación de las hijas* (Ed. 1831).

hablar bien sin ningún estudio. Se sabe que en la antigua Roma la madre de los Gracos contribuyó mucho con su educación a formar la grande elocuencia de sus hijos.

«La ciencia de la aritmética y su uso es indispensable a las niñas. No ignoro que esta ciencia es espinosa para muchas gentes; pero el hábito tomado desde la infancia de hacer varias especies de cuentas con el socorro de las reglas facilitará la exactitud y dulcificará la amargura. Todos saben que el buen uso de esta ciencia es tan necesario para el gobierno de las casas, que apenas se hallará familia de algunos intereses que esté bien gobernada sin ella.

«No será fuera de propósito que tengan aquellas noticias de la jurisprudencia que pueden necesitar en el discurso de su vida. Por ejemplo, que sepan la diferencia que hay entre *un testamento* y *una donación*; qué cosa sea *contrato*, *substitución*, *división de herencia*, las principales reglas del derecho y costumbres de su país que son necesarias para hacer dichos actos válidos. Deberían asimismo saber qué cosa sea *propio*, *comunidad*, *bienes muebles e inmuebles*; y en fin, algunas otras cosas que se juzguen necesarias para el buen gobierno de una madre de familia. No solo cuando lleguen a casarse, sino cuando en un convento se vean encargadas del gobierno económico, experimentarán la necesidad de estos conocimientos para manejarse y para no ser engañadas.

«Si ha de ser casada, dénsele reglas para la economía doméstica, para criar bien los hijos, para conducirse con la familia, y finalmente, enséñesele el modo de gobernar bien todas aquellas cosas que según las apariencias ha de manejar.»

Todo esto y más, quiere el señor Fenelón que sepan las hijas que han de ser madres; y aunque todo sea útil y necesario, ya nos contentaríamos con menos. Mucho sabrá en nuestros tiempos una señora que sepa ser mujer, cuidar lo que el marido adquiera, asistir en su casa y no desentenderse de la educación de sus hijos, sin prescindir de estas forzosas tareas, fiada tal vez en que tiene dinero, pues este suele faltar, y entonces los hombres echan de ver al instante todos los defectos de las mujeres.

Las riquezas, mientras duran, suplen la inhabilidad de las mujeres; pero luego que faltan se hace más intolerable su ignorancia. Por esta razón se puede decir que en cierto modo el dinero es perjudicial a aquellas personas que, naciendo con él, no tuvieron la fortuna de lograr unos padres activos y prudentes que dirigieran bien su educación. Esto es común en hombres y mujeres. El pobre instruido y laborioso padece sus cuitas; pero jamás pisa los umbrales de la miseria; antes mil veces se labra su fortuna con su industria; pero el rico inútil, vano y perezoso, luego que lo desamparan los doblones, cae de plomo en la mendicidad más vergonzosa.

No es esta plaga poco común. ¡Cuántos ricos hay que no saben, no digo adquirir un peso, pero ni conservar los que heredaron, y que si los gobiernos no los pusieran en clase de pupilos bajo la tutela de las leyes, disiparían en dos días los más pingües capitales! Ricos he conocido que no saben leer una carta y cuyas firmas apenas las entenderá el boticario más hábil, y ricas que no saben echar un punto en una media ni un dobladillo en un pañuelo. ¿Pero qué se puede esperar de unas personas criadas entre la adulación, la holgazanería y la ignorancia? ¡Felices son, sin duda, aquellos niños cuyos buenos padres aprovechan su dinero gastándolo en hacerlos útiles a sí y a sus semejantes! Estos hijos no sentirán el peso de la miseria en el más ingrato revés de la fortuna.

Cuando decía esto el coronel, paró un coche a la puerta de la casa, se asomó Pomposita al balcón y entró luego diciendo:

—¡Mi mamá, mi mamá, y viene con la señora Jacobita y con Labín!

—¿Qué Labín es ese? –preguntó el coronel.

Y la niña respondió:

—Don Enrique Labín, tío, el mayor de Hungría.

—¡Oh!, bien: yo pensé que era algún criado de tu casa. El caballero Labín es un hombre muy circunspecto y por su edad podía ser tu padre.

En esto entraron las visitas y pasados los primeros cumplimientos dijo Eufrosina:

—Hermano, no perdamos tiempo; Jacobita tiene un baile esta noche con motivo del casamiento de su hermana Teodora. Le he merecido que ella misma haya ido en persona a convidarnos; pero quiere que usted le haga la gracia de asistir a su diversión con Matildita y Pudenciana. Yo le he dado mi palabra de que usted no la desairará; conque así vístete, hermana, y que se vista mi sobrina.

El coronel accedió, dando gracias a su cuñada y a la señora Jacobita por su expresión, y entrándose las señoras a la recámara a vestirse de gala, nos quedamos los hombres en conversación.

El señor Labín era antiguo amigo del coronel y tenía buen talento, bastante madurez y mucha gracia. Con esto fácil es inferir que confrontaba con don Rodrigo y que se trataban con una amistosa familiaridad.

El primero que habló fue el señor Labín, quien dijo al coronel:

—¿Qué le parece a usted, compañero? ¿No se admira de verme de cortejante de una moza tan gallarda como su cuñada? ¡Vaya, que usted no me juzgaba tan adelantado!

—En verdad que no –respondió el coronel–, cada día hay nuevas cosas que observar; pero ¡ya se ve! que todos los maridos quisieran que los que cortejan a sus mujeres fueran tan honrados como el señor Labín, con quien mi cuñada está demasiado segura de toda seducción. Yo apostaré a que estaba usted de visita en su casa cuando fue la señora Jacobita a convidarla para el baile, y ella le suplicó a usted que la acompañara a casa.

—Así fue –dijo el oficial–, las dos me instaron a que viniera y me han comprometido a asistir a las bodas, de las que juzgo serán tan tristes sus fines como son alegres sus principios.

—¿Y por qué?

—Porque la novia tendrá diez y siete años, y el novio no pasa de diez y ocho. Ya usted verá, compañero, qué resultados podrá esperar una muchacha que se casa con un muchacho. En esta edad agita la sangre en los dos todo el fomes de la lascivia, se entregan a sus placeres a rienda suelta, debilitan su salud y se anticipan la vejez. La mujer, o por su constitución más débil o por los efectos de la concepción, parto y lactancia, lleva siempre la peor parte; se enferma más, se avejenta más pronto, y cuando el marido tiene treinta años se halla con que tiene por mujer una vieja achacosa. Entonces abre los ojos y se arrepiente de verse atado a una estantigua,[208] que tal le parece su mujer. A este arrepentimiento se sigue la aversión del objeto que la causa y a este un odio que suele durar hasta la muerte. Tales son los efectos de los casamientos muy tempranos, especialmente por parte de los hombres. Yo, la verdad, siempre los reprobaré.

—Y con razón –dijo el coronel–, porque los efectos que usted ha dicho son consiguientes a las causas. Los antiguos debieron de observar los mismos funestos resultados que se notan en el día en semejantes matrimonios. Aristóteles es de sentir que el hombre debe tener doble edad que la mujer con quien se case; de modo que el hombre de treinta años y la mujer de quince harán un enlace proporcionado en razón de la edad, pues cuando él sea de cincuenta, ella será de treinta y cinco, y todavía no le parecerá vieja. Bien que aquellos que no son llamados para el celibato y cuya continencia corra peligro en tal estado deben casarse muy jóvenes, conforme al consejo del Apóstol.

A este tiempo salieron las señoras y las niñas muy compuestas, y habiendo dejado doña Matilde prevenido todo lo necesario y encargada su casa al cuidado de una señora vieja que la acompañaba, se fueron para la de doña Jacobita, donde los esperaban los novios con una porción de convidados.

Era muy cerca del anochecer cuando llegaron, o llegamos, que yo también gocé de esa función. La sala estaba completamente iluminada y surtida de señores y señoritas jóvenes, sin faltar algunos viejos y viejas, de aquellos que no se cansan de divertirse en toda la vida, o que van a estas frascas solo por comer de balde. Los ojos se les iban hacia las mesas del refresco que se dejaban ver en uno de los cuartos inmediatos; pero aún no era llegada la hora del combate, y así se contentaban los más golosos con lamerse los bigotes, como el gato cuando ve el jamón que no puede atrapar entre sus uñas.

Mas dejando a un lado a estos hambrientos, se hace preciso decir cómo todos los de la casa de doña Jacobita y los deudos del novio cumplimentaron a porfía a las señoras doña Matilde, doña Eufrosina y sus niñas. Estas en la edad de trece años tenían unos cuerpos muy gallardos y a más de esto estaban bien adornadas con lo que se llevaron luego las atenciones de todos los peti-

---

208 *Estantigua*: fantasma que se ofrece a la vista por la noche, causando pavor y espanto.

metres de la sala, quienes se apresuraban a obsequiarlas, especialmente a Pomposita, ya porque sus padres no se espantaban de sus obsequios, ya porque ella era más bonita y más familiar que Pudenciana.

A pocos minutos entró el ministro de la religión y como si aquel acto fuera un mal paso, trataron los padrinos de darles prisa. Efectivamente, se procedió a las solemnes ceremonias y se enlazó ante Dios y los hombres aquel nudo que hace las delicias de la vida cuando lo aprietan las voluntades de los contrayentes.

Concluido lo principal de la función, y pasados los abrazos y parabienes que en tales ocasiones se prodigan, entramos con los novios, padrinos, convidados y entremetidos a la sala del refresco.

Allí competía la profusión con la curiosidad. Había dos mesas: una surtida de todo género de dulces y helados, y otra de masas de bizcocho, buen queso, jamones en vino, aceitunas y cuanto podía provocar el apetito de los exquisitos licores que abundaban. Mil arcos de flores y ramos de cartulina hacían la más agradable perspectiva.

Colocados los circunstantes en forma de batalla se dio por los padres y padrinos de los desposados la señal de ataque, y al instante acometieron a los dulces y demás golosinas con la mayor intrepidez, de modo que en pocos minutos fueron todos derrotados y desaparecidos por la glotonería más decidida.

Yo me divertí aquel rato, observando los genios y educaciones de todos, y decía, para mi sayo: —No hay duda sino que en una concurrencia de estas cada uno manifiesta sin querer sus principios–. Porque vi que los hombres que los habían tenido finos, solo se ocupaban en servir a las señoras con el mayor comedimiento, cuando a otros todo se les iba en aprovecharse de lo mejor, despedazar sin orden y embaular desaforadamente. Muchos, haciéndose corrientes, no solo comían o devoraban cuanto podían, sino que llenaban las bolsas y pañuelos de lo más exquisito, sin perdonar las botellitas de licor. Yo creía que alguno se habría guardado una fuente de plata, si se la hubiera podido acomodar en el bolsón de la levita. En fin, el refresco se concluyó sin quedar ni migajas para los sirvientes.

Ya con los estómagos habilitados, pasaron a la sala, y se comenzó el baile, que acompañaba una completa orquesta. A los principios se bailaron unos cuantos minués campestres, de la Corte y alemandados;[209] pero los mocitos, cansados de tañer los palillos, comenzaron a bailar valses. Entonces todo se volvió bulla y alegría en los dos sexos.

En breve pasaron revista y manoseo con todas las jóvenes de la sala. Pomposita se llevó las atenciones y los primeros aplausos, no sé si por su cara, por su habilidad o por su desenfado en el bailar, aunque sería por todo seguramente. Tuvo la gloria de cansar en el vals a cuatro señoritos y a los músicos, que ya daban al diablo la perseverancia de la infatigable bailadora.

Pudenciana no dejó de hacer su deber ni ocupó el asiento en balde, porque

---

209 *Alemandado*: al estilo de la *alemanda*: danza alegre de compás binario, en la que intervienen varias parejas de hombre y mujer. Procede de la Baja Alemania o de Flandes.

con permiso de sus padres bailó dos minués y unas boleras[210] diestramente. Querían los curiosos probarla en el vals; pero ella, bien enseñada por su padre, se excusó con que no sabía y todos se quedaron deseando verla bailar este son favorito del día, sin embargo del esfuerzo que hacía por su parte su tía doña Eufrosina y el cándido de don Dionisio, quienes no dejaron de incomodarse con su tenaz resistencia.

Se continuó bailando y como a las once de la noche, fatigados de valsar y contradanzar, comenzaron a bailar sonecitos del país; pero luego que bailaron uno que llamaban el dormido, se levantó el coronel y se despidió con su familia, pretextando enfermedad y muchas ocupaciones al día siguiente.

Bastante hicieron por detenerlo; mas todo fue en vano, él se retiró; y a otro día fue Eufrosina y su marido a verlo con achaque de saber si habían tenido novedad; pero la verdadera causa que los llevó fue la que se dirá en el capítulo siguiente.

---

210 *Bolera o bolero*: aire musical popular español cantable y bailable con compás ternario.

Capítulo XIV

En el que se descubre la causa de la visita de Eufrosina,
que fue un sentimiento que tenía de su cuñado, y la
satisfacción que este le dio

Almorzando estábamos, cuando doña Eufrosina entró con su marido, muy cuidadosa, al parecer, por la salud del coronel; pero a poco rato no pudo disimular el motivo verdadero de su visita, y así le dijo:

—Muy bien conocía, hermano, que usted anoche no tenía otra enfermedad que su maldito genio hipocondríaco y escrupuloso. ¡Caramba, que es usted fatal! Me hizo usted desesperar, y me desairó como acostumbra, no consintiendo que bailara Pudenciana un valsecito, y esto solo porque era empeño mío y se habían interesado al efecto aquellos caballeritos. Sí, por eso fue, por eso; porque decir que no sabe bailar vals Pudenciana es negar la luz del día; y a más de que semejante muela se les podía encajar a los demás; pero no a mí que estoy cansada de verla bailar con Pomposita. Pero ¡ya se ve! que usted lo hará porque se críe su hija recatada; aunque en esto de buena crianza nada le va a deber a la mía, porque yo y su padre también sabemos lo que se hace, y al fin es una grosería que una mujer no sepa bailar cuanto se usa, ni que por ser zonza desaire a los que en una concurrencia la convide. Yo por mí, hermano, ya me guardaré de suplicarle a usted nada en una publicidad, pues tengo mucha experiencia de que siempre se empeña en que quede mal.

—No es para tanto, hermana –dijo el coronel–, usted no debe sentirse porque no bailara vals Pudenciana. En verdad que se lo tengo prohibido, y me parece que con razón. Soy su padre, y tengo cuanta autoridad necesito para impedirle todo aquello que me parezca mal. No por eso pretendo que la educación que yo le doy a mi hija sea norma por la que se sigan los demás. Cada uno es dueño de su casa y padre de sus hijos y obrará como le pareciere. El mundo se compone de opiniones.

—¡Vaya vaya!, eso es tirar la piedra y esconder la mano –decía doña Eufrosina–, a usted no le acomodan los bailes porque ya es viejo... sí, por eso, y no quisiera que ninguno bailara; pues yo he oído decir que los bailes son buenos y en todo el mundo se baila, y yo y Pomposa hemos de bailar sobre el diablo. ¡Quedábamos bien con meternos a recoletas tan temprano! Mi hija está en la flor de su edad, y cuando yo no pueda bailar por vieja, no he de embarazar que baile la muchacha, que eso fuera como el perro del hortelano. A más de que hasta en los conventos de frailes y monjas bailan de cuando en cuando, ¡vea usted por qué no hemos de bailar nosotras que estarnos en el mundo y todavía se nos menea un pie!

—Dice usted muy bien, hermana –prosiguió el coronel–, pero no ha dicho sino lo que yo, esto es, que todos piensan con su cabeza y cada uno hará en su casa lo que le pareciere. No por esto crea usted que aborrezco toda clase de bailes por mi humor tétrico ni por mi edad madura; más viejo que yo era Sócrates cuando comenzó a tomar las primeras lecciones de baile y no perdió nada de su filosofía por esta afición. No ignoro que el origen del baile casi se pierde en su misma antigüedad, y esta diversión ha sido universal en todo el mundo, aun entre las naciones bárbaras. Ella ha tenido parte en los cultos religiosos, en los enlaces de bodas y en las particulares festividades de la paz, y hasta entre los horrores mismos de la guerra. Por tanto, pretender desterrar una diversión tan generalmente recibida sería un absurdo antisocial; porque el baile en sí es indiferente, y sólo, malo o bueno, según el uso que de él se haga y conforme al espíritu con que se baile. Santo fue el baile de David delante del Arca, y maldito el de los israelitas alrededor del becerro; pero ¡cuán diverso fue el espíritu de estos bailadores!

Bailar por alegría, bailar conservando las leyes del honor y la modestia es buen bailar, no hay quien lo condene. Los reyes, los hombres más juiciosos y timoratos han autorizado esta diversión, no solo asistiendo, sino dando ellos mismos unos bailes suntuosísimos. Tales fueron los que dio Catalina de Médicis a los reyes de España; el memorable que dieran los Padres del Concilio de Trento en esta ciudad a Felipe II, año de 1562, y el muy distinguido que dio Luis XII en la de Milán, rompiendo el baile el mismo monarca y danzando en él los cardenales de San Severino y de Narbona.

Estos bailes, y todos los que sean arreglados, son loables y pueden frecuentarse sin riesgo; pero no son todos así seguramente. Yo asistiré y llevaré a mi hija a los que me parezcan tales, acordándome que el sabio Blanchard dice: «Que en cuanto a saber bailar es un ornamento que es bueno procurarse, porque sería llevar el rigorismo muy lejos impedir absolutamente el baile a las personas del mundo, y no se puede condenar sino el abuso de él.» Pero en virtud del parecer de este autor y por las obligaciones que me impone la religión, sé que no debo llevarla a ciertos bailes que comienzan con ceremonia y etiqueta y acaban en manoseo y retozo. Esto haré yo; pero no me opondré a que usted y los demás hagan lo que quisieren.

Calló el coronel, y doña Eufrosina, no pudiendo sufrir más esta reprensión, varió de plática, y a poco rato se despidió con su marido.

A pocos días encontré a Tulitas, la ahijada del coronel; pero en un estado tan infeliz que no la conocía, porque estaba muy sucia, trapienta, descolorida, flaca y enmarañada. La pobre me habló, y en un instante me contó sus desgracias, y cómo había estado en la cárcel y acababa de salir del hospital, y que estaba arrimada en casa de una vieja que había sido amiga de su madre. Yo me compadecí de ella, la socorrí con lo que pude, y me despedí.

Le conté este pasaje al coronel delante de doña Matilde y de su niña, y me dijo:

—No te admires; tal es, casi siempre, el paradero de las jóvenes bonitas que no se saben apreciar ni conservar su honor con constancia. El mundo las seduce, las halaga y las lisonjea por unos días; pero al fin las abandona con infamia en los brazos de la miseria y de una vejez harto infeliz. Después que corren alegremente un poco de tiempo pisando flores por el camino de la prostitución, después que marchitan su juventud con los placeres, bailes, fiestas y bureos, cuando menos lo piensan se hallan despreciadas de sus adoradores, hechas el juguete de todos, y encuentran en el hospital o la cárcel los mejores lugares en que llorar el fruto de su mal apreciada libertad. Gertrudis me compadece; pero tiene mil compañeras dignas de la misma compasión. ¡Ya se ve que esta muchacha no se hubiera perdido, si no hubiera sido por su madre! ¿Le preguntaste por ella?

—Sí, le pregunté. Me dijo que había muerto, y añadió muchos sentimientos de su conducta.

—¡Dios la haya perdonado! –me dijo–. ¡Ojalá no me hubiera concebido en sus entrañas! Ella me hizo existir en el mundo; pero también me hizo infeliz en él. ¿Qué gana tenía yo de haber perdido mi crédito, ni haber pasado lo que sólo Dios sabe? Muy bien estaba yo en casa de mi padrino, tu tutor; nada me faltaba a su lado, y sobre todo, estaba yo con honra y frecuentando los santos sacramentos, como tú lo veías. Tal vez allí me hubiera yo casado, y no que mi madre (Dios se lo perdone), por la maldita codicia me vendió al infame don Gervasio, y de allí se originó toda mi ruina, de la que no me repararé en la vida.

Diciendo esto, comenzó a llorar amargamente, yo me consterné lo bastante, le di alguna cosilla, y me despedí, como ya dije.

—Repito –continuó el coronel– que es digna de mucha lástima Gertrudis. La frase con que ella culpa a su madre es bien adecuada. Por la codicia venden muchas a sus hijas y las hacen desgraciadas toda su vida, y con razón estas las hacen después semejantes honras. ¿De qué execraciones no serán dignas las madres impías que trafican vilmente con sus hijas?

En esto estábamos, cuando entró el ranchero Pascual muy contento a avisar al coronel, como para el inmediato domingo estaba prevenida la boda de Culás. Don Rodrigo recibió la noticia con agrado y le dijo que el sábado estuviese en México con ocho caballos buenos, porque quería ir la familia de su cuñado. Pascual ofreció hacerlo así, y dejando muchas memorias a su ama, se fue para su rancho.

—Me gusta este Pascual –decía el coronel–, por hombre de bien y candoroso. Sin embargo de que la malicia ha extendido su imperio por todas partes, se encuentran entre estos pobres rústicos algunas almas tan sencillas y algunos corazones tan limpios, que es preciso amarlos luego que se tratan. Por lo común no conocen el disimulo, la mentira, ni la vanidad, y esto los hace recomendables para toda gente sensata. Ellos es verdad que ignoran la finura, cumplimientos y faramallas de las ciudades; pero en cambio poseen muchas virtudes morales y cristianas, con las que pasan en su estado una vida feliz y al fin aseguran la eterna. Por esto dice San Agustín que los indoctos arrebatan el cielo. ¡Es una lástima que se eduquen tan groseramente y que se instruyan tan poco en su religión!

Si muchos de estos tuvieran mejores conocimientos de Dios, de sus atributos y perfecciones, de la naturaleza en común y de la suya propia, serían menos idiotas y mejores padres y maridos, y darían a sus virtudes más brillo y elevación, conservando las que poseen y adquiriendo las que no conocen.

—¿Pero en qué está –dije yo–, que a pesar de la natural buena inclinación de estas pobres gentes, las vemos algunas veces cometer unos delitos enormísimos y los advertimos incurrir en unas boberías casi increíbles, especialmente los indios, en los que se notan unos defectos tan comunes y generales, que no parece sino que pasan por herencia de padres a hijos? Porque los indios son mezquinos, rudos, embusteros, supersticiosos, desconfiados, y muchos borrachos y ladrones. En qué estará esto, quisiera yo saber, porque no comprendo por qué en cada clase de gentes sobresale cierta clase de vicios que parece que le son privativos. En los ciudadanos veo resaltar la intriga, la falsedad, la adulación, la vanidad, la soberbia y el orgullo, si son ricos;[211] si son pobres, los veo holgazanes, descuidados, atrevidos, sinvergüenzas, necios y abandonados a los vicios más torpes. En los payos o gente rústica veo que sobresale la barbarie, el despilfarro, la grosería y la superstición, y en los indios lo que ya tengo dicho, y así discurriendo por las demás clases del Estado.

—Hijo mío, tu duda es curiosa e interesante –dijo el coronel–, yo no sé si te la podré satisfacer. El clima, las costumbres, las leyes y la religión del país donde se nace influyen poderosamente para formar el carácter de los hombres. Entiendo por carácter aquel apego y entusiasmo con que cada nación conserva los modales que le enseñaron sus mayores, o que ha ido adquiriendo en el discurso de los tiempos. La primera educación que recibimos también influye mucho para formarnos el espíritu y para diferenciar nuestro carácter de aquellos que no la recibieron igual.

Concebida la verdad de estos principios, naturalmente se viene en conocimiento del motivo por qué son tan varios los caracteres de los hombres, no solo considerados de nación a nación, sino también de provincia a provincia dentro de un mismo reino.

En esta inteligencia, no es extraño que los payos, los pobres y los indios,

---

211 Todo esto se entiende con la respectiva restricción, pues no se puede hablar generalmente. Muchos ricos habrá con estos vicios y más, y muchos pobres con otros, y algunos sin vicio notable, etc. En todo cabe la excepción (Ed. 1831).

tengan un carácter diferente o unas diferentes inclinaciones respecto de los ciudadanos ricos e instruidos. La educación y los principios de estos son diversos de los de aquellos; por consiguiente, debe ser diverso el carácter de unos y otros. Esto nada tiene de raro.

Busquemos en la educación el origen de los vicios y de las virtudes de los hombres, y no nos será difícil encontrarlo. Mientras la educación sea burda y abandonada, los hombres serán groseros y se inclinarán a los vicios más torpes. En el estado natural, cuando el hombre abandonado a sus pasiones, sin religión y sin cultura, vagaba por los montes, ya oprimiendo al desvalido o huyendo del más fuerte, ¿qué eran sino unos bárbaros, que tan pronto se engreían con el más criminal despotismo, como se encorvaban bajo la esclavitud más vil? De cualquier modo deshonraban la humanidad, ya tiranizando a los infelices y ya sirviendo de infames instrumentos para que los poderosos satisficieran sus caprichos.

En medio de este caos, progresivamente apareció la religión, se reunieron en sociedades, se juraron las leyes, se establecieron los gobiernos, y mira aquí al hombre convertido de asesino en filántropo, de ladrón en custodio de los intereses de sus semejantes, de holgazán en laborioso, y últimamente, de salvaje temible en ciudadano provechoso.

Tal ha sido la suerte de los pueblos, y tal es y será la de todos los individuos de la especie humana. Según la idea que se formaren de la religión y del gobierno, según la sociedad en que se críen, la educación que reciban y las costumbres que vean practicar, así saldrán ellos como he dicho.

El pobre ranchero, el infeliz indio, el plebeyo abandonado, que ignora la religión que dice profesa, que no conoce la justicia de las leyes, ni advierte la gravedad de los delitos que comete, y a más de esto, se ha criado en medio de una familia soez, educado con los pésimos ejemplos de unos padres viciosos e ignorantes, ¿qué podrá ser sino un inculto barbaján y acaso un vicioso perdurable? Sin advertir la mutua conveniencia que nos resulta de sujetarnos a las leyes civiles; sin saber cuánto nos obligan las eternas; sin probar jamás los dulces frutos de las ciencias y sin noticia de lo que es probidad, honor y vergüenza, ¿qué puede ser, repito, un hombre de estos, sino un necio, un mal padre, un peor marido y un pésimo individuo de la especie humana?

Tú preguntarás: ¿a quién le toca poner el remedio sobre estas cosas y velar acerca de la buena educación de estas gentes?, y yo no me detendré para decirte que al gobierno.

Los reyes, en primer lugar, y en segundo los que hacen sus veces, son los que tienen esta sagrada obligación, conforme al sagrado texto: «¿Te ha constituido Dios, dice el Eclesiástico;[212] superior de estos individuos? Pues ten cuidado de ellos». *Rectorem te posuerunt…? Curam illorum habe.*[213]

Nuestros soberanos, penetrados bien de este principio, han querido siempre desempeñar este divino precepto. Las repetidas y piadosas órdenes

---

212   XXX, 1 y 2 (Ed. 1831).
213   ¿Qué maestro te han puesto…? Así será la educación que de él recibas (Ed. 1973).

que en todos tiempos han expedido para que se establezcan escuelas en todos los pueblos; las academias que han erigido en este y en el otro continente; los colegios que han recibido bajo su patronato real; los premios que han querido se consagren al mérito, etc., etc., son pruebas nada equívocas de que han tratado de desterrar de entre sus vasallos la holgazanería y la ignorancia, y de consiguiente la miseria y el vicio, detestando como reyes católicos aquel inicuo axioma del falso político Maquiavelo, que decía ser conveniente a las metrópolis mantener sus colonias pobres y estúpidas, como si la indigencia y la barbarie fueran más poderosas para sujetar a los hombres a la razón que no la mediocridad y la doctrina o enseñanza.

Los excelentísimos señores virreyes han cumplido, por su parte, las disposiciones de los reyes, publicando sus órdenes y haciéndolas valer en lo posible. Pues si esto ha sido así, dirás: ¿en qué consiste que en el reino haya tanto holgazán, ignorante y vicioso como se ve? No sé si atinaré con la respuesta; pero escucha: No siempre depende de las primeras voluntades el que se cumplan sus benéficas intenciones. Ni los reyes, ni los virreyes, ni los magistrados, ni cualesquiera; superiores son como Dios, que con un solo acto hace cumplir su voluntad por sí, sin necesidad de ajeno auxilio. Todos los hombres son muy miserables y limitados; siempre estamos dependientes unos de otros y necesitamos valernos de los demás para verificar muchas veces nuestros designios. He aquí la resolución del problema.

Los reyes han querido que sus vasallos se instruyan y se eduquen rectamente; para esto han mandado se establezcan y fomenten escuelas en todas partes; sus vicerregentes han comunicado las reales órdenes a los jueces y curas de los pueblos, como que estos son los agentes inmediatos y a quienes corresponde llenar las benéficas intenciones del soberano. Y bien, ¿se cumplen en todas sus partes y como debía ser? Los resultados dicen que no, por más que los subdelegados y párrocos digan que hacen cuanto pueden.

No ignoro que algunos de estos se desvelan y se afanan porque los indios de sus pueblos reciban la instrucción más conveniente y proporcionada a su capacidad; pero también sé que no son los más, y por esta verdad responde la estupidez de los indios de casi todas las provincias del reino.

No solamente en los pueblos se lamenta este descuido en la primera educación de los pobres. En las ciudades y en la capital misma no se observa mejor con corta diferencia. ¿No ves la multitud de muchachos trapientos y haraganes que vagan todo el día por las calles?, ¿no te encuentras a cada paso con una tropa de vagabundos que andan jugando a los clavitos y al picado en las esquinas y plazuelas, sin más aparente ocupación que vender billetes? ¿No te ha escandalizado el ver pedir limosna a unas criaturas de cuatro o cinco años? Pues esto ¿qué prueba sino que tienen unos padres indolentes y unos curas que tal vez ignoran que tienen semejante clase infeliz de feligreses?

Después que yo veo la abundancia de muchos perdularios que sobrecargan con su peso la sociedad, no me hace fuerza encontrar unos hombres borrachos tirados en las calles como unas bestias, ni me admira que haya tantos ladrones y viciosos arrastrando una cadena, sufriendo unos azotes afrentosos o pagando en el último suplicio sus delitos. Nada de esto me admira, porque es consiguiente a la abandonada educación que recibieron, y sería un delirio esperar frutos sazonados de semillas ruines.

Ya ves aquí descubierto el origen de los vicios que especialmente notas entre la gente pobre e ignorante, y ves cómo no bastan a impedirlos las más sanas providencias de los reyes ni las ineficaces diligencias de los que gobiernan en su nombre. Los ojos que miran de cerca a sus pueblos y las manos que están destinadas para repartirles el pan de la doctrina, son los que deben cooperar a esta grande obra.

Para ella no basta que haya escuelas en los pueblos ni en las feligresías; se necesitan indispensablemente dos cosas, y faltando una de ellas, las escuelas valdrán tanto como nada. Es, pues, preciso que haya escuelas; pero que estén encargadas a maestros idóneos, no solo para enseñar el catecismo y las primeras letras a los muchachos, sino también buenas costumbres. Mas ¿qué se podrá esperar de unos maestros, como yo los he visto, no solo ignorantes, sino también viciosos? Alguno he conocido que desde la mañana hasta la tarde estaba enviando por aguardiente. Todo el día borracho, ¿qué podría enseñar a sus discípulos, y qué aprovechados saldrían estos con un ejemplo semejante?

No es raro hallar en los pueblos esta clase de individuos, ni es difícil encontrar sujetos de probidad e instrucción que desempeñen el título de maestros a satisfacción de los curas; pero dotándolos[214] regularmente. Mas querer hallar hombres instruidos y a propósito que se sujeten a esta fastidiosa tarea por veinte o catorce reales semanarios es imposible.

Dótense bien esas plazas y sobrará quien las ocupe dignamente. Si se me preguntara ¿de qué fondos debían salir estas dotaciones? yo dijera que de las cajas de comunidad de los indios y de las particulares de los comerciantes y hacendados de sus pueblos, pues a todos alcanzaba el beneficio de la buena educación de los muchachos.

No es esto tan difícil como parece. Si los señores párrocos persuadieran a los indios de las ventajas que resultarían a ellos y a sus hijos de la buena educación que estos les dieran; si les hicieran ver que era más grato a Dios y provechoso a ellos que educasen bien a sus hijos, que no que gastasen su dinero en fiestecitas, ni en vestidos de soldados en la Semana Santa, en comedias, loas, retos y otras frioleras inútiles cuando no perniciosas a ellos mismos, seguramente recibirían los paternales consejos de sus curas; porque el indio, en concibiendo que le interesa alguna cosa, se presta a ella a costa de los mayores sacrificios, y abrazada por ellos esta idea, franquearían sus arcas y se hallaría con qué dotar maestros hábiles que gobernasen sus escuelas, que es la primera condición que se requiere para la buena educación de los pueblos.

---

214 *Dotar*: asignar sueldo o haber a un empleo o cargo cualquiera.

La segunda no es menos importante, y consiste en celar que los muchachos vayan a ellas; porque si no ¿de qué servirán los buenos maestros? Esto me parece menos difícil que lo primero, en queriendo que lo sea los que mandan en los pueblos. ¿Qué dificultad hay para saber cuántos muchachos hay en un pueblo? ¿Por qué no se podrán llamar por lista todos los días como se hace con los soldados? Faltando alguno, ¿qué teología se necesita para averiguar en quién consiste la falta, si en el muchacho o en su padre, ni para castigar irremisiblemente al culpado?, y por último, ¿qué no pudieran hacer el maestro y el gobernador, auxiliados por el subdelegado y el cura? Seguramente se conseguiría el fin y se llenarían muy en breve las intenciones de nuestros benéficos monarcas.

Lo mismo y con más facilidad, se podría hacer en las ciudades; y ves aquí, según me parece, realizado en dos palabras el plan de educación general, que hasta hoy tenemos en un pie lamentable: *buenos maestros que enseñen y mucho cuidado para que los muchachos aprendan*. Si por fortuna a este cuidado se juntara algún amor del bien público de parte de los párrocos y jueces, y procuraran animar a la juventud con algunos premios y cariñosas distinciones, entonces yo aseguro que no muy lejos, dentro de diez años, se harían demasiado perceptibles las ventajas.

Pero yo me he distraído mucho en esta observación, que quizá te habrá enfadado por prolija, aunque tú has tenido la culpa, por haberme tocado en un punto que siempre he visto con el mayor interés y compasión. Son ya las doce, y se me había olvidado que tengo que ir a casa del marqués.

Yo le di las gracias por la confianza que me dispensaba, asegurándole que, lejos de fastidiarme su conversación, siempre me era demasiado agradable por la instrucción que en ella recibía. Con esto se despidió el coronel, yo entré a parlar un rato con doña Matildita y su niña, y a poco me despedí también.

Capítulo XV

En el que se cuenta la desgraciada aventura de Pomposita y el casamiento de Culás y Marantoña

Al día siguiente pasé mi catre, mi baúl y mi corto ajuar a la casa del coronel, y el inmediato sábado llegó Pascual con los caballos. Sin pérdida de tiempo se avisó a doña Eufrosina para que dispusiera el paseo por su parte, y ella contestó que por estar enferma iría en coche con unas amigas suyas; pero que don Dionisio y Pomposita irían a caballo.

En esa noche se dispuso todo lo necesario en las dos casas. A otro día oímos misa temprano y cuando volvimos de la iglesia ya estaba prevenida doña Eufrosina y sus amigas, don Dionisio, el anciano eclesiástico, el señor Labín, el licenciado Narices y algunos otros.

—¡Santa Bárbara sea conmigo! —dijo Pascual al ver tan grande y lucida comitiva.

Todos oímos su desaforado grito y lo vimos coser la barba con el pecho; pero a ninguno le ocurrió preguntarle la causa; tal estábamos de entretenidos.

Se ensillaron los caballos y el de Pomposita se adornó con un famoso sillón: cada uno fue montado en el que le tocaba. Pero ¡cuál fue mi admiración y la de muchos, cuando vimos salir a la niña Pudenciana y a su mamá vestidas con sus túnicos de montar, calzadas con sus zapatos de botín, con acicates de plata y adornadas sus cabezas con unos gorros muy preciosos!

Inmediatamente que llegaron adonde estaban sus caballos montaron en ellos con bastante ligereza y comenzamos nuestra agradable caminata.

El acompañamiento era tan grande y tan lucido, que atraía sobre sí la curiosidad de las gentes que encontrábamos por las calles, siendo Matilde y su hija los objetos que más llamaban la atención.

Los caballeros que nos acompañaban se deshacían en elogios de Pudenciana, cuyo garbo les era demasiado agradable.

Unos decían que parecía una Palas, otros una Amazona; estos, la emperatriz de las Rusias cuando fue al frente de sus ejércitos a atacar a la Puerta Otomana, y todos a porfía la colmaban de alabanzas y se dirigían sus comparaciones más o menos adecuadas, pero según podían.

Tan repetidas alabanzas lastimaban fuertemente los oídos de Pomposita, quien, no pudiendo ya sufrir que ensalzasen tanto a su prima en su presencia, dijo:

—¿Qué te parece, niña? Cierto que has caído en gracia a estos señores. ¡Qué bien ha hecho mi tío en enseñarte a andar a caballo como los hombres! Yo, la verdad, estoy envidiosa de esa tu rara habilidad y desde ahora prometo que voy a empeñarme con papá para que Lailsón[215] me instruya en el arte de la equitación, por si algún día me viere en necesidad de hacer maromas en el circo; aunque tú estás muy adelantada y podrás hacerme el favor de enseñarme.

Pudenciana se puso colorada por la burleta de su prima; pero no se atrevió a responderle una palabra. Sus padres iban a tal distancia que no pudieron oír nada de esto; mas el caballero Labín se encargó de defenderla de este insulto, enfadado por la altanería de Pomposa, a quien dijo:

—Señorita, tiene usted mucha razón para envidiar la habilidad de esta niña, pues lo es en efecto saber montar a caballo y llevar el cuerpo con la gracia que ella lo lleva. Nada hemos puesto de nuestra bolsa en alabarla: si usted anduviera así mereciera nuestros elogios igualmente.

—¡Ay!, ¿yo?, ni pensarlo. ¡Dios me libre de ser tan ridícula ni tan machorra que montara a caballo como hombre! Mi papá y mi mamá dicen bien que eso es una indecencia en una mujer, y es querer hacerse muy singulares entrar por semejantes monerías.

—Sus padres de usted dirán lo que quisieren; pero pienso que seguramente se equivocan. Yo he andado por diferentes partes de la Europa, donde he visto que casi todas las señoras no montan de otra manera. Aquí en México hemos visto seguir esta costumbre a algunas extranjeras y españolas. Pero prescindiendo de los ejemplos, la razón y la experiencia nos manifiestan la bondad y la inocencia de este uso.[216] Nada tiene de nocivo a la salud, cualidad que no falta a estos sillones.[217] Yo aseguro que con el movimiento del caballo ya no lleva usted la cintura muy a gusto, y no hemos andado media legua. ¿Qué sería en un camino largo? Tampoco tiene nada de indecente usándose con las precauciones que esta niña. Ya usted habrá visto que apenas se apea cuando, si quiere, con abrocharse los botones de otro modo ya está con túnico y enteramente en traje de mujer. Careciendo este uso de las malas cualidades de indecente y nocivo a la salud, tiene las ventajas de facilitar a una

---

215 Don Felipe Lailsón, conocido en la Europa y en esta América por su grande habilidad en el arte de la equitación (Ed. 1831).

216 El señor Labín tal vez no ignoraría que Dios en el capítulo XXII del Deuteronomio, prohibió expresamente que el hombre se vistiera como mujer y la mujer como hombre; pero sabía que un caso de necesidad indulta de esta observancia y el caminar puede ser este caso; por eso defendió la costumbre, solo con esta ocasión, dejando a los teólogos la resolución decisiva de la materia (Ed. 1831). Es falso que el traje de que habla en este lugar y usan las señoras para montar a caballo sea de hombre, aunque algunas piezas lo parezcan, pues nadie ni aquí ni en Europa ha visto a los hombres usar el túnico abierto que para esto se visten las mujeres. Esta explicación no figura en la 1 y 2 ed. de *La Quijotita* (Ed. 1973).

217 Las propensas a hemorragias o flujos de sangre y las grávidas pueden resentir el montar a caballo, de cualquier modo que sea (Ed. 1831).

mujer el cabalgar, de hacerla menos pesada a los hombres que la acompañan, de proporcionarle la carrera sin riesgo, de librarla por consiguiente de un peligro y de precaverla, aun en el caso que caiga, de que se ofenda su honestidad. Que me señalen iguales ventajas en el uso de los sillones, y si nos las pueden señalar, sujetémonos a la razón, y cuando más, que no admitan la moda; pero tampoco se burle nadie de quien la sigue, pues en esto se acreditará su necedad. Tan malo es seguir las modas malas por capricho como no seguir las buenas por preocupación, y más cuando la razón nos convence de su utilidad.

Tanto se embobó Pomposita oyendo al señor Labín, que se le cayó el paragua sobre las orejas del caballo. Este, sin embargo de su mansedumbre, se espantó al verse con aquel embarazo delante de los ojos, y sin esperar razones, dio la estampida, y a poco trecho cayó en tierra mi señora doña Pomposa, mal de su grado; pero en tan indecente postura que, cuando menos, nadie dudó de qué color eran sus ligas. Los mozos corrieron a atajar el caballo y nosotros fuimos apriesa a socorrer a la desventurada.

Inmediatamente la levantamos y la metimos en el coche. Por fortuna no recibió más daño que una ligera contusión. Su vanidad sí quedó bien abatida, y más cuando el señor Labín le dijo:

—Señorita, siento mucho este accidente, y para que no lo vuelva a experimentar, le aconsejo que aborrezca los sillones y se acostumbre a cabalgar como su prima, pues así irá siempre más segura en los caballos.

Dejámosla en el coche y continuamos nuestro paseo. El coronel y su esposa se juntaron con nosotros y fuimos andando y conversando todos alegremente, menos Pascual, que iba en su mula cabizbajo y pensativo sin hablar una palabra, manifestando que alguna pesadumbre oprimía su corazón.

El coronel reparó en su tristeza, y acordándose de la fervorosa exclamación que acababa de hacer en México a Santa Bárbara, no pudo menos sino preguntarle con el mayor empeño la causa de su aflicción.

—¿Qué tienes, Pascual –le decía–, estás enfermo?

—No, señor.

—¿Te has arrepentido de que se case Culás?

—¡Ojalá fuera ese mi cuidado!

—¿Te falta dinero para alguna cosa precisa?

—Aunque me falte y aunque lo tenga, de nada me sirve agora.

—¿Pues qué tienes, hombre?, ensánchate, a ver si podemos consolarte.

—Apurarme más podrán sus mercedes por ora; pero eso de consolarme, ¿cuándo?

—¿Conque nosotros podemos afligirte? ¿De qué modo? Vamos, explícate; no nos tengas en duda de ese enigma.

—Pues, señor amo, si no se ha de enojar su mercé, voy a confesarle la purísima verdad, aunque me cueste harto trabajo decirla; pero por eso se dice que más vale vergüenza en cara que rencilla en corazón, y que es más mejor ponerse una vez colorado que ciento descolorido, pues al buen pagador no le duelen prendas...

—Vamos, hombre, acaba con tantos refranes, que te nos vas volviendo Sancho Panza entre las manos. Despacha, ¿qué es lo que tienes?, ¿qué te aflige?

—¡Qué me ha de apurar, señor! Ya sabe su mercé cómo el diablo, que no duerme, hizo que mi muchacho Culás viera de buen ojo a Marantoña, esa que va a ser su mujer agora mismo, y luego que me lo dijo, le dije yo: —Hijo, yo no estoy opuesto a cuanto tú quieras, porque la muchacha es buena y más mejor es que te cases que no te quedes ansina. Y yo luego di traza para pedírsela a su padre, el tío Benino, quien no se hizo mucho de rogar, y como ya todo estaba de punto, quije que no quije fue menester buscar dinero, porque para todo queren dinero en esta triste vida, y por el dinero baila el perro, como su mercé sabe...

—Estimo tus favores —dijo el coronel—, pero sigue tu cuento sin rodear tanto, pues según vas, pienso que no acabas en ocho días...

El eclesiástico y los demás señores suplicaron a don Rodrigo que dejase hablar a su criado cuanto quisiera y que se explicara conforme fuera su gusto, porque ellos no lo recibían menos al escucharlo. El coronel dijo a Pascual que continuara, y este, con la misma sencillez que comenzó, prosiguió su cuento de esta manera:

—Pos señor, como era menester dinero, ¿qué hago?, cojo y vendo un burro mestro, con perdón de sus mercedes, y dos vacas paridas, que por todo me dieron treinta pesos; a juera de esto, empeñé las tierritas de Culás en veinte pesos, que hacen treinta... cuarenta... cincuenta...; y como no alcanzaba para los gastos, se acordará su mercé que le pedí veinticinco pesos prestados, que son cincuenta..., sesenta... setenta... setenta y uno, setenta y dos, setenta y tres, setenta y cuatro, setenta y cinco pesos cabalitos,[218] sin medio más ni medio menos; y de este dinero gasté diez y seis pesos que le di al señor cura por el casamiento; seis varas de indianilla para la novia, que costaron a once reales y medio cada vara: que son... seis pesos por un lado y seis pesetas... ¡Válgame Dios!, seis pesetas y luego seis reales y seis medios... En fin, señor amo, agora no puedo ajustar la cuenta; pero allán[219] casa con mis frijoles y mis habas se las ajustaré en un brinco, porque los frijoles son reales y las habas pesos, y ansina se cuentan ocho frijoles y se aparta una haba: se cuentan otros ocho y se aparta otra haba, y en una carrera se ajusta cualquer cuenta.

No pudo menos Pudenciana que reírse grandemente del modo de contar de Pascual, y se acordaba con agradecimiento de las reflexiones que su papá le había hecho cuando le enseñó a valerse de los números.

Pascual, que no entendía lo que hablaban, y que ya rabiaba por contar el motivo de su aflicción, dijo:

—Perdone su mercé que la encuarto;[220] pero yo he gastado todo ese di-

---

219   *Allán*: por *allá en*.
220   *Encuartar*: (México) enredarse en un negocio, no saber encontrar salida.
221   *Jallando*: por *hallando*.

neral, pensando quedar bien debajo de ser un probe; pero como no hay gusto cumplido en esta triste vida, de una hora a otra se me cayó el gozo en el pozo; porque la verdad, yo pensé que vinieran solo sus mercedes y la señora doña Frosina y su niña, y me voy jallando[221] esta mañana con todo el patio lleno de gente, y estoy que se me quée la cara de vergüenza, al ver que agora vamos entrando en Tacubaya con coche y tantos caballos, y señores y señoras tan decentes, que parece que van al casamiento de la virreina, y todo el pueblo se alborotará, y yo quijiera quedar bien, y en esto que no alcanza la comida, pues cuando más y mucho habrá para veinte almas, y solo aquí vamos más de los veinte, ajuera de los parientes y conocidos que están allán casa, que no sé cómo nos vendrá la gurupera[222]. Vea su mercé si mi apuración es moco de pavo,[223] y si tengo razón, no digo para ir triste, sino para llorar lágrimas de sangre, porque será bravo dolor que después de despulsarme por quedar bien, no tenga agora ni qué darles de comer a estos señores, que para su mercé no faltará.

Rieron todos a carcajada suelta luego que Pascual acabó su relación, porque al concluirla miró a todos, suspiró y puso una cara de jugador cuando se le arranca el último peso y no tiene a quién pedirle.

La bulla y algazara que armaron fue tal, que la oyó Eufrosina, quien hizo parar el coche para informarse del motivo. Se lo contó el señor Labín en dos palabras, y todas las niñas que iban en el coche alternaron en la risa con los hombres.

Pascual no dejó de ciscarse,[224] y no quisiera verlos tan alegres a su costa. El coronel advirtió la incomodidad de Pascual, y para sosegar un poco la risa general, llamó la atención de todos, diciendo:

—Señores, la candidez del pobre Pascual me trae a la memoria el cuentecillo de aquel rey, que habiendo salido a caza le anocheció, y perdido, sin encontrar el camino real, no tuvo otro arbitrio que hospedarse en un cortijo o rancho miserable, donde los morteros, soldados y criados acabaron con cuanto había para dar de cenar al rey y su corte, y cenar ellos. Pasó la noche, y al día siguiente, al despedirse el rey del pobre viejo, dueño del rancho, le dijo que le pidiese alguna merced. Él entonces, con lágrimas en los ojos, le dijo: —Señor, el mayor favor que pido a vuestra majestad, es que en la vida me vuelva a hacer otra visita, porque si en una noche han destruido sus criados todo el fruto de mi trabajo de muchos años, en asegundando otra visita me echará vuestra majestad a pedir limosna con mi familia. Al rey le cayó en gracia la ingenuidad y sencillez de aquel labrador, y lo dejó consolado, resarciéndole sus pérdidas generosamente. Tú, Pascual, consuélate también, y está seguro, no solo de que alcanza la comida que has dispuesto, sino que sobra, porque todos estos señores son de muy poco comer.

No calmó mucho esta esperanza la tristeza de Pascual; y así continuó en silencio y con su cara de herrero hasta que llegamos a Tacubaya.

---

218 *Cabalitos*: diminutivo de *cabal*: ajustado a peso y medida.
222 *Gurupera*: por *grupera*, por la parte de atrás.
223 *Moco de pavo*: cosa de poca importancia.
224 *Ciscarse*: ponerse colorado por la vergüenza.

Poco antes de las nueve de la mañana entramos en aquel ameno pueblecito, y al instante comenzaron a repicar en la parroquia. Muchos creyeron que el repique era por nosotros; mas se engañaron, pues fue el primero para llamar a la misa mayor, y estaban avisados los campaneros para que luego que entrásemos repicaran.

Pascual quería que los cocheros se dirigiesen a su casa; pero el coronel mandó que fuesen a las casas curales. El párroco, que había sido condiscípulo del coronel y era muy su amigo, lo recibió con la familiaridad más cariñosa y con mucha atención a los demás señores.

Don Rodrigo, advirtiendo que ya se acercaba el tiempo de la misa, trató de que fuésemos a la casa de la novia para conducirla a la iglesia.

Ya estaban esperándonos los novios, sus padres, amigos y parientes. Culás estaba de gala con sus calzones de pana azul galoneados y bien surtidos de botones de plata; unas buenas botas picadas y bordadas de oro y azul; sus zapatos abotinados de cordobán,[225] de los que llaman de boca de cántaro; una muy curiosa cotona[226] de indianilla verde guarnecida de listoncito de color de rosa; su mascada[227] del mismo color; su sombrerito redondo, pardo y con toquilla y galón de plata; concluyendo este lujo con una famosa manga de paño azul con dragona[228] carmesí y flecos de oro.

La novia no estaba menos decente en su clase, porque tenía un traje de indiana fina de fondo lacre; su mascada de las que llamaban de arco iris; sus aretes de piedra inga[229] muy relumbrantes; unos tres o cuatro hilos de perlas finas, aunque menudas, sus cintillos de iguales piedras que los aretes; una porción de listones en la cabeza, a los que sujetaba una peineta de carey, y remataba su compostura con unas medias de seda, nuevas de primera, y unos zapatos de raso color de rosa bordados de plata.

Culás era un mocetón alto y bien formado, rubio y como de veintiséis años de edad, y Marantoña, como le decía Pascual, sería como de diez y ocho o diez y nueve, gordita, no muy alta pero sí blanca, huera,[230] colorada y con unos ojos grandes y negros, los que, juntos a una buena tez de cara y a una boca pequeña, encarnada y habilitada de buenos dientes, hacían una figura agradable.

Luego que pasaron las humildes salutaciones de todos aquellos pobres, sacó doña Eufrosina un túnico negro, una mantilla y un abanico, todo muy bueno como que era de gala, y quería que luciera la ahijada de su hermana; pero esta, luego que entendió que la iban a vestir con aquella ropa, poniéndose más colorada de lo que era, le dijo:

—¡Ay!, no, señora; yo con su licencia no me pongo esos sacos prietos. Esos se quedan para las señoras como su merced; pero ¡para mí que soy una pobre

---

225　*Cordobán*: piel curtida de macho cabrío o de cabra.
226　Cotona: (México) chaqueta de gamiza.
227　*Mascada*: (México) pañuelo, especialmente de seda, para adorno.
228　*Dragona*: (México) capa de hombre, con esclavina y capucha.
229　*Inga*: sustancia mineral, más o menos dura y compacta, que no es terrosa ni de aspecto metálico.
230　*Huera*: (México) rubia.

paya! En mi vida me he puesto eso; ¿qué dirán mis amigas si me lo ven puesto? Ya parece que las oigo: Dirán: —Mire la ranchera motivosa; ayer andaba arreando vacas con sus enaguas de jerguetilla y agora sale izque[231] con túnico negro, como una marquesa o una conda.[232] Así dirán, y otras cosas más peores. Conque no, señora; yo iré a la iglesia con mi rebozo de seda que me ha comprado mi señor padre, y que se queden esos vestidos para los ricos, o para los probes que queran ser ridículos...

—¿Pero esto, cómo se trae? –preguntaba por el manejo del abanico.

Se lo enseñó Eufrosina, y abriéndolo con las dos manos, se soplaba con mucha gracia y decía:

—Pos mire, este sí que es un bonito aventador. ¡Ay!, ¡cuánto muñequito tiene!, ¡cuántas florecitas!, y qué varitas tan doradas! Este sí, lo llevaré para soplarme en la iglesia ansina que me apure la calor.

Todos se reían por la sencillez de María Antonia, que hubiera llevado el abanico como decía, si se lo hubieran dejado; pero doña Matilde le dijo:

—Hijita, esto no lo puedes llevar si no te pones el túnico negro y la mantilla; y a más de esto era menester que lo supieras manejar con garbo y con una mano, porque si no, te harían burla cuantos te vieran.

—¡Oh!, pos en siendo ansina, masque nunca lo lleve: que se quede ahí, que a bien que si me apurare la calor me soplaré con la punta de mi rebozo, que esa sí la sé menear bien con una mano y sin miedo de que se quebre, como puede suceder al aventador pintado.

El coronel dio prisa a las señoras para que nos fuéramos a la iglesia, porque ya se había dado el tercer repique para la misa: y así, poniéndose Marantoña su rebozo, se dirigió la comitiva para la iglesia.

En el camino decía el coronel a doña Matilde:

—¿Has de creer que me gusta la novia?

—¡Hola!, ¿te gusta?, pues cásate con ella...

—No es eso lo que te digo: me agrada en ella su carácter sencillo y su juicioso modo de pensar. ¿No oíste qué oportuna lección de conformidad dio a más de cuatro que la escuchaban cuando rehusó ponerse el túnico negro? Esta es mucha humildad y moderación en una payita joven, de quien se debía esperar que estuviera deseosa de parecer bien y de componerse, aunque fuera de prestado, como lo hacen tantas, aunque no estén de boda; pero María Antonia ha conocido la vanidad de este deseo, y no quiere exponerse a que sus iguales, envidiosas de su decencia, se la murmuren llamándola rota y motivosa, como ella misma dice.

Como la iglesia estaba inmediata a su casa, de donde salimos, no tuvo tiempo el coronel para hablar más sobre esto y mucho menos, porque luego que de la torre nos vieron ir, hicieron señas de dejar. Con esto nos apresuramos.

Estaba ya el cura revestido, y luego que entraron los novios y padrinos,

---

231 *Izque*: vulgarismo por *dizque*: al parecer, presuntamente.
232 *Conda*: por *condesa*.

procedió a las sagradas ceremonias del matrimonio, y cantó la misa después de ellas. Concluida, salió de la sacristía y nos condujo a todos a su casa.

Pascual estaba entreverado, unas veces alegre y otras triste, acordándose de que no alcanzaba su comida para tantos, y más triste se ponía al acercarse la hora de almorzar.

Pero ¡cuál fue su sorpresa y su alegría cuando oyó decir al cura: —¡Señores, vamos a la huerta a tomar alguna cosita, porque ustedes ya lo han de menester, como que madrugaron y han caminado, aunque poco! Diciendo esto se levantó el cura de su asiento, hicimos todos lo mismo, y nos dirigimos a la huerta.

Al entrar en ella se acabaron de trastornar Pascual, los novios, sus parientes, y poco faltó para que a nosotros sucediera lo mismo, al ver la magnífica sencillez con que estaba todo prevenido.

La naturaleza por una parte, y por otra la curiosidad del cura, habían formado en aquel frondoso sitio una huerta útil y un pensil[233] ameno y delicioso. Las varias frutas que matizaban el alegre verde de los árboles, colocados en bien dispuestas calles; las diferentes flores que adornaban una multitud de arriates[234] y tiestos curiosos; los agradables aromas que las hierbas y rosas exhalaban; el gorjeo de mil hermosos pajarillos que trinaban alegres saltando de rama en rama; el suave murmullo de las cristalinas aguas que se deslizaban por los caños para regar las plantas y las flores, y el conjunto de todas estas cosas halagaban los sentidos y suspendían el espíritu dulcemente.

En medio de la huerta estaba una graciosa fuentecilla, y a su lado se formaba una hermosa galería, en la que estaban colocadas las mesas en donde se había de servir el almuerzo.

Mil lazos de amapolas, xúchiles,[235] claveles y rosas se entretejían con el mejor orden de un árbol a otro, fingiendo las paredes del salón y haciendo un tapiz tan alegre como natural. Los rayos del sol no penetraban en aquel lugar delicioso, porque sobre las copas de los árboles estaba formado un majestuoso pabellón de damasco carmesí con cordones de seda verde y oro, y el pavimento estaba entarimado y cubierto con unas muy buenas alfombras para que la humedad no molestase a los que debían permanecer allí por largo rato.

La repentina vista de este ameno y florido vergel me hizo creer que estaba yo en los pensiles de Semíramis o en los prados y bosques de Arcadia. No solo yo fui de este parecer; a todos sorprendió tan halagüeña perspectiva, y a porfía alababan el buen gusto del señor cura, que tan a poca costa había dispuesto un salón tan cómodo y alegre.

Luego que estuvimos en él, hizo el párroco que se sentasen todas las personas decentes en la primera mesa, y en ella también los novios y sus padres. Pascual estaba atónito y elevado; pero aún no deponía el temor que lo acosaba de que su prevención fuera escasa. Por todas partes volvía la cara, y como no

---

233 *Pensil*: jardín.
234 *Arriate*: cantero. Zona estrecha y dispuesta para tener plantas de adorno junto a las paredes de los jardines y patios.
235 *Xúchiles*: (México) cruces de hojas de palma.

veía disposición alguna de comida, se ponía muy fruncido, pensando, según después nos dijo, que esperaban el alimento de su casa.

El señor cura dispuso que el padre vicario fuera a cumplimentar a los parientes y convidados de los novios en otra mesa que tenían prevenida, no muy lejos de la nuestra.

Ya todos sentados en su correspondientes lugares, tiró el cura de un cordón, sonó una campanilla, y al momento se presentaron cuatro graciosas inditas, ricamente vestidas según su traje, y comenzaron a servir los platos y las copas.

El primer brindis se dirigió a la salud de la novia, y a seguida comenzamos a escuchar un agradable concierto de música; aunque no veíamos la orquesta, porque el cura la ocultó sagazmente tras de un emparrado para que nos cogiera más de nuevo.

Lo opíparo del almuerzo, lo divertido del lugar, el golpe de la música y el trato dulce y cortés del coronel, del cura y otros señores, contribuía a aumentar en todos la alegría más inocente. No se hablaba en la mesa de cosa que no entendieran bien los novios y sus padres. El campo, las siembras, las semillas, las cosechas, los carneros, los toros y las vacas dieron asunto para toda la conversación, que manejaron muy bien los entendidos, haciendo hablar sobre todo a Pascual, a su hijo, y aun a la novia; y como se les hablaba sobre materias que entendían, estaban contentos, menos vergonzosos y muchas veces satisfechos, porque quinaban[236] en asunto del campo al coronel, al cura y a otros, como que hablan con instrucción y con experiencia. ¡Qué cierto es que cada uno es voto en su profesión!

El señor Labín y el otro eclesiástico excitaban aún más nuestra alegría con sus chistes salados y corteses. A todos hacían reír de cuando en cuando, especialmente a la novia, a quien dirigían sus chanzas sazonadas, dejándola contenta. Dos cosas aprendí con la ocasión de asistir aquellos señores a la mesa: la primera, que así como en cualquier concurrencia decente se hace despreciable el faceto[237] que a cada instante quiere, a costa suya y de avergonzar a otros, arrancar la risa a los que lo oyen, así se hace apetecible un hombre de talento que sin hacer profesión de hazmerreír o de bufón sabe mantener en todos la alegría sin ofensa de ninguno. Esto fue lo primero que aprendí, y lo segundo, que la chanza, para que agrade, es necesario que tenga cuatro circunstancias: *jovial, inocente, oportuna y discreta*; de suerte que en careciendo de cualquiera de ellas, degenera en sátira picante o en una insulsez fría y sin gracia. Por lo cual no es tan fácil desempeñar con aire el papel de chancero en una función pública, y no debe meterse a ello el que no se considere dotado del talento y gracia particular que se requiere para no pasar la plaza de ridículo o desatento.

Finalmente, con general complacencia y satisfacción, se concluyó el almuerzo: después nos levantamos todos, y nos fuimos a pasear por la huerta.

---

236 *Quinar*: ganar una apuesta o una discusión.
237 *Faceto*: (*México*) que quiere ser chistoso, pero no tiene gracia. Presuntuoso.

Nada le faltó que prevenir al señor cura para que nuestra diversión fuera completa. En los árboles más copados se veían pendientes diferentes objetos que la proporcionaban. En unos había curiosos tableros de damas; en otros bolsas de fichas y naipes para jugar tresillo[238] y otras cosas; en estos, instrumentos músicos; en aquellos, libros de novelitas y poesías: algunos estaban surtidos de barretas de fierro, otros de pelotas y guantes para los que quisieran ejercitar las fuerzas, y en muchos había reatas muy cómodas para la diversión del columpio.

Cada uno fue tomando la que más le inclinaba, según su edad y su temperamento, de suerte que dentro de media hora ya estaban todos destinados. Por aquí se veían dos jugando a las damas; por allí otros tocando los bandolones[239] y flautas; cuales estaban tirando la barra, cuales jugando a la pelota o los naipes; ya se encontraba una señora recostada sobre un sofá leyendo un libro, ya otra cantando una aria o un terceto; mientras las más jóvenes se divertían apedreando los árboles para bajar frutas sazonadas, o meciéndose en los columpios, o jugando en los cañitos de agua, o cortando las más fragantes rosas, con que se adornaban el pecho y las cabezas.

Parece que la inocencia y la alegría habían bajado de los cielos a aquel lugar ameno y delicioso. Yo observé que en un instante las mujeres cortesanas depusieron el aire de etiqueta y las payitas su natural encogimiento. Todas conversaban, corrían y retozaban alegres y contentas con la mayor familiaridad. Hasta Marantoña, que por razón de novia debía haber estado más cuitada[240] que las otras, andaba con todas saltando como una cabra, y trepándose a los árboles con más ligereza que una ardilla para tirarles a las niñas los chabacanos[241] más grandes y las peritas más maduras.

Así permanecieron jugando y divirtiéndose como hasta la una y media del día, a cuya hora mandó poner las mesas el señor cura y trató de que fueran todos a comer. Fácil es conocer que las muchachas llegaron muy cansadas de retozar, muy coloradas por el sol y el ejercicio, y las más con alguna avería; porque unas pegaban con los túnicos rasgados, otras con los zapatos llenos de lodo, esta con un brazo raspado, aquella con la peineta hecha pedazos; pero todas llenas de risa, sudando y rebosando la alegría por todas partes.

El señor cura las recibió con mucho agrado, y después de que todos nos sentamos a la mesa, decía el coronel:

—Vea usted con disimulo cuánto gusto tienen estas niñas y qué contentas han estado. Ciertamente que si todas las señoritas de la ciudad tuvieran proporción de divertirse siquiera cada ocho días de esta manera, padecerían menos flatos e histéricos[242] que los que padecen. El ejercicio en el campo y entre personas alegres y joviales es mucho más provechoso para la salud y más

---

238 *Tresillo*: juego de naipes que se juega entre tres personas.
239 *Bandolón*: instrumento musical semejante en la forma a la bandurria, pero del tamaño de la guitarra.
240 No hay razón para que las novias se avergüencen o se acuiten; porque ya lo han hecho costumbre, principalmente las aldeanas (Ed. 1842).
241 *Chabacano*: (México) albaricoque.
242 *Flatos e histéricos*: tristezas e histerias.

inocente en lo moral que los bailes que apadrinan por lícitos muchas personas. Pues, hablo de los bailes en general, que en lo particular ya sabemos que puede haber bailes donde se junten la honra y el provecho; pero el campo, el campo es el depositario de la alegría, de la salud, de la riqueza y da la inocencia.

De esta manera alternaron sus conversaciones, ya serias, ya jocosas; pero todas instructivas e inteligibles a aquellos pobres rústicos que nos acompañaban; y luego que se concluyó la comida, dio gracias a Dios el eclesiástico de quien hablamos en el capítulo VIII, que se llamaba don Jaime; seguimos conversando un poco más por sobremesa, y después fuimos cada uno tomando nuestro sofá o canapé de los muchos que había debajo de la sombra de los árboles, y nos acostamos a reposar la siesta.

A las cuatro nos sirvieron café y chocolate, y subimos a la vivienda del párroco; allí se aguardó a los demás de la comitiva, mientras que el coronel, su esposa, su hija, la familia de doña Eufrosina y yo fuimos a dejar a los novios y sus padres a su casa, después de dar al cura los más justos agradecimientos.

Luego que llegamos a la pobre habitación de estas buenas gentes, le dijo el coronel a Pascual que nada le debía de los veinticinco pesos que le había pedido, y este sencillo labrador le dio mil gracias por tantos favores, sintiendo al mismo tiempo la droga[243] que a su parecer tenía contraída con el cura, y añadía:

—Ya yo estoy vendido y Culás, cuando menos para dos años, pos si solo por el casamiento me ha llevado quince pesos el señor cura, ¿cuánto nos llevará por todo el gasto que ha hecho agora?

—Nada te llevará –le respondió el coronel– porque todo el gasto ha sido mío y la disposición ha sido suya; lo que debemos todos agradecer, porque ninguna obligación tenía de hacerlo. Entonces redobló sus expresiones Pascual y todos los suyos, confesándose esclavos del coronel, de su familia y de su cura. El fervor con que prorrumpía aquella buena gente sus agradecidas expresiones, manifestaba que las decían de corazón, y el alegre semblante con que el coronel las escuchaba, daba a entender que estaba satisfecho de su sinceridad; ¡ya se ve! que los beneficios que se hacen a los pobres, como que van desnudos de interés, por lo común se perpetúan en sus corazones para el agradecimiento.

En fin, llegó la hora de despedirnos. Todos abrazamos a los novios y les felicitamos su enlace con palabras más sencillas; pero Pomposita, acordándose de su genio cortesano pedantesco, dijo a María Antonia:

—Me alegraré de que disfrute usted el amable consorcio de su esposo los años de Néstor con la paz del tiempo de Augusto César Octaviano.

Atónita se quedó la pobre ranchera con esta arenga, que entendió lo mismo que si se la hubieran dicho en griego. Doña Matilde y Pudenciana hicieron por disimular la risa, y no pudiendo, volvieron los rostros a otro lado y se taparon la boca con los abanicos; esto lo advirtió la payita, y pensando que

---

243 *Droga*: (México) deuda, a veces la que no se piensa pagar.

se reían de ella, se acortó más, y le dijo a su madrina: —¿Y agora qué digo yo?, porque maldito lo que entiendo a esta niña. —Dile que viva mil años –le respondió el coronel–. Lo dijo así, se repitieron los abrazos y nos marchamos para la calle.

Cerca de las oraciones de la noche llegamos a las casas curales, donde nos sirvieron el refresco, y concluido, nos despedimos del señor cura y regresamos a esta hermosa capital a donde llegamos en media hora acompañados de dos mozos que nos puso Pascual para que cuidasen y volviesen al rancho los caballos.

Capítulo XVI

En el que se refiere el principio de la triste historia de
Carlota y de Welster. Este resuelve incorporarse a la
Iglesia católica; hace un análisis de los fundamentos más
sólidos de nuestra religión, recibe el bautismo, y va a la
Habana a negocios de comercio

Entramos en México, paró el coche en la casa de doña Eufrosina, y todos nos apeamos en ella, llevando los mozos los caballos a su destino.

Cuando subimos a la sala encontramos en ella a un joven como de treinta años, muy bien presentado, que había llegado a esta capital esa misma mañana y había ido a casa de doña Eufrosina en solicitud del caballero Labín, a quien venía recomendado de la ciudad de Washington, de donde era natural, y se llamaba Jacobo Welster.[244]

Este individuo nos captó la voluntad luego que comenzó a platicar y darnos razón de su patria y del fin de su viaje, que era sobre asuntos de comercio. Díjonos que había estado en España largo tiempo, y lo acreditaba con la perfección con que poseía el castellano y con las exactas noticias que daba de la Península, y especialmente de Madrid. Después de habernos dejado aficionados a su trato fino, y satisfechos de que era un hombre instruido, se despidió con el señor Labín, con quien se retiró y nosotros hicimos lo mismo, pues estábamos cansados y con deseo de recogernos temprano.

Algunos meses pasaron sin que yo advirtiese nada particular, sino la mucha familiaridad que contrajo Welster en la casa de doña Eufrosina, la que cada día se aumentaba con las frecuentes visitas que él hacía con objeto determinado. Este era una joven hermosa llamada Carlota, hermana de Adelaida y amiga íntima de Eufrosina y de su hija.

Desde luego el amor enredó los corazones de ambos, y por más que hacían uno y otra por disimular mutuamente su pasión, no podían. Cada vez que concurrían juntos tenían, sin duda, un rato muy amargo. Los ojos de Jacobo se encontraban con los de Carlota y se expresaban con demasiada viveza: esta recibía las miradas con agrado; pero en el momento apartaba la vista de su amante, manifestando la mayor indiferencia. De manera que Carlota estaba

---

244   Luis Leal (1978) señala que este es el primer personaje de origen estadounidense que
      aparece en la literatura mexicana.

asegurada de la voluntad de Jacobo; pero este no estaba cierto de la correspondencia de su amada.

Así pasaron como seis meses, hasta que una noche, agitado fuertemente su corazón con la memoria de su adorado objeto y no pudiendo dormir, comenzó a dar vueltas y más vueltas en la cama, a suspirar y hablar solo con tal tono de voz, que su compañero, el señor Labín, temiendo no estuviese enfermo, le preguntó desde su catre qué tenía. Jacobo le respondió que nada; pero que no podía dormir. Disimuló entonces, y se sosegó por unos cuantos minutos, al cabo de los cuales volvió a su primera inquietud.

El señor Labín temió que su compañero estuviese para perder el juicio, y como le quería mucho, trató de ver cómo lo serenaba, haciéndose primero informar de la causa de su aflicción. Resuelto de esta manera, se levantó, se cubrió con su ropón, se puso sus chinelas, se dirigió a la cama de Jacobo, y sentándose en ella, con el mayor cariño le dijo:

—Welster amigo, ¿qué tienes?, ¿qué te aflige?, ¿por qué me disimulas tu cuidado? ¿Tienes algún motivo para desconfiar de mi amistad, o ya me he hecho indigno de la tuya?... Qué, ¿inclinas la cabeza sobre el pecho?, ¿me miras con vergüenza, enmudeces y las lágrimas destilan de tus ojos? Vamos, Welster, háblame por tu vida: yo me intereso en tus desventuras tanto como tú mismo; declárate, ensánchate; ¿qué tienes?

Entonces Welster, desarrollando sus sentimientos de una vez, y apretando la mano del señor Labín contra su pecho, le dijo:

—¿Qué he de tener, amigo, qué he de tener?, una rabia, una desesperación, un fuego que me consume el alma. Tengo amor, sí: adoro a una joven hermosa, cuyas recomendables circunstancias han avasallado mi corazón, en términos que no soy dueño de mí... Este abatimiento es vergonzoso en un hombre de mi carácter, lo confieso; pero tú eres discreto, sí; tú conoces que no siempre le es muy fácil al hombre el resistir a sus pasiones; muchas veces estas nos dominan y avasallan contra los más poderosos gritos de la razón. En este caso me hallo, compadéceme.

—¡Desgraciado de ti –dijo el señor Labín– si has pensado alguna vez estar exento de las humanas flaquezas! Welster, todos los hombres tenemos nuestras imperfecciones: nadie vive sin delitos, dijo un antiguo, y el mejor hombre, es el que tiene menos. El amor es una pasión propia de las almas generosas y sensibles como la tuya. Las virtudes por sí mismas son amables, y cuando se hallan en una mujer hermosa nos parecen aún más atractivas. ¿Qué hay, pues, que extrañar que una criatura de estas haya rendido tu corazón al imperio violento del amor? Lo que debes ahora no es avergonzarte de amar, sino ver si puedes poseer el objeto de tu amor honestamente. ¿Cuál es la señorita que te ha agradado?

—Carlota –dijo Jacobo–, la hija del comerciante don Tadeo, que concurre a la casa de doña Eufrosina.

—¿Y no le has declarado tu pasión?

—Mis ojos le han dicho mucho, pero mi lengua nada; pues el ser extranjero me parece que es bastante para que no me corresponda. Sin embargo, ya no puedo sufrir, y pues eres mi amigo verdadero y me has dicho que cuente contigo para todo, estoy resuelto a declararme. Mañana le he de escribir un billete; tú has de hacer que llegue a sus manos y que no se quede sin respuesta.

—La empresa es opuesta a mi carácter; pero soy tu amigo y te he empeñado mi palabra. Duerme ya sin cuidado, que mañana escribirás, y yo haré por que todo se allane.

Con esto se sosegó un poco Welster, y se recogieron.

A la mañana siguiente, cuando el señor Labín se levantó, ya tenía Jacobo escrito el billete para su amada, el que puso en manos de su amigo, y este salió para la calle.

Llegó a casa del coronel, con quien estábamos almorzando, y allí nos contó lo que va referido. Doña Matilde no pudo reprimir su curiosidad, y así rogó al señor Labín que, si no desmerecía su confianza y si el billete estaba sin lacre, se lo leyera, porque deseaba ver cómo se explicaba Jacobo. El señor Labín condescendió con su ruego y les leyó el papel, que decía de esta manera:

> «Bella Carlota: Yo os amo con pureza; no puedo ya resistir al dulce imperio de vuestros ojos. Decidme si os ofendo, o si algún día podré esperar que hagáis para siempre venturoso al infeliz.
>
> Jacobo»

—¡Qué poco escribe! –dijo Matilde– pero se explica bien. ¿Y usted cómo piensa salir de su cuidado?

—Fácilmente –respondió el señor Labín– la señora su hermana de usted tiene mucho arte para todo, y además lleva una amistad muy íntima con Carlota. De ella pienso valerme, y creo que pronto tendremos la respuesta en nuestra mano.

Así fue, en efecto. A los dos días volvió el señor Labín, y nos manifestó la contestación de Carlota concebida en estos términos:

> «Caballero Welster: Una de las virtudes que más me agradan es la ingenuidad y sencillez. No hay para qué disimular los afectos cuando son inocentes. En esta inteligencia, si V. me ama, está correspondido, y se lograría sin duda nuestro amor con el honroso enlace que V. por su parte facilita; pero por la mía hay dos obstáculos insuperables que lo impiden. Las leyes civiles y eclesiásticas están en nuestra contra. Yo no puedo casarme sin licencia de mi padre, opuesto siempre, no sé por qué motivo, al matrimonio; y menos puedo unirme en este estado con quien no profesa la religión católica. Si V. me ama como dice, haga por allanar estos inconvenientes, y podrá asegurarse de que será suyo el corazón de
>
> Carlota.»

—La carta me parece muy bien puesta —dijo Matilde— da a entender que la muchacha no es tonta ni loca y piensa con juicio; pero también es demasiado fácil para corresponder: no parece sino que estaba deseando la ocasión.

—Cuando así sea —contestó el coronel—, yo no se lo tengo a mal, pues si ella está tan apasionada como él, desearía dar desahogo a su pasión correspondiendo a su amante. No tienen las mujeres menos derechos que los hombres para usar de la verdad lícitamente, y la misma Carlota lo da a entender, cuando dice *que no hay para qué disimular los afectos cuando son inocentes*, en lo que explica más de lo que parece. Finalmente, veremos en qué paran estas buenas aventuras en que se ha metido nuestro amigo Labín.

Este, concluida la conversación, se retiró para su casa, y entregó a Jacobo el papel de su querida. Lo leyó cinco o seis veces, y no cabía en sí de gusto al saber que contaba con el corazón de Carlota.

—Ahora sí —decía a Labín—, ahora sí me tengo por el más feliz de los mortales con la posesión de mi Carlota. Sí, México es ya mi patria. No tengo en Washington ninguna cosa que me arrastre: mis padres han fallecido, mi hermana es rica y no necesita de mis auxilios para nada; la mayor parte de mis intereses están en mi poder, y para recoger los que allá quedan, tengo buenos amigos de quienes valerme; pero aun cuando tuviera en el Norte padres, deudos e intereses, todo lo abandonaría, porque todo se debe abandonar por Carlota.

—¿Pero de qué manera piensas vencer los dos inconvenientes que ella dice?, le preguntó el señor Labín; y Jacobo sin detenerse respondió:

—Por lo que toca a la religión, estoy resuelto a abrazar la católica. Este debe ser el primer paso; y por lo que respecta a persuadir a su padre para que le conceda su permiso, creo que no habrá mayor dificultad, pues yo no carezco de bienes suficientes para sostenerla con decencia, y tú y el amigo coronel tenéis, a lo que entiendo, mucho influjo sobre el caballero Tadeo, y no dudo que ambos haréis por mí cuanto os sea dable.

—Puedes estar seguro —dijo el señor Labín— de que el coronel y yo te serviremos en cuanto esté de nuestra parte; pero en confianza de la amistad debo advertirte que examines bien tu corazón: mira que las pasiones, aun las más puras, cuando son vehementes, nos ofuscan y no nos dejan ver lo más cercano. Se necesita vocación, así para entrar en el cristianismo como para abrazar el matrimonio. Yo te he oído hablar siempre bien de nuestra religión; pero jamás te he observado tan dispuesto como ahora para recibirla, y esto me hace pensar que Carlota ha hecho esta repentina mutación. Si así es, entiende que no se debe seguir a Jesucristo por particulares intereses, sino únicamente convencidos por la pureza de su ley y por la efusión de la fe. Conque si quieres ser cristiano, mira lo que haces, registra tu interior, examina el origen de tu deseo, instrúyete en nuestros principios; y si después de bien explorada tu intención resultare que es recta, adopta como la mejor y la más cierta la religión católica.

Advierte también que no es lo mismo desear la posesión de una mujer como mujer hermosa, rica o prendada, que desearla para esposa, madre de familia y compañera única hasta la muerte. Para lo primero basta ser hombre, porque todo hombre se inclina a la mujer; pero para lo segundo es necesario creer y conocer la gracia y virtud del sacramento del matrimonio.

Aun cuando el casamiento era solamente un contrato natural, desagradaba a Dios tanto que se hiciese únicamente por saciarse con los placeres sensuales, que en las sagradas letras se nos cuenta de aquellos siete maridos que tuvo Sara muertos por el demonio Asmodeo en las mismas noches de las bodas, y temiendo Tobías casarse con ella porque no le sucediera otro tanto, lo animó el ángel san Rafael diciéndole: *El demonio sólo tiene poder sobre aquellos que se casan sin acordarse de Dios, y únicamente para satisfacer su liviandad, como el caballo y el mulo que carecen de entendimiento.*[245] Si esto sucedió, según te dije, cuando el matrimonio era un mero contrato natural, ¿qué se deberá esperar hoy que se halla elevado por Jesucristo a la dignidad de sacramento?

Verdad es que no oímos referir ejemplares tan terribles como el pasado. Se casan muchos, muchísimos, con el mismo fin que los maridos de Sara, y con todo eso no los mata Asmodeo; pero sobre estos casados llueven treinta mil plagas, que son a veces peores que el demonio. La pobreza, los hijos mal criados, las desconfianzas, las riñas, los celos, el despego y el odio, son las resultas de un casamiento hecho sin vocación.

El matrimonio, considerado como sacramento de la ley nueva, tiene tres fines, que son: *propagar la especie humana, aplacar la concupiscencia y causar gracia unitiva.* Del logro de estos fines resultan en el matrimonio tres bienes: *el de la prole, el de la Fe y el del Sacramento.* El primero consiste en tener sucesión; el segundo en la fidelidad y amor que deben tener los consortes, y el tercero en que esta unión en paz y en amor sea hasta la muerte.

En inteligencia de esta doctrina, consulta bien tu corazón, para que después no te arrepientas cuando pruebes los sinsabores del estado; porque ya sabes que en esta vida miserable no hay uno que no los tenga, y sería un necio el que se representara el matrimonio como un jardín lleno de flores y sin ningunos abrojos ni malezas. Así lo pinta el amor, visto de lejos; pero luego que entramos en él, advertimos que en el mejor, en el más pacífico y feliz, no faltan algunas espinitas, que aunque no hieren, lastiman. Conque vuelvo a aconsejarte que antes que te resuelvas lo pienses bien, con la prudencia propia de tu carácter.

Así desempeñaba el caballero Labín el cargo de amigo verdadero de Welster, y este correspondía agradeciendo su instrucción, y observando en cuanto podía sus consejos.

No dejó de traslucirse en la tertulia de doña Eufrosina la mutua inclinación de los dos nuevos amantes, y tanto, que las amigas de Carlota la llamaban la inglesita, sobrenombre que a ella no le desagradaba.

---

245 Tobías: 6.17 (Ed. 1842).

El señor Labín, ufano con la resolución que tenía su amigo Jacobo de hacerse católico, fue a casa del coronel y la participó muy placentero. Doña Matilde, desconfiando de la verdad de la vocación, le dijo:

—Yo me alegraré de que piense el inglés[246] en ser cristiano; pero dudo de que lo quiera ser de veras. Carlotita se puede lisonjear de esta repentina conversión, aunque yo no quiero creerla todavía; antes juzgo que, si como ella es cristiana fuera mora o judía, Welster se volviera judío o moro con la misma facilidad que quiere ser cristiano. Es mucha la fuerza del amor.

—Es cierto –le dijo su marido–, pero aun cuando Jacobo quiera abrazar la religión católica por interés de Carlota, no es extraño. En verdad que siendo este solo el motivo, no es muy puro; pero la mujer fiel santifica al marido infiel, y muchas veces Dios se ha valido de las mujeres como de medios oportunos para la conversión de los gentiles y aun de reinos enteros. Escribiendo San Pablo a los de Corinto e instruyendo con doctrinas sagradas a la Iglesia de Cristo, que comenzaba entonces y no estaba aún bien enseñada, entre otros preceptos que les dio fue uno este: «Si alguna mujer cristiana está casada con varón infiel, no lo deje ni se aparte de él; porque algunas veces ha sucedido que el marido infiel vino a ser santo por medio de la mujer cristiana.» Estas palabras trasladó San Jerónimo a una noble señora romana llamada Leta, mujer de Toxacio, hijo de Santa Paula, del cual tenía una hija del propio nombre.

¿Pero para qué hemos de citar casos particulares en prueba de esta verdad, cuando sabemos que las mujeres cristianas colocadas en los tronos hicieron cristiana la mayor parte de la Europa, atrayendo al cristianismo a sus maridos? Por medio de ellas recibieron el Evangelio la Francia, la Inglaterra, parte de la Alemania, la Baviera, la Hungría, la Bohemia, la Lituania, la Polonia, etc., y también por su medio renunciaron el arrianismo la España y la Lombardía. Conque nada nuevo será que Carlota sea el instrumento de la conversión de Jacobo. ¡Ojalá hubiera mil Carlotas que trajeran al gremio de la verdadera religión otro tanto número de Welsters!

—Ya me convenciste –dijo Matilde– pero satisface mi curiosidad, que quiere saber ¿cómo pasó la España del arrianismo a nuestra religión por medio de una mujer, y qué mujer fue esa?, pues hasta ahora oigo semejante cosa.

—Te daré gusto –dijo el coronel– ciñéndome a la posible brevedad. Habiéndose hecho dueño de casi toda la España Leovigildo, casó de segundas nupcias con Gosvinda, y estableció a Hermenegildo, su hijo, rey de Sevilla, dándole por esposa a Ingunda, hija de Segisberto, rey de Austrasia.

Ingunda era católica, y su suegra, arriana; pero tan apasionada por su secta, que no omitía diligencia para atraer a ella a cuantos podía. Ingunda debía merecer este cuidado a su buena suegra. En efecto, esta empleó las caricias, las amenazas, la autoridad, el desprecio y los ultrajes hasta llegar a

---

246 Aunque no era inglés lo llamaba así Matilde por su idioma, pues como era anglo-americano hablaba inglés (Ed. 1842).

arrastrarla de los cabellos; pero todo fue en vano, pues la reina cristiana resistió con una inflexible firmeza sus malos tratamientos, y con tan heroica paciencia, que todo lo disimuló y ocultó a su marido, sin quejarse jamás, ni faltar al respeto y afabilidad a su cruel enemiga. Sin embargo, fueron tales los excesos de Gosvinda que llegó a saberlos Hermenegildo, y admirado de la virtud de su esposa, conoció en el contraste de ambos procederes la diferencia de las dos religiones, y juzgó que la de Ingunda no podía inspirar tanta virtud sin ser la verdadera.

Con este pensamiento se dirigió a su tío San Leandro, obispo, quien lo instruyó en los misterios de la fe, y abjuró el arrianismo. Este fue el día de mayor gozo para su virtuosa mujer, que no le duró mucho, pues habiendo sabido Leovigildo la conversión de su hijo, se irritó contra él furiosamente y procuró reducirlo a su antigua secta, a toda costa.

Probó los medios de la dulzura, le salieron vanos, y se valió del poder. Se dirigió a Sevilla, la sitió, la tomó y cayó Hermenegildo en sus manos. Fue puesto en una prisión, y cuando Leovigildo se cansó de mortificarlo, le envió a ofrecer su libertad y restituirlo a su trono como se convirtiera al arrianismo. El santo preso despreció las ofertas con resolución cristiana.

Por segunda vez lo envió su padre a su hermano Recaredo, asegurándole que lo admitiría a su gracia con la condición sola de que recibiese la comunión de mano de un sacerdote arriano. Respondió Hermenegildo que la religión católica no permitía estos disimulos en la fe. Esto irritó a Leovigildo tanto, que inmediatamente mandó que le cortasen la cabeza en la prisión. Su esposa huyó con su hijo Teodorico al África, donde a poco murieron los dos.

Leovigildo lloró después la muerte de su hijo, y su sentimiento se convirtió en un odio mortal contra los católicos. Desterró a los obispos y al mismo San Leandro, su cuñado; despojó las iglesias de sus bienes y ornamentos; quitó la vida a los más ricos y poderosos señores, y cometió otras crueldades semejantes.

En el mismo año se enfermó de muerte, y sucedió una cosa rara estando próximo a ella, y fue que mandó llamar a San Leandro para que instruyese a su hijo Recaredo en los dogmas de la religión católica, y deseando que su hijo fuera cristiano, él murió hereje, sin querer abrazar una religión cuya verdad conoció a las orillas del sepulcro. En una palabra, la virtud de Ingunda convirtió a Hermenegildo, y la sangre de este mártir se logró en la conversión de su hermano Recaredo y de toda la nación de los godos de España.

Esta es en breve, la historia que hace ver cómo una mujer fue el medio de que Dios se valió para que en menos de dos años casi toda la nación goda abjurase del arrianismo. ¿Por qué no se podrá valer de Carlota para que Jacobo deteste los errores de los anabaptistas, que es la secta que profesa, según sabemos por mi amigo Labín?

—Así es –dijo este– y a más de esa cristiana esperanza, que es la mejor, tenemos otra que se puede llamar política, y consiste en que Welster es muy sensible, tiene talento, ha vivido mucho tiempo entre los católicos, y está más que medianamente instruido en nuestra religión. Yo estoy acabándolo de catequizar, y creo que no me costará mucho trabajo. Él muchas veces ayuda mi discurso con sus sólidas reflexiones. Si ustedes lo oyeran probar la verdad de nuestra santa religión por principios sencillos y evidentes, se complacieran demasiado.

—¡Ay, como que sí! –dijo Matilde–. ¿Cuándo nos hace usted favor de traerlo para que tengamos ese gusto?

—Esta misma noche –dijo el señor Labín.

—Pues quedamos en eso: no se olvide.

¿Cómo había de quedar mal el señor Labín? A la noche fue con su camarada Welster, según que lo ofreció, y ambos fueron recibidos de todos los de la casa con general complacencia.

Se les sirvió un refresco que se les había prevenido, y poco después, no pudiendo Matilde resistir más la curiosidad que le devoraba, dijo:

—Señor Welster, ya hemos sabido la resolución de usted sobre hacerse católico, y nos hemos alegrado mucho, y hemos dicho que semejante resolución prueba bien el talento de usted.

—Gracias, señora –contestó Jacobo–, por el favorable concepto en que ustedes me tienen; pero mi determinación más es obra del convencimiento de la verdad que del escaso talento mío.

—¿Pues qué, está usted plenamente convencido de la verdad de nuestra religión?

—Si no lo estuviera desde luego no variaría de comunión; no soy tan débil.

—No puedo comprender cómo haya sido tan pronto este convencimiento.

—Oiga usted, señora: el largo tiempo que he vivido con los católicos; la íntima amistad que he llevado con algunos de las luces y probidad del caballero esposo de usted y del señor Labín, y la tal cual instrucción que he tenido por los libros que he leído, despertaron días hace en mi corazón unos vehementes deseos de incorporarme en vuestra religión; pero siempre resistí a ellos haciéndome violencia, porque esperaba volver a mi patria, y no me determinaba a sufrir con constancia los desprecios y aun los ultrajes que tendría que experimentar de los míos cuando supieran que había variado de religión; pero ahora que estoy resuelto a domiciliarme para siempre en esta capital, no tengo ya que temer, y así quiero acallar los incesantes gritos que la verdad me da en el corazón, haciéndome católico con todo gusto y convencido de la solidez de los principios de vuestra religión.

—Usted dispense mi curiosidad –dijo Matilde– pero yo quisiera saber qué principios fundamentales son los que han persuadido a usted a esa verdad.

—Voy a darle a usted gusto, señorita –dijo Welster– y prosiguió de esta manera: Seis son para mí los principios más fundamentales de vuestra religión, que me han atraído a su gremio, y que me parece serían bastantes para persuadir a cualquiera que los examinase sin pasión. Primero, las revelaciones; segundo, la pureza de la moral de Jesucristo; tercero, sus milagros y su resurrección incontestables; cuarto, el modo con que se estableció la religión; quinto, la constancia y la uniformidad de la tradición; sexto y último, la perseverancia y unión de la Iglesia católica.[247]

Si atendemos a las revelaciones, se ven exactamente cumplidas en la persona de Jesucristo, habiendo sido escritas en tiempos muy anteriores a su venida, en diversos lugares, en distintas épocas y por distintos profetas. De estas revelaciones fueron algunas tan circunstanciadas y prolijas, que más parecen historias de lo pasado que predicciones de lo futuro. Tales son las del santo rey David. Este profeta anunció el nacimiento, la vida, pasión y muerte de Jesucristo con tanta escrupulosidad, que no deja la menor duda en que fue el Mesías prometido por los antiguos Padres y Profetas. Si examinamos la moral de Jesucristo, la hallamos pura, opuesta al ímpetu de las pasiones y la más propia para conseguir, aun en esta vida, la felicidad a que todo hombre aspira, esto es, la paz del corazón.

Es cierto que sus reglas son difíciles para el hombre natural, o según sus inclinaciones en el estado natural. Refrenar nuestros apetitos, dar a otro nuestros bienes, perdonar los agravios y hacer bien a los que nos injurian, son sin duda unas leyes muy desconformes con nuestra natural inclinación; pero por eso son tanto más elevadas y heroicas las virtudes que deben resultar de su observancia.

Los milagros de Jesucristo y su resurrección fueron muy públicos. Sus mismos enemigos, los que lo aborrecían de muerte, los que lo calumniaron en los tribunales, lo malquistaron con el pueblo y lo hicieron morir en un suplicio, jamás se atrevieron a negar que los hizo. Ellos quisieron deprimir su mérito fingiendo patrañas y atribuyendo su virtud al poder de Belzebú o del Demonio; pero no se atrevieron a negar los hechos. ¿Ni cómo podrían hacerlo, cuando estos fueron tan públicos y repetidos? Todos los milagros del Mesías fueron hechos delante de testigos, que a veces se contaron a millares.

Su resurrección tuvo igual carácter de verdad. Predicha por él mismo, cosa que no se atrevió a hacer Mahoma ni el seductor más famoso, se verificó. Sus enemigos la habían oído muchas veces de su boca, y la temieron; por eso tomaron todas las precauciones oportunas. Pusieron guardias que custodiaran el sepulcro: serían escogidas y bien pagadas. Este sepulcro estaba bien cerrado con una losa bien pesada; sin embargo, Jesucristo resucitó dentro del plazo que había prefijado, y sus enemigos, no pudiendo negar la sobrenatural falta del cadáver, dicen que los centinelas se durmieron, y que mientras, se robaron el cuerpo los discípulos. Mas ¿es creíble que todos se durmieran?, ¿es creíble que los amigos de Jesucristo rompieran el sepulcro, levantaran la pesada piedra y extrajeran el cuerpo con tanto silencio que no despertó ninguno de

---

247   Como los anabaptistas son cristianos, aunque no católicos, y de esta secta se supone a
       Welster, solamente los principios 5o. y 6o. de los que enumera pudieron influir en ha-
       cerle católico, porque los otros son comunes a católicos y anabaptistas (Ed. 1842).

los soldados? ¿Acaso estarían ebrios? Pero ebrios o dormidos, ellos no vieron robar el cadáver, según aseguraron, y sin embargo, fueron creídos sobre su palabra. Tenían los ojos cerrados y depusieron del robo como testigos de vista. ¡Qué contradicciones tan absurdas!

Si atendemos a la moral de Jesucristo y al modo con que estableció su religión, nos hemos de confirmar en su verdad. La moral opuesta a las pasiones es desagradable a los hombres; por lo mismo debía de haber sido poco seguida la del Mesías, y mucho menos según el modo de su establecimiento. Este fue más raro y más maravilloso.

Considerémoslo comenzado por Jesucristo y perfeccionado en su virtud por los Apóstoles. ¿Quién fue Jesucristo en el mundo? Un hijo de un artesano y de una costurera,[248] nobles en su origen, pero humildes, obscuros y abatidos por su mucha pobreza y ningún nombre. ¿Quiénes fueron los Apóstoles, sus principales agentes? Unos pobres idiotas, sin dinero ni representación en la república: estos establecieron la religión católica. ¿Y cómo? No prometiendo riquezas ni delicias temporales, no ampliando el libertinaje de los hombres, no auxiliados de la fuerza de las armas, no alucinando con fábulas ni mentiras a los pueblos idólatras y necios, como lo hizo el impostor Mahoma para establecer su ridículo y absurdo partido, sino predicando humildad, pobreza y mortificación; chocándose contra la opinión común del mundo, sin más auxilio que sus penetrantes palabras, su santo ejemplo y sus muchos milagros. De manera que, como dice un escritor francés, Jesucristo, humanamente hablando, hizo todo lo necesario para no conseguir el establecimiento de la religión. Con todo esto, los hombres lo seguían en turbas, lo confesaron hijo de Dios y tendían sus capas en Jerusalén cuando lo recibieron con ramos cantándole: *¡Alégrese en las alturas; alégrate, hijo de David!* ¿Esto no maravilla?, ¿no pasma?, ¿no prueba hasta la evidencia que este Jesucristo era el Mesías verdadero? ¿Cuál de los seductores que ha habido ha establecido su ley tan áspera, tan contradicha por los hombres, tan desagradable a sus pasiones, tan sin humanos auxilios y milagrosamente acreditada?... Señores, perdonen ustedes que me exalte. Yo me entusiasmo en favor de la religión cristiana cuando hablo de ella seriamente y considero que sus principios son tan evidentes, que me parece basta el criterio humano para convencernos de su verdad.

—Siga usted, señor Jacobo –dijo el coronel–, pues usted mismo no sabe el gusto que nos da cuando se explica en una materia que nos debe ser la más interesante.

—Yo agradezco mucho a ustedes su política condescendencia –dijo Welster– pero ciertamente me enajeno cuando considero estas cosas, y ya quisiera hallarme perfectamente instruido en vuestra religión para recibir cuanto antes el bautismo, que es la puerta, según enseña la fe, para entrar al gremio de la Iglesia. ¿Pero cómo no se ha de arrebatar mi espíritu, señores, al considerar lo que me falta que decir? Mientras que Jesucristo, este sagrado Legis-

---

248   Por tal era tenido de los que ignoraban que Señor San José era su padre estimativo, pues Jesucristo no tuvo padre en cuanto hombre, por haber sido su concepción sin concurso de varón. Esto lo saben los niños de la escuela; mas no es ocioso decirlo aquí. Los libros van a manos de sabios e ignorantes (Ed. 1842).

lador vivió, pudieron haberse engañado los que lo seguían en fuerza de sus promesas; pudieron haber creído con la esperanza de mejorar de fortuna; ¿pero qué debían haber hecho cuando lo vieron preso y acusado ante los jueces por hechicero, revolucionario y traidor contra el César Romano? ¿Qué, cuando lo vieron morir por esta causa en un afrentoso suplicio? La razón natural nos dicta que debían haberse arrepentido de haber seguido su doctrina y detestado para siempre sus máximas y hasta su nombre. Mucho menos que esto se necesita para que los hombres se abandonen unos a otros. Solo el ser pobre es una causa muy eficaz para que se desconozcan hasta los parientes. ¿Qué se debía esperar que hicieran los Apóstoles con Jesucristo después de verlo muerto afrentosamente en una cruz por su doctrina? A los principios hicieron lo que se debía esperar de cualquier hombre: huyeron, lo negaron, se escondieron y lo abandonaron, refugiándose con María en un mesón. Y después ¿qué sucedió? Bajó sobre ellos el espíritu de Dios, vieron a Cristo y predicaron al Mesías con la más santa intrepidez. San Pedro, el más cobarde de los Apóstoles, pues espantado por una mujercilla negó a su Maestro asegurando que ni lo conocía, fue el primero que predicó su doctrina en Jerusalén; pero ¿con qué viveza y con qué espíritu? Sus primeras palabras más parecen reconvenciones de juez que persuasiones de orador; y, sin embargo, se convierten millares de enemigos de Jesucristo a Jesucristo mismo en el primer sermón. Esto no es obra de los hombres.

Comenzaron a verse perseguidos los Apóstoles por su predicación; fueron aprisionados, fueron entregados a las afrentas y a la muerte que sufrieron por sostener el crédito de su Maestro. Pero ¿acaso los Apóstoles, como amigos de Jesucristo, le profesaban una muy tierna voluntad y encaprichados se dejaron matar por su amor? Esta sería una objeción ridícula, pero fuera tal vez suficiente para alucinar a los incautos; mas ¿qué diremos de los demás discípulos, y qué de tantos mártires que sin haber conocido a Jesucristo, derramaron por Él su sangre con tanta abundancia, que corría por las calles, se enturbiaban con ella los ríos, se cansaban los tiranos de derramarla, y enfadados de tanto confesor de Jesucristo que se ofrecía al martirio, les decían: «¡Si tanta gana tenéis de morir, mataos por vuestra mano!» ¿Qué diremos de esto, repito, sino que es verdadera la fe del Crucificado? Un autor vuestro de gran fama[249] dice que *es preciso creer unos testigos que se dejan degollar.*

Si atendemos a la tradición, ¿qué cosa más igual ni más constante? Desde Jesucristo hasta nosotros todos han profesado una misma fe, han creído unas mismas cosas y han ido fundados sobre unos mismos principios. Es increíble que si hubiera habido falsedad en este sistema no se hubiera descubierto entre tantos hombres sabios, que han predicado la pureza de la religión, como un Pablo tan inmediato a Jesucristo y como un Agustín, un Jerónimo y otros no muy distantes de la publicación del Evangelio; pero todos, inmediatos o distantes, han ido acordes con sus principios.

---

249 Pascal (Ed. 1842).

Por último, yo he leído el *Tratado de las variaciones de las Iglesias protestantes*, sabiamente escrito por el señor Bossuet,[250] y veo en él cómo cada Iglesia o comunidad ha padecido notables alteraciones en sus artículos, en sus dogmas y en sus cultos; cosa que no advierto en la verdadera religión de Jesucristo, pues esta, a pesar de sus muchas y sangrientas persecuciones, ha sido siempre una, santa, católica, apostólica, romana. *Una*, porque es uno el Dios a quien adora; una la fe que profesa, uno el bautismo, una la cabeza invisible de la Iglesia, que es Jesucristo, y una su cabeza visible, que es el Pontífice de Roma. *Santa* es, porque es santa su cabeza invisible, santa la fe que profesa, santa su ley, sus misterios y sacramentos, y solo en ella puede haber santos, como los ha habido, los hay y los habrá hasta el fin del mundo. *Católica* se llama, que es lo mismo que *universal*, porque en todas las naciones que la abrazan es una misma, sin variación alguna en la fe, en los preceptos, en los sacramentos ni en cosa substancial y porque ninguno puede salvarse fuera de su gremio. Llámase también *apostólica*, porque fue fundada por Jesucristo en sus Apóstoles, y por último, se dice *romana*, porque su príncipe visible, que es el Papa, reside en Roma, y por cuanto los católicos son miembros de una Iglesia que tiene tan honrosos epítetos, se honran llamándose cristianos, católicos, apostólicos, romanos.

Estos son en breve, señorita, los motivos que yo he tenido para decidirme por la religión de vuestros padres. Decidme si tengo razón o si he procedido con ligereza.

Doña Matilde, enternecida, no supo responder; pero el coronel la desempeñó[251] abrazando a Jacobo y diciéndole:

—Usted verdaderamente pertenece a la herencia del Señor: Él lo condujo aquí lo ha hecho radicar por unos caminos imprevistos. Yo me glorío de que ha de ser usted muy buen cristiano, pues se ha explicado más bien como un instruido catequista que como un neófito. Dele gracias al Padre de las luces, pues se las ha querido comunicar tan ampliamente, y apresúrese para recibir el bautismo.

Jacobo correspondió a estas afectuosas expresiones manifestando sus deseos, y el señor Labín dijo que estaba muy próximo a recibirlo, porque apenas le faltaba qué saber; de manera que para el domingo inmediato tenía dispuesta la función, que debía de ser en el Sagrario, por ser la parroquia a que correspondía, para lo cual había visto ya al señor arzobispo, y tenía dispuestas todas las cosas, porque Jacobo lo había elegido a él para padrino. Con esto y otras conversaciones se disolvió la tertulia por esta vez.

En la víspera del domingo citado fue el señor Labín a convidar al coronel y a su familia para el bautismo. Este caballero aceptó con gusto el convite, y al día siguiente fuimos todos a la iglesia.

El adorno del templo y lo lucido de la concurrencia dieron todo el lleno a la función. Lo augusto de las ceremonias y la modestia del neófito enterne-

---

250   J. B. Bossuet, *History of the Variations of the Protestant Churches* (1688).
251   *Desempeñar*: sacar a alguien airoso del empeño o lance en que se hallaba.

cieron a los circunstantes, penetrándose los corazones de amor y respeto hacia nuestra sagrada religión.

Llegó por fin la hora tan deseada de Jacobo, quien después de varias ceremonias se acercó a la Fuente y recibió el sagrado Bautismo, que se dignó administrarle el ilustrísimo señor arzobispo de esta diócesis. ¡Feliz acto en que la Iglesia católica recibió en su seno a tan buen hijo, regocijándose con este nuevo triunfo de la fe!

Después que recibió el sagrado baño, en el que a petición suya le pusieron por nombre *Agustín*, se cantó un solemne Te Deum, y se celebró el santo sacrificio de la misa, en cuyo tiempo recibió el adorable Sacramento del altar con la mayor humildad y manifestando la más devota compostura.

Concluida la función religiosa, se desnudó en la sacristía la vestidura blanca, y habiendo correspondido a los abrazos y parabienes que le dieron los convidados, tomaron todos sus coches, y se dirigieron a la casa de doña Eufrosina, en donde se había preparado el refresco.

La sala estaba llena de señoras, y ya se deja entender que no faltaría entre ellas Carlotita. Estaba allí, en efecto, vestida muy de gala y más hermosa que nunca. Su regocijo era inexplicable en el instante que vio a Welster: este tuvo mucho que hacer para disimular su pasión; mas ella no tenía entonces la prudencia necesaria, y más de dos veces advertí que estaba a pique de declarar su amor, a pesar de la presencia de su padre, cuyo respeto la contenía. Sin embargo, como la alegría era general y la bulla mucha, se ocultaron sus cariñosas imprudencias, a lo menos para los que ignoraban sus amores. Todo aquel día se pasó en pláticas y diversiones agradables y a la noche concluyeron con un lucido baile.

Después que se acabó, se retiró don Tadeo con Carlota para su casa, Welster con Labín para la suya y todos hicieron lo mismo.

Muy contento Welster de verse admitido en el gremio de la Iglesia católica, trataba ya de arreglar sus intereses temporales, para lo que le fue necesario ir a la Habana; pero antes tuvo cuidado de asegurarse de la firmeza de Carlota. Hizo mil experiencias, que todas correspondieron a sus deseos, y cuando ya no le quedó ninguna duda de que lo amaba muy de veras, le dio por escrito palabra de esponsales y un rico cintillo de brillantes en señal de que la cumpliría.

Carlota recibió ambas cosas con el gusto que se deja conocer y las correspondió de igual manera. Le dio su palabra firmada de su mano y un relicario de oro con su retrato, que recibió Welster con la mayor satisfacción.

Llegó por fin el día de la partida, y como doña Eufrosina estaba ya impuesta en los negocios de Carlota, se le facilitó a esta la ocasión de despedirse en su casa de su amante. Para esto fue a visitarla con Adelaida a la hora en que la había citado Welster; pero no bien se vieron cuando asomó a sus ojos el sentimiento de sus corazones. Esta visita pareció de duelo. El señor Labín procuró disminuirles el martirio, acelerando la despedida. Llegó el momento crítico, y no pudiendo disimular la vehemencia de su pasión, se abrazaron los dos públicamente, se juraron de nuevo su firmeza, renovando con mil tiernas expresiones las promesas que se tenían hechas por escrito, y se separaron con el dolor que es fácil conocer.

El rato fue de los más tristes que podía experimentar la sensible Carlota. A todos interesa una mujer hermosa y afligida: no fue mucho que doña Eufrosina, Adelaida y algunas otras visitas de confianza la acompañaran en su llanto.

Luego que se serenaron trató Adelaida de consolar a su hermana, asegurándole que la vuelta de Welster sería pronta, según había ofrecido, y que al instante se casaría y se convertirían aquellas lágrimas en gustos. Carlota algo se consolaba con esto; pero no dejaba de temer la inflexibilidad de su padre, tan tenazmente opuesto al matrimonio. Adelaida le decía:

—No tengas miedo, hermana, que no es tan bravo el león como parece: nuestro papá es de capricho; pero también suele variar de opinión. ¿No te acuerdas cuánto trabajo costó para persuadirlo a que permitiera mi casamiento? El no quería; pero por fin se redujo y consintió, y lo mismo será contigo. A los principios se opondrá, te reñirá y aun te llenará de amenazas; pero después poco a poco se irá amansando, hasta que consigas tu deseo. Yo misma te prometo ser tu empeño, y te juro que no me saldrán vanos mis esfuerzos.

Con estas expresiones se consoló un poco más Carlota y se despidió de Eufrosina. ¡Pobrecita!, el éxito no correspondió a estas lisonjeras esperanzas, como se verá en el capítulo que sigue.

Capítulo XVII

Descubre Adelaida los amores de Carlota a su padre; se
indigna este, y le hace recibir por fuerza el hábito de
monja; pasa el año del noviciado y llega Welster la
víspera de la profesión

¡Qué cierto es que el interés es la piedra de toque de la virtud y la amistad! Muchos afectan muy bien la probidad y la amistad más constante; pero apenas media el más ligero choque por causa de intereses, cuando se quita el oro aparente del honor y la constancia y se descubre el vil metal del vicio y de la falsedad. Esto mismo experimentó Carlota con su hermana.

Un mes hacía que se había embarcado Welster, cuando un día de repente llegó a casa de Carlota una criada con un papelito de su hermana, por el que esta le pedía prestado el cintillo que le había dado Jacobo.

No era mezquina Carlota; varias cosillas le había dado a su hermana en clase de prestadas, y ni habían vuelto ni ella se las cobraba nunca; pero no fue tan generosa con el cintillo de su amante. Redondamente se lo negó, diciéndole que ya sabía que podía mandar en todo cuanto tenía, menos en el cintillo de Welster, porque llegar a lo suyo era llegar a las niñas de sus ojos. Adelaida, como no acostumbrada a semejantes negativas, se enfureció y propuso vengarse de su hermana.

Dejó pasar como ocho días, y al cabo de ellos fue a visitarla y la halló cosiendo con doña Ana, que era una señora viuda, ya vieja y tía de las dos, que tenía don Tadeo en su casa para que acompañara a Carlotita. Esta señora quería mucho a su sobrina y era depositaria de sus secretos, motivo porque no receló de ella Adelaida.

Luego que entró abrazó a su hermana con mucho cariño y comenzaron a parlar. Le preguntó cómo le iba de ausencia, a lo que Carlota respondió con sencillez que cada día extrañaba más a su Jacobo.

—Ya te considero, mi alma, cómo estarás —decía la pérfida hermana—, y tienes mil razones de estar triste; no es para menos el lance, porque ciertamente que Welster tiene mil prendas: yo no he visto joven más fino ni más amable; ¡sobre que yo no tengo las relaciones que tú con él, y lo quiero tanto, que ya no veo las horas de que venga y que se case para poder decirle hermano! Y no, no pienses que son poblanadas[252] mías. Mira, aquí te traigo esta purera[253] para que cuando venga se la regales en mi nombre. Ella no tiene nada de particular, sino haberla yo hecho con mis manos.

Diciendo esto le dio una purera de chaquira, muy bien hecha, con un letrero que la ceñía por en medio, y decía: *Carlota a su amado Welster*. Loca de contenta quedó la cándida Carlota con el regalo de su hermana. Le dio las gracias y unas argollas de oro, con lo que quedó la purerita bien pagada.

Preparada la intriga, la consumó Adelaida diciendo:

—Anda, niña, que me negaras tu cintillo el otro día.

—Hermanita —respondió Carlota—, no te enojes; pero ya ves que el cintillo...

—Sí, sí, tienes razón, Carlota; y si no lo hicieras así, no fueras gente; pero yo no quería el cintillo más que para cotejarlo con uno que me venden. Aquí lo traigo; míralo y préstame el tuyo; a ver si se parecen.

Entonces sacó Carlota el cintillo de uno de los secretos de la almohadilla, donde también estaba la palabra de Welster y algunas cartas. Adelaida lo observó todo, vio el cintillo y se lo volvió, diciéndole:

—Ahí puedes guardar la purerita.

Carlota recibió el consejo y platicaron de otras cosas. Le sacó a su hermana vino, queso y bizcochos, y dentro de breve rato se despidió.

¿Quién había de esperar de una hermana tal villanía, y menos no habiendo dado motivo? Ello es que sucedió, porque es mucha la malicia de los hombres y no se queda atrás la de las mujeres. A los cuatro o cinco días espió Adelaida la hora en que su hermana salía a misa con la tía doña Ana, y cuando la vio en la calle, se entró en su casa, donde halló al viejo don Tadeo contando dinero. Lo saludó con mucho cariño, le besó la mano, se sentó y comenzó a hacer su negocio de este modo:

—Papá, ¿qué, está usted haciendo balance para darle su parte a Carlotita?

—¿Y para qué quiere dinero Carlotita? —dijo su padre.

—¿Cómo para qué?, ¿pues no está ya para casarse?

—¿Para casarse Carlota?

—Sí, señor; ¿ahora, está usted en eso? Días hace que está prendada y apalabrada con don Agustín Jacobo Welster, ese inglés que se bautizó el otro día en el Sagrario y que visitaba tanto a Eufrosinita.

—¡Vaya, tú has venido de gorja![254] —decía el viejo— ¿cuándo la pobre de mi hija piensa en eso, y mucho menos con extranjero a quien apenas habrá visto tres veces?

—¿Tres veces? —dijo Adelaida—, trescientas se han visto en cuatro días o cuatro meses que se conocen... ¡Vaya, no dude usted ni lo quiera alucinar mi hermana! Registre usted su almohadilla, y se convencerá de que no vine a engañarle, sino a descubrirle la verdad; porque usted al fin es mi padre y me

---

252 Poblanada: (México) falso afecto, adulación.
253 *Purera*: estuche para cigarros puros.
254 *Venirse de gorja*: aseverar algo sin el menor fundamento.

duele más que ella. ¡Ya se ve! que si usted quiere que se case, que se case enhorabuena. Usted es también su padre y sabe lo que hace.

—¿Que se case? –decía el viejo echando lumbre por los ojos– primero la vea hecha pedazos. Espérame aquí, voy a sacar su almohadilla.

La sacó, en efecto, y la traidora hermana puso en sus manos los papeles, el cintillo y la purera. Cuando el viejo vio las cartas y la palabra de Welster, poco faltó para que no se echara por un balcón; tal estaba de ciego de cólera.

La pérfida Adelaida lo serenó diciéndole:

—No es menester, señor, que usted se incomode tanto ni que lo pague su salud; con modo se harán bien todas las cosas. Usted es su padre, y si no quiere que se case, no se casará aunque el mundo se venga abajo. El caso es que sepa usted sostenerse para que otra vez no le pierda a usted el respeto. Castíguela usted, pero sin encolerizarse, y eso que sea, el castigo moderado, pues, porque es mi hermana, y es fuerza que me duela. –Diciendo esto se despidió.

A poco rato volvió Carlota de misa y la llamó su padre a una pieza retirada de la casa. Cuando entró en ella, cerró la puerta con llave y le dijo que se sentara. La infeliz Carlota se sentó toda temblando, y él le dijo:

—¿Sabes que eres mi hija?, ¿sabes lo que me debes?, y por último, ¿sabes la autoridad que tengo sobre ti?

—Sí, señor.

—¿Pues cómo, tan sin honor, tan sinvergüenza, te has atrevido a ofrecerte por mujer a un hombre vil, sin consultar conmigo? ¿No sabes que una hija de familia no debe tener más voluntad que la de su padre y que no es dueña ni de sus pensamientos? Pues ¿cómo te has arrojado a amar a ese hombre sin mi licencia, hasta el extremo de recibirle papeles y regalos? Ea, no te pongas descolorida, ni tiembles; yo no hablo de memoria: estoy bien informado de tu conducta y te voy a poner testigos que no te atreverías a desmentir... ¿Conoces esta purera, ves este cintillo, entiendes la letra de estos papeles? Vamos, hija ingrata, indecente, sinvergüenza, ¿no te confundes convencida de tus criminales procederes? Habla, responde, discúlpate si puedes.

La desdichada Carlota, no pudiendo negar lo que tantos documentos aseguraban, hecha un mar de lágrimas se arrojó a los pies de su padre y le dijo:

—Es verdad, señor, que he tenido la debilidad de corresponder a los afectos de Welster. Si es delito el amar, yo he amado, lo confieso; pero ahora ya no tengo más remedio que pedirle a usted perdón de mi delito. Sí, amado papá; perdone usted a esta desdichada.

—Está bien –contestó don Tadeo con toda gravedad– pero me has de dar palabra de ser monja y de aborrecer para siempre a ese infame Welster.

—¿Qué dices? ¡Ah, señor! –respondió Carlota– ¡no merece Welster que lo aborrezcan!

Cuando el rayo se desprende de la nube no hace más estrago que el que hicieron estas expresiones en el corazón de aquel tirano padre, quien, arrastrando a la infeliz Carlota y bañándola en sangre a bofetadas, le decía:

—¡Hija vil, hija ingrata y atrevida!, ¿así me faltas al respeto? ¿Aún no estás contenta con proceder mal, sino que en mi propia cara haces alarde de tu inicua liviandad? Yo te pondré en las Recogidas para siempre.

Así que se cansó de golpearla, se paseaba furioso por el cuarto, mientras la triste Carlota permanecía en un rincón hincada de rodillas, lavando la sangre de su rostro con las lágrimas que corrían de sus ojos.

Un espectáculo semejante hubiera enternecido a un tigre; pero aquel viejo estaba empedernido. Se paseaba apresuradamente frotando una mano con otra; la barba le temblaba debajo del pañuelo, que tenía flojo y descompuesto; sus ojos despedían sobre Carlota unas miradas de fuego, y con un tono de voz de condenado le decía:

—¿Conque, maldita, no quieres darme gusto, no quieres aborrecer a ese vil ni ser monja?, ¿te has empeñado en llenar de amargura el corazón de tu pobre padre?, ¿quieres abreviar mis días y dar conmigo en el sepulcro? Pues anda, hija ingrata y desconocida; no seas monja no; pero así el cielo derrame sobre ti sus maldiciones; confundida y arrastrada te veas en este mundo; jamás tu corazón pruebe los placeres de la paz; sea toda tu vida un círculo de afrentas, dolores y miserias, y en la hora inevitable de tu muerte el Dios eterno que me escucha permita que no halles confesor que te absuelva, para que, muriendo impenitente, recibas en los infiernos por toda la eternidad el premio de tu tenaz inobediencia!

No pudo la inocente Carlota soportar el temor que le infundieron estas impías execraciones[255] y así, trémula, descolorida y palpitándole fuertemente el corazón, se abalanzó a los pies de su cruel padre, se los besó mil veces, los empapó con sus lágrimas, y apenas articulando las palabras le decía:

—¡Ya está, papá de mi alma, ya está; yo seré monja y cuanto usted quisiere; pero deje ya de maldecirme!...

Entonces el cruel viejo, aparentando una alegre serenidad, la levantó a sus brazos, y estrechándola en ellos le decía:

—Ya no hay nada, Carlota, ya no hay nada. Tú eres mi hija, y estás obligada a obedecerme, así como debo amarte por ser tu padre. Con tal que me des gusto y me cumplas esa palabra ya no te reñiré en mi vida, antes te recibiré a mi gracia y te daré gusto como siempre. ¡Vamos!, siéntate, serénate, no llores; ¡si yo te quiero mucho, si eres mi hija!, ¿no te he de amar? Ahora, ¿qué imposibles te pido? Que seas monja; mira tú cuál es el daño que te hago. ¿Acaso crees que en los conventos se pasa mala vida? No; hija, todo lo con-

---

255 Es una vulgaridad creer que siempre se cumplen las maldiciones de los padres. Cuando son injustas no hay para qué temerlas; porque Dios no aflige a sus criaturas solo por complacer un mal deseo; sin embargo, el maldecir es un vicio y una costumbre reprobada, aun cuando se maldiga con razón, porque nunca hay razón para maldecir. Muchas veces Dios ha permitido que se cumplan las maldiciones de los padres por castigo de ellos mismos. Así como sus bendiciones afirman la felicidad de los hijos, sus maldiciones destruyen hasta los cimientos de las casas. Esto lo dice el mismo Dios en las divinas Escrituras (Eccl. 3, v. 11). No es mucho, pues, que haya tantas familias desgraciadas, habiendo tantos padres maldicientes (Ed. 1842).

trario; cuantas están allí están contentas, sin echar menos la calle para nada. ¿Qué te podrá faltar en el convento? Allí tendrás tu celda muy compuesta, tus macetas, tus pajaritos y cuantas golosinas apetezcas. No te faltará un peso que gastar con libertad ni amigas con quienes amistarte; tampoco carecerás de diversión, pues en los conventos tienen sus días de recreo, sus rejas, sus visitas y azoteas; hacen también sus máscaras y mojigangas,[256] sus comedias, sus jamaicas...,[257] en fin, no extrañan la calle para nada. A más de esto, ya sabes que mi hermana es la abadesa; con ella vivirás y te tratará como tu tía, y como que te quiere y te ha querido tanto. Por esta misma razón las monjas y las niñas te traerán en las palmas de las manos. Últimamente, tú vas a asegurarte de los peligros de este mundo; vas a llenarte de la gracia de Dios; a merecer la bienaventuranza con tus virtudes, y a ser nada menos que esposa del mismo Jesucristo. ¿Quieres más dicha?, ¿quieres más satisfacción?, ¿quieres más gloria? Conque, ¿qué dices?, ¿te resuelves a aborrecer a Welster y a ser monja?

—¡Ay, papá! —respondió Carlota sin poder interrumpir su llanto— ya le dije a usted que seré monja; pero aborrecer a Welster es imposible.

—¡Vaya, vaya!, tú estás apasionada, te disculpo; al fin eres muchacha y no sabes lo que hablas ni lo que haces. Me contento con que seas monja. En el convento, después que no sepas de Welster, cuando pasen dos años y no tengas ni esperanza de verlo, se apagará en tu pecho esa llama que ha encendido tu infame seductor y ya no te volverás a acordar de él; pero es preciso acelerar este paso antes que se enfríe esta vocación. Mientras vuelvo, vístete y serénate. Te dejo encerrada, porque no quiero que tu tía ni las criadas te vengan a incomodar ni a informarse de lo que ha pasado. Ya vuelvo.

Diciendo esto, el viejo la encerró y se salió para la calle. Fácil es concebir que Carlota, viéndose sola, se desahogó a su satisfacción, se bañó en su llanto mil veces besando el retrato de Welster, que no se le caía del pecho, y le decía como si hablara con él mismo:

—¿Dónde estás?, ¡ay!, Jacobo de mi vida, hechizo de mis ojos, bien de mi corazón!... ¿Para qué viniste a esta tierra que te había de ser tan azarosa?, ¿para qué me amaste tan de veras, y ya que me amaste, para qué te ausentaste de mis ojos ¡Ah, Welster desdichado! Ven, vuela en las alas del amor a socorrer a tu infeliz Carlota; mira que te la arrebatan de los brazos... Sí, yo te voy a perder eternamente. Ya no volveré a ver ese semblante tan lleno de candor y de inocencia; ya no escucharé de tu boca aquellas tiernas expresiones, aquellos nobles sentimientos que me manifestaban tu amor puro; ya no tendré la gloria de volver a estrecharte entre mis brazos; ya huyó de mi corazón aquella lisonjera esperanza que me alentaba de poder alguna vez llamarte mío. ¡Ay, desdichada Carlota! Ya se acabaron para ti los días de la serenidad y la alegría... sepultada en una horrible prisión, vas a perder a Jacobo para siempre... ¡Welster..., amado Welster..., esposo mío..., ven, corre, favorece a esta mujer amante y desgraciada!...

---

256 *Mojiganga*: obrilla dramática muy breve, para hacer reír, en que se introducen figuras ridículas y extravagantes.
257 *Jamaica*: (México) fiesta popular, verbena, kermese.

La fuerza del dolor oprimió el corazón de esta infelice, anudó su lengua, heló su sangre y la hizo sucumbir con vehemencia. Cayó privada al pie de un canapé sin soltar el retrato de su amante.

Así estuvo algún tiempo, hasta que naturalmente volvió en sí, y advirtiendo que había pasado largo rato y que podía ya volver su padre, escondió el retrato, se limpió los ojos y se vistió.

Apenas había acabado, cuando entró don Tadeo y le mandó se pusiera el túnico negro y la mantilla. Obedeció al instante; y tomándola el padre de la mano, bajaron la escalera, y entrando los dos en un coche, la llevó al convento, en cuya portería la estaba esperando la abadesa.

Esta la recibió con mil cariños y la introdujo en una habitación. Como don Tadeo tenía dinero, facilitó todas las cosas de modo que al tercer día tomó el hábito de religiosa.

Esto fue con tal secreto, que ni doña Eufrosina, ni ninguna de sus amigas, ni su hermana Adelaida, ni las mismas criadas de su casa lo percibieron, ni pudieron rastrear su paradero por más pesquisas que hacían.

El viejo se unió con la abadesa y entre los dos tomaron las precauciones necesarias para impedir que Carlota avisara a nadie dónde estaba. Continuamente tenía sobre sí los ojos de la tía o de una monja de su confianza; no se le permitía jamás bajar a la puerta, subir a la azotea ni tener reja; se le prohibió absolutamente toda amistad dentro del convento; se le quitó de la celda el tintero; se le impidió bajo de graves penas que hablara sino con la abadesa o con la monja, su perpetua centinela, y para acabar de quitarle todo recurso, se le hacía dormir sola en un cuarto, bajo de llave.

La infeliz novicia cayó en la más negra melancolía. Siempre llorando, sola, y sin hablar con nadie del convento, se entregó a rienda suelta a la tristeza. A muchas instancias y regaños comía un bocado; el sueño se retiró de sus ojos y con semejante vida en cuatro días se estragó su salud notablemente. Ella se puso flaca y descolorida, en términos que infundía compasión a cuantos la miraban. Su confesor, con quien podía haber tenido algún desahogo, estaba coludido con su padre, y así en vez de consolarla la reprendía ásperamente, tratándola de loca y de inconstante.

Tantos verdugos juntos dieron con ella en una cama, donde padeció más de seis meses. Cuando avisó la abadesa a su padre que estaba de peligro y que no la aseguraban los médicos, respondió:

—¡Ojalá se muera, más bien la quiero muerta que casada!

No se cumplieron sus indignos deseos, porque ya por la resistencia de su edad y su constitución, o por los auxilios de la medicina, se fue restableciendo poco a poco, hasta que logró ponerse en pie.

Cuando se levantó de la cama se halló con otra niña que tenía la abadesa, llamada Irene, con quien le permitieron amistarse, pero sin perderla de vista como siempre. Esta joven era muy amable y padecía la misma enfermedad que Carlota, esto es, estaba apasionada por un hombre de bien; pero era pobre y los padres de ella, para ver si lo olvidaba, la pusieron en el convento. Así que las dos se comunicaron sus penas, estrecharon más su amistad y se consolaban mutuamente o lloraban con mucho disimulo, por temor de alarmar con su imprudencia la vigilancia de las monjas. Pero dejemos a Carlota cumpliendo su año de noviciado, mientras nos dirigimos a la Habana para saber qué es lo que hacía Welster.

Este, luego que llegó, comenzó a realizar sus proyectos con la mayor eficacia, para regresarse pronto a esta ciudad. Ya casi los había concluído felizmente, cuando una tarde, andando de paseo, se quebró la calesa, que cayó con él, y le lastimó una pierna tan malamente, que los cirujanos temían que la perdiera.

Siete meses estuvo en una cama sin poderse levantar, hasta que por fin, a costa de sufrimientos y de dinero, logró quedar enteramente bueno.

No tanto le desesperaba su mal, cuanto no tener noticia de Carlota. Tres veces le escribió y otras tantas se quedó esperando la respuesta; ¿pero cómo la había de tener si en México no sabían sus conocidos dónde estaba? El señor Labín, a quien venían las cartas de Jacobo, se volvía loco por inquirir el paradero de Carlota; pero todas sus diligencias eran vanas. Mil veces llegó a pensar que la había matado su cruel padre. Como que era amigo verdadero de Jacobo, tomaba el mayor interés en serenarlo, y así, unas veces le decía que estaba en una hacienda al tiempo que salió el correo marítimo; otras que estaba algo enferma, y otras que se había extraviado la contestación en el camino.

Esto acongojaba demasiado al sensible Welster, porque atribuía el silencio de Carlota a alguna inconstancia mujeril; y así apenas se alivió, cuando se embarcó para este reino, sin dar noticia de su viaje a su íntimo Labín.

Ya se acercaba el tiempo en que estos dos amantes apuraran de una vez el amargo cáliz de su última separación. Las horas volaban para apresurar el fatal momento. Jacobo desembarcó sin novedad en Veracruz y como su pasión era vehemente, no pudo sosegar; trató de acelerar su viaje a esta capital y lo verificó a marchas dobles.

Dos días faltaban para la profesión de Carlota y ella no había tenido un rato proporcionado para escribir al señor Labín como deseaba, porque su vigilante cuidadora estaba en esos días más alerta que nunca por especial encargo de su padre.

Pero no todas han de ser desgracias en la vida. Un accidente que pudo ser funesto facilitó esta ocasión deseada. La antevíspera de la profesión, como a las doce de la noche, acometió a la abadesa un fuerte insulto[258] apoplético. Se alborotó el convento; llamaron al confesor y al médico, y en estas horas nadie pensaba sino en restablecer la salud a la prelada: entraban y salían en su celda atropelladamente, y nadie se acordaba de Carlota, ni su perpetua cui-

---

258   *Insulto*: acometimiento o asalto repentino y violento.

dadora. Ella aprovechó estos preciosos instantes, y cogiendo una pluma y una poca de tinta en un vasito, se entró a escribir en su recámara, quedándose Irene guardando la puerta con disimulo para que no la sorprendieran.

A las cinco de la mañana volvió en sí la abadesa, sin sentir ningunas resultas temibles del pasado ataque. Todas se retiraron, y la centinela de Carlota, no pudiendo ya resistir el sueño, se quedó dormida como una piedra, y esto sirvió para dar lugar a enviar el papel a Labín. El interés todo lo vence, y así no se dificultó encontrar una moza que desempeñara bien su encargo.

Todo salió como se había de menester. A las ocho del día ya había recibido el señor Labín el papel de Carlota y luego que lo leyó se penetró de compasión hacia ella y de rabia contra su indigno padre. Despidió a la mandadera muy contenta, porque le dio dos pesos, rogándole mucho que pusiera la respuesta con todo recato en mano de la misma que le había dado el papel primero.

No bien salió la mandadera de su casa, cuando el señor Labín se dirigió a la de su amigo el coronel, a quien dio parte del suceso.

A todos interesó la desgracia de Carlota, y le rogamos que nos leyese la carta de esta a Welster. Labín condescendió, y sacando el papel leyó de esta manera:

> «Jacobo: La suerte está echada en nuestro daño. Mañana profesaré contra mi voluntad. Te voy a perder para siempre, siendo un cruel padre la causa de mi separación. El sepulcro se abrirá debajo de mis pies luego que me ligue con los votos. Voy a morir, porque no he de poder vivir sin ti. Sólo te ruego, por aquellos momentos dichosos en que me asegurabas tu firmeza, que no me olvides; y si alguna vez, hostigado de mi debilidad, te consagrares a otra hermosura más dichosa, acuérdate a lo menos de tu infelicísima Carlota, en cuyo corazón vivirá tu memoria eternamente. ¡Adiós, adiós, Welster, amado mío!»

Todos nos enternecimos con la lastimosa despedida de Carlota, y cuando estábamos compadeciéndola, entró en la sala su padre, el tirano don Tadeo. Su visita nos sorprendió, y al coronel lo llenó de tal cólera, que apenas pudo disimularla. La sangre se replegó a su corazón, según lo dio a entender lo descolorido del semblante; pero como estaba dotado de bastante prudencia, recibió al impío viejo con su acostumbrada urbanidad. Este, a pocos momentos, aparentando que hacía un gran favor en revelar el gran secreto, refirió que su hija era monja, que iba a profesar al día siguiente, y concluyó convidándolo, y a todos sus amigos, para la función prevenida.

Entonces el coronel, no pudiendo encubrir su indignación, le dijo:

—Temo mucho, señor don Tadeo, que esta niña va a profesar contra su voluntad una vida de que quisiera desprenderse en este instante. El secreto que usted ha guardado ocultándonos por un año el lugar en donde se hallaba, por más preguntas que se le han hecho, me asegura de este temor. Si ella hubiera entrado con verdadera vocación, con pleno conocimiento de lo que hacía y con deliberada voluntad, no había un justo motivo para que usted negara la verdad. Lo cierto es que mi cuñada, sus amigas y su misma hermana doña Adelaida, no han sacado de usted sino equívocos pueriles cuando le han preguntado por ella: luego nada más se necesita para inferir, y aun para asegurar, que su ingreso al convento fue forzado, lo mismo que será su profesión.

Si así fuere, yo me admiro, me asombro, extraño esta violencia en el juicioso talento de usted, y considerándolo padre de esta niña desgraciada, me espanto de que en un padre quepa semejante crueldad. Acción menos tirana fuera que usted dividiese su corazón con un puñal que no que la obligue a condenarse por su boca a una prisión eterna y sin delito.

No es usted ignorante, amigo don Tadeo; sabe usted muy bien que la autoridad de los padres no llega hasta el extremo de violentar a los hijos a que abracen un estado para el que no tienen vocación, esto es, para violentarlos sin justicia. El mismo autor de la naturaleza, aquel gran Dios que nos crió y nos conserva y que es árbitro de la vida y de la muerte, de los hombres, no quiso apropiarse su albedrío, sino que los dejó en plena y absoluta posesión de su voluntad para que obrasen en todo según les pareciese. Pues si el dueño de los hombres les deja esta inestimable libertad, ¿por qué los padres han de querer apropiarse unos derechos que el mismo Dios renunció en favor de los míseros mortales? Si este Supremo Monarca hubiera querido, nos habría quitado la libertad, y en este caso obedeceríamos su voluntad con el mismo mecanismo que el sol, la luna y las estrellas; pero no seríamos merecedores del premio o del castigo. La voluntad del hombre, bien o mal dirigida, hace que se haga digno del odio o del amor del Ser Supremo, y por lo mismo acreedor a unas penas o a unas felicidades eternas. Vea usted, amigo, si podrán los padres forzar a sus hijos a abrazar un estado de cuya buena elección depende su felicidad temporal y eterna.

El santo y general Concilio de Trento, inspirado por el Espíritu de Dios y en consideración a estas cosas, fulmina una terrible excomunión contra aquellos padres temerarios que tienen la sacrílega osadía de violentar a sus hijas para ser monjas... Pero acaso usted no me cree.

Voy a traerle el mismo texto del sagrado Concilio, para que se convenza por sus ojos... Vamos, aquí está el libro; hágame usted favor de leer las propias palabras que dictó aquel sagrado congreso inspirado por el espíritu de la verdad.

Tomó don Tadeo con harta repugnancia el libro, y leyó de esta manera:

«El Santo Concilio excomulga a todas y a cada una de las personas, de cualquier calidad o condición que fueren, así clérigos como legos, seculares o regulares, aunque gocen de cualquier dignidad, si obligan de cualquier modo a alguna doncella o viuda, o a cualquier otra mujer... a entrar contra su voluntad en monasterio, o a tomar el hábito de cualquiera religión, o a hacer la profesión; y la misma pena fulmina contra los que dieren consejo, auxilio o favor, y contra los que, sabiendo que entra en el monasterio, o toma el hábito, o hace la profesión contra su voluntad, concurren de algún modo a estos actos, o con su presencia, o con su consentimiento, o con su autoridad...».[259]

—Todo está muy bueno —dijo el obstinado viejo— pero no habla conmigo, porque Carlota va a profesar con su voluntad, y ella misma me encargó que no publicara que era monja hasta este día, porque no quería tener visitas, y yo no he hecho más que condescender con su gusto.

El coronel, conociendo la malicia de don Tadeo, le dijo:

—Está muy bien, amigo; la niña profesará como usted quiere; pero yo sé, y muy bien, que no profesará con su voluntad. En fin, usted es su padre, lo quiere así, y basta; pero acaso en los infiernos se acordará del coronel Rodrigo, cuando maldiga su avaricia, que es la causa de sacrificar al claustro la voluntad de Carlota, ofrecida por ella misma a Welster. Todo lo sabemos, y ya no puedo disimular mi justa indignación. Es usted un hombre pérfido, un ciudadano inútil y un padre verdugo.

Por no desmembrar su capital, dándole a su hija la legítima que le corresponde, la va a entregar a la última desgracia, separándola de su inocente amante y condenándola a una eterna desesperación. Pero vaya usted, señor don Tadeo; haga creer a su hija que tiene sobre su voluntad un poder que Dios no le concede; compre seductores a su antojo; válgase de medios reprobados, y haga las infamias que pueda, que algún día, algún día se ha de acordar de mí en los infiernos, cuando, sorprendido por la muerte, conozca la fuerza de estas verdades y maldiga en los abismos el poder de su maldito dinero.

No, no será usted el primer padre que gemirá en aquellos obscuros calabozos. ¡Cuántos están allá por la misma causa! Muchos, don Tadeo, muchos han ido a los infiernos por violentar el albedrío de sus hijas. Las han hecho ser monjas por reservar el dinero, el mismo dinero que no aprovecharon sus hijas, pero lo tiraron sus sobrinos en juegos, bureos y diversiones.

En fin, señor don Tadeo; usted dispense si me he excedido en favor de la infelice Carlota, de quien presumo o sé con evidencia que va a profesar contra su voluntad, y deme por excusado del convite.

Todos dijeron lo mismo, y don Tadeo se salió avergonzado; pero no arrepentido de su maldito proceder. Luego que llegó a su casa se le olvidó la seria represión del coronel, y se entretuvo en disponer las cosas para el siguiente día. Es mucho el poder de la avaricia.

Toda aquella mañana la ocupó en sus particulares negocios, y a la tarde... pero hagamos una visita en su convento a la desventurada Carlota. Hasta las tres no tuvo lugar Irene de darle la carta de Labín. Abriola muy sobresaltada, y apenas vio la de su querido Welster y reconoció la letra, cuando se enterneció su corazón sensible y las lágrimas salieron a sus ojos. Besó el papel in-

---

259   Sesión 25, cap. 18 (Ed. 1842).

numerables veces, lo humedeció con su copioso llanto, lo apretó contra su pecho, y su mano trémula iba a romper la cubierta cuando la llamó la abadesa para que leyera un libro devoto, y mandó a Irene que hiciera chocolate.

En ese mismo tiempo llegó Welster a México y se dirigió con su equipaje al mesón que llaman de la Herradura, no habiendo ido desde luego a la casa de Labín, por excusar que lo incomodaran los mozos y las caballerías.

No bien anocheció, cuando tomó la capa y se fue para la casa de Carlota, deseoso de informarse por sí mismo de su salud y de su proceder. Se paró con disimulo en la puerta del zaguán para observar lo que pudiera. Pero ¡cuál fue su asombro cuando advirtió el alboroto que había!

Entraban y salían muy alegres los mozos de servicio metiendo cajones de dulces y bizcochos, fuentes, vasos, mesas, ramos de flores y otras cosas. No pudo contenerse, y acercándose al portero, poniéndole en la mano un peso para tabaco, le dijo:

—Amigo, usted dispense; dígame usted, ¿quién vive en esta casa, y por qué causa hay ahora tanta bulla? ¿Estos preparativos son para alguna boda?, porque a lo menos así me lo parece.

—Señor –dijo el portero–, aquí vive mi amo, el señor don Tadeo González de la Mora, y la bulla que usted ve es porque se está disponiendo el refresco para mañana que profesa de monja su niña, la señorita doña Carlota, en el convento de...

—¿Quién, amigo, quién dice usted que profesa? –preguntó Welster con mucha precipitación. Y el portero le decía con igual flema:

—¿Ya no dije, señor, que la niña Carlotita?

—¿La hermana de doña Adelaida?

—Sí, señor.

—¿Aquella joven muy hermosa que tiene un lunar debajo de la barba

—Sí, señor, esa, esa mismísima es la que va a profesar.

—¡Hombre, usted se engaña! ¡Si eso no puede ser!, ¡sobre que esa niña está para casarse! —Esa yo no sé; pero vaya usted mañana al convento y allí saldrá de la duda, y usted perdone que no le de más contesta, porque me está gritando el amo.

Con esto se despidió el portero, y Welster se fue para el mesón, lleno de las ideas más tristes y no queriendo creer lo que pasaba.

No pudo conciliar el sueño en esa noche, y así luego que vio la luz del día se vistió y comenzó a pasearse por su cuarto, deseando que llegara la hora de ir a la iglesia para ver por sus ojos lo que le había dicho el portero, y haciendo contra la inocente Carlota los más injustos discursos.

Llegó por fin la hora funesta, tomó una taza de café, y entrándose en el templo vio e hizo lo que sabrá el lector, si quiere leer el capítulo que sigue.

Capítulo XVIII

En el que se concluye la historia de Jacobo y de Carlota

—No hay que esperar firmeza en esta vida. Todos los hombres son variables; pero más que los hombres las mujeres. Ellas son el depósito del fingimiento y la superchería, sus ternezas son adulaciones y sus más firmes juramentos no pasan de unas mentiras estudiadas. Malhaya el que se cree de unos entes tan débiles y miserables, que abusan de los dotes de la naturaleza y de la ternura de su sexo para engañar un corazón sensible y generoso. Mas ¿quién no se creerá de una mujer hermosa, cuando jura y promete ser firme hasta la muerte, y más si llama el llanto para que sostenga su mentira? Las lágrimas y los suspiros son unos arbitrios eficaces, que tienen a mano estas viles criaturas intrigantes para alucinar a los incautos...

De esta o de peor manera pensaba Welster dentro del templo, creyéndose agraviado de su amante Carlota; pero no pensaba con razón, porque hay mujeres fieles que conocen las leyes del honor y saben cumplir firmemente su palabra; mas Welster no entendía de eso. En aquellos instantes no pensaba sino en tomar satisfacción de la inconstante Carlota, que tal concepto le merecía.

Se entró por fin al templo y se acomodó cerca del coro; comenzó la misa y siguió el sermón según se acostumbra. El orador ponderó las virtudes de la novicia, con arreglo a las instrucciones de su padre, y entre otras cosas decía:

—*¿Cui comparabo te, vel cui asimilabo te, filia Jerusalem?* ¿A quién te compararé, a quién te asemejaré, feliz Carlota, hija de Dios y destinada para la celestial Jerusalén? Tú, en la tierna edad de diez y seis años[260] supiste despreciar la vanidad, y con pie firme hollaste en un mundo falaz que te seducía con sus placeres y pompas lisonjeras, para seguir con tu cruz a Jesucristo, tu esposo predilecto...

Jacobo oía el sermón, y cada palabra del orador hería su espíritu vivamente, renovando el mal juicio que se había formado de Carlota.

Concluida la misa, el preste y los ministros del altar se dirigieron al coro para solemnizar la profesión. Las religiosas se ordenaron en dos filas con vela

---

260   Solo cumplidos los diez y seis años se debe admitir la profesión; haciéndose con menos edad es nula por disposición del citado Concilio (Sesión 25, cap. XV) (Ed. 1842).

en mano, la abadesa tomó el lugar que le correspondía, y entonces Welster, que estaba muy inmediato a la reja, pudo ver bien a su amada Carlota. Esta tenía los ojos bajos, y su macilento semblante manifestaba su estragada salud. Jacobo la miraba de hito en hito, observaba las ceremonias religiosas y escuchaba los cánticos sagrados con una atención imperturbable. Amaba tiernamente a Carlota, y su vista renovó su cariño; pero al mismo tiempo que se creía abandonado de ella sin motivo, en un instante convertía en odio mortal aquel afecto que volvía a desechar para quererla. De modo que su atribulado corazón batallaba a un tiempo con dos pasiones opuestas entre sí, el aborrecimiento y el amor, y sintiéndose agitado de las dos, no tenía libertad para decidirse por ninguna.

Entre estos amargos momentos llegó el de la profesión de Carlota. El sacerdote le hizo una exhortación breve y patética acerca de la vida religiosa, durante la cual ella no alzaba los ojos de la tierra que estaba regando con sus lágrimas. Así que el sacerdote concluyó, pasó la novicia a hacer la profesión en sus manos. Cada movimiento, cada palabra de ella era un puñal con que atravesaba el corazón de Jacobo sin saberlo. Este la contemplaba sin moverse; pero cuando la oyó decir, aunque con débil voz: —Yo, sor Carlota de Jesús, hago voto y prometo ... — no pudo contenerse; perdió el juicio, se olvidó de la prudencia, y sin atender al lugar en donde estaba, con una voz fuerte e indignada, le dijo:

—¿Qué prometes, perjura?... ¿Me conoces?

El formidable grito de Jacobo penetró los oídos de Carlota. Levantó sus ojos abatidos y los dirigió hacia donde oía el eco pavoroso: conoció a su amante, y con una voz desfallecida, dijo: —¡Ay, Welster!. .. la fuerza...— No pudo articular otra palabra. Un sudor frío bañó su hermoso rostro; su vista se eclipsó; la convulsión sacudió sus miembros fuertemente, y hubiera caído en tierra desmayada, si no la hubieran sostenido las monjas.

Todos se sorprendieron con tan inesperada novedad. Un sordo murmullo se extendió por el templo; Labín, que había ido con el cura don Jaime para cerciorarse de la profesión y estaba cerca del coro, luego que oyó a su amigo Welster, corrió adonde estaba y le dijo:

—Ya es menester que te sostengas. El escándalo es mucho.

—Hazlo tú por mí –le respondió Welster– porque yo no estoy para hacer ni decir cosa a derechas.

El oficial Labín, que acababa de dar el consejo, luego que se halló comisionado por su amigo, se embarazó y no se atrevía a hablar una palabra; pero el cura lo sacó del cuidado. Se acercó a la silla del preste, y le dijo:

—Me consta que esta profesión, en caso de ser, será violenta; sírvase usted hacer que se suspenda, mientras vamos a dar parte del caso a su ilustrísima. Acuérdele a la abadesa la excomunión del Concilio, por si quisiere hacer una violencia.

Dicho esto, llamó a Labín y a Welster, y entrando en un coche, partieron al palacio arzobispal.

En un momento llegaron e informaron al señor Arzobispo, quien mandó que fuera el secretario, que llamase a la novicia a un confesonario para que libremente dijese si era su gusto profesar o no, y que en caso de que no quisiera, inmediatamente notificara a la abadesa en su nombre que le diese su ropa de secular y se la entregara; lo cual verificado, pasara aquella señora a la casa del conde de la Roca, en la que se mantendría en clase de depositada, hasta que el señor Virrey determinase si podía o no casarse.

Entretanto que esto pasaba en Palacio, volvió en sí Carlota, y creyéndose ligada con los votos y desunida para siempre de su amante, prorrumpió en tan amargo llanto y en tan lastimosas exclamaciones, que enterneció a todos los circunstantes. Solo su padre estaba inflexible, y como le dijeran que habían ido a consultar al Arzobispo, temía se le frustraran sus intentos, y agitaba a la abadesa para que recibiera la profesión de su hija; pero el sacerdote que presidía aquel acto lo embarazó cuanto pudo hasta que volvieron Labín, el cura, Welster y el secretario.

Sin pérdida de tiempo practicó este último las órdenes del prelado; y habiendo Carlota protestado la fuerza con que iba a profesar, porque su intención era ser esposa de Welster, notificó a la abadesa se la entregara, so pena de excomunión mayor reservada al Arzobispo. La abadesa obedeció al punto. Llevaron a Carlota para adentro, la vistieron de secular y después la bajaron a la portería, donde la esperaba Welster y sus amigos.

Luego que se la entregaron al secretario y se vio libre de las monjas, corrió hacia Jacobo y lo abrazó sin hablar una palabra, porque las lágrimas se lo impedían. Ella no tuvo ni miramiento ni vergüenza en aquel acto. ¡Qué cierto es que una pasión vehemente no deja reflexionar en nada! Don Tadeo, que todos estos lances presenciaba, hubiera querido matar a su hija y a Welster cuando los vio abrazarse; pero sus amigos le impidieron acercarse a ellos.

Sin embargo, ya que no podía usar de su mano contra ella, usaba de la lengua, llenándola de los oprobios y confundiéndola entre sus acostumbradas maldiciones, que no atendió Carlota, embriagada con el gusto de haber visto a su esposo y de haberse escapado de ser monja; bien que el secretario y los demás señores hicieron mucho por no dar lugar a que oyera a su padre, apresurando la despedida de las monjas; y luego que esta ceremonia se concluyó, la subieron al coche y la condujeron a la casa del conde.

Naturalmente nos interesa el bien de nuestros semejantes, y así todas las gentes que habían presenciado este raro suceso y se habían informado de la causa y circunstancias de él, felicitaban a Carlota.

—¡Pobrecita! —decían— ¡gracias a Dios que ya no fue monja a fuerza! ¡Maldito sea el viejo codicioso de su padre!

Ya se sabe cuánta es la desvergüenza de un pueblo conmovido. Estas palabras no las decían en voz baja, sino muy recio para que las oyera don Tadeo, que se quedó pateando y blasfemando en la portería. Sus amigos fueron desfilando uno por uno, hasta que lo dejaron todos, y él se quedó solo repitiendo: —¡Ya no es monja, maldito sea su padre!— El cochero y el paje, temiendo que las gentes rabiosas no hicieran con él alguna tropelía, y conociendo al mismo tiempo que no tenía el juicio en su lugar, cargaron con él y lo metieron en el coche, acompañándolo el paje para que fuera más seguro. De esta suerte lo condujeron a su casa.

Entretanto, el secretario y sus compañeros entregaron la noble depositada al conde y a su esposa, con recomendación del Arzobispo, y estos señores la recibieron con las más sinceras demostraciones de cariño y de ternura, luego que supieron sus desgracias, asegurando a Welster que descansara en su cuidado, pues ellos, no solo se dedicarían a complacerla, sino que se valdrían de la estimación que merecían al Virrey para que, informado de la ninguna justicia que tenía don Tadeo, le dispensara la edad y concediera su permiso para que se casasen cuanto antes.

Se despidió Welster y los demás señores de los condes, y suplicando al secretario que los acompañase, fueron a palacio en la misma hora e informaron a su excelencia de lo acaecido. El Virrey dijo a Welster que pusiera su pretensión por escrito, y que resultando cierto cuanto exponía, podría esperar un decreto favorable en justicia. Con esto se retiraron todos muy consolados, y dejaron al señor secretario en el arzobispado, después de haber dado las debidas gracias a su ilustrísima. Luego el señor Labín llevó a Welster a su mesón, y él con el cura fue a casa de don Tadeo para consolarlo y persuadirlo a que desistiera de la tenaz resistencia que oponía para el casamiento de su hija.

Trabajo costó al cochero poner el coche frente a la puerta de don Tadeo, porque la gente plebeya se había agolpado allí y casi no dejaba pasar a nadie por la calle. La causa era que don Tadeo les estaba arrojando por el balcón los dulces, bizcochos y licores prevenidos para el refresco. Subieron Labín y el cura, y lo encontraron solo en su sala y en la más ridícula figura, porque estaba sin casaca, con el chaleco desatado, la camisa rota hasta la cintura, con la barriga y la calva al aire, porque había tirado la peluca, y todo él hecho un asco, lleno de dulce, empapado en vino; pero muy afanado en tirar a la calle hasta los vasos, repitiendo sin cesar: —¡Ya no es monja, maldito sea su padre!

El señor Labín y el cura se compadecieron del miserable viejo, procurando consolarlo y hacerlo sosegar; pero todo era en vano. Por momentos se ponía más furioso.

A este tiempo entró su hija Adelaida, y apenas la vio cuando, creyendo quizá que era Carlota, lleno de la furia más infernal, le dijo: —¡No hay herencia, maldita, no la esperes!— Diciendo esto le tiró un frasco de cristal con tanta fuerza y tal tino que se lo hizo pedazos en la cara. Cayó en tierra Adelaida bañada en sangre y su padre sobre ella, dándole furiosas puñadas, y aun la hubiera ahorcado con sus manos, si no entraran el cochero y el paje, con cuyo auxilio pudieron librarla el señor Labín y el padre cura.

Lo ataron, como era regular, y lo metieron en su recámara; pusieron en otra a la desventurada Adelaida; llamaron a un médico, y se encargó el cura de cuidar la casa en compañía del escribiente, que por casualidad llegó a este tiempo, y el señor Labín pasó a informar a su excelencia, quien, como conocía su honrada conducta, le previno por orden escrita que recogiese todos sus papeles, las llaves de las arcas y se hiciese cargo de todos los intereses, inventariándolos con noticia del cajero mayor, y reteniéndolos en custodia, cuidando al mismo tiempo de la salud de don Tadeo.

Todo se hizo como el Virrey determinó. A Adelaida la pasaron a su casa en una camilla, porque podía perjudicarla más el movimiento del coche. Alguna terrible puñada recibió en el pecho, porque echaba sangre por la boca. Luego que entró a su casa y la vieron en tal estado, su marido y sus hijos comenzaron a llorar amargamente; pero ya no era tiempo sino de asistirla con cuidado.

El señor Labín, de acuerdo con el coronel y el cura, procuró que se anduviera cuanto antes el negocio de Carlota y Welster, sin que ella trascendiera nada de las desgracias de los suyos. Con el favor del conde, y mucho más sabiendo el Virrey que su padre estaba loco de remate, concedió su superior permiso para que se casara con Welster, lo que se hizo secretamente en la misma casa de los condes, que se ofrecieron por padrinos.

A pocos días se agravó don Tadeo, habiendo tenido la felicidad de que se le despejase el cerebro perfectamente dos días antes de morir. El no era idiota, y aprovechó estos preciosos momentos; conoció sus yerros; se reconcilió con la Iglesia; se dispuso cristianamente; otorgó su testamento, mejorando en gran parte a Carlota; mandó que entrase su escribiente; y después que le dictó una carta reservada, la cerró con su sello, se la entregó al señor Labín, suplicándole que después de su muerte y funerales la pusiese en manos de su hija, a la que no se atrevía a ver, confundido de su inicua conducta. Recibió los santos sacramentos, y el día siguiente murió como cristiano quien había vivido como idólatra de su dinero.

No se pudieron ocultar estas cosas al esposo de Adelaida, porque esta lo enviaba diariamente a saber de la salud de su padre; pero tenía bastante prudencia y así fue fácil que las hijas ignoraran la muerte de su padre, hasta que Adelaida se restableció. Ella padeció más de un mes y quedó con la cara señalada para siempre, lo que no fue poca fortuna.

El señor Labín, el cura, el general y Welster mismo emplearon sus talentos para dar a las hijas la triste noticia del fallecimiento de su padre, y para inspirarles la debida conformidad con la voluntad divina, especialmente a Carlota, que como la mejor hija lo sintió más; pero por fin, las dos se conformaron a la fuerza.

Entonces se vistieron los lutos de costumbre, y cuando al señor Labín le pareció, las hizo estar juntas y en su presencia abrió la carta de su padre; a su ruego la leyó y oyeron que decía de esta manera:

Carta de don Tadeo a su hija Carlota

«Querida hija mía: A las orillas del sepulcro hiere la luz de la verdad poderosamente nuestros ojos. Apasionado por la maldita codicia del dinero, creyéndome inmortal, y temiendo me faltara, te iba a precipitar en un abismo de miseria; te iba a hacer infeliz eternamente, precisándote a abrazar un estado para el que no tenías vocación, sin considerar que no era mi autoridad ilimitada y que el Dios de bondad y de justicia no exige de nosotros sacrificios violentos ni aprecia los que se hacen a costa de su ley sacrosanta; mas yo, ciego por el vil interés, me desentendí de estas verdades, sofoqué el continuo clamor de mi conciencia, desprecié los avisos de los hombres de bien y atropellé con las censuras de la Iglesia, haciéndome a un tiempo odioso al cielo y a la tierra.

»Pero ya que el Dios de las misericordias ha querido derramarlas sobre mí con tanta liberalidad, concediéndome el uso de la razón que había perdido, quiero yo corresponder en algún modo a su bondad y aprovechar estos pocos instantes que me restan.

»Conozco mi error, lo confieso, lo detesto, y con lágrimas de mis ojos te pido perdón, hija mía, de los agravios que te inferí. Perdóname, Carlota, perdóname, hija de mi corazón; no te acuerdes que tuviste un padre cruel ni ceses de rogar a Dios por él.

»Pídele también de mi parte perdón al joven Welster, al coronel, al señor Labín y a cuantos escandalicé con mi mala conducta para contigo.

»Perdona asimismo a tu hermana, que fue causa de estas escenas desgraciadas.

»Tengo otorgado mi testamento, en el que te nombro por heredera de mis bienes. Distribuye el quinto de ellos por tu mano en beneficio de los pobres, para que Dios perdone mis pecados.

»Únete en su santa gracia con Welster, pues no te desmerece y tú lo quieres. Procura vivir en paz toda tu vida, y si tuvieres hijos, jamás abuses de tu autoridad para violentarlos a que abracen el estado que repugnen.

»Dígnate, en fin, de admitir esta carta, como la única satisfacción que puede darte un padre que te ama y apenas puede respirar. Yo quisiera estrecharte entre mis brazos por última vez; pero conozco tu corazón sensible, y temo que facilitarte este paso sería tal vez asesinarte con amor. Recibe desde aquí mi postrera bendición; Dios te

prospere en tu nuevo estado, Dios dilate tus años en la más perfecta
salud, Dios te llene de bienes y de gracia y te haga feliz eternamente.
»Adiós, hija querida; adiós para siempre, hija Carlota; recibe en tu
corazón el de tu arrepentido padre
        Tadeo»

Bien se deja entender la conmoción que causaría en todos la lectura de
esta carta, especialmente en los interesados. Cada uno manifestaba su dolor
a proporción de la parte que tenía en él; Carlota y Adelaida levantaban sus
ayes hasta el cielo; Welster estaba sin moverse apoyando la frente en sus dos
manos; doña Matilde y las demás señoras no podían interrumpir sus sollozos
cuando consolaban a Carlota; el coronel y el cura se paseaban en silencio por
la sala, limpiándose los ojos cada rato; el señor Labín le dio la carta a Welster
humedecida toda con sus lágrimas y se fue a sentar en un rincón. En una palabra, todos estaban penetrados de la ternura y el dolor.

Este se aumentó vivamente cuando Adelaida, hecha un mar de lágrimas,
se arrojó a los pies de Carlota, y abrazándola por las rodillas, entre avergonzada y compungida le decía:

—¡Ay hermana de mi alma!, yo he sido la causa de tus desgracias y de la
muerte de mi padre. ¡Soy una vil, una indigna, que por un ratero interés tomé
de ti una venganza cruel; pero el cielo me castigó por la mano de nuestro
mismo padre! Yo llevaré en mi cara toda la vida las señales de mi maldito proceder; pero las llevaré con gusto si logro volver a tu amistad. ¡Perdóname,
Carlotita, perdóname, hermana de mi vida!

Era muy sensible Carlota para dejarla proseguir; y así, levantándola a sus
brazos, la estrechó en ellos, la besó mil veces en la cara, y mezclando sus lágrimas con las suyas, le decía:

—¡Cállate por Dios, Adelaida; ya basta, ya todo se acabó! Yo jamás te he
tenido rencor; siempre te he amado y desde ahora te juro que te he de amar
más que nunca...

Todos los concurrentes se interesaron en separarlas, y cuando a fuerza
de llorar calmó un poco la congoja de las dos, dijo el coronel:

—Ya basta, señoras, ya está bueno; seamos sensibles; pero no nos entre-
guemos a la pena sin prudencia y sin moderación. No se hable ya otra palabra
sobre los pasados agravios. Don Tadeo y esta señora han borrado muy bien
sus flaquezas con su sincera compunción, ni Dios nos pide más para perdo-
namos que un arrepentimiento verdadero. Por lo que respecta a sentir la
muerte de vuestro amado padre, es muy justo; pero ya se ha dado harto desahogo al sentimiento: ahora es menester sostenerse en los motivos que tenéis
de consuelo. Advertid que vuestro padre descansa en paz. Esa carta manifiesta una disposición cristiana y esta le abrió las puertas del Paraíso.

Así lo debemos esperar de la misericordia del Señor. Si no lo hubiera querido para sí, si su condenación hubiera estado decretada, la muerte lo hubiera sorprendido en uno de los accesos de su locura; pero pues Dios le restituyó el juicio y él se previno con tan cristiana disposición, señal es que fue para salvarlo, pues Dios nada hace por acaso. ¡Ojalá que cuantos padres lo imiten en la culpa tengan el tiempo, los auxilios y la resolución necesaria para imitarlo también en la penitencia!

Así consoló el coronel un poco más a los dolientes, y doña Eufrosina, como tan obsequiosa, les sacó vino y soletas,[261] que les obligaron a tomar.

Los demás señores procuraron variar la conversación con disimulo hasta que lograron serenarlas. Don Dionisio les instó para que aquel día lo acompañaran a comer las dos hermanas, Welster y el señor Labín, a lo que condescendieron gustosos. El coronel no quiso quedarse, y así se despidió de todos, y se retiró con su familia y el señor cura para su casa.

---

261 *Soleta*: bizcocho blando cuya forma recuerda la planta del calzado.

Capítulo XIX

Don Rodrigo, que de todo procuraba sacar partido para la instrucción y aprovechamiento de Pudenciana, cuando estuvieron juntos en la mesa, dirigiéndose al padre don Jaime, le dijo:

—¿Qué le parece a usted, señor cura, de la extraña historia de Carlota?

—¡Qué me ha de parecer —respondió el prudente eclesiástico— sino que la mano del Señor ha andado entre todos sus actores, pues ha sido una grande felicidad que haya rematado de esta suerte! ¿Qué fuera de Carlota si hubiera profesado sin vocación? Su vida sería muy infeliz y su muerte quién sabe cómo. Welster acaso hubiera prevaricado, creyendo que la religión católica sostiene estos abusos. Por otra parte, ya que Carlota por fin no profesó, Adelaida pudo haber muerto entre las propias manos de su padre, que ya la ahorcaba, no pudiendo el señor Labín favorecerla solo, porque yo, como viejo débil, apenas hacía cosa de provecho; y por último, don Tadeo pudo haber muerto en su demencia, en cuyo caso se hubiera condenado sin remedio. Nada de esto sucedió, y todas estas desventuras se excusaron por unos caminos poco comunes; conque vea usted si anduvo en esto la mano del Todopoderoso.

—Así fue en efecto —dijo el coronel—, yo de todo me alegro; pero más de que hubiera muerto don Tadeo como cristiano y de que no hubiera profesado Carlotita. El estado religioso es el más perfecto, ¿quién lo duda?, pero no es siempre el más seguro. La clausura perpetua, el voto de pobreza y de obediencia, son como la castidad de consejo evangélico, no de precepto; por tanto, la vida monástica no se debe abrazar sino con verdadera vocación, conociendo muy bien lo que es y a lo que obliga, y consultando nuestras fuerzas. El que no sufre sobre sus hombros el peso de dos arrobas menos sufrirá el de seis, y si se las echa a cuestas con imprudencia caerá en tierra sin poderse mover por más que quiera. Así es en lo espiritual. Si apenas puede Palmira cumplir los diez preceptos del Decálogo, ¿cómo se atreve a cargarse de otros cuatro más, que son los votos?

Antes de tomar el hábito debía toda niña entender que no es lo mismo ser monja que religiosa. Para lo primero, basta con vestir el hábito y cumplir, aunque sea a fuerza, con lo material de las reglas; para lo segundo, es necesario saber desprenderse del todo de su propia voluntad, renunciar de corazón y para siempre el mundo y sus placeres, y no perder un instante sin aspirar a la verdadera perfección.

Esto es muy fácil decirlo; pero no es así para cumplirse. ¿Cuántas muchachas entran a los conventos, toman el hábito y profesan, llevadas de un fervor mundano que ellas juzgan vocación?, ¿cuántas ignoran qué cosa es ni a qué obliga el voto de castidad?, ¿cuántas lo hacen sin estar en edad para saber cuál es su vicio opuesto?, ¿cuántas se retiran a los monasterios porque el mundo las desecha o por no perder el dote o lugar que se proporciona, o tal vez por fines menos honestos, como por no sufrir los desprecios de algún hombre querido e inconstante?, ¿y cuántas, por último, profesan por carecer de la resolución necesaria para oponerse a la perversa voluntad de sus padres, como iba a suceder a Carlotita?

Todo esto es demasiado cierto, y no son pocos los ejemplares que tenemos de monjas desesperadas con su estado, ni son menos los recursos hechos a Roma en solicitud de secularizarse. Ahora mismo viven en esta capital algunas que lo han conseguido, y todos las conocen.

El estado de religión, vuelvo a decir, es el más perfecto, y por lo mismo el más agradable a Dios; pero por razón de su mayor gravamen no es el más seguro para muchos. Pruébese el hombre a sí mismo, dice San Pablo, examine cada uno su vocación, su espíritu, sus inclinaciones, su fervor, el fin que lo lleva al claustro y las obligaciones respectivas que le impone el nuevo estado que pretende abrazar, y si después de un examen serio, detenido y consultado, hallare que le conviene, abrácelo enhorabuena; pero si lo hace sin estas condiciones, abrirá después los ojos, reconocerá sus pocas fuerzas, advertirá que no son bastantes para soportar el grave peso que se impuso, y cuando reflexione que no hay remedio para eximirse de él, entonces llorará su imprudencia, trabajará sin fruto y se precipitará a la desesperación, especialmente si es mujer.

Para las que entran en los monasterios con verdadera vocación todo es suave, todo llevadero, todo fácil. La castidad es una virtud angelical, la obediencia un sacrificio humilde y la clausura un asilo contra los peligros del mundo. No así para aquellas que entran por alguno de los motivos que he indicado. Para estas la castidad forzada que guardan sin ser vírgenes en cuanto al espíritu es un martirio; la obediencia una esclavitud; la pobreza una miseria, y la clausura una prisión insoportable. ¿Cuál será la vida de estas mujeres infelices? No es mucho que algunas se hayan desesperado con tal vida. El doctor don José Boneta, en su librito titulado *Gritos del infierno*, hablando sobre esto, refiere de una monja que estando para morir, preguntó al confesar:

—Padre, si me muero ¿dejaré de ser monja?

—Sí, hija —respondió el confesor—.

Y la miserable al instante comenzó a acelerarse la muerte apretándose el cuello con las manos. ¿Cuál sería la vida de esta monja desesperada, dejándonos tan malas señales en su muerte?

Todos los estados necesitan tiempo y madurez para elegirlos y especial vocación de Dios para abrazarlos; pero entre una casada y una monja que hayan errado vocación, encuentro yo notable diferencia. La casada que no consultó bien su elección y se halla ligada con un hombre que le da mala vida, tiene aún dos esperanzas que la consuelan: una es el divorcio, que protegen las leyes y los cánones en ciertos casos, y otra es que muera el marido. En el primer caso se substrae de su dominio, se separa de su compañía y se libra de su tirano cruel; y en el segundo, se rompe el vínculo en lo absoluto y queda libre para siempre.

La monja no es así: si no tiene un derecho muy claro para anular la profesión y dinero suficiente para dirigir a Roma su negocio, lo que no se facilita sino de tarde en tarde, bien puede creer que no tiene remedio si no es a costa de su vida, que es lo mismo que no tenerlo.

No por eso se crea que yo pretendo malquistar el estado religioso. Estoy muy lejos de tal extravagancia. A nadie, ni a mi propia hija, disuadiré en ningún tiempo de que sea monja. Sé que el Santo Concilio excomulga igualmente a los que violentan o persuaden a las mujeres a ser monjas, como a los que, sin justa causa, impidieren de algún modo el santo deseo que tengan de tomar el hábito o de hacer la profesión las vírgenes u otras mujeres; pero por lo que toca a Pudenciana, la instruiré en lo que es cada estado y cuáles son sus respectivos deberes; le diré que en la casa del Padre celestial hay muchas habitaciones; que son diversos los caminos por donde el Señor llama a sus siervos; que lo más perfecto es lo mejor, pero no lo más seguro para todos, y según esto, el estado de castidad es el mejor en lo general; pero si prudentemente considera que no lo puede observar como se debe, mejor es que se case. Este es el consejo del Apóstol: «Más vale casarse que abrasarse».

Aquí concluyó su discurso el coronel, y Pudenciana lo escuchó con bastante atención, que era lo que su padre pretendía. El eclesiástico apoyó, como era regular, la solidez de sus razones, y después de haber acabado de comer, nos levantamos de la mesa.

Pocos días después, estando doña Matilde sentada en el estrado haciendo una labor con Pudenciana, se levantó esta a buscar no sé qué cosa, y al volver dijo su madre:

—¡Qué larga se va poniendo esta muchacha!

El coronel tomó de estas palabras ocasión para dar una oportuna leccioncita a Pudenciana, diciéndole;

—En efecto, hija, ya estás bien grande. El tamaño de tu cuerpo señala tus años y me avisa que debo ya darte las instrucciones correspondientes a tu edad. Jamás me has hablado de monjío ni yo exigiré de ti tal cosa. Has presenciado la historia de Carlota y me oíste discurrir el otro día acerca de la perfección que se requiere para profesar en la vida religiosa. Si esta no es de tu vocación, no hayas miedo que yo te la persuada; pero si lo es, concurriré con mucho gusto al logro de tus santos deseos. Conque, ¿qué dices?, ¿quieres ser monja?

—Hasta ahora, papá, la verdad no lo pienso –respondió Pudenciana.

Y prosiguió su padre:

—Pues eso es lo que me agrada, que me hables la verdad. Pero supuesto que no quieres ser monja, tal vez te agradará el matrimonio, ¿no es así? Vamos, no te pongas colorada; no hay para qué. El matrimonio es un sacramento santificado por el mismo Jesucristo. En él se puede servir a Dios como en cualquier otro estado elegido con verdadera vocación, y si la tuya es para el matrimonio, yo contribuiré al logro de tus deseos, pues pueden ser tan santos como los de entrar en la religión más perfecta, si se reducen a servir a Dios en ese estado; mas para que seas buena casada, es preciso que sepas qué cosa es el matrimonio y cómo te has de manejar para contraerlo; cuáles son las obligaciones que impone y cómo las ha de desempeñar una mujer cristiana.

Pero antes, hija mía, te voy a dar un consejo muy útil, de cuya observancia depende toda tu felicidad.

«Ahora que tu infancia ha pasado, no nos mires solamente como tus padres, sino como tus más antiguos, tus más fieles y mejores amigos, a quienes ciertamente la vida es menos apreciable que tu bienestar, a quienes no les falta experiencia ni los conocimientos necesarios para darte en cada ocasión los mejores consejos.

Con este convencimiento, abre tu corazón a tu padre y a tu madre sin ninguna reserva; deposita en nuestro seno todos tus pensamientos, tus sentimientos, tus deseos; nada nos ocultes, ni aun tus faltas y flaquezas, bien persuadida de que nunca abusaremos de tu confianza filial, que nunca contestaremos a tu franqueza con amargura ni severidad, sino siempre con una ternura verdaderamente paternal, y que dirigiremos tus pasos con tanta bondad como celo».[262] ¿Has entendido, hija?

—Sí, papá.

—Creo que no me has entendido bien. Te lo diré más claro. Ya tienes quince años o cerca de ellos, posees algunas habilidades que te recomiendan, y si no tienes una hermosura peregrina, a lo menos tu cara no carece de gracia y atractivo. Debo también advertirte, que vas a entrar en un mundo nuevo que no conoces, y así es necesario que te ponga el farol en la mano para que no tropieces entre sus innumerables precipicios.

Ya no eres la misma que ahora tres años. Tu naturaleza te lo avisa. El mo-

---

262   El coronel acaso tomó estas palabras de la *Eufemia* del célebre alemán Campé para persuadir a su hija con la autoridad de este juicioso escritor (Ed. 1831).

vimiento de la naturaleza influye mucho en tu estado actual, y de las novedades que siente tu cuerpo se debe inferir qué es lo que sentirá tu espíritu.

En efecto, tú te adviertes agitada de unas nuevas inclinaciones, y estas se
aumentarán a proporción de lo que los hombres las fomenten. Sí, hija mía,
los hombres, ya seduciendo tu virtud con artificios, o ya alabando tu mérito
con sencillez, procurarán inclinar tu voluntad a su favor. Por todas partes se
verá asaltada tu inocencia y combatido tu pudor sin advertirlo. Las calles, los
zaguanes, los paseos, las casas y los mismos templos, serán para ti otros tantos
lugares en que pueda peligrar tu honestidad con los repetidos asaltos que te
dará el libertinaje de un corrompido seductor. ¿Y qué deberemos hacer para
asegurarte de esos asaltos? Fácil es la respuesta. Tu madre deberá cuidarte sin
cesar, yo aconsejarte con prudencia, y tú seguir con mucha docilidad mis consejos.

El primero que te doy es el que ya escuchaste. Míranos, no solo como a
tus padres, sino como a tus mejores amigos y los más interesados en tu bien.
En esta inteligencia, deposita en nuestros pechos tu confianza, ábrenos tu corazón, nada nos reserves, ni tus más ocultos pensamientos, satisfecha de que
te hemos de atender con dulzura y te hemos de aconsejar con amistad.

Llegará tiempo en que las criadas, el aguador, tus amigas, tus parientas
mismas, serán los agentes del que solicite tus favores. ¡Infeliz de ti, si más que
de nosotros te fiares de ellos! En tal caso tú pensarás que lisonjean tu gusto y
que son acreedores a tu reconocimiento, y engañada con este falso juicio, les
descubrirás tus secretos y pondrás en sus manos tu opinión, y entonces adiós
honra, adiós crédito, adiós reputación. De boca en boca no quedará uno que
ignore tus flaquezas si, lo que Dios no quiera, tuvieres la desgracia de come-
terlas.

Pero si reservándote de todo el mundo, te descubrieres únicamente con
tus padres, entonces, ¡cuánta será la diferencia!, ¡con qué amor no te enseñaré
a conocer los artificios de los hombres!, ¡cómo me valdré de mi experiencia,
dándote lecciones oportunas para que te burles de las asechanzas que te quiera
poner un libertino seductor!, ¡con qué cuidado te libertaré de los peligros!,
¡con qué prolijidad te evitaré las ocasiones que a ellos te puedan inducir! Y
si algún día tú llegares a amar algún hombre de bien que te merezca, ¡con
cuánto gusto me prestaré a realizar sus intenciones, si estas fueren unirte con
él en el estado santo del matrimonio! ¡Dichosa tú, hija mía, si cooperares por
tu parte a que se verifiquen mis deseos! Estos no son ni pueden ser otros sino
los de tu verdadera felicidad. A ella he aspirado toda mi vida, y que seas feliz
será mi único conato, hasta que la muerte cierre mis ojos para siempre.

Pudenciana abrazó a su padre y le besó la mano enternecida, dándole las
debidas gracias por sus paternales consejos y prometiéndole seguirlos ciegamente, pues estaba convencida de que se encaminaban a su bien.

Entonces el coronel le dio su bendición y la envió a la cocina, diciéndole que quería cenar aquella noche un bocadito de su mano. Pudenciana fue a hacerlo muy contenta, y luego que se retiró, prosiguió don Rodrigo hablando con su esposa de este modo:

—Ya oíste el consejo que acabo de dar a Pudenciana pues tú necesitas de otros dos, que no son de menos importancia.

El primero es, que le abras los ojos a tu hija... No, no me mires, ni te asustes sin acabarme de oír. Las muchachas cuando entran en la pubertad no son lo mismo que en la niñez. Esto lo entiendes. Luego que llegan a esa edad entran en un mundo nuevo. Pasiones, inclinaciones, sensaciones, deseos, apetitos, ocasiones y peligros, todo es nuevo para ellas. Si al fermento de su sangre, si al trastorno de sus nuevas ideas, unidos a su poca experiencia, se junta una suma ignorancia acerca de lo que puede pasarles en el mundo, están muy expuestas a perderse, o lo que es lo mismo, a perder su virginidad con desventajas, porque mal guardará una alhaja el que no sabe lo que vale.

Por tanto, es conveniente que le expliques con modo y con prudencia qué cosa es ser virgen o doncella. Hazle ver qué gran virtud es en una niña el recato, como señal segura de su virginidad corporal. Dile en qué consiste esta virginidad, cómo se puede perder y cómo se conserva; adviértele que perdida una vez no se restaura el honor sino mal, tarde y pocas veces; haz que se llene de temor cuando sepa que de su conservación depende el honor de las mujeres en el estado de doncellas, y que cuando se pierde, no se pierde sola, sino juntamente con la honra y la opinión; instrúyela en los artificios de que se valen los hombres para seducir a las incautas, siendo el más trillado y el más antiguo el proponerles un ventajoso casamiento; aconséjale que a nadie de estos crea ni corresponda sin darnos parte de cuanto le pasare; dile que los hombres que parecen más rendidos y apasionados son los más sagaces seductores, los clarines que publican la debilidad de la mujer que encuentran fácil a sus antojos; enséñale que lo que los hombres de bien aprecian más en una mujer para casarse con ella es el recato y su integridad corporal; declárale que los hombres de honor se conducen con mucha medida cuando solicitan una niña para esposa; dile que la que llega al tálamo sin su virginidad, ignorándolo el marido, se expone a pasar una vida amarga e infeliz, pues a la menor queja o incomodidad que haya, le estregará en la cara su anterior licenciosa conducta, avergonzándola a cada instante, desconfiando siempre de su fidelidad y mirándola con una indiferencia que en breve llega a ser un aborrecimiento declarado; repítele una, dos y tres veces en qué consiste el mérito y honor de una niña doncella; explícale más claro lo inestimable que es la presea de la virginidad y cuánto le conviene conservarla; y por último, dile que para esto debe, en primer lugar, huir todas las ocasiones de familiarizarse sola con los hombres, sean de la clase o condición que fueren, e insiste en que nos descubra su pecho con la confianza más sincera.

Esto es por lo que respecta a su bien moral; por lo que toca al físico, permítele que cuando se ofrezca, oiga hablar de las pasiones y gravámenes que son consiguientes a su sexo; déjala que sepa cómo se debe conducir una mujer en las diferentes épocas de su vida; de qué cosa se debe precaver; cuáles debe observar en obsequio de la conservación de su salud y bien de sus hijos y familia; hazle ver que una mujer enferma por su descuido y desarreglo hace una mala madre para sus hijos, una esposa de bastante gravamen para el marido y un eterno fastidio de su casa. Todo esto debes enseñar a tu hija en esta edad, y esto será abrirle los ojos con provecho.

Es una ridícula preocupación la de muchas madres que, con pretexto de no abrirles los ojos a las niñas, las crían con tal encogimiento y con tal ignorancia, que ni saben qué es ser doncellas ni casadas, madres ni esposas. Esto no llamo yo recato, sino groserísima tontería. ¡Cuántas pobres muchachas han dejado de ser vírgenes sin saber lo que han perdido ni las funestas resultas de esta pérdida!, ¡cuántas se han hecho enfermas toda su vida por no saber manejarse en los tiempos de sus enfermedades periódicas, y cuántas se casan sin saber qué obligaciones contraen en tal estado!

Lejos de ti, hija mía, semejantes absurdas preocupaciones que apadrina la ignorancia con nombre de virtud y de recato. No, no consiste la virtud en ser estúpidos ni en ignorar lo que nos conviene saber; consiste en la sencillez del corazón y en la exacta observancia de los preceptos de la ley.

El mismo Jesucristo nos dice: *Sed sencillos como las palomas, y avisados como las serpientes*. ¿Y cómo será una niña cauta en medio de la ceguedad, ni cómo se guardará de los peligros en que fluctúa su espíritu, su honor y su salud, si no tiene más luz que las tinieblas de una educación supersticiosa e ignorante?

No basta que instruyas a tu hija de los peligros que la cercan, es necesario que le evites todas las ocasiones en que los pueda hallar. Al hidrópico es menester quitarle el agua de delante, sin contentarse con decirle que le hace daño; esto ya él muy bien lo sabe. Y he aquí el segundo importante consejo que debes observar en la presente educación de Pudenciana. Ningún cuidado, ninguna vigilancia ni precaución está de más en su presente edad...

—¿Pero no la cuido yo? –dijo Matilde– qué, ¿quieres que la traiga yo como llavero?

—Sí, señora, sí –decía el coronel–, no debe apartarse de tus ojos un instante. En la calle, en la casa, en las visitas, en el templo, en todas partes ha de ser su custodia tu presencia. Si el ojo del amo engorda al caballo, al ojo de la madre se conserva la honestidad de la hija. Siempre las niñas han estado expuestas a una misma enfermedad, y siempre se les ha ordenado el mismo remedio de precaución. San Jerónimo, que conocía bien el mundo, instruyendo a una señora llamada Leta, en el modo con que debía criar a su hija Paula, le dice: «No la dejéis jamás ir a parte alguna, si no fuere en vuestra compañía, y ni a visitar las capillas de los mártires ni las iglesias vaya sin su madre.

«No consientas tampoco que se ría y burle de ella ningún mancebo, ni de los que traen copete; y cuando hubieres de velar o trasnochar para celebrar la fiesta de algún santo,[263] hágalo nuestra doncellita de tal modo que no se aparte de su madre, ni aun por espacio de una pulgada.» Hasta aquí el Santo Doctor a nuestro intento.

Su autoridad es muy recomendable; pero sin comparación lo es más la del Espíritu Santo, quien dice en las Sagradas Letras:[264] *Si tienes hijos, enséñalos, corrígelos desde niños; si tienes hijas, guárdales sus cuerpos*, esto es, su virtud, su virginidad. ¿Y cómo cumplirá con esta obligación una madre abandonada que permite que la hija ya grande salga sola a la calle, y cuando más con una criada o una amiga; que se esté sola, si se ofrece, en el estrado, charlando o aun retozando con el caballerito cortejante; que con pretexto de visita se aparte de su madre dos, tres o más días; que a título de pobre, salga a la tienda y a hacer otros mandados, o lo que es peor que todo, a pedir prestado a algún hombre un peso o dos?

Pues todo esto se ve y no se quedan ocultas las resultas. Lo más gracioso es que muchas madres de estas, después que ellas mismas permiten a sus hijas cuanta libertad apetecen, se asustan y se escandalizan así que las muchachas traen a sus casas el fruto del abandono con que las tratan. Entonces son las lágrimas, los gritos, los regaños y los golpes; golpes que más bien los merecen ellas que sus hijas, porque son la causa original de su ruina. Ello es cierto que si no hubiera tantas madres descuidadas, no hubieran tantas hijas prostituidas...

Aquí llegaba el coronel, cuando entró Pudenciana avisando que ya estaba la cena.

El coronel mandó poner la mesa y se fue a cenar con su familia.

---

263 En la primitiva Iglesia acostumbraban los fieles celebrar a los cautos mártires en los templos, empleando en ellos toda la noche de las vísperas en cánticos y alabanzas. A este desvelo se llamaba vigilia; pero por los abusos y desórdenes que se cometían después que se fue enfriando el primer fervor del cristianismo, está reducida en el día al ayuno y abstinencia de carnes, exceptuándose solamente la de la Natividad de Nuestro Señor Jesucristo, en las que se cantan maitines y se celebran misas a media noche (Ed. 1842).

264 Eccl., cap. VII, 25 y 26 (Ed. 1842).

Capítulo XX

¡Qué cierto es que los hijos, por lo común,[265] son lo que los padres quieren que sean o como los hacen ser, o con su educación o con su ejemplo!

Ya hemos visto la conducta del coronel y de Matilde para con su hija y las sanas instrucciones que le daban, y también hemos observado el modo con que educaron a Pomposa sus padres. Nada extraño es que fueran ambas primas tan distintas en costumbres, como fue la doctrina que recibieron.

Pomposita todo el tiempo lo empleaba en componerse, en mirarse al espejo, en hacer ademanes ella sola y ensayarse a hacer dengues y favores con los ojos, ayudada del cristal en que se pintaba su carita, y en recibir lecciones de su madre.

Es verdad que esta era su menos nociva directora, pues no veía en ella ni oía cosa descaradamente opuesta a la sana moral. Otras tenía de más infame condición. Tales eran sus buenas amiguitas.

Entre estas había una llamada Rosimunda, muchacha pobre, alegre y lisonjera. Esta había cautivado el corazón de Pomposita, de suerte que era depositaria de sus secretos y la plenipotenciaria de sus negocios. El lector querrá hacerse cargo de su carácter y debemos en esto darle gusto.

Una tarde estando sola con Pomposita, sin advertir que yo la espiaba por el agujero de una mampara, platicando con ella, le decía:

—En verdad, niña, que... no es por levantarte los cascos,[266] pero no eres bonita sino linda. ¡Caramba!, que tienes una cara como el sol. Es mucho que a la hora de esta no tengas un sin fin de enamorados; yo no soy ni para descalzarte y con todo eso tengo cuatro.

—¿Cómo no? –decía Pomposa– yo también tengo diez que me solicitan

---

265 No en general; porque hay padres muy buenos que hacen cuanto está de su parte para que sus hijos se logren, y sin embargo, estos se pervierten por sí mismos; pero esto es lo más frecuente. Regularmente los hijos aprenden de las costumbres de sus padres y corresponden a la educación que se les da (Ed. 1842).

266 *Levantar los cascos*: alborotar a alguien con esperanzas lisonjeras y vanas para que ejecute alguna cosa.

para casarse conmigo y ninguno me gusta. Mira tú: uno es oficinista, tres son militares y me han enamorado por sus grados, porque uno es teniente, otro capitán y otro teniente coronel; mas ¿qué me puede dar ninguno de ellos, si todos están a ración de hambre? Otro de mis enamorados es médico, muy bueno para ponerme a dieta; otro es abogado, que me dará muy lindos pareceres; tres son colegiales, de los que ya sabes que no llega su principal a una peseta; el último, que es el mejor de todos, es comerciante, y no pasa de un trapero. Ya verás tú qué tales son mis novios.

—¿Conque en resumidas cuentas —decía Rosimunda—, ninguno de ellos te gusta?

—No, ninguno, porque el mejor es el comerciante y no pasa de un baratillero por mayor. Aunque me pueda dar lo que yo necesite, ¿quién sabe si tendrá para ponerme coche?, y por fin, yo no me tengo en tan poco, que ya que me case, me contente con quedarme con mi nombre. No, yo he de mudar de nombre cuando me case, o no me caso nunca.

—Pero, mi alma, ¿cómo te has de mudar nombre? Solo las monjas hacen eso —decía Rosimunda—, esa mudanza que tú quieres hacer, me coge muy de nuevo.

—Pues entiéndelo —proseguía Pomposa—, yo aspiro a casarme con un título para que no me digan la señora doña Pomposita, sino la marquesa de aquí o de acullá. Mi sangre es ilustre, no soy pobre ni vieja, y así no pierdo la esperanza.

—Ni la debes perder —decía la amiga—, otras menos que tú han enmarquesado de la noche a la mañana; conque tú, que eres como una plata de bonita y con tantas gracias, como saber bailar, tocar y cantar, ¿por qué no has de poder ser marquesa o cuando menos condesa o baronesa?

—No, eso de baronesa no me cuadra. Las baronías se quedan para los varones; pero los demás títulos para las señoritas de mi clase. Tampoco me cuadra casarme con un conde, porque entonces quitándome el *sa*, con *nada* quedo condenada; y así no, marqués, marquesa en todo caso.

—¡Qué discreta eres, mi alma!, ¡qué aguda! —decía la aduladora Rosimunda— ¡mira qué bien y con qué gracia jugaste el equívoco de condesa y condenada! ¡Vaya, si tú tienes mil gracias!, cada día tienes más de qué preciarte. Pero volviendo a nuestro cuento, tú haces muy bien de pensar de ese modo,

—¡Y como que sí! —contestaba Pomposa— yo he de ser de título y pésele al que le pese. ¡Ay, niña!, ¿habrá gusto como oírse llamar de señoría, y no ese usted y ese doña fulanita por aquí y doña fulanita por allí, que ya me tiene hasta los ojos? Marquesa he de ser, o me he de quedar para vestir imágenes. Si yo quisiera casarme, ya ves tú que me sobran novios; pero ninguno de ellos es marqués y así quedarán sinque;[267] pero es de que yo les dé mi palabra ¿cuándo amores?[268] Ello es cierto que a todos los entretengo y les doy esperanzas; pero no más por chonguear[269] y pasar el rato, y no porque los quiera.

---

267   Refrancillo muy vulgar (Ed. 1842).
268   Refrancillo muy vulgar (Ed. 1842).
269   *Chonguear*: burlarse festivamente.

—Haces muy bien, niña —decía Rosimunda—, de entretenerte con esos ba-
bosos. Tú no tienes necesidad; pero si la tuvieras, te diría que les arrancaras a
todos cuanto pudieras, cosa que es muy fácil en sabiendo el modo. El asunto
es decirle a cada uno de por sí que es el preferido en nuestra estimación; que
es el único que queremos y que no amaremos a otro, ni por todo el oro del
mundo. Con esto se engañan todos a un tiempo y se dejan desollar vivos. Pero
no apruebo yo el modo de algunas tontas pedigüeñas que enfadan a los
hombres, pidiéndoles luego luego y por lo claro. Esto no es saber vivir. Lo que
debe hacer una muchacha de mérito como tú es escasear mucho sus favores
a los amantes; irlos poco a poco apasionando y cuando ya están borrachitos,
entonces no se les pide nada por lo claro, sino que se les da a entender que una
necesita esto o que le cuadra lo otro. Apenas una mujer se expresa con ellos
de este modo, cuando los muy bobones se endrogan, se despulsan y se sacrifican; pero traen lo que una quiere, y entonces hace una que agradece la cosa,
pero que no la quiere recibir, porque eso sería un chasco, y ¡qué sé yo y qué
sé cuándo! Ellos se apuran porque se les reciba lo que han traído; una se resiste, hasta que por fin se coge, porque no digan que es desaire, y se dan muchísimas gracias. De este modo se pelan vivos y se quedan muy contentos los
hombres, creyendo que una no es interesable y que le hace mucho favor en
pelarlos.

Tal era el carácter de la directora de Pomposa, y de estas tenía varias. ¿Qué
tal saldría ella?

En efecto, era cierto que visitaban su casa algunos colegiales y que le
echaban sus polvillos, pero de colegial; quiero decir, la chuleaban y se entretenían con ella dándole a entender que la adoraban, y la pobre creía sus mentiras como los artículos de la fe. Algo hubiera dado porque no hubiera pisado
su casa un colegial, pues a esta familia debió el titular contra su gusto, como
vamos a ver.

Siete de ellos visitaban a doña Eufrosina y a Pomposita, que más valía que
la hubieran visitado los siete pecados capitales. Todos eran la piel de Barrabás;
pero el más maldito era un payo alto, obeso, chato, carirredondo, de ojos
alegres y saltones a quien llamaban en el colegio Sansón Carrasco. Este fue el
soberano que tituló a la pobre Pomposita con la mayor solemnidad.

Una noche que el diablo lo tentó para el efecto, convidó a su cuarto o aposento a sus amigos y contertulios, y luego que entraron cerró la puerta con
llave, los hizo sentar a la redonda de su mesa y sin muchos cumplimientos
les dijo:

—Camaradas, he llamado a ustedes para que entre todos nos soplemos
amigablemente un regalito que mi señor padre me ha enviado de mi tierra.

Diciendo esto, sacó de su baúl dos quesos, un par de cajetas[270] y unos bizcochos, y de la ventana bajó una tinajita de agua y un vaso. Lo puso todo sobre
la mesa y en un instante le dieron vuelta al refresco.

---

270 *Cajeta*: (México) dulce de leche de cabra, sumamente espeso.

Así que acabaron, sacó cada uno su paño de narices y se limpió el dulce de las manos y la boca. Iba uno a tomar el bandolón; pero lo embarazó nuestro payo, quien, sentándose en el lugar preferente, les dijo con mucha seriedad:

—Señores, amigos y compañeros míos: después que habemos refocilado las barrigas con estas pocas migajas que nos han hecho favor de regalarnos, bueno será que tratemos un negocio de gravísima importancia que días ha estoy para comunicaros, fiando el acierto de vuestra sapientísima resolución. Atendedme.

Ya sabéis cómo, por constitución inmemorial de los colegios, cada uno debe tener su sobrenombre. Yo cuando vine hallé esta costumbre establecida, recibí el mío con la mayor humildad, y después acá he procurado cumplir con mis deberes, poniendo a todos su nombre, según mi corta capacidad. Tú, por mi cuenta te llamas Séneca, por sentencioso; tú, el Aplastado, por chaparro; tú, el Alambique, por tus desaforadas narices; tú el Discreto, porque eres de Querétaro; tú, el Zorro, por astuto e hipócrita; tú, la Niña, por bonito y afeminado; a mí me llamáis Sansón Carrasco, por panzón, por grandote, o por lo que os dé la gana; de manera, que cada uno de nosotros los presentes, ausentes, pretéritos y por venir, tienen, han tenido y tendrán su sobrenombre *usque in saecula,* hasta el fin de los siglos, sin que ningún bicho viviente en el colegio se quede sin el suyo, *de capite ad calcem*, esto es, desde el rector hasta el portero.

Reflexionando esto con la debida atención y madurez y considerando que nuestra jurisdicción o autoridad de poner nombres no está limitada dentro de las paredes del colegio, sino que se puede extender *ad libitum*, a nuestro antojo, he acordado que sería muy bueno y muy loable poner su nombre a una señorita a quien visitamos, y en cuya casa nos hacen agasajo. ¿Qué mejor prueba podemos darle de nuestra gratitud? ¿Ni de qué mejor modo le pagaremos los bizcochitos y el chocolate que nos da su madre, sino titulando a su hija *more nostro*, según nuestro modo y nuestra crianza?

En este caso encajándole un título a cuestas a la hija de nuestra protectora, obraremos, no solo con justicia, sino con habilidad magnífica.

En esta inteligencia, habéis de saber, preclaro e ilustrísimo congreso, que la señora doña Pomposa Langaruto y Contreras, que en paz descanse...

—¿Pues qué, ha muerto? –dijo el Zorro muy espantado.

Y Sansón respondió siguiendo su discurso:

—Ella no ha muerto; pero su nombre propio murió en ella desde esta misma noche, y en virtud de hallarse sin nombre, os he convocado, sapientísimos y prudentísimos señores, para que determinéis cuál es el que se le debe poner.

El caso es de los más graves y de los más urgentes; conque resolved *hic et nunc*, ahora y sin separarnos de aquí, qué nombre se le deberá poner a esta señora.

—Por mí que se le ponga la Aventada —dijo el Alambique, con alusión a su mucha vanidad.

—Aunque hay alusión —dijo el Aplastado—, es nombre muy bajo y muy equívoco, pues quien no sepa por qué se le puso, creerá que está enferma, y esto cede en contra de su honor, lo que por ningún caso nos es lícito. Mejor será llamarle la Sacudida.

—Ni por pienso —replicó el Discreto— porque ese nombre tiene la misma nulidad que el que acabas de reprobar. Pueden pensar tal vez que se le puso porque es una coquetilla meneadora. Yo soy de opinión que se le llame la Venus, por hermosa.

—Aquí no se trata de lisonjearla, sino de ridiculizar su carácter —dijo Séneca—, mejor será llamarla Circe.

—Cierto que es un nombre muy bonito y significa ser una hechicera por su beldad —dijo el Zorro— pero aunque en la substancia la ridiculiza, para los que no saben quién fue Circe, ni tienen más noticia sino que fue hermosa, no sirve ni significa nada el nombrecillo. En tal caso, y ya que ustedes quieren acomodarle un nombre de la Mitología, más bien le cuadra el de Medusa, pues todos saben que esta tenía serpientes enroscadas por los cabellos, y esto alude también a los infinitos caracoles de Pomposa.

—Es verdad —replicó la Niña— pero ese nombre por ese motivo está mal puesto, pues aquí han dicho que se trata de ridiculizar su carácter, no su cuerpo ni su modo de vestir; y así, si mi sentir valiera, yo le pondría la Desdeñosa.

—Eso no significa nada —dijo otra vez el Aplastado— porque nada particular especifica de ella. ¿Qué muchacha bonita hay que no sea desdeñosa, y así, ponerle ese nombre, es lo mismo que no ponerle ninguno pues lo que a todos es común a nadie es particular; y pues que entre nuestras opiniones hay tanta discordancia, diga vuestra señoría su parecer, señor presidente.

—Nada extraño es, sapientísimo congreso —dijo Sansón Carrasco—, que en los grandes asuntos haya también grandes dificultades, ni que se encuentren las opiniones entre sí. Yo, después de admirar vuestro tino y vuestra ilustración, ¿qué podré decir que merezca vuestra aprobación apetecible?

Sin embargo, pues me habéis honrado días hace con el título de vuestro presidente, y en vista de vuestra indecisión queréis que diga mi parecer, con el permiso de esta respetable asamblea, y protestando siempre sujetarlo al mejor voto, digo: que debiendo tener el nombre que se le ponga a Pomposita las cualidades de ridículo, significativo, gracioso y conveniente, creo que no hay otro que mejor le cuadre ni que reúna en sí todas estas circunstancias, que el de la Quijotita.

Si hacemos un paralelo entre la demencia, modales y carácter del caballero de los leones y la de doña Pomposa Langaruto, hallaremos que, salvando la debida proporción, hay entre ambos alguna semejanza. Probémoslo.

Don Quijote era un loco y doña Pomposa es otra loca. Don Quijote tenía lúcidos intervalos en los que se explicaba bellamente, no tocándole sobre caballería; doña Pomposa tiene los suyos, en los que no desagrada su conversación; pero delira en tocándole sobre puntos de amor y de hermosura. El fantasma que perturbaba el juicio de don Quijote era creerse el más esforzado caballero, nacido para resucitar su orden andantesca; el que ocupa el cerebro de doña Pomposa es juzgar que es la más hermosa y la más cabal dama del mundo, nacida para vengar su sexo de los desprecios que sufre de los hombres, haciendo a estos confesar en campal batalla en el estrado, que la belleza es todo cuanto mérito necesita una mujer para atraerse todas las adoraciones del universo. Don Quijote siempre esperaba llegar a ser emperador a costa de la fuerza de su brazo; doña Pomposa siempre espera ser cosa grande, título de Castilla cuando menos, a favor del poder de su belleza. Don Quijote tenía su dama imaginaria, a quien juzgaba princesa; doña Pomposa ya tendrá en la cabeza algún amante prevenido a quien hacer digno de sus favores, y este será un embajador o un general. Don Quijote en los accesos de locura a nadie temía; doña Pomposa en los suyos a nadie teme, y se expone a los más evidentes peligros con los hombres, creyendo salir siempre victoriosa de sus asaltos. Don Quijote acometió una manada de carneros como si fuesen caballeros armados; doña Pomposa entra a las batallas amorosas que le presentan mil batalleros armados de malicia, con más confianza que si lidiara con carneros, y tanto fía de las saetas de sus ojos, que temo vuelva chivo al que se descuidare. Don Quijote..., pero ya habré cansado vuestra atención, serenísimo congreso, con tanto quijotear. Sí, en efecto; basta con lo dicho para probar que este nombre le conviene. *Conveniunt rebus nomina saepe suis.*[271]

Ustedes, señores, como tan sabios y entendidos, determinarán si se le debe acomodar. *Dixi.*[272]

Celebraron todos el gran talento, juicio y madurez de su presidente el señor Carrasco, y *nemine discrepante*[273] se conformaron con su parecer y se extendió el honorífico diploma.

—Ya todo está hecho –dijo el Zorro– pero no basta que nosotros sepamos que Pomposa se llama Quijotita, es menester que lo sepa ella y que lo sepan todos cuantos puedan. Para esto es necesario decírselo, no a secas, sino con un versito que le guste. Este maldito Alambique es medio poeta y él nos sacará del cuidado.

—Soy contento –dijo el Alambique– ¿y qué se puede perder por servir a ustedes y a la bella Quijotita? A ver el tintero para acá...

En menos de dos minutos escribió el poeta una decimita que a todos les gustó, y él dijo:

—Ya el verso está hecho, ahora ¿quién le pone el cascabel al gato?, ¿quién lo lleva, y cómo se le da?, porque a tanto no me arriesgo yo.

—No hay que apurarse –dijo Sansón–, el Zorro nos sacará de este cuidado, pues siempre los zorros son astutos.

---

271 *Los nombres a menudo son adecuados a las cosas* (Mi traducción).
272 *He dicho* (Mi traducción).
273 *Sin contradicción. Por unanimidad* (Mi traducción).

—Amén, amén –contestó el humilde Zorrito.

Y quedaron de acuerdo en que lo llevarían el primer jueves; que irían todos los siete juntos, y para que no pudieran culpar a ninguno de ellos, ni venir en conocimiento de que eran los autores del pasquín, llevarían otros cuatro compañeros más; con eso había muchos de quién pudieran sospechar, y ellos, los tertulios de la casa, echarían la culpa a los nuevos compañeros que llevaran, en caso de que la Quijotita o su mamá les reconvinieran. En esto quedaron, cuando la campana les avisó que era hora de cenar y se fueron corriendo al refectorio.

Capítulo XXI

En el que se cuenta una conversación que tuvo el coronel
con su sobrina Pomposa, y la gran cólera que hizo esta,
cuando supo que le habían puesto Quijotita

Al día siguiente fue Pomposa, alias la Quijotita, a visitar a Pudenciana, para que le hiciera un cordón de chaquira, de que colgar un retrato suyo. Estaban las dos muy divertidas mirando la miniatura, cuando entró el coronel a su cuarto, y le dijo Pudenciana:

—Mira, papá, y qué bonito está el retrato de Pomposa.

—Sí está, en efecto, y ya quisiera tu prima parecerse en todo al retrato.

—¿Pues qué, el retrato no se parece a mí? –dijo Pomposa.

—Él se parece a ti –le respondió su tío– pero tú no te pareces a él, porque el retrato tiene dos ventajas que tú no tienes. La primera es que está muy bien asegurado con el cerco y no le da ni el polvo, por estar debajo de vidrios, y tú no tienes mucha seguridad. ¿Con quién viniste?

—Con la recamarera.

—¿Y tu madre por qué no vino contigo?

—Porque estaba ocupada.

—Cualquiera ocupación importa menos que acompañarte, y no dejarte andar sola en la calle.

—¿Pues no le digo a usted que no vine sola, sino con la recamarera?

—¡Grande persona para que te cuide!

—¡Adiós, tío! ¿Pues qué me ha de suceder?

—¿Cómo qué?, darte un tropezón.

—¡Qué tropezón me he de dar! Si ya soy grande.

—Por lo mismo. Las niñas grandes son las que tienen más riesgo de tropezar, y cuando en uno de esos tropiezos caen de espaldas no sanan del golpe en su vida.

—Pues yo tendré cuidado de no caerme tío.

—Dios lo quiera.

—¿Y no me dice usted cuál es la otra ventaja del retrato?

—¿Por qué no?, mira: El retrato,[274] guardadito como está, puede durar

---

274   Relación con el soneto de Sor Juana: *Este que ves engaño colorido...*

cuarenta o cincuenta años sin que se le bajen los colores ni se le entristezcan los ojos. De aquí a ese tiempo estará tan bonito como ahora; pero tú, si vives entonces, ya serás una vieja arrugada y regañona. ¿Dime si no quisieras parecerte al retrato en la conservación de tu hermosura?

—Es verdad, tío; pero yo he oído decir que la que es buena moza es buena vieja.

—Eso has oído decir tú; mas yo no he visto ninguna vieja que sea buena moza. Todas las viejas son viejas y ninguna es bonita. La belleza de las mujeres tiene tres enemigos, y ninguna se escapa de caer en manos de alguno de ellos. O la enfermedad o la vejez o la muerte dan cuenta de ese frágil don de la naturaleza. Una fiebre, unas viruelas mal asistidas u otro accidente, de la noche a la mañana dejan fea a la muchacha más bonita; si no es esto, viven sanas las hermosas, los años les arrancan los dientes, les emblanquecen el pelo, les pliegan y manchan el cutis y las desfiguran de modo que ni ellas mismas se conocen al verse en el espejo. Solo una muerte temprana las libra de caer en la fealdad.

—¡Ay tío!, pues más que me muera yo muchacha, como no me ponga fea.

—Esa es mucha presunción, hija mía; estás muy pagada de tu hermosura; pero no te engañes. Mejor es que conserves la belleza de tu espíritu que la de tu cuerpo. Esta es una prenda de la naturaleza que debes apreciar y darle por ella infinitas gracias a su Autor; pero no debes de ninguna manera fiar tu felicidad de tu carita.

La belleza de las mujeres puede ser el origen de sus dichas o de sus desgracias temporales, según el uso que hicieren de ella; pero como, por lo común, hacen mal uso, se sigue que apenas hay bonita que no sea desgraciada, especialmente entre las pobres.

La carita hermosa es el imán de infinitos seductores; estos cercan al dueño y tratan de poner todos los medios para rendir su honestidad y su recato. Si entre estos medios se cuentan las dádivas y las promesas de parte de los hombres y la necesidad de parte de las mujeres, será casi un milagro hallar, entre mil de estas, una siquiera que tenga la firmeza necesaria para resistir tan poderosa tentación.

Por lo regular estas bonitas se rinden muy fácilmente, y rendidas a uno, después son el estropajo de todos. Andan de mano en mano como en el juego de los dados, y este es el modo más corriente con que se labran su desgracia.

Las hermosas ricas no están muy libres de estos peligros. También se ven acosadas de enemigos que las seducen incesantemente, aunque el maldito interés no influye en ellas tanto. Este medio inicuo, tan poderoso cuando se encuentra con la necesidad de la mujer, no tiene fuerza ninguna, o a lo menos se debilita mucho cuando esta no conoce la pobreza; por eso pienso yo que hay menos ricas infelices que pobres.

¿No has oído decir que la fortuna de la fea la bonita la desea? Pues esto no significa otra cosa, sino que hay algunas mujeres que no habiendo logrado de la naturaleza unos rostros hermosos, se dedicaron a cultivar su espíritu con la virtud y la instrucción para hacerse amables de los hombres; y como estos, cuando son prudentes, solicitan mejor para casarse una mujer que no una miniatura, de ahí es que muchas de estas no bellas encuentran algunas veces unos hombres de bien que las estimen, conociendo el mérito que tienen, y de esta suerte puede una fea[275] labrarse su fortuna; fortuna que deseará tal vez una bonita, que no teniendo más atractivo que su cara, pasa mala vida, o porque habiendo mala vida o porque habiéndose concluido los días de su belleza, la aborreció el marido, que sólo se casó con ella por bonita, o porque aun cuando le dure el palmito, el marido satisfecho y aun cansado de placeres comienza a ver los defectos que no vio cuando la pasión lo tenía ciego y entonces la riñe, ella se resiente, como no acostumbrada sino a caricias. De estas riñas y continuas incomodidades se engendra el recíproco desprecio, precursor casi siempre de un aborrecimiento eterno.

Y en efecto, después de cuatro o cinco meses de casados, ¿de qué le sirven al marido los bellos ojos de su esposa, que no saben ver por sus intereses, ni aun ven lo que pasa dentro de su propia familia? ¿Con qué gusto oirá este hombre porfías, retobos y tal vez amenazas de una boca hermosa y encarnada? ¿Para qué querrá unas manos torneaditas y bien hechas, que no saben hacer otra cosa sino gastar en lujo y desperdicio lo que él adquiere con tarea, y acaso con peligro, y responsabilidad? ¿Qué complacencia tendrá en que su mujer tenga un pie pequeño si no para en su casa en todo el día? ¿Para qué quiere tener un cielo en la cara de su mujer, si no lo ve alegre ni sereno; sino siempre oscuro y tempestuoso, por razón de sus malos modos y disgustos? Y por último: el marido que pasa una vida tan amarga, ¿se la dará muy dulce a su mujer?

De todo lo dicho debes sacar dos consecuencias y asentar un principio, que te será muy útil en el discurso de tu vida. Primera: que siendo la belleza de la mujer un bien tan fugaz, tan frágil, que se pierde con cualquiera grave enfermedad e infaliblemente con la vejez, será harta imprudencia fiar en ella una felicidad constante. Segunda: que los defectos del cuerpo se hacen muy tolerables, compensados con las perfecciones del espíritu; pero los defectos de una alma grosera y corrompida con los vicios, jamás pueden hacerse tolerables, aunque se escondan bajo de un rostro hermoso. Conque, según eso, será prudencia y conveniencia propias (este es el principio que no debes olvidar) de la mujer, trabajar por ilustrar su entendimiento con la instrucción, y adornar su alma con las virtudes morales, cuyos medios son más eficaces que la belleza de la cara para hacerla amable de los hombres sensatos y conducirla a una felicidad sólida y permanente. ¡Eh!, infaliblemente ya les he dado un rato de conversación. Sigan ustedes ensartando su chaquira.

Diciendo esto, se retiró el coronel y las dejó solas.

---

275 Se habla de aquellas feas que no espantan; no de una deforme espantosa... ¡Oh, qué noticia tan consolatoria! (Ed. 1842)

—¡Ah, caramba, niña!, ¡y qué tieso es mi tío! –decía Pomposa–. ¡Mira qué sermón tan largo nos ha echado en tanto que el aire! ¿Qué, siempre es así?

—Siempre –contestó Pudenciana–, mi papá no deja ocasión que no me instruya con buenos documentos y consejos. Dios se lo pague y me lo guarde muchos años.

—¡Ay, niña! ¿Pues qué, te gusta que te estén sermoneando todo el día?

—Como esos sermones se reducen a mi bien, no me enfadan; antes los agradezco como es justo.

—Es verdad; pero lo harás tú que ya estás hecha. Yo, como no estoy acostumbrada, no sé qué se me había de hacer que me estuvieran predicando sin cesar.

—Pues, hermana, si no te gusta oír a mi papá no vengas a mi casa, porque yo no le he de decir que se calle la boca por no disgustarte. A más que la instrucción de ahora te la dijo a ti para que yo la entendiera. Le tengo bien comprendido su modo; así no creas que dirigió el sermón a ti.

—Pero después de todo –proseguía Pomposa– mi tío es muy escrupuloso, muy tétrico y adusto; me parece que te tiene en un puño, y que te pasarás una vida de monja recoleta.

—Pues te engañas de medio a medio, porque mi papá me quiere mucho y tiene un genio muy dulce y muy afable, y me da gusto en cuanto quiero. Si vieras cómo me acaricia como si fuera una criatura de tres años, variarías de concepto y aun te llenaras de envidia si lo vieras cuando estoy enferma. ¡Jesús!, ¡si es mucho! De un dedo que me duela ya no sabe el pobrecito de papá qué hacerse conmigo. El me cura, me contempla y me chiquea[276] con la mayor ternura. Yo fuera la hija más ingrata del mundo si dejara de agradecer sus finezas. No tengo con qué pagarlas sino con amarlo mucho y dárselo a entender, obedeciéndolo en cuanto me manda; y esto lo hago tan de buena gana, como que conozco que nada me manda ni me aconseja que no sea por mi bien.

—Pues entonces yo me había engañado en pensar que te regañaba mucho y te tenía muy oprimida; pero siendo como tú dices, haces bien de quererlo tanto. Lo mismo será mi tía, ¿no es verdad?

—Lo mismo. ¡Si mi mamá es un terrón de amores!

—Así son mis padres, niña. En todo me dan gusto –decía Pomposa–, no hay baile, tertulia, paseo, comedia ni fiestecita a que no me lleven; no hay moda en que yo no entre, y de las primeras; no hay amiga que no me consientan; no hay visita adonde yo no vaya; no hago cosa que no me alaben, y si hago algo malo, todo me lo sufren con prudencia. En fin, ellos me dan gusto en cuanto hay, y yo pueda decir que soy dueña de mi voluntad, porque hago cuanto me da la gana, sin que jamás se me embarace; porque si alguna vez tienta el diablo a mis padres y no quieren llevarme a algún bailecito o dejarme ir a una visita, ya yo sé el remedio: pongo mal modo y no como en todo el

---

276 *Chiquear*: mimar.

día; y si esto no vale, lloro; y si no me vale llorar, me finjo enferma, y entonces ya no saben qué hacer para consolarme; pero esto es muy de tarde en tarde, porque como les doy tanta guerra y les cuesta tanto trabajo contentarme, ya se guardan muy bien de incomodarme; y así yo los quiero mucho, como debo, pues tengo tanta confianza con ellos, como tú con mis tíos; aunque es verdad que no les hablo de *tú*, porque dicen que es mala crianza, y que los hijos deben hablar a sus padres de *usted* para que siempre les conserven el respeto.

—Vaya, ese vestido me lo han cortado a mí tus padres –dijo Pudenciana–. Mis tíos sabrán lo que dicen; pero, según papá, el respeto de los hijos a los padres consiste en la obediencia, no en el tratamiento, pues este puede ser en sí indiferente, y en caso de que sea lo mismo hablarles de *tú* que de *usted*, como en efecto lo es, mejor es hablarles de tú. Este tratamiento, sin ser grosero, inspira más confianza; virtud necesaria en los hijos para amar a sus padres y seguir sus consejos con firmeza. Entre los antiguos nunca se usó el *usted*. Todos se hablaban de *tú* lisa y llanamente, sin que por eso dejasen de respetar el hijo al padre, el criado a su amo, el esclavo a su señor, el vasallo a su rey y todo súbdito a su respectivo superior.

La diferencia de tratamientos se ha introducido por la soberbia de los hombres; pero no por una necesidad, pues sin ellos sabrían hacerse respetar.

El tratamiento de *tú* ciertamente que inspira mucha confianza; ¿pero de qué confianza no es digno un padre y una madre? Nuestros padres nos engendraron, nuestras madres nos concibieron y alimentaron en sus vientres y nos han nutrido con su sangre; la de ellos circula en nuestras venas; tenemos su misma substancia; somos unos con ellos mismos, y para decirlo de una vez, nuestro cuerpo es una parte del suyo. ¿Habrá cosa más conexa y de más íntima relación? No tiene tanta entre sí el marido y la mujer, y es corriente que se hablen y se traten de *tú*.

Todo esto dice mi papá, y en efecto, yo conozco que es una preocupación ridícula el creer que es preciso que los hijos traten de *usted* a sus padres para que les conserven el respeto. Yo trato de *tú* a los míos y a fe que no soy capaz de verlos disgustados un momento por mi causa.

Pero, por último, dime, hermana, ¿a quién debemos tener más respeto, a Dios o a nuestros padres?, seguramente me respondes que a Dios. ¿Y quién fue el mejor maestro de los hombres en todo, Jesucristo o los mismos hombres? Jesucristo dirás. Pues Jesucristo nos enseñó a llamarle de *tú* cuando llamamos a Dios como padre. Conque mira qué fuera de razón van los que se escandalizan de que los hijos traten de tú a sus padres.

—Dices muy bien –contestaba Pomposa– pero es fuerza que tú sigas la doctrina de tus padres y yo la de los míos. Cada uno sabe lo que nos enseñan y a nosotros no nos toca sino seguir sus ejemplos y hacer lo que nos dicen que hagamos.

Estas conversaciones tuvieron mientras tejían un pedazo de cordoncito.

A la hora regular comieron, durmieron siesta, y a la tarde llegó el coche para llevar a su casa a Pomposa. Esta le rogó a Pudenciana que no dejara de ir el jueves próximo; porque había frasca y se iba a celebrar el jueves de compadres y quería que la acompañara. Quedaron en eso y se despidió Pomposita de sus tíos.

Pero como no hay plazo que no se cumpla, llegó el jueves, y doña Eufrosina envió a convidar al coronel y su familia para que fueran a su casa.

En efecto, fueron todos el jueves, no a la hora señalada sino después de almorzar; pero ¿cuál fue la sorpresa del coronel, de Matilde y Pudenciana, al hallarse en la sala llena de gente y a Pomposa en medio muy colorada y hecha una víbora de rabia, con un papel en la mano diciendo:

—Los colegiales, sí, los malditos colegiales me han puesto por mal nombre *Quijotita*. ¿Qué me ven esos malditos de Quijotita? ¿Soy acaso loca, flaca ni trigueña como don Quijote? ¿Soy hombre?, ¿tengo Rocinante?, ¿tengo escudero?, ¿acometo molinos de viento, ni hago ninguna fechoría como diz que hacía ese buen señor, que en paz descanse? ¿Pues por qué me han de llamar Quijotita? ¡Maldito sea el que tal nombre me puso y ojalá yo supiera quién fue, que me la había de pagar, le había de decir que era un grosero, malcriado, y se había de acordar de mí para todos los días de su vida!, pero ya que no lo conozco, a lo menos les prometo que no ha de volver a pisar mi casa ningún colegial.

De esta manera se explicaba Pomposita, hecha una furia, hasta que el coronel le dijo:

—Vaya, vaya; ¿qué te han hecho los colegiales que estás tan enojada con ellos?

—¡Qué me ha de suceder, tío! —respondió Pomposa— ¡qué me ha de suceder!, esos pícaros, groseros, indecentes, me han puesto por mal nombre Quijotita, y me lo han dicho casi en mis bigotes. ¡Mire usted qué atrevimiento! Este papel me dejaron esos condenados dentro del clave. ¡Quién sabe cómo diantres lo pusieron sin que yo lo viera, y luego luego se despidieron y se fueron!

Decir esto Pomposa y poner el papel en manos de su tío, todo fue uno. Entonces el coronel se sentó, y como había muchas personas de visita, lo hubo de leer en alta voz y todos oyeron que decía ni más ni menos como sigue:

> Pomposa, aunque seas bonita,
> y aunque ves que te queremos,
> no por eso dejaremos
> de llamarte Quijotita;
> y pues tu locura incita
> a ponerte este renombre,
> ten paciencia, y no te asombre,
> que ya sea en prosa, o ya en verso,

diga todo el universo:
Quijotita sea tu nombre.

Acabó de leer el coronel; las visitas prudentes se sonreían y las no prudentes soltaron la carcajada, con lo que se puso de peor condición Pomposa, y echando espuma por la boca decía:

—¿Qué dicen ustedes?, ¿no son infamias las de estos perros, malcriados, indecentes? ¿Quijotita yo?, ¿yo Quijotita? ¡Voto a mis pecados! Esto no es sufrible. ¿Qué me habrán visto de Quijotita estos malditos? Pero como vuelvan, yo les prometo que les he de decir cuántas son cinco y los he de echar muy mucho noramala de mi casa.

Así se explicaba la dolorida Pomposa, y por más que hacían sus padres y las visitas por consolarla, diciéndole que ¡quién hacía caso de esas cosas!, y que todo ello no pasaba de un mero juguete de muchachos, ella no se aquietaba, sino que con lágrimas y gritos repetía el nombre de Quijotita, y tanto, que no quedó ni un criado que ignorara el chiste y el nuevo dictado o título de su ama, a la que después no conocían por otro nombre entre ellos, a lo menos cuando esta los reñía con aspereza.

El coronel procuró que Pudenciana llevara a su prima Pomposa a la recámara, y cuando lo hizo, se levantó, fue adonde estaba y le dijo:

—Mira, no seas tonta; con esos gritos y escándalos que has dado no has hecho otra cosa sino perfeccionar la obra de los colegiales. Ninguna necesidad había de que todos esos señores y señoras que están en la sala hubieran sabido que te habían puesto ese nombre; si tú hubieras visto el papel sola y lo hubieras ocultado con disimulo, habrías frustrado los maliciosos designios de ellos y todo se quedaría oculto; pero con tus alharacas no ha quedado perro ni gato que no sepa que te han puesto por mal nombre Quijotita.

Aunque es una grosera y malvada costumbre el poner nombres y aunque es fuerza que se incomode aquel a quien se le pone, es también cierto que nadie puede agraviarnos sino hasta donde nosotros querramos que nos agravien. Muchas veces es mayor nuestra cólera que la injuria que nos hacen, y hay injurias que ni merecerían este nombre si nosotros no las calificáramos de tales.

Es increíble el partido tan ventajoso que podemos sacar de tener tanta prudencia y cachaza para disculpar a nuestros semejantes. Estas palabras: inadvertencia, equívoco, chanza, tontera, etc.; valen un potosí para ahorrarnos de un sin fin de cóleras y pesadumbres al cabo del año, cuando las sabemos acomodar a tiempo.

Por ejemplo, si uno gasta conmigo una desatención y yo no quiero incomodarme la juzgaré como una inadvertencia de que todo hombre es capaz, y en este caso lo disculparé y ya no me daré por sentido.

Lo mismo te hubiera sucedido a ti, si hubieras reflexionado en que los colegiales son jóvenes, alegres, capaces de divertirse con un entierro y de chancear con un anacoreta. En este caso, tú te hubieras reído y hubieras tratado de vengarte de ellos ingeniosamente y con secreto; pero como pensaste que atropellaron tus respetos y los de tu casa y atribuiste a una grosería imperdonable su travesura, te incomodaste mucho, creyéndote no menos que infamada sin razón por una gente soez.

Mas ya se acabó todo, hija, ya se acabó; serénate, sal afuera, preséntate alegre como siempre en la tertulia y no vuelvas a hablar sobre el asunto.

Algo se serenó Pomposa con los consejos del coronel; pero ya llegaron tarde; el daño estaba hecho y desde entonces comenzó a ser conocida entre todos por la niña Quijotita, lo que no habría sido si ella hubiera sabido disimular. ¡Qué cierto es que la prudencia lo compone todo, mejor que los gritos y los escándalos!

En fin, aquella mañana se pasó en bulla, brindis y alegría, a cuenta del bolsillo de don Dionisio, pero se festejaron los compadres. A la noche se dispuso el baile y a las diez se retiró el coronel con su familia.

Capítulo XXII

Tan pequeño como interesante a los que lo leyeran

No fueron suficientes las razones del coronel para calmar del todo la cólera de nuestra Quijotita. Cada vez que se acordaba de su nuevo título y de la decimita que halló en el clave, rabiaba contra los colegiales y los llenaba de improperios. Sus expresiones excitaban la risa de los que la escuchaban, y cada risa aumentaba el enojo de Pomposa.

Tanto se le exaltó la bilis que, no solo se negó a tomar alimento, sino que se resintió su salud de tal modo, que como a la media noche le atacó un violento cólico, que puso en bastante cuidado a sus padres.

A la misma hora, a pesar de los fuertes aguaceros que por desgracia de los criados estaban cayendo, se repartieron todos estos en solicitud de médico y confesor. ¡Qué trabajo les costó hallar estos auxilios! Pero en fin, al cabo de mucho andar, después que calmó el agua, y por una dicha inesperada, los encontraron y los llevaron a la casa.

El médico fue el primero que llegó y de consiguiente el primero que se dedicó a cumplir con su oficio; pero con tan buena suerte de Pomposa, que con un ligero emético y otros remedios calmó el dolor y se halló tan aliviada, que ya no se juzgó necesario el confesarla, aun habiendo llegado el sacerdote, que al ver esto, no pudo menos que enfadarse y decir: —Vean ustedes; por estos chascos[277] no quieren levantarse de noche muchos padres. Está uno en su casa acostado, enfermo o sano, dormido o despierto, y de repente... ¡zas!, golpes al zaguán.

—¿Qué es eso, qué se ofrece?

—¡Padre, por amor de Dios una confesión aquí cerca, que se muere el enfermo!

—¡Eh!, que pujando, que rezongando se resuelve uno a levantarse; sale a la calle, se expone a un aire frío o a un aguacero, como yo ahora, llega a la casa y se halla con que ya no se necesita confesor, porque todo ha sido un chiqueo[278] de la señorita. Ustedes dispensen que les hable tan claro; pero siento

---

277 *Chasco*: decepción que causa a veces un suceso contrario a lo que se esperaba.
278 *Chiqueo*: (México) mimo, halago.

que me hayan incomodado sin necesidad. ¡Bien hayan los padres que no se levantan de noche ni por Dios ni por sus santos, sino que despachan a sus parroquias a los que los llaman, por más ejecutivo que sea el caso!

Todos se sorprendieron con el regaño del padre, y aun iba a satisfacerlo don Dionisio, cuando el médico, ahorrándole el trabajo, le dijo:

—Padrecito, ¿qué hemos de hacer?, usted y yo estamos expuestos a semejantes lances por razón de nuestro ministerio. Yo también me he incomodado saliendo de mi casa.

—Es verdad –dijo el eclesiástico–, pero a usted le pagan.

—Y a usted también.

—¿A mí quién me paga?, ni aunque hubiera ignorante que me pagara, ¿cree usted que yo sería capaz de cometer tal simonía[279] como vender el sacramento de la penitencia?

—¡Ya se ve que no, padre mío!, estoy muy lejos de presumir de usted ni de ninguno de su carácter tal exceso; mas a la primera pregunta que usted me hizo de quién le paga, digo que Dios le pagará cuantas veces se incomode por cumplir con sus obligaciones. Y por lo que a mí toca, no crea usted que soy un médico tan venal que sólo me levanto de la cama cuando me promete mucho interés la visita. Yo, cuando me llaman a deshora, me informo de los síntomas que le advierten al enfermo, y si conozco que el mal es grave, me levanto al instante y vuelo a socorrerlo, sin meterme en averiguar dónde vive, quién es, cómo se llama, qué empleo tiene ni otras menudencias, para inferir si me estará bien o no salir de casa, como me dicen que hacen muchos de mis compañeros, aunque yo no lo quiero creer de ninguno, pues este proceder es una falta de caridad, y no como quiera, sino una falta criminal; porque el que no socorre a su prójimo en necesidad grave, lo mata, y yo no quiero ser reo de más asesinatos de los que cometa por mi impericia en mi facultad, aunque estos son involuntarios, pues estudio y hago todas las diligencias que están a mis alcances para aliviar a los enfermos, no siempre con fruto, porque los mejores médicos andan a tientas poco más o menos y solo el Autor de la naturaleza sabe infaliblemente el modo cómo ésta obra. Pero dejando esto aparte, padre mío, ni usted ni yo nos hemos incomodado sin necesidad. Efectivamente, esta niña estaba bien mala, y si los remedios no le hubieran laxado el vientre acaso se hubiera muerto antes de amanecer. La naturaleza obedeció a la medicina, o porque los remedios la obligaron o porque Dios quiso; pero esto no prueba que la enfermedad no fuera grave. Todo dolor agudo puede ser pronóstico de muerte, si no cede a los medicamentos. Los dolientes[280] de un enfermo ni pueden dirigir los remedios ni prevenir la calidad del mal; y así, hacen muy bien en implorar en estos casos los auxilios espirituales y corporales, y el médico o el confesor que se negare a impartirlos es, en mi juicio, un reo de eterna condenación; pues si el paciente por falta de socorros perece

---

279 *Simonía*: compra o venta deliberada de cosas espirituales como los sacramentos.

280 *Doliente*: en general, en un duelo, pariente del difunto. Aquí usado como familiar del enfermo.

en esta vida o en la otra o en ambas, no sé cómo se disculpará para con Dios, ante quien se hila muy delgado.

Estas y otras cosas que dijo el médico impusieron al confesor, de modo que abrazándolo dijo:

—Gracias, amigo, gracias; usted me ha dado una lección que me recuerda mis obligaciones. Desde hoy en adelante ya no se me olvidará que el alma que se pierda por mi causa me ha de hacer eternos cargos. No volveré a despachar a ninguno a su parroquia; sé que como sacerdote tengo amplias facultades para abrir el reino de los cielos a cualquier pecador que acuda al asilo de la penitencia. Me escandalizaré de cualquier compañero mío que en igual caso que el presente regatee este auxilio a los fieles, por quienes Jesucristo derramó su sangre con toda liberalidad. Ustedes, señores, dispénsenme, que yo protesto la enmienda.

Don Dionisio y doña Eufrosina procuraron complacer al confesor y al médico del mejor modo que pudieron y se concluyó este acto interesante.

Capítulo XXIII

En el que se trata de la historia de Irene

No todo han de ser disgustos en esta vida; algunos ratos se han de consagrar a la alegría, y más cuando hay quien nos atice, como doña Eufrosina que se empeñó con Welster, pasados los días del luto, para que tuviera un día de diversión en su casa.

El americano, que era muy político, no quiso que se pensara de él que era misántropo ni mezquino, y así dispuso el día de frasca que apetecía Eufrosina; porque muchas veces los hombres hacen algunas cosas contra su gusto, por condescender con ajenos respetos.

En efecto, se citó este día deseado de Eufrosina y sus amigas, convidando Welster a unos por ceremonia y a otros por amistad, como lo hacen todos en tales casos.

Entre los convidados por amistad fueron el señor Labín, el coronel y su familia el cura don Jaime y otros. Carlotita se presentó ese día con todo aquel lujo que le correspondía en su clase, sin degenerar en profano, porque no es necesaria la indecencia en las mujeres bien nacidas para parecer más hermosas de lo que son; mas para parecer coquetillas les es indispensable el descoco y la desnudez.

Jacobo Welster era muy fino y poseía la ciencia del mundo, ciencia útil y necesaria a todos, pero que no todos saben manifestar. El y su esposa recibieron y trataron a sus convidados con la mayor atención y generosidad, sin particularizarse con ninguno donde pudieran ser notados del común de los concurrentes.

En esto me dieron una lección apreciable de sociedad y me proporcionaron un lugar para murmurar de aquellas gentes que cuando tienen una diversión en su casa hacen distinciones groseras entre los convidados, dedicándose a obsequiar a los más ricos con visible desprecio de los que no lo son, aunque estos sean sus antiguos amigos y de quienes han merecido más cariño y más favores.

Estas cuitadas personas todas se atrojan,[281] y no sabiendo cómo cumplir con las leyes de la adulación y de la amistad, faltan a las sagradas que esta prescribe, por llenar las viles que aquella impone.

Ordinariamente a los amigos y parientes se deja sin lugar en la mesa, sin contestación, y si se ofrece, sin comer, por obsequiar a las personas de cumplimiento. La disculpa con que palían[282] su ingratitud y su falta de ciencia de mundo es harto ridícula.

—Perdona, mi alma —dicen las mujeres a sus amigas o parientas—, perdona que no esté contigo, ya ves que está ahí el conde o el marqués, el canónigo o el cura fulano, y tú me has de dispensar porque eres de casa.

A la sombra de esta fingida confianza tienen las visitas pobres que sufrir mil groserías y desprecios, hasta llegar a comer sobras, después que las convidan. La prudencia les alabo.

El americano Welster y su esposa habían aprendido con escritura la buena crianza y así a nadie señalaron. Sabían muy bien las dos reglas de política que se deben observar en estos lances, y así no quedaron mal ni notados de ninguno. Las reglas dichas son las siguientes:

1.— No convidar más personas que las que puedan colocarse en la mesa destinada al convite, con su correspondiente cubierto, dejando algunos lugares vacíos para los que se introduzcan de parte del señor coladilla[283] sin ser llamados, y a proporción de los platillos que se han de servir, sin dejar a los criados muertos de hambre en el día de banquete.

2.— No particularizarse con ninguno sino hacer a todos igual aprecio y tenerles iguales consideraciones.

Se encierran en dos estos preceptos y es fácil su cumplimiento en queriendo que se verifique.

Welster y su esposa los observaron. Ningún convidado comió fuera de la mesa, y en lo restante del día apenas se sentaron los señores, Jacobo por un lado y Carlota por otro, un rato con esta familia y otro rato con aquella; con todos conversaban, a todos divertían y nadie tuvo ocasión para quejarse.

A la noche siguió el baile y todos se divirtieron sin emulaciones ni etiqueta.

Como las diez de la noche serían cuando, estando bailando Carlota en una contradanza o unas cuadrillas, entró una señora vestida de negro, con el velo echado en la cara y un bulto bajo del brazo, la cual, habiéndose detenido un corto rato en la puerta de la sala, luego que observó que Carlota no tenía que figurar en el baile, entró apresurada, la tomó de un brazo, le habló dos palabras y se fueron a la recámara, ocupando otra señorita el lugar de Carlota.

Todos hicieron alto en esta novedad; pero ninguno fue en su seguimiento. A poco rato salió Carlota sola, y continuó el baile hasta su conclusión, que fue a las dos de la mañana, sin que nadie supiera quién era la tapada; pero el lector es fuerza que lo sepa.

---

281 *Atrojarse*: (México) aturdirse, no hallar salida en ningún empeño o dificultad.
282 *Paliar*: mitigar, suavizar, atenuar una pena, disgusto, etc.
283 *Coladilla*: nombre de un personaje imaginario, derivado del verbo *colarse*, por introducirse sin ser llamado.

Al día siguiente fue Welster a casa del coronel, a tiempo que iba a almorzar con su familia: lo recibieron todos con expresión y le dieron asiento en la mesa para que los acompañara en el almuerzo.

Durante este, le dijo doña Matilde.

—Por fin, ¿quién fue la tapadita de anoche?, que cierto que nos dio algo en qué pensar su silencio, la hora y el extraño traje en que entró.

—Aventuras, señorita, aventuras –respondió Welster–, sobre esto vengo a consultar al señor coronel. El caso es que la tapada es una joven de diez y ocho años, nada fea y bien nacida, según dice; se llama Irene, fue muy amiga de mi mujer en el convento, donde la pusieron sus padres para ver si olvidaba a un joven llamado don Jacinto, con quien ella quiere casarse. En efecto, después de seis meses de encierro, Irene fingió tan bien que ya había prescindido de su amor, que engañado su padre, la sacó y la llevó a su casa muy contento.

Ocho días hace que aún ignoraba Irene por qué motivo la habían sacado del convento; pero su padre la sacó muy presto de esta duda, diciéndole que le tenía ajustado un ventajoso casamiento, del que jamás tendría que arrepentirse, pues el novio la quería mucho y era muy rico. Irene preguntó quién era, y se le respondió que don Cosme Santibáñez. Irene conocía bien al dicho don Cosme, como que visitaba su casa con frecuencia; y así, luego que oyó nombrar el sujeto a quien la destinaban, se contristó y no se determinó a hablar una palabra, porque temía el carácter furioso de su padre, quien no se metió por entonces en inquirir su voluntad, sino que lo dio todo por hecho y la dejó sola.

La pobre Irene inmediatamente procuró instruir a su amante de la resolución de su padre, y don Jacinto le contestó que si ella lo amaba de veras, no se casaría con don Cosme ni con un príncipe, pues para contraer matrimonio deben estar acordes las voluntades de los contrayentes; y así, que si ella quería mantenerse firme y cumplirle la palabra que le había dado de ser suya, no se casaría con otro aunque la matasen; pero que si se dejaba deslumbrar del interés y tenía intenciones o deseos de ser rica, en este caso excusado era que le avisara, pues podía hacer lo que le estuviera mejor, aunque a él le costase la vida el perderla.

Irene recibió esta carta con la pena que se puede considerar y resolvió no casarse con nadie, a no ser con don Jacinto, y mucho menos con don Cosme, pues dice que es un viejo payo, muy barbaján, grosero y celoso; pero como tiene dos buenas haciendas, ha alucinado, no solo a su padre, sino a su madre y a su hermano, prometiéndoles a todos una ventajosa mudanza de fortuna, luego que se verifiquen sus bodas. Con esto, todos están interesados en que se case Irene con él, y aun cuando ella no manifestaba una declarada repugnancia, no dejaba de persuadirla a que verificara con gusto el enlace; de suerte que la infeliz Irene no tenía en su casa otra persona con quien desahogarse sino con una vieja que la crió, llamada nana Felipa. Con esta pobre lloraba y se quejaba amargamente.

Mientras esto pasaba, su padre no perdía tiempo para agitar el casamiento, como que tenía dinero a su disposición. Irene, que es muy cobarde a lo que entiendo, y teme mucho a su padre y al hermano, no hallaba modo cómo decirles que no quería casarse, y nana Felipa le aconsejó que se valiera de su confesor.

Lo hizo así Irene, y el buen sacerdote hizo también cuanto estaba de su parte, tanto para embarazar que se casara con don Cosme, cuanto para que el padre diera su permiso para que se enlazara con don Jacinto; pero todo fue en vano, porque don Lucas, que así se llama el padre de Irene, es un poco peor que mi difunto suegro.

El confesor de Irene le hizo ver que no debía ni podía violentar la voluntad de su hija para abrazar un estado que le era repugnante, ni ligarse con un hombre a quien no tenía la más mínima inclinación; que el don Jacinto era un mozo bien nacido, que lo conocía mucho y a sus padres; que era muy hombre de bien, y si no tenía el caudal de don Cosme, no le faltaría a su hija lo preciso, pues tenía en una de las oficinas reales de esta ciudad destino decente y con escala; que para ella, que era una niña pobre, no estaba desigual el casamiento; que era mejor dejar a las hijas casarse a su gusto que no exponerlas a hacerse infelices toda su vida y de camino a los hombres con quienes se unen. En fin, el buen sacerdote le dijo cuanto pudo; pero, como he dicho, todas sus diligencias fueron vanas, porque don Lucas estaba inexorable. Decía que nadie sabía más que él lo que le importaba a su hija, pues al fin era su padre; que era excusado lo persuadieran a que la dejase casar con el pelado de don Jacinto, porque tenía a su favor la pragmática sanción publicada en Madrid el 27 de marzo de 1776, según la cual no se casaría sino con quien él quisiera, mientras no estuviese habilitada de la edad, y que si se casara sin su consentimiento, ayudada de algunos que la quisieran favorecer, anularía el matrimonio, pues como era su padre, tenía facultad para todo.

El eclesiástico procuró sacarlo de estos errores, diciéndole que el espíritu de la ley era sujetar a los hijos para que no abusasen de su libertad en conocido perjuicio suyo; pero no ampliar sin límites la autoridad de los padres, permitiéndoles se opusieran a los honestos enlaces de sus hijos, solo por codicia, venganza u otros fines tan indignos como estos; que el ser este el espíritu de la ley se prueba con ella misma, pues deja a los hijos en absoluta libertad para que contraigan matrimonio con quien quieran y sin necesidad de la licencia de sus padres, luego que han llegado a cierta edad, en que se consideran con suficientes conocimientos y experiencia, y que también era un error creer que el matrimonio celebrado en cualquier tiempo sin el permiso paternal era nulo, pues contra los que tal dijeran había fulminado una terrible excomunión el Santo Concilio de Trento.[284]

---

284   Ses. 24, cap. I (Ed. 1842).

Ninguna de estas ni otras razones del eclesiástico sirvieron para otra cosa sino para irritar al encaprichado don Lucas, y el confesor, viendo que nada conseguía, se despidió.

Inmediatamente el malvado padre, consultando con don Cosme, con su mujer, con su hijo y con todos, menos con Irene, trató de apresurar el casamiento.

Para esto, luego que se fue el confesor, salió él también a la calle con el mayor disimulo, y a la una del día volvió, y encerrándose con Irene, le dijo:

—Parece que tú no has escarmentado con el convento; aún te inclina mucho ese pelagatos de don Jacinto y repugnas casarte con el honrado don Cosme, con un hombre macizo, de experiencia, que te quiere mucho y nos puede hacer felices a todos, porque es muy rico y tiene dinero que le sobra. Si vieras lo que te ha prevenido para darte de donas[285] el día que des el sí, te espantarías. Un ropero te tiene todo de ropa nueva de última moda y hecha a tu medida; porque con tiempo se han pedido a tu madre camisas, túnicos, medias y hasta zapatos tuyos. Por lo que toca a alhajas, no tienen número, pues a más de las de sus difuntas mujeres, que ha tenido dos, te ha comprado muchas del día y de valor. Fuera de esto, me ha prometido dotarte en seis mil pesos, por si muriese sin hijos; habilitarme con cuatro mil, para que yo los gire en lo que quiera, sin tomar él nada de las utilidades, y poner a tu hermano de administrador de una de sus haciendas con buen partido.

Conque ya ves que estas fortunas no se proporcionan todos los días; que si esta coyuntura se pierde, no se ofrecerá otra toda la vida, y que tú puedes hacernos felices a todos, con solo que olvides al picarillo de Jacinto y te cases con don Cosme.

Si yo te pidiera que ayunaras a pan y agua cuatro meses, que te desollaras a azotes, que te sacaras las muelas o que te dejaras matar, harías muy bien de no obedecerme, porque estos serían unos sacrificios muy costosos; pero que te cases con don Cosme, ¿qué dificultad hay en ello, qué inconveniente, qué imposible? Es verdad que él ya es viejo; pero debajo de la barba cana vive la mujer honrada. Es un payo tonto; pero tú no lo has de querer para que te predique sino para que te dé gusto. A más de que, por lo mismo que es viejo, debes casarte con él de buena gana, porque en cuatro días se muere y poca guerra te dará; y como tú le sepas hacer la barba, te dejará heredera de todo cuanto tiene, que es bastante para hacernos ricos a todos. Cátate ahí que entonces quedas muchacha, bonita y con dinero, y te casarás con quien te diere gana. Conque, ¿qué dices, hija mía, te casas con don Cosme?, porque ya está todo prevenido.

—Papá –dijo Irene–, yo no aprecio el dinero más que mi gusto, y si usted me pregunta la verdad, yo con quien quiero casarme es con don Jacinto y por él despreciaré a un rey.

—¿Eso me dices a mí, mocosa, perra, atrevida, malcriada, insolente? –le

---

285 *Donas*: regalos de boda que el novio hace a la novia.

respondió don Lucas. Pues oye: ya yo tengo empeñada mi palabra, y te has de casar con don Cosme o se ha de llevar el diablo toda mi casa. ¡Ya me conoces!, ¡eh!, ¡ya me conoces! Conmigo no se juega. No pienses que yo soy como el pazguato del padre de la monja (lo decía por mi suegro) que se volvió loco, se murió y no hizo nada. No, yo no soy tan para poco. A mí me ahorcarán, pero no me moriré de pesadumbre, ni será por nada, sino por algo. Mira, ¿ya ves este puñal nuevecito?, pues lo he comprado hoy para matarte si no me obedeces ciegamente. Esta tarde ha de venir el cura a tomarte el dicho, y yo he de estar presente. Conque resuélvete: o le dices que es tu gusto casarte con don Cosme o ya puedes hacer actos de contrición, porque esta tarde mueres a mis manos.

Diciendo esto, se salió del cuarto o aposento.

Ya se deja entender el conflicto de esta infeliz muchacha. Comió por ceremonia; a la tarde, a cosa de las cuatro, llegó el cura de la respectiva parroquia con un notario; llamaron a Irene; salió la triste forzada, y parado su padre detrás de ella, metida la mano en el faldón de la levita, mirándola con ojos centelleantes, la obligó a dar el sí, y a decir que era su voluntad casarse con don Cosme. Su mano trémula firmó su sacrificio, y se concluyó aquel acto terrible.

Al día siguiente llevaron a su casa las donas, que según ella dice, son de costo; pero las recibió con demasiada frialdad, y sobre esto la riñeron sus padres y su indigno hermano. Esto fue el viernes; el sábado le dijo su padre que ya estaba conseguida la dispensa de vanas, que es de amonestaciones o publicatas; que el domingo sería la boda o la dada de manos, como suelen decir. ¿Cómo se quedaría Irene con esta nueva? Fácil es inferirlo. Llegó el domingo; en la mañana fue a verla el novio, y por primera vez le habló de amores; pero esto a presencia de todos sus tiranos. El paso sería de los más célebres. La muchacha lo cuenta con mucha gracia, porque dice que don Cosme es, en efecto, un macho cargado de plata; un vejancón muy rústico, criado en las Batuecas y lleno de ignorancia y de engrandecimiento con su dinero; circunstancias que lo hacen ridículo y odioso hasta lo sumo.

Irene sufrió una hora de penitencia con estar hablando con él; la angustia de su corazón era mucha; no sabía cómo escaparse del próximo peligro que la amenazaba ni tenía de quién fiarse sino de nana Felipa para avisar a su amante que en aquella noche debían verificarse sus desgraciadas bodas; pero aun de nana Felipa desconfiaba, porque dice que es muy tonta y muy escrupulosa. Sin embargo, atropelló con todo, y con muchas lágrimas y cuatro escuditos de oro de a dos pesos, le suplicó llevase a don Jacinto un papel mientras comían, y que no se volviese sin respuesta. El oro todo lo vence; la vieja llevó el papel, y después de siesta entregó a Irene la respuesta de don Jacinto, que se reducía a decirle que desde las siete de la noche estaría un coche parado en la esquina y él en un zaguán de enfrente de su casa con otro compañero; que si se resolvía a no casarse, que hiciera por salirse, y que estando en la calle verían entre los dos qué se hacía.

Trabajo le costó a Irene resolverse a una fuga tan inconsiderada; pero el tiempo corría, amaba a don Jacinto, aborrecía al novio viejo, y ya le parecía que la casaban con él en esa noche; y así, ya cerca el toque de las oraciones, se determinó a salirse de su casa. Hizo un lío con alguna de su ropa, guardó sus alhajitas y lo escondió todo debajo de la escalera.

A esa hora llegó el peluquero, la peinó muy bien, y su madre la compuso como novia con el mejor túnico y las mejores alhajas que le había comprado el viejo, quien dice que andaba muy contento, rasurado y hablador. Don Lucas no cabía en sí de gusto; la madre y el hermano estaban locos; los criados entraban y salían previniendo el refresco, y la novia hizo tan bien el papel de que estaba muy alegre, que los engañó a todos completamente. Pendientes estaban los viejos y ella del reloj. Los viejos deseaban que dieran las siete, a cuya hora esperaban al cura, e Irene las deseaba también para marcharse. Cada rato preguntaba a su padre qué hora era, y este decía a don Cosme:

—¿Qué le parece a usted, amigo?, ya no ve la señorita la hora de que den las siete. ¡Vaya, vaya, todo ha salido como se apetecía!

Apenas dio la primera campanada de las siete, se asomó ella al balcón, vio el coche en la esquina, conoció a su amante, y aprovechando un momento favorable que le proporcionaron unas señoritas que llegaron de visita, bajó corriendo; se vistió el túnico y la mantilla negra y se salió para la calle. Al salir dice que entró el cura y otros señores; le dieron las buenas noches y pasaron de largo. Asegura Irene que de su casa a la esquina donde estaba el coche se le hizo una legua, y cada instante pensaba que iba su padre detrás de ella y la mataba.

En fin, entre estos sustos llegaron al coche, subió y se alejaron de su casa a todo trote. Su querido Jacinto la procuró serenar y la obsequió del mejor modo, aunque ella nada quiso tomar.

En andar calles se les fue la noche sin atreverse don Jacinto a llevarla a ninguna casa de sus conocidos, por no exponerla a que se hablara de su honor. Ella tampoco quería ir a ninguna casa de sus conocimientos, porque temía que se lo avisaran a su padre. Con esta irresolución pasaron por casa a las diez de la noche, oyeron música, se informaron de que había baile, y preguntando quién vivía allí, les dijeron que la monja o la Carlota, la mujer del inglés. Al instante se acordó Irene de su amiga y compañera, y le dijo a don Jacinto que en ninguna parte se juzgaba más segura, porque Carlotita la quería mucho y era de muy buen corazón, y que a más de esto su padre no podía presumir que estuviera allí, porque no la conocía sino por el nombre. Con esto se despidió de su amante, subió la escalera, se detuvo en la puerta de la sala para ver a Carlota, y luego que la conoció, se acercó a ella y se entraron las dos en la recámara como vieron ustedes. Esta es la aventura de la tapada. Ahora pregunto, señor coronel, ¿qué deberé hacer en este caso?

—En verdad que no es muy fácil la respuesta, caballero Welster –contestó don Rodrigo–, por todas partes se presentan dificultades. Si usted la tiene en su casa, hay el riesgo de que lo sepa su padre y que no solo le acarree a usted mil incomodidades, sino de que lo comprometa a un lance de honor, porque él es un necio atrevido y usted no ha de consentir que la saque de su casa con tropelía. Si usted se la entrega a él llanamente, es lo mismo que entregársela al verdugo. Si se le da parte al juez eclesiástico dirá que no tiene que ver en eso; y si al juez real, puede mandar que la entregue usted a su padre o que se ponga en un depósito a su disposición, y de todos modos queda expuestísima la muchacha entre sus padres, su hermano y el tal don Cosme, pues todos conspiran a su ruina. ¡Válgate Dios por padres crueles, y a qué peligros exponen a sus hijas! ¿No ha consultado usted esto con nuestro amigo Labín?

—Se lo consulté –respondió Jacobo– y él es de parecer que la tenga yo en casa unos días, mientras se ve cómo se pone en un convento de orden del juez, sin intervención de su padre; pero no debe estar muy seguro de su parecer, pues él mismo me envió acá a consultar con usted.

—Pues yo me suscribo a la opinión del señor Labín; pero solo quisiera que se acelerara ese paso, porque importa mucho que el ingreso de Irene al convento sea muy pronto.

En esto quedaron, y Welster se despidió para buscar a Labín y dar traza de asegurar a Irene.

A poco rato llegó Pomposita en coche, acompañada de la recamarera a ver a su prima con no sé qué pretexto. El coronel, al verla sola, le dijo:

—¿Qué, no hay otra persona en tu casa de más respeto que te acompañe? ¿Es fuerza que la recamarera sea tu custodio?, ¿o es la que le merece más confianza a tu madre? ¡Qué cosas!

Se conoció que se enfadó un poco don Rodrigo, porque a poco tomó el sombrero y se salió para la calle. Doña Matilde hizo que le dieran de almorzar a su sobrina y se fue a hacer una labor que tenía entre manos, dejando a las dos niñas en la sala.

Llevaron el almuerzo a Pomposita, y mientras estaba almorzando, la criada se sentó junto a ella en un mismo canapé. Pudenciana notó bien esta familiaridad, y la comenzó a ver con atención. Pomposa advirtió que su prima estaba incomodándose con esto, y le dijo a la recamarera:

—Levántate, hija, que para servirme la mesa no es menester que te sientes.

—Ora sí, niña. ¿de cuándo acá son esas monerías?, ¿qué, es la primera vez que me siento con usted?

—No, no es la primera vez que te doy licencia de que te sientes; pero eso no lo has de hacer en las visitas ni delante de la gente, porque dirán que todas somos unas, y has de advertir que yo soy tu ama y tú mi criada, para que me trates con respeto.

—¡Ay, niña!, ¡qué soberbia ha amanecido usted ahora! La verdad que esas son muchas quijotadas.

—Mira, Manuela, que no seas tan grosera ni malcriada, porque...

—¿Por qué, niña?

—Porque te haré escupir las muelas a bofetadas.

—¿A mí? sí; ¡pues cuándo!... era menester que tuviera yo las manos amarradas para dejarme dar de usted.

Iba Pomposa a levantarse con el tenedor en la mano, hecha un veneno contra su altanera criada; pero Pudenciana la contuvo, y levantándose ella se encaró a la moza, y con la seriedad que pudiera proceder una señora de edad, le dijo:

—¿Qué es esto, insolente, atrevida?, ¿qué no ves con quién hablas, ni dónde estás? ¡Eh!, márchate pronto para fuera, antes de que llame yo a mamá y te mande echar a palos de mi casa, llanota, malcriada, indecente.

—Señorita, yo no me meto con su mercé –decía Manuela.

—Ni te meterías; ¿pues cómo yo te había de sufrir esas picardías ni esos retobos, que no se lo avisara a mi papá y salieras de mi casa bien castigada? Sobre todo, yo no quiero conversaciones contigo. Múdate a la cocina, si quieres esperar a tu ama,

o vete noramala de una vez, que yo le avisaré a mi tía que te he echado.

—Sí, sí me iré –decía llorando Manuela–, pero así que me paguen lo que me deben; que no había de ver la niña sino lo que yo les aguanto, y lo que hago por ella; pero yo lo avisaré a la señora y al señor y ...

—Vamos, Manuela, cállate la boca –decía Pomposita– ¿para qué es eso? Ya sabes que yo y mi mamá te queremos mucho; pero no me gusta que delante de las gentes te propases conmigo.

Con esto se contentó la criada y se salió al corredor a esperar a su ama.

Así que estuvo sola, le dijo Pudenciana:

—Estoy muy admirada, no te conozco; ¿es posible que tú, no solo hayas aguantado las perradas de esa grosera, sino que la hayas contemplado y dádole tanta satisfacción? ¿Tú, que te vanaglorías de no dejarte de ninguno, y que hasta con mi tía te pones a tú por tú cuando se ofrece, te has abatido tanto a una sirvienta de porra? ¡Vaya!, si me lo hubieran contado, hubiera dicho que era mentira.

—Tienes razón de extrañarlo –dijo Pomposa–, pero sábete que no solo yo le aguanto, sino también mamá. Yo le sufro sus retobos por cierta cosa y mi mamá porque le debe seis meses de salario.

—¡Qué cosas de mi tía!, ¡qué olvido!, no puede ser otra cosa, porque no le falta dinero.

—¡Ya se ve que no!, mi papá le da para todo; pero no le alcanza y se ve muy apurada hasta para completar el gasto de la semana. ¡Como tiene tantos bailecitos!...

—Yo soy una mocosa; pero no hiciera ninguna fiestecita por no verme apurada, y sobre todo, porque no hablaran los sirvientes. Pero, niña, por eso sufre mi tía los retobos de Manuela; ¿y tú por qué?

—¡Ay niña!, porque mira..., ¿pero estarnos solas?, ¿no hay nadie que nos oiga?

—No, Pomposita, di lo que quieras, que estamos seguras de que ninguno escuche lo que hablamos.

—Pues oye: entre las visitas de mi casa y entre mis muchos enamorados me llenó el ojo y supo avasallar mi corazón un capitancito de milicias, en términos que hube de corresponder a sus instancias. Ello es verdad que el muchacho es muy buen mozo y muy fino; no me pesa de quererlo; pero tengo miedo, porque más de dos veces he estado para comprometerme.

—¿Será para casarte, no es verdad?

—Nada de eso. ¿Yo me había de comprometer a casarme con un triste capitán? ¡No digo, ni con un brigadier! Si fuera con un marqués rico, tal vez...

—Muy alto piensas, hermana; pero no queriendo casarte con ese capitán que te pretende, no sé en qué estaría tu comprometimiento, pues una niña de tu estado y de tu clase no puede comprometerse con un hombre a otra cosa que a ser su mujer.

—Pues yo me he visto comprometida a otra cosa sin que haya sido para eso. ¡Ya se ve!, tales han sido los riesgos. Mira tú, que una noche me estuve platicando con él en el descanso de la escalera. Otra vez...

—Cállate, niña; ¿y es posible que te expongas a esos riesgos? ¿Qué, no te ha visto mi tía?, ¿no lo sabe?

—No, niña; ni lo permita Dios. ¿Sabes quién me ha valido mucho? Manuela, porque ella ha estado al cuidado para avisarme.

—¡Ah!, tú le sufres sus picardías porque no te acuse.

—¡Ya se ve que sí! Por eso le aguanto; si no ¿cómo ella había de alzar los ojos para verme? Pero no te admires de esto. ¿Acaso yo seré la primera niña doncella que tolere a sus criadas, porque ha tenido la debilidad de fiarse de ellas?

—¡Ya se ve que no serás la primera ni la última que les tenga miedo ni que pierda el crédito por su causa! ¿Qué puede hacer una criada vil que se emplea en estos oficios, sino callar las flaquezas de sus amas, mientras estas les tapen la boca con dádivas?, pero el día que les dejen de dar o que no estén de humor para sufrirles sus retobos y llanezas, entonces las descubrirán, no solo a sus madres, sino a cuantos puedan, porque entre la gente sin principios no tiene límites la venganza. ¡Bienhaya mi papá que me aconseja que yo le dé cuenta de cuanto me pasare, sea lo que fuere!

—¿Hasta de tus enamorados? –preguntaba Pomposa.

—Sí, hasta de eso.

—¡Ay, niña!, ¡cuándo mi papá ni mi mamá habían de permitirme tal cosa! Dirían que eso era perderles el respeto.

—Más se les pierde valiéndote de esa criada, y más te expones, porque si tú hubieras tenido el permiso que yo, es verdad que le hubieras hablado a solas al capitán, pero tampoco te hubieras expuesto como dices.

Fuera de esto, para que las amas, sean las que fueren, tengan boca para sus criadas, es menester que estas no les sepan nada, que no tengan rabo que pisarles; porque de otra suerte, las mozas tienen a las amas como los cocheros a las mulas, sujetas del fiador[286] y cada día se insolentan más porque están seguras de que les han de aguantar, por tal de que no descubran sus defectos.

Pepa la Gómez me contó el otro día que una amiga suya le aguanta a una costurera que tiene treinta mil porquerías, retobos y robillos de cuando en cuando. Su marido cada rato le dice que la eche; pero ella no se atreve ni a regañarla, antes es una vergüenza ver el abatimiento con que la sufre. ¿Y por qué? Porque la tal costurera es la depositaria de sus secretos, la criada de su mayor confianza y la que la acompaña a la casa de un señor, y el día que lo sepa el marido tal vez la matará, y hará muy bien, porque no se casó para ser mala. Pero ya ves qué lindo motivo tiene esa señora para ejercitar la paciencia con su criada. Yo, por mí, te aseguro que he de hacer cuanto pueda por manejarme toda mi vida con honor, por tal, de que mis criadas, cuando las tenga, no se suban sobre mí por el mal ejemplo que les dé.

Pomposita se avergonzó con la prudente reprensión de su prima y no teniendo qué decirle, varió de conversación, y a poco rato se despidió de ella y de su tía.

---

286 *Fiador*: persona que responde por otra de una obligación de pago, comprometiéndose a cumplirla si no lo hace quien la contrajo.

Capítulo XXIV

En el que continúa la historia de Irene

¡Qué cierto es que los hombres miserables y siempre dependientes de los altos decretos, apenas podemos disponer con seguridad del instante presente, pues los futuros ya no penden absolutamente de nuestro arbitrio! Es muy poco avisado, a mi entender, el hombre que con una loca arrogancia dice: «Mañana haré esto, emprenderé tal cosa», sin añadir estas palabras: «si Dios quiere» porque es necesario contar con esa soberana voluntad para todas nuestras operaciones.

Cuando Welster hablaba con mi tutor acerca de poner a Irene en el convento, ¡qué ajeno estaba de que a esa misma hora la estaban sacando de su casa! Así fue.

Él a la tarde volvió a la del coronel, acompañado del señor Labín, y lleno de cólera le dijo:

—¿Qué le parece a usted, señor coronel, no hemos quedado bien lucidos? Cuando estuve acá esta mañana fue el pícaro de don Lucas a casa, y con la mayor tropelía se sacó a Irene, auxiliado de cuatro soldados y un cabo, y por más que Carlota se opuso, no fue posible resistir a la fuerza. Lo que más siento es que ni conozco a ese padre infame, ni sé dónde vive, pues si así fuera, ¡juro a Dios que había de saber quién era Jacobo Welster!

—Envaine usted, señor Carranza –le decía con mucha gracia el señor Labín–, envaine usted y no se precipite. ¿Qué le importa a usted que sea un grosero el tal don Lucas?, en eso él se agravia y no a usted. Si hubiera ido a casa de usted y en su presencia él solo hubiera sacado a Irene, entonces habría hecho mal; pero a lo menos se acreditaría de osado y habría manifestado que no tenía ni atención ni miedo; pero ir con cinco soldados y cuando tú no estabas en casa, prueba que temió y este temor te debe servir de gran satisfacción.

El coronel y doña Matilde apoyaron el discurso del señor Labín, y se sosegó Welster un poco. Mudaron conversación, y entre otras cosas preguntó

Labín al coronel si había de ir al teatro a la noche, porque le aseguraban que la comedia era muy buena.

Pudenciana se empeñó para que su papá la llevara al coliseo; este se informó de la comedia que representaban, y habiendo sabido que era *La misantropía*, le dijo:

—Sí, te llevaré, porque puntualmente es una pieza dramática que deben ver las mujeres. Su moralidad consiste en manifestar al alma los remordimientos, aflicciones y sustos que sufre una mujer noble cuando ha tenido la desgracia de ser infiel a un marido honrado y amoroso. A esta comedia te llevaré de buena gana y a otras como ella. Por ejemplo, a la que se titula *El amor filial*,[287] a la *Andrómaca*,[288] al *Hombre agradecido*, a la *Reconciliación*, a otra que se titula *Si la mujer es prudente domina y vence al marido*, y a otras como estas; pero no te llevaré a aquellas que, a más de oponerse al buen gusto del día, corrompen las costumbres abiertamente, enseñando a las mujeres, especialmente a las jóvenes incautas, cosas que jamás debían saber; como, por ejemplo, los artificios y enredos que muchas damas de comedia usan para burlar la vigilancia de los padres y maridos cuando tratan de complacer a sus amantes.

Tales lecciones las aprenden las muchachas muy bien en las comedias tituladas: *Casa de dos puertas, no es muy fácil de guardar*;[289] *De fuera vendrá quien de tu casa te echará*;[290] *Guardar una mujer no puede ser*,[291] y otras así, que fuera muy útil que no se representaran jamás en nuestros teatros.

Aun aquellas comedias que no dañan sino al buen gusto debían desterrarse por insípidas, inverosímiles y fantásticas. Ya ustedes conocerán que hablo de las comedias mágicas, que vulgarmente llaman los empresarios de pueblo. Esto es, aquellas que todo su asunto consiste en hechos maravillosos y que están fuera del orden natural, increíbles y que inducen a la superstición. Sean ejemplos: *El mágico de Cerván, Juana la Rabicortona*,[292] *El mágico de Salerno*,[293] *La fuente de la judía*,[294] y otras muchas. Estas comedias, si no se van a ver para gustar de la destreza de los mozos que sirven las tramoyas o de la habilidad del autor de las perspectivas, no tienen otro mérito por qué verse. En ellas no se halla asunto digno, ilación regular, genio poético, ilusión, reglas cómicas, moral ni gracia alguna que ilustre el entendimiento, ni mueva la voluntad a acciones nobles y virtuosas. Todas son fruslerías, extravagancias, desaliños, trampantojos,[295] y para decirlo de una vez ridiculeces y títeres, más propios para divertir muchachos que para hacer perder el tiempo a muchas gentes que parecen juiciosas e instruidas.

Es verdad que contra esto me responderían los empresarios o asentistas[296] que ellos tratan de sacar con ventajas el dinero que han invertido en la empresa; que tienen una larga experiencia por sí y por sus antecesores de que esta clase de comedias agradan al público y con ellas se llena el coliseo, aunque sean ocho noches continuas, como se ha visto, y que según esto, es preciso sacar la utilidad de estas comedias, y tener esperanza en ellas mejor que en las de asunto, pues a la comedia *Del diluvio*, que es un diluvio de disparates, van más gentes que a la de *La misantropía*. Esto prueba, dirán, que semejantes comedias son más gratas al vulgo que las que se presentan arregladas al arte, y entonces alegarán con Lope de Vega, que «puesto que el vulgo las paga, es justo hablarle en necio para darle gusto».

Pero don Tomás de Iriarte[297] ya dio por tierra con esta especiosa disculpa cuando dijo: «Que al pueblo si le dan paja, come paja; pero en dándole grano, come grano». Trátase en el teatro de pintar las pasiones con viveza; de enseñar el modo de moderarlas; de divertir con provecho a los espectadores; de corregir y de mover rectamente el corazón, y se verá que el pueblo concurre a ellas con más ansia que a la de títeres.

—Eso pienso que es difícil –decía Matilde–, ¿no ves cómo se atropella la gente en las comedias de *Sansón*, del *Bruto de Babilonia* y otras semejantes, especialmente las mujeres, de modo que en muchas de ellas se quedan los hombres sin cazuela porque aquellas no caben? Conque ¿cómo habían de dejar de verlas, ni cómo las habían de posponer a *Misantropía*, ni a ninguna de esas otras que se llaman de capa y espada o de argumento?

—¿Sabes cómo, hija?, con que se desterraran del teatro las comedias de títeres y las que puedan corromper las costumbres. El pueblo siempre anhela por diversiones en las ciudades populosas, y asiste a las que hay, sean las que fueren. Luego, si solo se proporcionasen diversiones útiles, asistiría a ellas lo mismo que a las frívolas, y poco a poco iría perdiendo la afición al mal gusto; porque hemos de estar en que la gente idiota siempre es amiga de la novedad, y como perciba algo de maravilloso en lo que ve, aunque la engañen con patrañas. Un trozo moral del *Otelo*, un retazo crítico de *El café*, no vale tanto para el necio como ver volar una ninfa o salir un sin fin de diablillos de una caja. Esa es muy material, provoca la risa y no necesita más que ojos para comprender su primor. Esta es la causa porque tienen semejantes comediones más espectadores y aplausos; pero quítensele al pueblo estos objetos materiales y ridículos, acostúmbresele a que juzgue de las comedias con la razón y no con los ojos, y a poco tiempo de esta rutina, yo pongo mi cabeza a que silba una comedia de maravillas.

—Pero oye –decía doña Matilde–, tú has dicho que la gente idiota es amiga de novedades y prodigios, y yo veo que a *La Genoveva* van muchísimas personas decentes. ¡Vaya!, ¡si se llenan las bancas y los palcos, lo mismo que la cazuela y el mosquete! ¿Qué diré yo, sino que a las gentes decentes les agradan las tramoyas, los vuelos y las ficciones, lo mismo que a las gentes vulgares?

—En verdad que tu observación es urgente –decía el coronel– y a no admitir una pura excepción, probaría que tan vulgar es aquí la gente distinguida como la plebeya, pues toda concurre con igual ansia a esos despilfarrados es-

---

295 *Trampantojo*: trampa o ilusión con que se engaña a alguien haciéndole ver lo que no es.

296 *Asentista*: encargado de hacer asiento o contratar con el Gobierno o con el público, para la provisión o suministro de víveres u otros efectos, a un ejército, armada, presidio, plaza, etc.

297 *Tomás de Iriarte*: dramaturgo español (1750-1791).

pectáculos; pero no es así, pues aunque van a tales comedias muchas gentes de buen nacimiento y buena ropa, esto no prueba que no sean vulgares, y tanto como el último mosquetero. El nacimiento, la ropa, y aun los destinos, no dan una migaja de ilustración al que no la tiene, y de consiguiente, el que piensa como el vulgo y el que se divierte como el vulgo, es vulgar, aunque se vista o se llame como quiera. De que se deduce, que habiendo en todo el mundo vulgo rico y vulgo pobre, vulgo decente y trapiento, no se debe extrañar que a estos comediones de pueblo concurra el vulgo de buena ropa con el de capa raída. Esto es claro.

Pero así como de un exterior lucido no se puede inferir un entendimiento ilustrado, así tampoco debes presumir que porque veas las bancas llenas de capas y levitas en tales comedias, van a verlas las personas de fino gusto. Por lo regular estas no van en esas noches, si ya no es por concurrir con algún amigo o por lo que se dice pasar el rato.

—Todo eso está muy bueno —dijo Welster— pero dejando la reforma de los teatros para los que tengan el talento y la autoridad necesaria para introducirla, yo quisiera que me dijera usted, señor coronel, si será lícito o no el frecuentarlos.

—Esa pregunta se la debe hacer cada uno a su director espiritual —contestó el coronel— y seguir ciegamente su dictamen para asegurar su conciencia. Yo, hablando como padre de familia, soy de opinión que de ninguna manera puede ser lícita la frecuencia a los teatros; porque representándose en ellos dramas buenos y malos, es moralmente imposible que dejen de corromperse los espíritus en alguno de los segundos.

A más de esto, todos saben que los cristianos debemos obrar de tal manera, que podamos ofrecer a Dios nuestras acciones y hacerlas meritorias a sus ojos; ¿y quién será el hombre o mujer arreglada que pueda decir al Señor: Dios mío, voy todas las noches a la comedia por amor tuyo?

Pero no tratando ahora de una verdadera perfección, a la que todos debemos aspirar, sino solo de saber si será pecado o no ir al teatro, soy de opinión que el frecuentarlo no podrá menos que serlo, siquiera por el peligro a que casi con evidencia se expone el que lo frecuenta; pero no tengo por culpa ir al teatro tal cual vez, con las debidas precauciones y a cierta clase de comedias, en que mi familia, a más de divertirse honestamente, puede sacar algún fruto moral; y siendo la de esta noche una de las mejores piezas de mi gusto, ustedes, después que tomemos chocolate, nos honrarán con su compañía.

—Antes yo quiero —dijo Welster— recibir esa honra de usted y de las señoritas, porque he tomado un palco; y deseara que acompañaran a Carlota.

—Será como usted lo dispusiere —dijo el coronel.

A poco llevaron chocolate, dulce y agua; y luego que refrescamos, nos fuimos a casa de Jacobo y de allí al coliseo con la señorita Carlota.

Muy divertida estuvo Pudenciana en la comedia, aunque de cuando en cuando se incomodaba mucho con el murmullo de la gente, que no dejaba oír lo que le estaba gustando, y decía:

—¿Has visto, papá, qué imprudencia y qué falta de política la de esos habladores? Si quieren platicar ¿por qué no se irán a una visita o a un billar y no venirse aquí a incomodar a todo el mundo? ¡Bien haya la política de los ingleses, en cuyos teatros, según me dices, luego que se levanta el telón ya nadie habla sino en voz baja.

Yo la observaba con cuidado, y advertía que cuando le dejaban oír bien, a cada escena mudaba de semblante; pero en la conclusión del drama no pudo contener el llanto.

Después que volvimos a casa, le preguntó el coronel qué le había parecido la comedia. Ella le dijo:

—Muy buena, papá; pero ¡qué lástima me dio Eulalia a lo último! ¡Qué triste, qué arrepentida y avergonzada se presentó a su esposo!, ¡qué perdones le pidió tan sinceros!, ¡con qué humildad se reconoció culpada y qué confusión no le causó la memoria de sus pasados extravíos! ¡Pobrecita! Yo no pude menos que llorar al ver la seriedad con que la trató su esposo Carlos, que no hubiera sido para ella tan cruel la misma muerte, porque no era una seriedad dura ni natural; era una seriedad tierna y forzada en un marido amante y ofendido, en cuyo corazón batallaban a un tiempo el amor y la honra.

—Así es —prosiguió el coronel—, Carlos conocía la virtud de su esposa, la amaba; pero no podía sufrir sobre sí el juicio de los hombres, decidido contra él aunque con preocupación. Había perdonado a Eulalia; él mismo prevendría las disculpas para el perdón; advertía que fue seducida incautamente; estaba satisfecho de su amor y su arrepentimiento; quisiera estrecharla entre sus brazos; pero su honor ultrajado, su mal correspondido amor con la infidelidad de su esposa, se ponían en medio de los dos y no los dejaba estrecharse. ¡Qué situación tan triste para un corazón noble, sensible y enamorado como el de Eulalia!

—A mí me compadeció demasiado —decía Pudenciana—, pero más lástima me daba Carlos. Este padecía sin motivo, habiendo sido un buen marido. Eulalia padecía, pero con razón. Ella pagaba con humillaciones vergonzosas la facilidad con que se dejó engañar por un ingrato corruptor. Sin embargo, una mujer en este caso sería digna de toda compasión. ¡Ay! ¡Dios me libre, papá, de verme jamás en la infelice situación de Eulalia!

—Este era el fruto que yo quería sacaras de la comedia —dijo el coronel—, a ti te ha compadecido Eulalia; pero conoces que ella tuvo la culpa de las infelicidades que sufrió; advirtió que había perdido la confianza de un buen marido, hombre de bien y que la había amado tiernamente; reflexionó en todas las desgracias que había echado sobre sí y sobre sus hijos, y agitada por el incesante grito de su conciencia, arrepentida de su delito, no pudo en la ocasión hacer más sino implorar el perdón de su esposo en medio del dolor y la vergüenza. Si hubiera logrado algunos días las constantes caricias de su infame seductor, tal vez hubiera lisonjeado su delito y entretenido sus remordimientos. No tan pronto hubiera extrañado a su marido ni conocido toda la malicia de su crimen; pero lejos de disfrutar este plácido sueño por algún tiempo considerable, apenas el seductor satisfizo su pasión, cuando huyó de ella, dejándola en brazos de la miseria, de la desesperación y de la infamia.

¡Qué bella lección es esta, hija mía, para hacerte concebir un justo horror contra el adulterio! Jamás olvides la comedia, si Dios te destinare para casada, ni pienses que este pasaje se queda en una ficción del poeta, ni que es el único en su especie: muchos han acaecido y acaecen todos los días por este estilo. Si fuera lícito exponer sobre el teatro las debilidades de muchas casadas infieles a sus maridos, la vil correspondencia de sus seductores, la agitación de sus espíritus, el detrimento de su honor y los amargos días que tienen que sufrir con sus esposos, aun cuando estos han tenido la generosidad de perdonarlas, se verían las escenas más tristes y funestas.

Escúchame, hija mía, con atención. Así como las niñas doncellas honradas tratan de conservar su virginidad, así las jóvenes casadas deben conservar a toda costa la fidelidad conyugal, si piensan con honor. Perdida esta virtud en la casada, no encuentra en ninguna otra con que resarcirla a los ojos de su marido. La hermosura, la riqueza, la discreción, el mujerío y las habilidades de que es susceptible el sexo femenino, son nada en la mujer que una vez ha faltado a la fidelidad. Él, si conoce las leyes del honor, por bueno que sea, verá con desprecio cuantas circunstancias tenga su mujer recomendables, cada vez que se acuerde que le faltó a la fe que le prometió guardar al pie de los altares.

El adulterio es un crimen horrible y mucho más cometido por parte de la mujer. Todas las naciones, aun algún tanto civilizadas, han aborrecido el adulterio y mucho más a las adúlteras. Las leyes penales que han establecido contra ellas las naciones, nos confirman en esta verdad. Casi todas son de esclavitud o muerte, y las nuestras mandan sea entregada la adúltera a disposición del marido; pero la religión tiene modificada esta ley, y así, habiendo queja de parte, la justicia las castiga con reclusiones temporales o perpetuas.

—¿Y no me dirás, papá, a qué sentencian las leyes al marido en igual caso de adulterio? —preguntaba Pudenciana.

Y su padre le contestó:

—Según son las circunstancias son los castigos; mas por lo regular, después de procurar la separación del concubinato, si la mujer propia solicita divorcio, se le concede, por ser este uno de los casos de la ley. Dios dice en los *Proverbios* que el hombre que a sabiendas vive con una mujer adúltera es, no solo necio, sino impío; pero al marido se le obliga a que ministre los alimentos a su mujer y a sus hijos. Esta es la pena que las leyes imponen a los hombres.

—Pues entonces, ¿por qué es tanta crueldad con las mujeres? —decía Pudenciana—, ¿no es en ese caso tan delincuente la mujer como el hombre?, ¿no es igual el pecado?, ¿pues por qué a la mujer se la castiga con tanto rigor y al hombre con tanta suavidad?

—Porque no es igual el delito como piensas, es más criminal la mujer que el hombre.

—¿Y en qué está esa mayor criminalidad?

—En que el hombre sólo agravia a la mujer, pero esta, no solo agravia, sino que infama al marido y perjudica la prole.

—No lo entiendo.

—Pues yo te lo explicaré más claro, para que toda tu vida mires con horror el adulterio. Al contraer el santo sacramento del matrimonio se prometen el hombre y la mujer una fidelidad mutua mientras vivan, y esta obligación a que los dos recíprocamente se sujetan es tan estrecha, que siempre que uno y otro faltan a ella cometen un gravísimo pecado. Oye lo que acerca de esto dice Dios en los *Proverbios*, por boca de Salomón:

«Horrorízate del adulterio, pues el hurto, que no siempre es pecado grave cuando lo origina la miseria y la grave necesidad del hombre oprimido de la hambre, puede ser compensado por un precio septuplicado; mas el que comete un adulterio, nada puede dar en reparación del daño que ha causado. Cúbrese el delincuente de vergüenza e ignominia, cuya mancha ninguna cosa puede borrar. Pierde también su alma sin remedio, y el esposo ultrajado tarde o temprano tomará venganza de su agravio.»

Tal es la malicia del adulterio, pecado gravísimo ante los ojos de Dios y que pierde las almas de los adúlteros, sean hombres o mujeres; y como que el marido y la mujer se juraron una fidelidad inviolable, como te dije, se sigue que siempre que uno de los dos falte a esa prometida fidelidad, ofende y agravia notablemente a su consorte; pero el agravio de la mujer es mayor, porque infama al marido y perjudica a la prole.

Ya has advertido y podrás advertir en el discurso de tu edad que cuando una mujer tiene un marido adúltero, lejos de ser infamada, es compadecida de cuantos la conocen. —«¡Pobrecita de Fulana! –dicen–, qué mala vida pasa con su marido, después que este se halla mal entretenido con Zutana!»

No se habla ni se juzga así del hombre que tiene a su lado una mujer adúltera, aun cuando él ni dé lugar a ello ni lo sepa. Por lo común, este infeliz vive siempre entre unas ausencias cáusticas, que suelen ser peores si llega a hacerse público el crimen de la pérfida mujer.

Pero ¿qué grave responsabilidad tendrá esta por el perjuicio que acarrea a la prole? ¡Perjuicio enorme y cuyas resultas pueden ser irreparables!

Si una mujer de estas lleva a su casa un hijo, fruto de su adulterio, ¿no conoces que aquel hijo extraño va a quitarles el pan de la boca a los propios del marido?, ¿qué será si hereda alguna parte de los hijos? y ¿qué si hereda el todo, como puede ser, si hay en la familia algún mayorazgo vinculado? En estos casos el hijo adulterino usurpa, sin saberlo, los bienes, el título y los vínculos a los dueños legítimos del caudal. El los poseerá de buena fe; pero la responsabilidad caerá sobre la madre. ¡Considera cuánta será la turbación, el remordimiento y la congoja de esta, especialmente en la hora de su muerte, hora de desengaños, hora terrible, y en que debe conocer toda la gravedad y reato de su culpa!

—Sin duda, papá —decía Pudenciana—, que ese lance debe ser muy duro y muy pesado. ¡Dios libre a todas de experimentar esos remordimientos! Por mí le aseguro a usted que primero deseo mi muerte que verme en semejante caso, si es que Dios me tiene destinada para el matrimonio; y ahora conozco que con razón las leyes son más rigurosas con las mujeres que con los hombres, porque estas agravian e injurian al marido y perjudican a la prole. ¡Ojalá que todas las mujeres casadas entendieran bien estas cosas, quizá así no se prostituirían tan fácilmente!

—Yo me alegro que pienses de ese modo —dijo el coronel— y apreciaré que siempre cultives esos tan cristianos y honrados sentimientos.

—Ello es cierto, papá, que las mujeres deben ser buenas para ser buenas casadas. Ya he comprendido lo que me has enseñado acerca de las obligaciones que tienen de ser amables, honradas, fieles a sus maridos, cuidadosas de sus hijos y económicas con su casa y familia; pero ¿qué, conque la mujer sea buena, si el hombre es malo? En este caso, por más que haga, todo andará sin orden, y la mujer en un martirio de por vida.

De todo esto saco que es menester mucha discreción para elegir estado y mucho más para elegir marido, con quien se ha de vivir hasta la muerte. Yo quisiera que, pues me has enseñado a consultarte todo con confianza, me dieras unas reglas para conocer a los hombres, por si estuviere de Dios que sea casada. Estas reglas me servirán de mucho, y quizá de su observancia penderá la felicidad de mi suerte.

—El mismo interés que te dicta la pregunta, tengo yo para darte la respuesta —dijo el coronel—, pero no es fácil satisfacerte como quisiera, porque no lo es el señalar unas reglas seguras para el caso.

Muchos autores han tratado de prescribirlas y aun no faltó quien escribiese un libro con el título de *Arte de conocer a los hombres*, título a la verdad que promete mucho, pero que no se puede desempeñar por más que se trabaje.

Si los hombres fuesen sencillos, si no se disfrazaran tan seguido, no fuera tan difícil conocerlos; pero tienen sus fases o aspectos como la luna, y las varían a cada instante, según y cómo les conviene, y he aquí en lo que estriba la gran dificultad de conocerlos.

Si tú vieras a un caballero en la antesala de un grande, con el sombrero en la mano, puesto en pie, con un semblante muy halagüeño y doblándose a fuerza de cortesías con más flexibilidad que el arbolillo tierno agitado de los violentos huracanes, dirías, sin duda, que aquel hombre era muy atento, bien criado, afable y humilde; pero si lo vieses después que consiguió el empleo que solicitaba, si lo vieses digo, en su casa, lo advertirías orgulloso, soberbio, grosero, déspota e insufrible con sus subalternos e inferiores, y entonces confesarías que fue tu primer concepto equivocado.

A pocas reflexiones que hagas sobre los hombres a este modo, verás que tienen distintas máscaras con que disfrazarse y que por lo mismo es harto dificultosa el conocer a fondo su verdadero carácter. Solo mi trato frecuente con ellos es el más seguro termómetro para discernir sus legítimos temperamentos.

No obstante, te daré algunas reglas generales para que las observes, asegurándote que, si no las olvidas, podrán ser muy conducentes a tu bien; pero será mañana, porque ya es tarde y tu madre está durmiéndose en la silla.

Con esto se levantaron, se fueron a recoger y el día siguiente, a la hora de almorzar, entró una criada de doña Eufrosina, dando un recado ridículo, como suelen usarse entre tales gentes; ¡ya se ve, que así se los darán en muchas partes!

—¡Ave María Santísima! —decía la moza— muy buenos días dé Dios a sus mercedes. Que dice mi ama que cómo está su mercé; que cómo le va a su mercé; que cómo pasó la noche; que cómo está la señorita y la niña, y que por allá está muy apesadumbrada la niña Pomposita; que aquí tiene su mercé este papel, y que a la tarde enviará el coche para acá, y que no dejen de ir sus mercedes.

Diciendo esto, entregó el papel a don Rodrigo y este, presente ya su esposa, que acababa de entrar de la recámara, leyó de esta manera:

«Muy señor nuestro:

«La desgraciada Pamela falleció ayer a las seis de la mañana, y deseosa toda esta casa de manifestar el aprecio que le mereció cuando vivía, suplicamos a V. y a su familia se sirvan asistir esta noche a las exequias que se harán en la sala, en la que dirá la oración fúnebre el bachiller que será algún día don Leopoldo Arconas, cuyo favor perpetuarán en la memoria para su reconocimiento sus seguras servidoras q. b. s. m. —Eufrosina Contreras de Langaruto. —Pomposa Langaruto y Contreras. —Carlota Gómez de Welster. —María Anselma Rubio.»

—Está muy bien —dijo el coronel—, di que iremos allá esta tarde. Fuese la criada, y doña Matilde decía: —Está bien gracioso tal convite.

—Otros he visto yo más ridículos y con letras de molde —contestó el coronel—, lo que me hace más fuerza es la bella disposición de tu hermana para gastar el dinero en boberías. ¡Vea usted qué cosas! Porque se murió una perrilla, armará esta noche una frasca de baile y merendata, cuyos costos no le bajarán de treinta o cuarenta pesos. ¡Eh!, ¡quiera Dios que no haga falta mañana ese dinero!

Lo que yo siento es que nos comprometen a desvelarnos y a pasar la plaza de gorrones;[298] pero ¡cómo ha de ser!, es preciso contemporizar a veces con los prójimos, porque si no, dicen que es uno insocial e intratable.

—Sí, papá –decía Pudenciana–, yo deseo ir, no por bailar ni por comer, sino por oír la Oración fúnebre en las honras de Pamela. Ello ya me hago cargo que será una sarta de disparates; pero pasaremos el rato y nos reiremos un poco...; mas ahora que me acuerdo, papá; ¿qué, no me sigues diciendo lo de anoche?"

—No se me ha olvidado; pero será en otra ocasión, porque ahora tengo que hacer.

En efecto, acabaron de almorzar; el coronel salió para la calle; yo me despedí también, hasta el medio día, que nos juntamos a comer, y después de esto y de haber reposado un rato, se vistieron doña Matilde y su niña, y se previnieron para esperar el coche de la hermana, que llegó cerca de las oraciones de la noche, con mucho gusto de Pudenciana, que no veía la hora de ir a la casa de su tía para aumentar el lucimiento a las honras de Pamela, de las que se tratará en el capítulo que sigue.

---

298 *Gorrón*: que tiene por hábito comer, vivir, regalarse o divertirse a costa ajena.

Capítulo XXV

En el que se da razón de las famosas exequias con que honraron la muerte de Pamela doña Eufrosina y la niña Quijotita

Inmediatamente que llegamos a la casa mortuoria nos sorprendimos con el aparato que encontramos; pues, a más de que la sala estaba completamente iluminada y llena de gente lucida, en medio de ella estaba colocada una muy curiosa pira.[299]

En el primer cuerpo,[300] que servía de zócalo o banco, se grabaron dos inscripciones y dos sonetos, que expresaban el sentimiento debido a la enfermedad y muerte de Pamela.

En el lienzo o costado principal se leía la siguiente inscripción latina:

Pamelae
Nobilissimae. Cani
Optimoe. Stirpitis. Atavis. Progenitae
Angelopoli. Natae.
Oppido. Acaxatensi. Educatae
Praeclaris. Factis. Mexici. Coruscanti
Inibique. Omnium. Lacrimis
Immatura. Morte. Peremptae
Seculo. XVIII. Spirante
Sua. Domus
Maximo. Moerore. Conjecta

---

299   En la edición de 1831 se adjudica el texto completo de estas exequias: inscripción, dos sonetos, cuatro octavas, cuatro décimas, cuatro endechas y el sermón fúnebre, a un tal Doctor José Miguel Garrido y Vilcéc, cuya identidad aclara en una nota al pie que dice: *El autor de la descripción de la pira, y de la siguiente oración fúnebre fue, cuyos apellidos quedan anagramatizados en su lugar. La literatura de este benemérito ecco. es bastante conocida en ambos mundos.* El verdadero autor del texto es José María Guridi y Alcocer (1763-1828), nacido en Tlaxcala, quien estudió en Puebla y fue párroco de Acaxete. En 1824 fue uno de los firmantes de la primera constitución federal de la República Mexicana (Ver J. R. Spell, 1945).

300   El año 99 del siglo XVIII concurría el doctor don José María Guridi y Alcocer, las veces que se lo permitía su curato de Acajete, en la casa de un canónigo muy aficionado a cosas curiosas, entre las que tenían algunos autómatas de algún mérito. Concurrían también otro cura y un padre carmelita (lo que es necesario saber para que se entiendan algunos pasajes de la descripción de la pira y de la oración fúnebre), y con motivo de la muerte de una perrita, que era el ídolo de las señoras, formó, casi, *currente calamo*, (*Al correr de la pluma*. Mi traducción) este juguetillo satírico (Ed. 1842).

Munificentissimum. Hocce.
Mausoleum
In. Amoris. Monumentum. Perenne
Erexit.

En la frente opuesta se grabó la misma inscripción vertida al castellano, para que la entendieran todos, pues aunque en este idioma no se han usado jamás, pareció que en obsequio de una perra se debía dar principio a una moda tan importante.[301]

A Pamela
perrita finísima,
descendiente de abuelos de la
mejor raza.
Nacida en puebla,
Criada en Acaxete.
Admirada en Mex. por sus
esclarecidos hechos,
y allí mismo con universal
sentimiento
Arrebatada por una muerte
temprana,
al acabar el Siglo XVIII.
Su casa,
ocupada de la mayor tristeza,
para prueba perpetua de su amor
le erigió este magnífico mausoleo.

En el costado de la derecha se colocó el siguiente

Soneto
Llorad, señoras, con amargo llanto:
manifestad con lutos la tristeza,
cubriendo de ceniza la cabeza,
y el semblante vistiendo del espanto.

Melancólico y lúgubre sea el canto
con que el aire resuene de esta pieza,
y del dolor exprese la viveza
el enorme tamaño del quebranto.

---

301 Después de la expresión castellana de esta pira, la primera que vio México fue la que en la puerta del teatro grabaron los cómicos el año de 1812 con motivo de la jura de la constitución española. Decía así según podemos acordarnos: al. Dios. eterno / por. quien. España. grava / en. el. mármol. de. un. código / inmortal / los. derechos. del. hombre / independiente. libre. ciudadano / los. cómicos. de. México / al. recobrar. tan. alta. dignidad / para. perpetua. memoria / de. su. humilde. agradecimiento / año. MDCCCXII. De entonces acá se ha cultivado este nuevo ramo de literatura, como es de verse en los panteones de esta capital, aunque con poco fruto hasta ahora (Ed. 1842).

¿No sentís de Pamela que cayendo
se encojase su tierna piernecita?
Pues sollozad, que a un lance tan horrendo

Es fuerza que la pena le compita
con mujeriles lágrimas, sintiendo
la cojera fatal de una perrita.

En el costado de la izquierda se puso el siguiente

Soneto
Muere Pamela: ¡oh, pena la más dura!
Corta la Parca[302] el hilo más querido:
los filos del cuchillo enfurecido
truncan a la que hacía nuestra ventura.
Esto la casa entera desfigura:
calla el pájaro el trino repetido,
grita el loro y el gato da un maullido,
y se afligen el uno y otro Cura.
En caso tal, según los pareceres
de sabias plumas de pasión desnudas,
invirtiéndose el orden de los seres,
Es dable, sin pararse nadie en dudas,
que se metan a frailes las mujeres
y los hombres a monjas calzonudas.

El segundo cuerpo lo llenaban cuatro octavas con sus correspondientes jeroglíficos, expresando las principales virtudes de Pamela, corroborándolas con ejemplos de los perros célebres de la historia.

El primer costado tenía pintada una pierna de perro, y por orla aquel texto del Nebricense en su gramática latina, *pedibus aeger*,[303] y esta

Octava
De la suerte que Dúrides[304] al fuego
por su dueño Lisímaco se arroja,
así Pamela sin tener sosiego
da vuelta en la cornisa en que se atroja,[305]
y por ir a sus amas se cae luego,
se lastima una pierna y queda coja;
pero ¡oh, qué gloria la que se granjeaba,
mientras que a cada paso más cojeaba!

302 *La parca*: la muerte.
303 *Pedibus aeger*: frase citada por gramáticos, el primero de ellos Antonio de Nebrija, como ejemplo del uso de los ablativos latinos.
304 *Dúrides y Lisímaco*: historia de perro y amo que aparece en Plinio, Libro 8.
305 *Atrojarse*: (México) aturdirse.

En el segundo costado se pintó un diente con el epígrafe tomado de Virgilio, *in limine latrat*,[306] y la siguiente

OCTAVA
    Si de Hilax y otros perros los ladridos
por anuncios del daño que amenaza,
se miran celebrados y aplaudidos,
de Pamela es más loable la cachaza:[307]
jamás dejó a sus amos aturdidos,
según las propiedades de su raza;
silenciosa ocupaba los umbrales
elogios mereciéndose inmortales.

En el tercer costado se pintó una colita, y por orla las palabras de Marcial, *blandior omnibus puellis*,[308] y esta

OCTAVA
    Si Argo, perro de Ulises,[309] fue famoso
mostrando por su dueño sus conatos,
será inmortal Pamela, que gozoso
tuvo siempre de su ama a los mandatos
su rabito fiestero y obsequioso,
digno de aplausos y recuerdos gratos:
de su lealtad celebre la memoria
la pluma fiel de la perruna historia.

En el cuarto costado se veía pintada una cabeza de perro con el epígrafe tornado de Horacio, *merdis caput inquiner*,[310] y últimamente esta

OCTAVA
    De Mera,[311] perra de Ícaro, se cuenta
que a la hija de este guió porque lo hallase;
mas porque de Pamela, siempre atenta,
mayor conocimiento se mostrase,
la gana contenía: más bien revienta,
que sufrir que la ropa se ensuciase.
¡Oh cabeza de tal conocimiento,
de quien no se escapó ni el excremento!

---

306 *Et Hylax in limine latrat*: Virgilio, Égloga 8 verso 107. La traducción de Fray Luis de León dice: *que la perrilla en el portal vocea* (por ladra).

307 *Cachaza*: flema, cualidad, actitud, manera de moverse o hacer las cosas del que no se apresura ni se intranquiliza, pase lo que pase.

308 *Blandior omnibus puellis*: verso 5 del poema *Issa* de Marcial (I 109) en honor a la perra de su amigo Plubius a causa de la muerte del animal, que lee: *Issa es más seductora que todas las muchachas.*

309 *Argos, perro de Ulises*: Argos fue el único que reconoció a su dueño cuando regresó a Itaca después de veinte años, vestido con ropas de mendigo. *Odisea*, libro 17.

310 *Merdis caput inquiner*: Horacio: *Sermones*: 1.8,36.

311 *Mera*: Según la mitología griega, Mera, la perra de Ícaro llevó a Erígone, la hija de Ícaro, el cadáver de su padre.

Al tercer cuerpo adornaban cuatro décimas respirando moralidad, con relación a los jeroglíficos de sus correspondientes costados, y son las siguientes:

PRIMER COSTADO

¡Oh, tú que con paso lento
vas siguiendo tu camino,
ignorante del destino
de este triste monumento!
El pie detén un momento
y esta pierna considera,
que mudamente parlera,
al mismo tiempo que espanta,
te enseña a fijar la planta
por librarte de cojera.

SEGUNDO COSTADO

Caminante que en tu lira
o en un burro aparejado,
te pasas tan descuidado
sin ver siquiera esta pira.
El trote detén y mira
este diente singular,
que contigo debe hablar,
seas tú el que quisieres ser,
pues quien no sabe morder,
sabe a lo menos ladrar.

TERCER COSTADO

¡Oh viajante!, que a tu bayo[312]
metes espuela de duro,
y vas a galope puro,
como el más robusto payo.
Pregúntale allá a tu sayo
si esta cola debe hablarte:
creo debes aquí pararte,
aunque muy de prisa vengas,
porque es difícil no tengas
rabo que puedan pisarte.

CUARTO COSTADO

Currutaco[313] botarate
y madama a la gineta,[314]
que vais tras de la retreta
con majestad de petate.

---

312 *Bayo*: caballo de color amarillento.

313 *Currutaco*: (México) regordete, achaparrado. Spell (1925) lo define como dandy, enemigo del trabajo y carga para la comunidad.

314 *A la gineta o jineta*: cierto estilo de montar a caballo, con los estribos cortos y las piernas dobladas y en posición vertical de la rodilla abajo.

Dejad tanto disparate,
y humilde, rendido, atento
os pido por cumplimiento
paréis el coche o calesa
y mirando esta cabeza,
vaciéis la vuestra de viento.

En el cuarto cuerpo, sobre que se levanta el último, no en la figura regular, sino en forma de basurero, para representar el que fue sepulcro de Pamela, se pusieron cuatro epitafios en otras tantas endechas, correspondientes a los jeroglíficos de los respectivos costados.

I

Aquí yace Pamela,
cubierta de bazofia;
si cojeas de algún pie,
sin duda que te mandan a la porra.[315]

2

Este lugar inmundo
a Pamela contiene:
a igual se deben ir
las que descubren a cualquiera
el diente.

3

Al muladar que miras
vino a dar una perra:
tú, que lo eres también,
con el rabo vendrás entre las piernas.

4

Yace en un basurero
la compuesta Pamela:
basura es el adorno,
vanidad que trastorna la cabeza.

Todos nosotros y cuantas personas allí estaban, celebrábamos el dibujo, la idea y las curiosidades de la pira; pero el Coronel, luego que leyó los versos, me dijo:

—Las inscripciones hablan del siglo pasado, y así es que estas no son producciones de ninguno de los colegiales que visitan la casa, ni menos de mi cuñada ni sobrina. Infórmate de quién es su autor.

No me costó mucho trabajo desempeñar mi comisión, porque no faltó quien me sacara del cuidado luego luego; y así, ya bien certificado, le dije a

---

315   *A la porra*: a paseo.

mi tutor que quien había ideado la pira y compuesto la inscripción, los sonetos y todo, era el doctor don José María Guridi y Alcocer, autor también
de la oración fúnebre que dirá el colegial esta noche, lo que hizo con objeto
de pasar el rato en una concurrencia, criticando al mismo tiempo una pira
puesta en aquellos días en un templo de México y la oración que allí se pronunció.

—Siempre presumí –dijo el coronel– que el autor de estos versos fuera
algún literato conocido, porque hasta en los juguetes y distracciones de los
sabios campea la erudición y la gracia. Ya deseo oír la oración fúnebre, que
me parece será una pieza agradable.

—No tardará mucho –le contesté.

Y en efecto, después de un rato de buena música, se presentó sobre un
aparato que parecía cátedra o púlpito, el colegial destinado para el caso. Era
bastante vivo, y así dio todo el lleno a la función.

Oracion fúnebre

¡O crudelis Alexi, nihil mea carmina curas!
(¡Oh cruel!, ¡te alejas sin que valgan nada los
míos, el carmelita y los curas!)[316]
Virgilio, Egl. 2, v. 6.

Solo con estas tiernas expresiones puede explicarse la pérdida lamentable
que lloramos. En el punto que experimentamos tan terrible golpe, nos so-
brecogió un súbito dolor; se esparció por nuestros semblantes el aire lúgubre
de la angustia; se convirtieron en ríos de lágrimas nuestros ojos; poblamos la
atmósfera de suspiros; nos desgreñamos, nos dimos de bofetadas, y rasgando
nuestras vestiduras cubrimos de ceniza las cabezas.

Pero qué, ¿semejantes demostraciones serán acaso suficientes para explicar nuestra pena? ¿No deberíamos usar de otras mayores para llorar la
muerte de la muy noble, muy exquisita y muy fina perrita doña Pamela? No,
a la verdad; no era bastante detestar el hado, maldecir la fortuna, improperar
las parcas y armarse de invectivas contra la guadaña de la muerte. Estas expresiones son comunes en las pérdidas ordinarias: era necesario, para singu-
larizarnos, avanzar a más, maldiciendo hasta el naranjo y la carreta en que
sale la muerte el Viernes Santo[317] y aún era poco; deberíamos quejarnos hasta
de la difunta misma, como si ella hubiera tenido la culpa de su triste fallecimiento.

---

316 La traducción correcta del latín es: *¡Oh cruel Alexis, nada te importan mis cantos!* (Mi tra-
     ducción).

317 En la procesión del Viernes Santo se acostumbraba sacar en una carreta, bajo de un na-
     ranjo, un esqueleto, que representaba a la muerte, que se introdujo al mundo por haber
     comido nuestros primeros padres de la fruta del árbol vedado, siendo tan completo su
     imperio, que ni el Hombre-Dios se libertó de su guadaña, habiéndose sujetado a ella para
     redimir al linaje de Adán. Ya felizmente se han ido desterrando de entre nosotros estas
     y otras peores exhibiciones que solían mezclarse antiguamente con los actos más sagrados
     (Ed. 1842).

¡Oh, tú, adolorida señora doña Pomposa,[318] y la más infeliz entre las damas! A ti pertenecía llenar la casa de gritos y alharacas, como que te toca más de cerca la pérdida.

En efecto, el amor ardiente y correspondido de esta niña a Pamela, enlazó a ambas, uniéndolas y amasándolas de tal modo, que de ellas formó de pasta un cordón que ardía a lo lejos, *formosum pastor Coridon ardebat Alexin*.[319] Ella tenía en la perra sus delicias y el dominio, *delicias domini*,[320] de suerte que ya nada le quedaba que desear, ni que esperar, *nec quid speraret habebat*.[321]

Pero descuidándose en que anduviese libre por todas partes, tanto entre danzas, *tantum inter densas*,[322] que sufrió una horrible caída, de que no bastaron a curarla el andarla cargando, el discurrir mil remedios, ni el envolverla y ceñirla; nada pudieron los hombres, el cacumen[323] y las fajas, *umbrosa cacumina fagos*.[324] La embracilaban[325] las señoras, y de ellas asida, venía e iba, *asidue veniebat ibi*,[326] hasta que, desesperando de su salud, la dejaron en lo más recóndito del suelo, *haec incondita solus*.[327] Exhaló, por fin, el último aliento, por más que su ama blasonaba que sanaría, y que en todas partes, en los montes, en las selvas y en el estudio lo jactaba la enana, *montibus et silvis studio jactabat innani*.[328]

Entonces, en aquel triste momento se alborotó la casa, se turbaron los parientes, se afligió el carmelita; se conmovieron los curas y la angustiada doña Pomposita, enclavijando[329] las manos, volviendo a un lado y a otro la cabeza, elevando los ojos al cielo y dirigiendo a Pamela sus voces, que arrebató de la boca del príncipe de los poetas, hizo resonar las paredes de la casa con estas lúgubres palabras: ¡Oh cruel, te alejas sin que valgan nada los míos, el carmelita y los curas! *¡O crudelis Alexi, nihil mea carmina curas!*

---

318   Debe advertirse que el colegial que recitó la oración cambió los nombres acomodando en lugar de los que tenía el manuscrito, los de las señoras que se supone lo escuchaban (Ed. 1842).

319   *Formosum pastor Coridon ardebat Alexin*: se trata del primer verso de la Égloga II de Virgilio. La traducción correcta es: *El pastor Corydon ardía por el hermoso Alexis* (Mi traducción).

320   *Delicias domini*: primera parte del segundo verso de la Égloga II de Virgilio. La traducción correcta es: *el placer de su señor* (Mi traducción). Todas las ediciones anteriores traen la forma incorrecta: «delitias».

321   *Ne quid speraret habebat*: segunda parte del segundo verso de la Égloga II de Virgilio. La traducción correcta es: *de modo que no obtuvo lo que quería* (Mi traducción).

322   *Tantum inter densas*: primera parte del tercer verso de la Égloga II de Virgilio. La traducción correcta es: *de una manera particular, tan solo entre las densas...* (Mi traducción).

323   *Cacumen*: agudeza, perspicacia.

324   *Umbrosa cacumina fagos*: segunda parte del tercer verso de la Égloga II de Virgilio. La traducción correcta es: *...copas de árboles sombrías* (Mi traducción).

325   *Embracilar*: llevar en brazos.

326   *Asidue veniebat ibi*: primera parte del cuarto verso de la Égloga II de Virgilio. La traducción correcta es: *venía aquí a menudo* (Mi traducción).

327   *Haec incondita solus*: segunda parte del cuarto verso de la Égloga II de Virgilio. La traducción correcta es: *ahí, solo, poco elegantes...* (Mi traducción).

328   *Montibus et silvis studio jactabat inani*: quinto verso de la Égloga II de Virgilio. La traducción correcta es: *las arrojaba (las palabras) en las montañas y los bosques con pasión inútil* (Mi traducción).

329   *Enclavijar*: trabar una cosa con otra uniéndolas entre sí.

Pero contengamos, señoras, contengamos las lágrimas en que nos obliga a desatarnos la memoria de aquel día. Después de la pérdida de Pamela no nos queda otro lenitivo[330] que honrar sus cenizas, sacando aprovechamiento de nuestra propia desgracia. A este fin, yo vengo a haceros ver que su vida fue el mayor ejemplo, y su muerte el mayor desengaño. Este es el asunto y división de mi discurso.

Para promoverlo con la majestad que exige la materia y corresponde a la sublimidad de la naturaleza canina, son de desear los influjos de los signos celestes, y en especial del Can o la Canícula, para cuya consecución es conducente la deprecación del sonecito de *La cucaracha*:

Zafa, zafa, demonio: mal haya tu estampa.[331]

CORO   Un capitán de marina
que vino en una fragata,
entre varios sonecitos
trajo el de La cucaracha.

DÚO   ¡Ay que te/me pica!
¡Ay que te/me agarra
con sus colmillos
la cucaracha!

1°. VOZ. Zafa, demonio,   2°. VOZ Sufre, nanita,
zafa la garra,   sufre y aguanta,
que me lastima,   que el placer dura
y arde hasta el alma   y el dolor pasa.

1° VOZ. No me divierten
chanzas pesadas:
zafa, te digo,
zafa la garra.

DÚO.   Vete a la porra,
cara de sarna,
barriga sucia,
piernas chorreadas.

ESTRIBILLO. ¡Zafa, zafa, demonio, mal haya tu estampa!

---

330 *Lenitivo*: medio para mitigar los sufrimientos del ánimo.

331 Tanto para hacer inteligible la alusión, como para satisfacer la curiosidad de los lectores, pareció conveniente poner aquí una muestra de los versos que se cantaban en el sonecito de *La cucaracha*, los que al mismo tiempo servirán para hacer juicio del buen gusto y moralidad de la época de nuestros padres (Ed. 1842).

Punto primero

Si hubiera de elogiar a la incomparable Pamela en el estilo de los oradores profanos, yo ponderaría su calidad y finura, que la hacían preferente a los mastines, galgos y podencos; a los lebreles, perdigueros y perros de agua; a los alanos, dogos y excuintles;[332] hablaría de su patria la Puebla; me demoraría en su crianza y educación al lado de una haya tan acreditada, cual es la hermana del herrero del pueblo de Acaxete, quien la acostumbró desde su infancia a la abstinencia y a llevar en los lomos el peso de un colchón de arena, y en las orejas el de unos plomos; finalmente, describiría su penoso viaje a esta ciudad, atravesando montañas y sufriendo las fatigas del camino, hasta que en el puerto de Chalco se embarcó en la Capitana, al mando de la famosa traginera[333] la Jarocha, en la que navegó todo el lago, y avistando sucesivamente al cabo de doce horas las costas de Mexicalcingo, Ixtaealco y Jamaica,[334] dio fondo la embarcación en el muelle del Puente de la Leña, y saltó en tierra Pamela para servirnos de ejemplo, que es a lo que debo contraerme precisamente.

¿Cuántos no hubiera dado si su temprana muerte, acaecida antes de cumplir el primer año de su edad, no hubiera truncado su carrera en la niñez? De este modo más puede elogiarse por lo que pudo ser, que por lo que fue. ¡Qué halagüeñas esperanzas las que de ella concebimos! Todos nos prometíamos, y no sin fundamento, que en llegando a una edad adulta sabría sentarse, pararse en dos pies, juntar las manos como quien pide, brincar para alcanzar un pedacillo de pan, abrir la boca para asestar el que se le tirase, hacer el muerto y otras gracias que recomiendan a los de su especie, y con las que tal vez se hubiera hecho tan célebre como lo son en la historia Argo, perro de Ulises, y Dúrides de Lisímaco; pero ¡ah!, ¡que se frustraron nuestros deseos, quedándonos el dolor del sólido apoyo en que se fundaban! Tales fueron las acciones que visteis y con las que dio un ejemplo singular.

Este era, a la verdad, el fin a que la destinó la naturaleza, al mismo tiempo que su buena suerte al servicio de una dama tan recomendable; y fuese ya por un efecto de su buena índole o por el influjo de la superior estrella de su dueño, jamás se observaron en Pamela aquellas malas propiedades que tanto se detestan en los de su clase. No aturdía la casa con ladridos a la entrada de cualquier huésped, mortificando a sus amos; nunca mordió a persona alguna; no comía sino lo que le daban, y guardó compostura y limpieza hasta en las operaciones más precisas de la naturaleza. Puede decirse que tenía dientes, y no mordía; lengua, y no ladraba; boca, y no comía, y... ¡qué sé yo de qué frase oportuna sería conveniente usar, para decir que ninguna cosa ensució jamás! Su ama misma encarecía esta circunstancia hablando con Pudencianita. —Nunca –decía–, nunca manchó mi ropa ni mi cama. No creas que hacía

---

332 *Excuintle o escuincle*: perro sin pelo.

333 *Traginera o trajinera*: (México) embarcación para pasajeros o carga.

334 *Mexicalcingo, Ixtaealco y Jamaica*: regiones cercanas a la ciudad de México a orillas del río Ameca.

perjuicio; es nulo prima, que lo daba su excremento, *nullum prima dabit crementum*.[335]

Y ¿qué diré de las acciones positivas con que os enseñaba la sumisión, la obediencia, el agrado y la docilidad? Acudía con prontitud siempre que se la llamaba por su nombre, de cuya sumisión le resultó la caída; no salía de la pieza en que se ponía; su colita parecía un sacudidor o mosquitero, según la batía, enarbolándola como arco a la presencia de sus amas para tenerlas gratas, y manifestó su docilidad confederándose con el gato y enlazando con él la más estrecha amistad. ¿Cuándo se ha visto ejemplar semejante? La expresión más viva con que significamos una enemiga mortal entre los hombres, es decir, que *andan como perros y gatos*; pues Pamela fue siempre superior a estas preocupaciones desde su niñez, haciendo migas con el gato, y como se expresa de la infancia, diciendo: *Cuando andaba a gatas*, de ella deberá decirse: *Cuando andaba a gato con el gato...* ¡Qué panegírico!

Pero fue mayor el que mereció por su paciencia en las enfermedades, enseñándoos con ella a sufrir las vuestras. Su débil y delicada complexión enfermiza, siempre la hacía adolecer y la proporcionaba dar aquel ejemplo. Llamo por testigo de esta verdad a su ama doña Pomposita, que inflamada de una ardiente caridad de san Lázaro, la atendía y la curaba, pudiendo, por lo mismo, en su elogio, exclamar con Hipócrates en sus aforismos: ¡qué aplicada joven!, ¡continuamente sana! ¡*Quae aplicata juvant, continuata sanant!*[336]

Aquí no disimularé el único defecto de Pamela, porque no falte el sombrío en su hermosa pintura. Comenzaron a levantarse las sospechas de que pretendía casarse con un perrillo de inferior nacimiento. Los indicios eran vehementes, y la casa toda se hallaba consternada al considerar que iba a manchar su noble y esclarecida prosapia con tal abatimiento. Pero si fue capaz de abrigar deseos tan plebeyos, tuvo la sublimidad de vencerse y de no llevarlos al cabo.

Después que se averiguó la materia y se encontró no ser juicio temerario el que corría, se opuso su ama, y frustró tan detestable matrimonio armándose con la pragmática prohibitiva de los casamientos desiguales, impidiendo toda comunicación con el atrevido y mal aconsejado excuintle que la inquietaba, y protestando que por embarazar tal enlace, más bien la dejaría envejecer y convertir su virginidad en orejón.

Vosotras, las que habéis escuchado tan singular narración, y a quienes la dirige mi fervoroso celo, os la debéis proponer como dechado, no en vuestras almohadillas, sino en vuestras mentes; no para vuestras costuras, sino para vuestras acciones. Júpiter soberano os ha manifestado visiblemente que destinó a Pamela para vuestro ejemplo.

Ella era flaca como doña Pomposa; enferma de las piernas como doña Eufrosina; de salud endeble como doña Matilde; afluxionada[337] como doña

---

335 Seguramente se trata de una frase en latín medieval, no clásico.
336 Seguramente se trata de una frase en latín medieval, no clásico.
337 *Afluxionada*: con sobreabundancia de líquidos en el tejido orgánico.

Carlota; legañosa como doña María; chaparra como doña Adelaida, y perra como todas.

Deben, pues, esforzarse a imitarla, cada una en aquella cualidad que le es más conveniente. Doña Matilde, en sufrir las enfermedades sin desesperación; Doña Pudenciana en la sumisión sin bachillería; Doña Carlota en la paciencia, pero sin pachorra; Doña Pomposa, en el agrado, pero sin zalamería; Doña María, en la conservación del doncellazgo, pero sin sambitatería;[338] y todas en la finura, pero sin perrera. Porque a la verdad, solo lo bien obrado es lo que se saca de esta vida; todo lo demás tiene la misma substancia que el humo, que en el viento se desvanece y pasa con la misma rapidez que la brillante luz de los relámpagos.

La muerte de Pamela fue el mayor desengaño en este punto, que es el segundo de mi perruna oración.

PUNTO SEGUNDO

Yo bien sé que la vida no es sino un viaje para la muerte o un dorado coche en que bonitamente y sin sentir vamos caminando a ella. El tiempo es el cochero; el tronco de caballos que lo tiran, blanco el uno y el otro negro, son el día y la noche; la infancia, adolescencia y demás edades, son las jornadas; los placeres del mundo, ventas en que tomamos algún refocilo; las enfermedades son las cuestas y desvanes en que se precipita este coche para llegar más breve; las canas son el polvo del camino que emblanquece el pelo; las arrugas, efecto del calor y fatiga que consumen el húmedo; la corcova[339] e inclinación del cuerpo con el arrastrar de pies, denotan el cansancio, porque se ha andado ya mucho; la agonía es la garita del país tenebroso; la sepultura es la posada, y todas las cosas que nos rodean, pregoneros que nos recuerdan hacia dónde caminamos. Tal es el deshojarse las flores, tronchar una hacha cortante aun los más empinados ocotes,[340] desplomarse los más soberbios edificios y girar los ríos al sepulcro de los mares, y aun el sol y planetas a su ocaso.

Sé bien todo esto; pero ¿es posible que había de ser aún más breve la vida de Pamela, y que este astro luminoso había de padecer eclipse casi en su mismo oriente? Por su pronta carrera más pareció cometa, aunque yo nunca la reputé por tal, no obstante tener cola, porque no comía. Pero lo cierto es que duró tan poco su luz, que ni aun con los cometas pudo compararse. Con razón, hablando su ama con su querida amiga doña Doloritas, usurpaba la sentencia del jurisconsulto. Dime ¿qué cosa podrá ser su término de comparación? Ello es, decía, ello es, Lola, que puede la vela, *ejus est nolle, qui potest velle.*[341]

---

338   *Sin sambitatería*: sin infamia.

339   *Corcova*: corvadura anómala de la columna vertebral, o del pecho, o de ambos a la vez.

340   *Ocote*: nombre genérico de varias especies de pino americano, aromático y resinoso, nativo desde México a Nicaragua, que mide de 15 a 25 m. de altura.

341   *Ejus est (non) nolle, qui potest velle*: expresión legal que significa: el que no asiente de manera tácita lo puede hacer expresamente.

Dispénsenos describir menudamente aquellos últimos días en que la vimos padecer, y sobre los que exige nuestro dolor, aún reciente, echar un velo. Aún no olvidáis que andando por los bordes del corredor, y llamándola a ese tiempo, al dar la vuelta cayó abajo, que se encogió y le resultó una apostema en la cabeza; que de día en día se fue extenuando y enflaqueciendo, hasta poder servir a una costurera, porque parecía aguja; que comenzó a arrojar materia por todas partes, y que, dando la más cruel penitencia a todas las narices vecinas, exhaló un pestífero hedor, y con el último aliento, dejando a las señoras igualmente consternadas por su pérdida, como por la prueba que en ella palparon de lo caduco de las cosas mundanas.

¡Ay de mí, que apenas puedo sostenerme al recordar tan funesta catástrofe! Un nudo en la garganta me embarga las voces y el corazón parece que se arranca, para derretirse en lágrimas amargas con estos recuerdos dolorosos. Yo mismo vi con estos ojos, con que veo a la venerable doña María, la hermosura de Pamela convertida en podredumbre; su lozanía en languidez; su genio festivo y placentero, en tétrico y abatido; sin gracia sus ojos, sin acción todos sus cuatro pies, y aquel cuerpo que las damas abrigaban en su regazo, arrojado por asqueroso en un sótano, cuando enfermó de gravedad, y después de su muerte en un muladar. Este fue su túmulo, su mausoleo, y tal su último paradero.

Y si este es el fin del animalillo predilecto, estremézcanse los demás que sirven de diversión a las damas y a los niños, y espérenlo aún más desastrado a vista del que experimenta el preferido entre todos. Ninguno, a la verdad, es acreedor a mejor suerte. No al pajarito, que sólo deleita el oído y a quien no se hace más cariño que meterle alguna vez la masa en el pico y tocarle blandamente la cabecita, aunque haya una docena de canarios o lo que es lo mismo, doce amarillos que silban, *doces, Amarilida*[342] *silvas*. No el loro, a quien no se hace más aprecio que darle una sopa porque nos divierta, preguntándole su estado como si fuera a confesarse; item con su verba exaltándole la bilis, *item verbalia in bilis*.[343] No el gato, que solo entretiene arrastrándole un papel o rodándole una bolita, por lo que solo se le honra con andarle por el lomo; pero no se pone a comer en la mesa, sino que se le dan migajas míseras en el suelo, *dat miseris solum*.[344] No el mono, de cuya cercanía se huye y solo agradan a lo lejos a sus ademanes, gesticulaciones y maromas, o que haga títeres con las patas, *titire tu patule*. No, en fin, los que recrean con harto sacrificio suyo, como la mosca clavada en un popote[345] para que imite el ejercicio militar; el ratoncillo asido de la cola con un hilo para verlo correr sin que pueda escaparse, y el murciélago afianzado de las alas para que chupe un cigarro.

A todos estos son superiores los perros por su lealtad, por sus conoci-

---

342 *Amarilida*: personaje femenino de novelas pastoriles.

343 *Item verbalia in bilis*: la frase aparece en un texto jesuítico de enseñanza del latín. *Coimbra 1555*.

344 *Dat miseris solum*: frase aparentemente extraída de texto de gramática latina que explica el uso del dativo (*dat*) de ciertos adjetivos.

345 *Popote*: paja semejante al bálago, aunque su caña es más corta y de color dorado, usada en México para hacer escobas.

mientos, por sus fiestas y por sus innumerables gracias; dignos por lo mismo de las mayores atenciones, hasta dormir en una misma cama con sus dueños y que las damas los equiparen a los seres de su especie. Pero entre todos se hará un lugar muy preferente la incomparable perrita, que ha sido el objeto de mi oración, y cuya pérdida os desengaña de que no debéis engreíros en cosa alguna de esta vida, supuesto que os ha faltado la que más amabais.

¿Por qué, Pamela?, ¡oh, querida y amada Pamela!, ¿por qué te alejas de nosotros? ¿A dónde te has ausentado sin dejarnos la esperanza de volver a verte? ¿Por ventura, envidioso el firmamento, te ha arrebatado para añadirte a su toro, escorpión, pescado y carnero, formando de ti nueva constelación? ¿Has subido a agregarte al Can celeste, o te has introducido en la Canícula?, ¿has descendido a los infiernos a acompañar al Cancerbero, o al abismo de las aguas, con el Can marino?, ¿te has ido a la Tartaria con su gran Kan, o con los perros moros?, ¿acaso con los canes de algunos encumbrados techos,[346] o bien al país de los canes, que juzgo serán las Islas Canarias?

Pero, ¡ay de mí!, que en ninguno de estos lugares hemos de encontrarla. Ella sin duda se ha remontado a lo más solitario de Nihilópolis, porque no ignoraba la grave sentencia del Nebricense: que la hembra sola reposa, *quae femina sola reposcit.*[347]

Esto, señoras, sirva de lenitivo a vuestra pena, ya que para mayor desengaño carecisteis aun del consuelo de heredarla, repartiendo entre vosotras sus miembros. ¡Qué dulce os hubiera sido que hubiera dejado su pescuezo a doña Pomposa, sus dientes a doña Eufrosina, sus hígados a doña Matilde, su espinazo a doña Pudenciana, su colita fiestera a doña Carlota, y sus ojos con su menudo entero y relleno a doña María!

Pero ya que no lograsteis esta dicha, permita el dios Pan, que lo es de los pastores, y por consiguiente de los perros, o bien Acteón, o la deidad, sea la que fuere, que preside a tan noble especie, y de cuya alta dignidad protesto a la faz del mundo no ser mi ánimo degradarla: permita, vuelvo a decir, que para reemplazar la perrita que lloráis y amabais como a vuestros ojos, os nazcan en ellos innumerables perrillas; que cuando vayais a la iglesia el perrero sea lo primero que os encuentre; que no hagais jamás sino perreras; que todas vuestras enfermedades se os emperren; que porque tengais cuanto pertenece a los perros, no os falte ni la rabia; y que por fin, como tan conforme a vuestros genios, paseis el resto de vuestros días en una vida perruna. Esta os deseo.

Aquí dio fin el orador, que no podía negar haber estado su oración de los perros.[348] La gracia con que la dijo le granjeó bastantes aplausos y galitas; pero los inteligentes no cesaban de dirigir sus elogios al autor, que era quien en realidad los merecía, pues el que predica un sermón soplado, no tiene más mérito que el de la trompa cuando suena con el viento que le introduce el músico.

---

346 *Can: c*abeza de una viga del techo interior, que carga en el muro y sobresale al exterior, sosteniendo la corona de la cornisa.

347 *Quae femina sola reposcit:* cosas que solo una mujer exige (Mi traducción).

348 *De los perros*: dicho de una cosa que es sumamente molesta y desagradable.

Unos ponderaban el chistoso estilo de la oración; otros la extravagante y graciosa aplicación de los textos; aquellos la erudición y tropos retóricos que la adornaban; estos las comparaciones y deseos hacia las señoras de la casa, y todos la moralidad que respiraba una pieza jocosa y por su naturaleza estéril.

Así que paró el fervor de las primeras alabanzas, se siguió el refresco, como en todo pésame, porque ya se sabe que los duelos con pan son menos. Y si Pamela hubiera sido rica y hubiera dejado su caudal a sus amas, entonces ¿qué tal hubieran sido sus exequias?, no habría función, júbilo ni carnaval con que haberlas comparado, porque los duelos con dinero no son duelos, sino gozos, contento y alegría para los herederos.

Finalizado el refresco, se siguió el baile, que duró hasta las tres de la mañana, según supimos, porque el coronel se retiró a las diez con su familia.

Nadie pudo negar que tuvo un rato divertido; pero el coronel, que no se descuidaba en instruir a su hija sin aire de lección, decía en el coche:

—¡Vaya, que hemos tenido una noche bien alegre a costa de mi hermana! Ella ha quedado hasta ahora medio bien, porque del todo jamás se queda bien en estas frascas. Pero, en fin, la han alabado y ha lucido el taco y gastado el dinero, a pretexto de la muerte de una perrita. No, no habrá bajado el costo de la fiesta de ciento o más pesos. Estos desperdicios, hija, se lloran en las casas, y estas risas se convierten en lágrimas de los pobres herederos después de que fallece el principal. Yo no repruebo algunas diversiones lícitas y moderadas, ni menos alabo la miseria o la mezquindad; pero tampoco aprobaré una decisión general por toda clase de placeres como es la de Eufrosina. Para ella nada hay malo como sea fiesta, y cuando no las hay, ella las hace con cualquier motivo, como esta noche. ¡Eh!, ¡quiera Dios, quiera Dios que nuestra sobrina no apetezca algún día lo que esta noche ha tirado su madre!

Con estas conversaciones llegamos a casa, se dispuso la cena, cenamos, y nos fuimos a recoger hasta otro día.

Capítulo XXVI

En el que continúa el coronel instruyendo a su hija
acerca del matrimonio

Así como el labrador arroja sobre la tierra fértil su semilla, complacido con la esperanza de recibir frutos sazonados y abundantes, así el coronel no regateaba a su hija sus instrucciones, asegurado de que su dócil corazón las recibía con la misma bella disposición que recibe el campo las primeras lluvias del verano. De suerte, que tanto gusto tenía el coronel en enseñar a su hija, como esta en recibir sus lecciones.

Un día, estando todos conversando sobremesa, se tocó el punto de la malicia de los hombres que engañan con apariencias de verdad. Al momento se acordó Pudenciana de una promesa que le había hecho su padre, y le dijo:

—Papá, el día que nos convidaron para las honras de Pamela me dijiste que me darías algunas reglas para conocer a los hombres, las que me serían muy útiles en el discurso de mi vida. Se han pasado ya algunos días y no me has dicho nada; sin duda que se te ha olvidado; pero ahora te lo acuerdo, porque no quiero quedarme sin saber esas reglas.

—Haces muy bien de querer saberlas –le contestó su padre– y ahora mismo te cumpliré mi promesa; pero ya te acuerdas que te he dicho que es empresa muy dificultosa el señalar estas reglas, por el estudio que los hombres ponen en disfrazarse, y que solo un largo trato con ellos puede quitarles las máscaras y manifestárnoslos tales como ellos son; pero esta prueba, aunque es la mejor, no es la más segura para una niña recatada, que debe huir todo trato y familiaridad con los hombres, mientras no salga de la patria potestad para el estado del matrimonio.

En esta inteligencia, las reglas que te daré serán comunes y sencillas, y por lo mismo fáciles de aplicarlas cuando quieras. Atiende: En cuatro clases puedes dividir a los hombres, y, en efecto, me parece que no se dividen en más ni en menos, sino que cualquier hombre entra en alguna de ellas precisamente.

Primera clase: Hombres de buen corazón y mala cabeza.

Segunda: Hombres de buena cabeza y mal corazón.

Tercera: Hombres de mal corazón y mala cabeza.

Cuarta: Hombres de buena cabeza y buen corazón.

Analizaremos estas clases, dándote algunas señales de cada una, para que conozcas los hombres, según a la que pertenezcan.

Primera Clase
Hombres de buen corazón y mala cabeza

A esta clase pertenecen aquellos cuyo corazón está dispuesto a hacer bien; pero muchas veces hacen mal por ignorancia, creyendo que obran con arreglo a la justicia. Su corazón está animado de deseos de acertar; pero su entendimiento, atolondrado o falto de la instrucción necesaria, concibe el mal como bien, y de aquí se sigue que a cada paso incurren en los errores que quieren evitar. Esos hombres son malos para superiores, porque se encaprichan, siguen el error, y apenas alguna vez y con mucha dificultad se logra que varíen de dictamen, sujetándose a un consejo prudente. Son malos estos hombres, como he dicho; pero son malos sin voluntad de serlo, sino por ignorancia, y por lo mismo merecen alguna disculpa. Peores son los de la

Segunda Clase
Hombres de buena cabeza y mal corazón

Estos son aquellos que tienen bastante talento e instrucción; pero al mismo tiempo un corazón emponzoñado y muy a propósito de cometer un delito, siempre que conciben que de él les puede resultar alguna satisfacción o conveniencia. Por lo general, estos hombres son egoístas, intrigantes, interesables y perversos. Ninguna disculpa merecen, ni en el tribunal de su conciencia misma, que incesantemente les acusa y les reprende su proceder inicuo. Estos son malos para superiores, para compañeros, para amigos y para todo.

Tercera Clase
Hombres de mal corazón y mala cabeza

Estos son los monstruos más intolerables de la especie humana. Necios y con pésimas inclinaciones, apenas harán un bien por accidente, siendo el peor la gran dificultad que tiene de enmendarse, pues ciegos y contentos con su torpe ignorancia, están casi físicamente impedidos de conocer su triste situación. Dije casi, para excusarles la disculpa moral, si la quisieran alegar. El hombre siempre tiene el camino abierto para salir del error, como quiera; pero los que están bien hallados con él jamás preguntan si aciertan o yerran, por más que les recuerda su conciencia; y he aquí la ignorancia que no tiene disculpa, porque se puede vencer si se quiere. Mas estos necios y perversos de que hablo, no tienen ni quieren tener otro maestro que su capricho. De consiguiente, como necios adoptan las más detestables ideas, y como perversos las ejecutan siempre que pueden, y Dios nos libre de estar sujetos a esta clase de malvados con poder.

Cuarta Clase
Hombres de buen corazón y buena cabeza

Ningunas alabanzas serán desmedidas en obsequio de los que corresponden a esta clase. Por el contrario de los anteriores, siempre piensan bien y obran mejor. Su entendimiento dócil e ilustrado les hace conocer la maldad y la virtud, y su voluntad bien dirigida los incita a detestar aquella y abrazar esta. Y ¿quién dudará que semejantes hombres son buenos para todo?, amigos verdaderos, vasallos fieles, esposos amantes, padres tiernos y ciudadanos útiles a cuantos tienen la dicha de tratarlos. Estos hombres, dignos siempre de la memoria de los buenos, ni se envanecen con las honras, ni se ensoberbecen con el oro, ni abusan del poder cuando lo tienen. En estos casos, cuando su mérito los eleva, o los engrandece su fortuna, entonces es cuando brillan más sus talentos y se perciben dulcemente sus bondades, lo mismo que cuando el astro luminoso del día se eleva sobre nuestras cabezas, no para incendiarnos con sus rayos, sino para derramar sobre nosotros sus influencias benéficas y necesarias.

—¡Ay, papá! –dijo Pudenciana– ¿quiénes son esos hombres tan generosos y tan grandes a quienes no trastorna el oro ni el poder? Yo quisiera conocerlos para alabarlos sin cesar; pero pienso que me moriré con el deseo, porque sólo tú eres tan bueno como los que has pintado.

—Esa alabanza en otra boca me parecería irónica, porque a la verdad no la merezco –dijo el coronel– mas en la tuya la estimo demasiado, porque sé que te la dicta el mucho amor que me tienes, que es el que te hace formar un concepto tan ventajoso de tu padre. Yo te agradezco tu cariño, y procuraré no desmentir tu corazón; aunque es bien que entiendas que ni tengo la bondad que piensas, ni aun cuando la tuviera, sería el único. Hay muchos hombres buenos, hija mía, sembrados sobre la haz de la tierra; pero es difícil conocerlos, y aunque hay muchos, la infinidad de perversos e hipócritas con quienes se hallan confundidos o engastados, los hace parecer muy pocos y también muy raros en el mundo.

Tampoco debes olvidar que, por desgracia, el mérito y la virtud las más veces o no se conocen, o se arrinconan o se persiguen. Así que, no es mucho que los hombres que poseen estas recomendables circunstancias no estén siempre ni todos en disposición de comunicar a sus semejantes los efectos de su entendimiento y probidad; y ves aquí un motivo poderoso para que estos hombres ilustrados y benéficos nos parezcan menos de los que son en realidad. En el cielo hay muchas estrellas y no las vemos todas, o porque una distancia enorme las hace inaccesibles a nuestra vista o porque algunas nubes nos interceptan sus luces.

—Todo eso lo siento mucho –dijo Pudenciana– por cuanto dificulta el conocimiento de semejantes genios bienhechores. ¡Ojalá supiera yo algunas señas inequívocas con que poder distinguirlos de los demás!

—Bien conozco –prosiguió el coronel– la sinceridad de tu deseo, el que es muy justo, y si Dios te destina para casada, ¡cuánto apreciaría que encontrases un hombre de esta clase! Tú quisieras lo mismo, es natural: por eso anhelas algunas señas particulares para el caso. Yo quiero complacerte dándote una sola, muy sencilla, pero inequívoca, y esta es la sólida y verdadera virtud. El hombre que la posee es el verdadero hombre de bien, y de consiguiente, cumpliendo exactamente con las obligaciones que le impone su estado, se hace útil y apreciable en cualquiera clase a que pertenezca en la sociedad.

—Pero, papá, hay tantos hipócritas con quienes un hombre de estos se confunda, que me parece una empresa muy ardua el distinguirlo.

—Es, en efecto, difícil distinguir al malvado hipócrita del verdadero virtuoso; pero no es imposible, en teniendo idea de lo que es hipocresía y de lo que es virtud. Hipocresía es el fingimiento o la máscara del bien obrar, y la virtud es el constante ejercicio de este bien obrar.

Te parece quizá que esta definición dice poco; pero no, hija, en ella sola te doy el termómetro más infalible para distinguir al hipócrita del virtuoso. El primero puede aparentar virtud y engañar o alucinar a los que no saben qué es virtud ni en qué consiste; pero no puede ser constante en este fingimiento. Semejantes a algunas mujeres zonzas que pretenden pasar plaza de garbosas, fingiendo otro andar del que tienen por naturaleza, y a poco rato se les olvida y vuelven a su antiguo trote o pasito cansado, así son los hipócritas; que por un momento fingen piedad, castidad, humildad, y si se quiere todas las virtudes; mas esta escena no dura mucho; no, no hayas miedo que te engañen si tú lo observas despacio. No duran más los intervalos de un loco que las apariencias de virtud en un hipócrita. A poco de fingir lo que quieren, se les olvida, y manifiestan su ordinario modo de proceder.

No así el virtuoso verdadero, el legítimo hombre de bien y bueno de cabeza y corazón. Este, como acostumbrado al bien obrar, es constante en el ejercicio de la virtud. Esta constancia es el mejor garante que tienen los hombres de su hombría de bien, y el saber observarla es el medio mejor para distinguir al hipócrita del virtuoso.

—Papá –dijo Pudenciana– ¿quién no te ha de entender, si te explicas con tanta claridad? Pero para mejor entenderte quisiera que me dijeras en qué consiste la verdadera virtud, pues mientras no lo sepa, no podré observar cuál es el más completo y verdadero virtuoso. Ya yo supongo que la verdadera virtud no consiste en rezar muchas novenas, en andar con la cabeza inclinada al suelo, con los ojos bajos, ni el semblante mustio, ni en otras exterioridades de que hacen tanto caudal los hipócritas e idiotas; pero no me acuerdo en qué consiste la virtud verdadera, y ciertamente que tú me lo has dicho otras veces.

—Sí, te lo he dicho; mas nuestra memoria es harto débil, y se te ha olvidado esto como otras cosas; pero atiende. Preguntaba una vez un joven a Jesucristo, qué haría para salvarse. —«Guarda los mandamientos, le contestó nuestro divino Maestro. —¿Y para ser perfecto?, prosiguió preguntando el joven, a quien respondió el Señor: —Si quieres ser perfecto, vende tus bienes, dalos a los pobres, toma tu cruz y sígueme.» He aquí en dos palabras explicado por la Sabiduría eterna en qué consiste la virtud verdadera y la perfección cristiana de ella misma. El que guardare exacta y constantemente los mandamientos del Señor, será verdaderamente virtuoso, y el que, a más de esta indispensable observancia, tuviera la heroica resolución de desprenderse de todos los intereses temporales y de conformar en todo su voluntad con la de Dios, ese será, no solo virtuoso y arreglado, sino justo y perfecto, en cuanto cabe, en el estado de viador de esta miserable vida. Los que faltasen a aquella observancia y a aquel despego total de las cosas humanas, serán solamente unos hipócritas de virtud y santidad, por más exterioridades y gazmoñerías de que se valgan. Alucinarán alguna vez a los que juzgan de las cosas con ligereza; pero nunca a los que como tú saben ya en qué consiste la virtud y cuáles son las señas que convienen a los verdaderamente virtuosos.

—De manera, papá –decía Pudenciana– que siendo lo mismo ser virtuoso que hombres de bien, ninguno que no guarde los preceptos del Decálogo en todas sus partes puede ser virtuoso, y de consiguiente ni hombre de bien, o como se dice, hombre de honor.

—¿Eso qué duda tiene?

—¡Ya se ve!, pero yo he oído decir que entre los gentiles ha habido y aún hay entre los moros y protestantes de otras comuniones diferentes de la nuestra muchos hombres de bien, y tales, que su conducta pudiera avergonzar a muchos católicos relajados. Esto me hace creer o que es falso que haya habido tales hombres de bien en el mundo sin ser cristianos, o que si los ha habido puede haberlos sin guardar los diez preceptos dichos, pues los protestantes y moros no los guardan; y entonces sale de ahí que, para ser hombre de bien, no es menester guardar los mandamientos.

—Así debería ser si no fuera tu raciocinio equivocado; pero has de saber, hija mía, que aunque es indudable que entre los gentiles, moros y otros que no han conocido ni adoptan nuestra religión ha habido y hay muchos hombres de bien, todos estas han guardado y guardan escrupulosamente los preceptos del Decálogo...

—Pero, papá, ¿cómo los pueden guardar si no los saben?

—Esa es la equivocación, hija mía; porque has de saber que todos los hombres nacen con el conocimiento de esta ley impresa en el alma, y de consiguiente ligados a su observancia.

—Según eso, papá, ¿aunque Dios no hubiera dado a Moisés los diez preceptos en el monte Sinaí, todos sabríamos cuáles eran y que los debíamos cumplir?

—Sí, hija mía.

—Entonces, ¿todos los que precedieron a Moisés nacieron con este conocimiento y obligación?

—No tiene duda, y de consiguiente todos los que no gozaron en el seno de Abraham del fruto de la redención del género humano, fueron infractores de estos preceptos con cierto conocimiento de ellos.

—Pues la verdad, papá, hablemos de otra cosa, porque esas son muchas honduras para mí, y no soy capaz de comprender cómo podrá un hombre saber lo que no le han enseñado.

—No hay cosa más fácil. Atiende: todas las naciones del mundo, sin exceptuar las bárbaras o salvajes, de unánime consentimiento en todos los siglos, han convenido en que hay un solo Dios, esto es, un Ser Supremo, Autor de la naturaleza, y de quien dimana todo el bien a las criaturas. Sin ninguna revelación conoce el hombre, por bárbaro que sea, que no se hizo a sí mismo, y que no tiene virtud o poder para hacer producir ninguna cosa de la nada; conoce también que es superior con mucho a los astros, a los brutos, a las plantas y a todas las criaturas que le rodean, y de aquí deduce, aunque no quiera, la existencia de un Ser soberano, independiente y autor de cuanto mira; porque... así se explica el más rústico en su interior cuando se detiene a contemplar estas verdades. Si yo, que soy la criatura más perfecta en la naturaleza, según que me lo manifiesta la superioridad que tengo sobre sus demás seres, ni pude hacerme a mí mismo, ni puedo criar un gusanillo, ni un átomo de arena, menos hará otro tanto el caballo ni el monte, el pájaro ni el río, ni ninguna otra cosa de cuantas me son inferiores en inteligencia y en poder. Luego algún ser hay superior a mí y a todo cuanto existe, pues fue bastante a hacernos existir. Este Creador es un Autor benéfico, pues él me dio los ojos con que miro la hermosura del campo y de los cielos; el paladar con que gusto la dulzura de las frutas; el olfato con que percibo el aroma de las flores; el oído con que escucho la melodía de los pájaros, y una particular inteligencia con que me proporciono las comodidades de la vida y me resguardo de las intemperies y peligros con más acierto y ventajas que las aves, los brutos y los peces. Este Ser soberano es acreedor, no solo a mis respetos y gratitud, sino también a mi temor, pues siendo tan poderoso y tan absoluto, me podrá deshacer con la facilidad que me hizo, si yo le disgustare alguna vez.

He aquí, hija mía, el modo con que han pensado todos los hombres acerca de la Deidad suprema; por este convencimiento en todas partes han tributado cultos y homenajes al Autor de la naturaleza. Es verdad que han errado en el modo de tributarlos, pero no en el fin. La ignorancia y la soberbia los han precipitado en mil abismos de delirios. El hombre, incapaz de conocerse a sí, ha pretendido conocer a su Creador; por eso unos lo han adorado en el sol, otros en el fuego, estas en un buey, aquellos en un cocodrilo, y finalmente, lo han querido hallar entre los materiales objetos que les presentaba la naturaleza. De aquí nació la turba de gentiles idólatras que siempre anduvo a tientas buscando la deidad inaccesible; pero siempre reconociendo este Autor soberano, Dios de dioses y objeto único de sus cultos y adoraciones.

Apenas hubo hombres cuando hubo religión. Esta fue desarrollándose a proporción que se aumentó la población del mundo. Al necesario conocimiento de Dios siguió el culto exterior; se instituyeron sacrificios y ministros que los ofrecieran con el pueblo; se erigieron aras y templos; se intentaron fiestas y solemnidades; se reconocieron los templos como lugares propios para orar y como asilos para refugiarse en ellos de las persecuciones inminentes; se inventaron rogativas para aplacar el celestial enojo; se compusieron himnos y cánticos para alabar a Dios en todos tiempos; se admitió el juramento como sagrado y como el sello de la verdad; de consiguiente se castigó el perjuro como sacrílego; se dedicaron días particulares para el culto, y en todas partes fue adorado, aunque entre tinieblas, el augusto nombre del Señor, y reconocido su poder.

Hasta aquí ya ves cómo todas las naciones han convenido en que hay un Dios solo y único autor de cuanto existe; en que este Dios es poderoso, benéfico y temible; en que por lo mismo es acreedor a que le amemos sobre todo, a que no profanemos su nombre santo y a que le consagremos nuestros cultos y adoraciones. ¿Y quién les ha enseñado a los hombres estas sublimes verdades? Dios mismo, dice el Real Profeta: «Tú, Señor, has impreso en nuestros corazones la luz de tu divinidad.»

Estos son los tres preceptos que pertenecen al honor de Dios. Los otros siete que pertenecen al provecho del prójimo también se los enseñó la naturaleza dirigida por Dios, bajo de esta sencillísima idea: no hagas a tus semejantes el mal que no quisieres recibir de ellos.

Según este principio de derecho natural, y sin más luz, conocieron los hombres que no les era lícito dañar a nadie, ni en la honra, ni en la hacienda, ni en la vida. Por tanto, luego que se reunieron en sociedades, formaron sus códigos y señalaron penas contra los injustos agresores, no dejando en parte alguna sin castigo el robo, el adulterio, el homicidio y los demás crímenes que se cometían con notable perjuicio de los hombres. Estos, guiados por la naturaleza dirigida por su Autor, no solo conocieron que no debían perjudicarse, sino también socorrerse mutuamente en sus desgracias; pues así como cada uno se reconocía con cierto derecho para reclamar los auxilios de sus semejantes en caso de necesidad, así también conocía en sí cierta obligación de ayudar a sus iguales en el mismo caso; y de aquí tuvieron origen las leyes justas, los establecimientos piadosos, y los hechos benéficos y heroicos que admiramos aún entre las tinieblas del gentilismo.

En vista de estos conocimientos naturales, ¿qué novedad nos puede causar un Arístides, un Marco Aurelio, un Sócrates, un Tito y otros mil hombres de bien, esto es, hombres de conducta arreglada y corazón benéfico, que entre los errores del paganismo se distinguieron del común de sus coetáneos, derramando sus luces y prodigando beneficios a sus semejantes? Tales fueron muchos de estos grandes hombres, que los pueblos, reconocidos a sus bondades, se tomaron la libertad de divinizarlos después de su muerte, creyendo que no llenaban de otro modo las sagradas leyes de la gratitud, y persuadidos a que un hombre bienhechor o era Dios, o no desmerecía de serlo. ¡Tanto es el amor y respeto que se granjea la beneficencia cuando recae sobre un corazón agradecido!

Pero lo que hace a nuestro intento, es que estos hombres amados de los pueblos no lo fueron por otra cosa sino porque respetaron a sus dioses, obraron con arreglo a la justicia, y lejos de ofender a sus semejantes, los llenaron de beneficios. Esto es en nuestra religión amar a Dios sobre todo y al prójimo como a nosotros mismos, y esto también es, en cierto modo, guardar los preceptos del Decálogo sin noticia quizá de los Profetas ni Escrituras[349], pues antes que Dios en el Sinaí grabara sus preceptos en unas piedras para dárselos a Moisés, ya los había impreso naturalmente en los corazones de los hombres, según te lo he manifestado, y de esto debes necesariamente deducir que si hubo entre los paganos algunos hombres de honor, solo fueron los que tributaron el debido culto a la deidad; los que jamás dañaron a sus semejantes; los que beneficiaron a los desgraciados; y en dos palabras, los que amaron a Dios sobre todas las cosas y al prójimo como a sí mismos. De otro modo no serían ni podrían ser hombres de bien, sino unos fantasmas de bondad.

Lo que decimos de los antiguos gentiles hemos de asegurar de los modernos protestantes. Hay entre ellos y ha habido muchos naturalmente virtuosos, y cuyos escritos nos manifiestan que poseyeron unas conciencias timoratas y unos corazones llenos de beneficencia[350].

Es verdad que como separados del seno de la verdadera religión, fuera del cual nadie puede salvarse, hicieron sus virtudes infructuosas para sí mismos. Aisladas sus buenas acciones en el orden natural, desnudas de fe y caridad, no pasaron de virtudes morales; de consiguiente, no fueron meritorias ante Dios. Si se abstuvieron de cometer el mal y obraron el bien, no fue, en primer lugar, por complacer a Dios como el católico virtuoso, sino porque naturalmente les era odioso el vicio, y por la satisfacción que experimentaban cuando hacían algunas obras buenas, y tal vez por lisonjearse con la brillante reputación que estas les granjeaban. Sin embargo, la memoria de estos hombres no hubiera pasado a la posteridad con elogio, si no hubieran tenido y cultivado estas virtudes, ni estas hubieran resplandecido en ellos en tanto grado si no hubieran cumplido exactamente los siete preceptos del Decálogo que pertenecen al prójimo y los tres divinos que pertenecen al culto del Ser Supremo.

Si esto es así, es necesario confesar que ni pudo ni puede haber hombres de bien en el mundo, sino arreglándose a la pauta de estos preceptos divinos. La digresión ha sido larga, pero yo la he juzgado importante para ti.

—¡Y como que lo ha sido, papá! —dijo Pudenciana. Yo antes de ahora

---

349 Aunque las fenicios, griegos y romanos forjaron sus fábulas sobre los libros de Moisés, muchos existieron antes que él, otros después, y ni noticia tuvieron de sus escritos (Ed. 1842).

350 Las obras de los célebres ingleses Young y Hervey nos ahorran de amontonar nombres de protestantes en cuyos escritos brilla, como en los primeros, la moral más sana y arreglada al Evangelio de Jesucristo (Ed. 1842).

pensaba que todos los que no eran católicos eran sacrílegos, vengativos, avaros, crueles, en una palabra, libertinos y viciosos hasta el extremo. Pensaba también que los que nacieron antes de la venida del Mesías no tuvieron ni pudieron tener ninguna idea acerca de la Deidad suprema, y se me había olvidado que ya me habías dicho que muchos paganos sabios, aunque en lo exterior fingían creer la pluralidad de dioses, que veneraba el pueblo, en lo interior conocían que era un delirio admitir un poder divino repartido entre muchos soberanos o reyezuelos celestiales. Por último, pensaba yo que se podía ser verdadero hombre de bien en el mundo, sin sujetarse a la santa ley que nos gobierna; pero ya veo que el que aspire a este título de honor ha de guardar estos diez preceptos; menos, no hay tal hombría de bien ni tal honor en ninguno. Yo te doy las gracias, papá, por tus buenos documentos, y te suplico que me des otras señas más claras para distinguir a los hombres honrados de los que fingen serlo; pues ya tú ves que no es fácil andarles a todos a los alcances para ver si guardan o no los mandamientos, y sería muy oportuna una señalita reservada para conocer al pícaro y libertarse de él. ¡Oh, cuánto valiera esta piedra de toque para elegir un buen marido! Pues, digo, allá a las que piensan en casarse.

—Y a ti también te servirá si pensares en eso alguna vez, dijo el coronel; pero aunque ya sé cuál es la seña segura que tú quieres, temo decírtela porque no vayas a querer experimentarla por ti misma.

—¡Ay, papá!, pues si es segura, ¿qué riesgo hay en que se experimente?

—En que se experimente no hay riesgo; en que no se salga bien de la prueba está el riesgo.

—¿Tan contingente es la victoria?

—Sí, tan contingente; y más hecha por una joven inexperta, y acaso ciega con la pasión del amor.

—¿Pero las pasiones no se pueden sujetar a la razón?...

—Sí, pero no siempre, y mucho menos cuando no tenemos testigos de nuestras debilidades.

—Según eso, la prueba de que me hablas se debe hacer a solas con los hombres para calificar su honradez.

—Que se debe, no diré; pero sí que la soledad la facilita sin equivocación.

—Ya me desespero por saber qué prueba es esa tan arriesgada por una parte, y por otra tan segura.

—Y yo ya conozco lo que ha excitado tu curiosidad. Voy a satisfacértela. Has de saber...

—¡Señores, corran sus mercedes, que se ha caído de la escalera la señora Beata y se ha medio matado!

El furioso grito que dio la criada cuando entró con esta noticia, deshizo la conversación. Todos nos levantamos apresurados, especialmente doña Matilde, que había estado en ella como de palo, gustando de la instrucción de su marido; pero como cualquier desgracia nos sorprende, y más cuando recae en nuestros deudos o amigos, no fue mucho que esta fuese la primera en levantarse a favorecer a su tía.

Tan presto lo hizo, que cuando nosotros llegamos a la escalera ya había levantado a la dolorida beata y la subía apoyada en su brazo. No fue cosa de cuidado el golpe, pues solo se lastimó ligeramente una rodilla.

Luego que entró a la sala se sentó, se le dio una poca de agua fría por el susto y unos bizcochitos con un traguito de vino por la debilidad, con cuyos auxilios se restableció la enferma en un instante y se volvió risa la memoria de la caída:

Así que estuvo confortada y del todo serena, le dijo doña Matilde:

—Pero tía, ¿qué negocio trajo a usted hoy a casa, que venía o tan distraída o tan de priesa que se cayó de la escalera?

—¡Ay mi alma!, un asunto de suma importancia, cual es el avisarles los grandes cuidados de Eufrosina y de Pomposa, que como ustedes no han parecido por allá desde el día de las honras de Pamela, no han sabido nada.

—¿Pues qué ha sucedido, tía?

—¡Qué ha de suceder, sino que desde la noche de las honras espantan en la casa! Si la perrita hubiera sido gente, yo dijera que andaba en penas; pero no, lo puedo decir, porque al fin Pamela no era gente ni lo soñó en su vida, aunque no le faltaba más que hablar.

—Pero, señora, ¿qué clase de espantos son esos?

—¡Terribles, don Rodrigo, sí, terribles! ¡Sobre que han andado buscando casa todos estos días, y dice Eufrosina que de hoy a mañana se muda, aunque sea a una accesoria o a una casa de vecindad!

—¿Tan grandes son los espantos?

—Sí, señor; ¿le parece a usted poco que en la noche de las honras viera Pomposita al diablo?

—¡Al diablo!

—Sí, señor, al diablo; al mismito diablo vio la pobre muchacha.

—¿Y qué señas dice que tenía?

—¿Cómo qué señas? Tenía su cara muy fea, sus cuernos, su cola y sus zancas largas.

—¿Y en dónde lo vio?

—¿Cómo en dónde? En su recámara, como a las dos horas de haberse acostado.

—Pero díganos usted, doña María; ¿qué, bebió más vino después que nos despedimos?

—¿Qué vino había de beber? Ni lo volvió a probar.

—¿Y en qué paró el espanto?, ¿cómo se deshizo la visión?

—Porque a los gritos de ella despertaron todos y se levantaron para acompañarla. —¡Válgate Dios por los espantos! ¿Y lo ha vuelto a ver otra noche?

—Sí, señor; a la segunda noche lo volvió a ver más grande y más feo que la primera. A sus gritos y los de la criada que la acompañaba, entraron mi sobrina y su marido en su recámara, y se desapareció el enemigo. A la tercera noche ya no tuvo valor Pomposita para dormir allí.

—Con razón –dijo doña Matilde– yo tampoco hubiera dormido; pero ¿qué hizo? —Se fue a dormir a la asistencia, y allí también la persigue el maldito.

—¿Es posible?

—Como te lo digo, niña. A las doce de la noche le empezaron a tocar la pared de la cabecera, y no es que sea San Pascual Bailón que le avisa que está cercana su muerte, porque ella jamás ha querido ser su devota por no oír esos toquidos; y así ¿quién puede ser sino el duende que ha cogido a cargo a la infeliz muchacha?

—Así es –dijo el coronel– el diablo son los duendes. ¡Pobre de mi sobrina!

—Vea usted si tiene razón de quererse mudar.

—¡Ya se ve que la tiene, y sobrada! Esto de ver al diablo en cuerpo y alma, y oír golpes en la cabecera no es cosa de juguete. ¿Y qué dice Pomposita de esas cosas, y su madre también?

—¡Qué han de decir, sino que son avisos del cielo!, y ya las dos han resuelto mudar de vida.

—Eso siempre es muy bueno; pero si el diablo hubiera sabido lo que había de suceder, no se mete en espantarlas, porque no le tiene cuenta que se convierta ninguna alma; mas al pobre no le dio esto por las narices y se ha llevado un buen chasco.

—¡Noramala para él! –decía la beata– yo me alegro de que se haya pegado esa burla.

—Cuénteme usted, tía –prosiguió Pudenciana– ¿y qué ha hecho mi prima al principio de su conversión? Pues, lo pregunto para cuando yo me convierta.

—¿Qué ha de hacer, niña?, las dos se han ido a confesar, y ya Eufrosina no quiere tertulias; ya despidieron al maestro de baile; Pomposita ha tirado todas las esencias de olor y ha guardado sus peinetas y alambre con que se componía la cabeza.

—¡Ay tía!, no me lo diga usted; ¿a tanto ha llegado?

—Sí, mi alma; si tú la vieras, no la conocerías, porque está tu prima de lo vivo a lo pintado. Ha compuesto sus túnicos, ha comprado zapatos negros, y todo el día está suspirando, mirando un Santo Cristo y leyendo la vida devota de San Francisco de Sales, y hoy me ha pedido que busque la vida de Santa Rosalía; y según yo barrunto, puede esto venir a parar en que sea monja teresa. En fin, desde la noche de los espantos una Pomposa llevaron y otra trajeron; pero aunque ya no la espantan, ella no entrara a aquellas piezas, si la mataran, y no dejan de buscar la casa.

—Muy bien hecho —decía don Rodrigo— pero si usted vuelve hoy a verlas, dígale a mi hermana y a don Dionisio que digo yo que no se aceleren demasiado por mudarse; que a la noche iré allá con mi mujer y Pudenciana; que me pongan la cama en el mismo lugar donde estaba la de Pomposita...

—¡Ay, señor don Rodrigo! ¿Y para qué quiere usted hacer eso?

—Para ver al diablo, porque no he visto uno en mi vida, sino pintados; y pues en casa de mi hermana se deja ver tan a lo vivo, no es de perder semejante espectáculo.

—¡Por cierto que quiere usted ir a bonita comedia!

—¿Le parece a usted que será poca diversión ver una cosa invisible?

—¡Creo que usted no lo cree, señor coronel!

—¿Cómo no?, lo creo tanto como creer que hay hechizos, brujas, vistas que hacen daño, muertos que se aparecen, fantasmas, dinero enterrado que avisa de noche donde está con su luz opaca y lisonjera, y otras cosillas de este mismo tejido.

—Pues qué, ¿dirá usted que no hay nada de eso?

—Sí, lo mismo que el diablo que se le apareció a mi sobrina.

—¡ Pues ya se ve que sí! —decía la beata— y si estas cosas no fueran verdad, no se leyeran en los libros impresos con letras de molde y con las licencias necesarias, ni se oyeran asegurar por personas muy sabias y muy cristianas.

—¡Ah, señora!, si se quemaran todos los malos libros y si enmudecieran todas las lenguas ignorantes acreditadas de sabias entre los muchachos, ¡cuántos errores se cortarían de raíz! La multitud de milagros y espantos apócrifos que se hallan esparcidos en los libros, y defendidos como verdades inconcusas por personas que parecen sabias, son los que han abierto la puerta a infinitos errores, abusos, vana confianza, fanatismo y supersticiones, en que el vulgo de todas clases se halla empapado no solo en nuestro reino, sino en todo el mundo, pues en todas partes cuecen habas.

Lo más sensible es que los que con una piedad falsa han querido hacer valer la religión con estas patrañas, no han conseguido otra cosa que hacerla terrible para los propios y ridícula para los extraños. Nuestra religión, con la santidad de su instituto, con la solidez de sus pruebas, con la excelencia de su dogma y justificada moral, brilla sin necesidad de falsos espejuelos ni oropeles.

El Ser Supremo, para hacerse temer de los malvados, no necesita del demonio, ni de hacer títeres espantosos, dando a cada instante cuerpos aéreos a los espíritus infernales, ni para hacerse amar y prodigarnos sus beneficios, está todos los días invirtiendo el orden que prescribió a la naturaleza. El creer lo primero es figurarnos una deidad mezquina, y el esperar y pedir lo segundo es tentar a Dios, esto es, querer hacer prueba de su poder, lo cual es un insulto sacrílego a su omnipotencia.

—Pues usted dirá lo que quiera —decía la beata— pero de que hay espantos, los hay. En vida de la señora mi madre, que era yo muchacha, había en México un hervidero de duendes y fantasmas, que no era dable, y yo me acuerdo que, recién muerta su merced, la vi dos noches palpablemente al entrar en la recámara donde murió, y una vez oí que me llamó y me dijo muy claro: —*María, María.* —Pues esto a mí me pasó, no me lo contaron, y la vi con estos ojos que se ha de comer la tierra. Lo mismo digo de los milagros que cada día se ven a millares. ¿No ve usted cuántas muletas y piececitos de plata y cera están en los altares de algunos santos? ¿Quiere usted más prueba? Y por fin, ¿no se acuerda usted del milagro tan patente que pasó habrá doce o trece años con Pomposita, cuando se cayó del balcón y no recibió el más mínimo daño sino el susto? Pues esto no lo puede usted negar, porque lo vio con sus mismos ojos.

—Es verdad –contestó el coronel–, yo lo vi, o si no lo vi me lo contaron: fue cierto que la niña cayó del balcón y quedó ilesa; pero eso fue casualidad, no milagro: milagro hubiera sido que se le hubiera hecho pedazos el casco en la lana; pero que no se matara una criatura de tan poco peso, al caer de un balcón no muy alto sobre un montón de lana blanda y esponjada, no puede ser milagro, más que así lo llame usted desde ahora hasta el fin de sus días. Fue casualidad que hallara prevenido en el suelo tan buen colchón, y cayendo en él, fue cosa muy natural que no se matara ni se rompiera la cabeza. Ahí me las den todas.

—¿Conque, no fue milagro?

—No señora, no fue milagro.

—Pues sí, señor, fue milagro, y muy milagro, que lo hizo nuestra Señora de la Soledad de Santa Cruz, Señor San Agustín, y mi madre Santa Rosa de Lima, a quienes yo invoqué, aunque tan mala y pecadora.

—La creencia de usted es piadosa, pero el hecho no fue cierto, porque ni esos santos hicieron tal milagro, ni pudieron hacerlo.

—¡Ay Jesús!, ¿qué es lo que usted dice? ¿No pudieron esos santos hacer ese milagro?

—No, señora; ni otro ninguno.

—¡Ay, qué es lo que oigo! ¿Ni la Santísima Virgen que está en el cielo puede hacer un milagro?

—No, ni la misma Emperatriz Sagrada.

—¿Has oído, Matilde, qué herejía tan grande ha dicho tu marido? ¡Jesús sea aquí! ¡Ave María Purísima! ...

—No se espante usted, tía, que no ha dicho Linarte ninguna blasfemia.

—Ya se ve que no. Mi papá es muy cristiano –añadió Pudenciana.

Y la venerable beata, llena del espanto más pánico o infundado, preguntaba:

—¿Pues qué, también ustedes son de su opinión?, ¿también ustedes aseguran que ni los Santos ni la Virgen María hacen milagros?

—De fuerza lo hemos de asegurar así, cuando nos lo enseña la Iglesia.

—¡La Iglesia! ¡Qué testimonio! ¡Alabado sea el Santísimo Sacramento del altar! Ya todos los de esta casa son herejes. Es menester delatarlos. Ellos son mis parientes; pero no tiene remedio; de aquí derechito a la Inquisición. Sí, sí, que los quemen; primero es el alma.

—No se dé usted tanta priesa, señora –decía el coronel con mucha paz–, no vaya usted a incomodar con esos chismes a los inquisidores, porque le dirán que es una tonta y que no sabe los principios de su religión. Aprenda usted primero, y luego nos irá a acusar al tribunal que quiera.

—Yo no contesto con descomulgados, y esa descomunión es de participantes; sí, de participantes, y yo no me quiero salar. Me tapo las orejas, me voy yo de esta casa condenada. No en balde me caí de la escalera al entrar; pero ahora lo verán, herejotes, se han de acordar de mí...

Diciendo estas y otras simplezas, se salió de la sala la buena vieja. Matilde y Pudenciana muy apuradas querían detenerla, y la primera decía a su marido:

—Déjame ir a detener a mi tía, no vaya a hacer una tontera. Es verdad que no le harán aprecio; pero en quita, pon y desembaraza, se nos puede seguir algún extravío, y cuando no sea otro que las hablillas de los que ignoran la realidad del caso, son de temer, y se deben evitar.

—Déjala que vaya con Dios: no hagas aprecio de eso, ni tengas cuidado. ¿Acaso los jueces son ignorantes, ni pueden proceder con tropelía? Ellos en la delación conocerán la ignorancia de la madre beata, y cuando les quede alguna duda, luego que me oigan se satisfarán de la pureza de mi proposición.

—Es verdad; pero ¿qué gana tienes de esas contestaciones? ¿Ya lo ves?, delante de los muy ignorantes y virtuosos fanáticos no se puede hablar nada, porque todo lo entienden mal y lo interpretan peor.

Mientras que el coronel y doña Matilde hablaban estas cosas, se marchó la necia beata, y nosotros no dejamos de quedar con algún cuidado, que no se nos quitó hasta la tarde, como verá el lector en el capítulo que sigue.

Capítulo XXVII

En el que sigue la disputa que el coronel tuvo con la beata

Muchas veces una casualidad origina una desgracia y otras evita una desazón. Esto último aconteció entre el coronel y doña María. Iba esta firmemente resuelta a acusarlo, cuando la encontró Carlota, le preguntó por él y su familia, y la beata, después de referirle lo acaecido, le dijo cómo iba determinada a delatar a todos. Carlota era muy prudente, y así dijo que la intención era muy buena; pero la hora muy incómoda, pues era mediodía, y los señores estarían en sus casas, y tal vez comiendo; que sería mejor ir a casa de doña Eufrosina, comer allá, dormir siesta, y a las cuatro y media o a las cinco de la tarde pasar al tribunal a delatarlos. Con esto se serenó la vieja, y ambas se fueron a casa de don Dionisio, porque Carlota no quiso separarse de ella.

Luego que llegaron, contó la beata cuanto le había pasado con el coronel, añadiendo e interpretando a su antojo lo que le pareció, con lo que sorprendió a Eufrosina y su marido, a Pomposa, al padre don Jaime y a otras personas que asistieron a su informe, y se admiraban con razón, como que conocían bien el fondo de talento y religión del coronel; pero no se atrevían a contradecir a la vieja, pues ella juraba que así era según lo refería.

Carlota, cuidadosa de la suerte de Matilde, no quiso despedirse, sino que envió a llamar a su marido, el caballero Jacobo, a quien hizo sabedor de la desgracia que amenazaba a su amigo Linarte.

Sin embargo del general cuidado, pusieron la mesa, comieron y se recogieron para pasar la siesta. Todos estaban apesadumbrados; pero serenos respecto de sí mismos, menos la beata, que ni durmió, y ya no veía la hora de que dieran las cuatro, para cumplir con las obligaciones de cristiana, según decía.

Doña Eufrosina a las tres envió el coche a su cuñado, mandándole decir que fuera luego luego, que le importaba mucho, porque allá estaba la tía doña María.

El coronel recibió el recado con aquella serenidad que inspira la inocencia, y sin apresurarse, se levantó de su sofá, tomó chocolate, hizo que lo tomaran

Matilde y Pudenciana, que estaban con harto susto, y así que concluyó dos cartas que tenía que enviar a la estafeta, mandó que se vistieran las señoras; tuvo cuidado de que se previniese lo perteneciente a la casa, y cuando ya estaba todo organizado, cerró las puertas principales, tomamos el coche y nos fuimos para la casa de su cuñada.

Cuando llegamos la hallamos toda alborotada, porque ya habían dado las cuatro; la beata porfiaba por ir a su negocio y todos rodeados de ella se lo impedían.

Luego que vio al coronel y a su familia, cerró los ojos, se tapó las orejas, y con unos gestos de energúmena decía:

—¡Déjenme salir de aquí; yo no quiero conversar con herejotes; los aborrezco, los detesto, los abomino! Si estos fueran mi padre y mi madre haría lo mismo que voy a hacer. Sí, sí; primero es Dios y su santa fe que todo el mundo.

Sin embargo de que los visajes de la beata tonta excitaban la risa de los circunstantes, no dejaban de esperar malos resultados los amigos y deudos del coronel y su familia, mucho más cuando notaban que la denunciante no desistía de su intento.

La sensible Matilde y amorosa Pudenciana padecían más que todos en aquella ridícula escena, y con lágrimas en los ojos procuraban aplacar a su tía; pero en vano. Esta más se irritaba al oírlas hablar, y creyendo que aquel llanto era efecto del temor del merecido castigo por su culpa, se empeñaba más en salirse con la suya.

El coronel instaba que la dejasen ir donde quisiera, que no tuviesen cuidado, que él se defendería, que aquello no era nada; mas sus razones no calmaban el sentimiento de los suyos ni el temor de sus amigos; y así, más por serenarlos a todos que por otra cosa, determinó sosegar a la tía María, lo que consiguió de esta manera:

—Déjenla, señores, decía en voz alta, déjenla, que vaya donde quiera. Yo también tengo que acusarla, y los dos quedaremos en la cárcel; yo por hereje, y ella por gentil.

—¿Yo por gentil? –preguntaba la beata muy apurada.

—Sí, señora, por gentil o gentila, como usted quiera. Hereje es el que niega algunos de los misterios de la fe que profesó en el bautismo, y gentil es el que carece en lo absoluto de esta fe o conocimiento sobrenatural.

—¿Pues qué, yo no tengo fe?

—No, ni sabe usted qué cosa es fe.

—¿Cómo no? La fe es un conocimiento sobrenatural, conque sin ver creemos lo que Dios dice y la Iglesia nos enseña...

—Es así que usted no cree lo que Dios dice, ni lo que le ha enseñado la Iglesia, luego no tiene fe; y si no tiene fe, es gentil...

—Descomulgadote, ¿quién asegura que yo no creo lo que me enseña la

Iglesia?...

—Yo lo digo, y se lo voy a probar a usted en sus bigotes; y si no lo probare bien, a juicio de estos señores cristianos que nos oyen, desde ahora para entonces y desde entonces para ahora, me obligo en toda forma con mis bienes habidos y por haber, a que refresquemos todos de mi cuenta esta noche: item más, a darle a usted treinta pesos para un hábito nuevo de cristal, y a que mi mujer y mi hija le hagan unas tocas nuevas. Vamos a argüir; sentémonos.

El estilo festivo del coronel calificó su inocencia, e hizo reír a todos, hasta a la beata, que segura en que no le podían probar que era gentil, concibió la lisonjera esperanza de afianzar los treinta pesos prometidos; y así, sentándose en compañía de los demás, escuchó al coronel, que se explicó de esta manera:

—Ya ustedes, señores, habrán advertido que la tía doña María se ha escandalizado grandemente por una proposición que me ha oído. Todos los días hay gentes que se escandalizan, y otras que temen escandalizar sin fundamento, tan solo porque ignoran lo que es escándalo: doña María es una de ellas; y así ustedes me permitirán que le explique brevemente lo que es escándalo, por lo que nos pueda importar. Oiga usted, señora.

El escándalo, según los moralistas, se divide en activo y pasivo. Activo es el que uno da con acciones o palabras que causan ruina espiritual al prójimo, y este se puede dar, no solo con acciones malas prohibidas, sino también con buenas y lícitas; por ejemplo, lícito es que yo acaricie a Matilde; pero si lo hago con ósculos y abrazos delante de algunos jóvenes de ambos sexos, ya no es lícito, por el escándalo que puedo darles, particularmente si ignoran que es mi esposa.

Escándalo pasivo es el que se recibe de las mismas acciones.

El escándalo activo se divide en especial y general. El primero es el que se da con intención de que otro peque y se condene, y este se llama pecado de demonios. El segundo es el que se da sin ese fin determinado, sino solo por la complacencia que nos resulta de la acción, como el que da a una mujer el que la induce al pecado, no precisamente porque peque y se condene, sino por satisfacer su apetito.

El escándalo pasivo es de tres maneras: farisaico, de párvulos y de frágiles. El primero es aquel escándalo que se recibe, no porque la acción sea en sí mala de modo alguno, sino por la depravada malicia del que la ve, y se escandaliza aun de las cosas buenas, como se escandalizaban los fariseos de que Jesucristo hiciera milagros en sábado.

El escándalo de párvulos es el que nace de una ignorancia natural, como si uno se escandalizara de ver trabajar en domingo, sin saber la necesidad ni la dispensa con que se hacía.

El escándalo de frágiles es el que se recibe por nuestra humana miseria, que toma ocasión para pecar de cualquier cosa.

En vista de esta doctrina, ya usted entenderá que su escándalo ha sido de párvulos, porque lo ha ocasionado su ignorancia; pero si después que yo explique mi proposición, siguiere escandalizándose, ya entonces es su escándalo farisaico, y por lo mismo despreciable.

Yo dije, señores, que no fue obra milagrosa sino muy natural, que esta niña no se matara, cuando siendo pequeñita cayó de un balcón sobre un montón de lana; y a seguida aseguré que ningún santo, ni la misma Reina de los Cielos puede hacer un milagro.

Esta señora no esperó razones, sino que, tapándose las orejas se salió de casa escandalizada de tamaña herejía. Cuando solo se oyen medias palabras o no se entiende el sentido de ellas, es fácil sacar consecuencias criminales de las cosas más inocentes y formar los conceptos más ridículos. Estas son las ventajas que ofrecen la ignorancia junta con el atolondramiento. La ocurrencia de la respetable doña María me ha hecho acordar de un chiste que le voy a referir, para que escarmiente y se divierta. Un pobre hombre llamado Blas encontró un encorozado[351] en una calle, este llevaba un letrero en la coroza[352] que decía: «Por Blasfemo»; el buen hombre sólo leyó la mitad del rótulo, porque la otra mitad estaba al lado opuesto de su vista, y sin más averiguación marchó para su casa, y lleno del mayor susto le dijo a su mujer:

—«Hija, por Dios, que de hoy en adelante no me digas Blas; dime Juan, Antonio, Pascual o lo que quieras; pero no me digas Blas por vida tuya, porque es un gran pecado llamarse Blas, y tanto, que sacan encorozados a los Blases...

—¿Cómo así? –preguntaba su mujer muy admirada–, eso no puede ser...

—Sí puede ser hija; acabo de ver uno encorozado por Blas.»

Se rieron todos muy de gana con el cuentecillo del coronel, menos la beata pues esta se avergonzó bastante, y más cuando don Rodrigo prosiguió diciendo:

—¿Qué les parece a ustedes, señores, de la candidez de aquel buen hombre? Seguramente que hubiera acompañado esta tarde a doña María de buena gana, y entre los dos me hubieran ido a delatar por Blas. Pero dejemos las chanzas, y pasemos a desescandalizar a mi parienta. Los señores saben muy bien lo que voy a decir, y aun mi mujer y mi hija; pero usted, señora, no lo sabe, y es preciso que lo sepa. Atiéndame.

Una de las señales características de los milagros es que sean contra la naturaleza; esto es, que superen sus leyes o las venzan. Y ¿quién puede dominar la naturaleza, sino su Autor Supremo? Por tanto, solo Dios puede hacer un milagro; solo Dios puede hacer que el fuego no queme, que se multiplique en un instante una substancia, que se trasmute en otra, que un ciego rematado vea con lodo, que un muerto corrompido resucite, etc. Para conseguir esto de Dios es muy oportuna la intercesión de los santos, y por lo mismo nos es muy del caso aprovecharnos de su valimiento y solicitar su patrocinio en nuestras aflicciones. Ellos son amigos de Dios, y sus ruegos son oídos de Su

---

351 *Encorozado*: que lleva puesta una coroza.

352 *Coroza*: cono alargado de papel engrudado que como señal afrentosa se ponía en la cabeza de ciertos condenados, y llevaba pintadas figuras alusivas al delito o a su castigo.

Majestad con agrado. Esto es lo que pueden hacer los santos por sus devotos; mas no hacer un milagro, pues no alcanza a tanto su poder; entonces podrían lo mismo que Dios, y serían otros dioses, cuyo absurdo no cabe en la imaginación de un católico. La naturaleza solo se sujeta a su Creador, y aun cuando obedece a los hombres, lo hace mandada de su Autor. Si una peña herida por la vara de Moisés produce agua; si el sol detiene su curso a la voz de Josué, no fue porque aquel legislador ni este general tuviesen poder para ejecutar estos prodigios, sino porque Dios mandó a la piedra que diese agua, y la dio; quiso que el sol detuviese su carrera cuando Josué hablase, y el sol se detuvo. Así sucede siempre; manda el Señor, y la naturaleza obedece sus preceptos, *ipse mandavit et facta sunt**. Y así, cuando se dice que la Virgen Santísima, que este o aquel santo son muy milagrosos, hemos de entender que Dios ha hecho muchos prodigios por su intercesión; mas no que ellos los hayan hecho.

Esta es la doctrina de la Iglesia que se ignora por muchos en punto de milagros. ¿Qué le parece a usted, doña María?

—¿Qué me ha de parecer?, sino que cuanto usted dice, ni me toca ni me atañe, porque yo no soy teóloga.

—Pero es usted católica cristiana, y como tal no debe ignorar los principios de la religión que profesa.

—Pues yo sé muy bien el Catecismo y tengo la fe del carbonero, y con eso me basta.

—Se engaña usted, señora; el saber el Catecismo sin entenderlo, no basta, y el atenerse a la fe del carbonero, que según el cuento decía que él creía lo que creía la Iglesia, es una excusa muy grosera para defender la más torpe ignorancia.

Semejantes profesiones de fe no son sino una irrisión y un insulto que hacen a la misma religión muchos que blasonan ser miembros de ella; porque si a un ignorante se le dice que la Iglesia enseña un error que tenga alguna apariencia de piadoso, no dudará en creerlo un momento, y ya se sabe que en materias de fe, tan malo es creer errores como ignorar las verdades de que debemos estar instruidos.

—Pues usted dirá lo que quisiere, señor coronel —decía la respetable beata—, pero yo no me he de meter en camisa de once varas. Allá los estudiantes como usted se entenderán con su latinorum y teologías, que a mí me basta con creer en Dios a puño cerrado, y caiga quien cayere; y en eso de milagros, yo he de creer todos los que vea escritos en los libros y puestos en las iglesias; y si son mentiras, allá se lo hayan los que dan licencia para ello, pero a mí no me toca meterme en averiguaciones. Yo sé que cuando una cosa se pone con letras de molde, ya ha pasado por los ojos de los calificadores, que desde luego serán muy leídos; y así cuando dan licencia para que una cosa se imprima, ya sabrán que es muy cierta, y que no hay ningún peligro en que todos la lean.

---

* *Ipse mandavit et facta sunt*: frase bíblica: Salmos 148:5. La forma correcta es: *Quia ipse dixit et facta sunt, ipse mandavit et creata sunt*. La segunda parte se traduce como: «… porque él dio una orden y todo fue creado».

Lo mismo digo de las muletas, cabelleras, retablos y milagros de cera y de plata que se cuelgan en los templos y los altares de los santos; milagros deben de ser, una vez que todos dicen que son milagros; afuera de que, ya que los ponen, será con licencia del cura, del guardián o de quien corre con el santo. ¿Qué más es necesario para creer que son tan ciertos como los artículos de la fe?, porque cuando el cura lo dice estudiado lo tiene, y si no lo estudió, ¿qué me importa?

Yo fuera una judía si pensara que los censores no saben lo que aprueban y que en las iglesias cada uno pone lo que quiere llamar milagro, sin que nadie le diga: por ahí te pudras. No; Dios me libre y me tenga de su santa mano para que yo no piense estas tonteras.

Concluyó la tía su discurso, con el que se divirtieron bastante los que la oían, y el coronel le dijo:

—En efecto, señora, usted padece mil equivocaciones, y lo peor es que está obstinada y ha de costar mucho trabajo el convencerla. No obstante, sepa usted que todos esos retablitos que se presentan y dedican a los santos en sus imágenes, no son signos de milagros, ni pueden serlo sin la calificación y declaración de la Iglesia. Se permite que se coloquen en los templos, para que los fieles desahoguen su devoción y gratitud, y porque tal vez el vulgo ignorante, si careciera de esta libertad, caería en el error de creer que ni los santos intercedían por nosotros en las necesidades, ni Dios nos dispensaba tan francamente sus favores, y este error sería más pernicioso que el primero; pues de creer que Dios hace más milagros que los necesarios, no se sigue injuria a su omnipotencia; pero de creer que no los puede hacer o que nos escasea mucho sus favores, se insulta su poder soberano y su misericordia liberal. Sin embargo, sería de desear que todos entendieran que el poder de hacer milagros es privativo de Dios, y que los santos únicamente pueden suplicarle que los haga cuando convenga a su gloria y bien nuestro.

Asimismo debían todos saber que no se le puede dar crédito a cuanto está impreso, solo porque están las letras estampadas con moldes, ni porque se lea en las carátulas que están con las licencias necesarias. Esta es una simpleza que trae funestas consecuencias entre la gente idiota, que vive persuadida a que se debe creer como de fe cuanto está impreso, en virtud de que ven o han oído decir los muchos pasos, censuras, licencias y dinero que cuesta la publicación de una obra; y alucinadas con estos aparatos, no pueden convencerse de que haya falsedades en los libros, siendo así que no hay herejía ni desatino que con licencia o sin ella no esté impreso; de lo que resulta que se empapan en mil errores que leen sembrados en muchos libros que traen vidas de santos anoveladas y milagros apócrifos.

¿Qué alto concepto se formará del poder falsamente atribuido al demonio, el ignorante que lea en la vida de Santa Genoveva aquellos títeres con que la hechicera en un espejo la representó infiel a su marido?

¿Qué idea tendrá de la Providencia divina, siempre celosa de nuestro bien, al ver la facilidad con que permitió que se ultrajase públicamente el honor de su sierva y que padeciese tantos trabajos, sin más fin, a lo que parece, que acrisolar su paciencia, cuando pudo haberlo hecho por otros medios que no indujesen un escándalo general? Y por último, ¿no es fuerza que tengan el dicho por un tonto de primera marca, al ver cómo creyó que los ojos y lengua de un carnero, que se presentó por milagro, eran de una mujer y tan su conocida como suya? Yo a lo menos no creeré estas cosas ni sus iguales, mientras no me las asegure por ciertas la Silla de San Pedro.

La historia de San Cristóbal es otro zurcido de mentiras que pasaron y aún pasan entre el vulgo. Todavía hay quien cree que fue gigante. La novena lo dice, y así se ve pintado; luego es verdad, se debe creer, y negarlo fuera herejía. Tal es el idioma del vulgo.

¿No sería bueno desengañarlo, diciéndole que no fue gigante, ni sirvió al demonio, ni lo dejó porque este se espantó con la cruz, ni sucedieron las patrañas que de él se cuentan, sino que fue uno de los héroes que murieron por confesar la fe de Jesucristo?

—Así es que fuera bueno se enseñaran –dijo prontamente la sencilla beata–, pero si no fue gigante ¿para qué lo pintan tamañote en las iglesias? ¿Acaso son tontos los que las cuidan? A fe que no; bien saben lo que se hacen, y si esto fuera fábula no sería usted el primero que lo dijese, y habiéndolo otros dicho, es regular que se omitiese que siguiera el vulgo con este error, quitando de las iglesias las pinturas gigantescas de San Cristóbal; pero una vez que no se ha hecho así, sin duda que fue tan gigante como ese Golías que cuentan, o ese Salmerón a quien vide con mis propios ojos. Pero sea lo que fuere, yo tengo en mi casa una cabeza de San Cristóbal, hermosota de grande; ya se ve, como de gigante cananeo, y soy muy devota y le enciendo una veleta de a medio; pues el día que lo tengo, que no están los tiempos para fiestas.

Se reían todos de buena gana de estas sandeces, menos el coronel que se compadecía de ellas; y así, cuando tuvo lugar, dijo:

—Se echa de ver, señora, que sus padres de usted fueron cristianos y que le dieron una piadosa educación; pero por desgracia esta se ha deslucido con la multitud de extravagancias y preocupaciones que adquirió desde sus primeros años y de las que será harto difícil se desprenda.

El afecto que usted le tiene a San Cristóbal sin duda es loable, pues su intercesión, como la de los demás santos, es poderosa para alcanzarle del Señor las gracias que la convengan; pero no es loable la credulidad de usted acerca de su desmesurado tamaño. Antiguamente se divulgó entre sus devotos que cualquiera que viese su imagen no moriría en aquel día de muerte mala, sobre lo que se compuso este verso:

> Cristophori sancti specimen quicumque tuetur,
> Ita namque die non morte mala morietur.

En castellano puede traducirse así:

> De muerte repentina o azarosa
> no morirá cualquiera que mirare
> la imagen de Cristóbal prodigiosa.

En fuerza de esta creencia supersticiosa todos deseaban ver la efigie del santo, y como dice el señor Muratori:[353] «El que deseaba frecuente concurso a su iglesia, pintaba en la fachada a este santo en estatura de gigante como lo fingen las fábulas de su vida.» Ya ve usted, señora, y qué origen tan erróneo trae ese pedazo de cuento que usted cree. Semejante a esto son los que autoriza la credulidad del vulgo.

—¿Qué cuentas tengo yo con eso? —decía la beata—, dejemos que sea cierto lo que usted dice, que eso, ¡quién sabe!, pero yo aténgome a lo que me enseñaron mis abuelos y ¡santas pascuas!

Cada vez que hablaba la tía doña María, reían más todos aquellos señores, viendo el empeño que el coronel tenía de desimpresionarla de sus errores y la tenacidad con que ella se resistía, correspondiendo las instrucciones con sandeces.

Enfadado de estas mi tutor varió conversaciones; sacaron chocolate, dulce y agua, y concluido el refresco, se despidió la beata, diciendo que ya era la oración y que una mujer en la calle sola y de noche estaba muy expuesta.

No pudieron contener la carcajada de risa los concurrentes oyendo que la triste vieja pensaba que aún tenía riesgos que temer en la calle. Doña Eufrosina y su hermana la detuvieron sin mucha dificultad; ella se retiró a una recámara a rezar sus devociones; las visitas parlaron un poco más sobre diversos asuntos y se despidieron; el coronel, don Dionisio y las señoras se pusieron a jugar una malilla[354] mientras era hora de cenar, y las dos niñas se fueron a platicar lo que sabrá el lector en el capítulo que sigue.

---

353   *Ludovico Antonio Muratori* (1672-1750): historiador italiano.
354   *Malilla*: juego de naipes en que la carta superior o malilla es para cada palo el nueve.

Capítulo XXVIII

En el que se refiere la conversación de las dos niñas, y se descubren los formidables espectros que asustaron a la tímida Quijotita

Muy inquieta estaba Pudenciana mientras asistió a la conversación de sus mayores; rabiaba por bullir[355] a Pomposa acerca de la buena vida que había entablado; pero aunque gustaba de oírla delirar, la temía un poco, porque Pomposa no era boba y había leído mucho, aunque sin orden ni elección; pero le sobraba labia para aturdir a los menos avisados, y así me nombró por su defensor *in pectore*,[356] y cuando se fueron las dos solas me hizo seña que la siguiera. Yo cumplí su gusto con prontitud, porque tenía complacencia en oír las producciones de Pomposa.

Luego que estuvimos solos, dijo Pudenciana a su prima:

—Conque, niña, cuéntame: ¿cómo te ha ido de espanto?

—Fatalmente, hermana; ¿cómo quieres que me vaya? ¿Te parece cosa de juguete ver al diablo?

—Ya se ve que no; ¿pero qué, tú lo viste?

—Toma si lo vi, y todo entero.

—¡Ay qué feo será!

—Endemoniado, niña. Míralo tú con su cabeza de cochino, sus cuernos de toro, sus zancas de chivo y su rabo de mono.

—Muy despacio lo estuviste mirando, según la descripción que me haces.

—Apenas lo vi en un abrir y cerrar de ojos, porque luego luego me envolví la cabeza y empecé a gritar a papá con todas mis fuerzas; pero en aquel instante se me quedó en la imaginación su abominable figura del modo que te la he pintado.

—¡Ya se ve, prima, que como tú eres viva, fue fácil que se te quedara en la imaginación!, y más que, según nos contó tía María, lo viste otra noche.

—¡Ay, niña, ojalá no lo hubiera visto!, y luego, para rematar la cosa, ya te contarían lo de los golpes que oí en mi cabecera, que no sé cómo no me he vuelto loca del susto.

—Y con razón, niña –decía Pudenciana–, pero mira, esos golpes tal vez los darían en la vecindad de atrás.

---

355 *Bullir*: (México) embromar, dar cantaleta.
356 *In pectore*: nombrado en secreto.

—¡Qué vecindad ni qué nada!, si la pared de esa recámara cae al patio del mesón, donde no hay gente ni puede haberla, y mucho menos a tal hora.

—Pues siendo así, prima, ¿a qué podremos atribuir esos espantos?

—¡Ay, hermana de mi alma!, ¿a qué los hemos de atribuir sino a avisos y particulares inspiraciones del cielo? Así lo juzgó mamá y yo también.

—Puede ser así –decía Pudenciana– y eso creo que se conoce mejor por los efectos, según dice mi padre.

—Pues si en eso se conoce, avisos han sido, y muy seguros; porque ha sido tal el susto que hemos llevado, que ya no queremos prestarnos a los alborotos del mundo. Mi madre y yo nos hemos ido a confesar; las tertulias de casa se han suspendido y yo he reformado mi traje y mi vida enteramente.

—Yo me alegro, hermana, de esa mudanza de costumbres tan repentina. Lo que le has de pedir a Dios es la perseverancia, porque suelen algunas conversiones como la tuya ser solo llamaradas de petate,[357] que tan pronto se encienden como se apagan.

—Así serán; pero la mía no es de esas, gracias a Dios. Cada día me siento más robusta para seguir el camino de la virtud. ¿Mas quién no lo ha de seguir, al considerar que esta triste vida no es otra cosa sino una cadena de desgracias que nos rodea por todas partes? ¿Qué son los placeres del mundo, sino aparentes bujías que nos deslumbran para no ver las eternas verdades? Las mayores satisfacciones que tú y yo podemos apetecer en nuestra edad, ¿qué son sino unos encantos tan lisonjeros como vanos? Es verdad que sus apariencias son brillantes, pero su resplandor es de oropel, sin una gota de sólido valor; y si no, advierte, Pudenciana, si todos los dones de la naturaleza y la fortuna, reunidos en una sola persona, serán capaces de proporcionarle aquella sólida felicidad a que aspira su corazón, si este no se halla tranquilizado con la gracia.

Todo lo tuvo Salomón: juventud, hermosura, salud, riquezas, talento, poder y una multitud de bellezas que lo adornaban. ¿Quién debía juzgarse más feliz entre los mortales? Todos lo tenían por tal, menos él mismo que registraba su corazón, y hallándolo desabrido en el centro de los placeres, hubo de conocer que todos ellos eran vanidad de vanidades, tormentos y aflicción de espíritu.

Pues si esto pasó a Salomón, ¿qué deberé yo esperar cuando estoy tan distante de verme en el colmo de la dicha en que él se vio? No es preciso que conozca lo que es el mundo, cuáles sus deleites, cuáles sus esperanzas y cuál el premio que se prepara a sus secuaces.

Yo, prima mía, estoy convencida de estas verdades y no quiero ya hacerme sorda a los divinos llamamientos. Los de estas noches han sido muy eficaces y sobrenaturales para ser desatendidos, y así a lo que aspiro es a resarcir de alguna manera tanto tiempo como he perdido disipada con las bagatelas del mundo ; y como al paso que temo el infierno y quiero entablar una vida cristiana, conozco cuán difícil puede ser esto en mi edad y en medio

---

357 *Ser llamaradas de petate*: hacer escándalo por lo que no vale la pena.

de las concurrencias del siglo, estoy pensando separarme de él enteramente.

—¿Y de qué modo has pensado esa separación? –decía Pudenciana.

—En eso está mi duda, eso es en lo que yo vacilo –contestó Pomposa–. Dos caminos se me ofrecen para retirarme del mundo y en los dos hallo mil dificultades que vencer. El monasterio y el yermo son seguramente dos asilos contra los peligros de una sociedad corrompida como la nuestra; pero se necesita mucha madurez en la elección.

Los conventos son sin duda unos planteles de virtud; pero en estos hay muchas personas enclaustradas, no todas con vocación, no todas por su gusto, no todas perfectas, y todas humanas, miserables y con pasiones que a cada instante se rebelan. De esto se sigue que son como indispensables algunos chismes, rivalidades, envidias, disgustos y otros defectos, que si no impiden el llegar a la perfección alguna vez, detienen ciertamente a quien desea llegar pronto a semejante estado. Es muy difícil esclavitud la voluntad al gusto de los superiores, y más difícil conformar el propio genio con el ajeno, hacerse a todos los pareceres sin hipocresía, condescender con diversas opiniones sin delinquir contra la ley y luchar contra nuestros naturales sentimientos.

Cuando no haya otra cosa en los claustros, yo sé bien que no faltan estos crisoles en que afirmar una virtud perfecta, pues donde hay muchas monjas, niñas y mozas o criadas de servicio, hay sociedad, y donde hay sociedad hay peligro. En conclusión: en los conventos hay su mundo, y en el mundo, cualquiera que sea, hay mil riesgos, que son los que pretendo yo evitar. Por tanto, estoy por decidirme por el yermo, y me parece que mi vocación es de ermitaña.

—Pero qué, ¿tendrás valor para ser ermitaña? –decía Pudenciana.

—¿Y por qué no? –contestaba Pomposa–. Es cierto que a los principios me espantará la soledad del campo, el triste ruido de los árboles, especialmente por la noche; me será desagradable hasta lo sumo la dureza de las peñas, lo insípido de las hierbas, lo obscuro de los valles, el rugido de los leones y la ninguna compañía de los mortales; sin contar con lo extraño que le será a este ruin cuerpo carecer de todas las comodidades que ha disfrutado, como son del gusto de su paladar, el abrigo y lujo de las carnes, la molicie de su cama y la carencia de todos sus acostumbrados pasatiempos.

¿Cuál debe ser, prima mía, el sentimiento que experimentará mi espíritu al separarse para siempre de papá, de mamá, de mis tíos, de ti, de mis amigas y... (no te escandalices) de mis finos adoradores? ¡Oh!, la separación de estos dulces y estrechísimos objetos de mi amor ha de ser el sacrificio más costoso que pueda hacer mi voluntad al Ser Supremo; pero ¿qué no se debe hacer por conseguir el cielo?, y así yo, desde esta hora, ermitaña me llamo y no otra cosa.

—Pero qué, ¿tendrás valor para emprender un género de vida semejante?

—¿Y por qué no? ¿Soy yo de otra masa que fue Santa Rosalía? No por cierto: esta ilustre doncella era más joven, más tierna y delicada que tu prima, y tuvo bastante valor para salirse sola de su casa, abandonar el mundo y retirarse a la cueva de Quisquina; ¿por qué, pues, no tendré yo igual intrepidez para imitarla?

—Es verdad –decía Pudenciana–, pero esa princesa fue una heroína, y no todos tienen una misma firmeza ni una misma vocación ni auxilios. Mi papá dice que todos estamos muy expuestos a equivocarnos con nuestras opiniones, y que en las mujeres los fervorosos y repentinos impulsos de devoción no suelen ser sino viarazas y efectos de una oculta soberbia refinada, con la que se creen capaces de hacer lo más grande y mejor que han hecho los santos, inspirados particularmente por Dios; pero que en la realidad muchas acciones de sus siervos son más para admiradas que para seguidas, y yo creo que la resolución de Santa Rosalía en salirse de su casa es una de ellas, y tú no debes imitarla sin una inspiración particular y con permiso de tu confesor. ¿Ya se lo has consultado?

—Yo no, ¿para qué?, si tengo o no esas inspiraciones, yo lo sé. El confesor tal vez lo dudará y me impedirá poner en ejecución mis designios, o porque no los crea justificados o porque no tenga el mismo fervor con que yo me siento animada; y así, si me resolviere, yo sabré lo que he de hacer cuando sea tiempo. Pero dime, ¿cuántos caballos tiene mi tío en su casa?

—Dos y el macho del mozo –respondió Pudenciana–, mas ¿por qué haces esa pregunta?

—Ya lo sabrás; y entretanto que Dios dispone lo que ha de ser de mí, te encargo mucho, y a usted también (me decía a mí) que reserven esto con el secreto conveniente; y tú, hermana, no tengas cuidado de tu prima, que ni será la primera mujer que habite en las soledades ni que se familiarice en ellas con los ángeles.

—¡Ay!, pues qué, Pomposita, ¿tú tienes esperanzas de familiarizarte con los ángeles?

—¿Y por qué no?, si mi virtud se perfecciona, ¿qué embarazo tendrán los espíritus celestiales para bajar a consolarme y confortarme en las asperezas de mi retiro? ¡Oh!, con qué alegría no escucharé, tendida sobre la verde hierba, los himnos y motetes[358] que me cantarán los encendidos serafines, y con cuánto regocijo y humildad...

A este punto llegaba el delirio de Pomposa, cuando una criada entró a avisarnos que era hora de cenar, y los señores nos esperaban en la mesa. Con este motivo se deshizo nuestra tertulia y fuimos todos al comedor.

Durante la cena, movió el coronel la conversación sobre los espantos anteriores. Todos los de la casa los afirmaron, asegurando que habían sido sobrenaturales y según como los pintó la pobre beata. El bueno de don Dionisio, aunque decía no haber visto nada, con todo esto, no tenía valor para negar lo que afirmaban su mujer y su hija.

Así que se desahogaron a su gusto y contaron las patrañas que tenían en la cabeza, el coronel con mucha flema les dijo:

---

358   *Motete*: breve composición musical para cantar en las iglesias, que regularmente se forma sobre algunas palabras de la Escritura.

—Ya ven ustedes todo eso, pues no hay nada. Todo no ha de pasar de alguna causa natural, que no se ha podido averiguar, o acaso serán efectos de la acalorada fantasía de mi sobrina.

—Tío, usted me dispense –dijo Pomposa–, pero yo puedo jurar que vi al diablo con estos mismos ojos con que veo a cuantos están aquí.

—Yo no lo dudo, hija; más tú sabes cuánto nos engañan los sentidos. Con esos mismos ojos ves los montes azules, una vara derecha torcida en el agua, el sol del tamaño de una tortera o comal grande y las estrellas como unos pequeños diamantes; y sin embargo de que así ves todos estos objetos, ninguno es como lo ves, sino enteramente distintos. Conque nada seguro es el testimonio de tus ojos, si es el único que tienes que alegar para que yo te crea.

Hija mía y usted hermana, no se engañen ni fomenten ese espíritu espantadizo y asombradizo. Nuestros sentidos nos fingen los objetos distintos de lo que son en sí muchas veces y nuestra fantasía nos alucina sin sentir. Esta, más que los moldes, ha impreso ¡cuántas veces!, milagros falsos y revelaciones apócrifas, de los cuales muchos están condenados por la Santa Iglesia, y otras todavía dudosas sin merecer su aprobación canónica. Las revelaciones de la madre Agreda son unas de ellas.

Nuestra alma, encarcelada en la materia, padece como el cuerpo sus dolencias, y tal vez son sus enfermedades inconcebibles e incurables como las de este. ¿Quién creerá que un general valiente, que no temía un gran número de enemigos patrocinados de la formidable artillería, temblase a la presencia de un ratón? ¿Quién se persuadirá a que el célebre Tasso, hombre instruido, ingenioso y uno de los talentos que honraron la Italia, creyese que se le aparecería un espíritu sabio que lo ilustraba? ¿A quién le cabrá en el juicio que el gran Pascal se persuadiese muchas ocasiones de que a su lado estaba un precipicio, y con tal vehemencia que aseguraba la silla y hacía poner tablones y otras cosas para no caer? Volvía en sí cuando sus amigos curaban con sus reflexiones su delirio; pero dejándolo, a poco volvía con el mismo. Nadie creería estas extravagancias de tales sabios si no las refirieran autores tan calificados de veraces entre los literatos, como son Blanchard y Muratori. Pues si unos hombres ilustrados, eruditos, estudiosos, se dejaron preocupar de su imaginación tan fuertemente, que llegaron a ridiculizarse algunas veces, ¿qué mucho será que ustedes se engañen o las engañe su misma fantasía?

—Estos señores se engañarían –decía Eufrosina–, pero mi hija no se engañó; en la segunda noche me parece que le vi los cuernos al enemigo.

—No se preocupe usted, hermana –contestaba mi tutor–, ni usted ni ella le han visto cuernos, ni cola, ni nada. Todo eso es histérico, hipocondría o delirios, y no otra cosa.

Don Diniosio siempre hacía papel de mirón en estas escenas; no hablaba una palabra, fuérase por su poca instrucción o por su mucha prudencia para no contradecir a su mujer; pero esta vez no pudo disimular; habló y dijo:

—Ello es, hermano, que algo podrá ser de lo que usted dice; pero esta ocasión creo que no, y me fundo en que las dos aseguran una misma cosa, y no es posible que la madre y la hija se histericaran ni deliraran a un mismo tiempo.

—Pues señor don Dionisio –dijo el coronel–, si ese es todo el fundamento que usted tiene, haga cuenta que nada vale, porque no hay una razón que la sostenga. No solo es posible, sino muy natural que una señora pusilánime y preocupada como mi hermana, se intimidara y se persuadiera de que ve a los espectros que aseguraba mi sobrina. Esta se espantó, gritó y conmovió el espíritu asombradizo de su madre, la que, predispuesta a creer que los diablos y muertos nos visitan cuando se les antoja, no dudó de la verdad de Pomposita ni se detuvo a examinar la causa de su espanto, sino que, llena del mismo susto, solo trató de socorrerla y tal vez en su fantasía se pintó algo de lo que dice.

No me hace fuerza que haya tanta credulidad acerca de estos espantajos. Las malditas viejas con sus cuentos y patrañas acobardan a los niños, llenan sus cabezas de imágenes funestas y sombrías y los acostumbran, aun cuando tratan de divertirlos, a creer todo lo maravilloso, a lo divino y a lo humano, esto es, contándoles cuentos y ejemplos falsos. ¿Qué mucho es que estos niños, cuando grandes, crean con la mayor firmeza todas las boberías que aprendió su fantasía desde tiernos? Mucho cuidado tuve en apartar de Pudenciana estas viejas cuentistas y dañosas. ¡Qué sé yo si me habrá valido!

—No hay peor desgracia que llegar a vieja, señor don Rodrigo –dijo tía María muy enojada– ¡mire usted qué tema tiene con las viejas!...

—Yo no lo digo por usted señora ...

—No, ni lo diría usted, porque yo, aunque soy vieja, ni soy embustera ni soy tonta. Sé muy bien dónde me aprieta el zapato, y cuando cuento alguna cosa de espantos, o los he leído, o los he visto, o me los han contado personas muy justas y fidedignas; pero usted nada cree; yo no he visto hombre más incrédulo, y con razón dudo yo si será cristiano de veras.

—Sí lo soy por la gracia de nuestro Señor Jesucristo –respondió riéndose el coronel–, soy cristiano, pero no muy bobo para creer cualquiera cosa. Estoy reñido con mil preocupaciones que corren bien recibidas en el vulgo, y los espantos son unas de ellas.

—¿Pues qué, no hay espantos, en resumidas cuentas?

—Sí, los hay y muchos. El espanto no es sino una perturbación del ánimo que induce al temor más o menos violento, y no hay ni un solo hombre que no se espante alguna vez, por valiente y despreocupado que sea. La diferencia es que el hombre de esta clase refrena su temor y hace lugar a la reflexión sobre la causa que lo espanta en el mismo acto del susto; de lo que se sigue el desengaño, su serenidad, y la mayor dificultad que tiene para espantarse otra ocasión con el mismo objeto y en iguales circunstancias. No así el preocupado cobarde; este se espanta cada rato, porque sin examinar la cosa que lo asusta suelta la rienda a la pasión del temor, y entonces o huye despavorido, o se rinde a un desmayo, o tal vez a la muerte, si su corazón es muy chico y la apariencia del espanto muy grande. En todos estos casos se le cierra la puerta al desengaño, el espantado queda tenazmente persuadido a que fue realidad lo que vio, y de aquí resulta que se vuelve incurable y más espantadizo cada día. Vean ustedes lo importante que es a los principios hacernos fuerza para examinar la causa que nos espanta.

—Ese es el cuento –decía la beata–, que nos pudiéramos detener en el instante que nos asustamos. ¿Quién había de tener esa paciencia? Entonces era señal de que uno no se asustaba.

—Pues, señora, el que se enseña a tener esa paciencia, aprende a no asustarse, porque llega a saber por experiencia propia que casi todos los espantos son efectos de nuestra imaginación dirigida por la ignorancia.

—¡Ah!, ¿conque solo los tontos se espantan?

—A lo menos son los más expuestos a espantarse y las más veces con frioleras.

—En dos palabras, hermano –decía doña Eufrosina–, usted lo que quiere es hacernos creer que apenas hay milagros, y que los muertos y el demonio jamás se aparecen a los hombres. ¿No es esto?

—No tanto, hermana, pero muy cerca está usted de adivinarme. Dios es poderoso para hacer muchos milagros; los ha hecho, hace y hará hasta el fin del mundo; pero no sin necesidad, a nuestro antojo, ni siempre que los apetecemos. El demonio y los cuerpos de los difuntos se han representado a la vista de hombres; pero muy raras veces, y fuera de las que nos aseguran las sagradas letras, que son bien pocas, y de las que la Iglesia califica por ciertas, que no son muchas, las demás las tengo por patrañas y cuentos de viejas...

¡Y dale con las viejas! Señor coronel –decía la beata– ¿qué les habrá usted visto a las viejas? Pues lo cierto es que usted ya no es muchacho, y tan burros hay entre las viejas como entre los viejos.

—Esto está en opiniones, mi señora; mas esto no es del caso. Yo voy a ver si consigo convencer a ustedes en favor de mi opinión, para que no sean tan espantadizas. Diga usted, el que cree fácilmente la multitud de espantos que se cuentan y se leen, no puede menos que ser un sacrílego, porque se forma un concepto muy injurioso a la Deidad suprema, o cuando no lo culpemos tan severamente, es menester asegurar que es tonto de primera clase ... ¡Vaya!, no hay que arrugar las cejas; atienda usted: si tuviera usted un hijo pequeñito, ¿se pondría de propósito a espantarlo sabiendo que le había de resultar de esto un gran mal?

—Seguramente no.

—Menos permitiera usted que los criados de su casa lo espantaran.

—¡Ya se ve que no!, ¿cómo se los había de permitir?

—¿Y se persuade usted a que habrá algún padre que así lo haga?

—Es cosa que no puedo creer, porque semejante crueldad es ajena del amor de padre.

—Pues bien; yo pienso que usted, hermana, vive entendida en que Dios nos ama infinitamente más que el padre más tierno a sus hijos.

—Así lo debo creer precisamente y lo creo en efecto.

—Pues ahora se halla usted en el estrecho de confesar que el que cree esa multitud de espantos de demonios y apariciones de muertos que se cuentan entre el vulgo, o es un necio que da entrada libre en su cabeza a estas farándulas, sin hacer el uso más mínimo de su razón, o es un impío que juzga a Dios capaz de cometer con sus criaturas la crueldad que no cometería un mortal miserable con sus hijos. ¿Qué dice usted?

—Cierto que no sé qué responder; pero yo nunca he pensado de Dios de esa manera ni he tenido lugar, cuando me han espantado, para hacer estas reflexiones.

—Así lo creo, y en no hacerlas consiste la facilidad de espantarse y creer prodigios sobrenaturales a cada paso, a pesar de las verdades que sabemos de rutina. Usted sabe que Dios la ama infinitamente; pero cuando se asusta, no se acuerda para nada de este amor ni hace justicia a su inmensa bondad y misericordia. Sabe usted también que el Ser Supremo no hace milagros sin necesidad; pero ignora que para que el demonio o un muerto se aparezcan es necesario que haga Dios dos milagros cuando menos: uno el de formar la apariencia de cuerpo sin materia, y el otro que resista este objeto terrible un espíritu tímido como el nuestro sin desamparar el cuerpo. Con esta ignorancia no es mucho que usted se presente a creer con la mayor facilidad todo lo que le cuenten acerca de esto, ni que, acostumbrada a semejante modo de juzgar, se asuste y se sorprenda con cualquier ruido, con cualquier sombra extraña.

—Pero, hermano, yo mil veces he leído y oído decir que los difuntos se han aparecido, especialmente a las almas buenas, para pedirles que hagan sufragios por ellos, y ya usted ve que estas apariciones han sido con necesidad y se deben tener por verdaderas.

—Ya dije, hermana, de todos esos casos yo creeré los que la santa Iglesia haya aprobado por seguros, que son muy raros; los demás téngolos por ilusiones de gentes melancólicas, pues no hallo un adarme de necesidad para que un muerto se aparezca a los vivos para pedir que manden decir una misa por su alma; que restituyan lo que él usurpó; que saquen dinero enterrado, ni que hagan otros encarguitos de esta clase.

Además de esto, ¿no ha detenido usted alguna vez la consideración para advertir que todos los espantos de que hablamos se cuentan acaecidos en lugares lóbregos, sombríos, obscuros, de noche, a determinadas horas, cuando no tiene compañía el espantado, y casi siempre sin más fruto que el terror que deja en el ánimo? Pues todas estas ridículas circunstancias no prueban otra cosa sino que todos los espantos son efecto de la cobardía e ignorancia de las gentes crédulas y espantadizas.

¿Acaso el Señor de los ejércitos respetará o temerá a los miserables mortales para no presentar a su vista los objetos con que los asusta, cuando se hallan acompañados? ¿Le infundirá algún miramiento la presencia del sol o de la luz, o serán bastantes para detener sus designios las horas iluminadas por el día? Fuera un absurdo el pensar tan dependiente y limitado a todo un Dios. Pues semejante reflexión sería muy suficiente para calmar el terror en los espíritus demasiado febles.

En efecto, si Dios quisiera que viésemos al demonio o a un muerto, como dicen, fuérase para nuestra corrección, para nuestro castigo o para alguno de sus inescrutables designios; ¿no lo veríamos en la mitad del día, y aunque estuviésemos rodeados de un ejército? Seguramente: porque ¿quién se opondrá a la voluntad del Todopoderoso?

Muy acompañado estaba el sacrílego rey Baltasar, brindando en un suntuoso banquete en los vasos sagrados que su padre Nabucodonosor había robado del templo de Jerusalén, rodeado de sus mujeres y concubinas y de mil convidados, cuando apareció una espantosa mano que escribió en la pared estas terribles palabras: *Mane, Thecel, Phares.*[359]

—¡Qué horror! ¿Y qué hizo el rey al ver la formidable mano?

—¡Qué había de hacer!, se asustó de manera que se le inmutó el semblante; las rodillas le temblaban y se tocaban una con otra. Su pavor se aumentó cuando el joven Daniel le descifró las tales palabras, diciéndole que, en pena de sus idolatrías y sacrilegios, moriría, y su reino sería entregado a sus enemigos. Todo se cumplió según la exposición del Profeta; Baltasar murió esa misma noche, y los persas y medos se posesionaron de su reino.

¿Ya ven ustedes qué caso tan terrible? Pues Dios, para cumplir su voluntad entonces, no tuvo que esperar que estuviera el rey solo, ni en lugar obscuro ni sombrío, ni que diera el reloj las doce de la noche. Al instante que quiso se cumplió su decreto soberano, como se cumplirá eternamente. Conque debemos hacernos cargo de todas estas razones para no ser tan fáciles de creer la multitud de espantos que nos cuentan, y cuando ustedes gusten vamos a recogernos, porque ya las muchachas están durmiéndose.

Se levantaron todos de la mesa, y el coronel con su familia se retiró a la recámara donde habían asustado a Pomposa; pero antes previno que todas las cosas se pusieran en su lugar y como siempre se habían puesto; que él había ido con deseos positivos de ver al diablo, y que estuviesen todos dispuestos para levantarse cuando los llamara, porque no excusaría esta diligencia si el pobre diablo tenía la bondad de visitarlo aquella noche y satisfacer su curiosidad como deseaba. Con esto se fueron las dos familias a sus respectivas recámaras.

Don Dionisio se estuvo despierto platicando acerca de la instrucción de su concuño, con su mujer y con la beata, que decía:

---

359   Daniel 5:25 (Ed. 1842).

—Aquí donde ustedes me ven, estoy muerta de miedo, porque el coronel no dejará de hacer una de las suyas. Yo no las tengo todas conmigo, y si este hombre no es hereje o brujo o cosa que lo valga, no hay ley en puercos rosillos[360]. Sí, Dios me lo perdone; pero gente que no cree en milagros, que no tiene miedo al diablo y que se incomoda saliendo de su casa solo por venirlo a ver, no puede ser nada buena.

Así se entretenía esta familia, mientras el coronel se divertía con la suya, ponderando la sencillez de don Dionisio en creer, lo mismo que Eufrosina y Pomposa, que había esta visto al demonio.

—Todo esto –añadía– es efecto de una educación abandonada a la ignorancia. Si desde niño hubieran persuadido a tu cuñado que todos esos espantos son cuentos de viejas, ahora, lejos de darles crédito, hubiera convencido de su falsedad a su mujer y a su hija.

Pudenciana amenizó la conversación de sus padres, refiriéndoles por menor la fervorosa conversión de su prima, y lo decidida que estaba a ser ermitaña, harto confiada en que la visitarían los ángeles.

Se reían los señores alegremente con este chiste, cuando, como a la hora de haberse acostado, dijo el coronel a su esposa:

—¿Ves, hija, la sombra que se acaba de ver en aquella pared?, pues sin duda esa fue a la que puso nombre de diablo Pomposita.

Doña Matilde y su hija se incorporaron en la cama, y vieron en efecto la dicha sombra no sin algún sustillo, porque hacía una figura bien extraña y se movía de cuando en cuando.

—¿Y qué será, papá? –preguntó Pudenciana.

—Eso es lo que hemos de examinar. Esténse ahí quietas, yo me levantaré... Vamos, ya está analizada la causa de este espanto. Es bastante natural, lo mismo que yo la esperaba. Aguárdenme. Voy a llamar a esos buenos señores para que la vean.

Sin perder tiempo se dirigió mi tutor a la recámara de don Dionisio, y oyéndolo hablar con su mujer, le dijo:

—Vaya, hermano, levántese usted con los demás, y vengan a ver al diablo despacio, que ya nos hizo el favor de venir.

Al oír esto enmudeció don Dionisio, tembló Eufrosina, Pomposa estuvo a pique de desmayarse y la tía María se persignaba sin cesar; pero por fin se levantaron todos a las repetidas instancias del coronel, quien iba por delante, y los demás lo seguían con pasos detenidos.

Llegaron a la recámara, donde esperaban muy tranquilas Matilde y su hija.

—¿Es este el diablo que viste, Pomposita? –preguntó don Rodrigo.

—Sí –dijo esta toda temblando.

—Pues no te asustes, salgamos a esta sala, y verás al enemigo malo, no en sombra, sino en su mismo cuerpo.

---

360 *Rosillo*: familiarmente, entrecano.

Se resistía Pomposa y la beata la detenía estirándola del túnico para que no saliera; hasta que, tomándola su tío de la mano, la sacó rodeada de todos los suyos, y poniéndola frente a un trípode, donde se ponía el aguamanil y sobre el cual estaba echado un gato descomunal, le dijo:

—He aquí, cobarde sobrina, el ridículo espectro que te ha espantado. Míralo, desengáñate, límpiate bien los ojos. Si quitas la veladora de este lugar y la pones aquí, ya no verás esta figura, sino otra diferente... A la prueba... ¿Ves ahora lo que antes?

—No, tío, ya varió la sombra enteramente de figura.

—Pongamos la luz donde estaba y quitemos al gato... ¿Ves ahora solo la sombra del trípode, banco o como llamas este mueble?

—Es verdad.

—Pues ya ves patente el engaño de tus ojos y el equívoco de tu imaginación acalorada.

No teniendo que replicar con una demostración tan evidente, callaron todos menos Eufrosina, que deseosa de sostener su opinión, dijo:

—Es verdad que la sombra del aguamanil hacía en la pared una figura endemoniada; pero ¿qué diremos de los golpes que se oyen en la recamarita?...

—Vamos allá, los oiremos y examinaremos la causa. Fuimos en efecto y no tardamos en oírlos. A nadie quedó la menor duda de ellos. El coronel por una ventana inmediata se asomó a registrar la pared por defuera; pero como estaba la noche muy obscura, no sacó por entonces otra cosa sino confusiones, pues ciertamente la pared estaba muy alta y nadie podía tocarla por aquel lugar.

Cuando Eufrosina, don Dionisio y Pomposa advirtieron la perplejidad de don Rodrigo, cantaron su triunfo con el mayor orgullo.

—Hermano, contra la experiencia no vale nada la filosofía más cavilosa, decía don Dionisio; ¡vaya!, a ver, ¿a qué causa natural podemos atribuir estos toques?

—Si es gana –continuaba la tía María– ¡sobre que negar los espantos, es negar que hay estrellas en el cielo! Nada tienes que esperar para desengañarte, Eufrosina.

—Ya se ve que no. Aquí espantan, y mucho que espantan. Me mudara yo mañana, en cuanto Dios amanezca, aunque sea al hospicio de pobres, si no hallo casa. Tú, Dionisio, si no quieres, quédate aquí con tus criadas, que yo me iré con mi hija y con mi tía.

—Sí, mamá; hará usted muy bien, porque ya acá se han anidado los espectros, duendes, fantasmas y vampiros. Dios nos avisa, y es menester no hacernos sordos a sus voces.

—Vamos, señores –dijo el coronel–, todas esas son palabras al aire que nada valen. Yo insisto en que estos golpes no proceden sino de su causa natural, por más que ahora por la obscuridad de la noche no pueda señalarla; pero, hermano, hagamos un convenio, si usted quiere.

—¿Cuál es?

—Este: si mañana les hago ver el origen de estos golpes, y el remedio para que no se vuelvan a oír, como no se oirán, en efecto, en la noche que sigue, pierde usted doce pesos que enviará a los pobres enfermos del hospital de San Juan de Dios; y si no lo puedo señalar, costeo el traspaso de la casa que tomen, el transporte de los muebles y el reemplazo de los que se quebraren en la mudada. ¿Qué dice usted?

Una apuesta que proporcionaba tantas ventajas se admitió desde luego por don Dionisio, y nos fuimos a recoger.

Al día siguiente se levantó bien temprano el coronel; fue a la ventana, y no tardó en averiguar que la causa de los golpes era una armazón vieja de palo, que en algún tiempo fue farol y por su inutilidad se quedó abandonada y pendiente de un pie de gallo[361] en la pared que había tenido corredor alguna vez y correspondía a la recamarita de doña Eufrosina.

Este horrible vampiro, cuando lo movía el más ligero viento, golpeaba sobre la pared y azoraba a cuantos tenían la desgracia de escucharlo, habiendo sido la primera nuestra ilustrada Pomposita, con la ocasión que se dijo haber puesto su cama en aquella pieza, por huir del diabligato injerto en aguamanil.

Luego que don Dionisio y su familia se levantaron, los llevó el coronel a la ventana, les mostró el duende fatal, suplió las veces del aire, sacudiéndolo con una caña larga y haciendo que oyeran los golpes que habían escuchado por la noche, y últimamente lo arrancó del palo, cayó al suelo, y les aseguró a las señoras que, vencido aquel fiero vestigio y su maldito compañero el gati-diablo, ya no volverían a espantarlas en aquella casa; y así que se dejasen de pensar en mudada, en las que siempre se pierde algo, se rompen los muebles y se incomodan los dueños.

Después de algunas objeciones triviales que hizo doña Eufrosina, y a cuyas soluciones dadas por el coronel no pudo responder, saltó el bueno de don Dionisio con una dificultad que no se debía esperar de su talento.

—Bien está, hermano –dijo– que no haya duendes ni se aparezcan los muertos ni los diablos; pero usted no me negará que hay fantasmas, que eran los lemures[362] de los antiguos. Estos avechuchos nocturnos existen sin duda entre nosotros, y la misma santa Iglesia pide a Dios que nos libre de ellos.

—¿Dónde, don Dionisio, dónde ha leído usted esas peticiones?

—¿Cómo dónde? en un himno que comienza: *Te lucis ante terminum*, dice después: *procul recedant somnia, et noctium phantasmta* (Apártense lejos de nosotros los malos sueños y las fantasmas de la noche). De esto se sigue muy bien que hay tales fantasmas.

El coronel desengañó a don Dionisio advirtiéndole que las fantasmas de que habla el himno eran de las que se forman en nuestra mente, y que podían ser pecaminosas; que estas pueden muy bien representarse entre sueños y ex-citar tal vez, aun habiendo despertado, malos pensamientos: como si a Pedro

---

361 *Pie de gallo*: base o parte en que se apoya algo.
362 *Lemur*: (o lémur): fantasmas, sombras, duendes.

durmiendo se le representara la imagen de su enemigo (que es una verdadera fantasma), sueña que riñe con él y lo vence, y después de despierto se complace en esta soñada venganza.

Este caso y muchos semejantes explican cuáles son las fantasmas o figuras pintadas vivamente en la imaginación del que duerme, que pueden ser causa de que las pasiones se exalten y que despierto peque. Por esta razón pide la Iglesia a Dios que nos libre de estas representaciones peligrosas, que por cuanto se forman en nuestra fantasía se llaman fantasmas.

Con esto se concluyó la cuestión de los espantos, y nos despedimos, dejando un poco tranquilizadas a las señoras y un tanto convencidas de que el miedo y la ignorancia son los que asustan a los vulgares cada rato, y no el diablo ni los pobres muertos a quienes les levantan innumerables falsos testimonios.

Capítulo XXIX

En el que se refiere la peligrosa aventura en que se vio nuestra Quijotita por su fervorosa e imprudente virtud

Sin embargo de que a favor del desengaño, ya no trató doña Eufrosina de mudarse de su casa, no varió ella ni su hija el plan de su nueva vida, cosa que no dejó de extrañar el coronel; pero como su virtud no era sólida, bastardeó[363] desde sus principios y llenó el extremo de la gazmoñería y ridiculez.

No había fiesta de iglesia donde no concurrieran madre e hija, y se estaban en el templo hasta que se concluía la función y levantaban el petatito,[364] como suelen decir. Por las tardes, luego que reposaban la comida, se vestían y marchaban para la iglesia, donde estaba el circular, y no volvían hasta que depositaban; de suerte que no paraban en casa, la cual ya se dejaba entender cómo andaría, abandonada del todo al cuidado o descuido de los criados; ello es que don Dionisio no dejó de resentir el mal trato que recibía a causa de la vagabundería espiritual de su familia; pero no se atrevía a reconvenir, porque Eufrosina lo dominaba y él no sabía atacarse[365] los calzones.

Si el día se ocupaba tan santamente, la noche no se pasaba menos. Luego que eran las oraciones, se encerraba Eufrosina con su hija y la tía María, que desde la noche de la disputa con el coronel se hizo piedra en la casa, y se ponían a rezar el rosario y una califa de novenas, cuya tarea duraba hasta después de las diez, y no podía durar menos, porque, a más de cuatro o cinco novenas que se solían rezar a un mismo tiempo, había otras devociones fijas que por ningún caso se omitían.

Todos los días de la semana tenían sus rezos particulares. El lunes se debía rezar a San Cayetano y a las ánimas benditas; el martes, a Señora Santa Ana y a San Antonio de Padua; el miércoles, a la Preciosa Sangre, etc., etc.

Fuera de esto, había sus libritos que se rezaban por fechas, sin perjuicio de los diarios. Por ejemplo: día 1, se rezaba a la Divina Providencia; día 7, a San Cayetano; día 8, a la Purísima; día 12, a la Santísima Virgen de Guadalupe; día 16, a San Juan Nepomuceno; día 19, a Señor San José; día

---

363 *Bastardear*: apartarse en sus obras de lo que conviene a su origen.
364 *Hasta levantar el petate*: (México) salir el último de una fiesta o de cualquier reunión.
365 *Atacar*: atar, abrochar, ajustar al cuerpo cualquier pieza del vestido que lo requiere.

21, a San Luis Gonzaga; día 26, a Señora Santa Ana, y ¡qué sé yo qué más!

No era lo malo que se rezara tanto, lo fatal era el modo con que se rezaba y las inconsecuencias que se originaban por esta imprudente y mal entendida devoción; porque el modo era rezar con mil interrupciones, lo que manifestaba la ninguna atención con que lo hacían. Doña Eufrosina llevaba siempre el coro, y era la que más interrumpía, pues durante un *Padre nuestro* preguntaba tres o cuatro cosas y determinaba otras tantas; porque, por ejemplo, decía:

—*Padre nuestro que estás en los cielos...* Niña, ¿ya habrá venido tu padre?

—¡Quién sabe mamá!

—*Santificado sea el tu nombre...* Es que si ha venido, que le den chocolate... *Venga a nos el tu reino...* y avísale que sobre la cómoda está una carta que trajeron de casa de don Jacobo. *Hágase tu voluntad...* Espanta al gato, no vaya a quebrar un vaso; *así en la tierra como en el cielo.*

—¿No era la devoción de Eufrosina extremadamente fervorosa?

Como había dado orden de que nadie la visitara mientras rezaba, tenía don Dionisio que cumplimentar a sus amigas, que a los principios, ignorantes de la nueva extravagancia de Eufrosina, continuaban de cuando en cuando sus visitas, hasta que, mirando que se negaba, se retiraron poco a poco, tratándola de grosera e incivil.

Rabiaba don Dionisio con estas cosas; pero como era un marido afeminado, no tenía valor, según se ha dicho, para corregir a su mujer; y así se valió de quejarse con mi tutor y suplicarle que persuadiera a su cuñada para que no fuera tan virtuosa.

—La empresa es difícil –dijo el coronela–, pero haga usted que mañana concurran a la mesa nuestros amigos y el licenciado, que con su genio jocoso puede contribuir a los deseos de usted.

En efecto, al día siguiente fuimos cerca de las doce, hora en que no habían vuelto las señoritas de la iglesia, y ya las esperaban en su casa el cura, el señor Labín y el licenciado Narices.

Mientras volvían, se trató de la extravagancia de las madamas, y cada uno prometió a don Dionisio hacer por su parte lo posible para ver si podían reducirlas a estarse en casa más y rezar menos.

Llegaron por fin las señoritas, y después de las salutaciones corrientes, se desnudaron el traje de la calle y se pusieron a platicar con sus visitas.

—¿Conque de dónde bueno, madamas? –preguntó el coronel.

—De la Merced, hermano –contestó Eufrosina. Estaba la iglesia hecha una gloria, como que hoy es el día de nuestra Santa Madre. Nosotros fuimos a comulgar, oímos ocho misas en un instante, venimos a desayunarnos y nos volvimos a la función, que ha estado muy famosa, especialmente el sermón que predicó el Padre presentado N.: ya se ve, como que es divino el frailecito...

—Todo habrá estado según usted lo dice; lo que no puedo entender es cómo oyeron ocho misas en un instante, pues por ligeras que se digan se necesita para oírlas algo más de tres horas.

—Pues nosotras las oímos en una, porque las oímos todas a un tiempo.

—Es decir, hermana, que no oyeron ninguna, y que si hubiera sido hoy día de precepto no cumplen con él probablemente y se quedan sin misa.

—¿Y por qué?

—Porque para oír misa como se debe es necesaria la atención exterior e interior, esto es, la del espíritu y la del cuerpo. A la primera faltan, no solo los que van al templo a divertirse con los que entran o salen, a pintar a esta, a dibujar a la otra, a jugar con el abanico o el palito, ni a distraerse en conversaciones muy ajenas de aquel santo lugar, sino cuantos no están con la modestia debida, particularmente al tiempo del tremendo sacrificio; y ya usted verá que estando volviendo la cara a este y al otro lugar y haciendo visajes con ocasión de querer oír a un tiempo muchas misas, no solo se falta a esta atención exterior, mas también es causa de que falten a ella los que se divierten con estas gentes visajeras.

Asimismo faltan a la atención interior, pues queriendo meditar en tantas cosas cuantas significan las diversas acciones que muchos sacerdotes hacen sobre el altar, no meditan en ninguna. No me crea usted a mí; oiga cómo se explica el doctor don Joaquín Lorenzo Villanueva[366] en su tratadito que escribió de *La reverencia con que se debe asistir a la misa*. Dice pues: «El que oye muchas misas a un tiempo, o atiende a las varias acciones de ellas, o no. Si no atiende a esto, ¿en qué funda la mayor ganancia? Si atiende a esto, la misma variedad, como decíamos, le ha de distraer precisamente; porque cuando una misa está en el Credo, la otra está a la elevación de la hostia, la otra en la sumpción y la otra en la bendición, ¿quién tiene cabeza para pensar a un mismo tiempo con atención y devoción en tantas y tan varias cosas?...

«Aun esto se verá más claro, si atendemos a la disciplina antigua de la Iglesia, según la cual no era permitido que en un mismo templo se celebrasen a un tiempo muchas misas. En los seis primeros siglos de la cristiandad, y aun más adelante, sola una misa se podía celebrar diariamente en cada iglesia, o más bien en cada pueblo, aun cuando hubiese en él varios templos fuera de la catedral o parroquia. Notorio es el rito observado por los griegos de celebrar todos los presbíteros, juntamente con el obispo. Ochenta presbíteros, según la norma de la reducción hecha por el emperador Heraclio, celebraban juntos un solo sacrificio en la iglesia mayor de Constantinopla. Esto prueba que en los primeros siglos de la Iglesia, y después de la paz que el Señor le envió por medio de Constantino, no se decían a un tiempo muchas misas en un mismo templo. Y si en algún caso de solemnidad o de gran concurso eran necesarias más misas, se celebraban una después de otra, como se lee en la segunda carta de San León[367] a Dióscoro[368].

---

366 *Joaquín Lorenzo Villanueva*: 1757-1837. Sacerdote, escritor. Ejerció el cargo de diputado en las Cortes de Cádiz.

367 *San León Magno*: fue Papa entre 440-461. Su *Epistolario* consiste de más de 170 cartas de carácter dogmático.

368 *Dióscoro*: obispo de Alejandría.

«Y aunque en esto ha variado la disciplina, por justas causas que debemos todos venerar, el espíritu de la Iglesia siempre es y será el mismo, según el cual los antiguos Padres tenían por desorden distraer, con la celebración de muchas misas juntas en una misma Iglesia, al pueblo que en ella se congregaba. Sabían que las colectas de los fieles se celebraban para unir las oraciones de todos; para formar de los gemidos de muchos un solo gemido, de muchas voces una sola voz, de muchas adoraciones una adoración sola, que con suave y poderosa eficacia incline el pecho benigno de Dios a que nos haga mercedes.

«Conforme a esta costumbre había en la Iglesia otra no menos antigua, de no consentir en cada templo sino un solo altar, la cual observaron los latinos hasta el siglo VII, y aún hoy día conservan los abisinios, moscovitas y orientales.»

—Se cansa usted en vano, señor coronel –dijo el Licenciado– porque estas señoras rezanderas son las más tontas y las que menos entienden su religión. Reniego yo de todas estas beatas exteriores.

—Reniego yo de usted, demonio de hablador –contestó prontamente doña Eufrosina– ¿siempre ha de ser usted en contra de nosotras? Para usted no halla medio una mujer. Si es alegre, si baila o se pasea, dice que es libertina, loca y disipada; si por el contrario, es devota y recogida, luego la califica de beata, tonta y devota exterior. Conque ¿qué haremos las mujeres para agradar a este malvado Narigüetas y libertarnos de su lengua venenosa?

—Fácil es la respuesta –decía el Licenciado–, lo que hay que hacer es ser alegres sin coquetería, francas sin locura, virtuosas sin hipocresía y devotas sin superstición; pero como yo no he conocido ni una mujer que tenga tantas recomendables circunstancias, sino todas ellas malas por un camino, peores por otro y detestables por todos, cargaría mi conciencia si hablara bien de las mujeres... ¿qué es hablar?, si pensara siquiera que había ni una sola buena; sí, ni una sola entre cuantas el sol calienta; antes tengo entendido, y en esta fe y creencia protesto vivir y morir, que vosotras sois la canalla peor de todo el mundo y sois lo mismo hoy que seis mil años hace. Es decir, que siempre habéis sido malas, malísimas y peores de lo que parecisteis a Ovidio, a Séneca, a Cátalo, a Horacio, a Virgilio, a Tíbulo, a Propercio y a cuantos autores antiguos y modernos han mal empleado el tiempo y sus plumas en hacer vuestros parecidísimos retratos...

—¡Ya escampa, hermano! –dijo Eufrosina– ¿qué le parece a usted y cómo honra este deslenguado a las mujeres? Muy agraviado lo tienen sin duda. ¡Ya se ve! ¿Quién ha de apetecer a usted, demonio, tan viejo, tan feo y tan hablador? Bien que usted sabe cuándo y con qué mujeres se explica de ese modo. Sólo acá y con nosotras; a fe que con Pachita la huera, con la marquesita de... con la hija del contador y con otras así, todo se vuelve usted mieles y zalamerías... adulador, embustero.

—Es verdad que a esas señoras las trato con lo que llaman política —respondió el Licenciado— pero eso es porque las quiero menos que a usted.

—¿Conque a quien quiere usted más le dice más claridades?

—Sí, a quien estimo de veras siempre trato de hablarle la verdad, y si puedo procuro sacarlo de sus errores.

—¿Pues en qué errores me ve metida? Yo no me tengo por ilustrada ni por sabia; pero tampoco soy muy ignorante: sé muy bien dónde me aprieta el zapato; si ya no es que usted tiene por error el que yo y mi hija nos hayamos separado de las tertulias y bureos, el que frecuentemos los templos, el que confesemos, que recemos... en fin, el que tratemos de mudar de vida y buscar a Dios.

—No, no, señora —decía el licenciado— yo no puedo calificar por yerro la virtud. Todo eso que usted dice es muy bueno, cuando se hace como se debe hacer; pero cuando no, cuando un humor extravagante y no la gracia divina nos hace parecer virtuosos, entonces nuestra devoción es falsa, no merece otro nombre que el de gazmoñería, y por consiguiente nos hace incurrir en mil errores. Usted y otras beatas como usted creen que la virtud consiste en no quebrantar los mandamientos descaradamente, en rezar mucho, en ir a las iglesias donde hay música y en ser insociables, fanáticas y simples. Persuadidas con estos bellísimos principios, quebrantan en uno todos los preceptos del Decálogo, se hacen unas hipócritas alucinadas, unas vagabundas de iglesias, sempiternas habladoras de virtud, odiosas a los suyos y despreciables a la misma sociedad en que viven. No es esta una pintura exagerada de nuestras beatas, es un retrato fidelísimo de ellas. Yo no veo por ahí otra cosa que viejas y aun mozas aturdidas que hacen consistir la virtud en meras exterioridades, al tiempo mismo que ignoran cuál es su religión y el grado de obligación que les imponen sus suaves preceptos.

Yo pudiera decirle a usted mucho sobre esto; pero sé que no me ha de oír con gusto; y así, solo le digo que cumpla exactamente los diez preceptos del Decálogo, y no hará poco; cumpla con las obligaciones de su estado; conforme su voluntad con la de Dios, y créame que será verdadera virtuosa, su devoción será legítima y no contrahecha, y aunque no rece una novena en su vida, se salvará lo mismo que San Pedro; mas si, por el contrario, usted no cuida de observar los preceptos de nuestra ley divina, si se desentiende de las obligaciones que le impone su estado, si solo quiere hacer su gusto por capricho, sin sujetarse al dictamen de un prudente director espiritual, incurrirá en mil errores pecaminosos, se obstinará en ellos, se hará una completa alucinada, faltará mil veces al amor de Dios y del prójimo, y de consiguiente, si la sorprende la muerte en este infeliz estado, se irá a los profundos infiernos atestada de novenas, camándulas,[369] escapularios, medallas, confesiones y comuniones.

No crea usted que estas son mis cosas, como usted dice; son cosas muy

---

369 *Camándula*: rosario de una o tres partes.

ciertas e infalibles. La falsa devoción, especialmente entre las mujeres, es muy común: sois extremosas, no hay remedio; si dais en malas, el mismo Barrabás no os iguala, y si dais en parecer buenas... en parecerlo digo, entiéndame usted, si dais en esto, sois supersticiosas, exteriores, monas y ridículas hasta no más... ¡Fuego y qué sexo tan endiantrado es el vuestro, que con dificultad se contiene en los medios, sino que casi siempre declina hacia los extremos! Ten cuidado, Dionisio; ten cuidado con tu mujer ahora que aparenta santidad. Ya sabes, ¿eh?, ya sabes que de estas que no comen miel, libre Dios nuestros panales. El diablo son estas santurronas, falsas devotas y verdaderas hipócritas; cuenta con ellas.

—¡No fuera malo que usted la tuviera con su lengua; mordaz, faceto[370], malcriado!...

Así se explicaba doña Eufrosina, llena de enojo contra el licenciado Narices; pero este con mucha sorna le decía:

—¿Qué tal?, ¿me engaño en mi juicio, señoritas? ¿Ve usted y qué pronto se le exalta la bilis y cómo se desahoga de la manera que puede contra mí? Pues a fe que ese enojo ¡maldita la prueba que hace de la virtud de usted! El mismo día que ha comulgado se irrita contra quien le da una lección moral, lo mismo que si le hiciera un agravio. ¡Comuniones, ¡ah!, rezos, novenas, trisagios[371], jubileos, visitas de cinco altares, oración mental, etc., etc.; pero la soberbia en su lugar, el rencor con el prójimo lo mismo, y todo lo demás *idem* compuesto de *is*! Esto se llama señora, traer el rosario al cuello y el diablo en la capilla.

—¡Qué buen predicador va usted saliendo! Yo creía que solo mi cuñado tenía esa gracia.

—No, mi señora, yo también la tengo cuando quiero. Sé predicar; pero lo peor es que para usted predico en desierto. Tú, Dionisio, hijo, que me escuchas con tu acostumbrada calma, penétrate de mis razones; no te dejes alucinar de tu santa mujer; ponte los calzones; haz que cumpla con sus obligaciones; que atienda, que cuide de su casa y de sus criados; que no sea mitotera ni vagabunda a lo divino, y si no se reduce por bien, palo con ella, que buenos lomos tiene...

—¡Miren qué maldito Nariguetas!, –decía Eufrosina montada en rabia– ¡groserón, malcriado, indecente! Todas las cosas de usted se le parecen; ¡miren qué consejos tan endiablados le da a Dionisio! ¡Ya se guardará de tomarlos! Sí, ¡pobre de él si el diablo lo tentara a impedirme mi gusto, ni tocarme un pelo, que buenas uñas tengo para defenderme en ese caso!

Apenas dejó de reñir doña Eufrosina, cuando tomó la palabra la tía doña María, y dijo:

—No hay que hacer; los tiempos están perdidos; ya no solamente faltan los buenos cristianos de marras, sino que se enfurecen contra los que quieren serlo. ¡Si digo yo que este señor Licenciado, con perdón de ustedes, o es hereje

---

370   *Faceto*: afectado y sin gracia.
371   *Trisagio*: himno en honor a la Santísima Trinidad.

o no le faltan dos deditos! Abrenuncio:[372] ¡Dios me libre de estos sabihondos del infierno!, salvo sea el lugar...

Diciendo esto, se persignaba muy seguido.

Cosquillas le hacían al Licenciado con estas cosas, y más se reía cuando, para coronar la fiesta dijo Pomposita:

—Mamá, tía, cállense la boca; no hay que incomodarse demasiado con este buen señor, que Dios perdone, así como debemos perdonarlo. Jamás han faltado en el mundo perseguidores sangrientos de la virtud. ¡Qué baldones, qué injurias y denuestos no sufrieron por ella los Franciscos de Asís, los de Borja, los Juanes de Dios, los Estanislaos Kostkas...,[373] pero, ¡qué más!, al Maestro de la virtud, a la misma Santidad, a Jesucristo, ¿no lo trataron de hechicero y sublevador de la república, sometida al imperio del César romano?, ¿y por estas execrables calumnias no lo hicieron morir en una cruz? ¿Pues qué hay que admirarnos de que este caballero nos insulte por esta misma causa? Lo que debemos hacer es seguir impávidas con paso firme el camino comenzado, sin escuchar los silbos de las serpientes ni los cantos de las sirenas de este mundo. Armémonos, mamá y tía mía; armémonos de fortaleza en el Señor, y digámosle siempre, con el Santo Profeta rey, que nos libre del hombre inicuo y engañoso, *ab homine inicuo et doloso libera me*, acordándonos con el profano Horacio de que el que quiere llegar a la meta o término de la carrera tiene que sufrir y vencer mil obstáculos.

Esto es, señores, lo que me parece conveniente decir a ustedes en descargo de mi conciencia; pues, no porque presuma enseñar a ninguno, no, ¡Dios me libre de semejante presunción!; está mi humildad muy lejos de esta arrogancia, soy harto frágil, soy polvo deleznable, soy la tierra que todos pisan; pero como humana, me lastiman las injurias hechas a mi mamá; sin embargo, yo por mi parte las perdono.

El discurso pedante e hipócrita de Pomposa hubiera seguido, si diera lugar el Licenciado con su risa burlona, que fue tanta, que no pudiendo refrenarla, se levantó de la mesa y se fue a tirar a un canapé, apretándose la barriga, lo que aumentó la cólera de nuestras beatas.

Pomposita y su madre se retiraron enojadas, y la tía doña María también se levantó de la mesa rezongando unas cuantas blasfemias contra el risueño Licenciado, y se marchó sin decir: ahí quedan las llaves.[374] Don Dionisio se manifestó avergonzado por el poco fruto que sacó de su preparativo; doña Matilde y Pudenciana se afligían al contemplar el grado de delirio de sus deudas; el padre don Jaime decía que eran humoradas pasajeras; el coronel todo lo escuchaba con prudencia; pero Narices, después que se cansó de reír dijo a don Dionisio:

—No pienses, amigo mío, que hemos logrado poco; ellas van como perro con cohete en la cola, ardiendo contra mí; pero van espantadas de que les he sacado a plaza su hipocresía, y lo peor es que no es otra cosa. No te fíes de tu

---

372 *Abrenuncio*: interjección usada para dar a entender que se rechaza algo.
373 *Estanislao Kostka*: santo de origen polaco (1550-1568).
374 *Ahí quedan las llaves*: expresión que dar a entender que alguien deja el manejo de un negocio sin dar razón de su estado.

mujer ahora, y menos de tu hija. Sábete que cuando yo era colegial tuve unos amorcillos puramente platónicos con una muchacha inocente y a la que su madre tenía en gran concepto de virtuosa; pero no obstante, se iba a almorzar conmigo a la Alameda con una prima suya cada vez que yo quería; y ¿cuál piensas que era el pretexto con que salían de casa? No otro sino el de que iban a confesarse y a comulgar. De manera que si yo hubiera sido más tunante o ellas más locas, sucede una avería bajo unos pretextos muy engañosos. Conque no te descuides.

El coronel apoyaba con la cabeza el consejo del Licenciado, y doña Matilde, cansada de esta crítica contra su hermana, trató de que nos recogiéramos a la siesta, lo que hicimos cada uno según su gusto.

Tres horas habrían pasado, cuando estando tomando chocolate en la sala, entró una criada diciendo:

—Señores, el paje dice que han matado los caballos a la niña.

Fácil es concebir el efecto que causaría en todos semejante noticia. Sorprendímonos, bajamos al patio, entramos a la caballeriza y encontramos a Pomposita privada en brazos del lacayo, con unas tijeras en una mano y un manojo de cerdas en la otra; el caballo azorado todavía y sin pelo en la crin ni en la cola, nos hubiera sido un objeto de risa si lo permitiera la triste situación de Pomposa, a quien subieron las señoras a la recámara, y habiendo llamado al médico a toda prisa, le proporcionaron los remedios oportunos.

Entretanto que Eufrosina, la tía vieja, doña Matilde y Pudenciana, con lágrimas, gritos y apretones de manos aplicaban a la enferma las medicinas que el médico ordenó, el cuitado de don Dionisio se desgreñaba y pateaba en la caballeriza al ver a su caballo tan mal parado, ignorando la causa de semejante fechoría. El lacayo, aturdido con las amenazas del amo, no sabía qué decir, pues en realidad el pobre no vio entrar a la niña y solo acudió a favorecerla al ruido de las coces del caballo y del fuerte grito de Pomposa.

Sin embargo de todo esto, no se aquietaba don Dionisio; lo hizo encerrar en un cuarto, con intención de matarlo a palos si averiguaba que había estado en él la culpa.

Así que calmó un poco su primera cólera, subió a ver a su hija, a la que halló enteramente buena, pues más fue el susto que el daño que recibió. Entonces le preguntó quién había tuzado a su caballo, porque si había sido el lacayo le iba a dar tanto palo que de su casa iría al hospital y de este a la sepultura.

—Aunque me ahorquen —decía— aunque me ahorquen, esta infamia no la perdonaré en mi vida.

Pomposita, agitada por su conciencia escrupulosa, le dijo que el muchacho no tenía la culpa; que ella había trasquilado al caballo porque no le alcanzaban las cerdas que le había llevado su tía doña María para hacer su cilicio;[375] pero que si había hecho mucho mal en esto, suplicaba el perdón humildemente.

---

375 *Cilicio*: faja de cerdas o de cadenillas de hierro con puntas, ceñida al cuerpo junto a la carne, que para mortificación usan algunas personas.

Cuando don Dionisio se impuso a fondo de que su hija había sido la autora de semejante daño, poco le faltó para afianzarla y darla una tunda como la merecía; pero se contuvo por el respeto de su cuñado y los demás señores.

—Vean ustedes —decía— ¡haberme perdido esta maldita muchacha un caballo tan lindo y generoso que me costó trescientos pesos! ¡Voto a!...

—No te aflijas tanto —decía el Licenciado disimulando la risa— para todo hay remedio en esta vida.

—Pero para esto no; ¿qué remedio puede haber para que le nazcan las crines y la cola a mi caballo, cuando esta diablo le tuzó enteramente, y está tan feo que ya no queda para otra cosa sino para echarlo a la carga? ¡Que no te hubiera matado, condenada, que bien lo merecías!

—¡Vamos, hombre, no te apures! —continuaba el Licenciado— dime: ¿no hay quien haga cabelleras y casquetes para los calvos y tiñosos?, pues ¿por qué no habrá quien haga crines y colas para los caballos tuzados? Se harán, se harán, y yo me encargo de ello. Buscaremos un caballo de igual pelo, lo compraremos, se tuzará, y con sus crines y cola se suplirán las que le falten al retinto.

Algo se serenó don Dionisio con este consejo, a cuya serenidad procuraron todos concurrir del mejor modo que pudieron. Pomposita, así que vio a su padre tan enojado, tomó el partido de fingirse más adolorida del estómago para indultarse del castigo que aún esperaba; se le repitieron los remedios, y a poco rato de su nueva convalecencia se despidieron todos y se retiraron a sus casas.

¿Quién no se persuadirá a que Pomposa, escarmentada con este lance en que pudo haber peligrado su vida, se dejaría de sus ridículos fervores? Pues no fue así; su vocación no estaba pegada con oblea;[376] era muy tenaz en sus proyectos, y así emprendió otro que le salió más caro que el antecedente, como se verá en el capítulo que sigue.

---

376 *Oblea*: hoja muy delgada hecha de harina y agua o de goma arábiga, cuyos trozos servían para pegar sobres, cubiertas de oficios, cartas o para poner el sello en seco.

Capítulo XXX

En el que se sigue tratando de la santidad de Pomposa, y
su heroica resolución de ser ermitaña

Había dado Pomposa en que era santa y que para hacer milagros no le faltaba sino vivir en el yermo. La vieja beata con sus elogios y cuentos la alucinaba más cada día; nuestra devota visionaria, que no necesitaba mucha espuela, creyó que el demonio, temeroso de la guerra que ella le había de hacer en el desierto, se empeñaba en eludir sus buenas intenciones, y así, resuelta a vencer al enemigo a toda costa, se decía:

—¿Qué te detiene, Pomposa, qué te asusta, qué te acobarda para no caminar por donde las delicadas Rosalías[377] y Genovevas[378]? El enemigo de las almas se opone a tus santas intenciones, es verdad; pero ¿no sabes que, como dice San Pedro, el demonio es un león que ruge y da vueltas alrededor de nosotros buscando a quien tragarse, si no se le resiste con la fe? ¿Pues a qué esperas, desgraciada? Resistencia, resistencia es lo que ahora conviene y no otra cosa. ¿Qué me detiene para ser ermitaña? Todo lo tengo: cilicios, disciplinas, cerdas, santo cristo, novenas, libros devotos, ampolleta[379] y calavera. Estoy prevenida de todo como las vírgenes prudentes, *estote parati* (estad prevenidos); pues ¿qué hago aquí envuelta en las delicias del siglo y expuesta a mancillar mi virtud en medio de los peligros de este mundo falaz y lisonjero? No, ya no más dilación, ya no más temores, ya no más debilidad. Esto es hecho; el sacrificio prometido a mi Esposo es necesario consumarlo; él no será más terrible que el de Isaac ni más funesto que el de Jephté.[380] Yo me voy al desierto en esta misma noche. ¡Adiós, mundo engañoso y miserable; adiós placeres venenosos, gustos acibarados,[381] compañías y amistades perniciosas, adiós para siempre!

Dicho esto, tomó la pluma, escribió un papel y lo dejó sobre su almohada. Todo lo tenía listo; pero le acongojaba sobremanera acordarse que le faltaba

---

377 *Rosalía*: Santa Rosalía patrona de Sicilia. Hizo vida ermitaña en el monte Pellegrino (1130-1166).

378 *Genoveva*: Santa Genoveva (422-500), patrona de París. Se la representa generalmente vestida de pastora.

379 *Ampolleta*: reloj de arena.

380 *Jephté*: uno de los jueces de Israel. Su historia aparece en los capítulos XI y XII de *Jueces*.

381 *Acibarado*: que produce amargura, sinsabor, disgusto.

saco,[382] porque le parecía cosa muy extraña vivir en los páramos con túnico de moda; pero como no hay dificultad que no se venza en estos casos, se acordó de una carpeta vieja verde que estaba arrinconada en un ropero; inmediatamente la marcó por saco, y diciendo y haciendo, se encerró en su cuarto, y del modo que pudo hizo un túnico bastante pesado y ridículo; previno su cajita y a la noche, aprovechando un descuido de su madre y de las criadas, se desnudó de su ordinaria ropa, la dobló y la dejó sobre la cama, se vistió el saco verde, se soltó el pelo, se puso al cuello un crucifijo y en la cabeza una corona de flores de papel, tomó su cajita bajo del brazo y se marchó para la calle, con tan buena suerte que de ninguno de casa fue sentida.

Por fortuna la noche estaba obscura, los faroles unos opacos y otros apagados, y las calles inmediatas a su casa poco transitadas de gente, con lo que le fue fácil alejarse lo bastante hasta llegar a la pulquería que llaman *de los Loquitos*. Allí se ocultó mientras entraba más la noche, y cuando ya serían como las nueve de ella y no había por las calles sino tal cual patrulla y uno que otro guarda en su puesto, llena de miedo siguió su camino hacia la garita de San Cosme, por donde, a merced de una graciosa aventura que proporcionó la contingencia, salió a pesar del centinela, que en aquel tiempo guardaba el puesto con bastante escrupulosidad.

Es el caso, que en una accesoria[383] de las casas contiguas a la garita había muerto ese mismo día, y estaba tendida en un petate con cuatro velas, una muchacha que, como es costumbre con las doncellas, tenía su palma y corona de flores, esparcidas muchas de estas sobre la mortaja.

Los soldados de la numerosa guardia que cubría entonces aquel punto, ociosos todo el día, lo pasaban en las pulquerías y tabernas o en las accesorias de las inmediaciones, donde contando sus aventuras y refiriendo sus fazañas en las batallas que habían dado a los franceses en España, pues que por la mayor parte eran de gachupines[384] las tropas que destinaban a esos puestos, tenían embelesadas a las mujeres, que con la boca abierta escuchaban tantos prodigios de valor y sucesos tan variados, pagando su admiración con el bocadito a la hora de comer y con irse dejando seducir las muchachas, que no tenían a menos rendirse a los héroes a quienes se habían rendido las numerosas y aguerridas huestes de Napoleón Bonaparte.

Esa tarde, como siempre, se introdujeron en la casa de la muerta algunos soldados, y entre ellos un gallego desmoralizado que no gustaba malgastar sus monedas en la vinatería, pues aunque aficionado a los sacrificios de Baco, jamás gastaba lo suyo y la pasaba con las largas libaciones a que lo convidaban sus camaradas, que lo querían por su genio rasgado[385] y servicial.

Este, entre varias chocarrerías con que divertía a sus compañeros a costa de la difunta, se dejó decir:

—¿Doncella? Sábelo Dios y ella... Como ser *Santiajo* de *Jalicia*, que he

---

382 *Saco*: vestidura tosca y áspera de paño burdo o sayal.
383 *Accesoria*: ver nota en capítulo II.
384 *Gachupín*: (despectivo) español establecido en América.
385 *Rasgado*: (México) claridoso, que dice las verdades o que habla con cierto énfasis.

visto entrar en esta casa unos reverendos más rollizos que los *jatos* y coma-drejas de su convento.

Un lego fernandino español, que en un rincón de la accesoria estaba hincado rezando, por la difunta (la que solía quitar la cuartilla[386] de cualquiera cosa para dársela de limosna, cuando le presentaba para que besara la alcancía y el santo escapulario), al oír las demasías del soldado se levantó, y con voz campanuda le dijo:

—*De mortuis nihil nisi bene*,[387] paisano. Ya juzgados de Dios, el hombre debe suspender su juicio y dejar a los muertos que descansen en paz, no di-ciéndose de ellos sino cosas buenas. Yo os podría contar mil sucesos espan-tosos que han pasado a los poco respetuosos con los muertos, a quienes ha costado el juicio y aun la vida su imprudente manejo y el mal uso de su lengua.

—Vos, padre –contestó el gallego–, tal vez seréis el primer doliente y por eso defendéis a la difunta.

—¡Blasfemo! –exclamó el lego– ¿ese respeto tienes al santo hábito que visto? A no ser por el servicio que prestas a la buena causa, yo te delataría a la Santa Inquisición, que te pondría a buen recaudo; pero no desconfío de que a tus solas y en el silencio de la noche te se representará la difunta a quien in-famas y te hará arrepentir de tus demencias.

Los soldados escuchaban el diálogo algo conmovidos, y la conversación roló después refiriendo cada uno los cuentos que sabían de muertos, de es-pantos, apariciones y demonios, sin olvidarse por supuesto del diablo, que se aparecía y aporreaba muchas noches al centinela de la sala del crimen en pa-lacio, donde para perpetua memoria quedaban en la pared las señales de los tiros que habían dejado ir los centinelas en el acto de tan terrible lucha.

En estas conversaciones pasaron el tiempo que siguió después que salieron de la accesoria de la muerta, hasta después del toque de las oraciones, que llamaron por su turno a los que debían hacer su cuarto de centinela, después de alzarse el puente levadizo y de cerrarse las puertas.

En la principal fue donde le tocó a nuestro gallego, que por las pláticas anteriores tenía la fantasía llena de espectros y fantasmas, de muertos y diablos aparecidos. En la soledad y obscuridad de la noche cada sombra le parecía un demonio, y cada ruido, por ligero que fuese, creía que lo ocasionaban los pasos lentos y mesurados de algún difunto que venía a vengar a su compañera, la que estaba tendida en la accesoria, o tal vez ella misma, según le había pro-fetizado el lego, amenazándolo para el tiempo silencioso de la noche.

Él, para distraerse, comenzaba a cantar la jota u otro de los sonecitos que eran familiares a sus camaradas; pero ninguno acababa, porque a pesar de sus esfuerzos no se borraban de su imaginación los espantos y las amenazas del fraile.

Pasando entre el susto y la congoja la mayor parte de las dos horas que debía durar su cuarto, y sin atreverse a llamar a alguno de sus camaradas,

---

386 *Cuartilla*: antigua moneda mexicana de plata, que valía la cuarta parte de un real fuerte, o sea tres centavos de peso y un octavo.

387 *De mortuis nihil nisi bene*: de los muertos solo se dice lo bueno (Mi traducción).

porque no conociesen su miedo y lo tildasen de cobarde, siendo para lo sucesivo el blanco de sus groseras burlas.

Estaba ya para concluirse su tiempo, cuando dieron las nueve, hora en que, bajándose el puente levadizo, se dejaban pasar las gentes que viniendo fuera de cortadura se habían demorado en la ciudad por sus negocios y tenían que retirarse a sus casas. Se hizo como siempre, y el gallego tuvo unos momentos de distracción con los que pasaban, olvidándose de los espantos; pero después de un cuarto de hora que ya nadie transitaba por allí, a pesar de no haberse aún levantado el puente, ¿cuál sería su sorpresa y espanto al ver que se le acercaba a pasos lentos una mujer vestida, según le pareció, de su mortaja, con un santo cristo colgado al cuello, y su corona de flores ajadas y deslucidas, como podía distinguirse a los pálidos rayos de la luna que comenzaba a salir? Le temblaban las rodillas, y siguiendo hacia él la aparición, sin vacilar sus imperturbables movimientos, llegó a la puerta y pasó junto al centinela, que no pudiendo sufrir más, ofuscado su entendimiento y desfallecidas sus fuerzas, cayó al suelo sin articular más que con voz debilitada y temblorosa:

—¿Quién... vive...?

Bien sea porque a prevención hubiese preparado su fusil, o por el golpe, se disparó un tiro que alarmó a toda la guardia, e inmediatamente acudieron todos los soldados en tropel a su socorro, sin haberse dilatado más tiempo que el necesario para tomar sus armas; pero ya Pomposita en el traje de ermitaña, que era la visión o la muerta que se le figuró al centinela, había pasado el puente, y acelerado tanto el paso desde que oyó tan inmediato el tiro del fusil, que a la sombra de los edificios y de los árboles no fue observada por los soldados, que sin duda la habrían encontrado si la hubiesen seguido; pero no dando otra razón el centinela postrado en el suelo, sino que se le había aparecido la muerta de la accesoria, unos soldados asombrados creyeron que esta aparición era la profetizada por el lego fernandino, y otros, menos crédulos, atribuían la especie a la imaginación y falta de valor del camarada, a quien dirigían más de una satirilla.

Relevado el centinela, lo llevaron sus compañeros, para que se desengañase, a la accesoria del velorio, y estaba allí tendida la doncella difunta sin dar muestras de haberse levantado para nada. A su vista volvieron a turbarse los sentidos del gallego, y jurando por *Santiajo* que era la misma que se le había aparecido en el foso, se cayó privado, y al día siguiente, según después se supo, lo llevaron con fiebre al Hospital de San Andrés.

Libre ya la Quijotita ermitaña del temor de que la persiguiesen, tomó la dirección al rumbo de Chapultepec, sin acordarse que allí había otro grueso destacamento que, no solo le impediría la entrada en el bosque, sino que poniendo los soldados a riesgo su honor y su virtud, la mandarían seguramente a la calle de la Canoa,[388] o a un buen componer a su casa, con lo que se habrían frustrado sus deseos, dando fin a sus aventuras.

---

388 *Calle de la Canoa*: hoy *Donceles*, en la ciudad de México.

Cuando había caminado más de una hora le ocurrieron todas estas reflexiones, y mudando de rumbo se echó a andar por esos campos de Dios, hasta que, después de cuatro horas largas de viaje, cayendo y levantando, se encontró en una barranca llena de maleza, que dividía las peladas lomas de un páramo desierto, donde a la luz de la luna no distinguió ni choza ni jacal que le indicase ser habitado de los hombres. Y habiendo elegido el lugar más lleno de matorrales donde había unos cuantos árboles que la defendiesen de la inclemencia de las estaciones, desfallecida y fatigada de tanto andar, se tiró al pie de un tronco, y allí sola, triste, cansada, muerta de hambre y llena del pavor que le infundía la lóbrega perspectiva del campo a tales horas, se entregó a las más melancólicas meditaciones. Allí lloró y maldijo mil veces su inconsideración; allí se arrepintió de su imprudencia; allí propuso volverse a otro día a la casa paterna como otro hijo pródigo; pero allí también reprendió su cobardía y falta de firmeza; allí atribuyó al demonio los efectos de la naturaleza; allí se avergonzó de su inconstancia y allí, por último, determinó morir entre las fieras del campo, antes que dar que decir a los que sabían que ya a aquella hora era ermitaña y verdadera sierva de Dios.

Absorta con estas imaginaciones, un sueño irresistible se apoderó de sus miembros y contra su voluntad se quedó dormida. Pero dejémosla en esta violenta quietud, mientras volvemos a la casa de sus padres y los vemos buscando a su hija, envueltos en la mayor aflicción, la que creció cuando, después de registrar su cuarto, solo hallaron toda su ropa bien doblada, el ropero intacto y una carta sobre la almohada que decía:

«Padres y señores míos: Vuestra hija se aparta de vosotros para seguir al Crucificado: mi vocación es de ermitaña y yo debo seguirla. Sé que con esto os desagrado; pero, ¿qué importa, si así agrado a mi Esposo? Diréis que os desprecio: mas no importa que lo digáis, si es por esta causa: escrito está que el que no desprecia o aborrece a su padre y a su madre por el Señor no será digno de El; y así yo, sin aborreceros ni despreciaros, os dejo, os olvido y os abandono. Con el espíritu con que el casto José dejó la capa en manos de su corrompida seductora, así os dejo. Adiós, padres míos; obrad con justicia hasta la celeste Sión, donde nos daremos el ósculo sagrado de la paz. Su amante hija

POMPOSA LANGARUTO.»

El prudente lector considerará cuál sería el sentimiento de los padres de esta niña, cuáles sus temores y cuántas las diligencias que harían por su hallazgo; pero todo fue en vano, pues aunque los criados corrieron por las calles de la ciudad, aunque los mismos viejos anduvieron por las casas de sus conocimientos y empeñaron a los guardas con promesas, todo fue inútil: Pomposita dormía tranquilamente en su barracón y sobre la dura tierra, lo mismo que en su casa y sobre una mullida cama. Tanta es la fuerza del sueño en una joven.

Aún siguiera durmiendo si no se levantara por su desgracia una violenta tempestad, a cuyos repetidos truenos despertó nuestra devota ermitaña con bastante susto, el que se aumentaba a proporción que menudeaban los relámpagos mezclados con algunos rayos, que en aquellos lugares resonaban terriblemente.

Mas hasta aquí solo el ruido infundía pavor a Pomposita; pero cuando siguió un fuertísimo aguacero y no tenía dónde refugiarse, cayó su ánimo en la más funesta languidez.

Sin embargo, su locura le sugirió recursos para sostenerse en medio de su temor. Creyó que su virtud era bastante para hacer que la tempestad se serenara; y así, abriendo su caja, sacó sus cilicios y una disciplina[389] de pita; se puso aquellos muy poco apretados, porque no se reventaran las cintas, y se dio unos cuantos disciplinazos suavemente y sobre el saco verde, que no se quitó por la honestidad, tan necesaria en aquel lugar y a tales horas.

Su fervorosa penitencia fue tan eficaz en su concepto, que a poco rato se despejó el cielo de nubes, cesó la tempestad y volvieron a parecer las estrellas y la luna aún más brillantes que al principio de la noche. Entonces, delirando con mayor vehemencia, atribuyó el natural desahogo de las nubes a un milagro patente, hecho por los influjos de su espantosa penitencia, y después que cantó no sé qué cosa en acción de gracias al Creador, se postró sobre la cajita con intención de orar, por si experimentaba algunos éxtasis o deliquios divinos.

Pero estando en esta postura, cuando hacía su composición de lugar, oyó... ¡válgame Dios y lo que oyó!, oyó que la calavera que en la cajita se movía palpablemente, según su frase, no solo se movía, sino que chillaba de cuando en cuando.

El cabello se le erizó a nuestra nueva visionaria; la sangre se le heló y circulaba en sus venas con mucha lentitud; sus miembros se laxaron; faltó en sus piernas la firmeza para sostener su máquina desfallecida, y repitiendo la calavera sus vueltas y chillidos, se abatió su espíritu del todo y cayó al suelo privada de sentido.

Así permaneció hasta las cinco de la mañana, hora en que pasó junto a ella un indio carbonero, acompañado de un muchacho y con una mula cargada de carbón, que traían a vender a México. Al ver a la aturdida ermitaña tirada en el suelo, empapada, con su saco verde, el pelo suelto y la disciplina en la mano, se sorprendieron, creyendo que estaba muerta, y ya trataban de pasarse de largo; pero la buena fisonomía de Pomposa obligó al indio viejo a verla de cerca, y entonces, advirtiendo que respiraba, se compadeció de ella, y apretándole el estómago lo mejor que pudo, la hizo volver en sí.

Apenas abrió los ojos Pomposita cuando, creyendo que los dos tiznados

---

389 *Disciplina*: instrumento, hecho ordinariamente de cáñamo, con varios ramales, cuyos extremos o canelones son más gruesos, y que sirve para azotar.

carboneros eran algunos ángeles que habían bajado de los cielos a socorrerla, clavó la vista en la tierra, se arrodilló, cruzó las manos sobre el pecho y con una voz muy descaecida les decía:

—Paraninfos[390] sagrados, soberanas inteligencias, que en alas de los mansos cefirillos[391] habéis descendido del Olimpo para restituirme la tranquilidad antigua; yo me postro ante vuestra faz resplandeciente, os doy gracias, y os suplico no me desamparéis en mi corta peregrinación, pues temo que en estos páramos me sorprenda la muerte cuando menos lo piense, como asalta el facineroso ladrón a los descuidados caminantes.

El pobre indio, que no entendió de estos despropósitos sino las últimas palabras de ladrón, muerte y caminantes, creyó que nuestra beata o había perdido el juicio o pensaba que él era ladrón que la quería matar, y que por esto se había hincado a suplicarle que la dejase viva; y así para satisfacerla le decía: —*Amo lagrón, magre, amo ladrón*—, que era decirle en un mal castellano y mexicano: —No soy ladrón, madre, no soy ladrón—. Pero como Pomposa no sabía que *amo* en idioma mexicano quiere decir *no*, creyó que el carbonero decía que amaba a los ladrones, y arrebatada de su ardiente caridad, después de haber vuelto en sí de su primer disparatado juicio y conociendo que eran carboneros los que le parecieron ángeles, les decía: —¡No, hijos, no améis a los ladrones, porque os pervertiréis y seréis unos de ellos, *cum perverso perverteris*.[392]»

Los indios, al oír esta jerga, se acabaron de persuadir a que la tal niña estaba loca, y así trataron de llevarla a su casa, que estaba a la salida de la barranca, lo que no les fue difícil conseguir.

En el jacal o triste choza del indio estaba su mujer haciendo el desayuno que acostumbraban, cuando entró el carbonero, su hijo y la ridícula ermitaña. La india, luego que la vio, quiso correr, pensando que era muerta, fantasma o cosa mala, como sucedió al centinela de la garita de San Cosme; pero su marido la contuvo, diciéndole en su idioma que no temiera, que aquella pobre muchacha era una loquita que había encontrado en el camino, y que la cuidara, pues no se quedarían sin premio, respecto a que en aquella caja algo tenía: con esto se sosegó la india y la comenzó a agasajar en cuanto pudo.

Lo primero que hizo fue desnudarla de la ropa mojada, vestirla con un quisquémel[393] y huepili[394] de su uso, que estaban llenos de mugre y hechos pedazos, pero por fin estaban secos. Ya se deja entender qué figura tan extraña haría Pomposa hasta a sus mismos ojos, mas la necesidad a todo nos sujeta.

Luego que estuvo vestida de india y su ropa puesta a asolear, se sentó con los carboneros y su patrona junto al tlecuil[395] y recibió de muy buena gana

---

390 *Paraninfo*: anunciador de una felicidad.

391 *Cefirillo*: diminutivo de *céfiro*: en mitología griega: dios del viento del oeste.

392 *Cum perverso perverteris*: frase que significa: *con el perverso serás perverso* (Mi traducción).

393 *Quisquémel*: (México) cierta pieza indígena del vestido de las mujeres, a modo de capotito con abertura para la cabeza y cuyas faldas cubren los hombros y la espalda.

394 *Huepili*: por *huipil*, antigua prenda de la mujer azteca, camisa de algodón, sin mangas, descotada, larga hasta la cadera, con bordados y adornos.

395 *Tlecuil*: (México) hogar, brasero, hornilla.

un jarro de atole[396] y dos tortillas que le dieron, lo que depositó en su estómago, sin ningún asco. Tal era el hambre que tenía.

Pero no tuvo igual conformidad para sobrellevar el nuevo traje mucho tiempo; porque cada rato se rascaba no sin motivo y sacaba la mano habilitada de lo que no quisiera. Tanta guerra le dieron las imprudentes sabandijas que apenas se medio secó su poca ropa cuando se la puso húmeda y se acostó a dormir en un rincón. Los carboneros se fueron a vender su carbón y la india se puso a tejer un ceñidor.

Mientras esto pasaba en el jacal, doña Eufrosina estaba como se puede considerar con la pérdida de su hija. En toda la noche no durmió, y luego que salió el sol tomó la pluma y escribió una porción de rotulones.

Ya los iba a mandar poner en las esquinas, cuando entró el coronel y leyó que decían así, ni más ni menos:

> «Quien hubiere hallado una niña bonita como de quince años, que se extravió anoche como a la Oración, de su casa, y se fue en camisa y naguas blancas, ocurra a entregarla a mi casa y le daré un buen hallazgo.»

El coronel embarazó que se fijaran unos rotulones tan ridículos, que podían interpretar los maliciosos contra el honor de su sobrina; consoló a su cuñada y le dictó las mejores providencias para buscarla.

Entretanto nuestra visionaria, a causa del aguacero que había recibido y de la humedad que absorbió su cuerpo con la ropa mojada, se enfermó de fiebre gravemente. Ese día no comió, a la noche se le encendió la calentura en términos que deliraba. Los indios se compadecían de ella; pero en medio de su lástima abrieron la cajita, pensando hallar alguna cosa de provecho, y los infelices se consternaron mucho al ver lo despreciable que encerraba, llenándose de risa al ver que saltó por encima de todos un ratón. Este bicho era el que, por un agujero que tenía la caja vieja, se metió en ella; de esta se pasó a la calavera donde chillaba y la movía, y así causó tal espanto a Pomposita. Este fue el parto de la calavera, como en otro tiempo el de los montes, un ridículo ratón. Casi todos los espantos tienen iguales principios.

Los indios socorrieron a su peregrina según pudieron esa noche, pues no porque eran indios les faltaban los sentimientos de caridad.

Al día siguiente, por una dicha de Pomposa, llamaron de la casa de doña Eufrosina al piadoso carbonero, y este, por un efecto de comedimiento, les preguntó qué remedio sería bueno para una niña de razón[397] que estaba loca y con calentura.

La novedad de la pregunta excitó la curiosidad de Eufrosina para indagar el carbonero tantas cosas, que al fin averiguó que la enferma era su hija.

Entonces hizo poner el coche, se fue con el carbonero con dirección a las lomas de Tacubaya y encontró a su hija, como se dirá en el capítulo que sigue.

---

396   *Atole*: (México) bebida caliente de harina de maíz disuelta en agua o leche, a la que se pueden agregar sabores edulcorantes.

397   Así distinguen muchos injustamente a los indios de los españoles, llamando a estos gente de razón, como si aquellos no la tuvieran (Ed. 1842).

Capítulo XXXI

Hallazgo de la ermitaña Quijotita, y peregrino desenlace
de su santidad y la de su madre

Entre contenta y asustada subió al coche doña Eufrosina con su marido, creyendo hallar a su hija verdaderamente loca, según lo que le había contado el carbonero.

Luego que llegaron a la miserable choza de este, se apearon y entraron a buscarla.

No es menester ponderar cuál sería el sentimiento de ambos al verla con su saco verde, tirada en un petate, ardiendo en calentura y delirando. Los gritos, llanto y exclamaciones de su madre eran tales, que los pobres indios se enternecieron y también comenzaron a llorar.

Finalmente, la abrigaron, la subieron al coche, dieron una buena gala a los indios y poco a poco la condujeron a su casa.

Sin pérdida de tiempo vino el médico, y se trató de curarla con el mayor esmero.

Por fortuna, se comenzó a restablecer hasta que quedó fuera de riesgo, aunque demasiado triste y débil.

Doña Eufrosina, para que su hija no pensara otra vez en ser ermitaña, tiró a la calle los cilicios, cerdas, saco, disciplina, calavera y hasta la caja.

No solo hizo esto, sino que para quitarle toda ocasión de que volviese a prevaricar con la virtud, que de esta frase usaba, hizo un escrutinio de todos los libros que había en su casa, y habiendo recogido todos los piadosos y como quinientas novenas, se bajó al corral con ellos, llamó al lacayo, mandó hacer una hoguera, y cuando estaba bien encendida, los echó todos diciendo:

—¡Id al fuego, pervertidores del talento de mi hija! ¡No, no más virtud en mi casa, no más encierro, no más rezos! Desde este instante yo haré que vuelva a reinar en el corazón de mi hija la alegría y que se divierta como siempre.

Algo se escandalizó el lacayo con esta arenga; pero mucho más la beata, que la había estado observando desde la azotehuela;[398] mas ninguno de los

---

398 *Azotehuela*: (México) pequeño patio interior.

dos se atrevió a embarazar la quemazón, porque conocían el genio intrépido y dominante de Eufrosina.

Esta cumplió fielmente sus promesas, pues luego que Pomposita se fue mejorando, no cuidó de otra cosa sino de darle gusto en todo. Le hizo nuevos vestidos de toda moda, armó las antiguas tertulias, le permitió todo desahogo con los jovencitos que la cortejaban y le consintió cuanto quiso.

No había fiestecita donde no la llevara; jamás faltaba a los toros, y al coliseo muy pocas noches; las amigas se multiplicaron sinnúmero, y todas la lisonjeaban a porfía, con lo que acabaron de corromper su corazón y de llenar de vanidad su cabeza.

Ya se deja entender que el desorden entró de asiento en la casa de don Dionisio, quien, tan acobardado por su mujer, no hacía más que gastar, contraer drogas y callar. En esto paró la desmedida virtud de doña Eufrosina y su buena hija; pero ¿qué otra cosa se debe esperar de una devoción falsa y de una virtud aparente y mal entendida?

El coronel y doña Matilde se tostaban[399] con las locuras de su hermana y sobrina; pero no quisieron meterse en advertirla, conociendo su capricho y que cualquiera oposición sería un estímulo para que lo hiciera peor; y así convirtieron todo su cuidado a Pudenciana quien no dejaba de sentir ni de reír las extravagancias de sus parientas. El coronel sabía aprovecharse hasta de los vicios de Eufrosina y de Pomposa para dar a su hija lecciones de virtud, y esta las escuchaba con amor, las practicaba con cuidado y percibía con gusto su utilidad.

Tuvo varios pretendientes: de todos y de cuanto le decían daba cuenta a sus padres, y estos le dictaban cómo se debía manejar. Fácilmente discernía el coronel cuál era el carácter de cada uno, cuáles sus intenciones, cuál su conducta. Hacía ver a su hija que todo era siniestro, malo, inconveniente para ella, y los despedía sin sentimiento suyo y con la mayor docilidad.

El primero de estos que la solicitó fue un mocito azucarado y sin destino. Este le escribió una carta muy expresiva en la que la colmaba de alabanzas, y le aseguraba su eterno amor y rendimiento.

Ella puso el papel en manos de su padre, quien le dijo:

—Todas las alabanzas que este te hace, no pasan de unas lisonjas estudiadas para rendir tu corazón sencillo, y esta es una verdad que bien la puedes conocer sin la mayor reflexión. Te dice que eres la más hermosa de cuantas hay, que eres una deidad, que eres un ángel, que tus mejillas son rosas, tus ojos soles, tu boca rubí, tus dientes perlas, tu cuello alabastro, tus cabellos hilos de oro, etc. Bien ves que todas estas expresiones son mentiras, pues eres una mujer humana como todas; que aunque no eres fea, no tienes una hermosura peregrina, y cuando no pudieras o no quisieras confesar que es así, el espejo te haría conocerlo, por más que no lo confesaras.

Por lo que hace al imponderable amor que dice te tiene, y que al instante

---

399   *Se tostaban*: se avergozaban.

que te vio te adoró con la mayor pasión, es otra mentira vieja de que usa esta clase de amantes. Es muy difícil, por no decir imposible, apasionarse de una mujer, por hermosa que sea, a la primera vista: ¿cómo creeremos esto, cuando se le dice a una mujer no muy hermosa y quizás aun fea si es rica?, pues ello es que a todas se les dice.

Por otra parte, los juramentos que te hace de que será tuyo hasta la muerte, son tan seguros como los que hace el jugador acabando de perder de que no volverá a tomar los naipes en su mano. En estos juramentos casi siempre interviene o la ceguedad o la malicia del que jura. Cuando están realmente apasionados o ciegos por lo que aman, creen que jamás dejarán de amar a su objeto, y así se lo aseguran sin mentir, pero engañados; pues apenas lo poseen, cuando su amor se entibia, y de la tibieza pasa al aborrecimiento cuando el amor no es puro. Por esto dice M. de la Rochefoucault[400] que: «el amor es lo mismo que el fuego, que no puede subsistir sin un movimiento continuo, y deja de vivir desde que deja de esperar o de temer.»

Cuando los amantes no juran por ceguedad, sino por malicia, ya se conoce su criminalidad; pero la mujer prudente debe estar alerta para no fiarse de semejantes promesas en ambos casos, pues cualquier credulidad en ellas es funesta.

Sobre los rendimientos y humillaciones con que escriben los hombres, es menester que las niñas estén muy prevenidas. Generalmente todos son humildes cuando pretendientes, y por casualidad no son tiranos luego que poseen. Entonces, satisfecha la pasión o el apetito, reconocen los defectos de la mujer si son ligeros, o los toleran con prudencia cuando son capaces de esta virtud, o los aborrecen con la persona; y si son graves, excitan todo su odio y su venganza. Conque ¡cuidado, hija!, despide a este ocioso con verdad y sin descortesía, y no te fíes de papelitos tiernos, sino de acciones comedidas y de calificada hombría de bien.

Por medio del secreto de comunicar Pudenciana los suyos con sus amorosos y prudentes padres, logró que no se burlara de ella ningún seductor y que su honra estuviese en su lugar; que aprendiendo a distinguir el mérito de los hombres por la práctica, supiera por fin conocer quién la amaba con sinceridad o quién con embuste, y por este bien y considerado medio consiguió hacer su perpetua felicidad, como verá el lector si lee un poco más.

---

400 *M. de la Rochefoucault*: autor clásico francés (1628-1680). Su obra más conocida es *Máximas*, de 1665.

Capítulo XXXII

Juiciosa conducta del novio que se presentó a Pudenciana,
y cordura con que esta y sus padres se manejaron hasta
verificarse el casamiento

Entre cuantos aficionados tuvo Pudenciana logró la suerte de ser el preferido un don Modesto, natural de México, hombre noble, de arreglada conducta, bien empleado y verdaderamente bueno.

Este sujeto, por principio de su pretensión, escribió a Pudenciana una carta que por original conservo en la memoria. Decía así:

> «Señorita: Las bellas cualidades que recomiendan el mérito de V. me obligan a amarla. Yo deseara lograrla para mi única y perpetua compañera. Mis deseos nada importan, si no agrado yo a V. como V. a mí. Para que me conozca y me trate, necesito visitarla, porque mi genio no se acomoda a solicitar su mano parándome en los zaguanes, rondando su calle, valiéndome de criadas ni de otros medios indecorosos a V. y a mí. Por tanto, estoy resuelto a ver a su papá de V., a informarle de quién soy y a descubrirle mis intenciones; mas no daré un paso, antes que V. me diga si tiene vocación de religiosa; si, en caso contrario, está comprometida con otro, o si es de su gusto o no el que yo la visite con este fin. Espero la respuesta de V. entendida de que no me pesará que se la dicte su padre, pues me conformaré con ella, sea cual fuere. Entretanto, dé V. órdenes a su amante servidor, q. s. p. b.[401]
>
> Modesto.»

Al instante que Pudenciana recibió esta extraña carta, la puso en manos de su padre, quien no dejó de admirarse de su estilo; pero dijo a Pudenciana:

—¡Hija, si el carácter de este hombre y demás cualidades corresponden a lo que manifiesta su papel, sin duda que es un hombre de bien y digno de ser marido de una mujer virtuosa. En esta carta nada se lee que tenga visos de adulación, mentira ni malicia; la verdad la dictó y la escribió una mano firme y que no la ha dirigido la falsedad, la seducción ni la malicia. ¿Tú no lo conoces?

---

401   *q. s. p. b.*: acrónimo por «que su pie besa».

—Yo no, papá.

—¿Jamás le has visto?

—Jamás.

—Esta es otra nueva circunstancia. Tú no puedes decidirte ni en su favor ni en su contra, supuesto que no lo conoces. Nada te mando en el particular; sobre tu inclinación haz lo que quisieres; dile que venga o no; pero escríbele, pues una carta política no se debe dejar sin contestación por una niña, en siendo con permiso de sus padres.

Pudenciana, muchacha naturalmente curiosa, obedeció a su padre gustosísima, y contestó la carta en estos términos:

«Muy señor mío: La política de V. exige que le diga que esta es su casa, y que puede visitar a mi papá, contando ya con su licencia, cuando guste... B. l. m. de V.[402] su atenta servidora,

Pudenciana.»

Luego que don Modesto recibió la carta, fue a visitar al coronel, quien lo recibió con agrado, porque ni su figura ni su conversación le parecieron despreciables. El joven le hizo ver quién era, le manifestó los comprobantes de su buen nacimiento, le dijo dónde vivía y como era absolutamente solo; que se ejercitaba en el comercio, y aunque su capital era corto, bastaba para sostener a una niña decente.

A seguida le descubrió su corazón sin rodeos, significándole el amor que tenía a su hija y pidiéndosela para esposa, siempre que ella condescendiera.

Esto lo dijo tan breve y con tanta gracia, que el coronel, no acertando a responderle en su estilo, solo le dijo:

—Me parece usted hombre de bien; visite mi casa cuando quiera, nos experimentaremos mutuamente, quedando usted asegurado en mi palabra de que si merece a mi hija y ella lo ama, será suya.

Con este pasaporte visitaba don Modesto la casa con frecuencia; a la frecuencia siguió la comunicación, a esta la amistad y a la amistad el más tierno amor de Modesto y Pudenciana.

Cuando ambos estuvieron satisfechos de su buena y amorosa correspondencia, a un tiempo se declararon con el coronel y doña Matilde; los dos condescendieron con mucho gusto, y se verificó el apetecido enlace, al que asistieron doña Eufrosina, su marido, Pomposita y otras muchas personas.

Pasados los días de la boda, pensando Modesto que le sería tan sensible a su mujer separarse de sus padres, como a estos desprenderse de ella, consultó con el coronel si quería que las dos familias vivieran juntas, pues a él, a más de las ventajas económicas que le resultaban, le sería muy lisonjero que Pudencianita estuviese contenta al lado de sus padres como siempre.

Don Rodrigo agradeció mucho el buen afecto de su yerno, y le dijo que siguiera unos cuantos meses; pero que era conveniente que separara casa, para

---

402 *B. l. m. de V*: acrónimo por «besa la mano de Usted».

que su hija practicara, como esposa y cabeza de familia, las lecciones que le había enseñado acerca de esto, y que bien podía conciliarse la separación de las casas con la frecuencia con que debían o desearían tratarse madre e hija, pues por fortuna, la casa de enfrente estaba desocupada, y si querían podían tomarla, y así vivirían todos juntos y separados.

Modesto se conformó con el parecer de su suegro, y dentro tres días se mudaron, sin que Pudenciana ni su madre extrañaran la separación, por lo inmediatas que estaban.

Se deja entender que los dos nuevos esposos vivían muy contentos, pues no tenían encima suegros, ni cosa alguna que les mortificara.

Entretanto Pomposita estaba rodeada de cortejos, unos que efectivamente la pretendían para esposa, y otros que aspiraban a su conquista sin buen fin; pero Pomposa se reía de todos igualmente. Sus gracias, su atractivo y, sobre todo, el tal cual lujo que veían en su casa, aumentaba cada día el número de sus adoradores. Los regalos que le hacían estos eran pocos; mas los elogios eran infinitos y desmedidos. Ella se sabía aprovechar de los primeros y reírse de los segundos.

Ninguna distinción hacía entre el tuno[403] y el hombre de bien, y como que a nadie amaba, no advertía quién de sus amantes pensaba con su honor y quién no, a todos los trataba por un estilo.

Su prima, la casada, que no dejaba de visitarla, procuraba con modo corregir sus locuras, y aun inspirarla inclinación al matrimonio.

Una ocasión, tratando sobre esto, le dijo:

—¿En qué piensas, hermana, con admitir tantas visitas en tu casa, y en manejarte con cuantos hombres te cortejan con tanta familiaridad o llaneza? Ya entiendo que solo tratarás de pasar el rato; pero cuando esto sea, sabe que pierde mucho tu reputación, pues ningún hombre de juicio te ha de apreciar ni tener en lo que eres, al ver que con todos bailas, con todos te chanceas y familiarizas demasiado por una parte, y por otra a ninguno te dedicas a agradar en lo particular, recibiendo además sin ninguna repugnancia los obsequios que te ofrecen. Yo he visto ya algunas como tú y he oído las honras que hacen de ellas los hombres; lo menos que dicen es que son unas locas estafadoras y chasqueras. Conque mira lo que haces.

—Ya lo he visto —decía Pomposa—, yo no llevo otro fin sino divertirme con los hombres, arrancándoles lo que pueda, hacerlos rabiar y echarlos noramala.

—¡Cierto que llevas unos fines santos!

—Si no son santos a lo menos no son tan maliciosos que no los lleven otras muchachas que hacen lo mismo que yo. Pero mira, Pudenciana, tú eres una tonta. ¿Habrá gusto como verse una muchacha rodeada de quince o veinte adoradores, de quienes es el centro, el objeto y el imán? ¿Hay satisfacción más placentera que verse una mujer idolatrada a un mismo tiempo por muchos

---

403 *Tuno*: pícaro, tunante.

hombres? ¿Podrán tener nuestros oídos rato más agradable que cuando oyen que nos llaman bellas, ángeles y deidades? Alejandro, César, Pompeyo ni mil otros guerreros, ¿podrán gloriarse de valientes delante de una hermosa, que con solo un mirar de este o del otro modo alienta un corazón, rinde a este, desmaya a aquel, desespera al otro y los humilla a todos? Y por último, ¿hay gloria, gusto ni satisfacción igual al de una bella, ante cuyo acatamiento doblan la rodilla los jóvenes y los viejos, los pobres y los ricos, los plebeyos y nobles, muchas veces los príncipes y siempre los vasallos?

Tú, hermana mía, tienes talento, y no negarás que es una verdad cuanto te digo; y supuesto que la conozcas y confieses, es menester que te violentes mucho para no concederme que obro con juicio manejándome como hasta aquí. El espejo es mi cotidiano consultor y consejero. El me dice cada día que soy hermosa y me persuade a que aproveche los dones de la naturaleza y los ratos que el tiempo me concede. ¿Qué dices?

—¿Qué he de decir? —contestó Pudenciana—, sino que, a lo que entiendo, tú equivocas las apariencias con las realidades y la verdad con la mentira. Cierto que una muchacha hermosa y con tantas gracias como tú, parece que domina a cuantos la tratan, mas yo sé claramente que no es así. Los hombres, hermana, por lo común quieren a las mujeres, pero no las aman; esto es, las quieren como el que quiere un buen caballo para pasearse en él; pero no lo aman, pues pasado el rato del paseo, lo envían a la caballeriza y no se acuerdan de él hasta que lo necesitan, y cuando el caballo se enferma o se envejece tratan de deshacerse de él a toda prisa. Tú bien me entiendes; pues así son los hombres. Ellos y las mujeres nos están pregonando esta verdad a gritos mudos. Ahora seis años, no mucho ha, doña Ignacita la gallega, Tulitas, la que estuvo en casa, y otras, ¿cómo andaban?, acuérdate: muy bien vestidas, muy servidas y muy obsequiadas de todos; y ahora ya has visto su paradero; las que no han muerto en mil miserias, andan ahí arrastrando la chancleta o pidiendo limosna. ¿Y por qué? Porque el tiempo, la enfermedad o la mala vida que se dieron abreviaron sus días, mancharon su tez, robaron su hermosura, y luego que sus amantes las vieron feas, olvidaron el que fueron bonitas algún día. A un tiempo las abandonaron todos, les volvieron las espaldas, no hubo relevo de pretendientes y entonces ¿qué sucedió?, la indiferencia, el odio y el desprecio ocuparon el lugar de los obsequios, el amor y los rendimientos.

Esto tú y yo lo hemos visto en la poca edad que tenemos: luego ¿qué esperanzas debes prometerte de mejor éxito, cuando ni eres más hermosa que muchas de las que has conocido, ni los hombres de hoy piensan de diferente modo que los de ayer, ni tienes otros principios que los que tuvieron otras? Por consiguiente, no tendrás otros fines. Conque manéjate de diverso modo, si quieres lograr diversa suerte.

Yo no pretendo que no ames a ninguno; eso sería querer que fueras insensible. Nuestro corazón es de carne; somos racionales, capaces de pasiones, y por lo mismo sujetas al amor; pero si nos hemos de enamorar de algún hombre, sea de uno, y este sea hombre de bien, y amémosle con un fin noble, santo y seguro. Cásate, hermana; cásate con quien te ame de veras y pueda hacerte feliz con permanencia. Piensa en esto, y cuando halles un hombre que te aprecie tanto como Modesto a mí, no dudes entregarle tu corazón y hacerlo tu marido.

—¿Yo casarme? —contestó Pomposa—, ni pensarlo; tú estás recién casadita, aún comes el pan de la boda, y por eso te parece tan bueno el estado del matrimonio; pero que pasen estos días, que saque las uñas tu marido, que comience a celarte, a reñirte y a faltar a sus obligaciones, y entonces yo te preguntaré cómo te va.

—No tengo esperanzas de responderte que mal; porque antes de casarme lo pensé bien; examiné el carácter de mi esposo y el mío, y conozco que jamás le daré lugar a que me cele ni me riña, y por lo mismo me pasaré siempre buena vida. No te canses, Pomposa; las mujeres hacemos a los hombres buenos o malos. Tenga la mujer prudencia y consejo en la elección de marido, experiméntense mutuamente los dos, consulten a la experiencia de los padres y del confesor,[404] conózcanse los genios y costumbres, aspiren a ser felices el uno con el otro toda la vida, dirija sus fines, no el interés, no la libertad, no el apetito, sino el buscar cada uno de los dos un compañero que lo alivie en las miserias de la vida, un otro corazón igual al suyo en que descanse con seguridad y un amigo inseparable hasta el sepulcro; entonces la mujer no dará lugar a quejas, riñas ni celos a su marido, ni este tendrá valor para maltratar ni abandonar a su mujer. Los dos mutuamente se disculparán sus imprudencias, tolerarán gustosos la escasez, gozarán en paz la abundancia, y libres de recelos, asegurados en su amor y tranquilos en la calma de la buena conciencia, sobrellevarán del mismo modo las cargas y sinsabores del estado hasta que la muerte los separe, en cuyo caso el corazón del que viva se llenará de una amargura eterna que disipará difícilmente, pues la memoria del consorte llega más allá del sepulcro, como lo vemos, y esto no sucede nunca con los amantes del calibre de los que tienes; y así, hermana si quieres ser feliz, examina a los hombres, y cuando halles uno bueno y fino, que es fortuna hallarlo breve en estos tiempos, cásate y déjate de tonteras.

—¿Yo casarme? —repetía Pomposa—, eso sí que no; ni pensarlo. Es verdad que me solicitan algunos para mujer propia; pero mira qué tales son los pretendientes: un comerciante que tendrá cuarenta años, un oficial segundo de secretaría, un hacendero payo, un minero viudo con una hija de seis años, un licenciado acabado de recibirse, un médico con tales cuales créditos, y un corredor del número. ¿Qué te parece?, ¿no son excelentes personajes para mí?, ¿deberé yo pensar en rendir mi hermosura a semejantes muebles?, ¿sería feliz al lado de cualquiera de ellos? ¿Qué dices? Pues estos son mis novios.

---

404   En la elección de confesor o director espiritual debe ponerse mucho cuidado por los padres de familia, pues de una mala elección de estas han venido y vienen muy malas resultas (Ed. 1842).

—En verdad, hermana, que si te aman de veras, cualquiera de los que dices es bastante para hacerte feliz, con tal que no quieras salirte de tu esfera, pues en queriendo exigir de tu marido más de lo que pueda darte, sin duda que será tu matrimonio desgraciado; porque si quieres contentar tus deseos a pura fuerza, o eres infiel a tu marido o lo exasperas, y en ambos casos te labrarás tu ruina.

—Por eso no me quiero casar con ningún hombre que no sea título y mayorazgo –decía Pomposa–, no, en todo caso que sea mi novio rico y con seguridad; pues, que sea por lo menos marqués, y no de aquellos de quienes dice el refrán que: *A las veces en casas de los marqueses, más suele ser el ruido que las nueces*. No; yo quiero que el marqués que haya de ser mi marido sea rico, y que en su casa haya tantas nueces como ruido, tanto dinero como lujo y tanta seguridad como gusto; si no, hija mía, ¿para qué es casarme?, me quedaré así para lavar corporales o vestir imágenes, pues bien sabes que la fruta o bien vendida o podrida en el huacal.[405]

—Pues yo temo que tu fruta se pudra –dijo Pudenciana– porque tú ya no eres muy rica y los marqueses y mayorazgos no buscan por lo ordinario gracias ni hermosura en las que eligen para esposas, sino dinero por todo, para sostener su ostentoso lujo. Esta es una verdad dura, mas es una verdad que solo puede contradecirla un loco. Si tal no fuera, no veríamos tantas marquesas feas, tontas y sin gracia, al mismo tiempo que vemos abandonadas innumerables muchachas bonitas y de recomendables circunstancias que no hallan un enlace regular.

—Sea lo que fuere, o me caso con marqués rico o con ninguno.

—Pues haz lo que quisieres.

En este punto quedó la amigable conferencia de Pudenciana y su prima. Cada una abrazó su sistema, y percibieron el fruto a proporción, como verá el que lea lo que sigue.

---

405 *Huacal*: especie de angarillas formadas de maderos delgados para transportar efectos.

Capítulo XXXIII

En el que continúa la juiciosa conducta de Pudenciana y los despilfarros de Pomposita

Pudenciana y Pomposa vivían muy contentas en sus casas; aquella amada y obsequiada de su marido, y esta cortejada y querida de sus muchos adoradores y pretendientes.

Pudenciana, instruida por su padre, y lo que es más, enseñada por el buen ejemplo de su madre, se consagró enteramente a darle gusto a su esposo en cuanto dependía de ella, y este necesariamente la amaba cada día con más ternura.

No se notaba nunca en sus semblantes la menor displicencia, porque los dos se amaban con verdad, y excusaban con prudencia toda porfía, toda disputa que pudiera turbar la tranquilidad de sus espíritus.

Pudenciana sabía muy bien manejarse como mujer amada, reconociendo al mismo tiempo la superioridad de su marido y la dependencia necesaria que le constituía su inferior; y así jamás le preguntaba a dónde iba, ni de dónde venía; tampoco investigaba sus secretos ni le tomaba cuenta del dinero que adquiría con sus arbitrios; mucho menos se oponía a su gusto para nada, ni disipaba en lujo ni en modas el sudor de su rostro; se contentaba con la decencia a que estaba acostumbrada en su casa, y cuando don Modesto quería hacerla una gala, solía ella decirle que no la necesitaba, que tenía suficiente ropa, que no estaba seguro ninguno de los dos de enfermarse, y en este caso mejor sería hallar en el baúl cien pesos que una mantilla de punto o cosa semejante.

Con este modo amarraba más y más a su marido, quien, como hombre de bien, nunca abusó de la docilidad ni prudencia de su esposa. Sabía que era su superior, no su tirano; que lo debía obedecer, pero no temblar a su presencia, pues era carne de su carne, una misma con él, y no su esclava.

Como los dos conocían cuáles eran sus derechos y sus obligaciones, y tenían el talento y la disposición necesaria para no abusar de aquellos y cumplir con estas, se pasaban una vida harto feliz.

No cooperaban poco los padres de Pudenciana, que no eran de los suegros comunes. Siempre le inspiraban a su hija los nobles y cristianos sentimientos que debían; ella los observaba con su acostumbrada docilidad, y de este modo hacía la felicidad de su esposo, la suya y la de su familia.

Don Modesto no era rico ni pobre; su comercio le daba lo necesario para mantenerse con una decente medianía, la que jamás faltó en su casa con el auxilio de una tan buena esposa, que no solo sabía ahorrarse de modas y de dijes superfluos, sino que, sin tocar la raya de la miseria, economizaba todo lo posible, lo que encontraba don Modesto cuando la urgencia lo pedía.

Dentro del tiempo regular tuvieron un niño que dio a luz Pudenciana con el parto más feliz. Desde entonces se consagraron los padres a su cuidado y los abuelos estaban encantados con el nietecito, que era las delicias de toda aquella honrada familia.

Entre tanto Pomposita se pasaba una vida bien alegre, consentida por sus padres, mimada por las amigas y lisonjeada constantemente por una chusma de aduladores corrompidos.

Ella se complacía con los rendimientos que le hacían, creyéndolos sinceros; y fiada en su hermosura y en sus gracias, solo trataba de acrecentar el número de esclavos, que así llamaba a sus amantes. Su misma soberbia y vanidad la preservó por mucho tiempo de ser el juguete del amor.

Como no amaba a ninguno y solo trataba de burlarse de los hombres, creyendo que no había quien la mereciese, no se hacía cargo del mérito particular de nadie; y así no estimaba a ninguno, aunque estafaba al que podía, pues no rehusaba admitir los obsequios que la solían hacer de cuando en cuando. ¡Pobres de los tontos que se sacrifican por conquistar con dones el corazón de una loca presumida! Ellos pagan de contado su necedad; pero también pagan ellas su locura, y a más precio.

Pomposa, a quien todos conocían por la Quijotita, apoyada en el consentimiento de su madre, no pensaba en otra cosa que en pasear, estrenar y perder el tiempo y el dinero.

El bueno de don Dionisio no sabía negarse a nada de lo que querían su mujer y su hija. Como hombre débil y acobardado, condescendía con todas las extravagancias de su familia y se sacrificaba por complacerla en sus más ridículos antojos.

El tenía sus aflicciones interiores, que no manifestaba por no disgustar a las señoras, y estas, pensando que sobraba para todo, no hacían sino pedir, gastar y divertirse; pero ¡cuánto más nos engañaran las felicidades de la vida si no vinieran siempre seguidas de la pena y de la desgracia! La tristeza llega tras la alegría y el infortunio pisa la cauda[406] del placer y del contento. Esto nos ha enseñado la verdad misma, y lo vemos todos los días por la experiencia.

Si los hombres y las mujeres se aprovecharan de los consejos que leen en los libros o de los que les dan las gentes timoratas y su propia experiencia, no

---

406   *Cauda*: falda o cola de la capa magna o consistorial.

se vieran tantas familias desventuradas en el mundo; pero por desgracia, a la hora del placer nadie se acuerda, por más que se lo digan, de que llegará muy en breve el rato de la pena y la congoja. Tal vez un gasto labra nuestra aflicción perpetua.

La familia de don Dionisio se dio tanta prisa en disipar, que no fueron bastantes sus bienes a cubrir por más tiempo aquel gran desorden. Su caudal había consistido en una tienda mestiza[407] y una hacienda en jurisdicción de Cuernavaca; pero con la despilfarrada conducta de aquellas gentes, vino a adeudarse como en doce años de los réditos de veintiocho mil pesos que reconocía la hacienda, y la tienda ya solo se conservaba en fuerza de contraer todos los días nuevos créditos; y como ni estos ni otras cantidades que en lo particular había pedido don Dionisio para satisfacer los caprichos de su mujer e hija podía pagar, y lo agitaban ya por todas partes los acreedores, al mismo tiempo que estas no cesaban de sacrificarlo, temiendo descubrirse hasta con ellas por no caer en desprecio, tomó la resolución de abandonarlo todo; y para ello hizo realizar[408] quinientos pesos de efectos con pérdida considerable, y cambió treinta y seis onzas de oro, todo con el mayor secreto; con el mismo una madrugada hizo ensillar su caballo, y sin más que su manga,[409] sable, pistolas y sus treinta y seis onzas, salió a las cuatro de su casa, sin decir al criado más sino que volviese a cerrar el zaguán.

A las nueve de la mañana que se levantó Eufrosina, preguntó por el amo, y diciéndole el mozo la hora y modo como salió, no lo extrañó demasiado, pues como nunca se había dado igual caso, no sospechó lo sucedido y fue a levantar a su hija, con quien a las once se fue a misa, de allí a una visita y volvieron a las dos de la tarde.

Después de haber descansado y avisadas de estar ya la mesa puesta, preguntó Eufrosina si había vuelto don Dionisio, y como supo que no, entró en algún cuidado, lo mismo que Pomposita; sin embargo, como no sabían aún el horroroso abismo de desdichas en que estaban sumergidas, comieron con desahogo, durmieron su siesta, y a las cinco se fueron al paseo. Mas como a su vuelta preguntaron por el señor Langaruto y se les contestara que aún no parecía, ya no pudieron esperar más, y para comunicarle el caso mandaron el coche a mi tutor suplicándole pasase inmediatamente.

Como el paje, sin embargo del encargo que le hicieron de que nada dijera, con palabras a medias dio a entender lo que había, mi tutor me dijo le acompañase, y entrando al coche, en un momento estuvimos en la otra casa, donde encontramos a todos en la mayor confusión, pero mucho más a doña Eufrosina, que en medio de su desarregladísimo manejo amaba a su marido, aunque no con aquel amor puro y prudente que se deben tener los consortes.

Luego que ella vio a don Rodrigo, con la mayor agitación le contó lo que pasaba, diciéndole la hora y modo como se salió, por lo que este, teniendo en

---

407 *Tienda mestiza*: lugar donde se venden mercancías consistentes en algunos bienes y productos nativos y otros españoles.

408 *Realizar*: vender, convertir en dinero mercaderías u otros bienes. Se usa más comúnmente hablando de la venta a bajo precio para reducirlos pronto a dinero.

409 *Manga*: capa de hule para protegerse de la lluvia cuando se va a caballo.

cuenta las costumbres de don Dionisio y las muchas ocasiones que hay en los juegos y en los bailes de que los hombres se desafíen, infirió que algún duelo lo habría llevado a tal hora solo y con armas; así lo dijo a su concuña, añadiéndole que en tales casos los hombres solían dejar cartas para que sus familias y amigos se instruyeran, y que por lo mismo era bueno registrar su despacho, para que si algo alusivo se hallaba, con esas noticias proceder a buscarlo con algún acierto.

Aprobó doña Eufrosina, e inmediatamente nos dirigimos al despacho, en donde esta suplicó al coronel buscase porque ella no tenía aliento, y con las piernas temblorosas, no pudiendo mantenerse en pie, se sentó en un sofá. Mientras yo alumbraba a mi tutor, él buscaba, y Pomposita seguía con sus ojos llorosos las manos del coronel, hasta que encontró un ochavo de papel en que con mal formados caracteres, aunque de mano de don Dionisio, decía:

> «Adiós para siempre, familia idolatrada; en mi escribanía dejo escrita
> la resolución que he tomado y los motivos que me impulsaron a ella.
> Adiós, adiós.
>
> LANGARUTO.»

No tuvo ánimo mi tutor para leerlo en alta voz, sino que tomándome la vela fue a presentarlo a Eufrosina. Como Pomposita corrió a ver qué era, ambas se impusieron a un tiempo, y dando un terrible y doloroso grito cayeron desmayadas. Llamamos inmediatamente a los criados, se encargó a la ama de llaves que cuidara a sus amas, y nosotros fuimos a la escribanía, que tenía la llave pegada, y se abrió a presencia de la beata doña María, que había hecho don Rodrigo quedase allí por precaución, y muy encima de todos los papeles estaban dos cartas, con el sobre la una: A mi esposa Eufrosina e hija Pomposita, y la otra, Al señor coronel don Rodrigo Linarte. Mi tutor rompió la primera, rompiendo la suya, que decía así:

> «Mi estimadísimo hermano y el mejor de mis amigos: Una carta que
> dejo a Eufrosina encargándole la enseñe a V. le instruirá de mi de-
> terminación y las causas poderosas que me la hacen tomar. Yo, que
> por una debilidad vergonzosa no tuve la firmeza necesaria para ha-
> cerme respetar y obedecer de mi familia, he ocasionado mi ruina y
> la suya. ¡Ah!, si yo hubiese seguido el ejemplo de V. y sus lecciones,
> no me vería hoy perdido. No digo más, porque sé a quién dirijo la
> palabra y sólo ruego a V., por la sangre preciosa de Jesucristo y por
> los dolores de su Santísima Madre, a quien tanta devoción he tenido,
> cuide de mi familia. Ya Eufrosina no tiene marido ni Pomposita
> tiene padre; V. sí, V., animado siempre de una caridad cristiana,
> cuidará de ellas y me las socorrerá cuando le sea posible. Si la Pro-
> videncia divina me volviere algún día con mejor suerte al seno de
> mi familia, yo manifestaré un perpetuo agradecimiento; mas si así

no fuere, ese Dios grande remunerador compensará a V. largamente sus buenas acciones. Cuando V. y mi amable hermana dirijan sus preces al Eterno, no olviden a este infeliz, que o va a vivir en miserias a un país desconocido o cuanto antes a descender al sepulcro. Dionisio Langaruto.»

Puede considerarse cómo quedaríamos al escuchar esta carta: yo no encontraba qué decir; la beata lloraba amargamente apretándose los dedos y clamando a toda la corte celestial, y mi tutor, después de un rato de silencio y diciendo: —Es preciso que ella la rompa; para ella es el sobre—, se dirigió para la recámara donde estaban madre e hija, siguiéndolo yo y no la beata, que hicimos quedara allí para que no fuera a aumentar la aflicción de aquellas señoras. Las encontramos ya en sí y anegadas en llanto.

Procuró mi tutor serenarlas, diciéndoles que todo mortal sabe, a no poder dudarlo, que ha ofendido a su Creador, por lo mismo que es merecedor de sufrir en castigo los contratiempos de esta vida miserable, y que muchas veces nos parecían estos más crueles de lo que son en sí; que acaso no podría dificultarse que volviesen a ver a don Dionisio, de quien había encontrado en la escribanía dos cartas, una para él en que remitía a la otra que era para doña Eufrosina; la misma que aunque hubiera querido guardar por algún tiempo para dársela otra ocasión menos angustiada, el deseo de ver si ella alumbraba para hacer algunas pesquisas de los designios y paradero de su autor, le estrechaban a ponerla como la ponía en sus manos para que la rompiera y leyera.

Doña Eufrosina no quiso tomarla, diciendo no tenía valor para abrirla y suplicando a don Rodrigo se la leyese. Todos nos quedamos como estatuas, y mi tutor, rompiendo la cubierta con mano trémula, leyó de la manera que sigue:

> «Mi muy amada esposa Eufrosina: mi idolatrada hija Pomposa: Yo he amado a Vds. con demasiada imprudencia y satisfecho sus caprichos en tal manera, que ha llegado el caso, no solo de agotar mis propios haberes, sino de contraer cuantiosas deudas que me es imposible pagar.
>
> »La hacienda está valuada en cuarenta y cinco mil pesos; reconoce veintiocho mil, y debiendo doce años de réditos, que ascienden a diez y seis mil ochocientos, solo parecen míos allí doscientos pesos; mas como tengo tomados tres años adelantados de arrendamiento, nada es mío ya, y antes soy deudor del arrendatario. La tienda gira quince mil pesos, debe al comercio veintidós mil, y yo debo en lo particular de cinco a seis mil pesos; por todo lo que se ve, que debo una cantidad considerable que no tengo de dónde sacar, y que urgiendo como me urgen ya bastante los acreedores, que están cansados de mis repetidos plazos con que he podido entretenerlos, van ciertamente a embargarme cuanto tengo, pues que ni con muebles

de casa, coche, etc., puedo cubrir mis responsabilidades. No queda a Vds. cosa libre más que algunas alhajas que la consideración de los acreedores quieran dejarles.

»Tú, Eufrosina, sí tienes derecho a quedarte con el hilo de perlas y aretes de lo mismo, que trajiste tuyos cuando nos casamos, y a que te paguen de preferencia los cuatrocientos pesos de los nombramientos de huérfana que cobré tuyos en la Archicofradía del Rosario, y cantidad que hoy debes al consejo que con tiempo me dio nuestro hermano don Rodrigo de otorgarte la carta de dote que queda adjunta.

»Hijas mías, yo no puedo sufrir el dolor y vergüenza que esto me causa, ni podré soportar el desprecio del público; al ver mi suerte se reirá con razón de mi necedad que la ha causado; ni puedo ya ser útil a Vds. en tales circunstancias. Yo las dejo encomendadas a la Providencia divina y encargadas a nuestro honrado hermano y único amigo don Rodrigo, a quien encargo den a leer esta para que disponga lo que convenga. El las mirará y auxiliará como padre, siempre que Vds. no lo desmerezcan; yo se lo pido en la carta que queda con esta y que se le mandará al momento; él cumplirá, lo conozco, no lo dudo un momento. Sujétense Vds. a sus consejos en todo y lograrán ser menos desgraciadas.

»Yo me voy sin dirección alguna, puesto en manos de Dios, y no volveré a veros jamás si no pudiere algún día aliviar las necesidades a que quedan reducidas; mi ánimo es acabar mis días en algún país desconocido y muy remoto con otro nombre que no sea el mío.

»Ya la hora de mi marcha se llega... el momento se precipita... la amargura y el dolor no me dejan aliento... adiós, esposa mía, adorada... adiós, amadísima hija mía, adiós, adiós; ya no volveréis a ver a este infeliz, cuya conducta desarreglada ha sumido para siempre a él y a su familia, indiscreta también, en el abismo de la miseria... Adiós, adiós...

El Desgraciado Dionisio.»

Tan luego como se acabó de leer la carta volvieron a sus desmayos madre e hija, y duró tanto el de la primera, que fue necesario llamar al médico y que yo fuese en el coche a traer a doña Matilde, la que, impuesta del caso todo, se afligió mucho, pero sin desmayarse; porque prevenida ya por su marido a recibir esos golpes con resignación, no hizo más que dirigir a Dios su corazón, rogándole tuviese piedad de sus hermanos y sobrina.

A los esfuerzos del facultativo volvió Eufrosina; pero ni ella ni su hija dejaban de llorar, casi nada cenaron, y después de las cuatro de la mañana fue cuando se quedaron dormidas.

Así continuaron hasta las siete, que despertó la madre llorando tan fuertemente que despertó a Pomposita; inmediatamente acudió mi tutor y doña Matilde, que prodigándoles caricias les decían que era necesario no afligirse tanto, porque el crítico estado de las cosas pedía mucha serenidad para meditar lo que se determinaba respecto de intereses, pues por la persona de don Dionisio, el coronel había en la madrugada ido a la posta y despachado varios correos con señas de su persona, caballo y vestuario para que lo buscasen con toda diligencia, y cuando encontrado no pudieran reducirlo a que se volviera, se valiesen de una autoridad para que con pretexto honesto lo detuviesen, dando aviso en el momento.

Sacaron a las dos de la recámara y llevadas al comedor, se les hizo tomar chocolate, se les dieron algunas ligeras esperanzas, que las aquietaron hasta la hora de almorzar, y luego que pasó un rato después del almuerzo, tomó don Rodrigo de la mano a doña Eufrosina y echándola el otro brazo encima de los hombros con todo cariño, se la llevó a la sala, y haciéndola sentar le dijo con el mayor agrado:

—Hermana mía, a la hora de esta andan por los caminos como quince hombres expertos en solicitud de mi hermano don Dionisio, por lo que no debemos desesperar de que vuelva; mas aunque esto sea como digo, él mismo ha manifestado a usted en su carta el terrible estado de sus intereses, y que los acreedores están muy cerca de echarse sobre ellos, cuyo golpe acelerarán tan pronto como se evapore esta última ocurrencia, y este golpe, si le coge a usted en esta casa, les ha de ser muy sensible.

Mi hermano, al dar su último paso, me ha hecho el favor de creerme digno de encargarme de la suerte de ustedes, y yo, agradeciéndoselo mucho, quiero tener el placer de acreditar que he querido siempre serle útil. En tal virtud, hermana mía, vamos ahora mismo a que se lleven a casa las camas, ropa y aquellas cosas de ustedes que no puedan pertenecer a los acreedores, y dejemos esta habitación, supuesto que cuanto en ella hay es ajeno y que ya con buena conciencia nada puede cogerse de lo que en sí contiene. Vamos, hermanita; usted tiene luces bastantes para conocer estas cosas y no necesito decirle mucho. Vamos, no llore usted, pues esto no es más que mudarse usted a su otra casa, como que así ha debido considerar siempre la en que yo he vivido, como yo he contado esta por mía desde que usted la habita.

—¡Ay, hermano! –contestó Eufrosina– y ¡cuánto me parte usted el corazón con lo que me está diciendo! Yo todo lo conozco, veo que ello es fuerza, pues que no hay remedio aunque vuelva Langaruto; pero no tengo espíritu para resolverme tan pronto; yo ruego a usted que me deje desahogar, que yo le prometo por lo que más estimo que no pasarán cuatro días sin que nos unamos.

A este tiempo entró doña Matilde con Pomposa, e impuestas de lo que se trataba, instaron ambas a doña Eufrosina para que fuera todo luego luego;

pero ni lo que estas le hicieron presente, ni otras reflexiones muy juiciosas y oportunas que le hizo mi tutor, la hicieron variar de resolución, y solo ofreció de nuevo que cumpliría su primera oferta.

A poco rato nos despedimos, repitiendo el coronel a las señoras Langaruto, que le avisaran de cualquiera novedad o cosa que se les ofreciera, y de si había alguna noticia de don Dionisio, prometiendo hacer lo mismo por su parte.

En la tarde y otros dos días siguientes a mañana y noche estuvimos yendo a visitarlas, consolarlas e instarlas porque se fueran a casa de mi tutor; mas doña Eufrosina no salía de lo dicho, y la mañana del día cuarto, que por haber amanecido indispuesto el coronel no fuimos, se metieron a las ocho de la mañana un juez, un escribano, algunos acreedores y otro a quien habían nombrado depositario. Tomaron a doña Eufrosina y a algunos criados declaración jurada del día y modo como se había marchado don Dionisio, y en seguida fueron entregando todo por inventario al depositario, diciendo en seguida a doña Eufrosina que en el momento debía salir de la casa con su niña llevándose sus camas, ropa de uso, cofres de ella y unas imágenes, que por favor le concedieron, manifestándole que lo hacían los acreedores por generosos, y no porque ella lo merecía, pues que había causado en parte la dilapidación de los bienes.

La infeliz Eufrosina en situación tan triste tuvo que implorar el favor de Matilde y el coronel, que la admitieron en su casa como habían prometido, con bastante amor y caridad. Se entiende que ni a ella ni a Pomposita les faltaba qué comer ni estimación; pero sí los chiqueos y contemplaciones a que estaban acostumbradas. La falta del coche atormentaba a doña Eufrosina más que la de su marido, y Pomposita extrañaba las tertulias y visitas de sus adoradores, aún más que sus antiguas comodidades.

Apenas pasaron tres meses en que fue disminuyendo el llanto y la tristeza, cuando las dos, diz que para disipar la melancolía, comenzaron a recorrer las casas de las amigas y trataron de establecer una tertulia para entretenerse por las noches.

No le pareció bien al coronel semejante designio, y desde luego se opuso con firmeza. Doña Eufrosina, poco acostumbrada con su marido a semejantes oposiciones, se incomodó altamente, y desde ese día se turbó la paz que debía haber sido perdurable.

Esta acabó de romperse a causa de algunos señoritos que, perpetuos centinelas de Pomposa, todos los días, todas las noches y a todas horas rondaban la casa, acechando un descuido para entrar, seduciendo a los criados y haciendo las acostumbradas diligencias para hablarle dos palabras a la niña.

Luego que el coronel fue advertido por su esposa de los desórdenes que había en el particular, llamó a solas a su sobrina y la reprendió seriamente por sus locuras.

El resultado fue que Pomposa entró llorando al cuarto de su madre, se quejó con ella del duro tratamiento de su tío, ponderando y mintiendo como le pareció, con lo que consiguió que Eufrosina se irritara con su cuñado, a quien le dijo:

—¿Qué piensa usted, hermano, que mi hija es huérfana de padre y madre para que así me la maltrate? Si lo hace usted por el rincón y por el bocadito que nos da, por cierto de ello, para nada necesito pan con cordonazo, y con mudarnos noramala está todo compuesto, que a bien que cuando Dios amanece, amanece para todos.

—Así es, mamá –prosiguió Pomposa–, usted no desconfíe, que Dios tiene más que dar que nosotros que pedir; su providencia vela sobre la conservación de sus criaturas, y no abandona ni a los pajarillos, ¿cómo nos ha de abandonar a nosotras, que somos mejores que los pájaros, según nos dice donde dice: *multis passeribus meliores estis vos.*[410]

—Vea usted, señora –decía el coronel–, aquí era buen lugar para hacerle ver la mala educación que le ha dado a esta niña, y cuanto ella ha sabido imitar los ejemplos que ha visto, haciéndose una ignorante, presumida y malcriada.

—Poco a poco, señor don Rodrigo; poco a poco –decía Eufrosina–. Sírvase usted de no maltratar a mi hija, y mucho menos en mi presencia; pero ya usted y yo no hemos de hacer migas; lo mejor será quitar el banco.[411] Vístete, niña.

Ninguna persuasión del coronel ni de Matilde bastaron a contener aquel genio intrépido y resuelto. En aquella misma hora se salieron las dos sin despedida, y a la tarde enviaron por sus camas y pocos trastes.

El coronel tenía resolución; y así, aunque previó las consecuencias de la separación de su cuñada, no se opuso. Dejó sacar los muebles, y sólo se ocupó en tranquilizar a su mujer y a su hija, que estaban muy apesadumbradas por el lance.

Doña Eufrosina no se fue a hospedar a parte alguna, sino a visita a casa de Carlota, donde habló del coronel y su familia mil primores. En esta conversación salió a la plaza la economía del gasto, el mal genio del cuñado, lo chismoso de Matilde, las monerías de Pudenciana, lo ridículo de su marido, las groserías de los criados, y cuanto podía conducir a que Carlota, formando mal concepto de aquellas casas, se pusiera de parte de Eufrosina.

¡Qué buena recompensa dio esta a unos deudos que siempre la habían estimado y que la estaban actualmente favoreciendo! ¿Pero son otros los agradecimientos que dan las gentes, por lo ordinario, de los beneficios que reciben? Comen, beben, pasean, se divierten, y cuando salen de las casas, se hacen lenguas para desacreditar a los dueños en prueba de su noble gratitud.

No en balde se resisten muchos para admitir huéspedes, que les aumenten gastos, que se informen de sus interioridades y que después salgan a pregonar por todas partes sus defectos y los de su familia.

Carlota, que como se ha dicho, era una dama muy juiciosa y amaba de

---

410 *Multis passeribus meliores estis vos:* Mateo 10:31: *Uds. valen más que muchos gorriones* (Mi traducción).

411 *Quitar el banco:* irse, separarse de un lugar.

preferencia a Matilde, procuró cortar tan odiosa conversación, preguntando a Eufrosina cuál era su última resolución, y esta pregunta la hizo con harto miedo, pues temía que aquellas buenas señoras quisieran encajársele en su casa; pero Eufrosina calmó su temor, diciéndole que le comprase o le enviase a vender un hilo de perlas muy bueno que llevaba, mientras ella iba a buscar casa, porque a la tarde se había de mudar aunque se viniera el cielo abajo. Carlota ofreció hacer la diligencia con todo empeño, y Eufrosina marchó para la calle.

Cada una de las dos concluyó felizmente su negocio: Carlota vendió bien el hilo, y Eufrosina encontró, aunque no casa sola como quería, sí una buena vivienda principal en una casa de poca vecindad, pues abajo solo tenía dos cuartos y arriba dos viviendas, de las que una estaba ocupada.

Con un cargador mandaron por comida a una fonda, e inmediatamente que comieron, envió Eufrosina por sus trastes, los puso en su casa, fue a una almoneda,[412] compró otros varios muebles y se habilitó de la primera criada que encontró.

Luego que estuvo todo corriente, volvió a casa de Carlota, que le dio trescientos cincuenta pesos que habían dado por el hilo, y despidiéndose Eufrosina le dio las gracias por su empeño. Carlota, que no creía su dicha de verse libre de semejantes huéspedes, se despidió también con el mayor cariño, dándoles mil abrazos apretados.

No tuvo Eufrosina la atención de dar parte a su cuñado de la casa nueva; pero por Welster y Carlota supimos su método de vida y algunas aventuras de Pomposa, dignas de que se lean en el capítulo que sigue, para ver el fruto de una mala educación y peor dirección de una madre sin juicio ni talento.

---

412 *Almoneda*: venta pública de bienes muebles con licitación y puja.

Capítulo XXXIV

En el que se da razón de una extraña aventura que le sucedió a Pomposita

Nadie debe extrañar que en lo que sigue de esta verdadera historia falten algunos personajes conocidos y se presenten otros nuevos. Esto es general en el discurso de la vida; conocemos y tratamos a muchos sujetos en diversos tiempos y lugares; pero de estos, unos se enojan, otros se van, otros se mueren y de unos sabemos su paradero y de otros no, al tiempo que vamos adquiriendo nuevos conocimientos de personas que sustituyen el lugar de los ausentes. Conque si esto es general, el lector, por cosquilloso que sea, nos permitirá que continuemos la relación de los sucesos de Pomposa y de su buena madre.

Esta era alegre y la hija no era triste. Resucitaron sus antiguas amistades y adquirieron otras. Las diversiones, tertulias, paseos y frascas eran continuas. Los trescientos cincuenta pesos que dieron por el hilo de perlas, y ellas creían serían eternos, porque nunca habían conocido la economía, se iban disminuyendo por la posta;[413] pero los cortejos se aumentaban. Era preciso obsequiarlos con café, chocolate, aguardiente, pulque[414] y envueltitos,[415] según la hora y el gusto de los caballeros. Doña Eufrosina siempre fue obsequiosa y liberal, y no quisiera parecer pobre ni por todo el oro del mundo.

Con tal franqueza, no solo se acabó el dinerito, sino que fueron a visitar el montepío[416] y las tiendas varias alhajas, túnicos y tápalos del uso necesario.

La necesidad con su cara de diablo o de suegra, que todo es uno, se iba acercando mucho, y tanto que ya subía las escaleras de la casa. No es necesario ponderar la aflicción de estas buenas señoras: ella crecía a proporción que las escaseces, y ya estaban para ahorcarse, cuando una niña, amiga íntima de Pomposa, que había aprendido con escritura el arte de la coquetería, la salvó, aunque a caro precio, enseñándole unas máximas ciertamente dignas de las señoronas de su clase.

---

413 *Por la posta*: con prisa, presteza o velocidad.
414 *Pulque*: bebida alcohólica, blanca y espesa, del altiplano de México, que se obtiene haciendo fermentar el aguamiel o jugo extraído del maguey.
415 *Envuelto*: (México) tortilla de maíz aderezada y enrollada.
416 *Montepío*: 1) establecimiento público o particular fundado para socorrer viudas y huérfanos. 2) casa de empeños.

Quisiera omitir su relación; pero se me hace escrúpulo, porque puede ser muy útil a los hombres su noticia.

Reducíanse las dichas máximas a veinte, y eran estas:

1. Aprecia al que tenga dinero, sea quien fuere.
2. Al que tenga más, hazle más aprecio, de modo que tu estimación se mida por el caudal de tu cortejo.
3. Escasea tus favores y procura siempre venderlos caros.
4. Fíngete celosa unas veces y otras simple, según te convenga.
5. No desprecies ningún obsequio, sea el que fuere.
6. A los mezquinos pídeles sin vergüenza.
7. A los que no den nada échalos de tu casa, porque hacen mala obra sin provecho.
8. Engaña al que sea bobo y se deje.
9. Aprovéchate del primer ímpetu del que te quiera.
10. No creas a ningún amante, aunque haga por ti los mayores sacrificios y finezas.
11. No te apasiones ni pienses en casarte con pobre; únete primero con un negro, un gálico[417] o un hereje, pues todos estos y mayores defectos son disimulables con la plata.
12. Mírate al espejo cuando te compongas y ensáyate a hablar, despreciar, favorecer y dar esperanzas con los ojos.
13. Aprecia tu mérito más que el de todo el mundo.
14. Sé desdeñosa unas veces y otras franca, según las ocasiones y los sujetos con quienes trates.
15. Date a deseo y olerás a poleo, a toronjil y a rosa.
16. Recluta cuantos adoradores puedas y procura sacar ventaja de todos.
17. Ofréceles a todos y no cumplas a ninguno.
18. Desconfía de todos y guárdate, no por honor, sino por necesidad.
19. Vístete con lujo aunque no comas.
20. En todas tus correrías amorosas ten por último fin el interés.

Tan bellas máximas no podían menos que agradar mucho a Pomposita. En efecto, las aprendió de memoria y las practicaba al pie de la letra. Dentro de pocos días comenzó a percibir el fruto de su aplicación.

Lo primero que hizo fue darles su retiro a los pobretes y mezquinos, como gente inútil y pesada. A todos los demás los pelaba con bastante sagacidad.

Cuando veía un cintillo, un pañuelo u otra cosita que le agradaba, comenzaba a alabárselo a su dueño delante de otros con tanta repetición, que lo obligaba a decirla: «Sírvase usted de ello, señorita;» y entonces, después de una ligera resistencia, lo tomaba, y con un mil gracias quedaba pagada la tal cosa.

---

417 *Gálico*: un hombre de origen francés o un hombre enfermo de sífilis.

Otras veces con un «si yo tuviera», «así que tenga», «días ha que estoy deseando» y otras frasecillas semejantes, les arrancaba a los miseñores lo que podía.

También había ensayado a su criada para que cuando fuesen ciertos y determinados señores entrase ella a vender lo que le diera. La criada hacía el papel muy bien, porque entraba con un tápalo de seda, por ejemplo, de los que no le habían visto aquellos sujetos a Pomposa, y decía:

—Señorita, vea usted qué chulo tápalo vende doña Fulana, y tan barato.

A esto se seguía ver el tápalo, alabarlo mucho y preguntar por el precio; entonces respondía la criada que seis u ocho pesos pedían por él.

—Es dado –decía Pomposa–, pero no tengo dinero por ahora; si lo tuviera, no me quedara sin él, pues lo menos que valen esos tápalos son veinticinco pesos.

Entonces no faltaba un garboso que metiera mano a la bolsa y diera el dinero de contado. De esta manera se vendía Pomposa sus friolerillas cuatro o cinco veces.

Así pasaron algunos meses muy alegres a costa de los bobones que se sacrificaban a competencia, deseando cada uno ser el poseedor de aquella belleza encantadora.

Como el pleito que tuvieron no fue conmigo, jamás me negaron la entrada a su casa; antes les agradaba, porque juzgaban que yo daría noticia al coronel de sus bonanzas. Ello es que con este pasaporte yo tenía lugar para observar de cerca todas sus gracias.

Pomposa y Eufrosina, cada una por su parte, procuraban sostenerse. Aquella con sus ardides y esta con el disimulo. Yo no he visto prudencia igual a la de la buena de Eufrosina.

Por lo ordinario dejaba sola a su hija en el estrado charlando con sus enamorados, y ya se debe inferir que no hablarían de sermones ni jubileos. Otras veces los veía tan separados de su hija, que entre los cortejantes y ella no cabía un alfiler, y otras retozar con los jovencitos con tanta familiaridad como si fueran sus maridos. A Eufrosina, sin embargo, nada le espantaba; de todo se reía, y cuando mucho, solía decir a su hija:

—Sosiégate, niña; no seas tan juguetona; ¿qué dirán los señores?

A este tiempo todos la disculpaban con su corta edad, y la señora quedaba muy contenta y satisfecha. ¡Ah, qué madre!

Yo me admiraba al ver cómo tan íntima familiaridad entre ellos y ella no producía algún desaguisado funesto para Pomposa; pero es cierto que unas pasiones destruyen o enfrenan a las otras. Ella se defendía, no por virtud, sino por vanidad.

No faltaban entre los visitantes algunos hombres de bien y acomodados que propusieran ventajosos casamientos a Pomposa; mas ella todo lo despreció, porque tenía firme vocación de ser marquesa, y por entonces no la pasaba mal con su modito; pero, ¿qué cosa es permanente en esta vida?

Al cabo de cinco o seis meses de esta buena vida, fueron todos los cortejantes desengañándose de que Pomposa no pensaba sino en estafar o ser marquesa; y enfadados de su locura y mala fe, se fueron despidiendo poco a poco, hasta que no quedó en la casa más visita que un triste meritorio[418] de oficina.

Ya se deja entender que luego que tocó retirada aquella tropa auxiliar, el ejército enemigo, la cruel necesidad, se fue acercando a marchas forzadas a la casa de Pomposa.

Se volvieron a empeñar las prenditas, a contraer drogas, a darle plazos y más plazos al casero y a experimentarse las indigencias que al principio; y no hubiera sido esto tan fatal, si no hubiera sido más; pero, por desgracia, el maldito meritorio, el más zonzo, el más pobrete y despreciable, como se quedó solo en la casa, se hizo el objeto de todas las atenciones y confianzas de Eufrosina y Pomposita.

El aparentaba un amor intenso y una compasión entrañable a una familia tan decente, honrada y digna de ser protegida por un príncipe. ¡Cuántas veces este picarón mezcló sus lágrimas con las de Pomposa al escuchar sus infortunios y desgracias! La simple muchacha creía sus fingimientos y le manifestaba su gratitud con expresión; él aprovechó estos funestos instantes y apretó el cerco hasta rendir aquella fortaleza.

La madre, tan engañada como la hija, y por otra parte asegurada de su alto modo de pensar, jamás creyó lo que pudiera suceder, y así les permitía unas confianzas desmedidas y le proporcionaba más lugar del que se había menester.

Cuando el tunante conoció que la debilidad de Pomposa no podía dejar de descubrirse, hizo lo que acostumbraban sus semejantes: dio media vuelta y no le volvieron a ver la cara.

Eufrosina no sabía a qué atribuir aquel retiro que sentía verdaderamente, y más cuando se informó y supo que ya no estaba en la oficina en donde había comenzado su carrera. Pomposa bien presumía lo que podía ser; pero procuraba disimular su sentimiento lo posible.

No tuvo igual prudencia la naturaleza. De día en día se explicaba con más claridad, causando ansias terribles a Pomposa. Esta no pudo menos que descubrirse con una de sus buenas amigas, quien le dijo:

—No te apures, niña, para todo hay remedio; yo te traeré una bebida con que te cures en un día esa obstrucción.

La oferta no pudo ser más criminal; pero Pomposa se amaba mucho; conoció cuánto valía el honor de una mujer, después de haberlo perdido; quiso a lo menos sustraerse de la pública nota, y ya que no tuvo vergüenza para ser madre, la tuvo para mostrarse tal. Ahogó en su corazón los sentimientos de la naturaleza, se hizo desentendida al terrible grito de su conciencia, y acumulando un delito a otro, bebió el infernal licor con mucho gusto. Mas fuérase

---

418 *Meritorio*: persona que trabaja sin sueldo y solo por hacer méritos para entrar en una plaza remunerada.

por la robustez de su salud o por la ineficacia de la bebida, no correspondió el éxito a su deseo, sino que le hizo buen provecho. Entonces ella ocurrió a su caritativa amiga, quien prometió sacarla del cuidado.

En efecto, a la mañana siguiente le llevó un frasquito, y en él unas cuantas cucharadas no sé de qué brebaje condenado. Mandó que tomase dos a las diez del día, dos a las cuatro de la tarde y dos a las nueve de la noche, asegurándole que si al día siguiente no estaba buena y sana era su última voluntad que la ahorcaran. ¡Tan cierta estaba esta maldita consejera de la eficacia de su licor!

La inconsiderada Pomposa, deseando desembarazarse prontamente del mal que la afligía, se hizo cargo que si seis cucharadas repartidas habían de obrar en veinticuatro horas, tomadas juntas obrarían lo mismo en mucho menos tiempo; engañada con este falso argumento, se bebió casi todo el frasquito de una vez. Ignoraba la ilustrísima Pomposa que una misma droga, o llámese medicamento de la botica, puede ser remedio o veneno, según fuere la dosis en que se tome; pero esta ocasión lo experimentó bien a su costa.

A la media hora comenzó a sentir unos retortijones terribles que procuró disimular; pero como se aumentaban por instantes, no pudo disimularlos con igual entereza. Los dolores terribles, la hemorragia, las náuseas, la convulsión y síncopes fueron tales, que pusieron a su madre en el mayor cuidado. Se llamó al médico, y este, que no era lerdo, conoció la causa, y así se lo dijo a Pomposita en un descuido de su madre.

—Señorita –le decía–, usted me asegura que es doncella; pero los efectos que veo me aseguran que no lo es, y aun conozco la causa de su mal.

—¡Oh, señor doctor! –dijo Pomposa–, usted es el hombre feliz del Padre Almeida,[419] pues conoce la causa de mi mal.

El médico se sorprendió con tan inesperada erudición; pero deseando instruirse a fondo de todo cuanto le interesaba, trató de que doña Eufrosina le diera lugar, y como no era tonto, lo supo hacer con disimulo.

En estos intermedios le dijo a la enferma:

—Usted ha querido sanar de una vez y ha tomado algún veneno activo; dígame cuál es, porque le importa.

Entonces ella sacó de debajo de la almohada el frasquito con lo poco que le había quedado y se lo dio al médico. Este lo olió, lo probó, y falló que tomado en semejantes dosis era un legítimo veneno que obraba como tal, aunque no con la prontitud del arsénico.

En fin, a fuerza de leche, vomitivos, emolientes y confortativos, consiguió sacarla del peligro, sin poder impedir el efecto, y lo peor de todo fue que doña Eufrosina lo advirtió; porque como no había muchas criadas, y Pomposa contaba ya cuatro meses de enferma, salió el mal y lo vio su madre.

En aquel instante disimuló; pero apenas se alivió Pomposa, cuando se lo dijo y la comenzó a tratar con la mayor dureza, negándole su mesa, su conversación y añadiendo a este trato los mayores denuestos e improperios. De

---

419 *Padre Teodoro de Almeida*: jesuita pedagogo y científico portugués (1722-1804). Los tres volúmenes de *El hombre feliz independiente del mundo y de la fortuna* fueron publicados en 1779.

tal y cual no le bajaba un punto; y no satisfecha con aspereza semejante, dio en ponerle las manos con frecuencia.

Pomposita no estaba acostumbrada a estos regalos, y así, no teniendo más abrigo que sus tíos, se fue un día a su casa; contó cuanto le había pasado; el coronel la escuchó con caritativa compasión y la acogió con lástima.

Eufrosina disimuló al principio la fuga de su hija, sabiendo dónde estaba; pero como le hacía falta, la extrañaba; porque hay muchas madres que se atienen a sus hijas para comer y tratan de recogerlas aunque les quiten el bien que logran, porque en no teniendo carne el anzuelo no cae el pez. Ellas son los anzuelos, sus hijas la carne, y los peces los hombres que bobamente se dejan engañar.

Ello es que la buena madre fue a casa del coronel para sacar a su hija. Ni esta quería irse ni aquel dejarla; pero fueron tantos los retobos y necedades de Eufrosina, que don Rodrigo, no pudiéndolos sufrir, consintió en que se la llevara, diciéndole antes:

—Que se vaya la muchacha enhorabuena; mas tenga usted entendido, que va a ser eternamente infeliz, y usted más bien que ella tiene la culpa. Ya la hizo desgraciada en lo privado con su mala educación, perverso ejemplo y criminal consentimiento, y ahora quiere servirse de ella como de un medio indigno y criminal para vivir... ¡Pobre muchacha! Ella va a prostituirse al lado de su madre, y a vivir como una mercenaria de su cuerpo. ¡Cuántas fueran menos infelices si no tuvieran semejantes madres!

No quiso aguantar más doña Eufrosina; y así, haciendo un dengue colérico le respondió:

—Hermano, yo no vine a que me prediquen, sino a llevarme a mi hija. ¿Qué le importamos a usted ella ni yo?, ¿ha de dar usted cuenta a Dios de nosotras?, pues déjenos que nos lleve el diablo. Conque vístete, muchacha, y vámonos antes que me acabe de enfadar.

El coronel, sin hablar otra palabra, la dejó charlando; Pomposa se vistió, se entró a despedir de sus tíos y se fue con su buena madre.

Capítulo XXXV

Continúa la desarreglada conducta do Eufrosina y la Quijotita; desatinada inversión que le dieron al último dinero que esperaban tener y acabó en una noche en el juego. Discurso del coronel contra ese vicio detestable

Mientras que mi tutor, doña Matilde y yo lamentábamos la suerte infeliz que iba a correr Pomposita, la madre de ella no pensaba más que en el modo de vivir sin volver a ver para nada la cara de su cuñado ni a nadie de su familia, excepto yo, que como sabía hacer mi papel por disposición de mi tutor, nunca tomé partido descubierto contra ella ni su hija, con objeto de comunicarlas y estar al alcance de todo lo que ocurría en su casa, por si se les ofreciere cosa en que servirlas, y porque cuando podía percibir que la necesidad las estrechaba, avisaba a mi tutor, según me tenía encargado, y por su orden les dejaba con disimulo en las almohadillas o canastas de costura algunos socorros que me daba para ese objeto y con encargo especial de que nunca dijese nada a nadie.

Como desde los primeros días de la separación comenzaron a tener escasez, porque ciertamente nada tenían seguro, y los contertulios no concurrían, porque la casa de un pobre apesta a diablo revolcado en caño de bodegón, doña Eufrosina, echando cálculos, se acordó de la carta de dote que le dejó don Dionisio por la cantidad que había cogido de sus nombramientos de huérfana, y encargó de su cobro, lo que con la dirección y resortes del coronel, que tomó empeño bajo de secreto, se logró que el juez del concurso, de consentimiento con los acreedores, mandase librar la cantidad que me exhibió el depositario y yo llevé a doña Eufrosina.

No puede ponderarse el gusto con que doña Eufrosina y su hija tomaron el dinero, del que empezaban a discurrir la más célebre distribución, en lo que les fui a la mano, manifestándoles que nunca necesitaban de más juicio que esa vez, porque esa cantidad era la última que pudieran haber y no quedaba ya esperanza alguna. Les aconsejé que buscasen con empeño una velería, chocolatería o bizcochería que traspasar,[420] que se metiesen allí a cuidar de su capitalito, y que mientras se adiestraban en el giro yo les auxiliaría lo posible, principalmente para las compras de la calle. Hicieron buenos gestos cuando

---

420 *Traspasar*: arrendar.

pensaban en esto de manejar el sebo, las panochitas,[421] los cohetitos y demás menudencias que se expenden en las velerías; mas por último demostrándoles yo que peor que todo eso era el morirse de hambre, mendigar o prostituirse, se determinaron a tomar mi consejo y quedaron resueltas a buscar desde el día siguiente una casa que traspasar y me encargaron la solicitase.

Me fui y conté a mi tutor la buena disposición que tenían, de lo que doña Matilde se alegró mucho; pero él se sonrió, meneó la cabeza y dijo:

—La cosa es muy buena en las circunstancias de esas santas; mas dudo que lo hagan, porque allí no hay cabeza.

Le repuse que yo creía que lo harían, porque ya la fortuna les había dado buenos golpes; yo les había demostrado que no tenían ya otra esperanza, y ellas, convencidas de todo, se habían resuelto a tomar ese nuevo modo de vivir, para no exponerse a perecer otra vez, y el coronel contestó:

—Todo está muy bueno; quiera Dios que tenga efecto tan laudable proyecto.

Al otro día salí empeñado a buscar casa de comercio a propósito para que la traspasaran, y tuve la chiripa[422] de encontrar una bizcochería y chocolatería en la calle de la Merced, que tenía una habitación interior de dos piezas y su cocinita con uso del patio, que ganaba ocho pesos cada mes, vendía el día que menos doce pesos, querían cien pesos de traspaso y de existencia tendría trescientos. Creí no podía darse cosa más análoga, y que allí asegurarían su subsistencia viviendo frugalmente; y muy contento con tales ideas, me fui a avisarles a las cinco de la tarde; pero ¿cuál sería mi sorpresa y disgusto al ver que ya habían empleado mucha parte del dinero en cortes de túnicos, tápalos, medias, bretañas, canapés de moda, rinconeros, sillas, tocador, etc., etc.?

Les reclamé aquel despilfarro, y me contestaron que tenían necesidad de todo eso, porque no habiéndose criado en la miseria, no podían privarse de cosas tan precisas ni querían verse despreciadas de todos, pues que la gente pobre hiede a mula y zopilote[423] muerto; y terminaron con decirme que no me apurara, porque aún les quedaban doscientos cincuenta pesos. Híceles presente que habían cometido una gran locura, porque nada de aquello les urgía y debieron primero asegurarse de una casita que les diera el pan de cada día, y de la que después podrían ir sacando proporcionalmente para ropa y algunos muebles indispensables.

Oyéronlo todo con mucho disgusto, concluyendo con decir que el dinero que les quedaba ya no era bastante para tomar la casa que yo les proponía, y que por lo mismo se resolvían a buscar otra de menos precio.

Acabamos nuestra contestación, cuando empezaron a entrar algunas de sus antiguas amistades, que habiéndolas visto casualmente por la mañana en la compra de la ropa y demás cosas, calcularon, y muy bien, que era tiempo de volver a divertirse algunos días a costa de aquellas celebérrimas tontas.

---

421 *Panocha*: raspadura de azúcar. Antigua golosina muy común en México.
422 *Chiripa*: casualidad favorable.
423 *Zopilote*: (México) ave rapaz diurna que se alimenta de carroña.

Cada uno, a su vez, preguntaba el origen de aquella bolichada,[424] decían que se alegraban de tan buena suerte, daban sus consejos para la mejor inversión que debía darse a aquel gran caudal que les quedaba, y rematoron con que para celebrar tan buena ventura, era necesaria una diversioncita, aunque fuese casera, y quedó esta concertada para la noche del domingo inmediato, encargándose cada uno de convidar a algunos conocidos y doña Eufrosina de prevenirles una merienda y buscar músicos que no fueran chambones.[425]

A las oraciones me despedí y retiré de aquella casa de locos, lleno de tristeza por contemplar que Eufrosina y su hija iban a dar al traste en pocos días con aquel dinero, que aunque poco, pudo darles qué comer por algún tiempo, si hubieran sido capaces de juicio.

Luego que llegué a casa, conté a don Rodrigo y su esposa cuanto había pasado; se desazonaron bastante y el coronel dijo:

—Pero ¿qué quieren ustedes que hagan dos personas que nunca han conocido la economía, que no han hecho más que gastar sin saber lo que gastaban y que jamás hubo quien les dijera en el mejor tiempo el modo de manejarse, para no cometer tantos desatinos como han cometido y que han ocasionado su ruina? Es preciso decir y repetir muchas veces para gobierno y aprovechamiento de las señoras mujeres, y particularmente las casadas, que sin virtudes domésticas, no podrán nunca ser felices ni hacer dichosos a sus maridos e hijos; pues las virtudes domésticas no son más que la práctica de las acciones útiles a la familia que vive reunida en una casa. Estas virtudes son la economía, el amor paterno, el amor conyugal, el amor filial, el amor fraternal y el cumplimiento de los deberes de amo y criado. La economía es la buena administración de todo lo que concierne a la existencia de la familia o de la casa; y como la subsistencia tiene en ella el primer lugar, se ha contraído especialmente la palabra economía al empleo del dinero en los objetos de las primeras necesidades de la vida. La economía es una virtud, porque el que no hace ningún gasto inútil se encuentra siempre con un sobrante, que es lo que constituye la verdadera riqueza, y por este medio se proporciona, y a su familia, todo lo que es verdaderamente cómodo y útil, sin contar que por este medio se aseguran algunos recursos contra las pérdidas accidentales e imprevistas, de suerte que cuantos de él se rodean viven en una dulce comodidad, que es la base de la felicidad humana. Por el contrario, la persona que cae en los vicios de disipación y prodigalidad viene a verse privada de lo necesario, cae en la pobreza, la miseria y el abatimiento, y sus amigos mismos temen verse obligados a restituirle lo que ha gastado con ellos o por ellos, le huyen como el deudor huye de su acreedor y queda abominado de todo el mundo. El amor paterno se explica en el cuidado continuo que tienen los padres de hacer contraer a sus hijos el hábito de todas las acciones útiles a ellos y a la sociedad. Los hijos con tales hábitos se proporcionan durante su vida unos goces honestos y auxilios que se hacen sentir a cada instante y que ase-

---

424 *Bolichada*: lance afortunado en que median intereses pecuniarios.
425 *Chambón*: poco hábil en cualquier arte o facultad.

guran a su vejez los apoyos y consuelos oportunos contra las necesidades y miserias de todo género que agobian esta edad. Pero por desgracia, muchos padres se extravían en esta parte: no aman a sus hijos, sino que los acarician, les satisfacen todos sus caprichos y los echan a perder. Esta fue la conducta de mi desgraciado hermano don Dionisio y este el origen de que estas pobres mujeres no tengan hoy cabeza para nada útil y solo piensen en despilfarros.

Habiendo callado mi tutor, le dijo doña Matilde:

—Todo es una verdad muy sensible para mí, porque veo que ya no tiene remedio la última ruina de mi hermana y sobrina, pues solo Dios, como se lo pido, puede hacerlas entrar en acuerdo y mantenerse honradamente y sin las congojas que consigo trae ese modo de vivir tan desarreglado.

El domingo inmediato estuve a las oraciones de la noche en casa de doña Eufrosina en donde ya encontré una concurrencia que no esperaba, con una música regular y a las señoras de la casa con todos los atavíos del gran tono. A poco comenzó el baile, que rompieron Pomposita y un oficial que estaba allí haciendo el primer papel, siendo acreedor también al primer puesto en los presidios de Islas Marianas por la notoriedad de sus depravadas costumbres, pues pertenecía a una pacotilla de léperos[426] de casaquita y fraquecito, que llamaban *el manojito* y vivían a expensas de los tontos que los admitían en sus casas para sus diversiones, en las que por modo de broma y a si pega, se embolsaban las cucharas y tenedores, cambiaban su repelo de sombrero con los buenos que llevaban los hombres decentes, dejaban sus otates[427] y se llevaban buenas cañas y paraguas, y a ese modo hacían otras travesuras de ingenio, con que se habilitaban para sus necesidades de burdel, etc., etc. De esa partidita había en la diversión de las Langaruto unos cinco o seis, que todos a su vez bailaban, cantaban y brincaban, comían y bebían sin tino y sin tasa, antes de la merienda, en la merienda y después de la merienda. Esta fue muy buena, pues ni doña Eufrosina ni su hija querían heder a pobres, sino quedar bien en su fiesta, aunque el día siguiente fuera necesario empeñar algo para comer. Yo, aunque al principio me incomodé con todo aquel desbarato, convenciéndome de que no tenía remedio, me hice el ánimo de divertirme bailando mis contradanzas, que es lo que me agrada por lo que aprovecha el ejercicio.

Al concluir una de ellas fui a sentarme y observé entre la concurrencia una señora de ochenta años, otra de sesenta y otra de cuarenta con una sobrina de veinte a veintidós. Cierto instinto hizo que me arrimase a esta última, la cual me dijo al oído:

—¿Qué le parece a usted de mi tía, que con su edad quiere tener cortejos y hacer la niñita?

—No tiene razón –le dije–, que eso en quien cae bien es en usted.

Poco después me puse junto a la tía, y me dijo esta:

—¿No ve usted esa vieja, que cuando menos ha cumplido los sesenta, y ha gastado hoy más de una hora en el tocador?

---

426 *Lépero*: (México) soez, ordinario, poco decente.
427 *Otate*: caña maciza.

—Pues pierde su tiempo –le respondí–, menester sería que tuviera el mérito que usted para pensar así.

Arrímome a la desventurada sesentona doliéndome en el alma de su suerte, y me dice al oído:

—¿Hase visto cosa más risible?, vea usted ese carcamán, con más de ochenta años, poniéndose cintitas encarnadas y haciendo la criaturita, y se sale con ello, porque se ha vuelto a la edad de los niños.

—¡Ay Dios mío! –dije para mí–, ¿no veremos nunca más extravagancias que las del prójimo? ¡Acaso es dicha que nos consolemos con las flaquezas ajenas!. Como estaba de buen humor, dije para mi sayo: —Bastante hemos subido; bajemos ahora, y empecemos por la más vieja que está en el testero del estrado.

—Señora, se parece usted tanto a esta otra dama con quien acabo de hablar, que yo me había figurado que era su hermana, y creo que son ustedes de una misma edad con corta diferencia.

—Es cierto, caballero –me dijo–, que cuando se muera una de las dos, mala se la mando a la otra, porque presumo que no hay dos días de diferencia entre ambas.

Oída esta decrépita, me llego a la de sesenta, y le digo:

—Es menester, señora, que falle usted una apuesta que acabo de hacer, porque he apostado que usted y aquella señora (señalando la de los cuarenta años) tenían la misma edad.

—A fe mía, me respondió, que creo que no hay medio año de diferencia. ¡Bien va!, continuemos. Fui más abajo, y acercándome a la de los cuarenta:

—Hágame usted favor, señorita, de decirme si se chancea cuando llama sobrina a aquella otra señorita que está allí. Tan niña como ella es usted, y aun tiene ella en la cara un no sé qué aviejado que no hay en la de usted; luego esas mejillas de color de escarlata tan vivo, ese...

—Oiga usted –me respondió–, de veras que soy su tía; pero su madre tenía veinticinco años largos más que yo, porque no éramos de la misma edad, y he oído decir a mi hermana que había nacido su hija el mismo año que yo.

—Bien lo decía, señora, y no sin razón extrañaba tanto el parentesco.

Esta ocurrencia me hizo entender que las mujeres que se ven morir poco a poco, perdiendo su hermosura, querrían retroceder hacia su juventud. ¡Ah!, ¿pues cómo no han de anhelar por engañar a los otros, cuando se afanan por engañarse a sí propias y zafarse de la más triste de todas las ideas, que es para ellas la de afearse y enviejarse?

En estas reflexiones estaba yo distraído, cuando me llamaron la atención infinidad de palmoteos que daban *los del manojito*, gritando desde la puerta que entraba a la pieza donde habíamos merendado:

—Señores y señoritas, aquí hay otra diversión para los aficionados: Morales ha puesto el montecito con cincuenta pesos.

En el momento se metieron a dicha pieza y los siguieron algunos concurrentes picados de la araña, y a poco doña Eufrosina fue también diciendo que iba a ver si sacaba los costos de la diversión.

Lo que debía temerse de que jugara una señora que no entendía mucho de eso, y que iba a ponerse con los maestros de Birján[428] como tahúres y fulleros de profesión, me hizo seguirla y aconsejarla no hiciera tal disparate; mas nada fue bastante a contenerla, y fue el resultado que, aturdida con las primeras pérdidas, se cegó, y poniendo paradas de consideración, antes de hora y media no le quedó ni medio, ni más recurso para pagar a los músicos, que empeñar al día siguiente alguna ropa, porque hasta las alhajitas habían ganado o robado ya los pícaros del manojito, que todos hacían pala a su compañero el montero, cometiendo cuantas faltas y groserías les eran peculiares, negando a doña Eufrosina algunos pedidos que hacía para seguir jugando, y contestándole que solo prestaban sobre Pomposita.

Esto desazonó enteramente a madre e hija, y los concurrentes, que lo advertían, se fueron saliendo, así como los señores *del manojito*, que a más de su mala ganancia se llevaban ya algunas servilletas y pañuelos en la bolsa, según lo tenían de costumbre; y yo que vi en mi reloj las once largas, afligido porque me había distraído tanto y porque se habría incomodado justamente mi tutor, me despedí y fui con violencia a casa, donde solo me aguardaba el portero para abrir el zaguán, que cerrado a mi satisfacción me fui a acostar, y dormí hasta las nueve del siguiente día, por no estar acostumbrado a desvelarme.

---

428 Así suele llamarse el juego, aunque equivocándose el nombre de Bilhán, que parece haber sido el inventor de los naipes, o su primer fabricante (Ed. 1842).

Capítulo XXXVI

Noticia de dónde estaba don Dionisio, su nueva fortuna, su llegada a México y conducta que entabló. Por su mujer e hija cae en una cama y muere. Ingratísimo modo de obrar de Eufrosina en este lance

Como me levanté tarde, ni pude ni tuve ocasión de decir nada hasta el medio día en la mesa, a que casualmente asistieron ese día Pudenciana y su marido, e impuestos todos de cuanto desorden había visto en casa de doña Eufrosina el día anterior, se lamentaron de las desgracias que eran consiguientes a esa conducta, y mi tutor, tomando oportunamente la palabra, dijo:

—Toda la conducta de esas miserables me parte el alma, y más porque veo que no tienen remedio; pero ya que me dan ocasión, diré a ustedes lo que he observado muchas veces con respecto a la odiosa y criminal pasión del juego. A instancias de algún concurrente se permite por una sola vez, y después de muchas instancias, un rato de monte. Este rato se prolonga mucho más de lo que se creyó al principio, y ya está hecho el daño y abierto el camino a uno de los mayores azotes que pueden sobrevenir a una familia. Un solo hecho de esta especie basta para contraer una afición, que crece con los años, nunca se extingue y conduce al crimen, a la ignorancia, a la pérdida del reposo y a un fin trágico y deplorable. Si se hubiera tratado de inventar el medio más eficaz de despojar a la mujer de sus gracias naturales, no hubiera podido hallarse uno más a propósito que el juego. La mujer que le cobra afición está en un frenesí habitual, en una ansiosa inquietud, en un anhelo continuo que la priva para siempre de la aptitud para las ocupaciones serias y útiles. Ni siquiera le queda el derecho de exigir las consideraciones y preferencias que se tributan en toda sociedad a las señoras, porque el juego requiere una perfecta igualdad, y los jugadores de profesión la miran como su víctima si pierde, como su enemiga si gana, y en todos casos como su cómplice. Cuando esta perversa propensión se ha hecho dominante, no sé cómo se pueda oponer a la inmoralidad y al desorden, ni creo que pueda haber sombra de estabilidad en las relaciones públicas y privadas. Las inclinaciones más depravadas, el embrutecimiento, la chocarrería, las libertades más groseras e indecentes, deben ser y siempre son las compañeras inseparables del juego. La degradación que imprime en el alma, aletarga las facultades, la condena a ejercitar su comprensión en la más despreciable de las futilidades, y dándole el convencimiento de su propia bajeza, le quita los medios y el deseo de ella y de emprender la menor reforma. Se me figura que este vicio es propio y el más eficaz instrumento para ejercer sobre el hombre el más absoluto despotismo, porque interesado este en convertir el hombre en máquina, ¿puede inventarse un medio más seguro que el que lo reduce a fijar toda su atención en las vicisitudes del azar y en los movimientos de unos cartones pintados? Hablo sólo con mi familia, y creo que ninguno de ella es capaz de venderme por decir con franqueza mis sentimientos, y con tal seguro diré que en mi juventud vi que el juego llegó a ser una de las horribles calamidades con que los agentes de la tiranía habían inficionado mi patria; pero esta, si no en la presente lucha, aunque más tarde, ha de ser libre a costa de cualquier sacrificio, y esta consideración solo es bastante para imprimir el sello de la proscripción y de la ignominia a un pasatiempo más destructor que la guerra desoladora, y dejarnos el tiempo expedito para educar a nuestras familias y formar buenos ciudadanos, que ya serán nuestros hijos, y muy particularmente las mujeres, que son las encargadas de dar las primeras impresiones a la infancia.

Así discurrió el coronel sobre el maldito juego, y seguimos hablando del estado de angustia en que estarían las señoras Langaruto, cuando al terminar la mesa metieron a don Rodrigo dos cartas que conducía el cartero, y vio una grande que venía de Chihuahua y tan abultada, que su porte eran cinco reales, y la otra de Puebla por el porte de dos reales. Pagó ambos, y llamándole la atención la primera, por lo abultado y por ser de un punto en donde no tenía ninguna relación, la rompió, y con admiración dio un grito de sorpresa:

—¡Don Dionisio, don Dionisio!

Todos nos sorprendimos e interesamos en saber cuál era la suerte de aquel hombre, y el coronel, apartando una carta que venía para doña Eufrosina, otra para Pomposita y otra para un comerciante, leyó la que a él se dirigía, y decía así:

«Señor coronel don Rodrigo Linarte.
»Chihuahua, etc.

»Mi muy amado hermano y mejor amigo: Cuando la triste situación a que me redujeron mis pasados desórdenes me hicieron separar de mi casa y mi familia, el volver a ella era de lo que menos esperanza tenía. El despecho me conducía errante y sin destino, y era inevitable perderme; pero la Providencia divina, que ha escuchado seguramente las oraciones de V., mi hermana y sobrina, me preparó el remedio de mis males. Yo, con el carácter de soltero y con el nombre de Pedro Murguía, me destiné en Durango en una tienda por el mezquino sueldo de cien pesos anuales, con el que sufrí un año, y concluido me subió mi amo cincuenta pesos más; pero habiéndole escrito un comerciante de Chihuahua que un amigo suyo necesitaba un cajero de confianza y que daría doscientos cincuenta pesos, me lo propuso, y yo, que deseaba alejarme todo lo más posible, acepté y marché a los tres días. Llegué a mi destino, y me encontré con que mi nuevo amo era un español, solterón viejo de sesenta años, que tenía una tienda con cosa de ocho mil pesos, una casa propia y una haciendita que valía treinta y cinco mil; pero me enfrié cuando oí que se llamaba don Ambrosio Langaruto. Sin embargo, resuelto a ocultar mi nombre, comencé mis trabajos como hombre que no desconoce los negocios, de lo que resultó que a pocos meses me dijera mi amo: —Don Pedro, yo estoy viejo, no tengo aquí pariente alguno que vea por mí, y V. ha simpatizado conmigo, a más que le veo amor al trabajo; desde hoy se encarga V. del cuidado y administración de todos mis intereses; véame V. como un amigo, que yo quiero serlo de V. y no le ha de pesar. —Yo le ofrecí cuanto me exigía, y desde entonces, comencé a manejarlo todo con la exactitud y fidelidad que debía. En las conversaciones familiares que después tuvimos, descubrí que mi amo era hermano menor de mi padre, que vinieron juntos de España y que por una riña que tuvieron se separaron. Mi padre quedó en esa ciudad, y don Ambrosio se vino a esta, sin que jamás volvieran a comunicarse de ningún modo.

»Conciba V. cómo quedaría con tal noticia y la incertidumbre en que entré, de si me descubría o no; pero me resolví a lo segundo, y así me mantuve hasta ahora hace dos meses que, viendo que mi amo se agravaba de sus achaques habituales y concibiendo alguna esperanza, me determiné a descubrirme, valiéndome de poner con disimulo mi partida de bautismo, que tuve cuidado de traerme en mi fuga, para que en caso de morir ella dijese quién era yo y se avisara a mi familia. Tan pronto como la leyó comenzó a gritar: —¡Dionisio, Dionisio! —y yo, temblando y anegado en llanto, acudí a verlo. Ya lo encontré que iba a buscarme; me eché a sus pies, se los besé, porque veía en él la imagen de mi padre, y me alzó; nos abrazamos, y cuando estuvimos desahogados le conté mi historia. El me previno dispusiera mandar por mi familia a toda costa, y así lo habría ya hecho si mi tío no cayera gravemente malo a los tres días; se fue poniendo peor cada día, hizo su testamento, en el que me dejó de su único y universal heredero, y murió hace un mes y ocho días.

»Hice sus funerales como correspondía, lo mismo que sus honras, y determinando luego volver al seno de mi familia he traspasado la tienda, de lo que mando a V. la adjunta libranza de tres mil pesos, que me hará favor de poner en manos de mi Eufrosina, para que ella y mi hija los reciban como una prueba de mi amor y de la mejora de nuestra suerte.

«Sólo aguardo a que me den el valor de la casa y hacienda en el mes que he dado de plazo, e inmediatamente salgo para esa, en donde tendré el gusto de acabar de pagar a mis acreedores y de abrazar a V., a mi hermana y sobrina, y manifestarles de mil modos mi reconocimiento y cariño. Entretanto mande V. como guste a su apasionado y agradecido hermano, que ansía por verlo y atento b. s. m.

DIONISIO LANGARUTO.»

Todos nos llenamos de alegría, y mi tutor me mandó que inmediatamente lo llevase a casa de doña Eufrosina y Pomposita, a quienes encontramos llorando porque no tenían ya esperanzas algunas para remediar sus necesidades. Luego que vieron a don Rodrigo procuraron disimular su estado lo mejor posible, y después de saludarle entre humillación y orgullo, que disimuló el coronel, les dijo que ya estaba instruido de la situación en que se hallaban, y que para ellas era conductor de un gran consuelo que les enviaba la Providencia, como lo verían por las cartas que les entregaba, así como les entregaría al día siguiente tres mil pesos que esperaba le darían de la libranza, porque era contra buena casa.

En el momento que leyeron sus cartas comenzaron las alharacas y privaciones, etc., se les auxilió con lo necesario, y dejándoles mi tutor veinte pesos, nos retiramos después de recibir muchos agradecimientos y abrazos. Al día siguiente se cobró la libranza, y yo fui el comisionado para entregarles el dinero, que recibieron con cuanto gusto se puede imaginar, e inmediatamente mandaron por un coche y me estrecharon a que las acompañase, metiendo al coche dos mil pesos. Yo les preguntaba qué iban a hacer, advirtiéndolas de que era menester meditar cualquiera cosa, y de que se fueran con tiento en gastar, porque no sabíamos si la Providencia dispondría que fuera el último socorro. A todo contestaron que siendo otra vez ricas, no les correspondía la casa que tenían, ni todo lo demás, y marchamos previniendo ellas al cochero fuera a andar por las calles principales, y que donde viera cédulas de casa vacía allí parase. Por más que yo les decía en el camino, nada bastó a disuadirlas, antes me dijeron que era un necio, que había formádome por las ranciedades de mi tutor, a quien le atribuían ser un miserable. Quise distinguirles la miseria y mezquindad de la economía que usaba mi tutor, que justamente huía de la prodigalidad y despilfarro. Todo lo escuchaban como quien oye llover y no tiene a qué salir; y en estas y las otras paró el coche en la calle de Vergara, y entramos a una casa que estaba de traspaso, porque la familia que la ocupaba se iba fuera, por cuya razón también vendían algunos muebles de lujo. En dos por tres, aquellas cabezas volcánicas ajustaron el traspaso de la casa en cuatrocientos pesos, y en ochocientos los muebles, y me encargaron hiciese al cochero subir el dinero; de él se pagó lo tratado, se recogió recibo, se convinieron que al día siguiente recogían todo, y hasta el portero de la misma casa quedó ajustado de cuenta de las mismas Langaruto, y nos volvimos al coche con los ochocientos pesos restantes que se quedaron dentro de hora y media en distintos cajones de ropa, de que fue el coche bien habilitado.

Tal principio tuvo la nueva fortuna de aquella familia. Al otro día fueron a recibir la casa y se mudaron en el momento; mandaron imprimir papeletas, y las repartieron a todas las personas particulares de sus antiguas relaciones y amistades. De que resultó que el síndico[429] del concurso de don Dionisio, tan luego como supo todo esto, solicitó se embargase lo que tenía la familia y fueron al efecto a la calle de Vergara. Doña Eufrosina, queriendo o no, mandó llamar a mi tutor, quien fue a ver al síndico, y manifestándole la carta del deudor le persuadió que dentro de poco estaría aquí y pagaría lo que restaba, pues que no lo había olvidado. Con esto se contuvo el embargo, y como este servicio del coronel obligaba las consideraciones de Eufrosina y Pomposita, esa tarde mandaron por un coche y fueron a visitarlos, lo mismo que a Pudenciana y su marido. En ambas casas recibieron los mejores consejos para su posterior conducta; mas era lo menos en que ellas fijaban la atención.

Al siguiente día mi tutor, doña Matilde, don Modesto y Pudenciana fueron a pagar la visita, aunque con repugnancia del primero; pero venciose, porque don Dionisio no los encontrase desavenidos y entendiese todo lo ocurrido con su familia, pues que esto sería un gran pesar para un pobre hombre que venía de nuevo a comenzar su vida después de algunos padecimientos. Con aquella visita quedaron ya corrientes en su amistad.

Al mes y medio llegó don Dionisio Langaruto, parando en la casa de mi tutor, de donde pasó a la de Pudenciana y rogó que lo acompañásemos todos a la suya, y montando en el mismo coche de camino en que él había venido solo, obsequiamos su voluntad.

Pomposita, que estaba en el balcón, luego que vio parar el coche gritó a su mamá, y ambas bajaron hasta el patio, donde ya nos encontraron. Madre e hija sin hablar palabra y bañadas en llanto, se abrazaron de don Dionisio, que quedó hecho una estatua, y sus ojos rompieron en deliciosas lágrimas, gozando todos la más placentera felicidad en aquel momento, que creían el más dichoso de su vida.

Mi tutor, su esposa, don Modesto y Pudenciana, con los ojos humedecidos y con la ternura que inspiraba la escena, los hicieron caminar y subir a la sala, donde poco a poco fueron respirando, y repitieron los abrazos y las mejores palabras de amor y sensibilidad.

Los criados que traía don Dionisio, tan pronto como descargaron el coche, de cuya comisión me encargué, y que colocaron este y las mulas en su lugar,

---

429 *Síndico*: en un concurso de acreedores o en una quiebra, encargado de liquidar el activo y el pasivo del deudor.

subieron a ofrecerse a sus amas, a quienes los recomendó Langaruto, diciendo que habían muchos años servido a su tío con fidelidad, y reconocido, se los había traído en su compañía.

Comimos allí aquel día, y nos retiramos hasta las nueve de la noche con repeticiones de abrazos, lágrimas y ofertas. Al día siguiente, a la hora de almorzar, llegó don Dionisio, y a poco avisaron que estaban allí sus criados con unos caballos, y al momento nos suplicó bajásemos a verlos. Ya en el patio dijo al coronel que no creería que lo amaba como hermano y amigo, si no recibía aquella pequeña demostración de su voluntad y reconocimiento; que un caballo retinto que allí estaba era para mi tutor, el tordillo para don Modesto, un rosillo para doña Matilde, un colorado zaino para Pudenciana, y un moro para mí. Todos resistimos lo posible este obsequio, aunque a mí se me iban los ojos tras el moro, que era de la mejor estampa, aunque parecía inferior entre los cinco, y por último, a las instancias, los recibimos, dando muy expresivas gracias.

Subimos a almorzar, para lo que se convidó a Pudenciana y su marido, y en la mesa contó cuanto le había pasado desde que se separó de su casa, y concluyó dando gracias a Dios por todo, y diciendo:

—La experiencia me ha dado a conocer cuánto mal me manejé en la primera época de mi fortuna, y hoy estoy resuelto a llevar nueva conducta, según me lo aconsejó y encargó en los últimos momentos de su vida mi tío y bienhechor; pero para celebrar mi nueva fortuna, quiero tengamos un día de campo entre los de nuestra familia, y al que no concurrirán más extraños que dos amigos de toda confianza. Hoy mismo he pasado a ver al síndico del concurso de mis bienes, y mirando la cuenta que tiene bien formada, vi que entre lo que se adeudaba a los acreedores y lo que se ha pagado de costas, debía yo once mil y pico de pesos, que en el acto le pagué en buenas libranzas, que aceptó luego a presencia del escribano, que fue a dar cuenta de todo al juez, para que dé por concluido el concurso y se archive, según pedimos en un escrito el síndico y yo.

Todos lo felicitamos por su ventura, y quedamos en asistir al día de campo, que tuvimos en una casa de la orilla, con mucho placer, pues vimos que don Dionisio era completamente otro hombre.

En la semana siguiente a su llegada traspasó don Dionisio una tienda de ropa en el Parián, cerca de otra que ya tenía don Modesto con buen capital, a que había subido por su continuo afán, cuidado y economía de Pudenciana, que no olvidando las lecciones de su padre y ejemplo de Matilde hacía la felicidad de su marido, al mismo tiempo que cuidaba atentamente de la educación de dos niños y una niña que ya tenían, y cuyas primeras impresiones estaba haciendo por sí, decidida a no mandarlos a las amigas, adonde más bien van a corromperse los niños que a aprender, porque las maestras no son capaces de nada y todo se les va en regañar, gritar, remedar, coscorronear, azotar y nada de enseñar, porque o a ellas no las enseñaron o no tienen genio, método ni empeño para el lleno de sus deberes.

Abierto el cajón[430] de don Dionisio, que ya, si bien trataba con amor a su familia, no le permitía los anteriores despilfarros, presentaba las mejores esperanzas; pero fue el caso que allí mismo no faltaron imprudentes que, so color de amistad, le fueron imponiendo de la conducta toda que durante su ausencia observaron su mujer e hija, lo que no dejó de desazonarlo, e indisponiéndose más por las impertinentes solicitudes de una y otra, que anhelaban por sus antiguas tertulias, teatros, etc., etc., a los tres meses de venido, por un baile que emprendieron ellas y a que no quiso acceder, riñeron marido y mujer de tal modo, y le dijo ella tantos insultos, que de resultas de tan grande cólera y derramamiento de bilis le dio una fiebre que se le agravó en momentos.

Siete días estuvo en una terrible incertidumbre, asistido de doña Matilde y Pudenciana, que acudieron a ese efecto, ayudándolas nuestra Quijotita como una hija que ya conocía cuánta falta le hacía su padre. No así Eufrosina, que en los primeros días apenas entró alguna vez a la recámara, y no cuidó de verle más. Estaba sentada con una aparente melancolía; pero jamás le vieron echar una lágrima. Una vez se le dijo que su marido daba señales de conocimiento, y se determinó a verlo; le dijo dos palabras, saliose luego dando algunos suspiros y nada más. El coronel, aprovechando los momentos, hizo llamar un escribano, y don Dionisio hizo su testamento en que nombraba de heredera a su hija; mandó que el quinto de sus bienes se emplease en misas por su alma y la de su tío y bienhechor don Ambrosio Langaruto, y aunque mi tutor lo resistió bastante, quedó nombrado albacea con el mayor sentimiento suyo, de su familia y mío, porque veíamos las incomodidades que esto le traería.

Finalmente, don Dionisio volvió a agravarse y después de sacramentado, rodeado de sus amigos, parientes e hija, espiró. La ingrata Eufrosina no pasó de la pieza inmediata, y más fue engaño que verdadero dolor alguna lágrima que salió de sus ojos; asistió con entereza a todo cuanto pudo ocurrir para los funerales, y luego que estuvo enterrado el cadáver se dedicó con el mayor escrúpulo a cuanto podía constituir más culto y perfecto su duelo.

Toda la conducta de esa vil mujer estaba demostrando que nunca tuvo a su marido más que un amor interesado; que el gusto de su regreso fue porque esperaba volver con desahogo a su antigua vida, y que, como esto se le alejó porque el colmo de la desgracia había hecho cuerdo a su marido, lo aborreció y acaso deseó su muerte para gozar a sus anchuras de aquel caudal.

Concurrieron a dar el pésame los parientes y amigos, y a la verdad, que al principio cada uno procuraba expresarse con tiento para no renovar una herida tan dolorosa; pero quedaban sorprendidos al ver la indiferencia de la viuda, y que ella misma suministraba argumentos consolatorios.

—Me consuela –decía–, que no soy una vieja. –(No tenía más que cincuenta y un años). De allí a poco decía:

---

430 *Cajón*: tienda, generalmente de comestibles.

—Me consuela que quedo con alguna cosa en el mundo. –Después de algún momento, añadía:

—Me consuela con tener algunos parientes y amigos. –No mucho después replicaba:

—Me consuela que no tengo más de una hija ya grande y no fea ni sin gracias. –Luego, sucesivamente:

—Me consuela que no tengo que estar sujeta a voluntad ajena; soy libre y sin sujeción; podré hacer lo que quiera.

En suma, ella por sí misma andaba buscando y eligiendo motivos de consuelo sin que alguno se fatigase en enjugar sus lágrimas, pues no derramó ninguna; su amor era un amor interesado. Las mujeres de esta clase por su comodidad aman al marido. Cuando llegan a perderle, lloran su pérdida propia sobre la que reflexionan; pero no la pérdida de un fiel compañero. Esto sucedió a Eufrosina: la pérdida del marido no le quitó las comodidades y abundancias, antes bien, se las aumentó, porque quedaba absoluta e independiente, y por lo mismo en su imaginación no halló motivo de llorar y de lamentarse. Y así dijo con bastante energía una de sus amigas que fue a visitarla:

—Esta señora tiene tantos consuelos, que se puede decir que ha logrado muchas satisfacciones.

No se conducía así nuestra Quijotita, que aunque malamente educada tenía una alma algo sensible, y no las tenía muy cabales cuando recordaba todo lo que le pasó en la ausencia de su padre. Ella, huyendo de la concurrencia, se iba a alguna pieza apartada a llorar con doña Matilde y Pudenciana, que estuvieron allí los nueve días del duelo, lo mismo que mi tutor y don Modesto, que solo salían a cosas precisas y volvían a la casa mortuoria, mientras yo sólo iba a ratos y volvía a cuidar de las otras dos casas que me habían encargado.

Capítulo XXXVII

El coronel cumple pronta y fielmente su encargo de
albacea. Eufrosina y la Quijotita continúan sus
desbaratos. Pudenciana y su marido, constantes en su
buena conducta, progresan. El coronel cuenta la historia
de una viuda

Luego que pasaron los nueve días del duelo de don Dionisio, mi tutor consultó con Eufrosina y Pomposita si querían que los inventarios fuesen extrajudiciales, ya porque entre dos solas interesadas y de su clase no debían esperarse diferencias y ya para economizar el enorme gasto de las costas, que importarían un dineral, pues siempre los primeros herederos del que muere son el juez, el asesor, el escribano y todos los arlequines de estos, que aparentando a los herederos el sentimiento de su desgracia, procuran alargar los días, comen en ellos medio lado, y luego el tasador de costas, interesado en el tanto por ciento del importe de ellas, las hace subir inmensamente.

Algo resistieron la viuda e hija esa opinión, porque querían, las muy necias, entrar en relaciones con esas gentes y que viera el mundo que todo se hacía con lujo y ostentación; pero, por último, cedieron a las prudentes persuasiones del coronel, que inmediatamente pasó a ver a un abogado que conocía de juicio, y presentó un escrito al alcalde ordinario de primer voto, pidiéndole licencia para hacer los inventarios extrajudicialmente; que se notificase a Pomposita nombrara curador *ad lítem*,[431] porque solo tenía veintitrés años larguitos de edad, y que hecho por ella este nombramiento, se sirviera discernirlo en forma, previa la fianza de la ley. El juez proveyó como lo pide, y notificada Pomposita, salió con la quijotada de nombrar por su curador al conde de..., y aunque mi tutor le manifestó que esa clase de sujetos por su rango se excusaban de hacer esos servicios, que cuando los aceptaban era por cumplimiento y nunca llenaban su deber, ella y la madre insistieron en su nombramiento, diciendo que a una señorita de su representación no le correspondía nombrar a un cualquiera, y que en el momento iban a ver al conde, como fueron de facto, y volvieron asegurando que estaba pronto a aceptar, por lo que, asentadas las diligencias necesarias, quedó discernido el cargo de curador al señor conde.

---

431 *Ad lítem*: representante legal de un menor.

Inmediatamente se procedió a todo lo demás pedido en el escrito, y los inventarios, a que nunca asistió el señor curador, quedaron concluidos en cinco días; en seguida mi tutor los presentó con un escrito pidiendo que lo ratificasen los peritos con juramento, y que, si hecho saber a las partes no contradecían, se aprobasen y elevasen a la esfera de inventarios jurídicos, obligando a las partes a estar y pasar por ellos en todo tiempo. Así se hizo todo, previa la deferencia de la viuda y del curador de la Quijotita, más Quijote que ella y quien de nada tenía menos cuidado que de la pupila y sus intereses. En este estado se pidió el nombramiento de contador, que recayó, de acuerdo con los interesados, en el licenciado Toño Carretas, que aceptó, y recibidos los autos, formó la cuenta divisoria, que presentó y fue aprobada de consentimiento de las partes, deducido el quinto, de que se rebajaron los gastos de entierro y mandas forzosas, distribuido el resto en limosnas de misas; la cuarta parte, como debe ser, en la parroquia a que correspondió el testador, y las demás en San Cosme, San Fernando, San Diego y a algunos clérigos de buena conducta y necesitados que mi tutor buscó, todo según la intención de don Dionisio, y recogiendo recibos de todo. Resultó, por último, que no habiendo de gananciales en el poco tiempo que a su vuelta sobrevivió don Dionisio más que dos mil cien pesos, tocó a la viuda Eufrosina la gran cantidad de un mil cincuenta, y a Pomposita, por su total herencia, la de treinta y siete mil y cincuenta pesos.

No puede ponderarse la pesadumbre que recibió Eufrosina al verse tan pobre, cuando se imaginaba dueña absoluta de todo el caudal, y el orgullo que adquirió nuestra Quijotita que, mirándose dueña de todo, reconoció la superioridad que iba a tener sobre su madre.

Hasta aquí no habían ido tan mal las cosas del albaceazgo; pero como mi tutor tenía obligación de asegurar el interés de la menor y no dejar el libre manejo de esos bienes a dos locas, propuso para el efecto los medios más prudentes, que no admitían, porque para ellas todo era bueno, menos el sujetarse a que otro ordenadamente les manejase y distribuyese aquello, pues lo que querían era libertad para disponer a su arbitrio. De esto resultó que se indispusiera mi tutor, hasta que la viuda le dijo que mientras pensaba lo que debía hacerse, se suspendiese todo, como se suspendió, sin que restara otra cosa de parte del albacea, que en mes y medio había concluido la testamentaría. ¡Ojalá y hubiera muchos albaceas como este! Pero apenas se halla uno en cada cien mil.

Entretanto Eufrosina y su digna hija comenzaron a disipar su dolor con algunos paseos y días de campo entre sus amistades antiguas y más análogas a sus ideas, pues aunque mi tutor les iba a la mano, nada conseguía ni logró quitarles de la cabeza que pusieran coche. Aunque él les instaba sobre que se resolviera lo que debía hacerse con los bienes de la menor, porque quería terminar eso, no le contestaban más de que habían consultado y esperaban la respuesta.

La consulta la habían hecho de facto; pero a personas tan fatuas y tan calaveras como ellas, y el consejo que acordaron en una concurrencia tenida
para ello fue que se determinara Pomposita a casarse; que no faltaría hombre
de su gusto y de franqueza, y entonces podría quitarse ya de la fiscalización
e intervención de un albacea tan miserable y mentecato; y he aquí ya a nuestra
Quijotita fija en casarse y en buscar para ello un marqués o conde, como tenía
de antigua manía.

Al mismo tiempo que Eufrosina y Pomposa continuaban labrando el edificio que las había de envolver en su ruina, don Modesto y Pudenciana iban
progresando a gran prisa; de manera que haciendo su balance en aquellos
días, se encontraron con un capital de sesenta mil pesos, que no se echaba de
ver por el grande arreglo que había en los gastos. La casa, que tenía las piezas
necesarias sin ninguna de sobra, les ganaba veinte pesos, y no había más
criados que el portero, cocinera, costurera y una joven pobre, de familia decente y religiosa, con muy buenas costumbres, que ayudaba a Pudenciana en
el cuidado y educación de los niños.

En estas circunstancias se anunció en la Gaceta el remate de una casa en
la calle del Reloj, y por consejo de mi tutor, que manifestó a sus hijos (como
llamaba a ambos), las ventajas de tener uno su casa sin esperar al casero todos
los meses y con la libertad de ponerla según que les conviniera o fuera de su
gusto, don Modesto se determinó de hacerle postura; pero con la condición
que él y Pudenciana exigieron de sus padres de que se irían a vivir con ellos,
a lo que condescendieron en fuerza de instancias y ruegos, y también porque
no podían sufrir sus corazones el separarse algo de tan buenos hijos.

Llegó el día del remate, al que se presentó don Modesto con papel de
abono del conde de Agreda, y rivalizando en moderación con otros dos pos-
tores, fincó en él el remate de la casa, en cantidad de treinta y dos mil pesos,
dando al contado diez y ocho y reconociendo catorce de unas capellanías[432]
que reportaba la finca, con libertad de redimir cada año el capital que le fuera
conveniente.

Tan luego como recibieron la casa, le hicieron las composturas necesarias
y se mudaron padres, hijos y nietos, que desde entonces formaron una familia
la más armoniosa y llena de placer, pues que a todo cooperaba la dulzura de
aquellos genios y su muy buena educación, añadiéndose a esta felicidad la de
que el coronel, para tener una ocupación útil a la familia, se encargó de la educación de sus nietos varones, que lo amaban tiernamente y observaban como
inviolables preceptos los consejos que les daba.

Un día que don Rodrigo habló de lo inquieto que estaba por no acabar
de asegurar los bienes de Pomposita, a causa de las entretengas de ella y de la
madre, se promovió conversación entre todos sobre la suerte de aquellas señoras y del modo cómo podría evitarse el mal que por sí debían hacerse. Cada
uno propuso lo que creyó conveniente, y don Modesto expuso que creía útil

---

432 *Capellanía*: fundación en la que ciertos bienes quedan sujetos al cumplimiento de misas
y otras cargas pías.

que Pomposita casara con un hombre de juicio y madurez que supiera sujetarla, pues que ya en ese estado, la madre, que casi nada tenía por sí, se vería estrechada a estar quieta.

Oído esto, mi tutor tomó la palabra y dijo:

—La cosa, señores, era muy buena; pero es menester no pensar en lo que no ha de poder verificarse. Esas señoras no se comunican con personas entre quienes puedan proporcionarse un hombre de los tamaños y cualidades que necesitan para hacerlas entrar al orden, ni son ellas las que han de presentar una transformación milagrosa, porque ya están mal habituadas a causa de don Dionisio, que en paz descanse, que no supo arreglar su casa, ni mi padre político, que de Dios goce, había dado a sus hijas más educación que tenerlas absolutamente encerradas, rezando, sin tratar con nadie ni salir más que a misa, a confesarse y a comulgar y sin proporcionarles conocimientos para saberse conducir en el mundo, y con estos principios y el otro extremo en que cayó la casa de don Dionisio, es imposible esperar ya nada bueno. Todo extremo es vicioso, y mucho más en la educación, que debe darse con mucha discreción para que no tenga con el tiempo funestos resultados. Algo viene al caso una historia que sé de personas conocidas y que me parece útil contar, por si mi Matilde o mi Pudenciana enviudaren, que por mí no es muy difícil, porque ya estoy muy cerca del sepulcro.

No pudo proseguir, porque todos nos enternecimos, y doña Matilde y Pudenciana, bañadas en lágrimas, corrieron a abrazarlo, sin quererlo dejar, hasta que él las persuadió, las halagó y se les sentó una a cada lado, diciéndoles:

—Hijas mías, la muerte debe ser esperada con tranquilidad. Obremos como verdaderos cristianos, y no la temamos, que acaso Dios la manda para dar descanso al hombre y premiarle las pocas buenas obras que haya hecho; pero dejemos eso por ahora y vamos a mi historia.

En una ciudad no muy distante de esta capital, hubo un padre de familia, que le habría estado mejor ser donado de mandadero de algún convento, pues que no supo educar a los hijos que tenía, y crió siempre en un santo encierro y una virtuosísima ignorancia, de que resultó que a la muerte de aquel necio ninguno de su familia supiera manejar lo que dejó, y que, al mismo tiempo que no se ocupaban más que de rezar, se acabara el capital.

Dejemos la suerte de los otros hijos, y hablemos solo de la que hace el papel principal de la historia que he anunciado. Esta infeliz joven, después de algunas escaseces que padeció al lado de su madre, tuvo la chiripa de casar con un hombre de bien muy trabajador, pero de edad ya algo avanzada y de ideas rancias e imprudentes; de manera que continuó nuestra joven la misma vida que cuando existía su padre. Así vivieron cosa de seis años, a cuyo tiempo murió el marido, y quedó nuestra viuda con cuatro hijos; pero en la edad de veintidós años, con no malos bigotes y con cosa de sesenta mil pesos. En estas circunstancias se le presenta un militar del alma más negra que se puede ima ginar y de una verbosidad muy propia para enredar a aquella honradísima bestia; le hace setenta mil ofrecimientos, le promete una protección decidida, y por último, se encarga de todos los negocios de la casa, ocultando maliciosamente que era casado. Se hizo extender un poder amplísimo, que nuestra viuda firmó como quien firma en barbecho, y ya desde entonces quedó constituida una pupila de aquel malvado, que poco a poco fue ganando el corazón de aquella miserable, y en breve lo hizo dueño de su honor y de cuanto poseía. Ese perverso, para cubrir las exterioridades, hizo se formalizase la testamentaría, y quiso que no quiso, como el curador de los menores no era como él, aseguraron las legítimas de esos pupilos, y nuestro militar fue tomando en pesos fuertes y floridos el haber de la viuda, con los que satisfacía sus vicios, y muy particularmente el del juego, que es capaz de acabar con el caudal de Terreros y mil Bordas, y marchaba tan de prisa en su dilapidación y de un modo tan público, que no faltó quien por caridad hablase a la viuda para que se resolviera a arrojar de sí y de su casa a aquel lagarto.

La viuda, que a pesar de su tontera no dejaba de conocer lo mal que sus cosas caminaban, que se veía con más hijos, que ya estaba desengañada de que aquel pérfido era casado y que ya le hostigaba el trato altanero, grosero y cruel que le daba, se resolvió a librarse de él, le intimó la separación de su casa, y se encuentra con que aquel malvado a pocos días le presenta una cuenta en que hace aparecer le debe cantidad considerable, demandándola ejecutivamente y jurándole había de procurar su ruina por cuantos medios alcanzara. Así fue, que sucesivamente se le fueron presentando a la viuda varios acreedores con documentos otorgado por el tal militar, con el carácter de su apoderado y obligando sus bienes. La viuda en tal congoja escoge, por dirección de la persona que la había despertado, un abogado hombre de bien, y se entablan los pleitos con todos aquellos supuestos acreedores, que eran otros tantos zánganos coludidos con el zángano principal para sacar aquel dinero a la viuda y arruinarla. Los pleitos siguieron con orden, y aunque los ganó la viuda hasta con costas, como los que figuraban de acreedores eran unos tahúres desnudos de bienes, ella lo perdió todo, y como lo poco que le quedó no lo supo manejar por su suma tontera e ignorancia, a poco tiempo se vio reducida para todos sus gastos a solo los réditos de los capitales de sus hijos, quienes ya crecidos, por el ejemplo pésimo que habían mamado, se prostituyeron, trataron a la madre con desprecio y tan mal, que se separó con sus desgraciados segundos hijos, se redujo al extremo de mendigar con estos el pan por las calles y acabó su vida en la más espantosa miseria.

He contado la historia de la viuda; y como de estas escenas que el mundo nos presenta a cada paso debemos sacar fruto, te encargo, Pudenciana, que no olvidando a la viuda y huyendo de su suerte, aproveches esa prudente franqueza de mi hijo Modesto, que quiere siempre estés impuesta de todos los negocios de tu casa, para que si le sobrevives no tengan la infeliz necesidad de ponerte en manos de un perverso que te arruine, sino que puedas manejarte sola y hacer la felicidad de tus hijos.

Capítulo XXXVIII

Violento y desastrado casamiento de Pomposa; ruina de su
casa; prisión de su marido; desengaño de quién era este, y
prostitución de madre e hija. Muerte del coronel

Como don Rodrigo instaba con urgencia a Eufrosina y Pomposita para
que dieran su opinión sobre el modo de asegurar los bienes de la segunda, y como la primera ya tenía pedida y gastada la mayor parte
de su haber, volvieron a determinar que se casara Pomposita con el primero
que se presentara, aunque no fuera título; pero como esto lo contaban a todo
el mundo, porque no conocían lo que es prudencia ni discreción, sus muy
dignos contertulios apoyaron tan juicioso pensamiento y convinieron entre
sí y con reserva en buscar un hombre de tales tamaños que no se parara en
pintas y que tuviera para divertirse y gastar toda la franqueza que ellos apetecían para devorar aquel capital, y no tardaron mucho en lograr todo lo que
deseaban.

A pocos días llegó a casa de Eufrosina el consabido oficial del manojito,
diciendo a esta y a su hija que en la persona que le acompañaba tenía el honor
de presentarles al señor don Raimundo Dedorvora, marqués de Peña
Hermosa, que acababa de llegar de España en comisión reservada del rey, y
que sabedor del raro mérito de Pomposita y su inimitable habilidad en el
piano, canto, etc., había tenido empeño en venir a ponerse a sus órdenes. Aquí
fue lo de todos los ofrecimientos de etiqueta; a poco se despidió el señor
marqués, porque según dijo tenía precisión de estar en aquella hora con su
excelencia el Virrey, haciendo en medio de la sala setenta piruetas y dirigiendo
a nuestra Quijotita una mirada centelleante, que ella correspondió, con otra
muy dulce y expresiva.

Tan pronto como quedaron solas, Eufrosina dijo a Pomposa, que el señor
marqués era muy apreciable, pues sobre ser título, tenía las buenas circunstancias de ser español, de buena edad, pues que no pasaría de treinta años, de
recomendable figura y de muy finos modales; y contestando la hija muy conforme en todo, Eufrosina prosiguió diciendo que un hombre como aquel era
lo que deseaba para yerno, a que respondió Pomposita:

—¿Qué sabemos, mamá, lo que Dios dispone? Él ha venido por casualidad a buen tiempo; él puede que no sea casado; él me ha mirado con interés, y yo luego le he tomado afición.

Al día siguiente a las doce ya estaba de visita el señor marqués, que fue muy bien recibido, y como la madre, por... prudencia y sus ocupaciones, dejó a la hija sola con su señoría, ambos tuvieron la conversación siguiente:

—Señor marqués, ¿qué le parece a usted el reino de México y su capital?

—Señorita, lo poco que he visto es muy bueno.

—¿Vino usted solo o con su familia?

—Solo, porque no tengo más familia que mi mamá, muy al borde del sepulcro, y un hermano que quedó encargado de los negocios de la casa.

—¿Conque usted es soltero?

—Se deja entender.

—¿El marquesado de usted en qué provincia está vinculado?

—Parte de las haciendas están en Extremadura, otras en Andalucía y porción de casas en la misma corte de Madrid, de las que tengo una muy hermosa de mi ordinaria habitación, a una cuadra distante del real palacio, y otra de campo, en el gran paseo que llaman el Prado.

—¿Y usted habrá dejado por allá pendientes sus amorcillos?

—No señorita, no he sabido lo que es amor hasta esta ciudad.

—¡Hola!, ¿y de cuándo acá está usted enamorado?

—De ayer acá.

—¿Y de quién, señor marqués?, ¿qué mujer feliz ha podido mover tan pronto ese corazón que nunca ha amado?

—Señorita... usted; sí, usted es la que ha avasallado mi pecho, inspirándome una pasión tan violenta, que no podrá ya vivir si usted no me hace dichoso.

—Pero, señor, usted tendrá que irse a España.

—Y tan pronto como dentro de un mes.

—Pues entonces, ¿cómo?...

—Muy bien, vida mía; todo es que usted se resuelva a irse conmigo y en compañía de su mamá, a quien nunca dejaría yo, a la Corte, donde en medio de la abundancia, disfrutarán ambas las satisfacciones y placeres que no ofrece México.

—Tenga usted la bondad de permitir llame a mi mamá.

—Con mucho gusto, señorita, y usted no me suplique, sino mándeme con imperio.

Salió Pomposita y volvió luego con su madre, que haciéndole repetir el coloquio, manifestó indecible contento, y entrando a tratar el casamiento, quedó acordado en el acto mismo, en estos términos: Que como el señor marqués, por sus empleos en la Corte, necesitaba licencia del Rey para no sufrir esta demora y no exponerse, se casarían con dispensa de vanas lo más reservado posible, y ocultando su título para que no llamase la atención; y que como su comisión terminaba pronto, y según las órdenes de S. M. debía regresar luego a la Corte, realizarían pronto lo que perteneciese a Pomposita y se marcharían antes de un mes para España.

Todo quedó aprobado por aquellas locas y tontas, que también convinieron en no decir nada ni a mi tutor, porque no viera al Virrey y embarazara el casamiento, a pretexto de la falta de la real licencia, para no dejar, como ellas decían, el manejo de la testamentaría.

Tan pronto como quedó esto acordado, salió nuestro don Raimundo, después de mil requiebros y abrazos prodigados a madre e hija, inmediatamente con testigos falsos bien combinados, que nunca faltan para esos casos, practicó todas las diligencias, y a los seis días de haberse conocido estaban casados la Quijotita y su marqués.

En el mismo día Eufrosina mandó llamar al coronel, y previo un recibimiento seco y de protección, le dijo que su hija estaba casada con aquel caballero que le presentaba, y que por lo mismo procediese a entregarle los bienes. Don Rodrigo, sin alterarse, contestó que el caballero se presentase al juez de la testamentaría con certificación del casamiento, y pidiendo la entrega de los bienes, que tan pronto como se le mandase haría efectiva. En el acto se hizo el escrito, se presentó, se proveyó, y en los dos días siguientes quedó hecha la entrega de todo, y mi tutor suficientemente documentado de quedar ya libre de toda responsabilidad, por la pureza de sus manejos y exactitud y claridad de sus cuentas, que no merecieron ningún reparo.

En el momento se buscó traspasador para el cajón y casa, diciendo el marqués que para quince días que estarían ya en México, en cualquiera posada estaban bien, a lo que nada repugnaron aquellas bestias, que solo pensaban en irse a España y tener la dicha de conocer y besar la mano al Rey, ser damas de la Reina y otra multitud de sandeces con que estaban aturdidas. Se traspasó cajón y casa, y el señor marqués dijo que iba a reducir el dinero a letras pagaderas en la Corte, con cuyo pretexto lo introdujo a una casucha que había tomado, diz que provisionalmente entretanto se marchaban.

Toda esta bulla debía llamar la atención y fijarla muy particularmente en don Raimundo, hasta que el comandante de la ronda de capa, que tenía orden del Virrey para prender a un gachupín[433] que habían encargado de Madrid, y cuya filiación tenía hacía más de un año, dio en conocer a nuestro señor marqués, y advirtiendo en él todas las señas, a los veinte días del casamiento, en la noche, después de las doce, a cuya hora llegaba él diciendo que venía de dejar al Virrey, me lo atraparon al tocar su casa y lo llevaron a la real cárcel de corte, dando parte inmediatamente al Virrey, que haciéndolo comparecer a su presencia al siguiente día, después de llamar y examinar a Eufrosina y Pomposita, se descubrió que el señor don Raimundo Dedorvora, marqués de Peña Hermosa, era un impostor muy pícaro: que era un famoso

---

433 *Gachupín*: (despectivo) español establecido en América.

fullero y contrabandista en Cádiz, de cuya cárcel se había fugado, porque estaba próximo a ser decapitado por muchos delitos, y entre ellos por tres homicidios y dos robos, en que había sido cómplice su mujer legítima, que estaba presa; que su verdadero nombre era Timoteo Pantoja, y que el dinero del traspaso del cajón y casa de Pomposa lo habían perdido en el juego entre él y otros amigos suyos, a quienes se buscó y no pudieron parecer, y sólo sí el oficial del manojito que lo llevó a la casa, quien se llamó a engañado, y el reo, para salvarlo, así lo confesó.

Se formó un proceso sobre los nuevos delitos de Pantoja, y se mandó a Cádiz, donde después fue ajusticiado lo mismo que su mujer. De estos señores gachupines nos vienen en docenas: unos se descubren y pagan, y otros pasan por fatiga y hacen entre nosotros grandes papeles.

Se deja conocer cómo quedarían Eufrosina y la infeliz Pomposita con tal pesadumbre y tan avergonzadas, que se hicieron el ánimo de no volver a ver para nada al coronel ni a nadie de su familia; y como el tal señor marqués las dejó tan sin blanca como sin recursos, la tonta y bribona madre fácilmente se sometió a vivir a expensas del honor y conciencia de su hija, que, despechada y sin esperanza alguna de casarse, por lo público que había sido el chasco, se constituyó en una ramera que al principio vendía con alguna ventaja sus delincuentes favores; pero después, con la edad que aumentaba y la enfermedad consiguiente a ese ejercicio, se fue poniendo en un estado tan despreciable, que tuvo por necesario concurrir a los lupanares, descendiendo a proporción hasta que fue a los más miserables y asquerosos, dando de pilón,[434] lo mismo que Eufrosina, en embriagarse y en toda clase de prostitución, en cuyo estado ya se nos ocultaron absolutamente, y ni mi tutor ni nadie de su familia, ni yo, hicimos ya más que encomendarlas a Dios.

El coronel, desde las incomodidades que tuvo con Eufrosina y su hija Pomposa, comenzó a enfermarse del estómago, que no lo dejaba tranquilo arriba de uno o dos días para volver a molestarlo; el último suceso desgraciadísimo de aquellas mujeres y su posterior conducta, que llegó a saber y sintió muchísimo, lo fue poniendo peor, a pesar de que ya no volvió a mentar ni sus nombres y todos teníamos cuidado de no recordarle nada.

Así pasó dos años, aceptando por instancias y ruegos de su familia algunas medicinas, pues decía que su verdadera e invencible enfermedad eran los setenta años que llevaba a cuestas.

Apenas entró el mes de Marzo de 1821, cuando el cambio de estación hizo en don Rodrigo la mayor impresión, y aunque él por no afligir a su amable familia sacaba fuerzas de flaqueza, la naturaleza no le ayudó más, y el día dos ya no se pudo levantar; en el estómago nada le paraba, y el pecho y las flemas le fatigaban demasiado.

Cada uno de la familia propuso un médico; de todos se escogieron los tres mejores, y entre estos señaló mi tutor el que le inclinó más, pues como en toda

---

434 *Pilón*: (México) añadidura.

su vida no había padecido enfermedad de cama, sino cosas ligeras que con remedios caseros se quitaban, nunca había tenido necesidad de médico que se encargara de su naturaleza.

Toda la familia entró en el mayor cuidado y aflicción y mucho más el día seis, que estando todos rodeados de su cama, dijo que convencido de que el hombre no debe esperar los últimos momentos de su vida para disponer de sus cosas, tenía hecho ya su testamento, que estaba en la gaveta de su mesa; que en él declaraba, como era justo, que cuando casó no tenía más que el rancho en precio muy bajo, que todo el aumento que tenía por la mejora de la casa, por la reunión de tierras que había comprado y agua que le había metido, era todo gananciales durante su matrimonio, lo mismo que una cantidad de onzas que tenía en unos secretos del estante de sus libros; que la mitad de todos los gananciales eran de doña Matilde; que del quinto, separados los derechos del entierro y mandas forzosas, se hiciese una partición entre sus criados y sirvientes del rancho, a proporción de sus familias y necesidades, muy particularmente a su honradísimo, viejo y antiguo mayordomo Pascual, en justa remuneración de su fidelidad y buenos servicios; que ya dejaba ordenado, y nuevamente encargaba a sus albaceas, que lo eran mancomunados doña Matilde y don Modesto, que su entierro fuera en el camposanto de Santa María, sin pompa ninguna, y sobre lo que les estrechaba la conciencia, siendo su universal heredera Pudencianita, que no dejaba mandado se dijesen misas, porque sabiendo lo que aprovechan en vida, siempre había procurado buscar eclesiásticos pobres que las dijeran por su intención y la de su familia, y que a la piedad y amor de esta dejaba los sufragios que quisieran hacer por su alma.

Esta manifestación nos hizo a todos derramar abundantes lágrimas, y cada uno sin articular palabra se llegó a abrazarlo.

Todos nos distribuimos las horas del día y de la noche para asistirlo, y como hasta los chiquitos de Pudenciana rogaron con lágrimas les diesen parte en el cuidado de su amado papá grande, como siempre le decían, se les señaló una hora por la mañana y otra en la tarde, las que desempeñaban con tal amor, empeño y caridad, que a todos nos enternecían, y aun al enfermo, que arrasados de agua sus ojos los acariciaba, besaba y llenaba de bendiciones. La distribución de horas fue inútil, porque aunque el que estaba de turno se quedaba allí, todos iban con frecuencia a ver qué se le ofrecía y estarse largo tiempo y particularmente las muy ejemplares Matilde y Pudenciana, que a porfía se esmeraban en cumplir con su deber, y que no siendo bastantes nuestras persuasiones para que fueran a acostarse, no se conseguía hasta que el coronel se lo mandaba, y entonces salían a la pieza inmediata y se recostaban a dormitar en un colchón que tenían allí con el objeto de no alejarse de su querido enfermo.

Era un asombro ver llegar a visitar al enfermo y su familia multitud de personas distinguidas por su religiosidad, singularizándose el coronel don J. Y. 0., que entonces era alcalde primero, quien a pesar de sus ocupaciones iba con frecuencia, y todos ofrecían sus servicios.

De varios conventos y casas particulares le llevaban porción de santos, que mandó se le pusieran en una mesa frente de su cama; pero más le llevaron el día doce, y como también le mandó a San Vicente Ferrer una parienta que tenía de religiosa en la Concepción, cuando metí la imagen, como me quedé allí un rato, me dijo sonriéndose:

—Querido Joaquín, esto está malo.

Yo, sobresaltado, le pregunté:

—¿Por qué?

Y él, con mucha calma, me respondió:

—Porque ya sabes, hijo mío, que el día de Todos Santos es víspera de Muertos.

Ese día, por disposición del facultativo, se sacramentó con la mayor devoción.

Al siguiente, que era en el que cabalmente cumplía los setenta años de edad, amaneció muy entero, y en la mañana nos hizo concebir las mejores esperanzas; pero dadas las doce, se fue poniendo más malo, de manera que entramos en el mayor cuidado, y tanto, que don Modesto mandó cerrar el cajón y que se fueran a casa los cajeros.

Todos acudimos, y mientras venía el médico, que ya se había mandado llamar, preveníamos para aliviarlo los remedios que allí estaban de la receta de la mañana; pero nuestro enfermo decía:

—Ningunos remedios hay contra la senectud, queridas prendas de mi alma; cuando la naturaleza aniquilada apuró todas sus fuerzas el arte viene a ser inútil; ella lo puede todo sin él y él nada puede sin ella. El hielo de la vejez ocupa ya muchas partes de mi débil cuerpo y es fuerza que se comunique hasta el corazón dentro de poco.

Bien conoció esta verdad don Modesto, y por lo mismo envió a llamar al doctor R., que era íntimo de la casa, para que viniese, como vino al momento, a tributar a su amigo el postrer obsequio. La amable esposa Matilde y la tierna hija Pudenciana mezclaban sus lágrimas suministrando al enfermo cuantos remedios pedía su deplorable estado, con tanta solicitud y desvelo, que el moribundo viejo exclamó:

—¡Oh, y qué contento muero al verme rodeado de tantos verdaderos amigos, en los brazos de la mejor y más ejemplar de las esposas y de los más amantes hijos! A todos los bendigo de corazón en nombre de Dios, y me voy con el consuelo de que por la virtud de mis hijos, no hago falta a mi adorada Matilde. ¡Eh!, adiós, amados míos, resignaos siempre en la voluntad de la Providencia divina, y esperad la muerte con tranquilidad, que ella os unirá a mí en la gloria que espero de la Divina misericordia.

Así hablaba el virtuoso anciano en el momento de pasar a la eternidad. Hasta su postrer instante habló a todos los que rodeaban su lecho con la mayor presencia de ánimo; y aunque su voz iba debilitándose por grados, no le faltó enteramente hasta el último suspiro, que exhaló en punto de las tres de la tarde, día martes.

Entonces se manifestó en un grito horrible el dolor agudo que el silencio había sofocado en el fondo de los corazones.

Todos llorábamos con profusión negándonos a todo consuelo. Pero cuando don Modesto y yo algo desahogamos, por su orden se dispuso el entierro, según lo dejó prevenido el difunto, y se hizo al día siguiente sin faltar a su voluntad; mas para pagar el debido tributo al amor y a la virtud se levantó sobre el sepulcro una tumba, sobre la cual en una losa se grabó el siguiente

Epitafio
En la inerte ceniza que reserva
el breve hueco de esta losa helada,
de un volcán de piedad acrisolada
el pábulo dichoso se conserva.
Aunque su llama por la furia acerba
de la Parca, parece sofocada,
allá en el firmamento colocada,
está burlando su intención proterva.[435]
Muevan, espectador, tu triste llanto,
un sol de caridad enardecida,
un héroe de virtud acreditada:
un varón justo, religioso y santo,
un modelo ejemplar de buena vida,
un todo de piedad que ya hoy es nada.

---

435 *Proterva*: perversa, obstinada en la maldad.

Capítulo XXXIX y último

Duelo de la familia del coronel y gran trato de su viuda. Noticia de Pomposita y su muerte

Como mi tutor fue tan bueno, al tanto lo sintieron todos, particularmente y con justicia su familia. Esta lo lloró largo tiempo, haciendo en sufragio de su alma y por su memoria muchas obras de caridad cristiana.

Don Modesto, Pudenciana y sus hijos redoblaron su amor y cuidado hacia doña Matilde, y recibía esta tantas demostraciones de todos, que decía a sus amigas:

—Ya no tengo fuerzas para soportar y agradecer el cúmulo de bienes que hacen llover sobre mí mis hijos. ¡Ojalá estuviera en su poder resucitarme a mi amadísimo esposo!

Don Modesto trató de llenar su deber de albacea, solo por cumplir, y nunca por pensar en la división; pero doña Matilde no quiso que hiciera inventario de los bienes, sino que todo lo dejó en manos de sus hijos, diciéndoles que eran dueños de todo. Estos la cuidaban y contemplaban al pensamiento, sin dejarle desear nada ni un momento y haciendo que todo el mundo la tratara y respetara como la madre y cabeza de toda la familia.

De este modo había vivido cuatro años largos aquella virtuosa familia, llena de felicidad, solo suspirando por don Rodrigo y deseando saber de Eufrosina y Pomposita, de quienes no había la más ligera noticia, cuando una mañana que estaban almorzando, el criado avisó que afuera estaba una mujer que decía llevaba un recado importante; y diciéndole que entrase, vieron una vieja, cuyo semblante y andrajoso y sucio vestido representaban la misma miseria, la que, sin detenerse, dijo:

—Señoritas, les vengo avisar, allán casa asiocho días que está muy mala, y yo como probe, no tengo para los remedios, no más tantito atole le doy a ña Tontosita.

No acabaron de oír este disparate, sin conocer que se trataba de Pomposa, en el momento se dejó lo que faltaba del almuerzo y concibiendo el estado infeliz en que estaría, y parándose don Modesto como distraído, gritó:

—¡Que saquen el coche, y vamos por mi hermana Pomposita!

Las señoras preguntaron a la mujer si estaba también con ella la madre de la enferma, y ella contestó:

—Conque, croque dicen que ya se murió.

Salido el coche, montamos don Modesto, las dos señoras y yo, pues aunque se hizo instancia a la mujer para que subiera no se pudo conseguir y se fue a pie guiando al cochero, porque no sabía dar las señas de su casa, y nos condujo a una accesoria del callejón de la Chiquihuitera, en donde sin más ajuar que el tlecuili[436] y tres tepalcates,[437] encontramos a la desventurada Pomposita, en una cama que formaban dos petates de tole rotos, en el suelo, cubierta con asquerosísimos andrajos y hecha un esqueleto; de manera que no la habríamos conocido si ella no hubiera prorrumpido en un fuerte llanto luego que nos vio, llamando con voz dolorida y penetrante a todos y cada uno, pidiendo por amor de Dios que olvidásemos su conducta y le tuviésemos compasión.

Doña Matilde y Pudenciana, sin asco a su deplorable estado ni temer a la enfermedad, se arrojaron a aquel miserable lecho, y llenándola de abrazos le manifestaron que nunca podían olvidar lo que les pertenecía, y que procurarían tratarla según su deber, y que de su conducta no se acordase más que para arrepentirse de ella y pedirle a Dios perdón.

Mirando que, a lo que parecía, no estaba en disposición de que se pudiera mover, se mandó al cochero fuera violentamente por el doctor G..., y como entretanto, deseosos de saber de Eufrosina, preguntaron por ella a la enferma, dando esta un profundo suspiro y como ahogándose en su pecho un acerbo dolor, exclamó:

—¡Ah!, ¡mi madre infeliz, causa primaria de nuestros males, ya no existe! ¡Ella ha dado cuenta de sus días y de los míos en el tremendo tribunal de la Divina Justicia! Murió hace dos meses en el hospital de San Andrés.

Todos estábamos anegados en llanto, y cuando algo nos serenamos, Pomposa prosiguió:

—Aunque ustedes no pueden apreciar la historia de nuestros últimos días, y sin embargo de que ella no es honrosa ni agradable, para que sirva de ejemplo y escarmiento a los padres de familia sin prudencia ni juicio y a los jóvenes que con tiempo no aprovechan lo poco que se les enseña y las lecciones que da el mundo, pido a Dios me dé aliento para poderla relatar aunque en breve, y a ustedes sufrimiento para escuchar procederes lamentables y vergonzosos. Ya saben hasta el casamiento que mi inconsiderable ligereza y vil interés de mi madre me hicieron celebrar con el perverso que hizo toda mi ruina. Pasado esto, como nos encontramos sin recurso, abandonadas de los buenos amigos, notoria y enormemente infamadas, ya no dimos ningún lugar a la reflexión, y despechadas, yo me prostituí con el apoyo de mi madre; y si los primeros días pudimos vivir por medio tan inicuo y criminal, bien pronto

---

436 *Tlecuili*: (México) hogar, brasero, hornilla.
437 *Tepalcate*: (México) tiesto.

fue menos útil, porque yo desmerecía diariamente, y atacadas de hambre, nos relacionamos con públicas rameras, con quienes concurrí a toda clase de lupanares, descendiendo a proporción hasta a los más miserables. En uno de estos me comuniqué y trabé ilícita amistad con un soldado de Guanajuato, que desertó a poco tiempo con la mira de que nos fuéramos a su tierra, según él decía; pero antes de esto, combinado con un tal M. R. y otros tan malvados como él, hicieron un robo de consideración, que mi madre y yo ocultábamos en la parte que tocaba al desertor; y como no tardara en descubrirse, nos prendieron y llevaron a la cárcel de corte, donde negamos nuestros nombres poniéndonos otros. Mi madre sobre su edad y anteriores padecimientos, ya no pudo sufrir, como yo, en la prisión las hambres, miserias, hediondez y demás plagas de la cárcel; ya no pudo resistir, y cayendo a los seis meses muy mala de fiebre en una cama, tuve el dolor de verla salir para el hospital, y saber después que había muerto. Yo continué en la prisión, donde me fui enfermando más de lo que estaba, hasta que habrá quince días que me mandaron poner en libertad, dándome por compurgada de la complicidad en el robo. Yo salí sin saber adónde iba, echando menos la compañía de mi madre, cuya falta me hizo conocer más lo horrible de mi situación, y sin discurrir el modo de remediarla, por no tener ni a quién volver mis ojos; pues que la vergüenza no me dejaba buscar a ustedes ni quería volver a la prostitución. Andando maquinalmente, al pasar por esta casa vi en la puerta a su dueña, e inspirándome alguna confianza su exterior, le rogué me diera posada, que con generosidad me franqueó al momento. Como por esta franqueza y caridad con que en medio de su pobreza me socorría con algún alimento se hiciera acreedora a mi confianza, le conté algo de mi vida, la muerte de mi madre y la familia a que pertenecía; pero rogándole que guardase secreto, pues que me moría de vergüenza a la vista de ustedes. Mas ella, que me ha visto más enferma cada día, a resulta de mi conducta y padecimientos, habrá solicitado a ustedes y avisádoles por caridad. Dios sabe cómo y por qué ordena todos los acontecimientos del mundo. A mí no me toca más que pedir a Su Majestad me perdone mis innumerables culpas, y a ustedes los disgustos y pesares que les he dado... ¡Oh muerte! ¡Qué terrible es tu aspecto para quien acibaró su vida con las vanidades e indigestos placeres del mundo y que jamás levantó sinceramente el corazón a su Creador! ¡Oh!, si mis días. . .

Desvaneciose a estas palabras. Cayó privada y quedó inmóvil por algunos instantes y sin sentido alguno. Volvió a poco; pero la calentura se le había agravado notablemente y comenzaba a delirar, a tiempo que llegó el médico, y reconociéndola dijo que era traerle la muerte más violenta el sacarla de allí, como quería su familia; que sobre un gálico irremediable, como lo decían bien claro las úlceras de boca y nariz y las llagas de las piernas, tenía una fiebre voraz de que no podía escapar; que era necesario se asistiese allí y que luego que se serenara un poco se dispusiera y sacramentara. Recetó, y por disposición de la familia repitió durante la tarde y la noche otras cuatro visitas.

Tan luego como don Modesto y Pudenciana se enteraron del estado de gravedad de la enferma, montaron en el coche, quedándonos allí para lo que se ofreciera, doña Matilde y yo; fueron a casa, y a poco volvieron trayendo en el mismo coche, colchón, ropa de cama y camisas para la enferma, y los trastes necesarios para su asistencia y servicio, y a poco rato llegó el mozo con cargadores que traían mesa, sillas, bancos de cama y lo que se creyó preciso. Todo el día y la noche lo pasamos allí, menos doña Matilde, que por instancia de sus hijos, que querían librarla de un contagio, a pretexto de que les hiciera favor de ir a cuidar de la casa y los niños, la hicieron irse en la noche y volvió al día siguiente temprano. La enferma amaneció mejor, y aprovechando el tiempo se dispuso lo mejor posible y se sacramentó y oleó; pero apenas acababa de recibir los auxilios espirituales, cuando se fue empeorando, y a las ocho de la noche, en medio de los más vehementes dolores y agitación, auxiliada por los Padres Camilos, que se habían llamado, entregó su alma al Creador, dejando un patético y sensible ejemplo y escarmiento a las mujeres sin juicio que siguen las mismas ideas y conducta de la infeliz Pomposa.

Esa noche, dejando allí dos personas de confianza, fuimos todos a dormir a casa, y al día siguiente se dispuso el entierro como de una persona de la familia, al que asistió un capitán, que nunca se pudo saber quién era, pues sólo concurrió y se fue sin despedida y muy triste. Se mandaron decir por su alma porción de misas y se sepultó en el panteón de San Pablo, y en su sepulcro se puso el siguiente

> Epitafio
> Detente y mira, viajero,
> esta ceniza asquerosa
> que formaba de Pomposa
> el atractivo hechicero.
> Por él abrió ella el sendero
> que la llevó al precipicio,
> desplomando un edificio
> que más hubiera durado,
> a no ser precipitado
> por la falta de buen juicio.

Don Modesto, de acuerdo con madre y esposa, para compensar su caridad a la pobre vieja que había recogido y socorrido a Pomposa, le regaló la cama y cuanto habían llevado para su asistencia, le dieron alguna ropa y le señalaron un socorro de doce pesos cada mes. Así obraba esta ejemplar familia, que con los muy buenos principios que tuvo y supo aprovechar, y sus naturales generosos sentimientos, hizo su felicidad, así como la de todas las personas que la rodeaban.

A pocos días de la muerte de Pomposa, me encontré casualmente con dos de los colegiales que le pusieron el sobrenombre de Quijotita, que eran cabalmente Sansón Carrasco, que ya era eclesiástico y cura de T..., y el Zorro, que estaba recibido de abogado, e impuestos del fin triste de Pomposa y de lo que lo había ocasionado, con aquel su humor alegre y bufón que no habían perdido, le compusieron un epitafio que decía así:

> Quijota, ¿de qué sirvieron
> tus monadas y embelesos,
> si al fin reducida a huesos
> todas tus gracias se vieron?
> ¡En polvo se convirtieron
> tus formas tan exquisitas!
> Desengaño, mujercitas,
> pensad con más madurez,
> en lograr buena vejez
> negada a las Quijotitas.

El licenciado Narices, que había continuado conmigo su comunicación, haciéndole una visita e informándole de la lastimosa muerte de nuestra Quijotita, le hizo también un epitafio, que si mal no me acuerdo, decía así:

> Nihil aliud est vita nisi fumus [438]
> Yaces, mujer, reducida
> en este sepulcro frío,
> sin valerte ni tu brío
> ni tu hermosura mentida.
> En esto para una vida
> inmoral, desarreglada,
> que temprano fue enviciada
> por caprichosos contentos,
> en que olvidó los momentos
> de reducirse a la nada.

He dado fin a la historia de la célebre Quijotita, de las que por desgracia hay muchas en todas partes. ¡Ojalá que lo que he dicho sea bastante para que reformen su conducta, para que hagan su felicidad, la de sus esposos y familia!, y pareciéndome útil al intento, regalo a las señoras con unas máximas que de puño y letra de mi finado tutor, el señor coronel don Rodrigo Linarte, se encontraron entre sus papeles y son las siguientes:

La mujer que obedece a su marido, esa lo manda.

Cuando la mujer asiste a su oficio, el marido la ama, la familia anda en

---

438 *Nihil aliud est vita nisi fumus*: la vida no es otra cosa que humo (Mi traducción).

concierto, aprenden virtud los hijos, reina la paz doméstica y la hacienda crece.

Una mujer puede estar segura del corazón de su marido, en tanto que ella lo está de su paciencia.

En los negocios de su familia, y no en los del Estado, es donde una mujer debe manifestar su talento y su prudencia.

Mujer, no quieras parecerte al hombre. Los dos sexos no deben de tener nada de común entre sí.

La mujer casada guarde tal moderación y compostura, que solo en su cintura se conozca que ya no es virgen.

No aspires a dominar a tu marido, conténtate con tener una dulce influencia sobre su corazón. Sé para él aquella tierna luz, aquella pacífica claridad que luce en los Campos Elíseos.

Mujer recién casada, no abuses del ascendiente de tu sexo y edad sobre tu joven esposo. Tarde o temprano él volverá a tomar su carácter, y teme que al cesar de ver en ti su querida, no te halle ni aun digna de ser su compañera.

Si quieres que tu marido permanezca siempre a tu lado, haz de modo que no encuentre en otras partes tantas gracias, modestia, dulzura y terneza como en tu casa.

Joven casada, si deseas vivir en paz, evita el querer tener siempre razón con tu marido.

Sea la esposa la hermana de su marido enfermo.

Esposa ofendida, no seas vengativa. El perdón de una injuria embellece a la misma Venus.

Yo, que había visto en la familia de Pomposa tan sensibles desengaños de lo que es el mundo, no queriendo experimentarlo más, me di por muerto.

FIN

Thank you for acquiring

La Quijotita y su Prima

Historia muy cierta con apariencia de novela

from the
Stockcero collection of Spanish and Latin American significant books of the past and present.

Una excursión a los indios Ranqueles is one of a large and ever-expanding list of titles Stockcero regards as classics of Spanish and Latin American literature, history, economics, and cultural studies. A series of important books are being brought back into print with modern readers and students in mind, and thus including updated footnotes, prefaces, and bibliographies.

We invite you to look for more complete information on our website, **www.stockcero.com**, where you can view a list of titles currently available, as well as those in preparation. On this website, you may register to receive desk copies, view additional information about the books, and suggest titles you would like to see brought back into print. We are most eager to receive these suggestions, and if possible, to discuss them with you. Any comments you wish to make about Stockcero books would be most helpful.

The Stockcero website will also provide access to an increasing number of links to critical articles, libraries, databanks, bibliographies and other materials relating to the texts we are publishing.

By registering on our website, you will allow us to inform you of services and connections that will enhance your reading and teaching of an expanding list of important books.

You may additionally help us improve the way we serve your needs by registering your purchase at:
http://www.stockcero.com/bookregister.htm

www.ingramcontent.com/pod-product-compliance
Lightning Source LLC
Chambersburg PA
CBHW020651110726
47901CB00001B/140